http://www.bbulmedia.com

http://www.bbulmedia.com

혈
왕
전
서

血王全書

중원잠입(中原潛入)

1

혈왕전서

미르영 신무협 장편 소설

목차

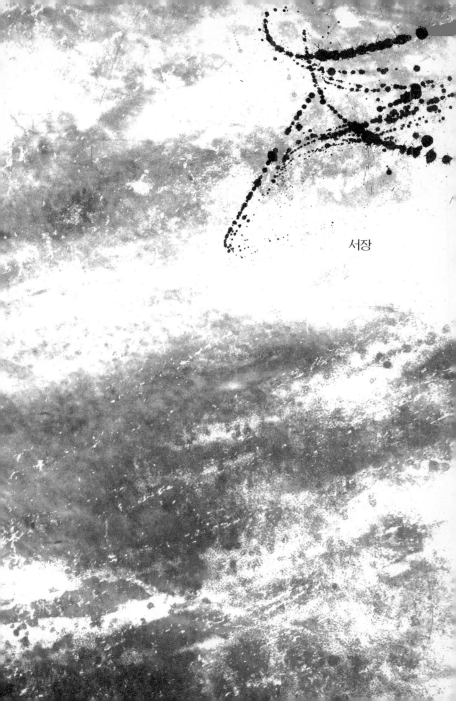

서장

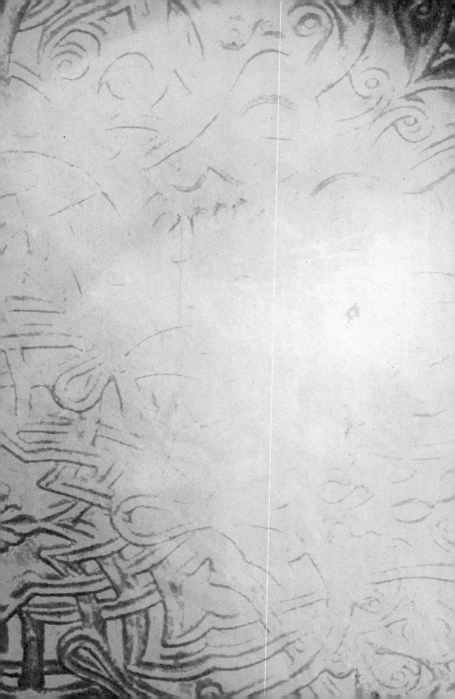

구름이 저무는 햇빛을 받아 붉게 물드는 하늘 위로 어느 새 어둠이 몰려들고 있었다.

심금을 자극하는 핏빛 하늘이 어둠으로 채색되는 시각.

사방이 확 트인 정자 안에 굵은 황초가 어둠을 사르기 시작했다.

스으윽!

벼루 위를 달리며 자신의 몸이 갈리는 진묵(眞墨)의 비명 소리와 함께 검은 심연에 파문이 번졌다.

낙조가 시작되면서부터 시작된 파문만이 잔광을 타고 흐를 뿐, 정자 안은 기이한 침묵에 휩싸여 있었다.

정자 안에는 지금 두 명의 사나이가 앉아 있었다.

고동색 장포를 걸친 선 굵은 인상의 장년인이 먹을 갈고, 반듯한 이목구비와 흑단 같은 흑발을 감싼 문사건이 묘한 조화를 이룬 청년이 황금빛 보료에 비스듬히 앉아 있었다.

장년인은 연신 먹을 갈고 있었고, 청년은 은은한 묵향과는 상관없는 듯 서산을 넘어가는 황혼처럼 눈을 지그시 감은 채 오랜만에 찾아온 휴식의 시간을 즐기는 듯 보였다.

스윽!

끄덕!

먹이 갈리는 소리에 맞추어 사내의 고개가 떨구어졌다.

스윽!

끄덕!

주르륵!

갈리는 먹과 함께 박자를 맞추듯 끄덕여지던 고개와 함께 청년의 입가로 침이 흘렀다.

스읍!

잠시간 세상의 번뇌를 잊은 사나이는 입가로 흐른 침을 혀로 닦은 후 먹을 갈고 있는 장년인을 바라봤다.

"졸았군."

기이하도록 오래된 침묵은 청년의 목소리로 인해 광양(光陽)에 몸을 드러낸 무연(無煙)처럼 삽시간에 흩어졌다.

"주군, 피곤하셨던 모양입니다."

"으으으으! 요즘 찌뿌둥하기는 해."

기지개를 켜자 흐리멍덩하던 청년의 눈에 빛이 돌았다. 별을 가득 담은 밤하늘처럼 청년의 눈은 깊고도 깊었다.

"이제 준비가 됐나?"

청년의 시선이 묵향 속을 파고들었다.

방 안에 흐르던 침묵을 단번에 산산조각 낸 청년의 몸에서는 나약한 글방서생의 모습과는 다른 강한 기운이 흐르고 있었다.

"예, 주군!"

청년의 말문이 터지자 옆에서 먹을 갈고 있던 흑의 장년인이 대답을 했다.

장년인은 한 시진 전부터 평생의 심혈을 기울여 자신의 주군을 위해 먹을 갈고 있던 중이었다.

"고생했어. 팔자에 없이 먹이나 갈고 있었으니 말이야."

"아, 아닙니다."

보료 위에 앉아 있는 청년과는 달리, 장대한 체구에 왼쪽 눈에 안대를 한 장년인은 일견하기에도 한가하게 먹이나 갈고 있을 만한 인상은 아니었다.

얼굴을 가득 메운 상처와 몸에 흐르는 패도적인 기운을 살피다 보면 산채에서 거치도를 들고 있기 딱 알맞은 인상이지 이런 분위기와 전혀 맞지가 않았다.

"다리 저리면 코에 침 발라."

무릎을 꿇고 있었던 터라 연신 엉덩이를 들썩거리는 장

년인을 향해 청년이 말했다.

"아, 아닙니다."

"아니긴, 어서 다리나 펴."

"예, 주군."

청년의 재촉에 장년인은 다리를 펴며 피를 순환시켰다.

"저량, 자네와 내가 인연을 처음 만난 것이 벌써 십오 년 전이던가?"

"예, 주군. 오늘도 정확히 십오 년하고도 두 달 초닷새가 지났습니다."

"후후, 그리고 보니 자네와 난 참 기이한 인연이야?"

청년의 입가에 미소가 떠올랐다.

"그렇기는 합니다. 참으로 기이한 인연이 아니라고 할 수 없을 것 같습니다."

저량의 대답과 함께 청년은 지그시 눈을 감았다. 자신과의 인연을 회상하는 것 같아 저량은 고개를 갸우뚱 거렸다.

'오늘은 다른 날과 달리 이상하시군. 무슨 일이 있으신 건가?'

뜬금없는 소리에 저량(苧亮)은 침묵을 유지한 채 자신의 주군을 쳐다보았다.

'확실히 이상해.'

저량을 고개를 갸웃 거릴 수밖에 없었다.

냉혈의 승부사 또는 빙염의 마왕이라 불리는 이가 자신

의 주군이다. 지금까지 자신의 주군이 이렇게까지 감상적이었던 것을 한 번도 본 적이 없었기에 의문이 아닐 수 없었다.

'주군께서 저런 모습을 보이시다니, 거참.'

눈을 감고 회상하고 있는 것이 분명했다.

자신과의 인연을 언급한 것을 보면 어린 시절부터가 분명했다.

냉혈의 승부사라 불리는 자신의 주군도 사람이라는 생각을 지울 수가 없었다.

'그렇긴 하지. 잘못하면 곧장 황천행이 될 뻔했었으니까.'

저량은 자신과 주군인 사나이와의 인연을 생각하며 잠시 상념에 잠겼다. 자신이 생각해 봐도 참으로 기이한 인연으로 만난 주종 간이 아닐 수 없었다.

"후후후, 내가 별 이야기를 다했군. 그래 그간 글은 많이 늘었나?"

눈을 뜬 청년이 상념을 털어 버리려는 듯 조용히 미소를 지으며 저량이 그간에 이룬 성취를 물었다.

"아, 아직은 그냥 그릴 뿐입니다. 주군."

청년의 분위기가 다르게 변하자 저량은 멋쩍은 미소를 지으며 대답을 했다.

저량의 목소리는 평범했던 지금까지와는 다르게 조금 떨

리고 있었다. 이제 자신의 주군이 세상 사람들이 알고 있는 모습으로 돌아온 것을 알아차렸기 때문이었다.

"아니야. 그 정도면 서법은 저량에게 맞게 완성을 보았다고 할 수 있어. 살기가 짙기는 하지만 그것도 언젠가는 갈무리될 터, 항시 마음을 가다듬고 정진하도록 해."

'주, 주군!'

처음 들어 보는 주군의 칭찬에 저량은 몸을 떨었다.

그에게 있어 그것은 죽은 아버지가 살아 돌아오는 것보다 더 기쁜 일이었다.

"예, 주군. 명심하겠습니다. 그러면 이제 받아 적으면 되겠습니까?"

칭찬에 몸 둘 바를 모르던 저량이 청년을 향해 조용히 의중을 물었다.

"그래, 이제 시작하지."

"예, 주군."

저량이 자세를 바로하고 붓을 들자 사나이의 입에서 물 흐르듯 이야기가 흘러나왔다.

그것은 사나이가 지나온 과거사였다.

"내 나이 다섯이 되던 해인가? 난 친형을 떠나보내야 했다. 아무런 이유도 알지 못하고 친형을 떠나보낸 나는 이곳 대륙으로 올 마음을 품었지. 처음 중원으로 오기 전 나는 형의 행방은 알 수가 없었다. 그저 죽었을지도 모른다는 사실만 알 수 있었을 뿐."

청년의 말과 함께 하얀 화선지에 검은색의 먹물이 거친 야생마처럼 달리고 있었다. 생긴 인상과는 다르게 저량은 매우 빠르게 글을 써 나가고 있었다.

저량이 말한 것과 같이 그려 내는 그의 서체는 결코 흉내만 내는 서체가 아니었다. 상당히 패도적인 기운을 뿜어내며 나름대로 서법을 완성한 듯 빠르고 조용히 이어지고 있었다.

"그러시면?"

청년이 잠시 멈추자 저량이 추임새를 넣었다.

"내가 대륙으로 온 것은 혹시나 형을 죽음으로 몰아넣은 원흉들이 찾을 수 있을지도 모른다는 생각 때문이었다. 형을 죽인 자들에 대한 복수를 하기 위해서 중원에 와야만 했던 것이지. 그것 때문에 난 여기까지 온 것이다."

"으음."

'드디어! 비밀 속에 가려진 주군의 비화를 듣게 되는구나.'

저량은 가슴이 경동했다.

아무도 몰랐던 주군의 비화를 자신이 기록하고 있었기 때문이다.

"서체가 흔들린다."

"죄송합니다."

저량이 심호흡을 하며 마음을 가다듬었다.

"내가 그 사실을 처음 안 때는 약관이 채 되기도 전이었다. 그때의 나는 참으로 허술하기 그지없었지. 그래도 지금 생각하면 좋은 때였기도 했다."

그동안 그 누구도 몰랐던 청년의 지나온 과거가 화선지에 나타나고 있었다.

조용히 글을 써 내려가고 있으면서도 그 누구보다 먼저 알게 된 사실들은 저량을 흥분케 하기 충분했다. 하나, 조금 전처럼 붓이 흔들리는 일은 없었다.

'크크!! 주군의 어린 시절을 들을 수 있다니 이건 행운이다. 밖에서 싸우고 있는 놈들도 이걸 알면 아마 환장을 할 거다. 남으라고 하실 때는 진짜 울화가 치밀었는데, 오히려 전회위복이 될 줄이야.'

대륙을 두 발로 디디고 선 위대한 사나이의 생애를 자신이 기록하고 있다는 사실이 저량을 흥분하게 만들고 있었다.

'자식들! 그까짓 싸움보다는 이것이 백 배 낫다.'

자신과 티격태격 하던 놈들이 결전에 임하러 나가고 자신만 남았을 때는 정말 미칠 것 같았다.

먹을 갈라고 했을 때는 더욱 실성하는 줄 알았다. 자신이 가지고 있는 실력을 주군이 인정하지 않는 것 같았기 때문이었다.

그렇지만 한 시진을 먹을 갈면서 마음을 가라앉혀야 했다.

무엇인가 할 일이 있어 전쟁이 아닌 이곳 서방(書房)에 앉도록 한 것은 바로 자신의 주군이다.

평온한 마음으로 준비해 주기를 바라는 뜻을 읽었기에 참으며 먹을 갈았는데 뜻밖에도 주군의 신상에 대한 일을 기록하게 되다니 행운이 아닐 수 없었다.

어디 출신이며 어떤 무예를 익히고 있는지 자신을 포함한 염천(鹽泉)의 사인방 또한 모르고 있었던 차에 오직 혼자서만 알 수 있게 된 것이다.

모든 것이 장막에 가린 존재인 주군의 입에서 나오는 말을 받아 적고 있는 저량은 떨리는 손을 심호흡으로 가라앉히기를 수없이 반복해야 했다.

세상에 알려지지 않은 놀라운 사실들이 주군의 입에서 흘러나왔기 때문이다.

'젠장! 왜 이렇게 떨리냐?'

혈왕 천서린(天瑞潾)이라 불리는 주군의 일대기이기도 하지만 들으면 들을수록 놀라운 이야기였기에 글을 써 가는 내내 저량은 마음을 가라앉히는 것에 더욱 신경을 써야 했다.

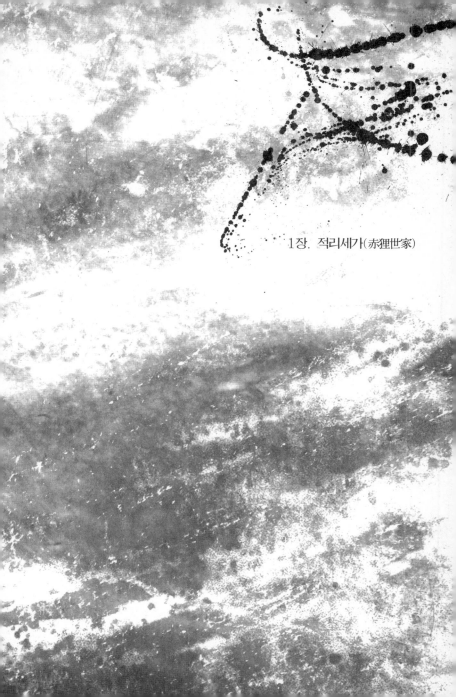

1장. 적리세가(赤狸世家)

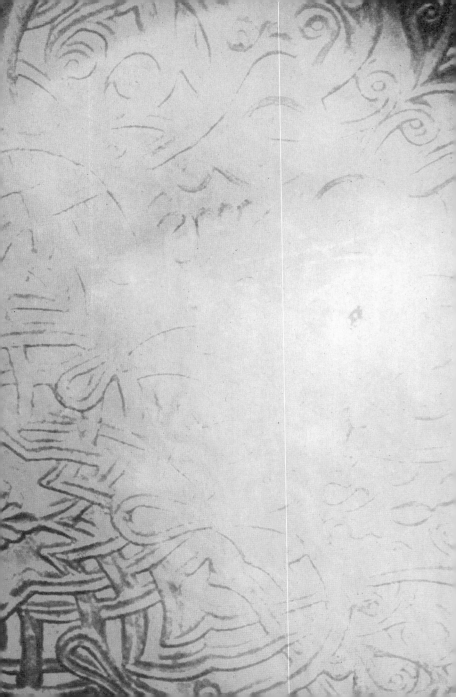

한양성이 바라다 보이는 어둠이 묻힌 산자락에서 복면을
한 채 누군가에게 부복한 자들이 있었다. 검붉은 야행복을
입은 자들의 입에서는 조선 땅에서는 들을 수 없는 말들이
흘러나왔다.

　"저곳인가?"

　"예, 주군!"

　"저런 허접스런 곳에서 적인대(狄人隊)를 열둘을 잃다니,
보기보다는 제법이라는 말이지?"

　주군이라 불리는 자의 입에서 의문이 흘러나왔다.

　"만만한 자들이 아닙니다, 주군. 아무리 변방의 소국이라
고 하나 나라를 이루고 있는 자들입니다. 또한, 가진 바 무

예는 고대에 중원을 호령하던 것으로부터 유래된 것들입니다. 지금은 그 맥이 거의 끊어졌다고는 하나, 아직도 숨은 자들 중에는 고대의 무맥을 이은 자들이 있을 겁니다. 전에 적인대를 막은 자들 또한 그러한 무맥을 일부나마 이은 것이 분명합니다. 단 두 명에 의해 적인대 열둘이 당했으니 말입니다."

"그만! 다 변명에 지나지 않는다. 내응이 있었음에도 실패했다는 것은 변명의 여지가 없는 것이다. 아무리 그런 강자가 있었더라도 말이다. 너희들은 분명 임무에 실패한 것이다. 그리고 지금의 적인대는 그때와는 다르다. 고르고 골라 다시 적인대에 든 자들이다. 이번 임무에는 실패란 없을 것이다."

실패를 염려하는 것 같은 수하의 말에 주군이라는 복면인이 노성을 터트리며 말을 이었다.

"죄송합니다, 주군!"

주군의 질책에 복면인은 머리를 조아렸다.

"그건 그렇고, 아직도 그에게서는 연락이 없나?"

"지난날의 실패 때문인지 아직 몸을 사리고 있는 것으로 알고 있습니다."

"으음, 약은 놈이라 쉽게 움직이지 않을 것이라 생각했는데 역시였군. 그럼 우리만으로 일을 진행시켜야 한다는 소리인데. 조금 어려울 수도 있겠어. 몇 년 전의 일로 타초경

사의 우를 범하지만 않았다면 일이 쉬웠을 텐데……."

"그렇습니다. 주군께서도 살피셨다시피 군사의 수도 늘었고, 요소요소에 잠복한 자들의 무예 또한 무시할 수 있는 수준이 아닙니다. 그자의 내응이 없는 한 아무래도 이대로는 어려울 것 같습니다. 조용히 잠입해 일을 마치기가 불가능할 테니 말입니다."

"그럼 이대로 돌아가야 한다는 말이냐? 그 물건은 무슨 일이 있어도 얻어야 하는 것이다. 우리 적리가에서 행한 일 중 실패한 것은 저번 한 번뿐이었다. 그리고 내가 직접 나선 이상, 실패는 없다. 알아들었나?"

"알겠습니다. 주군!"

자신이 모시는 사람이 분노하면 어떤 결과가 벌어지는지 알기에 조용히 다음 말을 기다렸다.

"그럼 일단 그자에게 연락을 취해라. 왕실에 있는 물건의 행방만이라도 전하라고 말이다. 그렇지 않으면 목숨마저 보장받지 못할 것이라는 말도 함께 전하고. 이번에는 무슨 일이 있어도 성공해야 한다."

"예, 주군!"

"누구냐?"

피슛!

우두머리로 보이는 자가 소리치며 무엇인가를 날렸다. 그것은 그의 품에 감추어져 있던 비검이었다.

자신들을 감시하는 기척을 느꼈기에 지체 없이 숨어 있는 자를 향해 비검을 날린 것이었다.

펙!

비검이 꽂힌 것은 나뭇등걸이었다.

감시자는 어느새 자리를 피하고 엉뚱하게도 나무가 비검을 대신 맞은 것이다.

"쥐새끼 같은 놈이로군. 그사이 자리를 피하다니. 아직은 우리의 정체가 밝혀져서는 안 된다. 찾아라, 찾는 즉시 놈의 숨통을 끊어라!"

다급한 목소리가 울려 퍼지자 그의 수하들이 숨어 있던 자를 추적하기 시작했다.

파파파팟!

어둠에 가려져 있는 산자락을 빠르게 내려오는 사람이 있었다.

허름한 옷차림을 한 이는 요 근래 한양으로 판을 벌리기 위해 상경해 있던 사당패의 꼭두쇠인 삼쇠라는 자였다.

'또다시 놈들이 나타나다니. 분명 사 년 전 놈들이 분명하다.'

판윤대감의 집에서 판을 끝내고 성 밖으로 나와 사당패가 자리 잡은 산막 근처에서 머물고 있었다.

언제나 그렇듯이 주변을 살펴보던 삼쇠가 암중인들을 발

견하는 것은 어려운 일이 아니었다.

사당패가 자리 잡은 산막 인근은 한양성 안이 가장 잘 보이는 곳에 위치한 곳인 까닭이다.

지난날 회한으로 남은 일로 인해 일부러 한양에 올 때마다 자리 잡던 곳이기에 이곳의 지리는 훤한 삼쇠는 암중인들의 수상한 기척을 발견한 후 그들을 쫓았다.

성내를 살피며 무엇인가 의논을 하는 것 같기에 무슨 대화를 나누 지 들으려 했지만 말소리가 잘 들리지 않았다.

조금 더 다가간 것 때문에 암중인의 이목에 잡혀 버렸다. 자신의 실력을 과신한 것이 실수였다.

들키는 순간 도주를 선택했다. 자신의 기척을 잡은 암중인의 실력도 실력이었거니와, 혼자서는 열둘이나 되는 자들 상대하는 것은 어리석은 짓이었기 때문이다.

'내 이번에는 기필코 네놈들을 도륙 낼 것이다.'

삐이익!

산막과 가까워지자 삼쇠는 휘파람을 불었다.

파팟!

사당패가 있는 산막 근처에 다가서자 숲에서 누군가 뛰어나오며 삼쇠의 앞을 막아섰다.

"꼭두쇠!! 무슨 일이오?"

산에서부터 부리나케 달려 내려오는 삼쇠를 보며 버나를 다루는 덕팔이 물었다.

"사 년 전에 혈겁을 저지르고 도주했던 놈들이 다시 나타난 것 같다. 아이들을 피신시키고 무기를 찾아 들어라."

"그 씹어 먹을 개자식들이 다시 나타났다는 말입니까?"

느물거리던 평소의 모습과는 달리 목소리조차 심각해지는 덕팔이었다.

"그렇다. 놈들의 수는 모두 열두 명. 그 정도면 우리만으로도 충분히 그날의 복수를 할 수 있을 것 같으니 준비해라."

"이런 날이 올 줄이야."

"어서 알려라. 난 길목을 지키고 있을 테니."

"예."

덕팔은 빠르게 산막으로 돌아가 사람들에게 삼쇠에게 들은 말을 전했다.

'이럴 때 어르신이 계시면 도움이 되련만 아쉽구나. 그렇지만 우리만으로도 충분할 것이다.'

놈들의 비명에 가신 선왕의 죽음에 관여 된 자들이었다. 선왕의 죽음이 세상 누구보다 비통했던 삼쇠의 눈이 불타올랐다.

'마음을 가라앉히자. 흥분하면 파탄이 날 수 있다.'

길목을 막아선 후 호흡을 정돈하자 심화로 인해 끓어오르던 마음이 천천히 가라앉았다.

'선왕께옵서 그렇게 비명에 승하하시지만 않았다면 그때 놈들을 도륙 낼 수 있었을 텐데, 이제야 빚을 갚을 수 있

겠군.'

지난날의 선왕의 승하로 인해 놈들을 쫓지 못했던 것이 늘 아쉬웠다. 지금 자신들의 무맥을 잇고 있는 아이들이 다 크고 나면 어차피 흉수들을 찾으러 중원으로 들어갈 작정을 했었다.

그런데 제발로 원수들이 찾아와 주다니 고마울 따름이었다.

사사삭!

"전부 준비되었습니다."

어느새 명을 수행한 덕팔은 사당패의 가열들과 함께 삼 쇠에게 다가왔다. 놀이패들답지 않게 그들의 손에는 모두들 한 자루의 장도가 들려져 있었다.

"아이들은 다 피신시켰나?"

"이미 안전한 곳으로 보냈습니다."

"그럼 됐군. 내 검을 다오."

한 자루의 장도가 삼쇠에게 건네졌다.

검집은 평범한 나무로 되어 있었지만 군영에서나 쓸법한 환도를 닮은 장검이었다.

그렇게 검을 잡는 순간 삼쇠의 모습이 일변했다.

"모두들 잘 들어라. 사 년 전, 무엄하게 범궐(犯闕)한 자들이 또다시 이 땅에 나타났다. 이 땅의 무인으로서 지난 날의 치욕을 갚을 기회가 온 것이다. 어차피 머지않아 중원으로 들어가야 되는 우리지만 이 땅을 다시 찾아온 놈들을 그냥 둘 수는 없는 일이다. 이 땅을 침범한 것이 얼마나 어리석은 일인지 이번에 뼈저리게 느끼게 해 주어야 할 것이다."

"알겠습니다."

장검을 쥔 이들이 조용하지만 결의 찬 어조로 대답했다. 그들도 지난날의 치욕을 잊지 않고 있었던 것이다.

"이번만으로 놈들에 대한 응징이 끝나는 것이 아니다. 본격적인 응징은 아이들에 대한 무예의 전수가 끝나면 시작할 것이다. 놈들의 본거지를 찾아가 자신들이 한 짓이 얼마나 어리석은 짓이었는지 뼈저리게 알려 주도록 할 것이다. 오늘은 그저 놈들에 대한 전초전일 뿐이다. 그러니 모두들 놈들이 어떤 전력을 가지고 있는지 잘 살펴야 할 것이다."

"예!"

나직하지만 결의가 담긴 대답이 들려왔다.

장검을 쥔 채 비장한 각오로 다가오는 적들을 기다리는 삼쇠 일행이지만, 누군가가 자신들을 지켜보고 있다는 것을 모르고 있었다.

피신을 시켰던 아이들 중 하나가 몰래 따라와 몸을 숨긴 채 일행을 지켜보고 있었던 것이다.

놀라운 것은 삼쇠 일행이 알아주는 무인임에도 불구하고 누구하나 어린 소년의 기척을 알아차리지 못하고 있다는 것이었다.

'아저씨들이 어째서 저러고 있는 거지?'

하나같이 날카로운 기세를 흘리는 것이 몇 년을 같이 보냈지만 서린으로서도 처음 보는 모습이었다.

'이상하단 말이야.'

서린의 기감에 삼쇠 일행의 특별한 점이 걸렸다. 단전에서 시작해 전신으로 번져 나가는 미지의 기운이 느껴진 것이다.

'꼭두쇠도 그렇고, 아저씨들도 나처럼 아랫배에 따뜻한 기운이 뭉쳐 있는 것을 보면 할아버지에게서 나랑 같은 것을 배운 것 같구나.'

의문도 잠시 멀리서 기척이 느껴졌다.

'아주 거친 기운을 가진 자들이다. 전에 봤던 늑대만큼이나 거친 기세를 가지고 있는 것을 보면 좋은 사람들은 아닌 것 같은데…….'

이년 전 미친개처럼 침을 질질 흘리며 꼭두쇠에게 달려들다가 몽둥이로 맞아 죽은 늑대만큼 거친 기운을 흘리는 자들임을 느끼며 서린은 더욱 몸을 움츠렸다.

'아저씨들도 느꼈나 보구나.'

꼭두쇠를 비롯해 가열들의 눈빛이 한곳으로 쏠리는 것을 볼 수 있었다. 거친 기운을 흘리는 자들의 기척을 느낀 것이 분명했다.

사사삭!

삼쇠를 쫓아온 적인대원들이 일제히 멈추었다.

남루한 옷차림에 검을 한 자루씩 들고 있는 모습은 비적의 무리나 다름없었기에 적리소의 눈에는 의외의 빛이 번득였다.

'호오, 이것 봐라. 이곳에서 활동하는 산적들인가 보군. 산적이 있다니 이상하기는 하지만 어차피 제거해야 할 자들이다.'

이번 일의 책임지고 있는 적리소는 산적 무리가 도성 근처에 있다는 사실이 의아했지만 어차피 자신들을 본 이상 지워야 한다는 사실을 익히 알고 있었다.

—여기서 활동하는 산적들인가 본데. 고통 없이 목줄을 끊어 줘라. 우리의 행적이 아직까지 알려져서는 곤란하다.

적리소는 자신들의 행적이 들키면 안 되기에 전음으로 삼쇠 일행을 제거할 것을 명령했다.

—예, 주군!

파파팟!

명령이 하달되자 적인대의 혈랑들은 빠르게 늘어서며 삼쇠 일행을 공격할 준비를 했다.

"남의 나라 땅에 들어와 천둥벌거숭이처럼 설치는 놈들에게 매운맛을 보여 주어라!"

"뭣이!"

관어(官語 : 北京語)로 외치는 삼쇠의 목소리에 적리소는 놀라지 않을 수 없었다.

일개 산적으로 보이는 자들. 관어에 능통한 것은 둘째 치고 자신들의 목적을 알고 있는 것이 분명했던 것이다.

"너희들은 누구냐?"

"오히려 묻고 싶은 말이다. 네놈들은 누구냐? 어찌하여 중원 놈들이 떼거지로 넘어와 이런 일을 꾸미는 것이냐? 사 년 전에는 어쩔 수 없이 네놈들을 놓쳤다만, 오늘은 빠져나갈 생각을 포기하는 것이 좋을 것이다!"

"무엇이? 그럼……!"

적리소는 방금 전 자신의 수하로부터 들은 말이 생각이 났다. 놀라운 무예로 자신을 막아선 자들이 있었다는 말이 생각난 것이다.

"으드득, 네놈들이로군."

스르르릉!

적리소의 반응에도 아랑곳없이 삼쇠와 남사당패들은 검을 꺼내 들었다.

"너희들의 오만방자함을 오늘 피로 씻어 주마!"

살기 짙은 목소리가 삼쇠의 입에서 흘러나오자, 덕팔을 비롯한 가열들의 전신에서 날 서린 검처럼 예기가 흘렀다.

지금 그들은 조선에서 천하게 여기는 남사당패의 모습이 아니었다.

'기세가 장난이 아니구나. 섣불리 상대할 자들이 아니다. 지난날에도 이들 때문에 실패한 것 같은데 재수가 없군.'

삼쇠 일행이 내뿜는 기운은 중원의 무인들에게서는 느끼기 힘든 기운이었다.

'군기라니, 보아하니 군문의 고수들이다.'

적리소는 삼쇠 일행이 뿜어내는 기운을 느끼며 오늘의 일이 쉽지만은 않음을 느낄 수 있었다.

그것은 일종의 군기(軍氣)였다. 혹독한 수련을 거친 듯 거세게 내뿜는 기운에 병영(兵營)에서 볼 수 있는 군진을 갖춘 모습은 이들이 한낱 산적떼가 아니라는 것을 반증하고 있었다.

"우리의 일을 방해했던 놈들이다. 이 기회에 모조리 쓸어버려라. 이곳에서 적리가의 수치를 씻는다."

파파팟!

적리소가 데리고 온 적인대가 빠르게 사당패를 에워쌌다.

흑의에 복면을 하고 있는 자들이지만 그들이 뿜어내는 기세 또한 삼쇠 일행이 뿜어내는 기세와 비견해 전혀 뒤지지 않았다.

삼쇠 일행은 자신들을 포위한 자들을 향해 한 점 두려움 없이 빠르게 원진을 이루었다.

한결 같이 칼자루를 왼쪽 어깨에 의지하고 바로선 지검대적세(持劍對賊勢)를 취하고 있었다.

선불리 접근할 수 없는 기세에 적인대는 틈을 살폈고, 삼쇠 일행 또한 엄중한 눈으로 적의 기세를 읽기 위해 노력했다.

팽팽한 살기가 장내를 휘감았다.

쉽사리 삼쇠 일행을 향해 공격을 할 수 없었다.

마치 붉은 이리[血狼]떼들처럼 포위하고는 있지만, 검인(劍刃)을 하늘로 향하고 검첨(劍尖)을 자신들의 머리로 향한 예도(銳刀) 끝에서 뿜어지는 살기가 가공스러웠다.

―주군, 심상치 않은 기세입니다.

―일고 있다. 어쩌면 피를 볼지도 모른다. 신중을 기해서 공격하라.

적리소 또한 수하들의 심정을 누구 못지않게 느끼고 있었다. 삼쇠의 검끝에서 날아오는 예기가 자신을 향해 있었기 때문이었다.

자신을 옭아매는 예기로 인해 적리소는 자신감을 잃고 있었다.

가문에 장담하며 나선 길에 처음부터 강적을 만났다는 것이 불길한 징조로 보였다.

'검첨에서 나오는 기운이 나를 옭아매고 있다니, 이자들이 누구란 말이냐? 이건 상승의 고수가 아니면 풍길 수 없는 기운이다. 군문에 있는 자들인가 싶었는데 그것도 아니었던가? 으음, 이대로 있다간 당하고 만다. 저들의 기세가

완성되기 전에 쳐야 한다.'

적리소는 검진이 완성되기 전에 치지 않는다면 자신의 생사조차 장담하지 못할지도 모른 생각이 들었다.

'적리소야! 넌 적리세가의 사람이다. 이미 화경에 이른 내가 겁을 먹다니. 더군다나 적인대의 일급 고수들과 함께 하는 일이다.'

적리소는 자신이 데리고 온 적인대를 믿었다.

그리고 자신을 있게 한 가문의 절기를 믿었다.

조선이라는 조그만 변방소국의 이름 모를 자들은 절대 자신들을 감당할 수 없을 것이라는 생각으로 자신감을 키웠다.

"비기를 허락한다, 쳐랏!"

찰칵!

명령과 동시에 적인대의 손에서 무엇인가 튀어나왔다.

적인대가 자랑하는 혈랑조였다.

손목에 감추어져 있다가 내력을 돋우는 순간 튀어나와 적을 살상하는 기병이었다.

상당한 내력을 쌓은 듯 그들의 손에서 튀어나온 혈랑조 에서는 은은한 붉은색의 기운이 흐르고 있었다.

삼쇠 일행은 긴장된 눈으로 적인대의 혈랑들을 바라보았다. 그렇게 긴장한 것은 삼쇠 일행만은 아니었다.

숨어서 격전을 지켜보고 있던 서린 또한 마른침을 삼킬

정도로 긴장하고 있었다.

'살기가 아주 짙어졌다. 붉은 빛을 흘리는 저것이 문제가 아니다.'

서린이 놀란 것은 살기 짙은 인광을 뿌리는 혈랑조가 아니었다.

내부에 흐르는 거친 기운이 더욱 난폭하게 변하며 기질 자체가 마치 야수처럼 변화하고 있기 때문이었다.

'꼭두쇠와 아저씨들도 변하고 있구나.'

내심 걱정을 하던 차에 삼쇠 일행의 기운도 변화하고 있어 안심할 수 있었다.

맑고 청순한 기운들이 더욱 깊어지며 마치 깊은 강물을 보는 것 같은 느낌이 야수처럼 거친 기운들에 밀리지 않을 것 같았기 때문이다.

'시작하는구나.'

파팟!

차아앙!

첫 번째 일격은 적인대에서부터 시작되었다.

포위한 자들 중 몇이 앞으로 나서 이리가 먹이를 노리듯 삼쇠 일행을 향해 덮쳐들며 혈랑조를 휘둘렀던 것이다.

차차차창!

검과 혈랑조가 부딪치는 소리가 장내에 울려 퍼졌다.

파파팟!

삼쇠 일행은 혈랑조를 쳐 내고는 계속해서 검인을 하늘로 치켜든 표두압정(豹頭壓頂) 자세를 유지하며 안쪽으로 등을 마주 대었다.

차차차창!

적인대의 혈랑들도 기민한 움직임을 보이고 있었다.

앞 열이 공격하고 재빠르게 뒤로 물러서는 것과 동시에 뒤의 열이 참격을 시전하며 공격해 달려들고 있었다.

'마치 늑대 무리가 먹이를 사냥하기 위해 공격하는 모습과 비슷하구나.'

거친 듯 보이지만 일정한 흐름을 보이고 있는 적인대의 모습에 서린의 눈이 빛을 발했다.

원진을 그리는 삼쇠 일행을 상대하기 위해 적인대도 나름대로 일종의 진을 펼치고 있었던 것이다.

투기와 같은 거친 기운을 내뿜으면서도 집요하게 적을 공격하는 적인대의 공격법은 나름 유명한 것이었다. 혈살전법(血殺戰法)이라 불리는 것으로 그들의 펼치는 전법은 중원에도 검증받은 것이었다.

혈살전법은 오랜 세월 동안 혈랑들의 움직임을 관찰한 후 창안되었는데, 다수가 소수, 다수가 다수를 공격하는 데에 있어 따를 만한 것이 없었기에 오늘날 적리세가를 대표하는 상징이 되기도 했다.

반격이 없는 삼쇠 일행을 공격해 드는 혈랑들의 움직임

은 눈이 부셨다.

포위하여 끈질기게 공격하는 늑대 무리의 움직임은 산중의 대호조차 어째서 경계하는 것임을 여실히 보여 주고 있었다.

그렇게 순차적으로 공격을 이어 가던 적인대에게 파탄이 일어난 것은 한순간이었다.

그것은 삼쇠 일행의 검인이 지면으로 향한 순간이었다.

번쩍!

아래로 향해 있던 검인이 하늘로 오르는 순간, 번쩍이는 검광이 일었다.

"커…… 어억!"

덮쳐들던 혈랑 중 하나의 입에서 답답한 신음이 흘러나왔다.

앞 열이 공격하고 뒤의 열이 재차 공격하려는 순간 섬광과 함께 삼쇠의 예도가 혈랑의 목을 훑고 지나간 것이다.

투드드득!

적인대의 머리가 지면에 떨어져 구르고 또다시 표두압정의 자세를 취하는 삼쇠 일행을 보며 적리소는 자신의 답답한 마음이 어디서 기인하는지 확인할 수 있었다.

'어떻게 이런 자들이…….'

비록 옷은 남루하게 차려입었으나 자신들이 포위하고 있는 삼쇠 일행은 내력조차 가늠이 되지 않는 고수들이었다.

지난날 적인대를 막아선 자들로 인해 실패했다고는 들었으나 이 정도일 줄은 그로서도 짐작을 못했던 것이다.

"……너희들은 누구냐?"

적리소는 떨리는 목소리로 삼쇠 일행의 정체에 대해 물었다.

"너희들로 인해 선왕께서 붕어하시고, 들개 같은 네놈들에게 복수하기 위해 관직을 떠난 사람들이다. 이곳이 한낱 중원의 야인들이 찾아와 분탕질을 칠 만큼 만만한 곳인 줄 알았더냐? 네놈들은 오늘 살아서 돌아가지 못하리라!"

서릿발 같은 삼쇠의 호통에 적리소는 가슴이 떨려 왔다.

'도저히 실력으로 승부를 볼 수 있는 자들이 아니다. 저런 분노라면 이자들은 절대로 우리를 놔주지 않을 것이다. 지금 서로의 인원이 동수가 된 이상, 오늘의 일은 글렀구나.'

방어에서 순식간에 공세로 전환하여 환상처럼 검기를 뿌리는 검진의 위용에 가슴이 시렸다.

적인대가 펼치는 혈살전법이 아무리 중원무림에서 무서운 맹위를 떨치던 전법이라고는 하나 삼쇠 일행이 펼치는 것은 그것을 훨씬 상회하는 것이었다.

'저런 모습을 한 채 이곳을 계속해서 감시하고 있었던 것을 보면 길보다 흉이 많을 것 같으니 빨리 벗어나야 한다.'

적리소는 장내를 벗어나야 한다고 판단했다. 적이 지금 자신들과 대적하고 있는 이들뿐이라는 확신이 없었기 때문이다.

'몇이나 빠져나갈 수 있을런지……'

빠져나가는 것도 쉽지 않은 일이었다.

자신들을 촘촘히 감싸기 시작한 검기의 여파가 살을 베일 듯 무척이나 엄밀했다.

섣불리 몸을 뺄 처지도 아니라는 것을 절감한 적리소는 진퇴양난에 빠져 버렸음을 알 수 있었다.

파파팟!

적리소의 생각은 길게 이어지지 않았다. 어느새 삼쇠 일행이 자신들을 향해 덮쳐 왔기 때문이다.

웅크리고 있던 맹호가 도약하듯 자신들을 향해 달려들며 내려치는 검격에는 무시하지 못할 경력이 담겨 있었다.

차차창!

"크억!"

"크아악!"

혈랑조를 들어 쇄도하는 검과 맞부딪쳤지만 그것도 잠시였다.

바람처럼 휘돌아 그어 내리는 검에 적인대의 혈랑들은 하나둘 바닥에 누워야 했다.

채채챙!

'제기랄!!'

수하들이 쓰러지는 것을 보면서도 적리소는 그들을 도울

수가 없었다.

삼쇠의 검에서 피어나는 검기가 옥죄듯 사방을 포위하고 있어 빠져나갈 수 없었기 때문이다.

'이 정도의 실력을 지닌 자들은 중원에서 보기 쉽지 않다. 특히나 저자는 절정의 무인이다.'

중원에서는 볼 수 없는 판이한 검세요, 검기였다.

도도히 흐르는 강물처럼 면면부절 끊임없이 이어지는 검세는 당혹스럽게 그지없었다.

어떻게 대적해야 할지 갈피를 잡을 수 없는 탓이었다.

채챙!!

검격이 빠르게 다가왔고, 적리소는 빠르게 검을 쳐 냈다.

'크으, 반탄력이 장난이 아니다.'

막아 내기는 했지만 손아귀가 아려 오는 것을 느끼며 적리소는 삼쇠를 바라보았다.

뭉클거리는 검기가 더욱 진해지는 것을 보니 내기를 끌어 올리는 것이 분명했다.

'이대로라면 저자에게 당한다. 어쩔 수 없이 나 혼자서라도 피해야 하는가?'

여기 저기 자신의 수하들이 피를 흘리며 땅바닥에 눕는 것이 보였다.

자신들로는 도저히 감당할 수 없는 대적을 맞이한 것을 느꼈기에 적리소는 자리를 벗어나기로 했다.

─우리 상대가 아니다. 부딪칠 때 탄의 힘으로 간격을 만든 후, 최대한 빨리 이 자리를 벗어난다. 살아서 보도록 하자.

수하들에게 전음을 보낸 적리소는 내력을 더욱 끌어 올렸다.

휘이이익!

삼쇠의 검세가 자신을 향해 다가왔다.

들고 있는 검은 한 자루가 분명했지만 상중하로 찔러 오는 검세는 적리소의 눈에 모두 진검으로 보였다.

'지랄 같군.'

적리소는 가문에서 내려오는 절기를 빠르게 펼쳤다.

자신이 익히고 있는 혈랑조의 유일한 방어초식인 혈랑밀밀(血狼密密)에 반탄의 기운을 실었다.

퍼퍼퍽!

혈랑조와 검이 부딪치면서 둔탁한 소리가 울려 퍼졌다.

"크…… 으윽!"

적리소의 입에서 피분수가 뿜어졌다.

탄의 힘으로 삼쇠의 경력을 밀어내려 했지만, 생각과는 달리 부딪치자마자 밀려오는 암력에 내상을 입었던 것이다.

휘이익!

내상을 입기는 했지만 삼쇠를 밀어내 간격을 벌린 적리소는 빠르게 신형을 뒤로 빼냈다. 그러고는 뒤로 돌아 다급히 도망치기 시작했다.

파파팟!

"크악!"

"아아악!"

등 뒤에서 비명 소리가 연이어 들려왔지만 개의치 않고 전력을 다해 경공을 펼쳤다.

'지금은 이대로 가지만 반드시 네놈들을 죽이고 말리라.'

상대의 검격에 내상을 입은 상태.

비명의 숫자로 봐서 이끌고 있는 수하들도 모두 당한 것이 분명했다. 이대로 있다가는 목숨조차 부지하지 못할 것이 분명했기에 내상이 도지는 것을 무시하고는 내공을 더욱 끌어 올린 후 경공을 시전 했다.

도주하는 꼴이 비루먹은 강아지 같은 모습이기는 하지만 적리소는 마음속으로 복수를 다짐하고 있었다.

조선의 도성 인근에 대한 대략적인 지형은 파악을 한 터였다.

안가까지 가는 것은 어렵지 않지만, 추적해 올 자들이 문제였기에 적리소는 방향을 틀었다.

'저쪽은?'

숨어서 격전을 지켜보고 있던 서린은 도성으로 향하던 적리소가 다른 곳으로 방향을 트는 것을 볼 수 있었다.

'제기랄!'

도주하는 것은 상관없지만 방향이 문제였다. 아이들과 어르신들이 몸을 피한 곳으로 적리소가 움직이고 있었다.

'꼭두쇠에게 밀리기는 했지만 저 정도 실력이면 아이들과 어르신들이 위험하다.'

사사사사삭!

서린은 빠르게 신형을 움직였다.

소리를 내지 않고 은밀하게 움직이는 서린의 존재를 장내의 누구도 알아차리지 못하고 있었다.

파파팟!

적리소는 중간에 방향을 튼 후 빠르게 이동했다.

일각여를 달렸을까, 머지않은 곳에서 인기척이 느껴졌다.

기감을 집중했지만 옹기종기 모여 있는 불안한 기운들 속에서 무인의 기세는 느껴지지 않았다.

적리소의 눈에서 살기가 일었다.

'어떤 놈들인지 모르겠지만 잘됐다. 버러지들을 이용해 놈들의 발걸음을 늦출 수 있을 것이다.'

철컥!

적리소가 진기를 주입하자 손등에서 장착한 혈랑조에서 조인(爪刃)이 발출되더니 손가락을 따라 길게 뻗어 나왔다.

어차피 다른 흔적을 만들어 추적하는 자들에게 혼란을 주기 위해 돌아가는 길. 기운으로 보아 일반 백성들인 터라 간단하게 죽일 수 있을 테지만, 부상만 입히기로 했다.

조선의 관에 있는 자들 같으니 부상으로 신음하는 백성들을 그냥 두고 보지 않을 것이고, 그만큼 자신은 몸을 뺄 수 있는 시간을 벌 수 있을 터였다.

적리소가 그렇게 살기를 갈무리하며 나아가다 사람들이 모여 있는 곳까지는 대략 삼십여 장이 남았을 때였다.

휘익!

픽!

"커억!"

갑자기 나무 위에서 떨어져 내린 서린으로부터 등을 강타당한 적리소가 답답한 비명을 지르며 튕겨져 나가더니 이내 산비탈을 굴렀다.

'저 정도면 산막으로 가지는 않을 것이다. 하지만 혹시 모르니, 일단 숨자.'

야행복을 입은 적리소가 빠르게 비탈을 구르는 것을 잠시 지켜보다가 서린은 재빠르게 몸을 감췄다.

터터터턱!

예상치 못한 적의 등장에 적리소는 굴러 떨어지면서도 냉정을 잃지 않았다.

'크윽, 제기랄! 숨어 있는 자가 있었다니……!'

팍!

기적조차 느끼지 못한 적의 암습에 적지 않은 내상을 입은 적리소는 산비탈을 구르다가 눈에 뜨인 나무 등걸을 손으로 잡아채고는 빠르게 몸을 일으켰다.

적이 누군가 파악하기 위해 시선을 돌린 적리소는 붉은 안광이 넘실거리는 눈동자가 자신을 지켜보더니 흔적도 없이 사라지는 것을 볼 수 있었다.

'크으, 위험한 놈이다.'

잠깐이었지만 자신이 본 적의 눈에 어린 살기가 가슴을 파고들었다.

부친이 적들과 상대했을 때 보여 주었던 살기와 비교해 봤을 때 절대로 아래가 아니었다.

'이대로는 내가 위험하다.'

삼쇠와 싸우며 입은 내상이 도져 있는 상태에 알 수 없는 적이 자신을 기다리고 있다는 생각에 적리소는 이내 도주를 선택했다.

파파팟!

'크으으, 제기랄! 변방의 약소국이라고 생각했는데, 이런 자들이 있었다니……..'

석년의 실패는 결코 우연이 아니었다.

이런 자들이 있었다면 실패는 당연한 일이었다.

중원을 떠나오며 너무 쉽게 생각을 했던 자신을 자책하면서 적리소는 곧장 도성을 향해 달렸다.

안가로 가서 내상을 최대한 빨리 수습한 후 조선을 떠나는 것이 목숨을 부지하는 것임을 깨달은 것이다.

적리소가 의문의 누군가에게 일격을 당한 후 도성으로 도주하는 그 시각, 마지막 남은 혈랑이 삼쇠의 손에 유명을 달리하고 있었다.

서걱!

"크윽!"

도주한 적리소를 제외하고 마지막 남은 혈랑이 답답한 비명과 함께 주검으로 누웠다.

"시끄러워질 수 있으니 이놈들을 모두 묻고, 흔적을 지워라."

마지막 적인대원을 일 검에 쓰러트린 삼쇠는 빠르게 지시를 내렸다.

"예, 대감"

"앞으로 나는 삼쇠일 뿐이다. 예전의 지위는 버렸음을 잊지 말기 바란다. 우리가 제 이름으로 설 수 있는 날은 놈들에 대한 응징이 끝났을 때뿐이다."

정색을 한 삼쇠가 대답한 덕팔을 꾸짖으며 자신들의 맹세를 상기시켰다.

"죄송합니다."

"한 놈이 도주했다. 나를 따르도록 해라."

파파팟!

삼쇠가 몸을 날리자 덕팔도 곧바로 뒤를 따라 몸을 날리며 전음을 보냈다.

―꼭두쇠.

―놈을 추적해서 이 땅에 다시 숨어들었는지 이유를 알아내야 한다. 추적할 수 있겠느냐?

―염려하지 마십시오. 그런데 놈을 사로잡는 것입니까?

―지난날의 일을 살펴보면 놈은 분명히 이곳에 연줄이 있는 것이 확실하다. 하지만 놈을 잡아도 알아낼 확률이 적을 것 같으니 어디로 가는지 살피는 것이 우선이다.

―꼭두쇠에 부딪친 후 내상을 입은 거 같으니 은신처로 숨어들 가능성이 높군요.

―그래, 놈의 흔적을 놓치면 안 된다.

―제법 흔적이 남아 있습니다. 도성으로 간 것 같으니 놈이 어디로 가는지 추적하는 것은 여반장이나 마찬가지입니다.

―그래.

추적을 시작한 지 얼마 안 있어 덕팔이 놀라 걸음을 멈췄다.

"뭐냐?"

"꼭두쇠, 놈이 아이들을 피신시킨 곳으로 방향을 틀었습니다."

"젠장!"

파파파팟!

덕팔과 삼쇠는 전력을 다해 경공을 시전 했다.

"꼭두쇠, 잠깐 기다리십시오."

이이들을 피신시킨 곳 근처에 이르러 덕팔이 앞서 가던 삼쇠를 멈춰 세웠다.

"뭐냐?"

"흔적이 끊어졌습니다."

"어서 찾아라."

삼쇠의 재촉에 덕팔이 눈에 진력을 불어넣어 청안공을 시전 하자, 이내 흔적을 발견할 수 있었다.

"놈이 저곳으로 몸을 날린 후 비탈로 굴렀습니다. 아이들을 피신시킨 곳으로 우리를 유인하고 몸을 빼내려 했지만 내상을 입어 몸을 가눌 수 없었나 봅니다."

"다행이다. 어서 내려가 보자."

파파파팟!

삼쇠는 빠르게 밑으로 내려갔다.

"맞습니다. 꼭두쇠, 놈은 이곳에서 멈춰 선 후 도성으로 방향을 틀었습니다."

"아주 약은 놈이다. 어서 쫓자."

"예, 꼭두쇠."

흔적을 찾은 덕팔은 도성을 향해 방향을 잡았다. 두 사람은 수하들의 죽음을 남기고 도망친 적리소를 쫓기 시작했다.

중원의 무림인들이 한양성 근처에서 이리 암약할 수 있

다는 것은 이곳에 연줄이 있지 않고서는 불가능한 일이었
다.

조금 전의 격전에서도 일부러 적리소에 대한 공격을 느
슨하게 했던 것도 적들과 내통한 자들을 찾아내기 위한 삼
쇠의 고심이었다.

그렇게 추적을 하며 성곽 근처에 이르자 더욱 확실한 흔
적을 찾을 수 있었다.

"놈이 의복을 벗어 던졌습니다."

"빨리 쫓는다."

야행복을 발견한 후 일각이 되지 않아 삼쇠와 덕팔은 적
리소의 흔적을 쫓아 성벽까지 다다를 수 있었다.

"도성입니다."

"놈이 도성을 넘었는지 살펴야 한다."

아직 성문이 열릴 시각이 아니었다. 성벽을 타 넘어 안으
로 잠입했을 수도 있지만, 유인하는 기만책일 수도 있기에
흔적이 있는지 살펴야 했다.

좌우로 십여 장의 성곽을 따라 살피다가 타 넘은 흔적을
발견할 수 있었다.

"꼭두쇠, 중간 부분에 흙이 묻는 부분이 있습니다."

"그렇다면 도성 내로 들어섰다는 뜻이로군."

"그렇다고 봐야 합니다. 아직 도성 문을 열 시각도 아니
고, 순라를 도는 순라군들의 눈을 피해야 하니 쉽게 숨을 수

는 없을 겁니다."

"불경한 일이지만 여기서 도성 문이 열리기를 기다릴 수는 없다. 우리도 이곳을 넘어 놈을 추적한다. 이번에야말로 놈들과 관련된 뿌리를 모두 잘라 내야 하니 말이다."

"예, 꼭두쇠."

파팟!

야행복을 벗어 던졌다는 것은 안에 옷을 받쳐 입고 있었다는 것을 뜻했다. 변복을 하고 한양성내로 잠입했다면 추적이 끊어질 수도 있기에 삼쇠와 덕팔은 다급히 성벽을 넘었다.

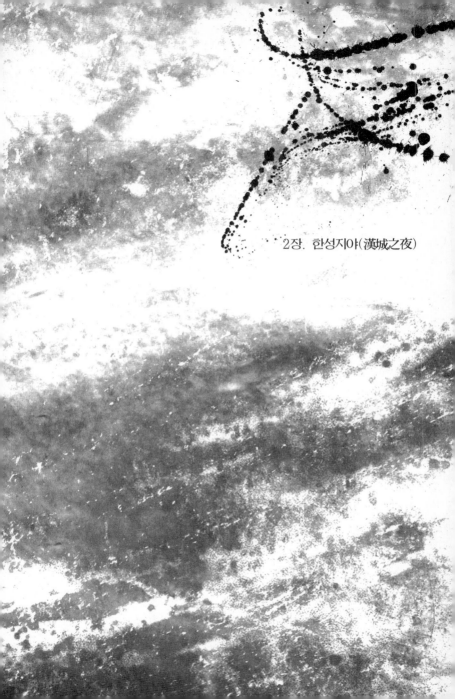

2장. 한성지야(漢城之夜)

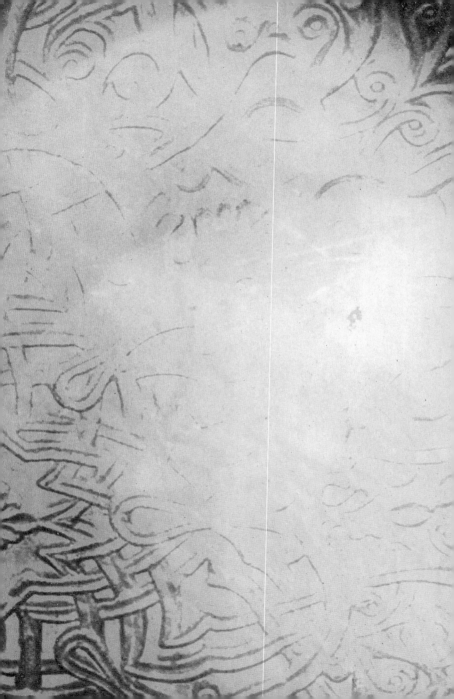

김성갑은 이른 새벽 동이 트기도 전에 서둘러 입궐을 했다. 자정이 가까워 궐로부터 전갈이 있었기 때문이다.

'어인 일이신지……'

대전 내시의 안내를 받아 은밀히 궐로 들어선 성갑의 눈은 곤혹으로 가득 차 있었다.

밤새 고민을 했지만 조선의 하늘인 성상의 뜻을 전혀 짐작할 수 없었기 때문이다.

'전하를 만나 뵙기 전까지는 아무리 고민해 봐야 소용이 없는 일이다.'

뜻을 모르는 이상 고민이 소용이 없음을 알기에 성갑은 상념을 접고 갑사의 뒤를 따랐다.

'으음, 내 마음과는 달리 궐은 평안하구나.'

아직은 이른 시간이었기에 갑사들이 경계를 서는 것을 제외하고는 궐 안은 무척이나 조용했고, 성갑은 그런 평안함이 부러웠다.

침전 가까이 이르자 대전내관이 기다리고 있었다.

"대감, 따라 오십시오."

"알았네."

이미 전언이 있은 듯 성갑은 자신을 기다리는 대전내관을 따라 침전으로 향했다.

성갑을 안내한 대전 내관이 안을 향해 고했다.

"전하! 한성 판윤 입시이옵니다."

"어서 들라하라."

미성에 가까운 나직한 목소리가 또렷하게 들린 후 침전으로 들어가는 문이 열렸다.

드르르륵!

침전의 문이 열리고 조심스러운 몸짓으로 침전으로 들어선 성갑은 내심 놀라움을 삼켜야 했다.

'으음, 밤을 새우신 것인가? 도대체 어떤 심려가 있으시기에…….'

지난 저녁 무렵, 자신의 집에서 궁궐로 돌아갈 때 보았던 모습이 그대로인 것도 놀라웠지만, 보료를 짚고 앉아 있는 용안에 고심한 흔적이 역력해 보여 성갑은 불안하지 않은 수 없었다.

"이리 가까워 앉도록 하시오."

"예, 전하!"

성갑은 조심스레 발걸음을 옮겨 임금 가까이 준비되어 있는 자리에 앉았다.

"짐이 판윤대감을 부른 이유는 몇 가지 알아볼 게 있기 때문이오."

"무슨 말씀이신지 하교하여 주십시오. 전하."

조용히 말하는 임금의 목소리를 들으며 성갑을 자세를 바로 했다.

"판윤께서는 이 나라에서 둘째가라면 서러워할 무예의 대가시라는 것을 알고 있습니다."

'어찌……'

성갑은 임금의 말에 내심 긴장했다.

자신이 조선제일의 무인이라는 사실은 야인들 사이에서 나오는 이야기일 뿐, 이곳 궁궐에서 나올 만한 이야기가 아니었기 때문이다.

"과찬이시옵니다, 주상 전하!"

마음과는 달리 성갑은 차분하게 대답을 하며 이어질 임금의 질문을 기다렸다.

자신이 본 것을 토대로 짐작하자면 어린 임금은 자신에게 무엇인가 하문할 것이 있는 것 같아서였다.

"판윤대감, 대감께서는 변경에 봉직하시면서 오랑캐들과 명나라 사람들을 보셨으리라 봅니다."

"……."

"안 그렇습니까? 대감."

임금의 의도를 몰라 미처 대답을 못하는 성갑을 향해 확인을 위한 질문이 들어왔다.

"그러하옵니다, 전하. 신이 변경에 봉직할 동안 많은 이들을 보았습니다."

성갑으로서도 뜻밖의 질문이었만, 조선의 하늘이 하문하는 것이기에 조용히 대답했다.

"그들과 교류가 있었던가요?"

"전하의 말씀대로 북방을 순회하며 변방의 이족들과 명나라 사람들을 많이 접촉한 것은 맞사옵니다. 하온데 무슨 하교가 계시기에 그리 하문하시는지 신은 영문을 모르겠나이다."

"짐이 묻고 싶은 것은 대감께서 만난 사람들 중에 무인들이 있나 하는 것입니다."

"……."

자신에게 하문하는 임금의 말에 성갑은 잠시 말문을 닫았다.

'근심이 서리신 모습이구나. 명의 무인들과 얽힌 일이라면 보통 일이 아닐 것이다.'

자신이 살핀 임금의 안색에 우려와 근심이 있음을 본 그는 뭔가 피치 못할 사정이 있음을 알 수 있었다.

'그들에 대해 말씀하시는 것 같으신데……'

하지만 어디까지 말을 해야 할지 알지 못하고 있었다. 그로서도 자세히 알고 있지 못하기 때문이었다.

"꺼리지 마시고 말씀해 보시오."

"전하, 그럼 한 가지 여쭈어도 되겠나이까?"

"그리하도록 하시오."

"지금 전하께서 소신에게 하문하신 것은 감추어진 무인들을 말씀하시는 것이옵니까? 아니시면 세상에 드러난 무인들을 이름이옵니까?"

"감추어진 무인들에 대해 말해 보시오."

대답을 하며 분노의 얼굴을 하고 있는 임금을 보며 성갑은 의문을 감출 수 없었다.

'그렇지만 어찌 그런 자들과 상께서……'

매우 분노한 목소리로 자신에게 하문을 하고 있었다.

아직 국사에는 적극적으로 참여하지는 못하지만, 대신들 간의 난상토론이 있을 때도 용안에 미소를 잃지 않던 임금이었다.

그런 임금의 용안에 웃음 대신 분노가 서렸다면 정말이지 보통 일이 아닐 것이다.

'상께서 그들에 대해 알고 있다는 것도 알 수 없는 일이

다. 직접 관여되지 않고는 그럴 수 없으니 말이다.'

감추어진 무인들에 알고 있는 것도 의구심이 들었다.

세인들에게조차 그리 알려지지 않은 자들이기에 구중심
처에 있는 임금의 귀에까지 들어갈리 만무했다.

그렇다는 것은 임금과 명의 감추어진 무인들이 직접 관
련된 사건이 있었음이 틀림없었다.

'상께서 저리 분노하실 정도면 조선의 감추어진 무인들
이 나설 수 있음을 저들도 알 터인데……'

사람의 피를 하찮게 여기는 강호였지만 스스로 지키는
금약이 몇 있었다.

그리고 금약 중 하나가 타국의 내정에는 간섭하지 않는
다는 것이다. 자칫 피가 튀기는 살육전이 전개될지도 모르
기 때문이었다.

무림이라 칭하는 곳에서 활동하는 자들이 주상의 심기를
어지럽힌 것 같아 마음이 심란했다.

심신을 수련하기 위해 꺼내 들던 자신의 애검에 피를 묻
힐 일이 벌어질지도 모르기 때문이었다.

"판윤대감, 왜 답이 없는 것이오?"

머릿속이 복잡해 미처 대답을 하지 못한 성갑을 향해 임
금이 하문했다.

"망극하옵니다, 전하. 전하도 아시다시피 신이 변경에 봉
직하는 동안 여러 인물들을 만났사옵니다. 그중 백두에 있는

산인들과 교류를 가질 수 있었는데, 그들의 주선으로 명나라 무인들과 면식을 가질 기회가 있었나이다."

"그래요?"

자신의 말에 임금의 눈을 빛내자 성갑은 다시 이야기를 이어 나갔다.

"모용세가라 칭하는 사람들을 만날 수 있었사온데 그들 또한 감추어진 무인들인 것 같았습니다."

"그렇군요. 그런데 산인들은 어떻게 아시는 겁니까?"

어느 정도 이야기를 해야 할지 마음을 정한 탓에 대답은 빠르게 이어졌다.

"백두산에 있는 장백파라 불리는 곳에 수장이신 장백진 인의 사형제 되시는 분께서는 사사로이 저에게 외숙이 되시 는 분이옵니다. 해서 명에 있는 감추어진 무인들의 세계라 는 강호에 대해서 일부나마 들을 수 있었습니다."

"강호요? 무림이라고도 불리는?"

"그렇습니다. 외숙의 말씀으로는 명에는 강호라 칭하는 곳 이 있다고 합니다. 무림이락도 하지요. 그곳은 일반 백성들 의 세상과는 전혀 다른 세상을 살아가는 자들이 있다고 하옵 니다. 그들의 무예는 경천동지할 위력을 가지고 있으며, 피 가 멈출 날이 없을 정도로 살벌하기 그지없는 곳이라고 하옵 니다."

"으음, 그런 곳이 실제로 존재한다는 것이오? 판윤."

"그러하옵니다, 전하."

"내 설마 했거늘, 그런 곳이 진정으로 존재할 줄이야. 판윤의 이야기를 들으니 그런 자들이 실제로 존재했구려."

"그렇습니다, 전하. 그들은 실존하는 이들입니다. 명 황실도 무서워하지 않으며, 독자적인 세계를 구축하고 자신들만의 세상을 살아간다고 하옵니다."

"그들이 명 황실도 무서워하지 않는다?"

"예, 전하. 그들의 힘은 무시할 수 없을 정도로 강력해서 명의 건국에도 막대한 힘을 보탰었다고 합니다."

"으음."

"힘이 있으니 그럴 것이옵니다. 명 황실도 불가근불가원한다고 하니, 어떻게 보면 다른 세상을 사는 이들이라고 할 수 있을 것입니다."

설명을 들은 임금이 고개를 끄덕였다.

"황실도 무서워하지 않고, 막강한 힘을 구축하며, 자신들만의 세상을 살아가는 자들이라니…… 그저 딴 세상 사람들이라고밖에 할 수 없을 것 같군요."

"그렇습니다. 전하."

성갑의 대답을 들으며 뭔가 고민을 하던 임금이 다시 입을 열었다.

"하나 더, 대감께 여쭙겠습니다. 어제 그 아이 말입니다. 판윤대감이 보시기에 무인으로서의 그 아이의 자질이 어떤 것 같습니까?"

"그 아이라시면?"

어제 자신의 집에서 사당패를 불러다 놀이판을 열었기에 누구를 지칭하는 것인지 알 수 있었지만, 의외의 질문이라 성갑이 반문했다.

"어제 재주를 부리던 아이 말입니다."

"그 아이 말씀이군요. 근골은 자세히 살피지는 않아서 잘 모르겠사오나, 그 나이에 그 정도의 감각이라면 하늘이 내린 재주라 할 수 있을 것입니다. 신분만 천하지 않다면 소신이 제자로 받아들이고 싶을 만큼, 출중한 천품을 타고 난 것으로 보였습니다."

"으음, 이 나라 제일의 무예가께서 하신 말씀이니, 그 아이의 자질이 어느 정도인지 알 수 있을 것 같군요."

'예전부터 알던 아이인 것이 분명하다. 명의 무인들에 대해 하문하신 것도 그렇고, 분명히 동떨어진 이야기는 아닌 것 같은데⋯⋯.'

안도의 표정을 보이는 임금을 보며 김성갑은 의문을 느꼈다.

강호에 대해 묻고, 아이의 자질에 대해 물었다.

기예를 펼쳐 보이던 아이와 무림이라 불리는 명의 무인들과 무슨 연관이 있는 것인지 궁금해졌다.

"전하, 외람되오나 신에게 그와 같은 하문을 하신 까닭이 있으신지요."

"다른 것은 없습니다. 앞으로 저의 호위를 맡을 자를 구하기 위함입니다. 아직은 나이가 어리기에 시동으로 삼아 곁에 두고 있다가 재질을 살려 훗날 호위로 삼을까 해서 말입니다."

생각과는 다른 대답이었다.

'설마, 호위로 삼으실 생각이실 줄이야. 하지만 천출일 것이 분명하거늘…….'

임금의 뜻은 알겠지만 문제가 있었다.

재주가 아까워 그럴 수 있었지만 재능과 신분은 다른 문제였다.

"전하, 천한 신분의 아이입니다. 어찌 전하에 곁에 두신다는 것인지요? 아이를 곁에 두시게 되면 중신들의 반발이 만만치 않을 것입니다. 전하께 누가 될까 두렵습니다."

아직은 어린 나이의 임금이 신하들에게 흠집을 잡힐까 두려워 성갑이 말렸다.

"그리 걱정할 필요는 없습니다. 내금위에서 확인한 결과 그 아이는 천출이 아닙니다."

"예?"

턱.

"이것을 한 번 보시지요."

김성갑은 임금이 내어놓은 두툼한 책자를 조심스럽게 받

아 들어 살피기 시작했다.

"전하, 이것은 건국공신이신 충열공의 가계를 적어 놓은 가계세보[族譜]가 아니옵니까?"

"맞습니다. 그 아이 것이라고 하더군요. 몇 해 전에 부모가 돌림병으로 세상을 떠난 후. 지금은 행방을 알 수 없는 자신의 형이 집안의 것이라며 맡기고 간 것이라고 하더군요. 그 가계세보로 보아 그 아이는 천출이 아닌 것이 분명합니다."

"하오나 천출이 아니라 해도 평생을 숨어 살아야 하는 전하의 호위를 어찌 그 어린 소년이 감당할 수 있겠습니까? 충열공의 후손이라면 더욱 그렇습니다, 전하!"

"대감, 사실 평생을 호위로 삼고자 하는 것이 아닙니다. 왕실에서 따로 쓰려고 하는 곳이 있기 때문입니다."

'역시.'

호위는 말뿐이고 분명 다른 쓰임새가 있는 것으로 보였다.

그것은 아마도 무림이라는 곳과 연관이 있을 것이 분명했다. 처음 무림이라는 곳의 무인들에 물어본 것이 그것을 짐작케 했다.

"하오면 대비전에서도 이 일을 알고 계시옵니까?"

성갑은 수렴청정을 하고 있는 대비전에서도 이 일을 알고 있는 지 궁금했다.

"물론입니다. 이 일은 대비전에서 먼저 말씀하셔서 하는 일입니다. 그리고 판윤대감을 이리 부른 것은 부탁드릴 일이 있어서입니다."

"부탁이라 하오시면?"

"어려운 일이겠지만 판윤대감의 무예를 그 아이에게 전수해 주셨으면 합니다."

"으음."

'왕실에 무슨 일이 있는 것이 분명하구나.'

임금의 말을 들으며 성갑은 모종의 일이 진행되고 있음을 알 수 있었다.

그리고 어렸을 때부터 무예를 전수하고자 한다는 것은 하루이틀에 끝날 일이 아니라는 뜻이었다.

"하오면 대비전에서 그 아이를 예전부터 지켜보셨다는 말씀이십니까?"

왕실의 의도를 확실히 하기 위해 성갑이 물었다.

"작년 대감댁에서 벌어진 놀이판에서 그 아이를 발견하고 지난 일 년 동안 세심히 살피셨다고 합니다. 어제는 그 아이가 어떤 아이인지 짐이 직접 보러 간 것이고요."

어차피 가문의 비예(祕藝)를 전수해야 할 기재를 찾아야 했기에 탐이 나던 아이였다.

성갑은 바로 승낙을 했다.

"알겠사옵니다, 전하. 어떤 연유이신지는 모르겠사오나.

신, 분부대로 그 아이에게 소신의 무예를 전수하도록 하겠습니다."

가문의 비예를 전수한다는 것이 쉽지 않은 일임에도 승낙을 해 준 성갑을 보며 임금이 환하게 웃음 지었다.

"하하하, 고맙습니다, 대감. 그리고 한 가지 부탁을 더 드리겠습니다."

"무슨 부탁이시옵니까?"

"그 아이와 놀이패에 같이 있는 한 노인이란 사람도 식객으로 받아 주시기 바랍니다. 서린이라는 아이와는 먼 친척이 되는 것 같고, 문장이 출중하다 하니, 그 아이에게 학문을 가르치게 하는 것도 나쁘지는 않으리라 생각돼서 드리는 부탁입니다."

한 노인에 대해서는 그가 쓴 축문을 보고 문장이 만만치 않다고 생각하고 있었던 터라 나쁘지 않은 생각이었다.

"알겠나이다."

"당부 드리지만 이 일은 비밀에 붙여야 함을 경도 잘 알고 있으리라고 생각합니다. 이만 물러가도록 하시고, 그 아이를 잘 가르쳐 주시기 바랍니다."

"염려하지 마시옵소서. 신, 이만 물러가겠나이다."

할 말을 끝내고 다시 생각에 잠기는 임금을 보며 성갑은 조용히 하직 인사를 올려 복명하고는 조용히 대전을 빠져나와 궐을 나섰다.

궐을 나선 성갑은 여명을 바라보았다.

"양(暘)이 승(昇)하기 시작하는 시간에 얻은 제자라, 허허! 이것도 인연이런가?"

아직도 의혹이 일고 있지만 상관하지 않았다.

재주를 보고 내심 탐을 내던 아이였다.

"얼른 가 봐야겠구나."

자신의 무예가 자칫 사장될까 우려하던 차에 천고의 자질을 가지고 있는 아이를 임금의 뜻으로 맡게 되었지만 궁궐의 고요함만큼이나 마음이 답답했다.

대궐을 나선 후 대동하고 온 종복이 있는 곳으로 발걸음을 옮겼다.

"그만 가도록 하자."

"예, 대감마님."

사인교도 타지 않고 종복 하나만을 대동하고 입궐한 터라 걸음을 재촉했다.

'자질이 뛰어난 아이를 제자로 받아들인 것은 기쁜 일이다만, 다시 한 번 생각해도 이상한 일이구나.'

임금의 명으로 난데없이 제자를 받아들이기는 했으나 왕실에서 벌이는 일이 무엇을 위한 것인지 알 수가 없었기에 곤혹스러웠다.

호위라면 무과에 급제한 이들 중 고르고골라 맡길 수도 있는 일이다.

무엇보다 자질이 출중하기는 하나 아직은 어린아이다. 지금부터 무예를 수련시킨다고 해도 적어도 십 년은 고려을 해야 했다.

이런 것들을 미루어 볼 때 호위로 쓰려 하는 것이 아님이 분명했다.

'후우, 내가 생각이 너무 깊은 건가?'

생각을 거듭하던 성갑이 고개를 흔들었다.

'아마도 강호에 대해 주상께서 하문하신 것 때문에 생각이 다른 길로 빠진 것 같구나. 그 아이가 자라 왕실을 위해 쓰인다면 그리 나쁘지도 않은 일이다. 그리고 이대로 접어야 했던 무맥을 승계할 수 있음이니 다른 생각은 하지 말자.'

왕실에서 필요한 곳에 쓴다는 말이 마음에 걸리기는 했으나 어차피 사문의 사명이 호국에 있으니 상관없었다.

사명을 달성하는 일이기도 하거니와 보기 드문 천품을 타고난 아이를 제자로 거둔다는 생각에 의문을 떨쳐 버렸다.

'성상의 어지는 천명이다. 신하로서 받들어야 하는 것이 지당한 도리이고. 왕실의 일에 더 이상 의문을 가지는 것도 불충이니 그 아이를 제대로 된 재목으로 키워 보자.'

성갑은 좋게 생각하기로 했다.

더군다나 어진 주상과 대비전이 관련된 일이라면 파고들

어 좋을 것이 없다는 생각이 들기도 했다.

"응?"

종복은 느끼지 못하고 걷고 있었지만 성갑은 새벽바람에서 심상치 않은 기운을 느꼈다.

휘이익!

미세한 파공음과 함께 누군가 빠른 속도로 저잣거리의 지붕 위를 건너뛰며 날들이 달리고 있었던 것이다.

'파공성으로 봐서는 무인의 움직임이 틀림없다. 미세한 혈향을 풍기는 것을 보니 부상을 당한 자가 분명한데, 무슨 일이 벌어졌는지 알아봐야겠구나.'

여명이 터 오고 있다고는 하나 아직 사람들이 지나다닐 시간이 아니었다. 새벽부터 혈향을 풍기며 움직이고 있다면 사람이 상한 사건과 연루된 자가 분명했다.

한양성내를 책임지고 있는 직위를 가진 그였다.

가만히 둘 수는 없는 노릇이었다.

파팟!

조선제일의 무인답게 종복에게조차 기척을 흘리지 않고 경신법을 발휘해 은밀히 뒤를 쫓기 시작했다.

초가의 지붕이든, 기와집 지붕이 든 기척 하나 없이 찍은 후 단번에 삼십여 보를 날듯이 달리는 성갑의 몸에는 바람을 가르는 파공음조차 없었다.

'으음, 저곳은 그분의 사택이 아닌가?'

지붕 위를 넘던 인영이 은밀히 숨어든 곳은 성갑도 잘 아는 곳이었다.

일찍이 문학과 경학에 밝아 학문이 경지에 이르렀으나 재주만큼 꽃을 피우지 못하고 세상을 여읜 판봉상시사(判奉常寺事) 윤견의 사택이었던 것이다.

'으음, 괴이한 일이로고? 은밀히 숨어들기는 했지만 잘 아는 것 같구나.'

지상으로 내려선 후 지리를 잘 아는 것처럼 행랑채 쪽으로 걸음을 옮기더니 끝에 있는 방으로 조심스럽게 들어가고 있었다.

'저곳의 주인과 관련이 있는 자 같으니 소란을 피우지는 않겠지만, 혹시 모를 일이니 집에 들렀다가 등청한 후에 조심스럽게 알아보아야겠구나.'

스슷!

숨어든 곳을 확인한 성갑은 쫓기를 중단하고 종복이 있는 곳으로 향했다.

'후후후, 녀석.'

자신이 암행인을 쫓아갔다가 온 것을 모르는 듯 종복은 집을 향해 부지런히 걷고 있었다.

'조금 전 그자의 움직임 정도면 상당한 고수다. 새벽부터 혈향을 풍기는 것을 보면 심상치 않은 일이 일어났음이 분명할 터. 하나 윤견은 생전에 집현전을 출입할 만큼 학문이 높은 사람이었으나 권력과는 무관한 이였다. 그러니 집 주인과 관련이 있다고 섣불리 단정 지을 수는 없는 일이다. 그런 자가 행랑채 머물고 있는 것에는 뭔가 이유가 있을 것이다. 일단은 별다른 일은 없을 것 같으니 등청하는 대로 은밀히 알아봐야겠구나.'

수상한 자이기는 하나 일의 전말을 모르니 어차피 붙잡아 봐야 뭔가 알 수 있는 것이 아니었다.

마음을 정리한 성갑은 자신이 자리를 비운 것도 모른 채 집을 향해 가고 있는 종복의 뒤에 천천히 내려서 걷기 시작했다.

조선제일의 무인이라는 성갑이 그렇게 집으로 향하는 모습을 지켜보는 이가 있었다.

적리소를 쫓아온 삼쇠와 덕팔이었다.

"가셨군!"

"하마터면 판윤대감께 들킬 뻔했습니다."

"그러게 말이다. 우리가 지체하지 않았다면 분명 우리의 정체를 들켰을 것이다. 판윤대감이 우리에 대해 알아서 좋을 일은 없으니 다행이다. 일단 놈이 잠입한 곳을 알아냈으니 아이들을 시켜 저곳을 감시하라고 일러라."

"알겠습니다. 걸립패의 돌쇠 놈이면 들키지 않고 감시할 수 있을 겁니다."

"그래, 그놈이 적당하겠구나."

사대문 안에 있는 거지들의 왕초가 돌쇠였다.

석년의 일로 인해 관복을 벗고 거지로 화신한 후 도성 내를 감시하는 돌쇠라면 충분할 것이기에 삼쇠가 고개를 끄덕였다.

"놈이 밖으로 나오는지. 그리고 저곳을 출입하는 자들이 누구인지 낱낱이 밝혀내야 한다고 일러라. 어차피 이곳의 일은 우리가 아니라 다른 이들이 맡게 될 터이니 난 어르신을 만나 봐야겠다."

"알겠습니다. 그럼 전 돌쇠 놈에게 말을 해 놓고 아이들이 있는 곳으로 가겠습니다."

"그래, 나도 어르신을 만나 뵌 후에 곧바로 가마. 형제들과의 약조도 있고 하니 말이다."

"예, 꼭두쇠."

덕팔은 고개를 숙여 보인 후 곧바로 사당패가 피신한 곳으로 향했다.

적인대와 대적한 자신의 동료들 또한 그곳으로 가 있을 터였기에 빠른 걸음으로 사라져 갔다.

"저놈의 정체를 내 손으로 밝혀야겠지만 연줄이 확인된 이상 이곳에 남아 있을 형제들이 처리할 일이다. 그런 일에는 우리보다 그들이 나을 테니까. 일단 어르신부터 만나 뵈어야겠다."

파팟!

삼쇠는 신형을 날렸다. 은밀하고도 빠른 움직임이었다. 그가 가고 있는 방향은 성갑이 향했던 곳과 같았다.

*　　　*　　　*

"대감, 사당패에 있던 자들이 와 있습니다. 새벽같이 내금위들과 함께 온 터라 일단 집에 들였습니다."

집에 도착하자 성갑은 청지기의 전언으로 서린과 한 노인이 집에 찾아왔음을 알 수 있었다.

"그런가? 어디 있나?"

"사랑채에 있습니다."

"가지."

성갑은 서린과 청지기를 앞장세운 후 한 노인이 자신을 기다리고 있는 사랑채로 향했다.

드르르륵!

안으로 들어서자 자리에서 일어나며 두 손을 조아리는 노소를 바라보며 성갑은 자리에 앉았다.

"나를 기다리고 있었다고?"

"예, 대감마님. 대감마님께서 이 아이를 제자로 삼고 싶다고 하셔서 기다리고 있었습니다."

태연히 대답을 하는 한 노인을 바라보며 성갑은 한 노인이 왕실과 관련이 있는 인물임을 알 수 있었다.

범인(凡人)이라면 의금부에 끌려갔다가 자신의 집으로 오면서 저렇게 태연한 신색을 가질 수 없었던 것이다.

'대단한 자다. 어찌 내가 몰랐었단 말인가?'

한 노인의 눈은 정광이 어려 있는 것이, 그 깊이를 짐작할 수 없을 정도로 심유했다.

조선제일의 무인이라 자신하던 자신의 눈으로도 확인할 수 없는 깊이의 눈을 바라보며 한 노인이 예사 사람이 아님을 알 수 있었다.

'왕실에서는 도대체 무엇을 바라는 것인지……'

조선제일의 무인이라는 말이 허명 같다는 느낌을 지울 수 없는 성갑은 갈수록 고민이 깊어졌다.

'생전 놀랄 일이 없다 자신했건만, 오늘따라 기이한 일만 생기는구나. 어차피 두고 보아야 할 일이다.'

부동심을 키우는 것이 무인이 본분이건만, 오늘은 놀람의 연속뿐이었다. 그것도 그의 머리를 아프게 하는 일들이었다.

"청지기에게 일러두었으니, 방을 마련해 줄 것이네. 기본은 되어 있는 아이 같으니, 내일부터 무예를 전수할 것이네. 그럼 그만 나가들 보시게."

"알겠습니다, 대감마님."

드르륵.

"으음."

두 노소가 방을 나서자 자신의 손에 맺힌 땀을 바라보며 놀라지 않을 수 없었다.

"잠깐이지만 눈을 바라보는 것만으로도 손에 땀이 잡히다니. 그럼 그자가 내가 넘볼 수 없는 고수라는 이야기인가? 내공을 가진 것도 아니고, 그저 학자로서 심유한 눈을 가지고 있다고 생각했거늘……."

고민을 접고 제자나 키우려던 생각은 한 노인을 보고 난 뒤 오간 데 없이 사라졌다.

한 노인만 한 고수라면 굳이 자신에게 무예를 배우지 않아도 될 터였다. 비밀을 요하는 일이라면 서린의 친척인 한 노인이 가르치는 것이 더 나을 수도 있기 때문이었다.

성갑은 임금의 어지로 알 수 없는 일에 휘말린 것이 못내 불안했다.

고민의 휩싸인 성갑과는 달리 사랑채를 나선 후 행랑에 머물게 된 한 노인과 서린은 태평하기 그지없었다.

"대감마님이 이제부터 저를 가르치시게 되는 겁니까?"

"그렇단다. 어렵게 청을 넣어 성사된 일이니, 저분이 가르쳐 주시는 것을 성심껏 배워야 한다. 대감마님이 가르쳐 주시는 것을 모두 배울 수만 있다면, 앞으로 네가 원하는 일은 무엇이든지 할 수 있을 것이다.

"알겠습니다. 어제 저녁에 만난 그분께서도 잘 배우라고 했으니 열심히 하겠습니다. 그런데 그렇게 으리으리한 집에서 사시는 분하고는 어떻게 아시는 겁니까?"

서린은 어제의 일을 되새기며 한 노인에게 물었다.

"먼 친척이 되는 분이시다. 그리고 사실 그분께 부탁을 드려 이번에 판윤대감의 문하에 들어간 것이다. 그러니 게으름 피우지 말고 열심히 배우도록 해라."

"그리하도록 하겠습니다."

"그뿐만이 아니다. 나는 밤에 네게 글을 가르칠 것이다. 무예만 배워서는 반편이 될 뿐이니 말이다."

"알겠습니다."

이미 예상한 일이라 서린이 고개를 끄덕이며 대답했다.

"나는 볼일이 있어 잠시 나가 봐야 하니 눈을 좀 붙이도록 해라. 밤을 새웠으니 피곤할 것이다."

"예, 할아버지."

한 노인이 이내 일어나 밖으로 나갔다.

"그래, 잠 좀 자자."

할아버지를 마중한 서린은 조용히 이부자리를 펴고 자리에 누웠다.

"오늘은 이상한 일들뿐이군."

김성갑 대감의 회갑연에서 놀이판을 끝내고 평양으로 향할 예정이었던 놀이패는 한양성을 벗어나자마자 의금부의 금군에게 붙잡혔다.

날이 선 장창을 잡고 포위한 금군에 의해 자신과 할아버지는 어디론가 갔었다.

그곳은 대궐만큼이나 세상에 다시 볼 수 있을까 하는 정도로 큰 집이었다.

서린은 그곳에서 정말 인자해 보이는 귀부인을 만나 볼 수 있었다.

화려한 비단옷을 걸친 인자해 보이는 귀부인은 자신의 손을 잡고는 따뜻한 눈빛을 보여 주었다.

그 때문에 죄인으로 잡혀 온 것이 아니는 것을 알 수 있어 안심할 있었다. 귀부인과 할아버지가 따로 할 말이 있다고 했기에 서린은 먼저 길을 나서 산막으로 갔다. 기다리는 놀이패를 안심시켜야 했기 때문이다.

그렇게 산막에 들러 자신은 할아버지를 따라 도성에 머물러야 함을 알렸고, 꼭두쇠의 승낙을 받을 수 있었다.

그러다가 일이 터졌는지 산책을 나간 꼭두쇠의 전갈로 갑자기 몸을 피해야 했다.

그리고 놀라운 일들을 보고 겪어야 했다.

"아까 그자가 다시 덤벼들었다면 위험했을 거야."

아이들이 위험할지도 몰라 살피던 중에 살기를 뿌리는 자에게 일격을 가해 도망치도록 했지만 아직도 가슴이 떨렸다.

그야말로 자신도 모르게 한 일이었다.

복면을 쓴 자를 물리치고 난 뒤 얼마 있지 않아 아저씨들이 산막으로 와서 안심할 수 있었지만 지금 생각해 봐도 무척이나 어리석은 일이었다.

"다시는 그러지 말아야 한다. 꼭 해야 하는 일이 있으니까."

서린은 자신의 치기 어린 행동을 자책했다.

살아온 날은 얼마 되지 않지만 소원하는 일을 이루기 위해서는 자신을 소중히 해야 했다.

"그래도 모두들 무사하니 다행이네. 아저씨들의 무예가 출중하니 별일은 없을 거고⋯⋯. 그나저나 오늘부터 무예라는 것을 본격적으로 배우게 되는구나."

놀이패와 떨어지는 것이 못내 서운했지만, 무예를 배우게 됐다는 서린은 마음이 뛰었다. 평소 티격태격했던 꼭두쇠의 다른 면을 본 후라 더욱 가슴이 뛰었다.

"최선을 다해 배우자. 형을 실망시킬 수는 없는 노릇이니까."

형을 만나게 되면 자랑할 수 있는 것이 한 가지는 있어야한다는 생각에 서린은 마음을 다졌다.

그리고 이내 피곤에 물들어 잠에 빠져들었다.

*   *   *

"어르신, 이렇게 경황 중에 모시게 되서 죄송합니다."

"어떻게 알았느냐?"

궁장을 입은 미부인을 향해 한 노인은 노기를 감추지 않았다.

평범한 남사당패의 일원이었던 그의 눈에는 푸른 신광이 줄기줄기 뻗어 나오고 있었다.

"어르신, 다 말씀을 드릴 터이니, 노여움을 거두시지요."

중년을 훨씬 넘긴 것 같은 미부인은 두려움에 떨렸지만, 미소를 잃지 않고 한 노인의 노기를 가라앉히려 노력했다.

한 노인은 그런 중년 부인을 노려보며 서서히 기세를 가라앉혔다.

"말해 보아라!"

"제 밑에 있는 아이가 작년에 판윤의 집에서 어르신을 뵈었던 모양입니다."

"의금부의 군사들이 나를 데리러 올 때부터 예상은 한 일이다만, 그동안 지켜보고 있었던 모양이로구나?"

한 노인이 기세를 뿜었다. 미부인으로서는 감당할 수 있는 것이 아니었다.

"죄송합니다, 어르신! 하지만 이번에 부탁드리는 일은 어르신과도 무관하지 않은 일입니다."

"흥, 나와 무관하지 않다니! 네가 나를 희롱하려 하는구나."

"아, 아닙니다. 정말로 어르신과 무관하지 않는 일입니다."

노기를 띤 한 노인의 기세가 강렬해지자 중년의 미부인은 다급하게 말을 이었다.

만약 한 노인이 진짜 화를 낸다면 그녀로서도 감당할 수 없었기 때문이었다.

"나야 이미 세속에서의 인연은 모두 접은 몸. 다만 핏줄에 얽힌 인연을 잊지 못해 잠시 속세로 나왔을 뿐이다. 그러니 허튼 소릴랑 하지 마라!"

"압니다, 어르신. 하지만 어르신, 이것을 한번 봐 주십시오."

살며시 품에서 봉서를 꺼낸 여인은 한 노인에게 건넸다.

심상치 않아 보이는 봉서였다. 겉봉에 희미한 혈흔이 비치고 있었기 때문이었다.

예상대로 한 노인이 봉서 안에 있는 것을 꺼내자 피로 쓰인 듯한 종이 한 장이 나왔다. 그 안에 담긴 글을 읽던 한 노인의 눈빛이 더욱 지독하게 변했다.

중년의 미부인 또한 마주 볼 수 없을 정도로 무시무시한 눈빛이었다.

한 노인에게서 뿜어져 나오는 기운은 대단했다. 살을 저밀 듯한 살기가 사방에 충만하고 있었던 것이다.

"이것이 사실이더냐……?"

"예, 어르신. 그들이 움직인 것이 확실한 것 같습니다."

"어허!! 이제 와서 천 년의 언약이 깨지다니. 이제 세속으로 돌아올 수 없는 몸이 되었거늘 시간이 없음이야. 시간이!"

"하오나 준비를 해야 하지 않겠사옵니까? 저들이 약속을 파기 했다 함은 이미 그만한 준비를 했음이 분명하니 말입니다."

"하지만 약속을 파기한 것은 그들뿐일 수도 있다. 다른 이들의 흔적이 없는 한, 내가 움직일 수도 없을뿐더러 이 편지만으로는 그들이 먼저 약속을 깼다고 확신할 수도 없으니 말이다."

"그래도 준비는 해야 할 것이옵니다."

중년 미부인의 말에 한 노인의 기세가 가라앉았다. 이제야 자신을 이곳으로 부른 까닭을 안 때문이었다.

"내가 이곳에 머물 수 있는 시간도 이제 얼마 남지 않았으니 걱정이구나."

"그 아이의 천품은 듣도 보도 못한 것이니, 인연의 끈을 넘기시면 어떻겠습니까? 주상도 그 아이에게 마음을 주고 있는 것 같으니 말입니다."

"그 아이를 말이냐?"

"예, 어르신."

"……좋다. 그렇다면 판윤에게 서린을 위탁하도록 하거라. 판윤이라면 자질을 알아볼 터이니, 서린을 욕심을 낼 것이다. 서린이 갖고 있는 세가 내력을 보면 신분에 대한 짐도 벗어 버릴 수 있을 테니 문하로 받아들일 것이다."

"김성갑 대감에게 말입니까?"

"그 사람은 장백파와 인연이 깊은 사람이니, 장차 서린의 행보에 큰 도움이 될 것이다."

"알겠습니다, 어르신."

여인이 고개를 조아리며 대답을 했다. 자신의 청을 순순히 받아 준 것에 대한 안도감 때문인지 그녀의 입가에 미소가 스쳤다.

"나 또한 이곳에 머무는 동안 서린이에게 인연의 끈을 넘길 테니 차후에 일은 하늘이 뜻하는 바를 따라야 할 것이다. 그 아이에게 인연이 이어질지 아닐지 모르니 말이다. 그러니 너 또한 그쯤에서 모든 것을 접거라. 더 이상 나선다면 다른 이들도 나설 수가 있음이야."

"알겠습니다, 어르신. 그럼 어르신 말씀대로 준비를 하도록 하겠습니다."

　　　　*　　　　*　　　　*

"허어~!"

집을 나선 후 성갑의 집을 돌며 기진을 설치하고 온 한 노인은 자고 있는 서린을 바라보며 한숨을 쉬었다.

지난밤의 일을 머리에 떠오른 까닭이었다.

어제 저녁에 알게 된 사실은 그로서도 놀라운 일이었다. 그것이 그의 마음 한구석을 무겁게 했다.

"고얀 것! 하지만 어찌할 수 없는 일이구나. 그 영악한 것의 말이 틀린 것이 아니니 말이다. 모두가 혈연을 잊지 못해 세속에 나온 내 잘못이다."

자신의 자손이 편안한 삶을 살 수 있도록 보살피기 잠시 세속에 나온 것이 뜻하지 않은 일과 부딪칠 줄은 몰랐다.

원래는 저버려야 하지만 그럴 수 없었다. 마지막 핏줄이 허무히 가는 것을 두고 볼 수 없기 때문이다.

그리고 만약의 경우도 생각하지 않을 수 없었다.

진정 천 년의 약속이 깨어진 것이라면 금수강산에 잔인하게 뿌려질 붉은 피가 눈에 선했기 때문이었다.

'선주도 나 때문에 이일에 말려든 것 같은데, 서린이 또한 같은 길을 걸어야 하다니, 우리 가문과 그자들과의 악연은 언제쯤 끝이 나려는 것인지?'

"험험!"

상념에 잠긴 한 노인의 귓가로 헛기침 소리가 들렸다.

밤을 새운 탓인지 잠시 곤한 잠을 자고 있는 서린을 보며 시름하던 한 노인은 청지기가 와 있음을 알 수 있었다.

"누구시오?"

"어르신, 대감마님께서 사랑채로 드시라 합니다."

"알았다고 전하시게."

전과는 다른 청지기의 말투였지만 신경을 쓰지 않았다. 판윤이 그리 지시를 했을 것이기 때문이다.

"서린아, 일어나라."

"으음, 할아버지."

흔들어 깨우자 서린이 눈을 떴다.

"네 스승이 되실 분이 부르시는 모양이니 어서 얼굴을 씻도록 해라."

"예."

서린이 밖으로 나가 준비된 물로 씻었고, 두 사람은 이내 사랑채로 향했다.

드르르륵!

문을 열고 사랑채로 들어선 두 사람은 자리에 앉아 있는 성갑을 볼 수 있었다.

"어서 오십시오. 조반을 같이 하시자 모셨습니다."

안으로 들어오자 성갑이 부른 이유를 말했다.

"대감마님, 별말씀을 다 하십니다. 어찌 저희들이 대감 마님과 같이 조반을 할 수 있겠습니까. 분부를 거두어 주시 지요."

"아닙니다, 충열공의 후예시라 들었습니다. 건국 공신이 신 충열공의 후예시라면 마땅한 대접이오니, 사양 마시고 자리에 앉으시기 바랍니다."

한 노인은 간곡히 청하는 성갑의 청을 뿌리치지 못하고 자리에 앉았다.

아직은 어리지만 반상의 법도가 지엄하다는 것을 아는 서린은 안전부절하지 못하고 엉거주춤 서 있었다.

"서린이도 자리에 앉아라. 조금 있으면 상이 들어올 터이니 말이다."

"예, 대감마님."

서린을 보며 성갑은 미소를 지으며 자리에 앉도록 했다. 어색한 분위기 때문인지 서린은 조심스럽게 앉았다.

"대감마님, 조반상 들었사옵니다."

하녀의 목소리와 함께 이내 문이 열리며 조반상이 들어왔다. 상이 세 사람 앞에 놓은 하녀는 이내 밖으로 나갔다.

"어서 드십시오."

"고맙습니다."

"서린이 너도 맛있게 먹어라."

"예, 대감마님."

성갑의 권유에 두 사람은 수저를 들었다. 성갑도 수저를 들고 식사를 시작했지만, 대화는 이어지지 않았다.

그렇게 세 사람은 어색한 분위기 속에서 말없이 식사를 마칠 수 있었다.

식사가 끝났음을 알리자 종복들이 들어와 상을 치웠지만

여전히 침묵이 흘렀다.

그러다가 먼저 말을 꺼낸 것은 성갑이었다.

"어찌 된 일인지는 모르겠으나, 성상의 어지를 받들어야 할 몸이니 서린을 맡기는 하겠습니다. 그런데 달리 하실 말씀은 없으십니까?"

"음, 대감께서 그리 말씀하시니 한 말씀드리겠습니다. 우리 서린이 대감 문하에 들어가면 의발을 전수받을 수 있는 것입니까? 아니면 기명제자에 머무는 것입니까?"

한 노인의 단도직입적인 말에 성갑은 흠칫하지 않을 수 없었다. 자신 앞에 있는 한 노인은 가문의 비밀을 알고 있는 것이 분명했기 때문이다.

―어르신은 어떤 분이십니까?

성갑은 전음으로 한 노인의 정체를 물었다.

―자세히 말해 줄 수 없네만, 자네의 고조부인 한성공과 교분을 나누던 사이라네.

'그렇다면……'

자신의 뇌리로 들려오는 전음을 들으며 한 노인을 바라보던 성갑은 의혹을 감출 수 없었다.

'하지만 얼마나 긴 세월이 지났는데……'

자신의 고조부와 교분을 나누던 사람이라면 이미 세수가 백수를 훨씬 넘겨야 했지만, 눈앞의 한 노인은 고작해야 예순이 넘은 모습이었다. 믿기 힘든 사실이었다.

—자네 가문의 절기를 마지막으로 정리한 사람이 바로 나네.

　성갑의 의혹에 한 노인이 다시 전음을 보냈다.

　—마, 맞군요.

　성갑은 한 노인이 자신이 생각하고 있는 사람이 맞는 것을 확인할 수 있었다.

　사실이라면 눈앞에 있는 한 노인은 조부 때부터 가문에서 내려오는 유훈 속의 사람이었다.

　가문의 절기를 완성할 수 있두록 조언을 아끼지 않았고, 이 나라를 위해 홀로 중원으로 떠났던 사람이 눈앞에 있었던 것이다.

　—자네가 생각하는 것 같이, 나는 그 사람이 틀림없네.

　—정말이십니까? 어르신이 그분이라니, 정말이지 믿을 수가 없는 일입니다.

　—믿게, 나는 자네가 생각하는 그 사람이 분명하니 말이야.

　—하지만, 어째서…….

　자신이 눈치를 채지 못할 정도의 고수였다.

　그런 실력이라면 서린을 자신에게 맡길 필요가 없기에 다시 의문에 찬 눈으로 한 노인을 바라보았다.

　—난 지금 지난날의 약속 때문에 서린이에게 나의 절기를 전수해 줄 수 없는 처지라네. 자네도 나중에는 알게 되

겠지만, 서린이에게 무예를 가르치려 함은 금수강산에 불어 닥칠 피의 폭풍을 막기 위함일세. 그렇다고 내가 가르칠 수는 없으니 자네가 기초를 좀 닦아 주도록 하게.

—어르신 말씀이니 그렇게 하겠습니다. 그런데 피의 폭풍이라니요? 그게 무슨 말씀이십니까?

—우선은 그렇게만 알고 있게. 더 이상은 곤란하니 말이야.

성갑은 더 이상 물어봤자 소용이 없다는 것을 깨닫고는 더 이상 질문을 하지 않았으나 마음이 무거운 것은 사실이었다.

—너무 걱정하지 말게. 이 나라에서 우리 가문의 절기와 쌍벽을 이루는 자네 가문의 절기라면 다가오는 혈풍을 막을 수도 있을 것이니 말이야.

자신을 안심시키려는 전음에 성갑은 고개를 끄덕였다.

—서린이를 잘 부탁하겠네.

—무슨 일인지는 모르겠으나, 고조부님께서 남기신 유훈에는 가문의 절학이 어르신 것이나 마찬가지라 했습니다. 그러니 서린이에게 모두 전수는 하겠습니다. 그런데 왜 이런 일을 벌이시는지 정말 제가 알 수는 없겠습니까?

—다시 한 번 말하지만 자네에게 말을 해 줄 수 있는 일이 아니네.

—으음, 곤란하신 모양이군요.

─그렇네. 자네는 서린이에게 자네 가문의 철학을 전수하는 일에만 전념해 주게. 자네에게, 그리고 자네의 가문에도 이로운 일일 테니 말이야.

성갑은 한 노인의 말에 아쉬움을 느꼈지만 가문에 이롭다는 말에 아쉬움을 삼켜야 했다.

앞에 있는 한 노인은 이 땅에 무인이란 존재가 있어 온 이래 최고의 무예가라 일컬어지는 사람이다.

또한 가문의 절기를 완성시켜 준 사람이기에 지금껏 자신이 돌파하지 못하고 있는 한계를 극복할 수 있는 전기를 마련해 줄지도 모르기에 아쉬움을 접을 수밖에 없었다.

─자네가 서린이에게 전수해 줄 절기는 자네 가문에 전해지는 이대절기네. 그리고 그와 더불어 비장되어 묻혀 있는 세 가지 비예를 전수해 주면 되네.

─세 가지 비예까지 말입니까? 그것은 아직까지 익힌 이가 아무도 없는 절기입니다. 고대로부터 내려온 것이기는 하나, 글의 내용조차 모르고 있는 실정입니다. 한데, 어찌……?

─그건 걱정 말게. 자네는 나에게 비기들을 보여 주기만 하면 되네. 내가 알아서 서린이에게 전수해 줄 테니 그건 걱정하지 말게. 그리고 인연이 닿아야 하겠지만 어쩌면 자네 가문에도 전해 줄 수 있을지 모르네.

─저희 가문에 전하지 않아도 상관없습니다. 어차피 인연이 있어야 익힐 수 있는 것이라는 것을 알고 있으니 말입

니다. 어르신이 원하는 대로 비기를 드리도록 하겠습니다.

—고맙네.

무리한 부탁이었는데 순순히 들어주어 한 노인으로서는
고마울 따름이었다.

3장. 무예입문(武藝入門)

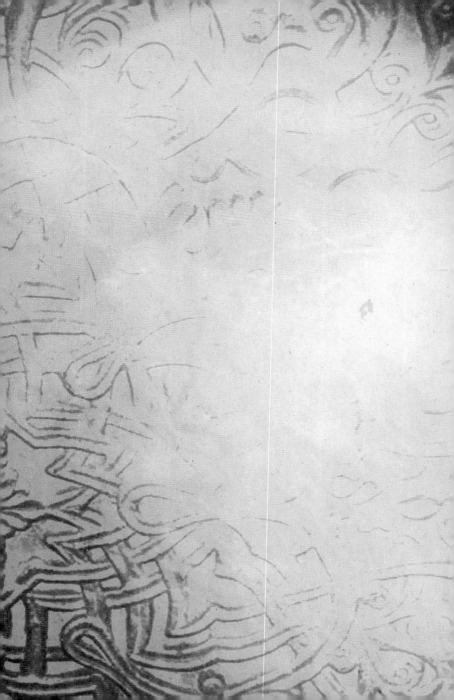

'두 분이 왜 그러시는 거지? 눈싸움을 하시는 것 같지는 않은데 말이야.'

말없이 서로를 바라보며 눈빛으로 무엇인가를 주고받는 두 사람을 보면 서린은 궁금증을 참을 수 없었다.

아침밥을 먹은 후 아무 말 없이 노려보기만 하는 두 사람이었다.

그런 모습을 바라보며 혹시 싸우는 것이 아닌가 걱정이 들기도 했지만, 그런 것은 아닌 것 같았다.

스승이 되어 줄 성갑의 눈빛에서 간혹 놀람이 스치는 것을 보면서 두 사람이 싸우는 것이 아님을 알았던 것이다.

무어라 말을 할 수 있는 것도 아니기에 서린은 말없이 두 사람을 바라보기만 했다.

　그러다가 마침내 침묵이 깨졌다. 한 노인이 입을 열어 서린을 불렀다.

　"서린아."

　"예, 할아버지."

　"얼마간이지만 앞으로 너를 이끌어 주실 스승이시다. 예의를 다하여 인사를 올리도록 해라."

　"예. 알겠어요, 할아버지. 다시 인사 올립니다. 스승님."

　서린은 자리에서 일어나 성갑을 향해 정중히 일 배를 올렸다. 그런 서린을 보며 성갑은 조용히 미소를 지었다.

　"어서, 자리에 앉거라. 원래는 입문식을 해야 하지만 어르신 말대로 얼마 동안만 너를 이끌게 되었으니 그것은 생략하도록 하마. 그러나 네 스승인 것은 변함이 없으니 앞으로 내 지도를 잘 따라야 할 것이다.

　"예, 스승님."

　"네 스승으로서 당부할 것이 하나 있다."

　"말씀하십시오."

　"낮 동안은 내게서 무예를 배우고, 밤에는 할아버지께 학문을 배울 것이다. 내가 앞으로 너에게 가르칠 것들은 어린 네가 견디기에는 매우 힘이 드는 것들일 터. 어느 정도 성취를 보기 위해서는 하나같이 인내를 요하는 것들이니 참고 견뎌 내야 할 것이다."

"무엇이 되었건 포기하지 않겠습니다."

당차게 대답을 하는 서린을 보며 기꺼운 마음이 들었다.

"오냐, 그리 마음을 먹었다니 고맙구나. 내 성심을 다하여 너를 가르치도록 하마."

"고맙습니다, 스승님!"

"하하하, 내 기대가 크다."

"제자 불민하나 스승님의 기대에 어긋나지 않도록 성심을 다하겠습니다."

"그래, 이만 물러가도록 해라. 어르신도 쉬시도록 하시고 말입니다."

"그렇게 하겠네."

성갑의 말에 두 사람은 사랑채를 나섰다.

'할아버지에게 존대를 하는 것을 보면 두 분 사이에 뭔가 의논이 있었다는 건데…….'

행랑으로 건너가면서 서린은 두 사람의 진지한 모습을 생각하며 알 수 없는 긴장감으로 마음이 무거워짐을 느꼈다. 뭔가 알 수 없는 기시감이 자꾸 마음을 건드리고 있었기 때문이다.

"어서 들어가자."

문 앞에 온 한 노인은 서린을 방 안으로 들게 했다.

예전과는 다른 한 노인의 말투에 서린은 주춤하며 방으

로 들어갔다.

그렇게 방에 들어와 먼저 말문을 연 것은 한 노인이었다.

"자리에 앉아라."

"예, 할아버지."

"궁금한 것이 많을 것이다."

"사실 너무 갑작스러운 일이라 궁금합니다."

서린은 의문을 숨기지 않았다.

"먼저 말해 줄 것이 있다. 너와 나는 무관한 사이가 아니라는 것이다."

"무슨 말씀이시죠?"

서린으로서는 뜻밖의 이야기였다.

왠지 모를 친밀감이 들기는 했지만, 한 노인이 자신과 무관한 사이가 아니라고 하는 말이 심상치 않았던 것이다.

"말하자면 너와 나는 친척이라고 할 수 있을 것이다."

"치, 친척이라고요?"

갑자기 스승이 생긴 것도 아직 얼떨떨한데, 이번에는 할아버지가 생기니 정신을 차릴 수 없었다.

혈육의 정 같은 것을 느끼기는 했지만 진짜 할아버지일 줄은 정말 몰랐다.

"서린아, 내가 사당패에 들어오기 전에 우연치 않게 네 형을 만날 수 있었다. 그때 네 형의 부탁으로 사당패에 들어와 너를 보살피게 되었다."

"그, 그 말이 사실가요?"

"사실이다."

형과 헤어진 후 천애고아라 생각 때문에 많이 외로웠었다. 자신을 돌보기 위해 할아버지가 사당패로 들어왔다는 말에 기쁜 마음이 들었다.

그것도 형의 부탁이었다는 것이 가슴을 뛰게 했다.

"사정이 있어서 너에게 내 신분을 밝히지는 못하지만, 네 할아버지라는 것은 틀림없다. 원래는 친척이라는 것도 밝히지 않으려 했지만 어쩔 수 없는 상황이라 너에게 밝히는 것이다."

"할아버지가 제 친척이시라니 정말 믿어지지가 않아요. 너무 뜻밖이라 전 뭐가 어떻게 된 것인지 아직도 영문을 알 수가 없습니다."

아직도 믿어지지 않는 듯 서린은 한 노인을 바라보았다.

"네 마음을 이해한다. 다시 말하지만 나는 너에게 할아버지뻘이 된다."

"그렇군요."

"아마도 배움이 어느 정도 채워지면 넌 중원으로 가게 될 것이다."

"중원으로 말입니까?"

"그래, 네 소원이 형을 만나는 것 아니더냐? 그러니 중원으로 가야지."

"혀, 형을 만날 수 있는 건가요?"

"그렇다. 아마도 살아 있을 테니 중원으로 가면 만날 수도 있겠지."

"형은 지금 정확히 어디에 있는 거죠?"

서린은 미치도록 보고 싶은 형의 행방을 물었다.

"중원에 있는 건 확실하지만 지금 어디에 있는지 알 수가 없는 상황이다."

"으음."

서린의 입에서 실망스러운 탄식이 흘러나왔다.

중원으로 갔다는 것은 이미 알고 있는 사실이었고, 형에 대한 단서는 진척이 없었기 때문이다.

"서린아, 형은 네가 직접 찾아야 한다. 하지만 지금은 어려운 일이다. 네가 너무 어리기 때문이다."

"그, 그렇군요."

"네 형을 찾고 싶다면 넌 지금부터 배우는 것에 한 치의 소홀함도 없어야 할 것이다. 이미 말했지만 네가 직접 찾아야 할 테니 말이다."

"그건 걱정하지 마세요. 어차피 형을 찾아 중원으로 가려고 마음에 준비를 하고 있었어요."

"그래, 언제까지가 될지는 모르겠지만 가려고 했다는 것을 안다. 하나 중원은 만만한 곳이 아니다."

"알고 있습니다. 형이 무엇인가 심상치 않은 일로 중원에

갔다는 것을요. 할아버지, 형은 어째서 중원에 간 거죠?"

"아직은 때가 아니다. 사실을 알면 수련에 방해가 될 수 있으니 말이다."

"그렇군요. 아직은 때가 아니군요."

"때가 되면 모두 말해 줄 테니, 지금은 중원으로 갈 준비를 해야 한다."

"알겠습니다."

"지금부터는 내가 가르쳐 준 날라리 부는 법을 한시도 쉬지 마라. 언제 어디에서나 항상 그렇게 숨을 쉬도록 해라. 스승의 무예를 익히는 데도 큰 도움이 될 터이고, 완성한다면 네가 중원으로 가는 길을 빠르게 해 줄 테니 말이다."

"예, 할아버지."

'이리 당부하시는 것을 보면 형이 중원으로 간 것은 정말 심상치 않은 일이 분명하구나.'

서린은 불안한 마음이 들었다.

형에 대한 이야기를 하면서 할아버지의 표정이 심상치 않음을 느낀 것이다.

그런 마음을 느낀 것인지 한 노인이 다시 입을 열었다.

"서린아! 지금은 네 스승으로부터 무예를 전수받는 것이 가장 중요한 일이니 말이다. 네가 일정한 수준에 오르지 않는 이상 알고 싶어도 알 수 없는 일이니 궁금하더라도 참고 수련에 매진하도록 해라. 한 가지 명심할 것은 네 수련 정도에 따라 네 형의 운명이 바뀔 수 있다는 것이다."

"예, 할아버지."

서린이 고개를 끄덕였다. 어린 나이이기는 하지만 이야기가 심상치 않음을 알 수 있었기 때문이다.

"난 볼일이 있어 이만 나가 봐야겠다. 그러니 마음을 차분하게 가라앉히고 있어라."

"예."

한 노인은 서린이에게 말을 마친 후 곧장 방을 나섰다.

궁금한 것을 물어도 대답을 해 줄 것 같지 않기에 서린은 불안한 마음만 가중될 뿐이었다.

"무슨 일일까? 형이 어떻게 됐기에…… 그리고 내가 하는 정도에 따라 형과 나라의 운명이 바뀐다니 도대체 무슨 말씀이지?"

알 수 없는 말들뿐이었기에 서린은 좀처럼 마음을 잡을 수가 없었다.

*   *   *

한 노인은 서린과 이야기를 나누다 삼쇠의 전언에 그를 만나기 위해 밖으로 나선 참이었다.

성갑의 집을 나서자 멀리 떨어진 구석에 삼쇠가 주변을

살피며 서성거리고 있었다.

"무슨 일이더냐?"

성갑에게 다가간 한 노인이 물었다.

"어르신, 사 년 전에 도성을 침범해 범궐하여 무참한 짓을 했던 자들이 나타났습니다."

"그놈들이 나타났다고?"

한 노인은 예상치 못한 소식에 눈을 부라렸다.

"예, 어르신."

'이번 일이 결정된 것은 하루도 채 되지 않았다. 그놈들이 눈치를 채고 나타났을 리는 없을 텐데…….'

서린이에게 무예를 전수하기로 결정한 것을 이리 빨리 알고 대처할 리는 없었다.

"어떻게 된 일인지, 자세히 이야기해 보아라."

"산막에서 나와 주변을 살피던 중에 놈들을 발견할 수 있었습니다. 그들이 하는 말을 엿들었는데, 적리세가라고 하는 곳에서 온 놈들이었습니다. 수하들과 징치하면서 배후를 캐기 위해 놈들을 이끌고 있는 자는 일부러 놓아 주었습니다. 그리고 예상대로 놈은 도성 안으로 숨어들었습니다."

"놈이 숨어든 곳은 알아 두었느냐?"

"예, 어르신. 윤견의 사택이었습니다."

"윤견이라…… 알았다. 그놈에 대해서는 따로 조치하도

록 할 테니 넌 그만 이곳의 일을 정리하고 대륙으로 건너가 거라. 일이 심상치 않게 돌아가는 것을 보니 서둘러야 할 것이다."

"하오면?"

"그래 이제부터 대계를 시작한다. 네가 모셔야 할 사람은 이제부터 서린이니라."

"어르신!"

"이제부터는 서린이에게 기대를 걸기로 했느니라. 선주는 이미 놈들의 손에 떨어진 것 같으니 말이다."

"하지만 어르신, 소주의 나이가 이제 열다섯이옵니다. 괜찮겠사옵니까?"

"이는 백 년 대계니라. 하루이틀 사이에 끝날 사안이 아니란 말이다."

"알겠습니다, 어르신."

결단을 내렸다는 것을 깨달은 삼쇠는 고개를 숙여 대답했다.

"서린이가 준비가 되어야 하니 본격적인 움직임은 앞으로 한참 후가 될 것이다. 넌 대륙으로 건너가 섣불리 나서지 말고 기반을 다지도록 해라. 너희들의 재주라면 자리 잡는 데 그리 어려움을 없을 것이다. 그에 따른 준비가 있으니 그리 어렵지는 않을 것이다. 그리고 그동안 중원의 정세에 대해서 빠짐없이 파악을 해라. 중원에 있는 세력 간에 물밑 싸움이 치열할 테지만 너희들에게까지는 신경을 쓰지 못할 것이니 말이다."

"예, 어르신. 한 치의 소홀함도 없을 것입니다."

"내 명도 얼마 남지 않았지만, 천기를 보니 그자의 수명도 얼마 남지 않았다. 그자의 힘들이 세를 잃어 갈 테니 중원의 정세는 복잡해질 것이다. 무인으로서 답답할 수도 있겠지만 너희들이 하게 일은 아주 중요하다. 그동안 우리를 업신여겼던 놈들에게 본때를 보여 줄 때가 서서히 다고 오고 있음이니, 너희들이 천여 년을 넘게 이어 온 전쟁의 막을 내려야 할 것이다."

"어르신, 걱정하지 마십시오."

"그래, 이제 그만 가 보도록 해라. 연락은 나중에 서린이가 할 것이다. 내 전에 일러 놓았던 것으로 그 아이의 신분을 확인하면 될 것이다."

"알겠습니다, 어르신. 그럼 가 보도록 하겠습니다. 옥체 강령하십시오."

팟!

삼쇠는 한 노인에게 장읍으로 인사를 하더니 이내 바람처럼 사라졌다.

한 노인이 아련한 눈으로 궁궐 쪽을 바라보았다.

"내 죽음으로 혈왕의 문을 열릴 것이고, 이제 중원은 새로운 질서로 재편될 것이다. 서린이가 얼마나 해 줄지는 모르겠으나 이로서 싹은 뿌려졌음이야. 궁왕의 맥을 이은 놈들이 형제를 배신하고 나라를 세웠으면 자존심을 지키기라도 해야 하거늘, 대륙을 질타하던 기상은 다 어디로 가고 없더란 말인가? 형제의 의를 배신한 자들이라 하지만 어찌 내버려 둘 수 있겠는가? 미우나 고우나 한 핏줄인 것을……."

이 땅에 남은 겨레의 마지막 신물조차 놈들에게 탈취당한 상황이 아쉬웠다.

그것만 있었다면 일이 훨씬 쉬워질 테지만, 이미 탈취를 당한 후라 아쉬워해 봐야 소용이 없었다.

백척간두의 상황에 아직도 정신을 차리지 못하고 이깟 조그만 땅덩어리에 안주한 왕실이 한심스럽기는 하지만 그냥 두고 볼 수도 없는 노릇이었다.

"태고조를 따르던 삼신의 후예인 삼봉신(三封臣)의 자취마저 사라진 지금, 자부(紫府)의 맥만이 홀로 남아 이 땅을 지키고 있는 상황이지만, 혈왕이 다시 재림할 수만 있다면 아직 기회는 있다."

두 눈에서 한줄기 신광을 발한, 한 노인은 성갑의 집으로 향했다. 안배가 시작된 터라 다른 자들이 눈치를 채기 전에 서린이에게 모든 것을 전해야 하는 그의 마음은 조금씩 바빠지기 시작했다.

집 안으로 들어선 한 노인은 행랑으로 갔다.

방으로 들어서자 서린이 자신이 가르쳐 준 호흡법을 이

용해 마음을 안정시키고 있는 것을 볼 수 있었다.

'선주의 자질이 최상이라 여겼거늘, 이 아이는 더하구나. 가히 천고의 자질이다.'

이미 호흡이 완숙에 이르렀다.

형인 선주가 최고의 무골이라 생각했건만 서린이 익히고 있는 속도는 그가 보기에도 범상치 않았다. 서린의 성취는 자신도 예상치 못한 것이었다.

'내기를 느끼려면 적어도 수년을 수련해야 하건만 이 년이 채 되지도 않았는데 예전 선주의 성취를 능가하고 있구나. 마음이 유약한 것이 흠이기는 하나, 광명정대하니 그 또한 감춰질 터. 고집이 세고 형에 대한 정이 각별한 아이니 선주의 일을 알고 나면 마음이 유약한 것 또한 충분이 상쇄될 것이다. 어느 정도 마음을 추스른 것 같으니 일단은 삼쇠가 알려 준 놈을 족쳐 무엇을 위해 이곳에 다시 왔는지 알아내야겠구나.'

안정된 기운이 전신에 흐르고 있었다.

굳이 돌보지 않아도 될 것 같기에 서린을 뒤로 하고 행랑채를 나섰다.

스스스슷.

행랑을 나선 한 노인의 신형이 연기처럼 사라졌다.

마치 바람이 일어 안개가 사라지듯 사라져 버린 것 같았다.

집을 빠져나왔지만 그 누구도 한 노인의 종적을 발견할
수 없었다.

한 노인이 시전 한 것은 축지번둔(縮地飜遁)의 선법이
다. 땅을 접어 자신이 원하는 곳까지 몸을 감춘 후 갈 수
있는 것이 축지번둔이다.

중원에서 내려오는 도맥의 술법과는 다른 이 땅 고유의
선법이었다.

순식간에 윤견의 집에 당도한 그는 주변을 살핀 후 아주
은밀히 담을 넘었다.

'으음, 저곳인가? 기운이 요동을 치며 한곳으로 빨려 들
고 있는 것을 보니 놈이 운기요상을 행하고 있는가 보군.
놈이 눈치채지 못하게 하기 위해서는 지금이 좋은 기회
다.'

행랑채와는 따로 떨어져 있는 조그마한 전각에서 거친
기운이 움직이는 것을 느낀 한 노인은 연기가 스며들 듯 전
각 안으로 숨어들었다.

'흐음! 이놈은 놈들과는 연관이 있을지언정 본 맥에서
나온 놈은 아니로군.'

방 안에 들어선 한 노인은 적리소가 가부좌를 틀고 앉아
있는 것을 볼 수 있었다.

'기물을 가지고 있는 것을 보니 방계 중에서는 직계인
모양인데…….'

적리소 앞에는 조그만 향로가 놓여 있었다.

향로에서 벌어지는 현상은 보통 사람이 보기에도 기이한 광경을 연출하고 있었다.

피처럼 붉은 연기가 향로에서 흘러나와 가부좌를 틀고 있는 적리소의 콧속으로 사라지고 있었다.

하늘을 날아가는 것 같은 이리의 문양이 새겨져 있는 붉은색의 조그만 향로에서 나오는 붉은 연기가 가부좌를 틀고 적리소의 기운을 충만하게 해 주는 것을 보면 기물인 것이 분명했다.

'이놈의 상태를 보아하니 삼몽환시술(三夢幻施術)이라면 충분할 것이다.'

핏!

끝날 때까지 기다려야 하는지 잠시 망설이던 한 노인의 손에서 한 가닥 지풍이 뻗어 나와 적리소의 혈도를 제압했다. 특이하게도 사혈인 백회혈이었다.

펼친 사람의 의지에 따라 다른 작용을 하는 삼몽환시술.

한 노인이 펼친 것은 그만이 알고 있는 탈혼대법이었다. 세 개의 환상을 겹쳐 시술받은 자조차 자신도 모르게 비밀을 토설하는 무서운 수법이다.

금제가 걸려 있다면 의식 깊숙한 공간을 우회하여 펼쳐지는 것이라 예외 없이 모든 것을 토설하게 되는 비기 중의 비기로, 비록 막대한 내력과 정신력이 소모되는 것이었으나

한 노인이 알아내야 하는 것은 무엇보다 중요하기에 망설이지 않고 펼친 것이었다.

"내 너에게 묻노니, 이곳에 온 이유가 무엇이더냐?"

한 노인의 입에서 누구도 거역할 수 없는 기세가 담긴 목소리가 흘러나왔다.

번쩍!

한 노인의 말에 적리소의 눈이 떠졌다. 붉은색으로 물들어 무시무시한 안광을 흘리는 적리소는 정상적으로 보이지 않았다.

"한 가지 기물을 찾으러 왔습니다."

이지를 잃어버린 것과는 달리 적리소의 말은 무척이나 또렷했다.

"그것이 천왕의 탈이더냐?"

"그건 모릅니다. 이 나라 왕실에서 보관하고 있는 인장 하나를 가지고 오라는 명을 받았습니다."

"으음."

한 노인은 신음성을 삼켰다.

그는 적리소가 말한 인장이 무엇인지 알고 있었다.

'이상하군.'

인장은 분명히 사 년 전 범궐한 자들이 탈취해 갔다. 그런데 탈취하러 왔다니 이상했다.

"인장은 이미 네놈들이 지난날 탈취해 가지 않았느냐?"

"그건 가짜였습니다. 그래서 본 가에서 진짜를 찾으러 이곳으로 저를 보낸 것입니다."

적리소의 말은 한 노인에게는 의외였다.

'놈들이 혈왕의 인장에 숨겨진 비밀을 알아내지 못한 모양이니 다행스러운 일이다. 하긴 천우신경 안에 혈왕의 인장이 숨겨져 있다는 것은 나밖에는 모르는 일이다. 그리고 혈왕의 맥을 이은 자가 아니면 평범한 것에 지나지 않으니 놈들이 진위를 알아낼 수는 없었을 것이다.'

다행스러운 일이 아닐 수 없었다.

노리는 물건이 무엇인지도 모르면서 탈취해 갔다가 가짜라고 판명이 난 것을 보면 분명 인장이 무엇을 뜻하는지도 모르는 것 같았다.

'어쩌면 서린이에게 큰 도움이 될 수 있을지도 모른다.'

혈왕에 대한 안배가 시작된 지금 가장 중요한 신물에 대한 단서가 잡혔다.

"그럼 가짜라고 판명이 난 것은 어디다 두었느냐?"

"다른 것이지만 현기가 느껴진다는 아버님 말씀에 따라 천장비고(天藏秘庫)로 옮겨졌습니다."

"천장비고?"

"다른 말로는 지옥의 혈장고(血藏庫)라고 불리는데, 저도 그곳이 어디인지는 모릅니다. 우리 가문에서 그곳을 아는 사람은 아버님이 유일한 분이십니다."

"알았다. 그럼 이곳에서 너와 연결된 자들은 누구냐?"

혈장고에 대해서는 대충 알기에 조선에 있는 끈이 누구인지 물었다.

"모릅니다. 다만, 이곳이 안전한 곳이라는 것만 알 뿐입니다."

"이상하군. 연결 고리를 모른다는 말이냐?"

"그렇습니다. 연결된 자들을 알고 있는 수하는 이미 죽고 없습니다."

"죽다니?"

"숨겨진 뻐꾸기를 알고 있던 수하는 사 년 전에 이곳에서 만났던 자들과 조우하여 그들의 손에 죽었습니다."

"으음."

'안타까운 일이다. 놈들을 발본색원할 수 있었는데…….'

조선에서 놈들과 연결된 자들에 대한 단서가 끊겼음을 확인한 한 노인은 너무도 안타까웠다.

'그래도 나쁜 상황은 아니다. 한 가지만 더 확인해 보자.'

비밀리에 안배하고는 있지만 자신이 준비한 패에 대해 알고 있는지 확인해야 했다.

"그렇다면 너희들을 막아섰던 자들에 대해서는 아는 것이 있느냐?"

"이 나라 왕실과 관련이 있는 자들인 것 같지만, 그것도 분명한 것은 아닙니다. 하지만 한 가지 확실한 것은 무서운 자들이라는 것입니다."

'다행이다. 삼쇠 일행에 대한 것은 사 년 전부터 차단시켜 놓아서 그런지 놈들이 아는 것이 없는 모양이로구나.'

삼쇠 일행에 대해 아는 것이 없다는 사실에 안도할 수 있었다. 중원으로 잠입해 훗날을 위한 기반을 닦아야 할 그들이 이미 알려졌다면 큰 낭패가 아닐 수 없었던 것이다.

'삼몽환시술(三夢幻施術)의 최후 단계는 사람의 인성 자체를 완전히 바꾸어 버리는 것이다. 한 인간의 생애를 완전히 뒤바꾸는 것이라 천기를 어기는 일이기는 하지만, 지금은 어쩔 수 없다. 이놈이 천랑혈로를 가지고 있었던 것도 그렇고, 자질이 뛰어나 최후 단계를 펼칠 수 있는 것도 어쩌면 운명이겠지. 훗날 서린이에게 크나큰 도움이 될 수도 있음이니…….'

적리소에게 금제를 가하는 것에 마음이 씁쓸한 것은 어쩔 수 없었지만 마음을 독하게 먹었다.

적리소가 운기요상을 할 때 사용하던 혈로에 대해서는 이미 알고 있는 것이었다.

천랑혈로는 거란족(契丹族)의 근간이 되는 신기.

자신과도 무관하지 않은 것이었기에 적리소의 인생을 바꾸면서까지 삼몽환시술을 펼치려 하는 것이다.

"지금부터 너에 대해 금제를 가할 것이다. 훗날 나와 같은 술법을 베푸는 이가 나타나면 너는 그에게 죽음으로서 충성을 바쳐야 한다. 이 명(命)은 그 무엇보다도 우선한다. 너에게 힘을 줄 것이니 그날이 오면 새로운 광명이 너를 찾을 것이다."

한 노인의 눈에서 발해진 푸른 안광이 적리소의 눈으로 파고들었다.

말을 마친 한 노인의 손이 천랑혈로 위로 향했다. 손바닥이 혈로 위에 위치하자 그의 손에서 삼색의 기운이 아래로 뻗어 내렸다. 청적황(靑赤黃)의 기운이 혈로 안으로 빨려 들어가 듯 사라졌다.

우우우우웅!

천랑혈로가 괴로운 듯 진동을 하더니 이내 잠잠해졌다.

"조금 전 네가 하던 운기법을 다시금 시행하도록 해라. 천랑혈로의 진정한 기운은 내 몸속에 잠재해 있다가 스스로 깨어 너를 도울 것이다."

이지를 상실했지만 적리소는 본능적으로 혈무천령(血霧天靈)이라 이름 붙여진 가문의 심법(心法)을 운용하기 시작했다.

적리소가 심법을 운용하자 천랑혈로에서 혈무가 뿜어져 나오기 시작했다.

완전한 핏빛을 띠고 있었다. 혈무의 색깔은 조금 전에 적리소가 운기 요상할 때와는 차원이 달랐다.

천랑혈로도 달라지고 있었다.

바깥에 새겨진 핏빛 혈무가 짙어질수록 혈랑의 모습들이 서서히 사라져 갔다.

'휴우, 이대로 두어도 무사히 끝날 것이다. 이곳을 안가로 두었다는 것은 어떻게든 놈들과 관련이 있다는 뜻이니 아이들로 하여금 감시토록 하고, 서린이에게 매달려야겠구나.'

적리소에 대한 안배가 어느 정도 끝나자 한 노인은 미련 없이 적리소의 거처를 나섰다. 전각 안으로 들어설 때와 마찬가지로 나올 때 또한 그의 모습을 본 자는 아무도 없었다.

*　　　　*　　　　*

눈을 뜨자 등잔불도 댕기지 않은 방은 이미 짙은 어둠이 물들어 있었다.

"벌써 밤이구나."

하루 종일 마음을 잡지 못하다가 할아버지로부터 배운 호흡법을 이용해 마음을 가다듬은 서린은 시간이 꽤 지났음을 알 수 있었다.

"아직 돌아오시지 않으신 건가? 알아서 오시겠지. 전에도 이런 적이 많았으니까. 그런데 배가 고픈데 밥도 안 주나?"

할아버지가 보이지는 않았지만 서린은 그리 마음을 쓰지는 않았다. 사당패에 있을 때도 종종 있어 왔던 일이었기 때문이다.

서린은 시장기를 느끼며 방 안을 둘러보았다.

"어? 밥이네!"

한쪽 구석에 밥상이 놓여 있었다. 성갑의 가문이 원래부터 무가(武家)라 운기조식을 할 때나 명상을 할 때는 건드려서는 안 된다는 것을 알고 있는 집안의 종복들이 슬며시 들여놓은 것이었다.

"와우, 맛있겠다."

비록 식기는 했지만 하얀 쌀밥에 나물이며 반찬이 맛깔스러워 보였다.

사당패에서 먹었던 것과는 천지 차이였다. 서린은 시장기를 느꼈기에 들여온 밥상을 끌어당기고는 정신없이 밥을 먹기 시작했다.

"우걱우걱!"

수저로 먹다가 마음이 급해 손가락으로 반찬을 집어먹는 것을 보면 몇 날 며칠은 굶은 것 같은 모습으로 아귀 같이 밥을 먹는 모습이 기관이 아니었다.

"꺼억~! 휴우, 잘 먹었다."

트림을 하며 배를 두드린 서린은 깨끗한 상을 바라보다

가 밖에 내놓았다.

방으로 들어와 다시 문을 닫고 하릴없이 할아버지를 기다렸다.

"들어오지 않으실 모양이구나. 할아버지가 당부하신 것도 있고, 내일 아침 일찍부터 수련을 해야 하니 이만 자자."

서린은 이부자리를 편 후 자리에 누워 오늘 있었던 일을 생각했다.

'형이 위험한 일이 뛰어든 것은 틀림없다. 할아버지께서 형이 무사하다고 하니 믿어야겠지만 걱정이 되는구나.'

형에 대해 마음에 쓰이며 뇌리를 떠나지 않았다.

'그래, 형이 좋지 않은 일을 당했다고는 생각하지 말자. 애고, 머리가 어지러우니 안 되겠다. 누워서 해도 되니 할아버지가 알려 주신 호흡이나 연습해야겠다.'

다시 호흡을 가다듬은 서린은 마음이 안정되는 것을 느꼈다.

'역시나 배꼽 있는 데가 따뜻해지는구나. 전보다 면적이 조금 늘어난 것 같은데 잘됐다.'

따뜻한 부분이 한 손바닥만 했는데, 이제는 두 손을 합친 것보다도 컸다. 기쁜 마음에 호흡을 더욱 가다듬자 의식 깊숙한 곳으로 침잠해 드는 것을 느낄 수 있었고 스르르 잠이 들었다.

그리고 다음 날이 되었다.

잠에서 깬 서린은 자리에서 일어나 기지개를 켰다. 창을 보니 희미하게 날이 밝아 오고 있었다.

"오늘도 새벽이구나. 어제 늦게 잔 것 같은데. 정말 좋은 것을 배운 것 같다."

호흡법을 하고 난 아침이면 전날 아무리 피곤하더라도 일찍 일어날 수 있었다. 언제나 기분 좋은 일이었다.

"서두르자."

서린은 이부자리를 개고 밖으로 나섰다. 밖으로 나오니 하인 하나가 서 있었다.

"일어나셨습니까?"

"에, 예."

"저를 따라오십시오."

생전 처음 받아 보는 존대에 말끝을 흐리던 서린은 하인을 따라나섰다.

"대감마님께서 광을 개조해 수련장을 만드셨습니다."

"스승님께서요?"

"예, 지금 그곳에서 기다리고 계십니다."

"들어가십시오."

"예."

수련장은 스승의 전언을 가지고 온 하인이 안내했기에 쉽게 찾아갈 수 있었다. 안으로 들어서자 성갑이 감색의 무복을 입고 기다리고 있었다.

"어서 오너라."

"예, 스승님."

"어제는 하루 종일 너를 어떻게 가르칠까 심히 고심했느니라. 너도 알다시피 관청에 메인 몸이라 상시 너를 가르칠 수가 없더구나. 해서, 고민 끝에 너에게는 본 가에서만 내려오는 특별한 수련을 시키기로 했다."

"특별한 수련이라니요?"

"당분간 오전에는 저기 있는 철봉을 드는 것으로 수련을 하도록 해라. 가문 대대로 내려오는 수련법이니, 하찮다 여기지 말고 성심을 다해야 할 것이다."

"명심하겠습니다, 스승님."

맨 먼저 시킨 것이 바닥에 누워 있는 철봉을 드는 것이지만 서린은 의문을 가지지 않았다. 스승의 가문에서 대대로 내려오는 수련법이라는 말 때문이었다.

'굉장히 무거워 보이는데, 저걸 들라니. 정말 특별한 수련인가 본데…….'

철봉은 자신의 키를 훌쩍 넘기는 크기였다.

두 손으로 맞잡아도 다 잡을 수 없는 두께를 가진 철봉은 열다섯 어린 소년이 들기에는 불가능한 것이었다.

"지금 내가 너에게 들라고 한 철봉은 우리 가문 대대로 내려온 것이다. 지금까지 우리 가문의 사람들은 그 철봉으로 수련을 시작했고, 그 철봉으로 수련을 끝냈다. 처음 시작하는 것이니 지금은 힘들 것이나 네 할아버지가 알려 주신 호흡법으로 호흡을 하며 들다 보면 언젠가 가뿐히 들 수 있는 날이 올 것이다. 그 다음부터 본격적인 수련이 시작되니 그리 알아라."

"예, 스승님!"

"그리고 오전 수련이 끝난 후, 오후에는 예전에 하던 데로 재주를 조금 더 가다듬도록 해라. 후원에 준비를 해 두었느니라."

"기예도요?"

"그렇다. 네가 지금까지 놀이패에서 하던 기예들도 계속 연습을 하도록 해라. 후원에 줄을 매달아 놨으니 줄타기도 해 보고, 땅재주도 해 봐라. 몸을 유연하게 하는 데는 그만한 것이 없는 것 같으니 말이다."

"알겠습니다."

"오늘 아침은 겸상을 하려고 하니 한 시진 정도 수련을 한 후에 사랑채로 오너라."

"그리하겠습니다."

성갑은 더 이상 말을 하지 않고 수련장을 나섰다. 혼자 남게 된 서린은 바닥에 있는 철봉을 바라보았다.

"아무리 봐도 평범한 철봉인데……."

비록 또래의 아이들 보다 건강하고 놀이패에서 힘든 기예 훈련을 했지만, 자신은 어린 소년이었다. 자신의 몸무게

보다 더 무거워 보이는 쇠몽둥이를 드는 것은 쉽지 않은 일
이었다. 완전히 세우는 것은 섣불리 도전할 만한 일이 아니
었지만 수련을 완성해야만 형을 만날 수 있다는 말이 서린
을 철봉 앞에 세웠다.,

　"허언을 하실 분이 아니니 시키시는 대로 해 봐야겠다.
나이가 들어 힘이 붙으면 들 수 있을 텐데, 이리 시키시는
것은 이유가 있을 테니 말이다."

　무예를 배우라기에 기대를 했던 서린이다. 수련이란 것
이 철봉을 드는 것이었지만 실망하지 않았다.

　"끄응!"

　두 손으로 잡히지 않는 두꺼운 철봉을 쥐는 일조차 쉽지
않았다. 손아귀에 있는 대로 힘을 줘야 했지만 워낙 두꺼워
소용이 없었다.

　"우와, 되게 힘드네. 그럼, 어디."

　서린은 끝부분으로 다가가 흙을 조금 파고는 철봉 밑으
로 손가락을 들이밀었다.

　"끄응."

　용을 쓰며 힘을 줬지만 꿈쩍도 하지 않았다. 족히 몇 백
근은 나가 보였다.

　"고놈, 되게 무겁네. 하지만 얼마나 버틸지 두고 보자."

　한참을 씨름하다가 서린은 철봉을 노려보며 한마디 한
서린이 수련장을 나섰다.

철봉과 정신없이 씨름을 하는 동안 벌써 한 시진이 훌쩍 지나 버린 것이다. 사랑채로 향하자 마당에 물을 담은 유기를 든 하인이 보였다.

"씻고 들어가십시오."

"고맙습니다."

서린은 대야에 담긴 따뜻한 물로 얼굴과 손을 씻은 후 곧바로 사랑채로 들어갔다.

좌정하고 책을 보던 성갑이 보던 책을 덮었다.

"그리 앉아라. 그래, 힘들지 않더냐?"

"아주 무겁습니다. 아직은 어려운 일이지만 조만간 기필코 들고 말겠습니다."

"그래, 수련은 중단 없이 해야 하느니라."

"예, 스승님."

성갑이 가상하다는 눈빛으로 서린을 바라보았다.

잠시 후, 아침 밥상이 들어왔다. 상당히 맛있어 보이는 음식들이 상 위에 가득했다.

"원래는 이리 먹지 않지만, 너를 위해 이리 차리라 했다. 잘 먹어야 키도 크는 것이다."

"고맙습니다, 스승님."

"자, 먹자."

스승이 수저를 들어 국을 뜨자 서린도 수저를 들었다.

어제 밤늦게 먹었던 것처럼 걸신들린 모습을 보여 줄 수 없었던 터라 조신하게 수저를 놀렸지만 그럼에도 상당히 많은 양의 음식이 서린의 배로 들어갔다.

흡족한 식사를 마친 후에 차가 들어왔다.

'냄새가 좋구나.'

백색의 자기에 담긴 담녹색의 차가 싱그러운 향기를 풍기고 있었다.

한 번도 차를 마신 적이 없는 서린은 스승이 마시는 모습을 따라 천천히 차를 마셨다.

다향이 사라질 즈음 성갑이 입을 열었다.

"나는 곧 등청을 해야 하니 조금 쉬다가 수련을 시작하도록 해라. 자신에게 부끄러움이 없도록 누가 보지 않도록 열심히 해야 할 것이다."

"예, 스승님."

"그만 나가 보아라."

"저는 이만 나가 보겠습니다. 조심히 다녀오십시오."

서린은 자리에서 일어나 고개를 한 번 조아리더니 사랑채를 나섰다.

그리고 곧바로 수련장으로 향했다.

스승인 성갑이 쉬라고 말은 했지만 소화도 도울 겸, 할아버지에게서 배운 체조로 몸을 풀었다. 오전 내내 용을 써야 하는 까닭이었다.

한동안 몸을 푼 후, 호흡을 가다듬었다. 아침을 먹기 전에는 순순한 근력으로 들어 보려 했지만 움직이지 않았기에 스승의 말대로 해 보기 위해서였다.

'그래, 이거야.'

호흡을 하자 아랫배가 따뜻해졌다.

힘이 도는 것을 느끼며 자연스럽게 마보 형태를 취한 서린은 철봉의 끝머리를 잡고 힘을 주었다.

"끄으응!"

팔이 떨리고 힘을 주는 다리도 떨렸지만 숨을 흐트러뜨리지 않으려고 노력했다.

"후우, 으자자자차!"

용을 써 봤지만 꼼짝도 하지 않자, 서린은 기합을 넣으며 철봉을 들어 올리려 했다.

하지만 여전히 미동도 하지 않았다.

"하아, 되게 힘드네. 일단 호흡을 가다듬고."

털썩!

반 시진 가까이 온 힘을 쓴 서린이 바닥에 주저앉았다. 그러면서 천천히 호흡을 가다듬었다.

"좋아, 또 해 보자."

바닥에서 엉덩이를 뗀 서린은 자세를 바로하고 손아귀에 힘을 주며 다시 한 번 철봉을 잡았다.

"이이잇!"

노새의 등짐도 수월하게 들 수 있는 힘을 가지고 있지만 역시나 꼼짝도 하지 않았다.

'손오공의 여의봉도 아니고 더럽게 무겁네.'

얼마나 무거운지 감을 잡을 수 없었다.

'언젠간 들고 말거다.'

서린은 실망하지 않았다. 들 수 있기에 시킨 것이라 생각했기 때문이다.

그리고 철봉과의 씨름이 계속해서 이어졌다.

톡톡.

한동안 철봉과 씨름을 하느라 시간이 가는 줄 몰랐던 서린은 누군가 문을 두드리는 소리를 들을 수 있었다.

"누구지?"

자신을 찾아온 것 같기에 문을 열고 밖으로 나섰다.

"벌써, 점심인가?"

수련장 앞에 있는 평상 위에 누군가 가져다 놓은 밥상이 보였다.

하늘을 보니 해가 중천을 넘어가고 있었다. 힘을 쓰며 칠봉과 씨름하느라 시간이 가는 줄 몰랐던 것이다.

"어디!"

서린은 평상 위에 앉았다. 반찬 몇 가지가 간단하게 차려진 밥상이지만 정성이 보이는 터라 맛있게 먹을 수 있었다.

"꺼억! 잘 먹었다. 찬모가 누구인지 모르지만 솜씨가 정말 좋구나."

밥과 찬들이 하나같이 맛이 좋은 것을 느끼며 서린은 음식을 준비했을 찬모가 고마웠다.

식사를 마치고 평상에서 잠시 쉰 서린은 후원으로 향했다. 스승의 말대로 기예 연습을 하기 위해서였다.

이제는 할아버지가 가르쳐 준 호흡법이 몸에 익었기에 기예를 연습하는 것도 괜찮았다.

살판을 배우며 몸을 유연하게 하는 것은 기본이라는 가열들의 말을 곱씹으며 서서히 몸을 풀기 시작했다.

다리에서부터 근육을 풀기 시작하여 세세히 말단 근육까지 풀고 난 서린은 서서히 재주를 넘었다.

파파파팟!

휘— 이익!

속도가 더해지자 바람이 휘돌았다.

몸의 상체가 지면을 스치며 한 바퀴 돌 때마다 머릿속이 흔들리는 듯했지만 어려서부터 해 온 일이라 그리 어렵지는 않았다.

몸의 균형을 잡고 피가 뇌로 몰리는 어지러움을 참으며 넘어가는 제자리 회전은 보기보다는 고난도의 기예.

자칫 중심을 잃으면 부상을 당하기에 주의를 기울여야 했다.

호흡법을 하지 않고 서린이 연속해서 제자리 회전을 할 수 있는 숫자는 삼십 회가 전부였다. 그렇지만 지금은 얼마든지 할 수 있었다.

할아버지가 알려 준 호흡을 한 후로는 힘이 달리지 않았다.

회전 수가 더해 가고 속도가 높아져도 어지럽지도 않았다.

언제나 배꼽 아래 세 치 정도에서 따뜻한 기운이 일어나 재주넘는 것을 도와주고 있었다.

"후우, 이 정도면 됐다."

족히 수백 번은 재주를 넘은 서린은 몸을 멈춰 세운 후 가볍게 몸을 풀었다.

"어디."

그렇게 제자리 회전을 끝낸 후 놀이판에서 벌이는 갖가지 땅재주를 연습한 서린은 곧이어 후원에 매달려 있는 줄 위로 올라섰다.

양팔로 균형을 잡고 발바닥의 감촉으로 외줄을 노니는 어름은 놀이패 기예의 백미. 조선팔도에서도 할 줄 아는 가열들이 얼마 없을 정도로 어려운 재주이기도 했다.

휘익!

탁!

튕겨 올라갔다가 내려오며 발로 줄을 걸치고, 몸을 회전시켜 이리저리 움직여 갔다.

타고난 것인지 무복(武服)을 입고 줄 위에서 노니는

서린의 모습은 천상의 선동이 구름 위를 노니는 것 같았
다.

　서린은 몸에서 따뜻한 기운이 생긴 이후론 발에서 이는
감촉이 손만큼이나 예민해져 있었다.

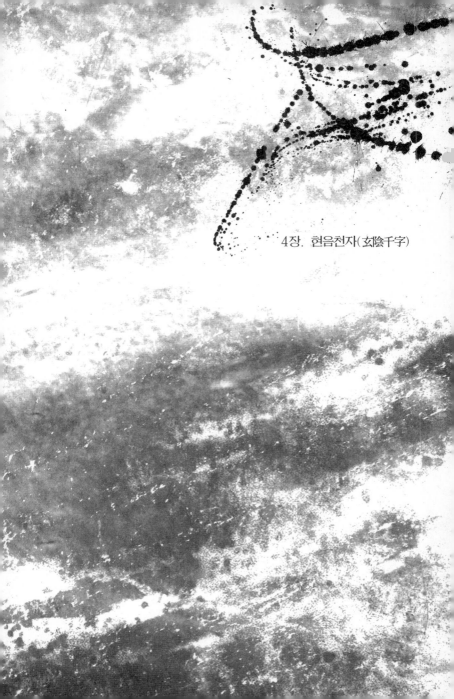

4장. 현음천자(玄陰千字)

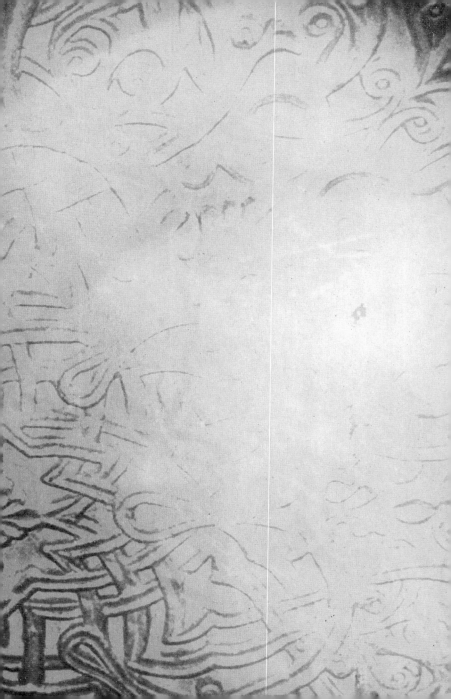

서린이 줄 위에서 내려온 것은 저녁이 다 됐을 무렵이었다. 기예에 집중하느라 시간이 가는 줄 몰랐던 것이다.

　"후우! 정신없이 놀았더니 시간 가는 줄도 몰랐네. 어! 저건 뭐지?"

　줄에서 내려온 서린은 수련장 한구석에 놓여 있는 평상 위에 하얀 천에 쌓여진 채 놓여 있는 것을 볼 수 있었다.

　가까이 다가가 천을 젖힌 서린은 깔끔하게 차려진 자그마한 밥상을 볼 수 있었다.

　"이건 언제 가져다 놨지? 후원에서 수련할 때 가져다 놓은 건가?"

　줄 위에 있을 때면 신명이 나 세상의 모든 것을 잊어버리는 서린이다. 언제 누가 밥상을 갔다 놨는지 보지 못했지만 시장하던 참이라 군침이 넘어갔다.

"꿀꺽! 누가 차려 놓은 것인지는 모르지만 잘됐다. 어디!"

점심과는 달리 고기까지 있었기에 평상에 재빠르게 걸터 앉은 서린은 게걸스럽게 밥상을 비우기 시작했다.

고봉으로 담은 밥이 수저를 놀릴 때마다 움푹움푹 줄어 들었다. 어린 소년이라 할 수 없을 정도로 엄청난 식욕이 아닐 수 없었다.

"꺼억! 잘 먹었다."

깔끔하게 차려진 밥상을 깨끗하게 비운 서린은 잠시 평 상에 앉아 쉬었다.

"쉴 만큼 쉬었으니 슬슬 다시 시작해 보자. 스승님이 오전 에만 하라고 하셨지만, 한 번 더 해 보는 것은 상관은 없겠 지. 할아버지가 가르쳐 주신 호흡법대로 한 번만 해 보자. 어쩌면 단서를 찾을 수 있을지도 모르니까."

서린은 시험을 해 볼 것이 있어서 철봉이 있는 수련실로 향했다.

아침을 먹기 전에 그냥 들어 봤던 것과 나중에 할아버지 로부터 정식으로 배운 호흡법대로 숨을 쉬며 들었던 것과는 차이가 확연했다.

서린은 그 차이를 알고 싶었던 것이다.

한양으로 오면서 할아버지로부터 숨 쉬는 법을 좀 더 세세하게 들을 수 있었다.

날라리 부는 법과 그리 다르지 않았지만, 완전히 같은 것은 아니었다. 전과는 달리 호흡을 할 때 마음을 두는 법에 대해서 아주 자세하게 들었던 것이다.

서린은 할아버지가 새롭게 가르쳐 준대로 호흡을 하며 두 손으로 철봉을 잡았다.

"끄응!"

역시 열다섯 어린 소년이 들기에는 턱도 없다는 듯 철봉은 요지부동이었다.

서린의 예상대로 자신의 존재감을 확실히 드러내고 있었다.

"후! 후! 웃차!!"

다시 한 번 들어 봤지만 요지부동이었다.

"조금은 움직일 줄 알았는데 이거 요지부동이네. 참! 그래, 네가 이기나 내가 이기나 한번 해 보자. 웃차!"

열이 받아 오기가 생긴 서린은 스승의 말도 잊어버리고 호흡을 하며 철봉을 들기를 계속했다.

'진짜 더럽게 무겁네.'

호흡을 계속하면 배꼽과 명치 그리고 이마에 따뜻한 기운이 생기며 힘이 생기고, 아무리 무거운 물건이라도 들 수가 있을 것이라고 했었다.

엄한 모습의 스승 또한 호흡을 정갈히 하면 들 수도 있다고 했기에 서린은 시간이 가는 줄 모르고 철봉과 씨름을 했다.

"호호호호!"

"누구야?"

용을 쓰는 찰나에 누군가 웃는 소리가 들렸다.

'이상하다, 분명 웃는 소리를 들었는데, 내가 잘못 들었나?'

웃음소리에 뒤돌아보았지만 아무도 없었다.

광을 비우고 마련된 수련장은 어른 얼굴만 한 쪽창을 제외하고는 사방이 막혀 있었다.

안에 들어오지 않는 이상 자신의 모습을 볼 수 없었기에 서린은 자신이 철봉과 씨름하다 환청을 들은 것이 아닌가 하는 생각이 들었다.

"오늘은 힘들 것 같으니 내일 다시 해 보자."

철봉과의 씨름으로 온몸에 기운을 빼기도 했지만, 정신이 흐트러진 탓에 더 이상 하고 싶은 마음이 없어졌다.

서린은 후원으로 나가 다시금 몸을 풀기 시작했다.

기예를 배울 때마다 집중된 힘으로 인해 근육이 무리를 한 상태에서는 적당히 풀어 주어야 좋다는 가열들의 조언을 잊지 않았던 것이다.

살판을 통해 몸을 완전히 푼 서린은 방으로 돌아왔다. 저녁에는 할아버지에게 학문을 배워야 할 시간이었다.

"도대체 어디를 가신 거지?"

방으로 돌아왔으나 여전히 할아버지는 돌아오지 않았다.

"오실 때까지 명상이나 하자."

호흡을 가라앉히며 명상에 들었다. 다른 날과는 달리 아주 깊은 명상을 할 수 있었다.

서린이 명상을 끝내고 눈을 떴다.

"으음, 날이 벌써 밝은 건가? 얼마 하지도 않은 것 같은데 시간이 이리 지났다니⋯⋯."

창밖으로 여명이 느껴졌다. 어찌 된 일인지 벌써 날이 밝아오고 있었다.

이불을 개고 얼굴을 씻기 위해 밖으로 나오자 하인이 하나가 밥상을 들이고 있었다.

"우물은 뒤쪽에 있습니다. 밥상을 들여 놓을 테니 어서 씻고 오십시오."

"스승님은 어디 계십니까?"

"말씀 낮추십시오. 그리고 대감께서는 어제 등청하신 후 퇴청하시지 않으셨습니다."

"알겠습니다."

스승인 성갑도 등청한 후에 집으로 돌아오지 않았다는 소리에 서린은 우물로 가서 간단히 씻은 후 방으로 돌아와 하인이 차려다 준 밥을 먹고 난 후에 곧바로 수련장으로 갔다.

"좋아. 오늘도 한 번 해 보자."

탁!

서린은 손바닥에 침을 한 번 뱉은 후 비비고는 곧바로 철봉에 달려들었다.

"후우, 고놈! 참 요지부동이네."

어제와 마찬가지로 철봉을 가지고 한참 동안 씨름을 해야 했다.

여기저기 들어 올릴 곳을 들쑤시며 용을 써 봤지만 움직이지는 않았다.

녹초가 될 정도로 힘을 쓴 서린은 점심 무렵이 되자 수련장을 나섰다.

"쩝! 우렁각시라도 있나?"

다시금 평상에 차려진 밥상을 볼 수 있었다.

예전보다 이목이 훨씬 밝아진 자신이었다. 집중하면 세상이 어떻게 돌아가는지 모를 지경이 되기는 하지만, 평상에 밥상을 가져다 놓은 사람을 기척을 느끼지 못했던 것을 의아하게 느끼며 서린은 평상에 앉아 밥을 먹기 시작했다.

식사를 마친 후에는 후원으로 가서 기예를 연습하기 시작했다.

어제보다는 호흡이 깊어진 것인지 훨씬 빠르고 정확하게 살판을 놀 수 있었다.

살판이 끝난 후에는 어름을 놀았다. 그렇게 밤이 찾아올 무렵까지 수련을 한 서린은 자신도 모르게 평상 위에 차려져 있는 밥을 먹은 후 행랑채에 있는 자신의 방으로 향했다.

방으로 들어서자 조그마한 책상 두 개와 자신을 기다리고 있는 할아버지를 볼 수 있었다.

"어! 할아버지, 언제 오셨어요?"

"조금 전에 들어왔다. 어제는 할 일이 있어서 들어오지 못했다. 그래 수련은 할 만했느냐?"

"철봉을 드는 것 빼놓고는 전부 괜찮았어요. 그런데 할아버지가 가르쳐 주신 호흡이 깊어지면 진짜로 그 철봉을 들 수 있는 건가요?"

철봉과 씨름하는 것에 약이 올랐던 서린이 물었다.

"후후, 들 수 있을 게다."

"그렇군요."

"네 스승이 그것을 너에게 시키다니 의외로구나."

"무슨 말씀이세요?"

"그 수련을 시키는 것을 보니 널 수제자로 삼을 모양이라서 그렇다."

"수제자요?"

"그래, 그 철봉은 탄기선봉이라는 것이다. 그것을 잡아들어 올려 바로 세우는 것이 네 스승의 집안에서 내려오는 전통의 수련법이다. 너에게 그것을 가르친다는 것은 네 스

승이 가지고 있는 모든 것을 전하겠다는 이야기나 마찬가지
다."

"으음, 철봉을 드는 것에 깊은 뜻이 있나 보군요?"

"그렇다. 아직은 네가 어리고 수련이 되어 있지 않아 그
렇지만 두어 달 수련을 하다 보면 자연스럽게 알게 될 것이
다. 네 스승이 전심전력하여 널 가르칠 생각인 것 같으니
어렵다 생각하지 말고 온 정성을 기울여 수련해야 한다."

"예, 할아버지."

"그럼 지금부터 공부를 시작하겠다. 전에 어디까지 했었느
냐?"

"도덕경을 끝내고 나면 육도와 삼략을 가르쳐 주신다고
했습니다."

"그렇구나. 지금까지는 남들의 이목이 있어 틈틈이 시간
을 내서 가르쳤지만 이제부터는 본격적인 공부를 할 테니
배움에 집중해야 한다."

"예, 할아버지."

서린이 한 노인에게 학문을 배운 것은 오래 전부터였다.

총명이 과인할 정도로 뛰어난 서린이었기에 어리지만 지
금까지 상당한 학문을 익히고 있었다.

지금까지는 틈틈이 글을 익히고 경문을 배웠지만, 지금
부터 본격적으로 배움을 시작한 것이다.

낮에는 수련, 밤에는 할아버지로부터 학문을 배우는 동안 석 달이라는 시간이 쏜살같이 빠르게 흘러갔다.

석 달 동안 낮 동안은 철봉을 들어 올리는 일과 기예 연습, 그리고 밤에는 할아버지로부터 학문을 배우는 일이 반복됐다.

그러나 아직까지 철봉은 꿈쩍도 하지 않았고, 자신도 모르게 밥상을 가져다 놓는 사람의 정체도 밝혀내지 못했다. 그래도 성과가 있다면 할아버지가 가르쳐 주신 호흡법을 집중하지 않고도 할 수 있게 됐다는 것이었다. 무의식적으로 평상시에도 계속해서 할 수 있게 된 것이다.

또한 전보다 강도 높게 기예를 연습하면서도 쉽게 지치지 않는다는 것은 큰 성과였다.

지치지 않으니 수련을 끈질기게 할 수 있었던 것이다.

오늘도 다른 때와 마찬가지로 철봉을 들어 올리는 수련에 열중을 했다.

"쩝! 오늘도 차려져 있네."

수련을 마치고 바깥으로 나오자 여느 때와 마찬가지로 평상 위에 밥상이 놓여 있었다.

'저녁에는 누가 이곳에 밥상을 가져다 놓는지 기필코 알아내고 만다.'

수련장 주변을 살펴봤지만 아무도 없음을 확인한 서린은 밥을 먹기 시작했다.

밥을 다 먹은 뒤 잠시 쉬고는 후원으로 가서 천천히 몸을
풀기 시작했다.

오늘은 다른 날과 달랐다. 몸을 푸는 척하며 사방을 살피
며 누군가 주변에 있는지 찾았다.

그러나 그것도 잠시였다.

아무도 없는 것을 확인하자 이내 수련에 푹 빠져 버렸다.
어느새 서린은 정신을 집중하여 수련에 임하고 있었다.

'이런!'

살판을 땅재주를 연습한 서린은 아차하며 수련장 쪽으로
가서 평상 위를 살폈다. 시간이 되지 않아서인지 다행스럽
게도 아직까지 밥상이 놓여 있지는 않았다.

'뛰어오르면 평상 쪽이 보이니까, 오늘은 나래 차는 것
만 연습하자.'

줄 위로 올라가면서도 이번에는 반드시 살핀다는 각오로
연습을 시작했다.

연습을 하면서도 뛰어오를 때마다 기와 너머로 보이는
평상 위를 살피며 시선을 풀지 않았다.

'저건?'

한참을 연습하던 서린은 무엇인가 희미한 인영이 평상
위를 스쳐 지나가는 것을 볼 수 있었다.

"으이크!"

호선(狐仙)이 아닌가 하는 놀라움에 하마터면 줄 위에서

떨어질 뻔한 서린은 마음을 가다듬고 줄 위에서 내려왔다.

"역시!"

아무것도 없던 평상에 밥상이 놓여 있었다.

분명히 조금 전에 본 희미한 인영이 놓고 간 것이 틀림없었다.

자신도 모르게 밥상을 놓고 가는 이가 궁금했지만, 아직은 확인이 요원한 일이라 서린은 묵묵히 식사를 마쳐야 했다.

식사를 끝낸 후 곧바로 수련장으로 향했다.

요즘 공부를 시작하기 전에 수련장에 들어 철봉을 다시 들어 보는 것이 습관이 된 때문이었다.

수련장 안으로 들어선 서린은 자신을 기다리고 있는 스승을 볼 수 있었다.

"스승님!"

"그래, 밥은 다 먹은 거냐?"

"예."

"이제는 철봉을 들 수 있느냐?"

"아닙니다. 제자가 미욱하여서 그런지 아직까지 철봉을 들지는 못하고 있습니다."

"그렇더냐? 어디 한 번 들어 보아라."

서린은 스승의 지시에 땅바닥에 누워 있는 철봉을 향해 발걸음을 옮겼다.

'핏, 아직 힘이 부족해서 그런 것인가?'

석 달 동안 노력했지만 한 치도 움직이지 않는 철봉을 들라고 하니 마음이 착잡했다.

'좋아, 한 번 해 보자. 내 스스로 노력했으니 스승님께서 몰라 주시더라도 상관은 없다.'

마음을 가다듬은 서린은 호흡을 바로하며 손에 힘을 집중하고 철봉을 들어 올리기 위해 용을 썼다.

'어째 기운이 더욱 세진 것 같다.'

철봉은 꿈쩍도 하지 않았다.

철봉에서 흘러나오는 반탄력 때문에 잡기조차 힘에 겨웠다.

"그만하면 됐다. 오늘은 여기까지 하고, 그만 할아버지께 가 보거라."

"예, 스승님."

대답을 하고 돌아서는 서린의 표정이 굳었다. 아무리 나이가 어리다지만 석 달 동안 노력했는데 한 치도 움직이지 않았기에 수련장을 나서는 서린의 어깨가 축 져져 있었다. 스승에게 실망스러운 모습을 보였다는 생각으로 인해서다.

'철봉에서 뿜어져 나오는 이상한 기운만 아니라면 손에 힘을 줄 수 있을 텐데……'

두 달 전부터 철봉에서 뿜어져 나오는 기운으로 인해 봉을 잡는 것조차 어려웠다.

호흡을 하며 힘을 줄수록 봉에서 흘러나오는 기운이 더욱 거세어졌기에 더욱 힘들어지고 있는 중이다.

침울한 표정으로 밖으로 나가는 서린과는 달리 성갑의 눈은 잘게 떨리고 있었다. 제자의 성취가 그가 예상한 것보다 훨씬 빠른 것이었기 때문이다.

"예상을 했지만 벌써 탄기선봉이 벌써 반응을 하다니 천품이 놀라운 아이다. 나조차 삼 년이 걸린 것을 불과 석 달만에 이루어 내다니, 도저히 믿을 수가 없는 일이다. 역시, 피는 속이지 못하는 것인가?"

성갑의 가문에서 대대로 내려오는 기물인 탄기선봉은 그 유래가 어디서부터 비롯됐는지는 아무도 아는 이가 없었다.

다만 삼국시대 이전부터 존재했던 물건으로 탄기선봉을 얻으면서 성갑의 가문이 무가로서 이름을 떨치는 계기가 되었다는 것은 분명했다.

자신도 지금에서야 간신히 움직일 수 있을 정도로 탄기선봉의 반탄력은 상상을 불허하는 것이었다. 내공이 쌓이면 쌓일수록 반탄력이 크게 일어나는 까닭이다.

탄탄한 내공을 바탕으로 운기의 묘를 살리고 힘을 흘릴 수 있어만 탄기선봉을 조금이나마 움직일 수 있다. 내력을 쌓기만 할 뿐, 운기하는 법을 배우지 못한 서린으로서는 철봉을 드는 것은 아직은 요원한 일이었다.

"몸도 그만하면 수련을 시작할 수 있을 정도로 만들어진 것 같고, 이제는 슬슬 운기하는 법을 가르쳐야겠구나."

잘 먹고 계속해서 수련을 한 덕에 키가 세 치나 자라 있었다.

상당히 빠른 성장이었다. 거기다가 자신도 모르게 탄기선봉의 반탄력에 대응하는 기운을 뽑아낼 수 있는 성취라면 본격적으로 가문의 무공을 가르칠 차례였다.

성갑이 제자의 수련 과정에 생각하고 있을 무렵 서린은 방에 당도해 있었다.

"할아버지, 저 왔어요."

"들어오너라."

방으로 들어 온 서린은 바닥에 털썩 주저앉았다.

"어찌 그리 기운이 없는 것이냐?

"오늘도 실패했어요."

"허허허, 오늘도 실패했다는 말이냐?"

"할아버지, 아무래도 호선(狐仙)인 것 같아요."

"하하하, 오늘은 누가 가지고 오는지 본 모양이구나."

"희미한 인영을 보기는 했는데 분명히 호선이 맞는 것 같아요. 사람이 그렇게 빠를 수는 없을 테니 말이죠."

"으음, 아마도 무예를 익히고 있는 여아가 이 집안에 있나 보구나."

잠시 생각하던 한 노인이 입을 열었다.

어느 정도는 짐작하고 있었던 일이라서 그런지 표정이 무척이나 담담했다.

"무예를 익힌 여자아이가 저에게 밥을 갖다 주고 있었다는 말인가요?"

"그래, 아마도 특이한 경신법을 익혀 네가 모습을 놓치는 것일 게다. 네 식사를 책임지고 있는 것 같지만 모습을 보이기 싫은 것 같으니 그만 관심을 접도록 해라."

"그래야겠어요."

확인하고 싶기는 하지만 상대가 싫어하는 것일 수도 있기에 서린이 고개를 끄덕였다.

"그런데 어떻게 하면 좋을지 모르겠어요."

"무슨 일이 있었느냐?"

"오늘도 철봉을 들지 못했어요. 스승님에 보시는 앞에서 했는데 말이죠."

"허허허, 그러냐?"

실망스러운 표정의 서린을 보며 한 노인이 웃었다.

"그렇다고 실망은 하지 마라. 네 스승이 아무 말도 하지 않는 것을 보면 제대로 수련을 하고 있다는 뜻이니 말이다."

"실망은 하지 않아요. 열심히 하면 되겠죠. 언젠가는 들고 말 테니까요."

"그래, 그리하면 될 것이다. 네 스승이 알려 준 수련법은 일조일석에 이룰 수 있는 것이 결코 아니니 말이다."

한 노인은 서린을 다독였다.

"그런데 할아버지."

"왜 그러느냐?"

"저어……."

"무슨 할 말이라도 있느냐?"

자신을 부른 서린이 미적거리는 모습을 보이자 한 노인이 연유를 물었다.

"그놈이 자꾸만 이상한 기운으로 제 손에서 빠져나가려 하는 통에 잡을 수가 없어요. 그래서 들어 올리는 것은 시도조차 할 수 없는데 무슨 방법이 없을 까요?"

"으음, 철봉이 손에서 자꾸 빠져나가려 한단 말이냐?"

처음 듣는 소리라 한 노인이 확인하듯 물었다.

"두 달 전에는 손을 약간만 밀어내는 것 같더니 지금은 아예 거부하듯이 뿌리치려고 그래요."

"그렇게 된 지가 벌써 두 달이나 됐다는 말이냐?"

한 노인은 반문하며 사실을 확인했다.

"오늘로 딱 두 달 째예요. 들어 올리게 되면 할아버지와 스승님께 자랑하려고 했는데 말처럼 되지가 않네요."

"그렇구나."

'벌써 그 정도라니, 정말 놀랍구나.'

성갑은 일이 바빠 서린을 잘 살피지 못했고, 자신 또한 마찬가지였다.

두 달 전부터 그랬다면 상당히 빠른 성취가 아니라 경천 동지할 성취였다.

오랜 세월이 흐르는 동안 성갑의 가문 사람 중에 반년 안에 서린과 같은 성취를 이룬 인물이 하나도 없었기 때문이다.

'으음, 벌써 그런 성취를 이루다니. 아무래도 가르쳐 줘야 할 것 같구나.'

철봉을 드는 모습을 봤다면 성갑이 본격적인 수련을 시킬 것이 분명했기에 한 노인은 그 사실을 말해 주기로 했다.

"후후후, 서린아. 그렇다면 내일부터는 네 스승이 너에게 가문의 절기를 가르치겠구나."

"아직 철봉을 들어 올리지 못하는 데도요?"

스승이 본격적으로 가문의 절기를 가르쳐 줄 것이라는 말에 서린이 반문했다.

자신은 아직도 철봉을 움직이지도 못하는데 그럴 리가 없었던 것이다.

"그 철봉은 네 스승이라고 해도 움직이기 쉽지 않은 천고의 기물이다. 스스로 기운을 뿜어내고, 그 기운이 일으키는 반탄력은 사람이 감당하기에는 힘든 것이다. 그런 연유 때문에 네 스승의 가문은 이곳을 떠난 적이 한 번도 없느니

라. 가문의 보물을 두고 떠날 수는 없는 노릇이니 말이다."

"정말이요? 철봉에서 뿜어져 나오는 힘이 그런 정도라니, 진짜 신기한 철봉이네요."

"이 할아비가 너를 이곳에 데려온 이유도 네 스승이 뛰어난 사람이기 때문이기도 하지만 그 철봉이 여기에 있다는 이유가 컸다."

'역시, 연유가 있었구나.'

혹시나 사정을 들을 수 있을까 기대를 한 서린이지만 이어지는 할아버지의 말에 실망하지 않을 수 없었다.

"철봉에서 일어나는 반탄력을 대응하다 보면 자신도 모르게 내력의 운용이 자연스러워진다. 아직 거칠기만 한 네게 큰 도움이 될 것이다. 스승의 절기를 배우더라도 철봉 잡는 일을 게을리 하지 말거라."

"예, 할아버지!"

서린은 할아버지의 당부를 기억했다.

"그럼, 책을 펴도록 해라."

"알겠습니다."

책이 펼쳐지고 이내 공부가 시작되었다.

늦게까지 공부를 하던 서린은 삼경이 되어서야 잠이 들 수 있었다.

호흡이 자연스러워진 이후로는 피곤할 일이 없기에 다음 날 아침도 일찍 일어나 수련장으로 향했다.

수련장으로 들어서자 스승이 먼저 와 있었다.

'스승님께서 나와 계셨구나. 할아버지 말씀이 맞는가 보다.'

석 달 동안 자신의 수련을 보지 않던 스승이 오늘은 아침부터 수련장에 나와 있었다.

어젯밤 할아버지의 말대로 가문의 절기를 본격적으로 가르치려는 것 같았다.

"오늘부터 우리 가문의 절기를 전수할 것이니 그리 알도록 해라. 내 나랏일을 보는 몸이라 너에게 가문의 절기를 알려 주는 것은 아침 일찍 하게 될 것이다. 내일부터는 항상 인시말경에 이곳으로 나오도록 해라."

"예, 스승님!"

서린은 밝은 표정으로 대답을 했다.

드디어 본격적이 수련이 시작됐기 때문이었다.

형에게 갈 시간이 한 발 앞당겨진 것이다.

서린은 스승에게서 한 가지 수법을 전수받을 수 있었다.

그것은 바로 철봉을 쥐는 법이었다. 철봉을 쥐는 법이 열두 가지나 되었지만 그 형태는 간단하기 그지없었다.

"이것으로 모두 알려 준 것 같구나. 기억하겠느냐?"

"제자의 머릿속에 모두 들어 있습니다."

"그래, 앞으로 철봉을 이용해 내가 가르쳐 준 수법(手法)을 수련하도록 해라. 능숙하게 될 때까지 계속해야 하니 집중을 잃지 말도록 해라. 난 이만 가 보도록 하마."

스승인 성갑이 열두 가지의 수법별로 기운을 움직이는 법을 모두 전수해 주고는 등청을 위해 나가자 수련장 안에는 서린 홀로 남아야 했다.

홀로 남은 서린은 스승이 가르쳐 준 천간십이수(天干十二手)를 상기했다.

"스승님이 철봉 쥐는 법의 이름이라고 하셨지만 철봉 쥐는 법의 이름 치고는 거창하다. 쥐는 법은 간단하지만 나머지 것은 철봉을 쥐다 보면 저절로 알게 된다고 하셨으니, 천간십이수 중에 음인수(陰引手)부터 연습해 볼 수밖에……."

스승이 알려 준 천간십이수는 손으로 잡으려고 하면 생기는 철봉의 반탄력을 이용하는 것이었다.

"우선은 심호흡을 해서 기운을 모으고. 스승님께서 말씀하신 대로 한번 해 보자."

지난 석 달 동안 할아버지로부터 배운 기혈의 움직임을 상기하며 서린은 스승이 가르쳐 준 기혈의 순서대로 기가 흐른다고 생각하며 음인수를 수련하기 시작했다.

그렇게 할아버지가 가르쳐 준 호흡과 동시에 천갑십이수의 흐름을 생각하며 철봉을 잡아 갔다.

"으윽!!"

서린은 철봉에서 이제와는 다른 강력한 반탄의 기운을 느낄 수 있었다.

지금까지의 기운과는 강도를 논할 수 없을 만큼 강력한 기운이 느껴졌던 것이다.

"이 정도라니……."

장심은 일부 벗겨져 나갔고, 손바닥 전체가 붉게 달아올라 있었다.

철봉에서 튀어나온 기운이 그렇게 만든 것이었다.

천간십이수는 연환을 해서 펼치는 것이 최종적인 완성이었다. 피나는 고련이 필요하기도 하지만, 탄기선봉이 없으면 제대로 수련을 할 수 없는 것이기도 했다. 기운의 흐름을 놓치는 바람에 이렇게 된 것이기에 누구를 탓할 수도 없었다.

"빌어먹을! 이거 완전히 사람 잡는 철봉이구나. 천간십이수는 철봉에서 자신에게 들어오는 기운을 가두었다가 자신의 기운과 함께 되돌려 쓰는 것이라고 말씀하셨지만……."

서린은 투덜거리며 놓쳐 버린 봉을 노려보았다.

두 손이 상할 정도로 강력한 기운에 오기가 생겼다. 활활 타오르는 눈빛이 독기로 가득 찼다.

"좋아, 누가 이기나 해 보자."

서린은 마음을 다잡으며 다시금 철봉을 잡아 갔다.

천간십이수는 익히는 사람마다 다르고 시전 했을 때의 위력 또한 천차만별이라고 했었다. 스스로 깨우치는 무공이 바로 천간십이수였기 때문이다. 그렇기에 스승조차 기본적인 내기의 운행만 알려 주었을 뿐이었다.

스승의 이야기로는 누구나 이런 식으로 수련을 했다는 것에 서린은 투덜거리면서도 자신만의 천간십이수를 만들기 위해 수련을 자처하고 있었다.

그렇게 향후 고금제일무적수(古今第一無敵手)라는 수식어가 붙을 최강의 수법이 기초를 잡아 가고 있었다.

서린이 철봉 잡는 법인 천간십이수를 한창 익히고 있을 무렵에 성갑은 사랑채에서 한 노인을 만나고 있었다.

성갑은 책상 밑에 있던 두툼한 보퉁이 하나를 한 노인에게 내밀었다.

"이것입니다. 가문의 절기인 천간십이수(天干十二手)와 천세결(天洗結)은 제가 성심껏 전수할 것입니다. 하지만 삼대비예는 지금까지 아무도 익힌 이가 없을 만큼 어려운 것입니다. 쓰인 글들을 해석할 수가 없으니 말입니다. 어르신께서 장담은 하시지만 이런 난해한 것을 서린이 익히는 것이 가능할지 모르겠습니다."

보퉁이에 담긴 것이 가문의 비예였지만 자신도 익히지 못한 것이기에 성갑은 걱정을 숨기지 않았다.

"그것은 걱정 말게, 내 알아서 할 터이니 말이야. 그런데 서린이가 자네가 전수하는 절기를 모두 익히는 것은 얼마나 걸리겠는가?"

"지금 속도로 봐서는 기본을 익히는 데 앞으로 일 년이면 가능할 것 같습니다. 하지만 두 가지 절기는 평생을 수련해야 하는 것인지라, 서린이가 어느 정도의 성취를 이룰지는 저로서도 장담을 못하겠습니다."

"으음……."

성갑의 말에 한 노인은 잠시 생각에 잠겼다.

기본을 배우는 데 일 년이라는 말은 서린의 천품이 고금을 통 털어 찾아볼 수 없을 만큼 뛰어나다는 뜻이었다.

그러나 성갑의 말대로 완숙의 경지에 들기 위해서는 얼마의 시간이 걸릴지 모르기 때문이었다.

'서린이에게 짐을 지우는 것 같지만 어쩔 수 없는 일이다. 서린이의 천품을 믿어 보는 수밖에.'

자신에게는 시간이 없어도 너무 없었다.

이미 적리소를 통해 확인한 것을 보면 천 년의 약속이 깨진 것이 거의 확실한 만큼, 서린을 성장시키기 위해서는 모종의 결심을 하지 않을 수 없었다.

"자네는 건국 초기에 있었던 참변을 알고 있는가?"

"무혹지변(武惑之變)을 말씀하시는 것입니까?"

갑자기 꺼내는 말이었지만 성갑은 빠르게 대답을 했다.

가문과도 관련이 있는 일이었기 때문이다.

"그렇네. 자네도 어느 정도는 알고 있으리라 보네. 자네의 고조부도 관련이 있었던 일이었으니까."

"어느 정도는 알고 있습니다."

무혹지변이라 불리는 무인들의 수난에 대해서는 성갑 또한 자신의 조부로부터 들은 바가 있었다.

조선이 들어서기 전 고려조는 그야말로 무인들의 천국이었다.

고려 의종 십사 년, 정중부에 의해 시작된 무신정권의 시작은 백여 년간 이 땅을 무를 숭상하는 천하로 만들었다.

쥬신이 지배하던 시절을 제외하더라도 중원을 호령하던 고구려, 백제, 신라의 삼국시대 이래 무인들의 최전성기가 바로 이 시기였다.

무신정권이 들어선 이후 고려조의 각 호족들은 가문에서 내려오는 각 가문의 절기를 찬란히 꽃피웠다.

그로 인해 중원을 비롯해 저 멀리 서역의 이국까지 광활한 제국을 건설한 원의 공세를 장장 사십여 년간이나 막아내기도 했다.

하지만 원과의 기나긴 대립은 결국 무신정권이 몰락을 불러왔고, 무인들은 정권에서 한 발 물러나야 했다.

그러나 정권에서는 물러났으나 오랜 무신정권기간 동안 절기를 가다듬은 각 가문에서는 자신들의 절기를 발전시키는 계기로 삼았다.

오히려 이 시기는 각 가문에서 가지고 있는 무의 깊이가 더욱 깊어지는 계기가 되었다.

또한 정권의 변방에 설 수밖에 없었던 이 땅의 무인들은 원, 명 교체기의 혼란한 와중에도 중원으로 건너가 혁혁한 무명을 드날리기도 했다. 바로 자신의 눈앞에 있는 한 노인 또한 그중에 한 사람이었다.

중원을 떠나 고향으로 귀향한 후 태조를 도와 이 나라 조선의 건국에 지대한 영향을 미쳤던 사람이 바로 자신의 눈앞에 있는 한 노인이었던 것이다.

건국과 더불어 바람과 같이 사라졌던 한 노인이었다. 세수가 얼마나 되는지는 짐작조차 할 수 없는 사람인 것이다.

무혹지변은 성갑도 지금껏 관심을 가지고 있는 사안이었다.

가문의 숙원이 되어 버린 사건을 한 노인이 말한 것이다.

무혹지변은 다름 아니라 조선 건국 초에 일어났던 불가사의한 사건을 이름이었다.

조선 건국 초!

태조의 위화도 회군과 더불어 이 땅에 새로운 왕조가 등장하고, 새로운 국조가 정해지게 되었다.

고려 불교의 폐단을 일소하기 위해 삼봉 정도전이 주창한 숭유억불 정책은 불교의 탄압뿐만 아니라, 이 땅의 무인들이 속속 속세를 등지게 하는 계기가 되었던 것이다.

무(武)보다는 문(文)을 중시하는 정책으로 오랜 무신정권 기간 동안 무에 대한 혐오감이 높았던 문신들에 의해 무신들이 억압을 받는 세상이 도래한 것이다.

태조가 무관 출신임에도 이 땅의 무인들은 가진 바 재주를 드러낼 수 없었기에 이로서 이 땅의 무는 쇠약의 길을 걸을 수밖에 없었다.

그래도 무인들은 서로 교통하며 교류를 하고 있었건만, 세종 즉위 초기에 갑자기 수많은 무인들이 이 땅에서 증발하는 사건이 발생했다.

이 조선 땅의 강자라 칭하는 자들 중 삼십여 명이 어느 날 갑자기 소문도 없이 사라져 버렸던 것이었다.

가문의 절기 대부분을 간직한 이들이 사라져 버림으로 인해 그나마 명맥을 이어 가던 조선에서 무(武)라는 것이 사라져 버린 것이나 마찬가지가 되어 버렸던 사건이 바로 무혹지변이었던 것이다.

"어르신, 무혹지변을 어째서 거론하시는 것입니까?"

"무혹지변과 이번에 서린이에게 삼대비예를 가르치는 것이 무관하지 않기 때문이네."

"무, 무혹지변과 말입니까?"

성갑의 음성이 떨렸다.

"그렇다네. 사실을 말하자면 그들은 사라진 것이 아니네."

"사라진 것이 아니라면 어떻게 된 일입니까?"

"그들은 아무에게도 알리지 않고 한 가지 물건을 찾으러

이 땅을 떠났네. 다들 돌아오지 못했기에 사라졌다고 알려진 것이네."

"그것이 무슨 말씀이신지 모르겠습니다. 찾으려 하신 물건이 무엇입니까?"

"미안하지만 자세한 이야기는 해 줄 수 없다네. 하지만 한 가지 이번 일은 그것과 관련이 있는 일이네. 그리고 서린이에게 맡기려는 일은 어쩌면 이 땅의 존폐 여부를 가릴 정도로 중요한 일일 수도 있음을 명심하게."

한 노인은 말을 마치고 더 이상 해 줄 이야기가 없다는 듯 입을 굳게 다물었다.

지난날 조부에게서 한 노인에 대한 이야기를 듣고 얼마나 놀랐던가.

언제고 한 노인이나 그의 후예의 부탁은 자신의 가문의 사람이라면 자신이 가진 모든 것을 다 내주어야 한다는 조부의 말씀을 들으며 어떤 빚을 졌는지 궁금했었다.

하지만 조부 또한 지금의 한 노인과 같이 아무런 언질도 주지 않았기에 성갑의 궁금증은 더해만 갔다.

"이만 나가 보겠네. 이것은 내일 가져다주겠네."

"그러십시오."

"그 아이의 스승이니 자네도 때가 되면 알게 될 것이네. 그리고 서린이를 가르친 것이 잘 한 결정이라는 것도 말이네."

말을 끝낸·한 노인이 자리에서 일어났다.

그리고 성갑이 내민 보퉁이를 들고는 사랑채를 나섰다.

"도대체 무슨 일인지 모르겠구나. 도대체⋯⋯."

새로운 사실에 성갑의 고심은 점점 깊어만 갔다.

사랑채를 나서 문간방으로 돌아온 한 노인은 성갑에게서 받은 보퉁이를 열었다.

보퉁이 안에는 얇기가 종이장 보다 더한 푸르디푸른 비단으로 만들어진 두루마리 세 개가 들어 있었다.

"이것이 성로의 사문인 선운문(鮮雲門)의 지보인 삼대비예로구나. 성로 그 친구는 내 신상을 생각해 죽어도 나에게 보여 주지 않았었지. 예전부터 알고 있었던 물건이지만 이렇게 직접 보니 감회가 새삼스럽구나."

한 노인은 누군가를 생각하며 회상에 젖었다가 이내 세 개의 두루마리 중 하나를 풀었다.

차라라락!

서서히 풀려 나가는 두루마리에는 녹색의 바탕 위에 한문이나 언문이 아닌, 이 땅의 어느 누구도 보지 못했던 글자들이 빼곡히 적혀 있었다.

두루마리를 펴서 어느 정도 읽던 한 노인은 두루마리를 다시 말았다.

"으음, 세상에서 이것을 읽을 줄 아는 사람은 나 혼자뿐이지만, 나 또한 허락된 인연자가 아니기에 이 이상은 볼 수가 없구나."

한 노인은 비단의 일부를 보다 말고 미련 없이 두루마리를 접었다.

그에게는 인연이 아니라는 것을 잘 알기 때문이다.

서린이에게는 비예를 전할 방법은 따로 있었다. 그렇기에 더 이상 보고 싶지 않았다.

마지막까지 읽었다간 다시 세속의 인연을 맺을까 두려워하는 마음이 들었던 것이다.

'이런 것이라면 성로의 말처럼 삼대비예를 이용해 역천을 행할 수도 있는 일이다.'

보통의 인연이 아니었다.

삼대비예를 자신이 수습하게 되면 역천이 일어날 수도 있다. 혼자서 책임지는 것이라면 모를까, 그렇지 않다면 모르는 것이 좋았다.

*   *   *

서린은 오늘도 자신의 힘을 뿌리치는 탄기선봉과 씨름을 하고 있었다.

천간십이수를 배운 후 넉 달 동안 끊임없이 수련에 매진했다.

쇠고집을 가지고 있는 서린은 뼈마디가 부셔지는 것 같

은 고통 속에서도 충좌(充坐)의 자세를 취한 채 스승이 가르쳐 준 내기의 순환법대로 탄기선봉을 잡고 있었다.

어깨 넓이로 발을 벌리고, 지면으로부터 무릎까지 직선을 만든 후 그대로 앉는 충좌는 그냥하기에도 어려운 자세였다.

처음 시작할 때는 수련장의 벽에 발끝을 대고 무릎이 닿지 않도록 하며 서서히 앉는 연습을 했었다.

끊어지는 것 같은 허리의 고통 속에서도 쉼 없이 호흡을 하며 앉았다 일어서기를 반복하며 익힌 충좌는 내기를 바르게 하는 효능이 있었다.

"끄응!! 이놈이 발악하는 것이 더욱 거세진 것 같으니. 손바닥이 얼얼한 게 이제 그만해야겠구나."

어느덧 익숙해진 충좌와 더불어 내기를 순환한다 생각하며 잡고는 있었지만 탄기선봉은 서린에게 쉽게 자신을 허락하지 않았다.

그렇게 한참을 철봉과 씨름하던 서린은 시간이 되자 수련장을 나서 후원으로 향했다.

그리고 또다시 기예를 연습이 시작되었다.

한참을 연습한 후 돌아서는 서린의 눈에는 지난 시간과 마찬가지로 평상 위에 놓여 있는 밥상이 보였다.

"철봉 때문에 정신이 팔려 있었다지만 또 놓치다니, 정말 호선(狐仙)이라는 말인가?"

호선의 움직임을 한 번도 잡은 적이 없는 서린으로서는
이제 그만 포기해야겠다는 생각이 들었다.

　"휴우, 이제는 포기하는 수밖에. 철봉을 잡고 수련하는
것도 힘든 판에 그런 것까지 신경 쓰다가는 죽도 밥도 안
된다."

　지난 넉 달간, 아무리 노력해도 밥상을 갔다가 놓는 사람
을 볼 수 없었다.

　서린은 이제 자포자기의 심정으로 찾기를 포기했다. 지
금 시작한 수련이 만만한 것이 아님을 안 까닭이었다.

　평상 위에 앉아 얼얼한 손으로 묵묵히 밥을 다 먹은 서린
은 할아버지가 있는 행랑채로 향했다.

　"할아버지 저 왔습니다."

　"들어오너라."

　서린이 방 안으로 들어서자 한 노인은 인자한 눈으로 서
린이 자리에 앉기를 권했다.

　"할아버지, 할아버지가 알려 준 호흡법대로 호흡을 하며
충좌를 취하고 철봉을 잡아 봤지만 손만 아프지 힘들어요."

　"그리 힘들더냐?"

　"얼마나 아픈데요. 벌써 몇 번씩 손바닥이 까지고 다시
아물고, 이제는 완전히 굳은살투성이라 소 발바닥이라고 해
도 믿겠어요."

　"그럴 것이다. 하지만 서린아. 네 스승의 절기는 말로서

는 전할 수 없는 것이다. 네 스승의 가문 사람들은 네가 하는 것 같이 그렇게 스스로 자신의 절기를 만들었느니라. 네가 익히고 있는 천간십이수는 보기에는 하찮은 것 같지만, 손으로 할 수 있는 모든 수법이 포함되어 있는 것이다. 네가 탄기선봉과 씨름하다 보면 어느 순간 힘을 쓰는 법을 스스로 깨우칠 수 있을 것이다. 그리고 그런 연후에야 네 스승의 나머지 절기를 전수받을 수 있을 테니, 지금 진전이 없다 하여 실망하지 말고 꾸준히 노력해야 할 것이다."

"알겠어요, 할아버지."

"그럼 이제 공부를 시작하도록 하자. 지치고 피곤하지만 사람은 자신이 가진 능력을 갈고닦지 않으면 발전할 수 없음이니 피곤하더라도 쉼 없이 매진해야 하느니라."

"헤헤, 알고 있어요."

서린이 피곤한 몸을 이끌고 경청할 자세를 취하자 한 노인은 강론을 하기 시작했다.

그 입에서는 삼교 구류를 비롯해 제자백가에 이르기까지 지난날 성인의 가르침이 쉼 없이 흘러나왔다.

서린이 말을 시작할 무렵부터 시작되어 온 공부는 지금껏 지속되어 온 것이었다.

기본적인 글자를 가르친 후 어느 정도 글을 깨우친 서린이에게 한 노인은 책 한 권 없이 말로서 강론을 했었다.

책은 없었지만 서린은 이상하게도 한 노인이 자신에게

한 강론을 모두 기억하고 있었다.

다른 사람들이 한 말은 곧잘 까먹으면서도 이상하게도 한 노인이 한 말은 한 자 한 자 뇌리에 각인되듯 지금까지 들어온 모든 강론을 기억하고 있는 서린이었다.

중간중간에 모르는 글자가 나오면 한 노인이 글자를 알려 주었기에 쉼 없이 흘러나오는 강론을 모두 알아들을 수 있었다.

그렇게 지속되던 강론이 삼경이 될 무렵 끝이 나자 서린은 피곤한 몸을 이끌고 자리에 누웠다.

오늘은 다른 날과 달리 온 힘을 다해 철봉과 씨름하느라 무척 지쳐 있었기에 서린은 눕자마자 깊은 잠에 빠질 수 있었다.

서린이 깊은 잠에 빠져들자 한 노인은 서린의 머리를 쓰다듬기 시작했다.

"내가 잘하는 것인지 모르겠다. 선주를 만나 보려는 마음밖에 없는 순수한 아이를 고난의 길로 이끄는 것은 아닌지 말이다. 어차피 우리 가문이 짊어져야 할 업보이기에 피할 수는 없겠지만, 네 형에 이어, 너까지 이 일에 말려들게 만들다니 훗날 할아비를 야속하다 생각해도 괜찮다."

파파팟!

그렇게 서린의 머리를 쓰다듬던 한 노인의 손이 번개가 무색할 정도로 서린의 전신을 누비기 시작했다.

그리고 한쪽 구석에 놓인 보퉁이에서 세 개의 두루마리를 꺼내어 서린의 머리맡에 놓고는 왼손으로 두루마리 하나를 집어 들었다.

"서린아, 지금 내가 너에게 베풀려고 하는 것은 현음천자술이라는 것이다. 저 멀리 천축국에서 비롯된 비술이지만, 이 할아비가 우연치 않게 습득할 수 있었다. 현음천자술은 비전을 전하기 위해 만들어진 것이라 바라문교에서도아는 사람이 극소수에 지나지 않지만 혹시나 하는 생각에이 할아비가 익혔던 것이란다. 내가 지금 너에게 현음천자술을 이용해 전하고자 하는 것은 우리 민족의 고대 무예로아직까지 전승자를 찾지 못한 것이다. 그 연원을 확실히 알수는 없지만 이것을 익힌 자는 세상을 아우를 수 있다는 전설이 있을 만큼 무서운 것이란다."

두루마리를 잡은 한 노인의 왼손이 푸른색으로 물들기 시작했다. 왼손이 청광에 완전히 휩싸이자 한 노인은 오른손을 서린의 미간에 가져다 대었다.

서린의 미간에 가져다 댄 손이 다시 청광이 물들고 연이어 사라졌다.

한 노인은 또다시 두루마리를 집어 들었고 같은 현상이 반복되었다.

그렇게 세 번째 두루마리까지 한 노인은 신비한 현상을 이끌어 냈다.

일을 모두 마치자 한 노인은 두 손을 서린의 미간에 가져다 대었다. 다시 그의 두 손에 청광이 잠시 머물다 사라졌다.

　"내가 전해 준 비서에 쓰인 글자는 세상에서 유일하게 이 할아비만이 해석할 수 있는 글자로 기록되어 있는 것이다. 지금은 너의 의식 속에 잠들어 있지만, 네 스승이 가르쳐 준 절기를 완성해 감에 따라 스스로 너에게 모습을 보일 것이다. 이 할아비 또한 그것이 무엇인지 잘 모르지만 네가 그것들을 모두 완성한다면 어쩌면 천 년의 약속으로 이루어진 악연은 네 대에서 모두 끝을 낼 수 있을 것이다."

　읊조리듯 말을 끝낸 후 한 노인은 자신이 할 바를 다한 듯 편안한 표정으로 서린의 옆에 누워 잠을 청했다.

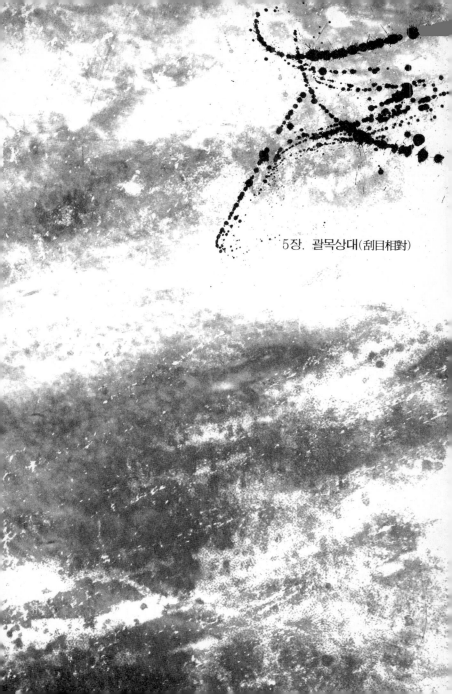

5장. 괄목상대(刮目相對)

한 노인이 현음천자술을 이용해 세상에 나와 본 적이 없
는 고대의 비예를 서린이에게 전수한지 도 어느덧 일 년이
다 되어 가고 있었다.

　한 노인이 가르쳐 준 호흡법 때문인지 아니면 어린 나이
부터 해 온 기예 때문인지는 몰라도 이제 열여섯 살이 되었
지만 서린은 여느 아이보다도 튼튼하게 자라났다.

　뼈를 진동하는 탄기선봉을 잡는 수련 속에서 서린의 뼈
는 튼튼함을 더해 갔고, 매일 평상에 놓여 있는 밥상은 서
린의 근육을 살찌웠다.

　그런 때문인지 견디기 힘든 고통 속에서도 서린은 지난
시간 동안 스승의 가르침을 쫓아 철봉 잡는 법인 천간십이

수를 어느 정도 습득할 수 있었다.

그중 가장 성취를 이룬 것은 한 노인이 알려 준 호흡법과 스승인 성갑이 알려 준 천간십이수였다.

천간십이수는 음인수(陰引手), 탄양수(彈陽手), 절맥수(絕脈手), 교혼수(交魂手)가 다인 수법이었다.

비록 네 가지뿐이기는 하지만 왼손과 오른손이 탄기선봉을 잡는 법이 각각 달랐고, 양손으로 동시에 탄기선봉을 잡는 법이 전부 달랐기에 총 열두 가지 수법(手法)이 되는 것이 바로 천간십이수였다.

오늘도 서린은 충좌를 취한 채 탄기선봉을 잡고서 용을 쓰고 있었다.

"끄응! 아이고!! 힘들다."

탄기선봉을 잡고 한참 씨름하던 서린이 바닥에 털썩 주저앉았다.

힘들다고 외치면서도 서린의 입가에 미소가 맺혀 있었다.

"크크, 이제 겨우 한 치 움직였구나."

피나는 수련 덕분인지 오늘 서린은 바닥에 점잖게 누워 있는 탄기선봉을 한 치나 움직였다.

식은땀이 흐르고 다리가 후들거렸지만 자랑스러운 성과였다.

'이제는 다른 것도 배울 수 있겠구나.'

오늘부터는 탄기선봉과 씨름하는 천간십이수 이외에 다

른 것도 배울 수 있다는 사실을 며칠 전 스승으로부터 들은 서린이었다.

내일 수련장에서 만날 스승에게 보여 줄 자랑거리가 생긴 것을 기뻐하며 서린은 후원으로 향했다.

"하면 할수록 어려우니, 저 줄을 간 것도 벌써 스무 번을 훌쩍 넘겼네. 무던히도 연습했구나."

지난 시간 동안 무던히도 타던 줄은 이미 몇 번을 갈은 것인지도 모른다.

스승의 배려인 듯 줄이 낡아지면 어느덧 새 줄로 교체한 것이 한 달에도 두어 번이니 많이도 갈았다는 생각을 가지며 서린은 몸을 풀기 시작했다.

"후후. 이제는 단전의 중심을 다른 곳으로 옮겨도 아무렇지 않으니, 많이 발전한 것인가?"

탄기선봉을 쥐며 할아버지의 호흡법대로 수련하는 서린은 자신이 옛날과는 많이 달라졌음을 느낄 수 있었다.

전과는 달리 단전을 중심축에서 이동해도 호흡이 가능해졌다.

중심축을 이동한 채로 아무리 심한 동작을 해도 호흡이 흐트러지지 않았고, 지치지도 않았다.

또한 제자리에서 재주를 넘어도 머리가 아프지 않았으며 어지러움증도 생기지 않았기에 오늘도 신이나 재주를 넘는 서린이었다.

휘이이이익!

서린이 재주를 넘은 것은 범인의 눈에는 보이지 않을 정도로 빨랐다.

주위로 풍압이 발생하여 바람이 일 정도로 빠른 속도로 재주를 넘는 서린의 모습은 그저 둥그런 원이 휘도는 모습뿐이었다.

그리고 점점이 파여 가는 후원 바닥은 서린이 땅을 짚고 재주를 넘고 있다는 것을 보여 주고 있을 뿐이었다.

휘리릭!

재주넘기가 끝난 것인지 서린은 팔을 튕겨 나는 듯이 회전하며 줄 위로 올라갔다.

단숨에 날듯 줄 위로 올라간 서린의 신법은 감히 흉내 내기 어려운 것이었다.

줄 위로 올라온 서린은 줄의 탄력을 이용해 널뛰기를 시작했다.

마치 구름 위를 거니는 듯 날아올랐다 떨어지고, 전후로 움직이는 서린의 동작은 신기를 보는 것 같았다.

그렇게 한참을 줄 위에서 노닐던 서린은 줄에서 내려 수련장으로 향했다.

"어! 무슨 일이지? 점심도 그렇고, 호선이 아픈가?"

오늘은 매일 점심과 저녁에 놓여 있던 밥상이 보이지 않았다.

나타나지 않는 호선과 허기를 면할 수 없음을 생각하며 서린은 근심이 쌓이기 시작했다.

호선은 재주가 비상하여 사람이 모습을 보기가 힘들다는 것을 상기했다.

어쩌면 자신이 호선의 진짜 모습을 보았기에 나타나지 않은 것인지도 몰랐다.

"호선을 볼 수 있는 것은 전설 속에서나 가능한 일이지만 이제 겨우 볼 수 있게 됐는데, 정말 이상하네. 진짜로 어디 아픈 건가? 아니면 내가 봤다는 것을 알게 되서 더 이상 나타나지 않는 건가?"

호흡법을 대로 호흡을 하며 탄기선봉과 씨름하는 동안 신체가 몰라보게 변했다.

그동안 보이지 않았던 호선의 움직임이 보였다는 사실은 서린을 기쁘게도 했고, 한편으로 당혹스럽게 만들기도 했다.

얼마 전부터 서린의 눈에 보이기 시작한 호선은 서린 또래의 여자아이의 모습을 하고 있었다.

서린은 지금까지 호선이 여자아이로 변신하여 자신에게 밥상을 차려 줬음을 그제야 알 수 있었다.

눈이 부실 정도의 곱상한 외모의 호선은 나는 듯이 밥상을 내려놓고는 눈 깜짝할 사이에 서린의 시야에서 사라졌다.

처음에 갑자기 나타났다 사라지는 호선의 모습을 보고 얼마나 놀랐는지 몰랐다.

소리 없이 홀연히 나타나 밥상을 내려놓고는 눈 깜짝 할 사이에 사라지는 모습을 보며 놀란 서린은 호선이 아니면 그럴 수 없다는 것을 확신할 수 있었다.

인간세상에서 호선을 볼 수 있다니 정말 놀라지 않을 수 없었던 것이었다.

혹시나 자신을 홀려 나중에 간을 빼 먹지 않을까 하는 생각이 들기도 했지만 잠시간 볼 수 있었던 호선의 눈은 푸른 하늘을 닮아 있었기에 마음이 놓였었다.

조금 불안하기는 하지만 한번 만나 보면 안 될까 하는 생각이 들 정도로 호선은 마음에 드는 눈빛을 가지고 있었다.

"내가 얼굴을 봤다는 것은 알지 못할 거다. 혹시나 몰라 아는 척을 하지 않았으니까. 그럼 많이 아프다는 건데, 걱정이네. 아프면 안 되는데 말이야."

꼬르르륵!

호선에 대한 걱정도 잠시, 배속에서 신호가 오고 있었다.

"크으, 할 수 없지, 밥이 없으니 오늘은 굶는 수밖에. 일단은 할아버지한테나 가 봐야겠다."

서린은 빠르게 행랑채로 향했다.

스으으윽.

서린이 후원을 떠나자 평상 옆으로 이제 서린 또래로 보이는 여자아이 하나가 홀연히 나타났다.

서린이 진짜 호선이라 여길 정도로 귀신같은 몸놀림이었다.

붉은색 댕기를 맨 여자아이는 누가 보더라도 깨물어 주고 싶은 만큼 귀여움과 함께 보기 힘든 미태를 간직하고 있었다.

여자아이는 서린이 자신의 처소로 사라지는 것을 가만히 바라보았다.

휘이이익.

무엇인가 결심을 한 듯 서린을 바라보다 말고 후원으로 향했다.

그러고는 곧바로 몸을 날려 서린이 타는 줄 위로 올라섰다.

신영을 날려 한길 높이의 줄 위로 올라서는 모습은 평범한 아이의 몸놀림이 아니었다. 아무런 기척도 내지 않고 땅 위에서 없어짐과 동시에 홀연 줄 위로 올라섰던 것이다.

여자아이는 줄 위에서 서린이 했던 동작을 그대로 흉내내고 있었다.

앞으로 가고, 뒤로 가고 줄을 가지고 놀았다.

그리고는 공중으로 치솟았다 내려오기를 반복했다. 몇 번을 반복했을까, 갑자기 몸을 뒤집으며 신영을 회전시켰을 때였다.

내려오면서 줄을 잘못 밟아 균형을 잃은 듯 여자아이는 줄 밖으로 떨어져 내렸다.

휘리릭!

탁!

용이 구름 위에서 몸을 뒤집듯 신영을 뒤집은 여자아이는 한 바퀴 선회하며 땅에 안전하게 착지하였다.

여자아이는 서린의 몸놀림과 자신의 움직임을 비교해 보고는 머릴 갸웃거리며 침울한 표정을 지었다.

스슷.

나타날 때와 마찬가지로 여자아이는 홀연히 수련장에서 사라졌다.

*   *   *

"서린아."

"예, 할아버지."

"네가 이곳에 온 지도 어느덧 일 년을 훌쩍 넘겼구나. 그래 이제는 철봉을 잘 잡을 수 있게 됐느냐?"

"아니요. 그놈 앙탈이 심해서 아직도 반항을 해요. 하지만 오늘 그놈을 한 치 정도 움직였어요. 그러니 얼마 지나지 않아서 들 수 있을 것 같아요."

"호오, 그렇다는 말이냐?"

서린의 말에 한 노인은 놀라지 않을 수 없었다.

지난 시간은 탄기선봉의 수련을 통해서 손의 쓰임새에 대해 알기만을 바랐을 뿐이었다.

그런데 한 치를 움직였다는 것은 이미 어느 정도 자신이 원하는 기운을 서린이 얻고 있다는 것을 뜻했기 때문이었다.

그렇다면 이제부터 본격적으로 서린이에게 무예에 대해 알려 줄 필요성을 느낀 한 노인은 차분한 목소리로 말을 이어 갔다.

"서린아, 네가 학문이외에 의술도 너에게 알려 주며 사람의 신체에 대해서 강론한 것을 기억하고 있느냐?"

"할아버지가 말씀하신 것은 모두 기억하고 있어요. 사람이 어떻게 움직이는지 말이에요. 몸 안에 흐르는 기혈 그리고 근육의 움직임을 할아버지가 모두 설명해 주셨잖아요."

"기억하고 있다니 다행이다. 그러면 지금부터 말하는 것을 명심해서 듣도록 해라."

한 노인은 서린이에게 사람이 가지고 있는 기운에 대해 설명하기 시작했다.

한 노인이 주로 설명한 것은 사람이 가지고 있는 선천지기와 후천지기에 관한 것이었는데 이는 서린이 익히고 있는 호흡법과 밀접한 관련을 맺고 있는 것이었다.

"인체에서 불(火)이 내려가는 길을 임맥(任脈)이라고 하고, 물(水)이 올라가는 길을 독맥(督脈)이라 한다. 독맥은 등줄기를 따라 흘러가고, 임맥은 복부를 따라 흐른단다."

"할아버지, 저도 알아요. 요즘에 그걸 느끼고 있거든요."

"그래, 너도 어느 정도 느끼고 있을 것이다. 독맥은 뼈의 속에 있는 기운이 흐르는 길을 말한다. 이것은 들숨 때 하강하고, 날숨 때 상승하며, 끊임없이 순환하는데, 이러한 순환을 돕기 위해 두개골의 봉합과 천골(薦骨)이 움직이기도 한단다. 임맥(任脈)은 중심적 뿌리라 할 수 있는 상중하 삼단전(三丹田)을 관통하는 길이다. 간단하게 말하면 주로 입에서 항문까지 통하는 구멍을 형성하는 길을 의미한단다. 즉, 독맥은 뼈에 쌓여 있는 곳으로 음중(陰中) 양(陽)을 의미하고, 임맥은 구멍이 뚫려 있는 곳으로 양중(陽中)의 음(陰)을 의미하는 것이지. 독맥에서는 불의 기운이 성하여 끊임없이 순환하며 기운을 식히는데, 이 기운은 사람이 본디 선천적으로 가지고 태어나는 것으로, 선천지기(先天之氣) 또는 원기(原氣)라고 한다. 그와는 반대로 임맥은 속이 텅 비어 있는 통로로 외부의 기운을 끊임없이 받아들여 기운을 얻는데 후천적으로 섭취한 것이라 하여 후천지기(後天之氣)라 하며 종기(宗氣)라고 한단다. 바로 이 원기(原氣)와 종기(宗氣)가 합쳐져 진기(眞氣)를 이루어 인체 내 십이경락을 주도하며, 오장육부와 전신의 생명 활동을 가능하게 하는 것이다. 내 말을 알아듣겠느냐?"

"예, 할아버지."

"내가 너에게 가르쳐 준 호흡법은 바로 선천의 기를 이끌어 내어 후천의 기를 인도하는 것이란다. 너에게 호흡을 하며 충좌를 하도록 한 것도 바로 이런 순환을 보다 원활하게 하기 위한 것 때문이란다. 비록 화(華)의 일족들이 이 두 기운은 태어나서 서서히 막히기에 뚫어 주어야 상승의 경지에 도달한다고 한다마는 그 말은 말도 되지 않는 이야기다. 아마도 그들의 사상이 편협한 데서 나오는 소치라 생각하지만, 넌 바른 법을 배웠으니 그리 알고 지금부터 내가 하는 이야기를 잘 듣거라."

한 노인은 서린이에게 날라리를 불 때 쓰는 호흡이라며 가르쳐 준 것에 대해서 더욱 세세히 서린이에게 설명을 해 주기 시작했다.

서린이 배운 호흡법은 서린의 가문이 무예의 길로 나서며 대대로 전해져 오는 호흡법이었다.

그것은 독맥이라 불리는 뼛속의 선천지기를 일으켜 천지간의 기운을 자신의 것으로 만드는 호흡법이었다.

자연지기가 자연스럽게 몸 안으로 유입되어 순환하여 후천지기를 쌓는다. 그리고 종내에는 선천지기와 합하여 온전한 기운을 이끌어 내는 최상의 호흡법이었던 것이다.

"옛 태곳적 화하(華夏)는 태일(太一)에서 양의(兩儀)를 낳고, 양의에서 다시 음양이 생겨나고, 그것에서 만물이 태어나며 다시 태일로 돌아간다고 하였다. 양의에서 다시 사상이 생겨나고 사상에서 팔괘가 생겨난다고 하였으니 어찌 보면 천지간의 이치가 거기에 있다 할 것이다. 하지만 우리 가문의 무예는 이와 그 맥을 같이 하나, 또 다르다. 태곳적 우리 가문의 뿌리인 청구(靑丘)는 태일(太一)에서 삼의(三儀)을 낳았다 여겼다. 이는 곧 삼극이라, 여기서 육효가 생긴다고 여겼느니라. 하늘을 천일로 땅을 지일로, 그리고 이를 조화롭게 하는 것을 태일이라 여겼다는 말이다. 임독양맥은 하늘과 땅의 기운이 순환하는 것이다. 그들은 선천과 후천의 기운을 토대로 세상을 바라본다. 하지만 우리 가문에서는 이 선천과 후천의 기운을 인간이 조화롭게 다스리는 데 그 역점을 둔다고 할 것이다. 비록 화하가 성(盛)하여 세상의 모든 이치가 선천과 후천의 도리 대로만 흘러간다고 여기고 있으나 이는 잘못된 것이다. 진정한 도리는 인간이 그 중심에 있다는 것에서 출발하는 것이 우리 가문의 공부인 것이다."

서린은 말이 트이는 순간부터 강론을 통해 한 노인으로부터 세상의 이치에 대해 공부해 왔었다.

그렇지만 지금 한 노인이 하는 이야기는 처음 들어 보는 것이었다.

선천과 후천의 기운을 통해 양생의 도를 터득한다는 것은 익히 들어 알고 있었다.

관조자적 입장에서의 인간이 그 모든 기운을 주관한다는 것을 말이다.

"할아버지 그럼 세상의 모든 기운과 이치가 인간을 중심으로 돌아간다는 것인가요?"

"그렇단다. 양의를 표방하는 화하의 이치와 삼극을 표방하는 청구의 이치 중 어느 것이 세상을 주관하는 참다운 이치인가는 아직 밝혀지지 않았다. 이를 두고 화하와 우리가 끊임없이 논쟁을 벌여 온 것은 도를 이루려는 자들의 오래된 숙원 때문이었다. 바로 어떤 것이 바른 도인가, 라는 점이다. 그러나 화하가 말하는 것은 여러 번 실현이 되었다. 양의에서 비롯된 이치를 꿰뚫은 자들로 인해 그 증거가 나타났으니 말이다. 하지만 삼극의 이치를 꿰뚫은 자들은 여태까지 나온 이가 없었기에 삼극의 이치가 외면 받아 온 것이 작금의 현실인 것이다. 무예로 도를 이루려는 이들도 마찬가지다. 양의로 대성한 자는 많아도 삼극으로 대성한 자는 없었기에 항상 화하의 일족들은 청구의 일족을 업신여겨왔었다. 이로 인해 우리 민족은 대륙으로부터 끊임없는 침략의 대상이 되었던 것이다. 하나 우리 가문에서는 삼극으로 무예의 끝을 볼 수 있는 하나의 법이 전해지니, 그것이 바로 내가 너에게 상시로 수행하라 이른 삼극정법(三極正法)이다."

"제가 할아버지께 배운 호흡법의 이름이 삼극정법이라는

것이었군요."

서린은 이제야 자신이 익히고 있는 호흡법의 진정한 이름을 알 수 있었다.

"중원에서 삼극정법의 껍데기만을 토대로 만든 삼재심법이라는 것이 있어 천시 여긴다. 하나 그것에 담긴 이치를 바라볼 수 있는 자가 있다면 삼재심법에서도 양의에 버금가는 성취를 이룰 수 있음을 화하의 일족들은 알지 못한다. 그러니 삼극정법 속에 담긴 오묘함이야말로 궁극에 이른 바른 이치인 것이다."

"할아버지가 알려 주신 삼극정법이 그렇게 대단한 거예요?"

서린은 한 노인이 알려 준 호흡법을 어렸을 때부터 익히며 날라리를 불려고 했지만, 별로 특이한 것은 못 느꼈다.

다만 재주를 넘을 때와 탄기선봉을 이용한 수련 후 뼈마디의 진동을 느낄 수 있다는 것이 특별하면 특별한 것이었다.

지금 할아버지의 설명을 듣고 보니 자신이 익힌 것이 아주 특별한 것일 수도 있다는 생각이 뇌리를 스쳤다.

"물론이다. 넌 아마 탄기선봉을 드는 수련을 하며 충좌를 통해 일부 뼛속이 진동하는 현상을 느꼈을 것이다. 이는 선천의 기가 의지대로 움직이기 시작했다는 증거다. 이제부터 네 스승이 전해 주는 천세결(天洗結)을 익히기 시작하면 후천의 기운 또한 느낄 수 있을 것이다. 선천과 후천의 기운을 완전히 느끼고, 그 두가지 기운을 관조할 수만 있다면 넌 아마도 삼극정법의 바른 법을 볼 수 있을 것이다. 이제부터 그 삼극정법에 대한 완전한 구결을 일러 줄 터이니, 넌 한상 바른 마음으로 호흡에 임하도록 해라."

"알겠습니다. 제가 아직 어려, 잘은 모르지만 최선을 다해 익히도록 하겠습니다, 할아버지!"

서린은 자신도 모르게 자세를 바로 하고는 경청하기 시작했다.

"그럼 내 지금부터 삼극정법의 바른 법을 알려 주도록 하마. 구결을 일러 줄 터이니 머리에 각인하여 잊지 말거라. 上界主神其號曰天一(상계주신기호왈천일), 下界主神號曰地一(하계주신호왈지일), 中界主神號曰太一(중계주신호왈태일), 易有三極(역유삼극), 是生三儀(시생삼의), 三儀生六爻(삼의생육효)……."

한 노인의 입에서 삼극정법에 대한 구결이 흘러나오고, 서린은 한 자라도 잊어버릴까 집중하여 구결을 외웠다.

할아버지의 말은 한 번도 잊어 먹지 않았지만, 이번엔 더욱 심혈을 기울여 외워 가고 있었던 것이다.

*　　　*　　　*

서린이 성갑으로부터 천세결에 대해 배운 것은 삼극정법의 구결을 전부 전수받은 다음 날 아침이었다.

서린이 수련장을 찾았을 때 스승인 성갑은 멍한 눈으로 탄기선봉을 바라보고 있었다.

믿을 수 없는 표정을 지으며 탄기선봉을 바라보던 스승은 수련장으로 들어오는 서린을 바라보며 입을 열었다.

"서린아! 네가 이 탄기선봉을 움직였느냐?"

"예, 스승님. 어제 한 치 정도 움직였습니다. 하지만 숨이 차올라 그 이상은 힘들었습니다."

"허허허, 그랬구나."

자신의 성취를 뛰어넘는 서린의 성취에 기쁘면서도 자신의 성취를 되돌아본 성갑은 마음이 허허로웠다.

"네가 이 정도 성취를 이루었다니 정말 놀랍기 그지없구나. 그렇다면 오늘부터 너에게 천세결을 가르쳐 주어야겠구나."

"천세결이요?"

할아버지의 예상대로 스승이 절기를 가르쳐 준다고 하자, 서린은 놀란 마음을 가라앉히고 스승을 쳐다보았다.

"서린아, 너는 이 스승이 어떤 무예를 익히고 있을 것이라 생각되느냐?"

한번도 본 적이 없는 무예를 물으니 대답을 할 수 없었다.

"잘 모르겠습니다. 권법인 것 같기도 하고, 병기를 사용하시는 것 같기도 하고, 스승님께서 어떤 무예를 익히셨는지 도저히 모르겠습니다."

서린은 스승의 질문에 의아해하지 않을 수 없었다.

가르쳐 준 것이라고는 고작 천간십이수가 다였는데, 그것은 손으로 하는 수법이지, 무예라 여기지 않고 있었기에 그 의문은 더욱 커져 갔었다.

비록 천간십이수가 기운을 다루는 데는 그 공능이 뛰어나지만, 결코 절정의 무예라 불리기는 좀 모자란다는 감이 있었기 때문이었다.

"네가 익히고 있는 천간십이수가 이 스승이 익히고 있는 최고의 무예이자 최후의 무예이니라."

"제가 익히고 있는 것이 전부라는 말씀입니까?"

서린은 스승의 말을 믿을 수가 없었다.

그만큼 천간십이수는 매우 단순했던 것이다.

"내 그 끝을 보지는 못하였으나 천간십이수는 능히 이 땅에서 태어난 무예 중에 수위를 다툴 만한 절학이다. 탄기신봉이 없다면 그 요체를 익히기 힘든 것이지만 말이다. 탄기신봉을 이용해 천간십이수를 대성한다면 검을 들면 검왕이라 칭할 것이요. 도를 들면 또한 도왕이라 칭할 만큼 무서운 절학이 바로 천간십이수이니라."

천간십이수는 음인수(陰引手), 탄양수(彈陽手), 절맥수

(絶脈手), 교혼수(交魂手)의 네 가지 수법이었다.

좌수와 우수로 익히는 법이 달랐고, 양손으로 익히는 법이 달랐다.

그렇기에 팔 수가 되고 두 손으로 펼치는 네 가지 방법이 합해져 모두 십이수가 되는 것이었다.

하지만 서린은 천간십이수가 그리 특별한 절학이라고 생각하지 않았다.

수련해 내기는 힘이 들었지만 익히는 법이 너무도 간단했기 때문이었다.

'그럼 스승님의 말씀은 천간십이수에 다른 것이 감추어져 있다는 말씀이구나.'

천간십이수를 특별한 절학이라 설명하기에 서린은 천간십이수에 자신이 모르는 묘용이 있음을 짐작하고 스승의 말을 경청했다.

"물론 넌 나의 말에 의문이 일 것이다. 간단해 보이는 천간십이수에 거창한 명칭이 붙은 것이고, 스승인 내가 이리 강조하는 것을 보면서 말이다."

"그렇습니다, 스승님."

"나도 그러했다. 어째서 그런 것인지는 훗날 알게 됐다. 천간십이수가 제 위력을 발휘하려면 천세결을 익혀야 한다."

"천세결이요?"

"그래, 네가 천세결을 익힌다면 천간십이수에 담긴 묘용을 확실히 알 수 있을 것이다. 지금부터 구결을 알려 줄 테니 마음을 정갈히 해라."

"예, 스승님."

서린이 자세를 바로하자 성갑은 구결을 일러 주기 시작했다.

할아버지가 알려 주신 삼극정법이 여든한 자에 불과한 것이라면, 스승이 서린이에게 알려 주는 천세결은 일만 자로 이루어진 구결이었다.

삼극정법에 담긴 이치는 글자 하나하나가 그 오묘한 뜻을 내포한 것이라면, 천세결은 긴 문장으로 세상의 기운을 바로 쓰는 법을 자세히 설명하고 있는 것이었다.

스승의 입에서 흘러나오는 구결이 한 시진가량 지속되고, 다시 그에 대한 주해가 세 시진가량 흘러나왔을 때 천세결의 모든 설명이 끝이 나 있었다.

"서린아, 천세결에 대한 설명은 앞으로 열흘 동안 계속 반복해서 너에게 설명해 줄 테니 오늘은 대강의 뜻만 새기고 있거라!"

"아닙니다, 스승님. 스승님께서 말씀해 주신 천세결의 구결과 주해는 빠짐없이 기억하고 있습니다. 그러니 내일부터는 저 혼자 그 뜻을 새기겠으니, 그리하지 않으셔도 됩니다."

서린의 느닷없는 말에 성갑은 어이가 없었다.

탄기선봉을 일 년여 만에 움직인 것은 서린의 할아버지가 있었기에 내심 가능했다고 생각했었지만 천세결은 아니었다.

자신이 장장 네 시진에 걸쳐 이야기한 것을 한 번 듣고 다 기억한다고 하니 일순 서린이 거짓말을 하는 것이 아닌지 의심이 들었다.

"그 말이 사실이냐? 비록 네 머리가 총명하다는 것을 알고 있지만, 한 번 들려 준 일만 자에 달하는 구결을 다 외우고, 거기에 주해까지 외운다는 것은 믿을 수가 없는 일이다."

"제가 한 번 해 보겠습니다. 天宇洗心始(천우세심시), 空虛不相得(공허불상득)……."

스승의 말에 서린은 스승이 자신에게 들려 준 천세결의 구결을 빠른 속도로 외우기 시작했다.

그 속도가 어찌나 빠른지 김성갑 또한 경청하지 못하면 순서를 놓칠 뻔했다.

그리고 다시 이어지는 주해를 들으며 성갑은 서린이에게 말할 수 없는 신비감을 느끼기 시작했다.

'믿을 수 없는 아이다. 불과 일 년 만에 탄기 선봉을 움직인 것도 믿을 수 없는 일이거늘, 무려 일만 자에 달하는 구결과 주해를 한 번 듣고 모두 외우다니. 역시 핏줄은 못

속이는 것인가?'

서린이 조선 제일 무맥의 계승자임을 알기에 성갑은 생각을 끊고 다음 말을 이었다.

"이제 되었다. 내가 외우고 있다는 것을 알았으니 앞으로 천세결을 토대로 천간십이수를 익히도록 해라. 그러면 스승이 무엇을 말하려 함인지 알 수 있을 것이다."

아침에 시작한 구결의 전수가 해가 중천에 뜰 때까지 계속되었기에 성갑은 수련장을 나섰다.

오늘은 어느 때보다 등청이 늦었지만 마음만은 기쁘기 그지없었다.

스승이 나가자 서린은 스승이 전해 준 천세결을 생각하며 자리에 앉았다.

할아버지가 전해 준 삼극정법의 여든한 자의 구결은 그 글자에 담긴 의미가 광대무변하기에 두고두고 생각해야 했다.

천세결의 구결은 스승의 상세한 설명이 담긴 주해 덕분으로 어느 정도 요체를 깨달을 수 있었다.

그리고 그 요체는 할아버지가 알려 준 삼극정법의 요체와도 일맥상통하는 것을 느꼈기 때문이었다.

어느 정도 생각이 마무리되자 바닥에 놓여 있는 탄기선봉을 잡아 갔다.

지금껏 자신의 손길을 거부하던 탄기선봉을 제압할 수 있을 것 같았기 때문이다.

탄기선봉을 잡은 서린은 천간십이수 중 음인수를 상기했다. 기운을 끌어들여 되돌리는 음인수는 탄기선봉에서 흘러 나오는 기운은 자신에게 되돌려, 돌아 나오는 기운으로 탄기선봉을 상대하는 것이었다.

왼팔은 독맥으로 힘을 받아들이고, 오른팔은 임맥으로 기운을 받아들이는 것이기에 서린은 양손에 흘러 들어오는 기운을 차분히 받아들이고 있었다.

전에는 뼛속을 울리는 기운으로 인해 힘들었지만 지금은 스승이 전해 준 천세결을 이용해 두 줄기로 흘러들어 오는 기운을 통제하며 받아들이고 있었다.

처음에는 전과 마찬가지로 뼛속을 진동하듯 서린이에게 아픔을 주었으나 천세결이 서서히 운행되자 서린은 자신의 몸속으로 휘몰아쳐 들어오는 기운을 느낄 수가 있었다.

마치 호호탕탕한 거친 물결처럼 들어오는 기운의 파도가 느껴지기는 했지만, 이제 서린은 아픔을 느낄 수가 없었다.

자신의 몸속을 지나가는 기운의 방향을 느끼며 천세결을 운용하기 바빴기 때문이었다.

들어오는 기운을 내뿜는 탄양수와 들어오고, 나오는 기운을 제때에 끊어 주는 절맥수, 그리고 들어오고 나오는 기운을 교묘히 휘감아 와류를 일으키는 교혼수에 이르기까지 천간십이수가 한 번에 운용되고 있었다.

서린은 천세결을 이용해 자신의 몸속을 휘돌고 있는 기운의 정체성을 느껴 가며 무아지경에 빠져들기 시작했다.

'으음, 벌써 요체를 깨닫다니…….'

옷을 갈아입고 나온 김성갑은 등청에 앞서 창문 틈으로 수련장을 바라보았다.

그곳에는 서린이 엉거주춤한 자세로 탄기선봉을 잡고 눈을 반개한 채 엉거주춤한 자세로 앉아 있었다.

다리를 벌리고 거의 직각이 되게 무릎을 구부리고는 무엇인가에 몰두하고 있었다.

'정말, 열심이로구나.'

김성갑은 서린이 내기를 느끼고 있음을 알 수 있었다.

탄기선봉에서 나오는 기운을 천세결로 운용하며 천간십이수를 익히고 있는 것이었다.

'한동안은 저러고 있을 것 같으니, 일단은 등청을 했다가 빨리 돌아와야겠구나.'

수련장을 나선 성갑은 조용히 청지기를 불러 집안 권속들에게 수련장에 접근하지 말도록 명을 내리고는 관아로 갔다.

그날 저녁, 관아의 일을 모두 마치고 돌아온 성갑은 수련장을 보고는 놀라지 않을 수 없었다.

'아직도 저러고 있다는 말인가?'

아침에 등청할 때와 마찬가지로 서린이 계속해서 그 자세를 취하고 미동도 하지 않고 있었다.

'이런, 큰일 나겠구나.'

혹시나 주화입마에 빠져 있는 것이 아닌지 염려가 돼서 수련장으로 들어가려 할 때였다.

"들어가지 말게나. 서린은 아직 아무 탈이 없으니 말이네."

"어르신!"

"가만히 기의 흐름을 살펴보게. 그러면 내가 하는 말이 무슨 뜻인지 알게 될 테니."

한 노인의 말에 성갑은 서린의 주변에서 일어나고 있는 기의 흐름에 주목하기 시작했다.

탄기선봉에서는 끊임없이 기운이 흘러나오고, 그 기운은 서린의 몸을 거쳐 다시 탄기선봉으로 되돌아가고 있음을 느낄 수 있었다.

그 흐름의 변화가 너무도 자연스러워 놀라지 않을 수 없었다.

자신도 아직 탄기선봉에서 나오는 기운을 제대로 다스리지 못하고 있었기 때문이다.

'이제 열다섯 살이 된 아이다. 석년의 그 누구도 이루지 못한 일인데……'

탄기선봉의 기운을 자유자재로 다루고 있었다.

가문의 역사상 아무도 이루지 못한 일이었다.

"이제는 때가 된 것 같네."

"때가 되었다 하심은?"

"저 아이가 깨어나면 입궐할 것이니 채비를 차려 주게. 예상 보다 빠르게 성취를 이룬 것 같으니 기대를 해도 될 것 같네. 그리고 저 아이가 궐을 나올 때 전에 내가 부탁한 대로 해 주었으면 하네. 여기는 내가 지키고 있을 테니 자네는 어서 들어가 보게."

"알겠습니다, 어르신."

사랑채를 향해 가는 성갑은 마음이 무거워 옴을 느꼈다.

경천(驚天)의 자질을 가진 아이에게 무엇을 기대하는 것인지 모르겠지만 자신은 소외된 것 같은 기분이 들었기 때문이었다.

자신의 가문에서 전해지는 천간십이수와 천세결을 알려 주었기에 의발을 전수해 준 것이나 마찬가지였다.

자신이 알려 주지 않아도 스스로 깨달아 가문의 절기를 완성해 가는 서린을 볼 때마다 기쁘기 그지없었다.

어명이 아니더라도 자신의 절기를 모두 전해 주고 싶을 만큼 탁월한 아이이기에 지금 한 노인의 말은 김성갑의 아쉬움을 더욱 크게 했다.

어차피 자신의 가문의 절기를 완성하도록 도움을 준 한 노인이기에 절기를 전수하는 것에 대한 아쉬움은 없었다.

다만 저런 제자를 더 이상 볼 수 없을지도 모른다는 생각에 시름에 잠긴 것이었다.

서린이 깨어난 것은 천세결을 운용하기 시작한 후부터 정확히 열흘이 지나서였다.

그동안 성갑이 수차례 한 노인에게 서린의 안부를 물으러 왔으나, 아직은 무아지경에 든 서린이 깨어나지 않았기에 돌려보냈다.

'이제 자리를 떠도 되겠구나.'

지난 열흘간 수련장의 밖에서 서린을 보호하던 한 노인은 서린이 깨어남을 느끼고 자리를 떠났다. 서린이 깨어났기에 다음 일을 준비하기 위해서였다.

"으음, 천간십이수에 이런 묘용이 있다니 놀라운 일이다. 비록 할아버지에게 임맥과 독맥이 선천과 후천의 기운을 이끄는 통로라고는 배웠지만, 탄기선봉의 기운을 이용해 기맥을 뚫을 수 있다니 말이다. 그리고 천간십이수 자체도 천세결을 이용하면 더할 나위 없는 위력을 발휘할 수도 있으니, 참으로 알 수 없는 절기구나. 하룻밤을 꼬박 새웠으니, 스승님과 할아버지가 걱정하시기 전에 나가 봐야겠다."

이미 열흘이나 지났는지도 모르고 있는 서린이다. 그저 자신이 변한 것에 대해 물을 요량으로 수련장을 나와 행랑으로 향했다.

"어디 가셨나 보구나. 어서 정리를 해 보자."

방에 들어와 할아버지가 없음을 알고 서린은 탄기선봉을 잡은 후 천세결을 이용해 천간십이수를 운용하던 것을 떠올렸다.

처음 음인수를 사용해 탄기선봉을 잡고 천세결을 운용하자 주변에서 일고 있는 기의 흐름을 확연히 느낄 수 있었다.

어찌 된 일인지는 모르겠지만 자신의 몸에 흐르는 기의 흐름도 마치 보고 있는 것처럼 훤히 알 수 있었다.

"정말 희한한 경험이었다."

기맥을 비롯해 근육 하나하나에 얽힌 모든 혈관들을 따라 흐르는 기운의 움직임을 느낄 수 있었다.

자연스럽게 천지간에 존재하는 기운을 느끼고 탄기선봉에서 나오는 기운 또한 받아들이기도 하고 내보내기도 하면서 자신의 육체가 기운들을 제어해 가던 것도 생각이 났다.

"육체가 스스로 기운을 제어하는 것을 느끼며 천간십이수의 묘용을 확실히 알 수 있었다. 천간십이수는 손을 이용한 수법이기는 하지만, 병기술이기도 하다. 내 손에 병장기가 쥐어진다면 내 마음대로 다룰 수 있을 테니까."

서린은 놀이패에 들어와 익힌 기예 중 유일하게 기물을 가지고 하는 버나를 통해 자신이 익힌 것을 시험해 보고 싶었다. 자신이 생각이 맞는지 확인하기 위해서였다.

벽에 걸려 있는 보퉁이에서 기물을 꺼냈다. 참나무로 만들어져 중심이 움푹 파인 원판이 버나다. 나무 막대기로 돌리는 버나는 서린이 좋아하는 놀이 중 하나였다.

스르르!

막대기 위에 올려진 판이 서린의 손에 돌려지기 시작했다.

빠른 속도로 판이 돌기 시작하자 서린은 서서히 천간십이수를 이용해 기운을 흘려 넣기 시작했다.

씨— 이이익!

바람을 가르는 소리와 함께 원판이 돌기를 멈춘 듯 막대기 위에서 정지했다.

하지만 자세히 보면 워낙 빠른 속도로 돌고 있기에 정지한 것처럼 보일 뿐이었다.

돌아가는 원판에서 서서히 퍼지기 시작하는 기운이 방안을 메워 나갔다.

서린이 팔을 움직이자 막대기를 따라 원판도 움직였지만 막대기가 아래로 향하건 옆으로 향하건 원판은 막대기에 달라붙은 듯 떨어지지 않고 고속으로 회전하고 있었다.

덜컹!

피이익!!

문이 열리는 소리에 서린이 놀라자 집중이 흩어졌다. 회전하던 원판이 막대기에서 떨어져 나가며 열려 있는 방문을 향해 빛살처럼 날아갔다.

자— 이이이익!

거북한 음향과 함께 원판은 한 노인의 손에 잡혀 회전을
멈춰 가고 있었다.

"죄송합니다, 할아버지."

"버나를 하고 있었더냐?"

버나를 움켜잡은 한 노인이 입을 열었다.

"스승님께 배운 것을 한번 시험해 보고 있었습니다."

"시험을 해 보고 있었더란 말이냐?"

"예."

"허허!"

한 노인은 성갑과 서린의 향후 행보에 대해 의논을 마치
고 돌아오면서 방에서 심상치 않은 기운의 흐름을 읽었다.

미리 대비를 하고 들어오기는 했지만 갑자기 날아오는
원판을 잡으며 적지 않게 놀란 그였다.

서린이 버나를 하며 놓친 원판에 담긴 경력은 자신이라
도 무시할 수 있는 수준이 아니었기 때문이다.

자신이 삼극정법을 가르치고 성갑이 비전을 전한지 얼마
지나지 않았는데도 기물에 자신의 기운을 담을 수 있는 경
지를 보이는 서린의 성취가 놀라웠다.

"서린아, 어떤 일을 하건 평상심을 잃으면 안 되는 것이
다. 평상심을 잃으면 평소에 잘하던 것도 실수를 하게 마련

이다. 지금 너는 날이 섬뜩하게 서 있는 칼을 들고 있는 어린아이와 같다. 평상심을 잃는다면 다른 이들뿐 아니라 자신에게도 해를 입힐 수 있는 것이다. 나이니 망정이지, 방금 네가 돌린 것에는 다른 이라면 생명을 잃을 정도의 힘이 담겨 있었다. 언제나 삼극정법을 이용해 항상 마음을 다스리도록 해라."

"명심하겠습니다…… 할아버지."

실수를 했음을 알기에 서린이 고개를 숙였다.

"조금 있으면 가야 할 곳이 있으니, 궤짝 안에 들어 있는 옷을 챙겨서 갈아입어라."

서린은 할아버지의 말에 짐을 넣어 두는 궤짝을 열었다. 그곳에는 양반가에서만 입는 도령복이 들어 있었다.

"할아버지, 이것을 입고 나돌아 다니다 잡히면 물고가 날 텐데, 어찌 이것을 입으라고 하시는지 모르겠습니다."

"넌 그것을 입은 자격이 있는 사람이다. 이 나라 조선의 건국 공신인 충열공의 자손이라면 충분히 입을 수 있고말고."

'내가 충열공의 자손이라니? 할아버지도 그렇고 나 또한 양반의 자손이라는 것인가? 도대체 알 수가 없으니…….'

자신이 양반의 자손이라는 것이 잘 믿어지지가 않았다.

충열공의 자손이라는 한 노인의 말에 의문이 들었지만 묻지는 않았다.

할아버지에게 학문을 배우며 자신이 반가의 자손일지도 모른다는 생각을 하고 있었기 때문이다.

옷을 갈아입은 서린은 한 노인과 함께 행랑채를 나섰다. 방을 나서자 그곳에는 가마 한 대가 자신을 기다리고 있었다.

"어서, 올라타거라. 도착할 때까지 바깥으로 얼굴을 보이지 말도록 하고."

"예, 할아버지."

한 노인의 권유에 가마에 올라탄 서린은 의문에 잠겼다.

어디를 가는 것이기에 양반들이나 타는 가마를 타고 행차를 나서는 것인지 못내 불안했다.

'어디를 가시는 것인지는 모르지만 알게 되겠지…….'

지난 시간동안 내기의 성숙만큼이나 어느 정도 마음이 성숙해진 서린이었다.

6장. 입궁면담(入宮面談)

'이제 도착했나 보구나.'

가마를 타고 한 시진을 갔을 때, 멈춰 서는 것을 느끼며 서린은 목적지에 다 왔음을 알 수 있었다.

"어서 내리거라."

"여기는?"

가마에서 내린 서린은 놀라움을 금할 수 없었다.

"그래, 이곳은 임금이 계시는 궁궐라는 곳이다."

"이곳이 궁궐이라는 말씀이에요?"

"그래, 전에 네가 만났던 사람이 이 나라 조선의 대비마마셨다."

"예?"

서린은 할아버지의 말에 놀라지 않을 수 없었다.

나라님이 게시는 대궐에 왔다는 것도 그렇고, 구중궁궐 깊은 곳에 게시는 대비마마를 만났단 사실도 어린 서린이에 게는 놀라운 사실이었다.

"어서 가자. 대비마마께서 기다리시겠다."

서둘러 대비전을 향하자는 재촉에 서린은 궁금한 듯 주 위를 두리번거리며 내시를 따라 걷기 시작했다.

'허허! 내가 잘하는 것인지…… 저 치기 어린 아이를 그곳 에 보내려 하다니…….'

서린의 신기해하는 모습을 보며 한 노인은 서린이 아직 은 어린 소년임을 느낄 수 있었다.

자신이 잘하고 있는 것인지 회의가 일기 시작했다.

앞으로 피의 길을 걸어야 할지도 모르는 서린의 앞날이 걱정스러웠던 것이다.

자신의 형이 보내 온 편지를 보면 서린이 어떤 반응을 보 일지 혹시나 하는 생각에 대비전을 향하는 한 노인의 마음 은 무겁기 그지없었다.

'이 아이가 견뎌 낼 수 있을런지 모르겠다. 하지만 이미 패는 던져졌으니 저 아이가 잘 해내기를 기대하는 수밖에.'

서린을 바라보는 한 노인의 눈가엔 안쓰러운 빛이 스쳤 지만 이내 사라졌다. 이제는 어찌해도 되돌릴 수 없는 일이 되었기 때문이다.

"어서 오십시오."

상궁 하나가 두 사람을 기다리고 있었다.

"안에 계신가?"

"기다리고 계시옵니다. 따라오십시오."

두 사람은 상궁의 안내로 대비전으로 갈 수 있었다.

"대비마마! 기다리시던 분들이 들었사옵니다."

"어서 드시라고 해라."

상궁의 전언에 허락의 말이 떨어졌다.

"드시지요."

"고맙네."

한 노인은 서린의 손을 잡고 대비전으로 들어섰다.

'저분이 대비마마라니, 게다가 저 소년은 ……."

서린은 전에 보았던 곱게 생긴 미부인을 볼 수 있었다.

그뿐만이 아니었다. 지난날 자신의 스승의 집에서 판을 벌일 때 대청마루에 앉아 있던 소년 또한 볼 수 있었다.

"서린아, 어서 인사를 올리도록 해라. 대비마마와 주상전하시니라."

"예에?"

"주상전하를 뵙습니다."

서린은 소년이 이 나라 조선의 임금이라는 말에 허둥대며 큰절을 하기 시작했다.

나라님을 이렇게 가까이서 볼 수 있는 사실에 서린의 몸이 떨려 왔다.

"서린아, 주상께서 너에게 할 이야기는 내가 들어서는 안 되는 것이니 그만 나가 보도록 하겠다. 어떤 이야기를 듣더라도 자중하기를 바란다."

"하, 할아버지."

갑자기 자리를 비운다는 말에 서린이 할아버지를 쳐다보았다.

"걱정하지 마라."

서린을 다독인 한 노인은 임금과 대비에게 가볍게 눈인사를 한 후 대전을 나섰다.

'허어, 어찌 저런 아이를 사지로 내몰아야 하는 처지에 놓였다는 말인가?'

임금은 한 노인이 나가자 어쩔 줄 모르는 서린의 모습을 보면서 마음이 착잡함을 금할 수 없었다.

나라의 수치를 씻기 위함이라지만 이렇듯 어린 사람을 사지로 내몬다는 것이 못내 마음에 내키지 않았기 때문이었다.

비록 대비전의 엄명으로 벌인 일이지만 가까이서 본 서린의 모습은 이제 갓 치기를 벗어난 어린 소년이었던 것이다.

"서린이라 들었다. 나를 본 적이 있느냐?"

"예, 주상전하. 전에 판윤대감 댁에서 본 적이 있사옵니다."

마음이 떨리기는 했지만 서린은 차분한 목소리로 대답했다.

예법에는 어긋나는 말이었지만 앞에 앉은 두 사람은 서린을 탓하지 않았다.

"그래 오늘 네가 이곳에 온 연유를 알고 있느냐?"

"모르고 있사옵니다. 할아버님을 따라 이곳에 왔을 뿐, 제가 어떤 연유로 이곳에 왔는지 아는 바가 없사옵니다."

이유를 알지 못하기에 서린은 속으로 의문을 삼키며 대답했다.

"그럼 지금부터 내가 하는 이야기를 잘 듣도록 해라. 이것은 왕실과 관련된 일이며, 이 나라의 씻을 수 없는 국치와 관련된 일이다. 또한 네 형과도 관련이 된 일이니 명심하여 들어야 할 것이다."

'혀, 형과 관련된 일이라는 말인가?'

서린은 형과 관련되어 있다는 말에 긴장하기 시작했다. 말을 꺼내는 서두가 의미심장했기도 했지만 형과 관한 일이라기에 애써 참으며 기다렸다.

"석년의 일이었다. 승하하신 명종 대왕께옵서는……."

임금이 입을 열어 설명을 시작했다.

형이 중원으로 간 것은 승하한 명종 대왕과 관련된 일 때문이었다.

불과 일 년을 조금 넘게 재위하다 승하한 명종 대왕의 일은 어린 서린이에게는 놀라움을 주기에 충분했다. 그것은 명종 대왕이 중원이라 불리는 곳에서 온 이들에 의해 참살을 당했다는 것 때문이었다.

명종 대왕이 승하하던 날 밤, 무엇인가 찾기 위해서 범궐한 자들을 막을 수가 없었다고 한다. 이 땅을 수호하는 무인들 중 뛰어나다는 무인들이 대궐을 지키고 있었지만 손 한번 제대로 써 보지 못하고 참변을 당했다는 것이다.

서린은 그들이 중원에서 무림이라 불리는 곳에서 온 자들이 분명하다는 것을 임금인 소년으로부터 들을 수 있었다.

"돌아가신 선왕께오서는 사사로이는 삼촌이 되시는 분이고, 나를 아껴 주신 분이었다. 원래부터 잔병치레가 잦으신 분이었으나, 그렇게 돌아가셨을 줄은 나도 몰랐다. 나 또한 선왕께서 신병을 얻어 승하하셨다고 생각했었으나 보위에 오른 후 대비마마께서 하신 말씀을 듣고는 충격이 아닐 수 없었다. 대비마마께서는 이런 국치를 씻고 저 오만한 무리들에게 징계를 내리고자 하셨고, 나 또한 마찬가지였다. 그래서 이 땅의 숨어 있는 무인들을 고르고 골라 무림이라는 곳으로 보냈지만 허사였다. 선왕을 시해한 역도들은 징치도 하지 못하고, 무림으로 보냈던 이들은 죽었는지 살았는지 알지 못하는 지경에 이르렀다. 네 형 또한 그중에 하나였으니, 이 서찰을 한번 읽어 보도록 해라."

부르르르.

서린은 몸을 떨며 임금이 건네는 서찰을 조심스럽게 받아 들었다.

'진정하자, 진정해야 한다. 형이 죽었다는 말을 아니니까.'

서린은 떨리는 마음을 진정시키며 받아든 서찰을 읽기 시작했다.

전하! 신 전하의 명을 받잡고 무리를 따랄 중원으로 왔사 오나, 이제 신 혼자 남아 통한의 글을 올리나이다.

신이 이곳에 와서 느낀 것은 광대무변한 대륙의 크기와 수많은 무인들의 각축장인 무림이라는 거대한 세력의 무서움이었사옵니다.

그들은 관의 간섭도 불허하며 자신들만의 세계를 구축하고 있었사옵니다. 신등은 돌아가신 선왕을 해한 무리들을 찾고자 가 보지 않은 곳이 없었나이다.

하오나, 선왕전하를 해한 무리들의 단서는 찾지도 못하고 알 수 없는 무리들에게 쫓겨 하나둘, 생을 달리하는 지경에 이르렀나이다.

그러나 죽어 간 폐하의 신하들은 헛된 죽음을 맞지는 아니 하였나이다. 신과 함께 살아남은 충열공의 후손은 이제 저들의 근거지로 보이는 곳으로 가옵니다.

천혈옥이라 하여 대대로 중죄인들만 가둔다는 곳에 저들

의 흔적이 남아 있음을 안 저희들은 그곳으로 가옵니다. 살아 나온다고 장담을 못하기에 떠나기 전에 이 서찰을 전하께 보내나이다.

아무도 살아남을 수 없다는 천간지옥으로 떠나는 불충한 신하들을 용서하시옵소서.

마지막 가는 길이라 살 생각이 없는 신이오나 전하께 청이 하나 있사옵니다.

신은 일가붙이가 없어 염려가 덜하오나 충열공의 후손은 나이 어린 동생이 있어 심중의 불편을 덜 수 없사옵니다.

전하께옵서는 신등을 살피사, 충열공의 마지막 후손인 서린이라는 아이를 은혜로 살펴 주시기 바라옵나이다.

피로 쓰여진 글을 읽으며 서린은 떨리는 마음을 주체할 수 없었다.

편지 속에 거론되고 있는 동생이 바로 자신이었기 때문이었다.

형이 명나라로 갔다는 것은 익히 알고 있었지만 이런 사명을 띠고 명나라를 떠났다는 사실은 모르고 있었다.

그런데 형이 다시는 돌아올 수 없을지도 모르는 사지로 떠났다는 사실에 서린은 불안한 마음을 떨쳐 버릴 수 없었다.

'형이 아직 죽은 것은 아니다. 아니, 반드시 살아 있을 것이다.'

천혈옥이라는 곳에 들어갔지만 형의 죽음이 확인된 것은 없다는 것을 상기하며 서린은 마음을 추슬렀다.

"너도 예상하겠지만 네 형 선주는 바로 이 나라 건국의 일등공신인 충열공의 후손이다. 너 또한 마찬가지고 말이다. 이 혈서를 받은 것은 이 년 전이었다. 고르고 고른 무인들이 그렇게 가고 다시는 돌아올 수 없는 길을 떠났다는 사실에 짐과 대비마마는 고심하지 않을 수 없었다. 국치를 씻지도 못하고 애꿏은 인재들만 잃은 꼴이 되었기 때문이다. 해서 고민 끝에 짐은 너를 선택했다. 왕실을 유린하고 이 나라 임금을 시해한 자들에게 응징을 하기 위해 수천 년을 내려온 우리 민족의 고대 무예를 부활시키기로 한 것이다."

'그래서 스승님께서 나에게 무예를 가르치신 것인가?'

서린은 자신이 지금껏 무예를 익히는 이유를 이제야 알 수 있었다.

할아버지가 형을 만나 보려면 무예를 익혀야 한다고 했던 말의 진정한 뜻을 알 수 있었던 것이다.

자신보다 열 살이나 많은 형이지만, 자신의 기억 속에 남아 있는 형은 아버지와 같은 존재였다.

어떻게 응징자의 대열에 합류할 수 있었는지는 모르겠지만, 형이 다시는 돌아올 수 없는 길을 떠났다는 말에 서린은 복받쳐 오르는 설움을 감당할 수 없었다.

하지만 눈물이 쏟아지려 하는 것을 애써 참으며 다시금

이어지는 임금의 말에 귀를 기울였다.

지금은 슬퍼할 때가 아니었다. 차가운 이성으로 준비를 해야 할 때였다.

"네가 중원이라는 곳으로 무사히 들어갈 수 있는 안배는 모두 끝났다. 하나 위험할 것이다. 완성된 자들은 그들에게 발각될 것이 분명한 터라, 너는 무인으로서 미완성인 채로 그들 속으로 잠입하여야 하니 말이다."

"저들을 속일 방법은 있는 것이 옵니까?"

"나라의 영산인 백두에는 장백이라 칭하는 문파가 있으니 너는 그곳에서 장백의 일원으로 명으로 들어갈 준비를 하야야 할 것이다."

"어떤 준비가 되어 있습니까?"

"그것은 나도 모른다. 알아서 좋을 것도 없고. 하지만 그곳에서 넌 철저하게 명나라 사람으로 화신하게 될 것이다. 그것이 유일한 방법이니 말이다."

"그렇군요."

마음이 차갑게 식은 서린은 상당한 안배가 되어 있음을 느낄 수 있었다.

"감추어진 비밀을 알아내고, 어찌하여 그들이 피로도 씻을 수 없는 불경을 저질렀는지 꼭 알아내어야 한다. 또한 기회가 닿는다면 그에 대한 징치도 너에게 맡기도록 하겠다. 나머지는 너의 할아버지께서 자세하게 알려 주실 것이다."

"알겠습니다."

"자."

임금이 무엇인가를 내밀었다.

"무엇이옵니까?"

회색의 천에 싸인 것을 보며 서린이 물었다.

"서한과 함께 온 것이다. 네 형이 너에게 전하라 한 것이라고 하더구나."

"그, 그렇습니까?"

"받아라. 다른 이에게 보이면 안 되는 물건이니 너 혼자보도록 해라."

서린은 떨리는 손으로 임금이 내미는 천을 받아 들었다.

천에 싸인 물건이 무엇인지는 모르지만 제법 묵직했다.

"이제 너를 볼일은 없을 것이다. 하지만 네가 잘해 주리라 믿는다."

"최선을 다하겠나이다."

"그래, 믿으마. 그럼 이만 가 보도록 해라."

"물러가겠습니다, 주상전하."

서린은 일 배를 올린 후 임금에게서 받은 것을 품에 품고는 대전을 나섰다.

"따라 오시게. 어르신이 계신 곳으로 갈 것이네."

밖으로 나오자 대전내관 하나가 한 노인이 기다리는 곳으로 서린을 안내했다.

'으음, 내가 잘할 수 있을까?'

냉정을 유지하려 애를 썼지만 앞으로 어떻게 해야 할지 갈피를 잡을 수 없었다.

그동안 무림에 대해서는 할아버지에게 숱하게 들었다. 무림은 기라성 같은 무인들이 살아가는 세상이었다.

그런 세상에서 자신이 배운 것은 지푸라기 한 줌도 안 되는 것을 알기에 걱정이 앞서지 않을 수 없었다.

'어차피 형을 찾으려 했던 내가 아닌가. 하지만 만약에 형에게 무슨 일이 생겼다면…….'

서린의 눈에서 불꽃이 일었다.

조용하지만 거세게 타오르는 불길이 서린의 눈에서 일렁이고 있었다. 그것은 이제 열여섯 살이 된 이가 보일 수 있는 눈빛이 아니었다.

'어디인지 모르지만 반드시 찾아간다. 형이 살아 있다면 모르겠지만, 만약 형이 죽었다면 관련 있는 놈들은 자신이 살아 있다는 것을 저주하게 될 것이다.'

아직은 형이 살아 있는 것 같아 안심은 되지만 그래도 불안한 마음을 어쩔 수 없던 서린은 앞으로의 일을 생각했다.

'지금까지 내가 배운 모든 것들이 이번 일을 위한 것이라면 심상치 않은 것들이다. 임금님께서 말씀하시길 고대의 무예를 깨웠다 하시니 기대를 걸 수밖에…….'

자신의 스승에게서 익힌 천간십이수와 천세결을 어느 정

도 익힌 서린은 두 가지 절기에 숨어 있는 묘용에 기대를 걸고 있었다.

인간이 행할 수 있는 모든 손동작을 만들어 낼 수 있는 천간십이수와 세상의 흐름에 몸을 동화시키는 천세결은 서린이 보기에도 인세에 보기 드문 절학이었다.

자신이 놀이패에서 익힌 기예들을 접목시켜 본 결과에서 확신을 얻고 있는 것이다.

"서린아, 겁이 나느냐?"

먼저 나와 궁정을 거닐고 있던 서린이에게 한 노인이 물었다

"겁은 나지 않지만 형님이 걱정됩니다. 그리고 제가 이 일을 해낼 수 있을지도……."

예상과는 달리 차갑게 가라앉은 서린의 목소리였다.

'역시, 이 아이는 외유내강한 아이다. 겉으로 보기에는 여느 아이와 마찬가지지만 속에는 활화산을 품고 있으니 말이다.'

한 노인은 대궐에서부터 서린을 세심히 관찰해 왔었다.

다른 아이들 같으면 감정의 기복으로 인해 갈피를 잡을 수 없을 텐데 나이답지 않게 앞으로의 행보를 걱정하고 있는 것을 보니 마음이 놓였다.

"걱정하지 마라. 네 형은 허술한 아이가 아니니 살아 있을 것이다. 그리고 네가 익힌 것은 그리 녹록한 것이 아니

다. 실패할 것을 미리 걱정하지 마라."

"알겠습니다, 할아버지."

"지금은 마음이 찢어지겠지만 웃어라. 그렇게 네 마음이 얼굴 표정이나 기세로 확연히 나타난다면 네 형을 찾을 수 없을뿐더러 너마저 당하게 된다."

"명심하겠습니다. 할아버지!"

"이제 그만 돌아가도록 하자."

"알겠습니다. 어서 가시지요."

서린은 궐문을 나서기 전에 다시 가마에 탈 수 있었다.

가마에 탄 서린과 한 노인은 빠른 속도로 성갑의 집으로 향했다.

한 노인은 성갑의 집으로 돌아오자마자 서린을 행랑에 머물게 하고는 사랑채를 찾았다.

"어서 오십시오, 어르신."

"그냥 자리에 앉게."

자리에서 일어나는 성갑을 만류하며 한 노인도 자리에 앉았다.

"이제 때가 되었네."

"서린을 장백파로 보내기로 하신 겁니까?"

"그렇네. 자네의 제자이니, 견문을 넓히는 차원에서 보내는 것으로 알려지면 될 것이네."

"그리 하도록 하겠습니다. 그 외에 다른 것은 준비할 필요가 있겠는지요?"

"그거면 충분할 것이네."

"알겠습니다. 어느 정도 준비가 끝났으니 서린이를 장백으로 보내는 일에 차질은 없을 겁니다."

"정말 미안하네."

성갑이 처음으로 얻은 제자를 빼앗는 일이기에 한 노인이 미안함을 전했다.

"아닙니다. 서린이도 이 땅의 무인이니 말입니다. 저는 이만 등청을 해야 하니 이만 나가 보겠습니다."

"그렇게 하도록 하게."

두 사람은 곧바로 사랑채를 나와 집 밖으로 나섰다.

성갑은 집을 나서 관청으로 갔고, 한 노인도 볼일이 있는지 저잣거리로 갔다.

관복이 아니라 평복을 한 채 홀로 한성부에 도착한 성갑은 조용히 자신의 집무실에 들었다.

타고난 무인이었지만 문장가로도 이름을 떨치고 있는 그였기에 집무실에는 여러 가지 책자들과 한 폭의 산수화만이 놓여 있었다.

한양의 행정과 치안 사법을 관장하는 한성 판윤은 그 지위가 육조와 맞먹을 만큼 대단한 것임에도 성갑의 집무실은 검박하기 그지없었다.

"이보게 자넨 어떻게 생각하나?"

아무도 없는 곳임에도 성갑은 누군가를 향해 물었다.

"그 아이 말입니까?"

놀랍게도 뜬금없는 성갑의 물음에 허공중에서 조용한 목소리의 대답이 흘러나왔다.

암중에 있는 듯 자취를 찾을 수 없었지만 흘러나오는 목소리로 보아 성갑의 집무실에 상당한 고수가 은신해 있었던 것이다.

"희아도 그렇고, 자네도 그렇고, 그동안 그 아이를 계속 지켜보지 않았나?"

"뭐라고 말씀을 드릴 수 있는 아이가 아닙니다. 무예를 익히는 속도를 보자면 유래를 찾아보기 보기 힘든 천품을 지닌 것은 맞습니다. 그러나 그 외에는 그 아이에게서 별다른 점을 찾을 수가 없었습니다. 천품을 지니고 있기는 하지만 유약한 면이 없진 않아 이대로 그곳에 갔다가는 날개가 꺾일 겁니다. 어르신이 도대체 어떤 생각을 가지고 있는지 도무지 모르겠습니다."

수하의 말은 성갑도 동감하는 바였다.

"재주가 뛰어난 아이긴 하지. 하지만 성상과 어르신께서 그 어린아이를 무림에 들여놓으려 하는 뜻을 나도 모르겠네. 무혹지변이야 우리도 계속해서 조사해 온 것이 아니었나? 우리가 대적하기에도 그리 만만치 않은 곳에 완성된 무인도 아니고, 이제 막 발을 디딘 아이를 들여놓으려 하다니. 도대체 진의를 알 수 없으니 조금 답답하네."

"그렇지만 그리 걱정하지 않으셔도 될 것입니다. 어르신이 주관하시고 계시는 일이라면 복안이 있을 것이니 말입니다."

"그러시겠지."

성갑은 이일의 배후에 승하한 명종 대왕의 죽음과 무관하지 않음을 느끼고 있었다. 궐내에서 벌어진 명종 대왕의 죽음에는 아직까지 많은 의혹이 있는 것이 사실이었다.

명종 대왕의 죽음과 돌아오지 않은 무인들 때문에 서린을 장백으로 보내려 한다는 것을 예측한 성갑이다.

잘 알려지지 않은 사실이지만 명종 대왕이 승하한 뒤 얼마 안 있어 조선에서 난다 긴다 하는 무인들이 명나라로 떠났지만 무혹지변과 같이 그중 한 명도 돌아오지 않았다는 사실이 성갑의 마음을 무겁게 했다.

자신이 한성부를 책임지고 있는 몸이지만 유일하게 한성부 내에서 자신의 힘이 미치지 않는 곳이 바로 궐이다.

자신의 우상이자 이 나라 무인들 자존심인 충열공의 뜻을 짐작할 수 없다는 사실이 못내 힘들었던 것이다.

특히나 무림이라는 곳과 얽혀 있다는 것을 유추해 낼 수 있었기에 서린의 앞날이 걱정되지 않을 수 없었다.

'도대체 무슨 일이 일어나고 있는지 알 수가 없으니 걱정이다. 이제는 본질이 변해 버린 장백파와도 어느 정도 관

런이 있는 것 같으니…….'

명종 대왕의 붕어 때와 같이 서린을 만났을 때 일단의 무인들이 한성부에 들어섰다.

무슨 일인지 모르지만 그자들은 한성부를 이 잡듯 뒤지고 다녔다. 흔적도 없이 그들이 사라진 것은 뒤늦게 알았다.

그중 하나가 윤견의 집에 들었다는 것을 알았다.

자신이 직접 쫓았던 일이기에 아직도 선명히 기억하고 있는 성갑이었다.

비록 윤견의 집에 들었던 자는 사라졌지만, 오랜 조사 끝에 그들이 명의 무림이라는 곳에 서 온 자들임을 알 수 있었다.

그리고 그와 같은 부류의 자들이 시체가 되어 발견되었다.

자신뿐만 아니라 아무도 모르는 피바람이 한성부 도처에서 벌어졌던 것이다.

그들이 누군가와 암암리에 혈전을 벌인 것이기에 여태까지 명의 무인들에 대해서는 촉각을 곤두세우고 있던 성갑이었다.

그러나 죽인 대한 단서는 하나도 없었고, 죽임을 당했던 자들의 동료로 유일하게 살아남은 자도 사라져 버려 오리무중이 되어 버렸다.

'분명 무엇인가 내가 알지 못하는 커다란 비밀이 있음이 분명하다.'

무림인들을 상대하기 위해 명으로 가는 서린의 일에는 자신이 생각하지 못한 부분이 있음을 직감할 수 있었다.

'어차피 움직이려던 상황이다. 어느 정도 준비가 됐으니 이번 기회에 시작하자.'

고민하던 성갑은 결론을 내렸다.

서린의 일을 기회 삼아 준비해 온 일을 시작하기로 한 것이다.

"이번에 희와 자네가 서린을 따라 붙는다. 희아는 원래부터 장백의 일원이니 그리 염려할 바 없다만 네가 걱정이구나."

"염려 놓으셔도 됩니다, 대감. 나름대로 생각해 둔 바가 있습니다."

"자네라면 믿을 수 있지. 희아를 통해 장백으로 서신을 넣고 난 뒤니 서린이는 내달 초닷새에 떠날 것이네. 그러니 그리 알고 준비하도록 하게. 그리고 산문에 도착한 후에는 될 수 있으면 장백의 문인들과 부딪치지 않도록 하게. 아무리 장백과 내가 인연이 있다고는 하나 이제는 그들조차 믿을 수 없게 됐으니 말이네."

"알겠습니다, 대감. 이제 한 달도 남지 않았군요. 준비를 마치면 대감께도 연락을 드리지 않고 곧바로 떠나도록 하겠습니다. 제가 없는 동안 강녕하십시오."

"알았네."

허공중에 울리던 말소리가 끊겼다.

"갔군!"

지시를 받은 암중의 사나이가 이내 자리를 떠난 것을 짐작한 성갑은 생각에 잠겼다.

'희아에게는 외숙께 서신을 전하라 했으니 됐고, 저 사람이 따라 간다면 그나마 위험하지는 않을 것이다.'

성갑은 나름대로 서린에 대한 안배를 마친 후 자신의 집으로 향했다.

충열공이 아무리 삼대비예를 가르친다 해도 그것은 어디까지나 전설에 불과했다.

알 수도 없는 글자로 쓰인 삼대비예는 이제까지 그 누구도 해석을 한 사람이 없을 정도로 난해한 것이었기 때문이었다.

비록 충열공이 이 땅의 역사상 가장 뛰어난 무인이라 해도, 그것은 변함없는 일이기에 걱정이 되는 것이었다.

실체가 밝혀지지 않은 비예보다는 서린이에게 가르치고 있는 천간십이수와 천세결만이 진정 서린을 지켜 줄 수 있는 것이라는 생각이 들었다.

"서린의 생각을 물어보지도 않고 내 마음대로 결정한 것인지는 모르겠다. 하지만 서린의 성품으로 봤을 때 분명 내

청을 거절하지는 않을 것이다. 가기 전에 서린이에게 모든 것을 알려 줘야 한다."

성갑은 남은 한 달여 동안 서린이 익히고 있는 것을 다듬어 줄 생각이었다.

처음 서린을 맞이할 때는 이 정도까지 마음을 쓸 생각은 없었다.

하지만 자신의 가문에서 내려오는 절기를 습득하는 모습을 보면서 이제 자신의 대를 이을 사람은 서린밖에 없다는 확신을 가졌다.

이미 슬하에 딸밖에 없는 지금 자신의 절기를 온전히 완성해 가문을 이어 줄 사람으로 서린을 택했다.

결정적으로 이제껏 아무에게도 관심을 보이지 않던 자신의 딸이 유독 서린이에게만 성심으로 대한다는 것도 그런 결정을 하는 데 한몫을 했다.

*   *   *

행랑방으로 들어선 서린은 자리에 앉아 조심스럽게 품에 있는 것을 꺼냈다.

"분명히 형이 떠날 때 입고 있었던 옷자락이다."

기다란 물건을 싸고 있는 천은 잊을 수가 없는 것이었다. 바로 형이 입었던 옷 중 일부였기 때문이다.

베로 만든 옷에 물을 들이려고 했을 때 자신의 잘못으로 얼룩이 졌었다. 얼룩이 꼭 매화꽃 같다고 말하자 그렇다며 환하게 웃던 형의 모습이 아직도 기억에 선명했다.

서린은 떨리는 가슴을 진정시키며 천을 풀었다.

"피리구나."

천에 싸여 있던 것은 거무튀튀하게 때가 꼬질꼬질하게 끼어 있는 피리였다.

날라리를 그렇게 잘 불던 형이었다. 중원으로 들어가 그 대신 불던 것 같았다.

"크으윽."

투투투둑!

참고 있던 눈물이 쏟아졌다.

형의 유품일지도 모른다는 생각에 눈물을 흘리고야만 것이다.

"혀엉! 크흐흐흐흑!"

서린은 손때가 묻은 피리를 품고 오열했다.

누군가 있었다면 애써 참을 수도 있었겠지만 지금은 혼자였기에 마음껏 울 수 있었다.

그렇게 소리 죽여 울던 서린은 마음이 어느 정도 진정이 되자 피리를 입에 가져다 댔다. 피리를 불면 중원으로 간 형의 얼굴을 떠올릴 수 있을까 해서였다.

호흡을 가다듬으며 피리에 숨을 불어넣었다.

마음과는 달리 소리가 나지 않았다. 다시 숨을 가다듬어 피리를 불었지만 역시나 소리가 나지 않았다.

"어째서 소리가 나지 않는 거지?"

막혀있나 싶어 피리를 살폈지만 이상은 없었다.

"날라리를 부는 법대로 호흡을 해서 그런가? 어디!"

서린은 할아버지가 가르쳐 준 호흡법을 멈추고 보통의 호흡으로 피리를 불었다.

삘— 리리리리!

때가 묻어 있기는 하지만 상당히 좋은 것인지 맑은 소리가 피리를 타고 흘러나왔다.

"후우, 제대로 나는구나. 다시 불어 보자."

소리가 마음에 든 서린은 다시 피리를 불기 시작했다.

청아한 피리 소리가 행랑을 나와 성갑의 집안 구석구석으로 퍼져 나갔다.

'형이 불었다면 분명히 할아버지가 알려 주신 호흡대로 했을 텐데……'

곡이 끝나 가며 한 가지 생각이 뇌리를 스쳤다. 형이라면 절대로 다른 호흡으로 피리를 불지 않았을 것이라는 생각이었다.

서린은 급히 멈추고 원래의 호흡으로 되돌아와 피리를 불었다. 역시나 피리에서는 소리가 나지 않았다.

"분명히 뭔가 있다."

정신을 집중하고 있었기에 자신의 호흡을 따라 나가는 기운이 무엇인가에 막히는 것을 알 수 있었다. 그 때문에 소리가 나지 않는 것이 분명했다.

'계속 불어 보자.'

서린은 기운을 집중했다. 조금 전 보다 강한 기운으로 호흡을 따라 피리 속으로 밀어냈다.

'이 정도 기운이면 박살이 났을 텐데 그렇지 않은 것을 보면 보통 피리가 아니다.'

서린에 피리에 비밀이 담겨져 있음을 직감했다.

보통 사람이 그냥 불게 되면 소리가 나지만, 자신이 하는 호흡으로 불면 아무 소리가 나지 않는다는 것이 그것을 증명했다.

'형이 나에게 뭔가를 남긴 것이 분명하다.'

서린은 호흡을 통해 자신이 가진 기운을 전부 밀어내며 피리를 불었다.

삑!

툭!

날카로운 소리와 함께 피리에서 뭔가가 빠져나와 바닥으로 떨어졌다.

두툼한 반지처럼 생긴 것이었다.

"안쪽에 붙어 있다가 기운에 밀려서 말려 나왔구나."

종이보다 얇은 가죽 같은 것이 돌돌 말려 반지와 같은 모양이 된 것이었다.

피리 안 면에 붙어 있다가 기운에 밀려서 말려 나온 것이 분명했다.

서린은 조심스럽게 말린 부분을 풀었다.

무늬를 보니 뱀가죽이 분명했다. 검은색의 뱀가죽은 무척이나 정말 얇았다.

통으로 벗겨 내 피리 안쪽에 비밀스럽게 붙인 것이 틀림없었다.

"형이 남긴 것이라면 그냥 이것만 있지는 않을 것이다."

서린은 눈을 크게 떠 피리와 같은 모양을 하고 있는 뱀가죽을 살폈다.

눈으로는 아무것도 발견할 수 없었다. 그냥 검은빛이 도는 뱀가죽일 뿐이었다.

"크으, 아무것도 없다니……."

실망감이 가슴을 맴돌았다. 허무함 때문인지 서린은 계속 가죽을 어루만졌다.

"뭐지?"

손끝에서 뱀이 본래 가지고 있었을 무늬와는 다른 것이 느껴졌다.

서린은 천간십이수를 응용해 손끝의 감각을 최대한 높였다.

"하하하, 있다."

아주 미세하게 느껴지는 촉감을 통해 뱀가죽의 겉면에
누군가 남긴 세필의 흔적을 발견할 수 있었다.

"필적을 보면 형이 남긴 것이 틀림없다."

글자 한 자가 겨우 쌀 한 톨도 되지 않았지만, 서린은 글
씨의 흔적을 통해 형이 남긴 것임을 알 수 있었다.

서린은 감각을 더욱 집중해 손끝으로 형이 남긴 이야기
를 읽어 나갔다.

서린아!

이 글을 발견했다면 너도 어느새 많이 성장해 있겠구나.
할아버지가 알려 주신 호흡을 어느 정도 완성하지 않으면
볼 수 없는 글이니 말이다. 형이 없어도 잘 자라 준 것 같아
고맙다.

정말 보고 싶구나.

"크흐흐흑, 형!"

자신에 대한 그리움이 묻어나는 글귀에 서린의 눈에서
다시 눈물이 떨어졌다.

이 글을 읽었다면 아마도 넌 중원으로 들어올 준비를 하
고 있을 것이다. 운명이 네게 강요할 테니 말이다. 하지만
형은 네가 가문의 숙명에서 벗어나 그냥 평범한 삶을 살았

으면 좋겠구나. 이곳에서의 삶은 지옥이나 마찬가지지 말이다.

형의 당부에 서린은 가슴이 먹먹했다.

자신을 생각하는 형의 마음을 생각하며 다음 글귀를 읽어 나가던 서린은 몸을 떨지 않을 수 없었다. 형이 위험하게 된 이유를 알 수 있었기 때문이다.

원래 너에게 이런 것을 남겨서는 되지 않지만, 이리 남긴 것은 누군가 배신자가 있다는 것을 알리기 위해서다. 중원으로 넘어오고 얼마 되지 않았는데 우리는 쫓기기 시작했다. 요녕에서부터 사천까지 대륙을 횡단하며 도주를 해야 했고 끊임없이 쫓겨 다녔다.

쫓기는 동안 우리는 세 번의 도움을 요청했지만, 도움을 주는 사람은 아무도 없었다.

오히려 도움을 요청하면 곧바로 우리를 죽이려는 무리들이 나타났다. 배신자가 있음이 틀림없다.

피리에 이리 남기는 것도 배신자를 염두에 두지 않을 수 없어서다. 믿을 수 있는 자가 아무도 없는 상황이니 말이다.

서린아!

네가 중원으로 들어오지 않기를 바라지만, 혹시라도 들

어오게 된다면 배신자를 주의해라. 왕실에서 너를 쓰려 한다면 될 수 있으면 피해라. 배신자는 왕실에 있는 누군가 중 하나 같으니 말이다.

글을 읽던 서린의 손끝에 점점 자신도 모르게 힘이 들어가기 시작했다.

사랑하는 서린아!

보고 싶은데 볼 수가 없구나. 이제 돌아오지 못할지도 모르는 곳으로 들어가게 됐으니 언제 또 보게 될지 모르겠다. 내가 없더라도 금수강산에서 잘 살아다오. 그것이 돌아가신 부모님께 효도하는 길이고, 형을 위하는 일이니 말이다. 다시 한 번 당부하지만 이곳으로는 절대 오지 마라, 절대 말이다. 하늘이 허락하면 다시 볼 수도 있겠지만, 그렇지 않아 걱정이다.

위험 속으로 걸어 들어가는 지금 널 다시 볼 수 있기를 하늘님께 빌어 보는구나. 내가 없더라도 건강하게 잘 있어라.

같은 길을 걷지 않았으면 하는 바람과 자신이 잘 살기를 바라는 당부를 담은 형의 편지를 눈물이 글썽거리는 눈으로 보며 서린은 피리를 움켜쥐었다.

"형, 어떻게 내가 형을 내버려 둘 수 있겠어. 기다려! 내가 갈 때까지만 살아서 기다려. 반드시 찾아갈 테니까. 크윽!"

세간에 알려진 남사당패와는 확연히 다른 행보를 보이는 꼭두쇠 일행과 어려서부터 특별한 것을 가르쳐 주는 할아버지로 인해 자신을 중심으로 뭔가 일이 벌어지고 있다는 것을 느끼고 있었던 서린.

형이 관련되어 있는 것 같기에 언제나 촉각을 곤두세웠지만 얻을 수 있는 정보는 한계가 있어 참고 있었지만 이제는 아니었다.

스승과 할아버지로부터 배운 것들이라면 중원에 들어가 형을 구할 수 있을 것이기에 서린이 계속해서 이어지는 편지를 살폈다.

형이 남긴 글을 아직 많이 남아 있었다. 읽어 내려가는 동안 서린의 눈빛을 점점 굳어만 갔다.

자신이 맡은 임무와 중원으로 들어가 겪었던 고난에 대한 이야기가 자세히 적혀 있었다.

읽어 가는 동안 어째서 형이 자신이 이번 일에서 빠지기를 원했는지 충분히 알 수 있는 내용이었다.

"누군가 있다. 중원과 조선을 아우르는 거대 세력이 말이다. 주상전하도 그렇고, 할아버지와 스승님께서 이리 조심히 움직이시는 것도 그 때문일 것이다."

유민으로 위장하여 중원으로 들어선 후 실수한 것이 없음에도 쫓기기 시작한 것을 보면 형의 행적은 조선을 떠나기 전부터 알려진 것이 분명했다.

더군다나 요녕에서부터 사천까지 그 방대한 거리를 끊임없이 쫓아왔다는 것은 방대한 정보망과 이에 필적하는 세력을 보유하고 있는 것을 뜻했다.

"할아버지와 스승님이 원하시는 것을 어느 정도 충족시켰다고는 하지만 아직 멀었다. 장백에서의 안배가 무엇일지는 모르지만 스스로 지켜 낼 수 있는 힘이 있지 않으면 아무것도 할 수 없을 것이다. 장백으로 가기 전에 얼마 전에 찾아낸 것들을 완전히 내 것으로 만들어야 한다."

길고 긴 싸움이 될 터였다.

형을 찾는다고 해도 돌아올 수 있는 길이 아니었다. 자신이 죽거나 정체를 모르는 적들이 모두 멸절되지 않는 한 끝나지 않을 싸움이었다.

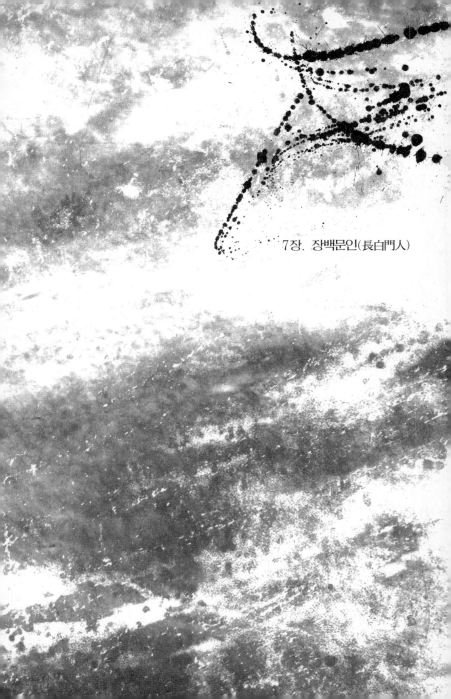

7장. 장백문인(長白門人)

떠나는 것이 확정된 후 성갑은 서린이에게 전력을 다했다.

자신이 익혀 온 천간십이수의 묘용과 그 운용법에 대해서 상세히 설명하면서 서린이 운용의 묘를 살려 실제로 사용할 수 있도록 도왔다.

뿐만 아니라 가문에서 보관하고 있던 천고의 영약도 서린을 위해 과감히 써 버렸다.

절대적으로 부족한 기운을 채우기 위해서였다.

그렇게 기운을 채운 후 탄기선봉에서 흘러 들어오는 막강한 기운을 천세결을 사용해 서린의 몸이 완벽한 신체로 탈바꿈할 수 있도록 전력을 다했다.

성갑의 열성과 지도가 큰 힘이 되었는지 서린이 장백으

로 출발하기 전 탄기선봉을 한 자나 움직일 정도가 되었다.

그런 모습을 보며 성갑은 기함을 토하지 않을 수 없었다. 아무리 자신이 전력을 기울였다고 해도 서린 스스로가 운용할 수 있는 기운이 절정에 이르지 않는 한 불가능한 일이었기 때문이었다.

이 모든 변화는 형이 남긴 편지를 읽은 후 서린의 각오가 변한 탓이었다.

서린은 잠을 거의 자지 않고 명상을 이용해 피로를 풀면서 수련에 전력을 다했다.

스승과 할아버지가 가르쳐 주는 것을 받아들여 자신의 것으로 만드는 데 피나는 노력을 기울였던 것이다.

그렇게 수련에 매진하며 한 달여의 시간이 지나 떠나기 전날이 되자 성갑은 사랑채로 서린을 불렀다.

"부르셨습니까?"

"그래, 어서 앉아라."

자리에 앉는 서린의 얼굴이 초췌하기 그지없었다.

수련으로 인한 것이라 기꺼워야하지만, 성갑의 마음은 편치 않았다.

"서린아."

"예, 스승님."

"이제 내일이면 장백으로 떠나게 된다. 진인사대천명이라고 했으니 너무 마음을 쓰지 마라. 심기가 흩어지면 네가 하고자 하는 일에 차질이 될 수도 있으니 말이다."

"알겠습니다."

"그래, 그동안 전심전력하였으니 네 노력이 헛되지는 않을 것이다."

후회 없이 수련에 매진했지만 아직도 미진한 것 같아 마음에 걸렸던 서린은 스승의 위안에 조금은 안도할 수 있었다.

"서린아, 내가 너를 부른 것은 알려 줄 것이 있어서다."

길을 떠나기 전에 하는 스승의 마지막 당부라 생각했기에 서린은 자세를 바로 했다.

"네가 익혀 온 것은 우리 가문의 절기이지만 우리 가문의 절기가 아니기도 하다."

"스승님, 그것이 무슨 말씀이신지요?"

"천간십이수와 천세결은 너에게 고조할아버지가 되시는 충열공께서 우리 가문의 미흡한 절기를 보완하여 완성한 것이다. 그렇기에 너와 이 스승은 같은 일맥의 절기를 익힌 것이라 할 수 있을 것이다."

"그런 사연이 있었다니 놀랍습니다."

"가문에서 내려오는 무수히 많은 절기를 두고, 너에게 이 두 가지를 가르친 것은 이유가 있어서다. 뛰어남은 둘째 치더라도 이 두 가지 절기는 익혔다는 표시가 절대 나타나지 않는다는 것 때문이다. 이 스승이 남들에게 무인으로 보이지 않는 이유 또한 이러한 특성에서 비롯된 것이기도 하다."

강한 무력을 가진 스승이 문인으로 보이는 이유를 알았기에 서린이 고개를 끄덕였다.

"또한 이 두 가지 절예는 내기의 운용법이 어떠하건 모두 수용할 수 있다는 장점을 지니고 있다. 네가 어려서부터 익힌 기예와 쉽게 접목이 되는 것도 이러한 이유 때문이다."

서린은 설명을 들으며 스승의 지도가 고심에서 비롯되었다는 것을 알 수 있었다.

"서린아, 할아버지로부터 이야기를 들었겠지만 중원은 무서운 곳이다. 특히나 무림이라는 곳은 자신을 감추지 않으면 살아남을 수 없는 곳이기도 하다. 항상 자신을 최대한 숨기고 주변을 살피는 것을 잊지 말아라. 그리고 장백파에서 어디까지 배움을 줄지는 모르겠으나 최대한 수용해 너의 것으로 만들어라. 그러면 앞으로 명에서 활보하는 데 큰 도움이 될 것이다."

"명심하겠습니다."

"그래, 이제 정말 마지막이로구나."

"스승님 그동안 이 어리석은 제자를 가르쳐 주신 은혜는 죽어서라도 잊지 않겠습니다."

김성갑이 말을 마치자 서린은 자리에서 일어나 고개를

조아리며 큰절을 올렸다.

"스승님, 지금은 가형의 일로 먼 타지로 떠나오나, 일을 마친 후에는 스승님의 절예를 이어 바람을 이루겠습니다."

서린은 성갑이 자신에게 열성을 다하는 이유를 할아버지에게 들어 알고 있었다.

가문을 이을 후사가 없어 안타까운 처지에 놓여 있는 성갑에게 자신은 자식 이상의 의미가 있었다.

"그래, 이만 쉬어라. 내일이면 먼 길을 떠나야 할 테니 말이다."

"그럼 쉬십시오."

'스승님, 이 제자가 스승님의 절기가 최고라는 것을 중원에 알리겠습니다.'

스승의 바람을 저버리지 않겠다는 다짐을 한 후 서린은 행랑채로 향했다.

행랑방으로 들어서자 좌정을 한 채 명상에 잠겨 있던 한 노인이 눈을 떴다.

"스승을 만나 뵙고 오는 길이냐?"

"예, 할아버님."

"어서 자리에 앉아라."

자리에 앉자 한 노인은 지긋한 눈으로 서린을 바라보았다.

"서린아, 중원으로 들어가는 것이 싫다면 지금이라도 말하도록 해라."

"아닙니다, 할아버님. 형이 간 길이고 가문의 숙명이 함께하는 길임을 이미 알고 있습니다. 제가 해야 할 일이니 물러서고 싶지는 않습니다."

"그리 각오가 되어 있다니 다행이구나."

그동안의 수련으로 이미 각오를 읽을 수 있었던 한 노인이 고개를 끄덕였다.

"할아비가 너와 함께 못하는 것을 야속타 생각하지 마라. 금약에 묶여 있어 나로서도 어쩔 수 없으니 말이다."

"걱정하지 마십시오."

"그래, 믿으나."

간결하지만 믿음직스러운 대답이었다.

"장백에 가면 너를 인도해 줄 이가 있을 것이니 그의 말에 따르도록 해라. 그가 너를 중원으로 들어가게 해 줄 것이다."

"할아버님, 말씀하시는 분이 어떤 분입니까?"

"호연자라는 사람이다. 잘 알려지지 않은 이이기는 하지만 큰 지혜를 품고 있는 사람이다."

"호연자는 믿을 수 있는 사람입니까?"

형의 편지로 인해 할아버지와 스승을 제외하고는 누구도 믿지 않게 되었기에 서린이 물었다.

"믿을 수 있는 자이기는 하지만, 작금의 상황을 보면 그 누구도 믿을 수 없는 것이 현실이다. 조선에서 건너간 이들이 참변을 당한 것을 보면 말이다."

"그렇다면 소손이 알아서 하겠습니다.

"생각이 참으로 깊구나. 너라면 잘 해낼 수 있을 것이다."

"그리고 너에게 따로 남겨 놓은 안배가 있다."

"안배라고 하시면……."

"아직은 알려도 하지 마라. 베풀어진 안배는 네게 어려움이 있을 때 너를 인도하는 길잡이가 될 것이다."

"저를 위해 많은 것을 준비하신 것 같습니다."

"맞다. 가지고 있는 것을 전부 쏟아부었다고 해도 과언이 아니다. 하지만 그 정도로는 아직도 확신을 할 수는 없는 성황이다. 명심해라, 네 노력이 없는 한 모든 것이 소용이 없음을 말이다."

"알겠습니다, 할아버님."

할아버지의 당부에 서린은 굳은 어조로 대답을 했다.

"할아버님, 저는 생각할 것이 있어서 내일까지 수련장에 있을까 합니다."

"으음, 그래! 너도 생각이 많겠지. 네가 원한다면 그리하도록 해라."

출발할 날자가 내일로 다가오니 마음이 심난할 것도 같았다. 밤을 새운다 해도 지장을 받지 않을 것이기에 승낙을 했다.

생각을 정리할 시간은 반드시 필요한 것이었다.

행랑방을 나와 수련장으로 간 서린은 탄기선봉을 만지작 거리며 앞으로 다가올 미래에 대해 생각을 했다.

굳은 결심으로 대답을 하기는 했지만 아직은 두려움이 남아 있었기에 털어 버리려는 것이다.

"아직은 아무것도 모르지만 상관없다. 형을 찾는 것이 쉽지는 않은 일이겠지만 포기만 하지 않으면 된다."

우우우웅!

서린의 마음을 아는 것인지 탄기신봉이 진동하며 울음을 토해 냈다.

"후후후, 그동안 날 키워 줘서 고맙다. 네 덕분에 힘을 얻을 수 있었으니 말이다. 내가 이곳으로 돌아오는 날에 다시 보도록 하자."

우우우웅!

서린의 독백에 탄기선봉은 대답으로 자신의 몸을 떨었다.

"서린아!"

문밖에서 할아버지의 음성이 들려왔다.

"나가겠습니다."

아무리 할아버지지만 탄기선봉은 문외인에게는 보여 줘 서는 안 되는 기물이었기에 서린은 서둘러 밖으로 나갔다.

"주무시지 않고 어쩐 일이십니까?"

"서린아."

"예, 할아버지."

"지금은 어떠냐?"

"아까보다는 마음이 편안합니다. 못난 모습을 보여서 죄송합니다."

"아니다. 그럴 수도 있는 일이니 말이다. 마음을 완전히 굳힌 모양이니 마저 이야기를 해 줄 것이 있겠구나."

"하실 이야기가 남아 있으시다는 말씀입니까?"

이야기가 전부 끝났다고 생각했는데 아니라는 것이 못내 이상했다.

"그래, 아까는 네 결심이 확실하지 않은 것 같아 꺼내지 못한 이야기가 있구나."

"그러셨군요."

"많은 이야기는 해 주지 못하겠지만 알고 가야 할 것이 있다. 그것은 당금 무림의 사정과 전후의 일이다. 중원에는……."

단음막을 둘러 소리가 새어 나가는 것을 막은 한 노인은 서린에게 알아야 할 것들을 말해 주기 시작했다.

"그러니까. 먼저 임금님께서는 중원의 무림인들에게 돌아가셨고, 그것이 천우신경(天宇神鏡)이라는 거울 때문이라는 말씀이신가요?"

"그래, 그것은 우리 민족 대대로 내려오는 보물이란다.

천우신경의 비밀을 푸는 자가 천하를 지배한다는 전설을 간직한 것이지. 천우신경은 궁왕이라 일컬어지는 조선의 태조인 이성계가 얻었고, 지금까지 조선의 왕가에서 비밀리에 보관해 오고 있었다. 하지만 조선왕실에서 보관하던 그것은 중원의 무림인들에게 탈취를 당했고, 그 와중에 놈들이 쓴 독수로 선왕인 명종이 죽은 것이다."

"어떻게 그럴 수가."

서린은 믿을 수가 없었다.

아무리 힘을 가진 무림인들이지만 한 국가의 힘을 감당할 수는 없는 것이다.

그런데 그들이 왕실을 침범하여 한 국가의 임금을 죽이고 보물을 탈취해 갔다는 사실이 믿을 수 없었던 것이다.

그리고 자신의 할아버지인 한 노인이 어쩐지 지금의 조선조에 대해 반감을 가진 것 같은 말투에서 의아함을 느꼈다.

"흉악무도한 놈들이로군요. 어찌 한낱 야인이 남의 나라 왕실로 난입하여 그런 일을 저지르다니 말입니다."

"그들은 한낱 야인으로 치부할 수는 없다. 어쩌면 이 나라 조선보다 더한 힘을 가지고 있을 수도 있는 놈들이 바로 그들이니 말이다. 이런 일은 비단 우리뿐 만이 아니다."

"그럼 다른 곳에서도 일어났다는 말입니까?"

"그렇다. 그 어디에서도 이런 일들이 수도 없이 일어났

단다. 그로 인해 역사에서 사라진 나라들이 얼마나 많은지
는 헤아릴 수 없을 지경이란다."

"그럼 역사 속에 등장했다 어이없이 망한 나라들이 다
그랬다는 이야기입니까?"

"전부는 아니겠지만, 반 정도는 그렇다고 봐야 한다."

"으으음."

서린은 한낱 무림이라는 집단이 그런 힘을 가지고 있
으리라고는 상상도 하지 못했다. 그만큼 자신의 할아버
지가 하는 이야기는 듣도 보도 못했던 이야기였기 때문
이었다.

"서린아, 우리 땅에는 세 개의 보물이 존재하고 있었단
다. 제일 첫 번째 보물인 천부의 힘은 하늘에 묻은 것이라
초현한 이후 아직까지 세상에 한 번도 나타난 적이 없단다.
또한 두 번째 보물인 미륵인(彌勒印)은 후세를 위한 것이
라 지저 세계 깊숙한 곳에 봉인되었기에 아직은 나올 때가
아니란다. 오직 세상에 출세해 빛을 뿌렸던 것은 천우신경
하나뿐이었다. 그로 인해 우리 민족이 명맥을 유지해 오고
있는 것이지. 하지만 예상치 못하게 천우신경을 놈들이 약
탈을 해 갔다. 그래서 조선왕실에서는 너를 통해 그것을 찾
으려는 것이다."

"저를 통해서요?"

"그래, 놈들이 천우신경을 노리는 것은 오래 전부터 감

지돼 온 일이란다. 그래서 이 땅에 한다 하는 무인들이 놈들의 뿌리를 찾아 중원 땅을 밟았지만 모두 살아 돌아오지 못했다. 세 번에 걸쳐 이 땅의 무인들이 중원으로 떠났지만 돌아온 이는 아무도 없었던 것이다. 모두 놈들에게 당한 것이지. 그중 마지막으로 갔던 무인들 중에 네 형인 선주가 끼어 있었던 것이다. 그러니 왕실에서 너를 택할 수밖에 없었다. 물론 네 자질이 보기 드물게 훌륭한 것이기에 가능한 일이지만 다른 이유도 있음이다."

"그렇다고는 하지만 어째서 저를……."

서린은 말꼬리를 흐렸다.

아무리 생각해도 이상했다. 그런 일이라면 아무리 형이 그들 중에 끼어 있다고 해도 자신이 갈 길이 아니었던 것이다.

무예를 배우기는 했지만 엄격히 말하면 무인이 아니었다.

무예란 것도 지난 이 년여 동안 자신의 스승에게서 배운 것이 전부였기에 무인이라 말할 수 없었던 것이다.

스승과 같은 많은 무인들이 이 땅에 존재하고 있음에도 자신을 중원에 보낸다는 것이 조금은 이상했기에 말꼬리를 흐린 것이다.

"안다. 네가 무슨 말을 하려는지 말이다. 넌 아직 무인이 아니다. 그렇다고 무조건 무인이 아니라고 말할 수도 없는 상태다."

"예?"

"네 스승에게서 배운 천간십이수와 천세결은 그리 녹록한 것이 아니다. 어쩌면 이 땅을 밟고 살아온 무인들의 모든 것이 담겨 있는 것이라고도 할 수 있는 것이다. 그만큼 그 크기를 잴 수 없는 무예가 바로 네가 익힌 것이라고 할 수 있다."

"제가 익힌 것이 그런 거라고요?"

"아직 네가 실감을 하지 못하겠지만, 장백파로 가게 되면 알 수 있을 것이다. 그것이 얼마나 뛰어난 무예인지 말이다."

"으음."

서린은 자신의 할아버지가 거짓말을 한다고는 생각되지 않았다. 허튼소리를 할 분이 아니라는 것을 잘 아는 까닭이었다.

"서린아, 내가 너에게 학문을 가르치면서도 글을 쓰지 못하겠는지 아느냐?"

"소손도 항상 궁금하게 생각하는 바였습니다."

서린은 그동안 자신의 할아버지로부터 호흡법 하나와 학문을 배워 왔었다.

할아버지로부터 고절한 학문을 배우면서 한번도 글을 써 본 적이 없었다. 할아버지가 글씨를 처음부터 글씨를 쓰지 못하게 강요한 탓이었다.

"글씨 쓰는 법은 호연자라는 사람에게 배우게 될 것이다."

"호연자라면 저를 인도한다는 분이 아닌가요?"

"그래, 그는 조선왕실에서 안배한 사람이다. 그에게서 너는 중원 문물을 배우게 될 것이 분명하다. 조선왕실에서 준비한 것이다. 다 배운 후에는 이곳에서 있었던 모든 것을 잊어야 할 것이다. 왜 그렇게 해야 하는지는 중원에 들어가 보면 알 것이다."

"무슨 말씀이신지 잘 모르겠습니다."

"아마도 너는 중원에서 다른 신분으로 살아가게 될 것이 분명하다. 준비하는 것을 보면 그런 느낌이 강하니 말이다. 하지만 그게 중요한 것이 아니다."

"그것이 중요한 것이 아니라니요?"

"호연자에게 배워야 할 것이 중요하다."

"무엇을 배우는 겁니까?"

"호연자가 왕실에서 준비한 사람이 분명하지만 또한 이 할아비가 안배한 사람이기도 하다."

"할아버지가요?"

"그래, 호연자는 자신의 존재가 내가 안배한 것임을 모른다."

"으음."

당사자도 모르게 안배를 했다는 말에 서린이 신음을 삼켰다.

"넌 호연자의 가르침을 모두 네 것으로 만들어야 한다. 그가 가진 지식과 학문도 그렇지만 특히나 서법은 완벽하게 배워야 한다."

"글씨 쓰는 법이 중요한가 보군요?"

"그를 만나 서법을 배우게 되면 어째서 그동안 글씨를 못 쓰게 했는지 알 수 있을 것이다."

'도대체 어떤 서법이기에……'

그동안 학문을 닦으면서도 절대 글을 쓰지 못하게 한 할아버지였다.

그것이 호연자의 서법과 관련이 있을 줄은 몰랐었던 서린이 궁금증이 일었다.

"궁금하겠지만 참도록 해라. 그리고 서법을 익히며 깨달은 것들은 절대 호연자에게도 알려서는 안 될 것이다."

"알리지 말라는 말씀의 뜻을 모르겠습니다, 할아버님."

"우선 이 정도로만 알고 있어라. 네가 그 이유를 알게 되면 호연자가 자칫 알아차릴 수도 있으니 말이다."

"그가 믿을 수 있는 자라고 하지 않으셨습니까?"

"믿을 수 있는 자이기는 하지만 마음을 나눌 수 있는 자는 아니다. 그가 지향하는 것은 나와는 다르니 말이다."

"무슨 뜻인지 알겠습니다."

이번 일에 관해서는 믿을 수 있지만 함께할 자는 아니라는 뜻이었기에 서린이 고개를 끄덕였다.

"이제 그만 떠날 준비를 하도록 해라. 얼마 안 있어 장백에서 손님이 올 테니 말이다. 나도 이만 떠나도록 하겠다."

"예, 할아버님. 다시 뵈올 때까지 평안하십시오."

"허허허, 그러마."

스스슷!

할아버지가 소리 없이 사라졌다.

자신 앞에서 처음 무예를 드러냈지만 서린은 놀라지 않았다. 자신의 손을 떠난 버나를 아무렇지도 않게 잡는 것을 보았을 때 어느 정도는 짐작하고 있었기 때문이다.

'이제는 언제 뵐지 알 수 없구나.'

자신의 곁을 떠날 것이라는 것을 알고 있기는 했지만 조금은 서운했다.

'저 때문에 무리를 하셨다는 것을 알고 있습니다. 강녕하십시오, 할아버지.'

자신을 위해 세상에 다시 나왔다는 것을 알기에 조용히 고개를 숙여 인사를 한 서린은 방으로 돌아가 짐을 꾸렸다.

짐이라고는 별거 없었다.

스승의 지시로 꾸린 짐은 갈아 신을 가죽신 두 족과 괘나리 봇짐 하나뿐이었다.

짐을 꾸리고 난 뒤 잠시 눈을 붙인 서린은 집안에서 이는 서늘한 기세에 눈을 떴다.

"왔구나."

서린은 짐을 챙긴 후 서둘러 방을 나섰다.

아직은 어두운 새벽이지만 사랑채까지 가는 데는 아무런 지장이 없었다.

사랑채로 가자 자신을 맞이하러 온 장백파의 문인들을 볼 수 있었다.

얼굴까지 내려오는 방갓을 쓰고 검은빛이 도는 무복을 입은 그들은 전형적인 무인의 모습을 하고 있었다.

'으음, 이상하구나. 도인이라는 이들이 저런 예기를 풀풀 풍기고 있다니……'

어쩐 일인지 장백에서 온 무인들이 스승에게 예기를 뿜어내고 있었다.

무기로 보이는 것은 갖고 있지 않았으나 그들이 풍기는 예기는 서린이 보기에도 심상치 않은 것이었다.

스승의 표정도 심상치 않음을 느낄 수 있었다. 아니나 다를까 스승은 눈살을 찌푸리며 질책을 마다하지 않았다.

"어이하다 장백이 이리 살벌해진 것인지…… 네놈들이 풍기는 예기로 주변의 모든 기운이 죽지 않느냐! 누누이 일렀건만! 강보다는 유를, 무보다는 예를 잃지 말라 했거늘. 쯔쯧! 아직도 이 모양이라니……."

장백파에서 온 이들이 스승의 질책에 고개를 숙이고 있

지만 기세만은 죽지 않았다.

'순탄치만은 않겠구나.'

장백파에서는 명나라에 가서 생활하기에 불편함이 없도록 명의 풍물을 익힐 예정이다. 스승의 말에 순순히 승복하지 않는 것을 보니 장백파에서의 생활이 순탄치 만은 않을 것 같았다.

특히나 자신이 익히고 있는 것과 장백파의 무인들이 풍기는 기운이 상이함을 느끼고 있기에 은근히 걱정이 들었다.

"이놈들이 그래도!"

노기가 담기 고함이 다시 울렸다.

예기를 꺾지 않았던 장백의 문인들이 움찔했다.

성갑이 목소리에 기세를 담았기 때문이다. 성갑의 호된 질책 때문인지 장백에서 온 이들은 기세가 조금은 누그러졌다.

'익히고 있는 무예가 그래서 그런 건가? 분명히 장백파는 도가계열의 문파라고 들었는데 정말 이상하구나.'

누그러졌다고는 하지만 아직도 날카로운 예기가 많이 남아 있어 보통 사람이 본다면 많이 두려워할 터였다.

저절로 일어나는 기세가 그렇다면 익히고 있는 무예의 특성이 분명했기에 의문이 아닐 수 없었다.

"그리 살기가 짙어서야 어찌 도인이라 하겠느냐? 앞으로 좀 더 자숙해야 할 것이다. 알아들었느냐?"

"예!"

마지못해 대답하는 분위기가 역력했다.

장백파에서 위치가 어찌 되는지는 모르겠으나, 스승의 추상같은 모습은 서린으로서도 처음 보는 것이었다.

'스승님의 기세가 대단하구나. 역시나 조선제일의 무인이라는 명성이 허명은 아니시구나.'

서린으로서는 의외의 모습을 보여 준 스승에 대해 일말의 두려움마저 느꼈다. 장백파의 문인들을 호령할 때 스승으로부터 알 수 없는 기파가 흘러 장백파의 문인들을 압박하는 것을 느꼈기 때문이었다.

"서린아, 이리 오너라."

"예, 스승님."

스승의 부름에 서린은 장백파의 문인들 옆으로 섰다.

"이 아이가 내 의발을 이은 아이다. 한 치의 소홀함도 없이 대해야 할 것이다. 알아들었느냐?"

"알겠사옵니다."

"서린아, 이들이 너를 장백파로 안내해 줄 것이다. 장백파에 가면 장백진인을 뵙도록 해라. 너를 기다리고 계실 것이다."

"예, 스승님."

"사형께는 내 미리 기별을 넣어 놨으니, 그곳에 머물며 수련을 하도록 해라. 그리고 틈이 난다면 이 스승의 외숙이신 호연자(浩然子) 님을 한번 만나 뵙도록 해라. 많은 가르침을 주실 것이다."

"알겠습니다. 스승님!"

'호연자라는 분이 스승님의 외숙이었던 건가?'

호연자에 대한 이야기는 할아버지로부터 지난밤 들은 터였다. 장백파에 가면 자신의 앞길에 대해 이야기해 줄 사람이 스승의 외숙이라는 것이 조금은 의외였다.

"갈 길이 멀다. 어서 떠나거라."

"그럼 기체 보존하십시오."

어차피 정해진 길이었다. 서린은 마당에 엎드려 마지막 인사를 했다.

인사가 끝나자 장백에서 온 다섯 명의 문인들이 고개를 숙여 보이고는 서둘러 집을 나섰다.

서린도 급히 장백파의 문인들을 따라나섰다.

어둠이 가시지 않은 길이었지만 무척이나 빠른 발걸음이었다.

성갑의 집을 나선 후 장백의 문인들은 한성부를 지나 동북방으로 길을 잡았다.

험한 산세가 이어지는 산줄기를 따라가는 길이었다. 행여 사람을 만나면 안 되는 탓에 그들은 깊은 산중을 통해서 백두산으로 가려고 하는 것이었다.

산을 타기 시작한 후에 날이 밝기 시작했지만 산속이라서 그런지 아직도 어두웠다.

'이러다 산군이라도 만나면 큰일을 치르게 될 텐데……'

서린은 산맥의 중심을 관통하며 북으로 올라가는 장백의 문인들을 보며 요즈음 기승을 부리는 호환이라도 만나지 않을까 걱정이 되었다. 그만큼 장백파의 문인들이 뚫는 길은 깊은 산중이었던 것이다.

그러나 이내 걱정을 접었다. 인적이 보이지 않는 깊은 산중으로 들어서자 다섯 사람이 갑자기 살기를 흘리기 시작했기 때문이다.

'으음, 저 정도 살기라면 산군도 알아서 피해 갈 정도다. 도가계열인 장백파에 저런 사람들이 있다니, 도대체 어떤 사람들인지 모르겠구나. 말을 붙여 볼 수도 없고.'

서린은 앞서 가는 사람들이 궁금해졌지만 살기로 인해 감히 먼저 말을 붙일 수 없었다.

타타타탓!

산중으로 들어오자 진인들은 발걸음을 달리했다. 평지를 달리는 것처럼 산을 타는 그들의 모습은 한 마리 늑대를 연상시킬 정도로 빨랐다.

'으음, 경신법을 펼치는 건가? 하지만 너무 활량하고 거친 기세다. 분명히 도문이라고 했는데……'

풍기는 살기도 그렇고, 조선 도인들의 본향이라는 장백

파에서 어찌 저런 기세를 흘리는 자들이 나왔는지 의아했
다.

서린이 보기에 자신이 들은 것과는 다르게 정상적인 장
백파의 문인들이 아닌 것이 분명했다.

파파팟!

이곳이 깊은 산중임을 알 수 없게 만드는 빠른 속도로 치
달리는 발걸음이었다. 그들은 서린이 뒤따라오거나 상관없
이 제 갈 길을 가고 있었다. 그저 자신들의 목적지를 향해
거침없이 산중을 달리는 중이었다.

'무지하게 빠르군. 하지만 나도 뒤처질 수야 없지.'

파파팟!

서린 또한 빠르게 달리고 있었다. 그냥 달리는 것치고는
무척이나 빠른 속도였다.

경신법을 사용하는 것도 아닌데 험준한 산길을 평지를
전력으로 질주하는 것처럼 빠른 속도를 내고 있었던 것이
다. 지난 시간의 수련이 없었다면 따라갈 엄두도 내지 못했
을 일이었다.

'따라가는 것은 힘들지 않지만 아무 말도 없다니 이상하
다. 저 사람들은 그저 길을 가는 것이 목적이 아니라 나를
데리고 장백파로 데려가기 위해 온 것인데 말이야. 으음,
어쩌면 나를 시험하는 것인지도 모르겠구나.'

명을 받은 자들이 데리고 가야 할 사람을 상관하지 않는

것을 보면 자신을 시험해 보는 것이 분명했다.

'응! 이상한데……'

그동안은 그냥 따라가느라 무심히 지나쳤지만 지금은 아니었다.

샘에서 흘러나온 샘물 때문에 삼 장여의 땅이 젖어 있었다. 앞서 가던 장백파의 문인들은 분명히 젖어 있는 땅을 밟고 지나쳤는데 앞쪽에는 발자국이 하나도 남아 있지 않았다.

'경신법이라는 것을 펼친 모양이구나.'

할아버지가 전해 준 삼극정법을 운용하며 달리고 있었다. 수련을 위해서 내기 보다는 근력으로 이들을 뒤쫓고 있었다.

하지만 장백파의 진인들은 자신과는 다른 것 같았다. 거칠어질 만도 하건만 호흡 소리는 깊이 침잠되어 있어 들리지도 않았다. 그저 바람과 같이 달린다는 표현이 맞을 것이다.

그것도 발자국 하나 남기지 않는 가벼운 몸놀림으로 이들은 산을 타고 있는 것이다.

대부분이 오르막이라 힘들만도 했건만 지친 기색은 전혀 보이지 않았다. 경신법을 펼친 것이다.

'숨 쉬는 거야 할아버지가 가르쳐 주신 삼극정법 대로 하면 되는데. 저 발걸음은 영 이상하구나.'

앞서가는 자들의 발걸음을 따라 해 보고 싶었지만, 잘되지가 않았다. 가파른 산길이라 줄을 탈 때의 균형 감각과 살판을 하며 다져진 다리 힘으로 뒤쫓을 뿐이었다.

'그냥 가벼운 느낌뿐인 것 같지만 그런 것 같지는 않다. 그리하면 저리 빠른 속도는 낼 수는 없을 테니까.'

빠른 속도는 그냥 얻어지는 것이 아님을 서린은 잘 알고 있었다.

힘을 바탕으로 해야만 걸맞는 속도가 나옴을 그간 재주를 익히며 체험한 서린이었다.

'계속 힘을 주는 것은 아닌 것 같다. 그저 한순간 최대한 힘을 발휘해 그걸 바탕으로 몸을 앞으로 내던지듯 하는 것 같으니까. 잠시 쉴 것 같으니 생각을 정리해 보고 조금 있다가 길을 다시 나서면 한번 해 봐야겠다.'

멀리 보이는 곳에서 멈춰 서 있었다.

장백파의 문인들은 하루 정도 산길을 내쳐 달리다가 이제야 쉬려 하는 것 같았다.

장백의 문인들은 무엇인가를 염려한 듯 바위를 뒤로 한 채 전면을 경계하며 바닥에 앉았다.

―대사형! 참으로 알 수 없는 아이입니다. 아무리 사숙의 진전을 이었다지만 이제 겨우 아홉 살이라고 했는데 말입니다.

―관심을 갖지 마라. 우리와 길이 다른 아이다.

—하지만 대사형!

—내 말을 무엇으로 알아듣는 것이냐? 우린 우리 일로도 갈 길이 바쁜 사람들이다.

전음으로 질책하는 대사형 유진성(柚辰星)의 말에 입을 다문 이규백(李圭伯)은 서린을 쳐다보았다.

아무리 사문의 일 때문에 이리되었지만 볼수록 알 수 없는 아이였다.

이제 겨우 열여섯 살인 소년이 자신들을 따라 지치지도 않고 쫓아오고 있었다. 아무리 뱃속에서부터 무공을 익히고 나왔다고 해도 이런 일은 거의 있을 수 없는 일이었다.

"후우……."

약간은 거친 숨소리와 함께 아이가 도착했다. 대사형의 전음 때문에 살갑게 대할 수는 없지만 대단한 아이였다.

"꼬르르륵!"

'아직은 어리구나.'

속이 허한지 배곯는 소리가 나자 부끄러운지 고개를 조아리는 소년이었다.

대사형이 뭐라고 하지 않을 것을 알기에 이규백은 품에서 가지고 온 육포 한 조각을 꺼내 배고파 하는 서린에게 건넸다.

"고맙습니다."

서린은 인사를 한 후 이규백이 준 육포를 받아 들고는 맛있게 먹기 시작했다.

'으음, 어째서 저 아이에게 관심을 가지면 안 되는 것인지 모르겠구나.'

이규백은 의구심을 가질 수밖에 없었다. 어째서 장문인이 지금 데려가는 서린이라는 아이에게 관심을 갖지 못하도록 했는지 알다가다 모를 일이었다.

─자, 이제 쉴 만큼 쉬었으니 이제 그만 떠나자. 그리고 다시 한 번 말하지만 오사제는 저 아이에게 관심을 갖지 마라. 우리와는 길이 다른 아이니 말이다. 그리고 앞으로는 속도를 더 높이도록 해라. 저 아이를 본 문에 빨리 데려다 주고 우리도 중원으로 들어가야 하니 말이다.

─알겠습니다.

─이만 길을 떠나도록 하자.

장백파의 문인들은 다시 길을 재촉하려는 듯 대사형의 전음이 있자 일제히 일어섰다.

부스럭.

육포를 먹으며 장백파의 문인들의 산을 타는 법에 대해 고심하던 서린은 그들이 일어서는 것을 보며 자리에서 일어났다. 다시 길을 재촉하기 위한 것 같았기 때문이다.

'다 먹지도 못했는데 성질도 급하군.'

서린이 따라 일어서는 것을 보며 장백문인들을 발걸음을 재촉해 움직이기 시작했다.

이번은 조금 전보다 더욱 빠른 속도를 내고 있었다.

'제기랄! 사람을 데리러 온 사람들이 저 모양이라니……'

서린은 속으로 투덜거리며 할아버지가 알려 주시는 삼극 정법을 일으키는 호흡을 계속했다.

'그래, 이가 없으면 잇몸이다.'

호흡을 일으킨 서린은 천간십이수의 힘을 발로 운용했다.

스승으로부터 배운 천간십이수 중 탄양수(彈陽手)의 음인수(陰引手)힘이었다. 장백문인들의 움직임을 보다가 생각해 낸 방법이었다.

발로 하는 것이기에 처음에는 어려웠다. 기운이 제대로 움직이지 않았던 것이다.

잠깐 허둥대던 사이에 장백문인들의 모습이 사라져 버렸다.

하지만 개의치 않았다. 발걸음을 살피는 동안 장백문인들이 남기는 미세한 흔적을 찾을 수 있었기 때문이다.

'언제 흔적이 없어질지 모른다. 분명히 성공할 수 있으니 집중을 해야 한다. 집중!'

신경을 집중하자 배꼽 아래서 느껴지던 기운이 발바닥에서도 느껴졌다.

양쪽 다리에서 따뜻한 기운이 흐르기 시작했다.

따뜻하며 부드러운 기운은 발바닥을 통해 발뒤꿈치를 타고 양교맥(陽蹻脈)과 음교맥(陰蹻脈)을 따라 흘렀다.

한 갈래는 발뒤꿈치에서 신맥(申脈)혈로 나와 외과를 감고 방광경의 바깥쪽을 따라 올라가 담경(膽經)의 거료(居髎)혈에서 양유맥(陽維脈)으로 흘렀다.

기운은 소장경(小腸經)의 이른 뒤 대장경(大腸經)과 함께 견료(肩髎)혈을 거쳐 지창(地倉)혈에서 위경(胃經), 대장경(大腸經), 임맥(任脈)과 만났다.

그러나 아직도 기운을 잃지 않은 듯 다시 위경(胃經)의 거료(居髎), 승읍(承泣)을 지나 눈의 내 안각에서 수족(手足)태양경(太陽經), 족양명경(足陽明經), 음교맥(陰蹻脈)과 만난 후에 머리를 넘어 풍지(風池)혈로 갔다가 뇌 속으로 들어갔다.

다른 한 갈래는 연곡(然谷)과 조해(照海)사이로 나와 내과를 감으며 신경(腎經)을 따라 하지 안쪽과 음부(陰部)를 돌고 체내(體內)로 들어가 결분(缺盆)혈에 이렀다.

이 기운 또한 힘을 잃지 않고 다시 인후(咽喉)를 끼고 얼굴로 올라가 충맥(衝脈)과 만났다.

다시 콧속을 거쳐 정명(睛明)혈에서 수족태양경(手足太陽經), 족양명경(足陽明經), 양교맥(陽蹻脈) 등과 만났다.

발바닥에서 기운이 시작되었지만 그 기운은 서린의 전신을 아우르며 기분을 좋게 했다.

'히히히, 발로도 되는구나!'

점점 다리에 힘이 붙기 시작했다.

발에는 내기를 제대로 운용할 줄 몰라 근력으로 달리던 것과는 천양지차의 힘이었다.

앞서간 재빨리 흔적을 찾으며 장백문인들을 쫓기 시작했다.

'뭐지?'

이제 막 신이 나서 쫓으려는 찰나 은밀한 기운이 느껴졌다. 장백의 문인들은 이미 보이지 않는 상황이라 서린은 재빨리 몸을 숨겼다.

'분명 우리가 지나온 길을 따라오고 있다.'

날리듯 움직여 바위 틈 사이로 몸을 숨기고 얼마 지나지 않아 뒤따르는 자들이 보이기 시작했다.

아주 은밀하면서 빠른 몸놀림으로 산길을 타고 있는 중이었다. 정확한 경로를 따라 뒤를 쫓는 자들 몸놀림은 앞서간 장백의 문인들에게 뒤지지 않는 것이었다.

'처음부터 따라오고 있는 것이 분명하다. 젠장!'

뒤따라오던 자들이 일제히 멈춰 섰다.

'내가 남긴 흔적을 쫓고 있던 것이 분명하다.'

자신이 남긴 흔적이 끊어지자 멈춘 것을 깨달은 서린은 가슴이 두근거렸다.

흔적만으로 이렇게 은밀히 뒤따르는 것을 보면 자신을 찾는 것은 그리 어렵지 않을 것이기 때문이다.

'따돌리기는 틀렸으니 일단 돌팔매로 놈들을 공격하자. 세 놈 중 한 놈이라도 처리하면 시간을 벌 수 있을지 모르

니 말이다. 그냥 심심해서 연습을 했는데 이렇게 쓸모가 있
을 줄이야.'

버나를 돌릴 때 강력한 공격이 될 수도 있다는 할아버지
의 말에 돌과 손을 이용해 틈틈이 연습을 했었다. 이제는
아주 쉽게 할 수 있는 일이라 바위에서 떨어져 나간 것으로
보이는 납작한 돌 두 개를 집어 들었다.

쉬이이이익!

양손으로 동시에 돌을 돌린 후 양손 검지로 아래쪽에 중
심을 잡았다.

기운을 집중하자 아주 빠르고 매끄럽게 돌아가기 시작했
다. 워낙 빨리 도는 탓에 납작한 돌이 원반으로 보일 정도
였다.

스르르…….

버나를 돌릴 때와는 다르게 손가락 위로 올려진 돌들이
약간 떠올랐다.

슈슈슈슈!

서린이 손을 휘젓듯 돌리자 돌들이 날아올라 뒤쫓는 자
들에게도 향했다.

은밀하지만 빠른 속도로 돌들이 암중인들을 향해 날았다.

"헉!"

서린이 남긴 흔적을 찾아 멈추어 섰던 암중인들 중 하나
가 갑자기 자신의 눈앞에 나타난 검은 물체의 가공할 기세

에 헛바람을 삼켰다.

퍼퍽!

퍽!

급히 몸을 움직이려 했지만 피한 이들은 아무도 없었다.

서린이 던진 돌은 두 개인데 어쩐 일인지 세 번의 타격음과 함께 서 있던 암중인들이 모두 무너지듯 쓰러져 버린 것이다.

'어서 가자.'

암중인들을 기절시켰다고 생각한 서린은 빠르게 바위틈을 벗어나 장백의 문인들이 간 방향을 향해 달리기 시작했다. 기절한 자들이 깨어나 다시 쫓아오지 못하도록 흔적을 남기지 않기 위해 가지고 있는 기운을 최대한 활용해 거리를 넓히며 뛰었는데 한 걸음에 한 장을 넘어가고 있었다.

서린은 자신의 돌팔매로 암중인들이 기절했다고 생각을 했지만, 쓰러진 이들은 이미 이 세상 사람이 아니었다.

원반처럼 날아간 두 개의 돌 중 하나는 앞에서 있던 자의 가슴을 뚫고 지나가 뒤에 있던 자의 심장 부근 횡하니 만든 후 나무에 틀어박혔다.

그리고 또 다른 돌은 옆에 있던 암중인의 가슴을 헤집은 후 산비탈에 삼장이 넘는 깊이로 뚫고 들어가 박혀 있었다.

쓰러진 암중인들은 가슴에 흘러나오는 붉은 선혈로 자신

들의 죽음을 알리고 있었다.

이러한 사실도 모르고 서린은 있는 힘을 다해 달렸다. 기운을 운용하는 것이 익숙해질수록 달리는 속도는 더욱 빨라졌다.

파파팟!

'저기 있구나.'

일각여를 달리자 장백의 문인들의 모습이 멀리서 보였다.

아스라이 점으로 보이던 장백파의 문인들이 점점 가까워졌다.

파파팟!

빠르게 자신들을 쫓는 파공음에 장백파의 문인들이 일제히 뒤를 돌아보았다.

혹시나 자신들을 쫓고 있는 자가 있지나 않은가 해서였다.

그들이 뒤를 돌아보았을 때는 서린밖에는 보이지 않았다. 서린이 자신들을 맹렬히 쫓아오고 있었던 것이다.

'어떻게? 분명히 근력으로만 따라오고 있었거늘…….'

장백파의 문인들은 하나같이 놀라고 있었다.

그중에 대사형인 유진성의 놀라움은 더욱 컸다.

걸음을 더욱 재촉한 것은 자신들의 일도 있지만, 서린을 시험해 보기 위함도 컸었다. 사제들에게는 관심을 갖지 말라고 했지만 조선제일의 무인이라는 사숙의 제자였다.

비록 문의 일에 관여하지 않고 다른 무맥의 전승자라 문파 내에서도 멀리하는 사숙이지만 그래도 조선제일의 무인이었다.

그러니 관심을 갖지 않을 수가 없었다.

그래서 이번에 경신법을 통해 얼마나 근기가 있는지 시험해 보았다. 무인의 가장 기본이라고 할 수 있는 보신경(步身經)을 보면 성취 정도를 측정할 수 있기에 속도를 더했던 것이다.

근력으로 달리는 모습을 보며 실망이 이만저만이 아니었다. 제법 균형을 잡고 산길을 달렸지만 몸의 자세 또한 무인으로서 보일 만한 것이 아니었기 때문이다.

오사제인 이규백의 말대로 이제 열다섯 살밖에는 되지 않은 아이였지만 혹시나 숨기고 있는 것이 있는지 몰라 전력을 다해 달렸다. 거리가 벌어지면 조금 쉬어 가며 기다릴 요량으로 힘을 다해 달린 산길이었다.

그런데 장백오호(長白五虎)라 불리는 자신들을 뒤처지지 않고 쫓아오고 있었다.

처음부터 그랬다면 이리 놀라지도 않았을 것이다.

자세가 완전히 달라져 있었던 것이다. 그것도 자신들이 익히고 있는 경신법과 무척이나 닮아 있는 것이다.

'사숙은 장백의 무예를 익히지 않았다. 가문의 무예만으로 초절정의 경지이기에 익히지 않았다고 들었다. 아무리 사숙이 천재라고 하나 모르는 것을 제자에게 가르칠 수는 없는 일이다. 그렇다면 뒤따라오며 보고 배웠다는 소리인데. 그것이 사실이라면 저 아이는 천재다. 장문인이 따로 당부를 할 정도라면 뭔가 있음이 분명하다.'

유진성은 한양에 오기 전 장문인의 말을 장백진인의 말을 기억해 낼 수 있었다.

무슨 비밀이 있는지 모르겠지만 문인들이 모르게 자신에게 데려오라고 한 아이였다. 다른 세상을 살아갈 아이니 관심을 갖지 말라는 이야기도 들었다.

'저 아이가 가지고 있는 비밀이 도대체 무엇인지 알다가도 모를 일이다.'

유진성은 이내 서린에 대한 관심을 털어 버렸다.

어차피 관심을 두어서는 안 될 아이였다. 이렇게 뒤처지지 않고 쫓아오면 자신들로서도 좋은 일이었다. 예정보다 빠르게 중원에 들어갈 수 있기 때문이었다.

─으음, 대사형. 혈향이 은은히 번지고 있습니다.

─나도 맡았다. 산군이 사냥을 한 것일 게다.

─산군이 사냥을 했다면 포효가 따라야 할 텐데 없는 것이 이상합니다.

─우리를 노리기라도 한다는 것이냐?

─그럴 수도 있습니다. 아니면 저 아이를 노리고 있는 것일 수도 있고 말입니다.

—속도를 더욱 높여야겠다. 쫓아오는 속도를 보아 산군
도 그리 쉽게 따르지는 못할 테니 말이다. 저 아이도 쉽게
뒤처지지는 않을 것 같으니 최단한 빠르게 본 문으로 돌아
가도록 한다.

—알겠습니다. 하지만 위험할 수도 있으니 제가 살필 수
있도록 해 주십시오.

—그렇게 하도록 해라. 하지만 산군이 나타나는 경우를
제외하고는 돕지는 마라.

—예, 대사형.

—속도를 높여라.

대사형의 명을 따라 장백오호는 내력을 실어 본격적으로
경공을 펼치기 시작했다. 조금 더 빨라지더라도 서린이 뒤
처지지 않을 것임을 안 때문이었다.

'애고, 젠장! 이제는 아예 나는구나, 날아. 그렇다고 내
가 쫓아가지 못할 줄 알고?'

전보다 더 빨라진 속도였다.

장백의 진인들의 움직임은 한 걸음이 거의 삼 장을 넘고
있었다.

발로 천간십이수를 시전 할 수 있게 된 후 서린은 쫓아가
는 데 자신이 있었다. 시간이 지날수록 달리는 것이 더욱
쉬워졌던 것이다.

앞서가는 속도를 따라잡기 위해 서린도 힘을 냈다.

처음엔 약간 거리가 벌어지던 것이 시간이 지나자 일정한 거리를 유지할 수 있었다.

한 번에 일 장 정도 하던 걸음이 시간이 지날수록 장백파의 문인들과 같은 삼 장여의 보폭을 유지하게 된 것이다.

—볼수록 대단한 아이입니다, 대사형.

—사숙께서 제대로 키우신 모양이다.

—은밀히 살펴본 결과 산군이 따르지는 않는 것 같습니다. 혈향도 사라졌고 말입니다.

—다행이다. 시간을 맞추어야 하니 서두르도록 하자.

—예, 대사형.

슈— 슈슈슉!

파파파팟!

이제는 떨어지지 않을 것이라 확신했는지 장백오호는 더욱 빠른 속도로 산맥을 가로질렀다. 서린 또한 곧바로 속도를 맞추어 뒤를 따랐다.

그렇게 빠른 속도로 산맥을 가로지르던 여섯 사람은 한양을 떠난 지 닷새가 채 되지 않아 백두산이 바라다 보이는 곳까지 다다를 수 있었다.

'휴우 이제야 다 왔구나. 화살 맞은 멧돼지도 아니고, 육포를 먹을 때만 제외하고는 잠도 자지 않은 채 그냥 달리기만 하니 말이야.'

아무리 재주를 익히고 삼극정법을 익혔다지만 체력적으

로 달리는 서린이었기에 지금까지 오는 동안 지칠 대로 지쳐 있었다.

동북쪽으로 산맥을 타고 올라 백두대간을 따라 백두산으로 향하는 험한 산길이었다.

산세는 험하고 계곡이 깊은 것은 두말할 것도 없었다. 간간히 나타나는 산군의 그림자가 어린 서린을 혼비백산하게 한 적도 여러 번이었다.

하지만 서린은 악착같이 장백오호를 쫓아왔다. 오기가 발동했던 것이다.

자신에게 말 한마디 안 하고 이곳까지 오는 이들에게 먼저 말을 걸기도 무안했다.

그저 악착같이 따라오기만 한 것이다.

그나마 하루에 한 번 육포를 먹을 때 쉬지 않았다면 지쳐서라기보다는 배가 고파서 따라오지 못했을 뻔했던 길이었다.

바닥은 이미 허물이 벗겨진 지 오래였다. 형을 찾아 떠나는 길이었기에 남에게 의지할 수는 없었다. 오로지 자신의 힘으로 버티며 가야 하는 길임을 서린은 잘 알고 있었다.

"조금 있으면 본 문에 도착한다. 하지만 아직 날이 밝으니 어두워진 후에 들어갈 것이다. 이곳에서 좀 쉬도록 해라."

한기가 도는 말투였다.

장백오호의 대사형인 유진성은 서린이에게 쉬라고 이르고는 나머지 일행을 놔두고 어디론가 떠났다.

툭!

육포 하나가 서린의 발 앞에 떨어졌다.

이규백이 던진 것이었다. 서린은 육포를 말없이 집어 입으로 우물거리기 시작했다.

'질기기는 하지만 제법 맛있군.'

먼 길을 오는 닷새 동안 하루에 오직 한 번 주는 육포였다. 쉴 때마다 자신에게 던져지는 육포는 허기를 달랠 수 있는 유일한 식량이었다.

서린은 육포를 씹으며 자신처럼 말없이 육포를 먹고 있는 장백오호를 바라봤다.

'저 양반은 그래도 조금 마음에 든단 말이야. 기회가 되면 고맙다고 해야겠다.'

서린은 싸늘한 기운을 풍기지만 어딘지 모르게 온후한 눈빛을 던지는 이규백이 마음에 들었다.

어째서 장백오호가 자신에게 이리 싸늘히 대하는지 모르지만 이규백에게 감사한 마음이 드는 것은 어쩔 수가 없었다.

'사람들이 저리 말이 없어서야. 어디……'

원래부터 그런 것인지, 아니며 무슨 사연이 있는지. 정말 말이 없는 사람들이었다.

'발바닥이 까진 것은 조금씩 아물어 가고 있으니 괜찮을 것이다. 하지만 무리를 했으니 몸을 충분히 풀어야 한다.'

쉬고 있는 곳은 사람들의 시선이 닿지 않는 계곡의 암석 틈바구니였다. 그렇지만 장소가 꽤나 넓어 몸을 풀어도 문제가 없을 것 같았다.

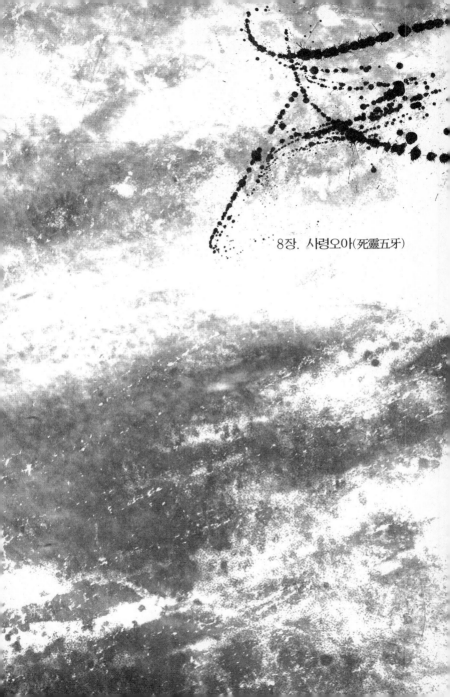

8장. 사령오아(死靈五牙)

서린은 자리에서 일어나 몸 구석구석을 풀어 나갔다. 도
인 체조와 비슷한 모습이었다.

　—대단한 아이다.

　—그렇습니다. 자신의 신체에 대해 잘 알고 있는 것을 보
니 무인으로서의 자세도 되어 있군요.

　몸을 풀어 나가는 모습을 보면서 장백의 호랑이들은 서
린이 마음에 들었다.

　지금 산문에 든 어린 제자들과는 다른 모습이었기 때문
이었다.

　서린은 한참 동안 몸을 풀었다.

　수련장이었다면 했을 땅재주는 넘지 않았다. 자칫 스승

이 욕을 먹을 수 있기 때문이었다.

유진성이 돌아온 것은 해가 이미 서산으로 넘어가고 난 직후였다. 서린이 도인 체조를 마무리한 것도 그때였다.

"넌 본문의 장문인을 만나게 된다. 우리는 장문인께 너를 인계하고 나면 헤어지게 될 것이다. 그때부터 우리는 모르는 사람인 것이다. 혹, 어디선가 다시 만나더라도 우리를 아는 척하지 말기를 바란다."

유진성이 던진 말이었다.

서린이 보기에 이들은 자신을 장백파의 장문인에게 데려다 준 후 어디론가 떠나야 하는 것 같았다.

그런데 다시 보더라도 아는 척 하지 말라는 말이 마음에 걸렸다. 그들의 표정은 마치 죽으러 가는 이들 마냥 비장하기 그지없었기 때문이었다.

"따라와라."

팟!

유진성은 서린을 재촉하며 신형을 돌려 빠르게 움직였다.

서린도 바짝 그의 뒤를 따랐다. 말이 끝남과 동시에 움직였기에 간격을 그리 길지 않았다.

한참을 달리던 유진성이 멈춰 섰다. 숲 한가운데 있는 조그마한 초막이 보였다.

"저기다."

장백파라 하면 비록 변방에 위치해 있지만 요동 쪽에서

는 알아주는 문파였다. 한데 장문인의 처소라는 곳이 다 쓰러져 가는 초막이라는 것이 이상했다. 서린은 자신이 진정 장백파에 온 것인지 의심이 들었다.

"저곳이요?"

"사정이 있어 장문인께서 저곳에서 너를 따로 보시자 했다. 그러니 너는 의심하지 말고 저 초막으로 가라. 우리도 그만 가 봐야 하니 말이다."

서린의 심정을 아는 듯 유진성이 설명해 주었다.

"알겠습니다. 그동안 저를 인도해 주시느라 고생 많으셨습니다. 그럼 다음에 뵙더라도 아는 척 하지 않겠습니다."

타다닥!

서린은 단숨에 인사를 하고는 초막을 향해 뛰었다.

"후후, 그놈 참 맹랑하군. 아는 척 하지 말라는 말이 마음에 걸렸나. 한 방 먹이고 가다니……."

"그렇습니다, 대사형!"

서린이 한 말에 다섯 사람은 싸늘하기는 하지만 입가에 옅은 미소를 지었다. 마음을 주지 않았지만 무관심한 것은 아니었던 것이다.

지난 닷새간 그들은 서린을 그저 외인으로만 보고 있지 않았다. 이미 문파에서 축출된 것이나 다름없지만 조선제일의 무인라는 사숙의 수제자였다.

그런데 서린이 보인 성취는 그간 장백을 거쳐 간 수많은 고인들이 그 나이 때 보인 성취보다 훨씬 높은 것이었다. 나이가 문제가 아니었던 것이다.

발바닥에 허물이 벗겨지면서도 악착같이 쫓아오는 서린을 보며 근성은 물론 내공이나 여타 무인으로 갖추어야 할 조건은 모두 갖춘 것을 확인했다.

문파의 치욕을 씻기 위해 이제는 죽음을 향해 길을 떠나야 했다.

자신들이 죽음을 향해 떠나더라도 훗날 장백의 문호를 지켜 줄지도 모르는 이를 확인한 것에 기뻐하는 그들이었다.

"대사형! 저 아이가 우리에게서 장천산행(長天山行)을 배웠을까요?"

"확실하지는 않지만 기초는 다진 것 같다. 그리고 저 아이 나름대로 자신에게 맞게 익히는 것 같았다. 보면 볼수록 놀라운 아이다."

"대사형 말씀이 사실이라면 정말 다행이네요."

누구보다 무공에 대한 안목이 높은 유진성이었기에 이규백은 마음이 놓였다.

자신들만 익힌 장백파의 비전절기가 실전되지 않고 이어진다는 사실이 기뻤던 것이다.

사실 장백오호는 흔적을 남기지 않고 이곳까지 올 수 있었지만 그들은 일부러 흔적을 남겼다.

그것은 장백파에서도 오직 장백오호 다섯 사람만이 익힌 장천산행이라는 보신경의 흔적이었다.

서린이 장백오호를 따르면서도 고민한 것도 이 보신경 때문이었다.

다섯 사람이 남긴 흔적이 매번 달랐다.

한 군데 남겨진 다섯 사람의 흔적이 모두 달랐고, 다음에 이어진 흔적은 앞전과는 또 달랐기에 서린이 고민한 것이었다.

하지만 닷새 동안 장백오호의 뒤를 쫓으면서 서린은 자신도 모르는 사이에 어렴풋이 장천산행이라는 보신경의 기초를 다질 수 있었던 것이다.

"가자! 이제는 중원으로 들어가야 할 때다."

"예, 대사형!"

장백오호의 입에 걸렸던 미소가 지워졌다.

그와 함께 그들의 기세도 일변했다.

서린과 함께 있을 때는 상상할 수도 없는 짙은 살기를 흘리기 시작한 것이다.

장백오호는 맹호가 자신의 영역을 침범한 승냥이를 사냥하기 위해 떠나듯 살기 어린 모습으로 서쪽을 향해 날듯 산을 타기 시작했다.

"이제는 떠나셨군. 그래도 좋은 분들 같았는데……."

서린은 이곳까지 오면서 장백오호들이 결코 살기만 짙은

사람들이 아니라는 것을 알 수 있었다.

오면서 그들이 보인 흔적이 그것을 증명했다.

처음 흔적을 살폈을 때 다섯 사람 모두가 제각각이었다.

그리고 다음에 발걸음에 남긴 흔적도 모두 달랐다.

앞의 흔적과도 달랐으며 다섯 사람 모두가 또 달랐던 것이다.

서린은 직감적으로 장백오호가 자신에게 무엇인가 배움을 주고 있다는 것을 알 수 있었다.

그리고 그것은 이제 삼극정법과 천간십이수, 그리고 천세결을 통해 어느 정도 수습을 한 상태였다.

"진짜 다음에 만나면 아는 척을 하지 말아야 하는 건가?"

아쉬움을 삼키며 고개를 젓는 서린의 귓가로 창노한 음성이 들려왔다.

"왔으면 들어오너라!"

정말이지 사람의 가슴을 울리는 듯한 후련하니 듣기 좋은 목소리였다.

"알겠습니다."

서린은 옷 가짐이 흐트러진 것이 없나 살핀 후 초막 안으로 들어갔다.

'크크큭! 세상에 저런 분이 있다니…….'

안으로 들어온 서린은 터져 나오려는 웃음을 찾아야 했다.

밖에서 들었던 목소리와는 천양지차인 사람이 초막 안에

앉아 있었기 때문이다.

서린보다 조금 더 큰 몸집에 큰 머리를 한 노인이 자신을 보며 앉아 있는 모습은 정말이지 웃긴 광경이었다.

"어허! 들어왔으면 앉지, 어째서 서 있는 게냐?"

목소리는 분명 자신이 밖에서 들었던 목소리가 맞았다.

'진짜! 저분이 장백진인이 맞으신가?'

"맞으니까 어서 앉아라, 이놈아!"

'이크!'

자신의 속내를 들킨 것 같아 황급히 자리에 앉았다.

"먼 길 찾아온 사질이라는 놈이 사백에게 인사도 없이 쪼르르 자리에 앉다니 고약한 놈이로다."

"죄, 죄송합니다."

서린은 얼른 일어서 앉아 있는 장백진인에게 절을 올렸다.

"내 진성이에게 너에 대한 이야기는 이미 들었다."

"진성이요?"

"너를 데려온 아이 중 대사형이 되는 아이다."

"아아! 그분이요."

얼마 전 자리를 잠시 비웠던 싸늘한 유진성을 말하는 것임을 서린은 알 수 있었다.

자리를 비운 동안 장백진인을 만난 것이 분명했다.

"너를 이리로 부른 것은 본 파에 피치 못할 사정이 있어서다. 사제가 너를 부탁한다 했으니 그리할 생각이었지만 존장에 대한 예의가 이리 없으니 다시 한 번 생각해 봐야겠구나."

아마도 조금 전 서린이 들어오며 자신의 외모에 대해 생각했던 것을 마음에 두고 있는 모양이었다.

"죄송합니다. 제가 불민하여 그만 사백께 죄를 지었습니다."

서린은 장백진인이 화가 난 것 같아 머리를 조아리며 죄를 청했다.

'후후후! 아직 때 묻지 않은 아이로고. 사제가 열심히 가르친 모양이로구나. 갈무리하고 있는 내기도 상당하니 큰 재목이 되겠어.'

아직은 나이가 어린 터라 계속 해서 머리를 조아리는 서린을 보며 장백진인은 마음이 기꺼웠다.

"흠흠! 네가 이리 잘못을 비니 그럼 용서하도록 하마. 네 호연자께 너를 데리고 갈 터이니 따라 나오도록 해라."

자신의 마음을 들킬 새라 장백진인은 헛기침을 터트리며 방을 나섰다.

"알겠습니다."

밤이 깊었음에도 자신을 호연자에게 데리고 간다는 말이 이상했지만 서린은 군말 없이 뒤를 따랐다.

처음 보면서 실수를 했기에 더 이상 장백진인의 심기를

상하게 하고 싶지 않았기 때문이다.

'으으으, 따가워! 조금 쉬었다가 가면 안 되나. 이제 더 벗겨질 가죽도 없는데…….'

긴장이 풀렸던 탓인지 지난 시간 백두대간을 거쳐 오며 고달플 대로 고달팠던 발이 쓰리고 아파왔다. 쉬고 싶지만 호연자를 만나는 일이라 할 수 없이 장백진인의 뒤를 따랐다.

휘이익!

밖으로 나온 장백진인은 서린이 따라 나오자마자 신형을 날렸다.

그의 움직임은 장백오호와는 비교도 되지 않는 것이었다. 오 척의 단구였지만 마치 바람을 가르는 것 같은 속도였다.

"어!!"

갑자기 뛰쳐나간 장백진인을 보며 서린은 아차 싶었다.

경신법을 시전 하는 것을 보니 아직도 자신에 대한 노여움을 푼 것 같지 않았기 때문이다.

타다닥!

서린은 있는 힘껏 멀어지는 장백진인을 쫓았다. 장백진인은 백두산의 중턱을 향해 오르고 있었다. 마치 날아오르는 새처럼 거침이 없었다.

장백진인이 속도를 더함에 따라 서린 또한 삼극정법을 이용해 일으킨 기운을 천간십이수의 행로대로 발을 통해 움직였다.

거기에는 장백오호가 이곳에 오면서 가르쳐 준 장천산행의 묘리가 깃들어 있었다.

'으음, 정말로 진성이의 말이 맞구나. 장천산행을 자신에게 맞게 소화해 내다니. 정말 기재라 아니할 수 없구나. 이제 겨우 열여섯 살밖에 되지 않았는데…….'

장백진인은 앞서 가며 서린을 살피고 있었다.

내딛는 발자국 소리로 서린의 성취를 가늠하고 있었던 것이다.

'호연자께 이끌어 달라는 부탁만 있었을 뿐이니 그렇게 하고 있기만 하지만 정말 모를 일이로다.'

이런 정도의 성취라면 고금을 통 털어도 찾아보기 힘들 정도였다.

호연자라 하면 무예에 대해서는 거의 문외한이라고 할 만큼 장백파에서도 잊혀진 존재였다.

장백진인은 어째서 자신의 사제인 성갑이 서린을 호연자에게 맡기려 하는 것인지 의문이 들었다.

"다 왔다."

장백진인이 멈추어 선 곳은 거대한 골짜기였다.

골짜기 안에 있는 거대한 암벽으로 서린을 인도한 것이다. 암벽의 밑에는 조그마한 초가가 아담하게 자리 잡고 있었다.

"어르신."

"……."

"어르신, 접니다."

"왔는가?"

다시 한 번 부르자 안에서 목소리가 들렸다.

"예."

"어서 들어오게."

"들어가자."

장백진인의 재촉에 서린은 초가 안으로 들어갔다.

안에는 계피학발에 풍채가 좋아 보이는 노인이 앉아 있었다. 명상에 잠겨 있었던 듯 가부좌를 풀지 않은 모습이었다.

"앉게."

"자, 앉자."

서린이 처음 볼 때와는 달리 장백진인은 무척이나 조심하는 모습이 역력했다.

"이 아이가 한양에서 온 아이입니다."

"천선검(天仙劍)이 보내 온 아이가 이 아이라고?"

"예, 어르신!"

"드디어 왔군. 이제 진인의 일을 끝난 것 같으니 그만 나가 보도록 하시게."

"알겠습니다, 어르신."

궁금할 만도 한데 호연자의 축객령에 장백진인은 말없이 방을 나섰다.

"이리 가까이 오너라."

"예."

서린이 가까이 다가서자 호연자는 말없이 서린의 손을 이끌어 맥문을 잡았다.

"허허허, 틀림없이 성갑이의 제자로구나. 그런데 나에게 줄 것이 있지 않느냐?"

호연자의 말에 서린은 할아버지가 준 금낭을 품에서 꺼내 호연자에게 내밀었다. 호연자는 금낭을 받아 들더니 안에서 봉서를 꺼내 들었다. 편지를 다 읽은 호연자가 서린을 깊은 눈으로 바라보았다.

"역시, 넌 어르신의 진전을 이었구나."

"할아버님의 진전은 이었습니다."

"할아버지?"

"저에게는 사사로이 친척이 되신다고 했습니다."

"허허, 어르신의 희생이 너무도 크시구나. 그래, 어르신께서 너에게 당부한 것을 있을 테지?"

"말씀하시기로는 호연자 님께 글 쓰는 법과 중원 문물에 대해 배우라 하셨습니다."

"그 외에 다른 말씀은 없으셨고?"

"다 배운 후에는 무엇인가 다른 안배를 제게 베풀어 주실 것이라는 것만 들었습니다."

"허허, 그렇구나. 드디어 어르신께서 결심을 굳히신 거로
구나. 알겠다, 내 그리 해 주마."

허허로운 웃음을 흘리며 호연자는 서린을 안쓰럽게 바라
보고 있었다. 그의 눈에는 더할 나위 없이 안타까운 빛이
역력했다.

*   *   *

백두산에는 대대로 산군(山君)이 많기로 유명했다.

각 봉우리마다 주인을 자처하는 호랑이들은 산군이라 불
리며 사람들에게 경외의 대상이었다.

백두산에는 이 장여가 넘어가는 덩치를 자랑하는 산군들
또한 수두룩했다.

한번 나타나 포효하면 온 산야가 부르르 떠는 공포와 경
외의 대상이 백두산 곳곳에 널려 있었던 것이다.

하지만 그러한 산군들도 두려워하는 이들이 있었다.

대대로 그 지위를 이어 오며 백두산 일대를 호령하는 산
군들을 두려워하게 만든 존재들은 바로 장백오호(長白五
虎)였다.

장백파의 문인들에게도 알려지지는 않았지만 바로 장백
파의 힘이랄 수 있는 실력이 출중한 일대제자 다섯이 바로

장백오호였다.

지금의 장백오호는 대사형 유진성(柚辰星), 둘째 박도운(朴櫂雲), 셋째 유청수(楡淸秀), 넷째 김호명(金淏命), 그리고 다섯째 이규백(李圭伯)이었다.

바로 서린을 백두산까지 데리고 온 이들이었다.

하지만 그들은 장백파 역사상 가장 짧은 시간 동안 장백오호에 머물렀던 사람들로 기억될 것이다. 그것도 오직 지금의 장문인인 장백진인의 뇌리에만 기록된 존재로 남을 것이다.

장백파의 역사를 기록한 그 어느 곳에서도 그들에 대한 기록을 찾아볼 수 없을 것이기 때문이다.

그런 그들이 빠르게 산야를 질주하고 있었다.

관도도 아닌 산야를 질주하는 그들에게서는 무시무시한 살기가 줄기줄기 뻗어 나왔다.

"잠시 쉬도록 한다."

"예."

"지금 어디까지 왔느냐?"

"어제 요하를 넘었으니, 요서 지방에 완전히 들어섰다고 보시면 됩니다."

"그럼 북경까지는 오 일 후면 도착하겠구나?"

"별다른 일이 벌어지지 않는다면 그럴 것입니다."

차가운 목소리로 묻는 진성의 말에 막내인 이규백이 공

손히 대답했다.

"북경에는 별일이 없을 겁니다. 너무 걱정하지 마십시오, 대사형!"

"어허!"

유진성이 목소리를 높였다.

"죄송합니다. 단주!"

"십 년을 넘게 계획한 일이다. 앞으로 다시는 이런 실수는 하지 말아야 할 것이다."

"알겠습니다, 단주!"

장백오호는 자신들의 명호를 지우고, 모종의 단체에 속한 것으로 꾸민 듯했다.

"아마도 그 아이가 오겠지요?"

"그럴 것이다. 호연자 님을 만나기 위해 가는 것을 보면 그 아이가 틀림없을 것이다. 육 년 전에는 준비가 부족해 어쩔 수 없었지만 이제 완벽해진 이상 계획대로 진행하겠지."

"그렇겠지요."

"모두들 명심해 들어라. 앞으로 더욱 세밀하게 주의를 기울여야 할 것이다. 우리의 정체가 탄로 나는 것은 상관없지만 그 아이의 놈들에게 알려진다면 모든 것이 허사다. 죽더라도 비밀을 엄수해야 할 것이다. 알겠느냐?"

"알겠습니다, 단주"

네 사람이 일제히 복명했다.

그들의 표정이나 말투는 같은 사문의 대사형을 대하는 모습이 아니었다.

오직 명에 의해 죽고 사는 상하관계만 남은 자들로 보였다.

"가자! 자리를 너무 오래 비울 수 없으니, 시간 안에 북경으로 돌아가야 한다."

다섯 사람이 일제히 신형을 날렸다.

지금까지도 빠르게 달려 왔지만 경신법을 발휘하는 듯 그들의 발걸음은 산행임에도 불구하고 더욱 빨라졌다.

그리고 얼마 있지 않아 산해관을 볼 수 있었다.

산해관(山海關)!

하북성(河北省) 동쪽 발해만(渤海灣)에 면해 있는 중원 최대의 관문이다.

달리 천하제일관(天下第一關)이라 불리며 중원으로 침입하는 북방의 적을 막아 오던 관문이 바로 산해관이다.

산해관의 중요한 역할은 북동쪽의 유목민족으로부터 북경(北京)을 방어하기 위한 중요한 전략적 요충지다.

해안을 따라 전개되는 좁은 협곡을 지나 북경에서 훗날 만주(滿洲)라 칭해 지는 요동으로 가는 통로인 동시에 만리장성이 끝나는 곳이었다.

산유관은 오래 전에는 임유관(臨榆關)이란 이름으로 알려졌고, 거란족이 북경 북동 지방을 점령한 후에는 현으로 되어 천민현(遷民縣)이라 불렸다. 산해관이란 이름은 명대(明代)에 들어와 처음 붙여진 것이다.

산해관은 민중에서는 오래된 전란으로 인해 저승을 여는 문이라 여겨지는 곳이다.

장성 너머의 북방 민족과의 전투로 죽은 병사들이 산해관을 통해 들어왔기에 저승문을 여는 곳이라 생각되어진 것이다.

창!

차차창!

장백오호가 북경으로 돌아가는 도중 싸우는 소리를 들은 것은 바로 산해관 인근이었다. 병장기 부딪치는 소리가 다섯 사람의 발걸음을 멈추게 했다.

"단주님!"

"나도 들었다."

"가 볼까요?"

"한시가 급하다. 쓸데없는 시비에 휘말릴 필요가 없다는 말이다."

"단주님, 어차피 우리의 행적이 알려지는 것은 분명할 겁니다. 출행의 목적이 수련에 있었던 만큼 사령오아(死靈五牙)라면 수련 성과에 대해 시험해 볼 것입니다."

"으음, 네 말이 맞는 것 같구나. 가 보도록 하자. 대신 경거망동하지 말아야 할 것이다."

"알겠습니다. 단주!"

장백오호는 빠르게 병장기가 부딪치는 소리가 나는 곳으로 향했다.

그곳은 산해관에서 멀지 않은 협곡이었다.

협곡 안에는 복면인들과 어디 출신인지 누구나 알 수 있는 사람들이 격전을 벌이고 있었다.

복면인들과 격전을 벌이고 있는 자들은 바로 개방의 인물들이었다.

남루한 누더기에 허리춤에 매듭을 지은 이들이 복면인과 맞서 싸우고 있는 중이었다.

개방인들의 허리춤에 매여져 있는 매듭의 수는 다양했다.

세 개에서 네 개가량의 매듭이 매어진 개방인들 십여 명이 서너 배에 달하는 복면인들에게 포위되어 공격당하고 있는 것이다.

"마침 잘됐군요. 개방문도들이 공격을 당하고 있다니 말입니다."

"그렇구나. 어찌 보면 개방의 문도들과 우리는 떼려야 뗄 수 없는 사이니 말이다. 그것도 북경 분타주라면 이번 일은 반드시 참견을 해야 하는 일이다."

"지금 나설까요? 단주!"

"아니다. 아직은 밀리는 기색이 없으니 좀 더 지켜보기로 하자. 저 뒤에 있는 자들이 나선다면 개방인들도 위험해질 테니 말이다. 이왕 빚을 지우려면 큰 것으로 지우는 것이 낫겠지."

"그렇군요."

이규백이 바라본 곳에는 지금 세 명의 복면인들이 격전을 지켜보고 있었다.

삼엄한 기세를 흘리는 것을 보면 상당한 고수 같았다.

만약 그들이 격전에 끼어든다면 간신히 균형을 맞추고 있는 개방의 문도들이 위험해질 것은 불을 보듯 분명했다.

개방의 문도들도 그 사실을 잘 알고 있는 듯 복면인을 향해 거침없이 공격해 들고 있었다. 빠르게 포위망을 뚫고 벗어나기 위해서였다.

챙!

차차창!

"분타주, 어떻게 하면 좋겠습니까? 저놈들이 아주 작정을 한 것 같습니다."

"이대로 가다가는 전멸을 면치 못할 것이다. 저들중 하나라도 가세한다면 타구진이 급격히 무너질 테니 말이다."

비록 열 사람이 펼치고 있는 소타구진(小打狗陣)이었으나 지금까지 복면인들의 잘 막아 내고 있었다.

하지만 자신들을 지켜보고 있는 세 명 중 한 명이라도 가세한다면 진이 무너질 것이라는 것을 개방의 북경분타주인 호걸개(岾乞丐) 주인성(朱寅星)은 잘 알고 있었다.

"으으음."

아니나 다를까 지금의 공방이 마음에 들지 않은 듯 왼편에 서 있던 자가 슬슬 나서기 시작했다.

그의 손에는 금세라도 호곡성을 울릴 것 같은 구환도(九還刀)가 들려 있었다.

구환도는 대도(大刀)에 속하는 중병기다.

칼의 배면에 아홉 개의 고리가 달려 있어 휘두르는 순간 귀청을 찢는 호곡성(號哭聲)이 들리는 기병이었다.

까— 이이익!

복면인의 손에 들린 구환도가 휘둘러지자 호곡성이 울렸다.

"으아악!"

귀를 찢는 소리가 장내에 울려 퍼지자 개방도 하나가 비명을 지르며 쓰러졌다.

가슴이 반으로 베어진 채 피를 흘리고 있는 모습이 즉사가 분명했다.

까— 이이익!

"크으윽!!"

"컥!"

"크윽!!"

다시 호곡성이 들리고 개방문도가 쓰러지자 간신히 유지되는 소타구진이 급격히 무너지기 시작했다.

주위를 포위하고 있는 복면인들의 공격이 효과를 발휘한 것이다.

휘이이익!

유진성은 다급한 말을 흘리며 신형을 날렸다.

조금은 버티리라 여겼던 소타구진이 예상과는 달리 빠르게 무너졌기 때문이었다.

—안 되겠다. 이러다가는 늦겠다. 너희들은 남아 있는 두 놈이 나서면 나오너라.

까— 이이이익!

쐐애애액!!

호곡성이 울렸다.

하지만 전과는 달리 뒤를 울리는 소리가 특이했다.

탕!

호곡성 후 들리던 비명은 간데없고 병장기가 부딪치는 소리가 울려 퍼졌다.

"누구냐?"

"대낮에 복면을 하고 개방도들을 해치다니 네놈들이야말로 누구냐?"

구환도를 막은 것은 유진성이었다.

그의 손에는 검은빛이 흐르는 기괴한 무기가 달려 있었다.

마치 낫과 같이 생긴 무기로 앞뒤로 날이 달려 있고, 낫의 자루에는 낫과 같은 재질로 보이는 검은색의 사슬이 달려 있는 무기였다.

"네놈은!!"

"호오! 날 안다?"

"네놈은 사령오아(死靈五牙)중 대아(大牙) 성겸(聲鎌)이 아니더냐?"

"내가 가진 쌍성혈겸(雙聲血鎌)을 보고 알았나 보군. 이거 불공평한걸. 네놈은 날 알고, 난 네놈을 모르겠으니 말이야. 구환도를 쓰는 것을 보면 두 놈 중 하나인데, 하나는 이곳에 올 일이 없으니 그놈이겠군!"

"무, 무슨 소리냐?"

구환도를 쓰는 복면인은 자신의 신분이 탄로 나는 것이 두려운 듯 말을 더듬었다.

"후후후, 멸치도(滅齒刀) 구좌성(丘坐猩). 네놈의 이름이 아니더냐?"

"어, 어떻게? 흡!"

정확하게 자신의 별호와 이름을 말하는 통에 복면인은 자신의 정체를 부지불식간 시인하고 말았다.

"후후, 그냥 찔러 봤는데 스스로 정체를 밝히다니 어리석은 놈이로군.'

"크크크, 이렇게 된 이상. 네놈들을 포함해 모두 땅에 묻을 수밖에……."

구좌성은 살인멸구를 작정한 모양이었다.

천하제일대방이자 정보망을 갖춘 개방에서 자신의 정체를 아는 순간 세상을 살아간다는 것이 두려움일 수도 있기에 구좌성은 살인멸구를 결심한 것이다.

그도 평생을 쫓기며 살고 싶지 않았던 까닭이다.

"그게 네 말대로 될까? 이중에 개방의 호협 중 몇 분은 탈출시킬 수 있을 것 같은데 말이다."

"후후! 네놈들이 그럴 수 있을까? 이좌령(二座令)님이 나서시면……."

"그만!! 네놈이 죽으려고 환장을 했구나."

득의해하며 흘리는 구좌성의 말에 뒤에 남아 있던 복면인에게서 노호성이 터져 나왔다.

되지도 않게 자신의 정체를 들먹이며 호가호위하려 한 때문이었다.

휘이이익!

뒤에서 상황을 지켜보던 복면인들이 구좌성의 옆으로 순식간에 이동했다.

"네놈 때문에 일이 다 틀어지는구나."

"죄, 죄송합니다. 주, 죽을죄를 지었습니다."

자신의 실수를 아는 듯 구좌성의 몸은 떨고 있었다.

"죽을죄를 지었다니 아쉬움은 없겠구나!"

"예?"

펑!

가운데 서 있던 복면인의 손이 구좌성의 가슴에 닿았다 떨어진 순간 폭음과 함께 구좌성이 공중을 날았다.

검붉은 피가 사방에 뿌려졌다.

갑자기 복면인이 구좌성을 공격한 것이다.

맞는 순간 구좌성이 등 쪽이 터져 나간 듯 진득한 핏물이 사방으로 뿌려지며 즉사한 구좌성은 비명조차 흘리지 않았다.

털썩!

"하찮은 놈 때문에 비밀이 새어 나갔군."

유진성은 놀라움을 금치 못했다.

'무서운 자다. 최소한 절정이 이른 자.'

방금 보여 준 것은 암경(暗勁)이 분명했다.

그것도 폭류장(爆流掌) 계열이 분명했다.

처음에는 아무렇지 않다가 암경이 빠져나가는 곳이 폭발하듯 터져 버리는 무서운 중수법(重手法)이었다.

'아직 본 실력을 드러낼 처지가 아닌데 곤란하게 됐군.'

비슷한 경지이기에 진다는 생각은 하지 않았다.

그렇지만 지금 자신이 화신하고 있는 신분이 문제였다.

사령오아는 이제 일류에 들어선 자들로 알려져 있었기 때문이다.

"네놈은 누구냐?"

"후후후, 뒷골목에서 힘이나 쓰는 네놈 따위에게 알려 줄 이름이 아니다."

"어디서 훔쳐 배웠는지는 모르겠지만 폭류장이라도 해도 우리를 어쩔 수 없을 것이다."

유진성은 그의 말에 내심 어이가 없었다.

강해 보이긴 했지만 대결을 벌인다 해도 그에게 밀리지 자신이 있었다.

자신은 혼자가 아니었기 때문이다.

장백오호라면 몰라도 사령오아는 합공을 마다하지 않았다.

휘이이익!

유진성의 말이 끝남과 동시에 누군가 장내에 나타났다.

그들은 개방도들을 호위하듯 복면인들과 마주했다.

그들의 얼굴에는 복면인들을 비웃는 조소의 빛이 가득했다.

사령오아로 화신한 장백오호의 나머지 사람들이 장내에 나타났던 것이다.

"크크크! 사령오아란 이름이 거저 얻은 것은 아니지 말 이야!"

채앵!

차차창!

사령오아로 화신한 장백오호는 살벌한 기세를 흘리며 병기를 빼 들었다.

장백오호의 둘째인 박도운(朴櫂雲)은 사령오아(死靈五牙)중 이아(二牙) 도운(刀雲)으로 변신해 있는 중으로 검은색의 도 한 자루를 들고 있었다.

셋째인 유청수(楡淸秀)는 삼아(三牙) 명수(冥袖)로 아무런 무기를 들지 않고 있었고, 넷째인 김호명(金淏命) 사아(四牙) 호명(虎銘)으로 주먹에 쇠침이 박힌 철권(鐵券)을 끼고 있었다.

또한 막내인 이규백(李圭伯)은 오아(五牙) 백천(魄穿)으로 한 자루 흰빛의 검을 빼어 들고 장내에 나타난 것이다.

"으음, 북경 천잔도문(淺殘屠門)의 사령오아가 모두 있었다니."

나타난 사람들의 면면을 살피며 복면인은 신음을 토해냈다.

비록 흑도방파인 천잔도문에 머물고 있지만, 지난바 실력이 구대문파의 일대제자에 미칠지도 모른다는 소문 때문이었다.

"너희들은 용서해 주겠다. 그러니 이곳을 떠나라. 이곳에서의 일을 상관한다면 이 자리에서 묻을 수밖에 없다."

"크크크, 그런데 말이야 우리가 그럴 수 없는 입장이거든!"

사아 호명이 앞으로 나서며 괴소를 흘려 냈다.

"무슨 말이냐?"

"저기 있는 어르신이 우리를 좀 많이 봐주시는 편이라서 말이야. 이대로 모른 척했다가는 좀 많이 괴로워져서 말이야."

호명은 북경분타주인 주인성을 가리켰다.

"북경에서 행세하려면 저 양반에게 밉보이면 안 되거든. 그러니 그냥 지나칠 수야 없지. 그리고 한 고향 분이라 그냥 가기도 뭐하고 말이야. 이번 기회에 신세를 갚고 싶어서 네 말을 들어줄 수가 없겠는데."

"이이이이!!"

느물거리는 호명의 말에 분통이 터지는 듯 복면인이 말을 잊지 못했다.

"그럼 시작해 볼까?"

느물거리던 호명을 비롯해 사령오아의 안색이 변했다.

줄기줄기 살기를 뿜어내는 모습은 조금 전까지 느물거리던 모습은 찾아볼 수 없는 사신의 모습이었다.

"그대들에 대해 많이 와전되었군. 한낱 파락호의 무리라 여겼거늘. 천잔도문이 아무리 북경의 밤을 지배한다지만 이 정도까지일 줄은 몰랐다."

기세가 일변하자 이제까지 지켜만 보고 있던 복면인이 말을 이었다.

젊어 보이는 듯한 그의 목소리는 사령오아의 기세에 진정 감탄한 기색이 역력했다.

"하지만 어쩔 수 없는 일이지. 죽고자 하니 죽여 줄 수밖에. 쳐라!! 한 놈도 살려 두면 아니 될 터!"

파파팟!

명이 떨어지자 복면인들이 공격하기 시작했다.

곧바로 사령오아를 포위하고 덮쳐든 것이다.

하지만 명을 내린 복면인도 사령오아의 진정한 신분이 무엇인지 그리고 그들이 가진 진정한 실력이 어떤 것인지 모르고 있었다.

쇄액!

퍼퍼퍽!

제일 먼저 복면인들의 검세 안으로 파고들며 가슴을 가격한 것은 호명(虎銘)의 호아철권(虎牙鐵拳)이었다.

호랑이 이빨을 닮은 철권(鐵券)을 끼고 있는 그의 권법은 가격당한 자의 몸에 호랑이 이빨 자국을 남기는 잔혹한 것이었다.

상대방의 요혈을 찍어 통째로 뜯어내는 호아철권의 공격은 당하는 자의 고통을 극대화시키기도 하지만 단숨에 숨을 끊어 낸다는 장점도 있었다.

"커억!!"

답답한 비명 소리와 함께 복면인 하나가 가슴에서 피를

뿜으며 쓰러졌다.

그의 가슴은 짐승에게 당한 듯 갈가리 찢어져 있었다. 가격당하는 순간 절명한 것이다.

휘이이익!

퍽!

"끄억"

하나의 생명을 앗아 간 것이 모자란 듯 숲을 헤집고 자신에게 도전한 자들을 향해 달려드는 호랑이 이빨은 또 따른 희생자를 만들어 내고 있었다.

사냥이 아닌 적에 대한 산군(山君)의 강력한 응징이었다.

펄럭!

"크아아악!"

바람이 이는 소리와 함께 처절한 비명 소리를 흘리는 복면인은 얼굴 한쪽이 완전히 뭉개지며 무릎을 꿇고 있었다.

명수(冥袖)가 펼치는 죽음의 소매 바람인 최혼명수(摧魂冥袖)에 당한 자였다.

명수가 입고 있는 소매는 가늘기가 머리카락보다 더 가는 오철(烏鐵)로 만든 철사(鐵絲)와 소의 힘줄을 가늘게 쪼개 무명실과 섞어 짠 천이 테를 둘러 덧붙인 것이었다.

평상시에는 보통의 옷과 다를 바 없지만 일단 공력을 주입하면 예리하기 하기 그지없는 암병으로 화신해 버리는 기병이었다.

펄럭!

퍽!

"꺼…… 억!!"

그의 손에서 소매 바람이 일 때마다 가격당한 부위가 뭉개지며 복면인들이 쓰러지고 있었다.

한 마리 나비마냥 복면인들의 사이를 헤집는 그의 손속에 복면인들은 겁을 집어먹으며 연신 뒤로 물러나고 있었다.

쩌어억!

뼈가 갈라지는 비명소리조차 없었다.

도운(刀雲)의 흑오도법(黑烏刀法)이 공격해 드는 복면인을 머리부터 일도양단(一刀兩斷)한 것이다.

검은색이 칙칙하게 감도는 그의 도에는 피 한 점 묻어 있지 않았다.

중도(重刀)의 기세를 이용한 그의 도법은 복면인들을 아연실색하게 했다.

눈앞에 검은 빛이 이는 순간 복면인들의 몸이 갈라지고 있었던 탓이었다.

검으로 막으면 검과 함께, 도로 막으면 도와 함께 허리건 가슴이건 한 번에 쪼개지고 있는 것이다. 막을 방법이 없이 속절없이 동료들이 검은색의 도에 잘려져 나가자 복면인들의 눈에는 공포가 가득했다.

도운의 흑오는 중병에 속했다.

지심한철을 섞은 풍오동(風烏銅)을 제련해 낸 것이라 무게가 장난이 아니었다.

거의 열두 근에 달하는 흑오의 무게는 흑오도법의 기세를 더욱 강력하게 하는 기병이었던 것이다.

검은 바람이 이은 칼바람 역시 주위에 있는 복면인들이 땅위 두 발로 디디고 서 있는 것을 용납하지 않고 주위를 휩쓸어 갔다.

푹!

백천(魄穿)의 천호백검(穿毫魄劍)은 복면인들의 천돌혈를 무참히 찌르고 있었다. 그의 검에 당한 자들 또한 비명 없이 쓰러져만 갈 뿐이었다.

예리하기 그지없는 하얀색의 검이 귀기에 휩싸여 있었다.

복면인들이 피하려 애를 썼지만 귀신의 행보마냥 흔적도 없이 쫓아가는 그의 검은 여지없이 복면인들의 천돌혈을 꿰뚫고 있었다.

백천이 흘리는 검의 궤적은 그들의 눈에는 보이지 않고 있었다.

그저 자신의 눈앞에 한순간 나타나면 목에 불로지지는 듯한 통증이 밀려올 뿐이었다.

한순간 혼을 앗아 가 버리는 귀신의 검법!

백천은 지금 귀신의 몸놀림으로 복면인의 목을 꿰뚫어

가고 있었다.

성겸을 제외한 네 명이 나서자 그 많던 복면인들이 얼마 남지 않고 순식간에 모두 쓰러졌다.

이미 지쳐 있다고는 하지만 개방도들도 손을 놓은 채 멍하니 사령오아의 모습만 바라볼 뿐이었다.

"분타주님! 사령오아의 실력이 이 정도였습니까?"

자신이 보고 있는 것이 믿기지 않는 듯 취상인(醉常人) 단교명(段矯命)이 주인성에게 물었다.

개방의 오결(五結) 제자이지만 북경분타주를 맡고 있는 호걸개(岵乞丐) 주인성(朱寅星)도 고개를 저었다. 자신이 알고 있던 정보와 사령오아의 모습이 많이 다른 탓이었다.

"아니다. 다만 이번에 비급을 얻어 수련을 위한 수행을 떠났다는 이야기는 들었지만 이토록 강할 줄이야. 나도 예상외의 실력이다."

북경의 개방부타주인 주인성은 오결이었다.

지닌바 무예도 상당한 수준이었다.

다른 분타의 타주가 삼결임에 반해 그가 오결인 것은, 그의 머리가 뛰어나고 맡고 있는 중요해서이기도 하지만 기본적으로 그의 무예가 뛰어나기 때문이었다.

그도 성겸을 제외한 네 명의 손속에 놀라고 있는 중이었다.

간결하면서도 신속한 손속과 단 일 합에 적에게 상처를

입히는 솜씨는 구대문파의 일대제자로도 보여 주기 힘든 솜씨였던 것이다.

직접 손을 맞대 본 적은 없으나 천잔도문의 사령오아가 상당히 강하다는 소리는 듣고 있던 중이었다.

그런데 지금 자신이 본 것은 상상 이상이었다.

구대문파의 일대제자를 넘어서 거의 장로급의 실력을 갖춘 자들이 아니던가?

이런 실력을 가진 자들이 한낱 뒷골목이나 지배하는 흑도방파의 전위라는 것이 믿어지지 않을 뿐이었다.

'아무래도 이곳에서 빠져나가면 저들에 대해 알아볼 필요가 있을 거 같다. 아무리 북경을 제패한 흑도방파라고는 하지만 저들은 한낱 천잔도문에 머물 만한 자들이 아니다. 전에 보인 실력은 그들의 본 실력에 한참을 미치지 못하는 것이다. 그동안 진재절학을 숨기고 있었던 것인가?'

놀라운 실력을 보이고 있는 사령오아에 대해 개방의 분타주답게 의심이 드는 주인성이었다.

하지만 그도 모르고 있는 것이 있었다.

그의 이런 생각을 사령오아로 변신한 장백오호가 노리고 있었음을 꿈에도 알지 못했던 것이다.

"그만. 뒤로 물러서라."

자신의 실력을 믿고 있는 것인지 수하들이 죽어 갔지만, 그리 다급해 보이지 않은 목소리였다.

오히려 침착함이 묻어나는 모습이었다.

복면인을 지휘하는 자의 명에 따라 뒤로 물러난 자들의 수는 얼마 되지 않았다.

남아 있던 복면인들은 수뇌로 보이는 자 둘과 사령오아의 손속에서 살아남은 다섯이 전부였다.

오십여 명이 와서 겨우 일곱이 살아남은 것이다.

사령오아의 공격이 시작되었지만 유진성과 맞서던 두 사람은 수하들이 당하는 것을 보면서도 함부로 나설 수가 없었다.

유인성이 바닥에 흘리고 있는 쌍성혈겸의 기세가 그 둘을 옭아매고 있었던 것이다.

흑도방파의 전위에 불과한 자가 흘리는 기세라고는 믿을 수 없는 힘이 느껴졌다.

더군다나 유인성이 사용하는 쌍성혈겸은 기병에 속하는 병기였기에 잘못 움직이다가는 낭패를 당할 우려도 컸다. 그렇기에 그들도 움직일 수 없었던 것이다.

휘리리릭!

복면인들이 그의 상관으로 보이는 자들에게로 물러나는 것과 함께 유진성의 신형이 뒤로 날았다. 마치 허깨비가 사라지듯 꺼져 버린 그의 신영은 너울거리듯 날고 있었다.

"앗!!"

이번 사안을 집도했던 두 사람은 유진성이 도망치는 것

이 아닌가 하는 했지만 그런 것이 아니라는 것은 바로 알수 있었다. 뒤로 날아가는 유인성의 손목에서 쇠사슬이 풀려 나고 있었다.

차르르르르!

손목에 감겨 있었던 듯 그의 소매에서 쇠사슬이 풀려 나오고 바닥에 놓여 있던 겸인(鎌刃) 허공을 솟아오르고 있었다.

"놈이 손을 썼소!!"

성겸의 공격에 대비해 두 사람은 자세를 갖추었다.

어디로 날아올지 모르는 혈겸의 공격에 대비하기 위해 그들은 긴장된 안색으로 유인성이 발하는 기세를 읽기 시작한 것이다.

쐐애액!

하지만 그들의 예상과는 달리 혈겸은 반원을 그리며 뒤를 향해 날았다.

공격 목표는 그들이 아닌 수하들이었던 것이다.

"피해라!!"

다급한 목소리가 터져 나왔다.

하지만 그의 바람과는 달리 수하들은 성겸의 공격을 피할 수 없었다.

두 자루 겸인과 쇠사슬에서 나오는 기파가 휘몰아치는 기세로 그들을 옭아매고 있었기 때문이다.

우드드드득!

"커어어어억!"

"끄…… 윽!"

답답한 비명이 연이어 터져 나왔다.

수하들이 일시에 당한 것이다. 예상대로 유진성의 공격 대상은 두 사람이 아니고 복면인의 명령에 물러서던 그의 수하들이었던 것이다.

쇠사슬은 수하들의 목에 걸려 있었다.

쇠사슬에 목이 걸린 사람은 두 사람이었다. 그들은 목이 조여져 목뼈가 으스러진 듯 혀를 빼물고 있었다.

그리고 겸인은 다른 두 사람의 이마에 박혀 있었다.

비명은 그들에게서 터진 것이었다. 겸인의 날이 깊숙이 박혀 있는 듯 뾰족한 첨인(尖刃) 뒷머리에 삐죽이 빠져나와 있었다.

유진성은 쇠사슬로 두 명의 목을 휘감아 으스러트려 죽이고 회전하는 탄력을 이용해 겸인으로 두 사람을 더 죽인 것이다. 정말 경천할 정도의 깨끗한 솜씨가 아닐 수 없었다.

"자리를 피해라!"

수뇌로 보이는 복면인의 입에서는 단호하면서도 다급한 목소리가 흘러나왔다.

휘이이익!

상황이 달려졌음을 느낀 두 사람은 빠르게 뒤로 물러나며 장내를 벗어났다.

이제 세 사람만 남은 이상 사령오아를 상대하기에는 자신들로서도 불가항력이기에 자리를 피한 것이다. 장내에는 사령오아 말고도 개방의 인물들 또한 남아 있었기 때문이기도 했다.

쐐애애애애액!!

도망치는 그들을 향해 흰빛이 날았다.

퍽!

털썩!

상관의 명령으로 도망가기 위해 신형을 뒤로 돌리기도 전에 복면인은 목에 흰빛이 도는 검을 품은 채 서서히 바닥에 쓰러졌다.

백천(魄穿)의 천호백검(穿毫魄劍)이 미쳐 장내를 도망치지 못하던 도망간 자들의 수하로 보이는 복면인의 천돌혈을 향해 검을 날린 것이다.

─분타주님 무서운 검입니다. 비검(飛劍)의 수준에 이른 자 같습니다. 아까도 한결 같이 천돌혈만 공격해 복면인들을 상대했습니다. 목이라는 것이 공격하기 까다로운 것이 분명한데 한 치도 오차가 없는 것을 보면, 상당한 경지에 오른 것 같습니다. 다른 자들도 마찬가지고요.

─그런 것 같구나. 하지만 적을 상대함에 있어 한곳만

노린다는 것은 커다란 약점이 될 수도 있다. 검세를 모르는 자라면 당하기 쉽지만 알고 있는 자라면 그리 쉽게 당하지 않을 것이다.

백천으로 화신해 있는 이규백의 비검(飛劍)을 보고 단교명이 놀라워하자 주인성은 백천의 검법이 보이는 허점을 지적했다.

자신도 검세를 알고 난 후이니 피한 후 공격할 자신이 있었기 때문이었다.

천돌혈은 양쪽 쇄골이 맞닿는 부분으로 공격한다면 기세가 방어자의 시선하에 놓이는 것이라 누구라도 무의식 중에 피하게 되는 곳이다.

그런 곳을 정확히 찌르기 위해서는 빠른 속도와 한 치도 흔들림 없는 정심이 필요한 것이다.

그렇기에 만약 공격을 받는 자가 피하게 된다면 공격하는 자의 허점이 고스란히 나타나게 되어 죽음을 피할 수 없는 반격을 받게 되는 허점이 있었던 것이다.

장로들이 익히는 신법의 최고봉이라는 취팔선보(醉八仙步)는 아니지만 대성한다면 그에 못지않은 건곤보(乾坤步)를 익힌 주인성으로서는 백천의 공격을 피한 후 반격할 자신이 있었던 것이다.

백천으로 화신한 이규백의 검은 그의 말처럼 피할 수 없는 허점이 있는 것은 맞았다.

하지만 이규백이 시전 한 것은 천호백검 중 첫 번째 초식인 일세(一勢) 일점혈(一點穴)이었다. 그가 익히고 십팔세(十八勢)중 가장 약한 것이었다.

일점혈은 상당한 경지에 이른 자만이 피할 수 있지만, 그것이 다가 아니었다.

만약 피한다고 해도 바로 이어지는 이세인 팔로반세(八路反勢)에 의해 갈가리 베어지는 치명적인 위협을 당하는 것이었다.

일점혈을 피하고 반격을 한다고 해도 또 다른 치명적인 한 수가 기다리고 있는 무서운 검법이었다.

그리고 사령오아로 변신해 천잔도문에 들어가 있는 장백오호 또한 나름대로의 비기들은 아직 선도 보이지도 않고 있었다.

"놓친 것 같군!"

"그런 것 같습니다, 단주."

"상당히 빠른 자들이다. 벌써 시야를 벗어나다니 말이다."

"그러게 말입니다. 도망가는 것을 보니 아무래도 꼬리에 불붙은 개새끼 같습니다."

"그러게 말이다. 어째서 개방 분들을 노린 것인지는 모르겠지만, 개방 어르신들의 신위가 그대로 나타나는 것 같구나. 꼬리를 말고 도망치는 것을 보니 말이다."

유진성은 타구봉법(打狗棒法)으로 유명한 개방을 빗대어

도망간 자들을 조롱했다.

또한 자신들로 인해 위험에서 벗어났음에도 무엇을 찾을 것이 없나, 그저 자신들만 살피는 개방도들이 괘씸해서이기도 했다.

"허허! 구명지은에 감사드리오. 난 개방 북경분타를 맡고 있는 주인성이라고 하오."

그런 것을 눈치챈 듯 먼저 감사의 인사를 하고 나선 것은 주인성이었다.

"감사드립니다. 전 북경분타의 호법(護法)을 맡고 있는 취상인(醉常人) 단교명(段矯命)이라합니다."

단교명 또한 뒤를 이어 감사의 인사를 전했다.

"별말씀을. 전 천잔도문 호아단(虎牙團)을 맡고 있는 사령오아(死靈五牙)중 대아(大牙) 성겸(聲鎌)이라고 합니다. 개방의 호협들께서도 충분히 물리치실 수 있었을 것을 주책없이 나선 것이 아닌지 모르겠습니다."

성겸은 개방의 위신을 세워 주려는 듯 겸양의 말을 흘렸다.

"아닙니다. 이렇게 객지에서 도움을 얻어 감사합니다. 잘못했으면 이곳에서 불귀의 객이 될 뻔했습니다."

"별말씀을 다 하십니다. 문도들이 많이 상하신 것 같습니다. 저희가 일찍 당도했었다면 좋았을 것을……."

"할 수 없지요. 하지만 덕분에 제자들이 목숨을 건질 수 있었습니다. 놈들의 합격진이 예사로운 것이 아니라 소타구진을 펼쳤어도 희생이 있었습니다. 다섯 분이 아니었다면 어떤 일이 벌어졌을지 생각하기도 싫군요."

주인성은 생각하기도 싫은 듯 고개를 저었다.

본신의 실력을 발휘한다고 해도 쉽지 않았을 것임을 잘 알고 있었기 때문이다.

그만큼 다섯 사람의 도움은 주인성으로서는 고마운 것이었다.

"그런데 어쩌다가 이곳에서 저놈들과 조우하신 것인지요?"

"죄송합니다. 문파의 일이 되어서……."

무엇인가 비밀을 요하는 사안이 있는 듯 주인성이 말꼬리를 흐렸다.

"제가 괜한 것을 물었군요. 죄송합니다."

"아닙니다. 그런데 지금 수련을 마치고 오시는 길인가요?"

사령오아의 느닷없는 출현에 주인성은 자신의 궁금증을 담아 물었다.

"저희가 수련을 하러 북경을 떠났다는 것을 아시고 계셨습니까? 역시 개방은 다르군요."

주인성의 내심을 알고 있는 성겸은 솔직히 수행을 떠났다 돌아오는 길임을 시인했다.

"어찌!! 소문이 그렇게 났기에 한 번 여쭤본 겁니다. 역시 수련을 떠났다가 북경으로 돌아가시는 길이군요."

"그러셨군요, 맞습니다. 저희는 수련을 마치고 이제 북경으로 돌아가는 길입니다. 아까 그자들의 기세를 보아하니 쉽게 물러날 것 같지는 않은 것 같던데, 이왕 이렇게 된 거, 북경까지 동행하시는 것이 어떻겠습니까?"

"아닙니다. 죽은 제자들의 장사 문제도 있고 하니, 저희는 이곳에 좀 머물러야겠습니다. 놈들이 나타나는 순간 이미 산해관에 있는 동도들에게 도움을 얻기 위해 연락을 취했으니 지금쯤 달려오고 있을 겁니다. 그러니 동행은 어렵겠습니다. 하지만 오늘 일에 대한 감사는 북경에 가서 반드시 하도록 하겠습니다."

"그러시군요. 사례하신다는 말씀을 감사합니다만 북경에서는 곤란할 것 같군요, 분타주님. 저희도 문에 소속된 사람들이라서 말입니다."

성겸이 주인성의 감사 인사를 꺼려하는 것은 천잔도문이 흑도에 속한 방파이기 때문이다. 잘못하면 자신들보다는 개방에 안 좋은 소문이 날 것을 우려하는 것이었다.

"알겠습니다. 하지만 아무리 가는 길이 다르다고 해도 은혜는 은혜지요. 오늘 받은 은혜는 잊지 않도록 하겠습니다. 주위의 눈 때문에 감사 인사를 거절하신다니, 만약 어려운 일이 있어 도움이 필요하시다면 북경분타로 찾아오십시오. 개방이 도움을 주는 것이 어렵다면, 제 개인이라도 힘이 닿는 대로 돕도록 하겠습니다."

"그렇게 말씀하시니 몸 둘 바를 모르겠군요. 알겠습니다. 그런 일이 있을지 모르겠지만 그리하도록 하지요. 그럼 저희는 먼저 북경으로 가 보도록 하겠습니다. 문을 비운 것이 오래돼서 문주님께서 기다리실 것 같군요."

"그렇게 하도록 하십시오."

서로 인사를 나누고 유진성을 비롯한 장백오호는 북경을 향해 길을 떠났다. 빠르기 그지없는 몸놀림으로 신형을 날린 것이다.

"단 호법! 산해관의 동도들이 당도하면 곧바로 총타로 전서구를 날리도록 하게. 분타에도 날리고."

"뭐라고 연락을 합니까?"

"사령오아에 대해 모든 것을 알아내라고 하게. 그들의 십 대 조상에서부터 시작해, 태어나서 지금까지 모든 행적을 조사하라 이르게."

"알겠습니다."

원래 보통의 분타주라면 이런 요청을 총타에 할 수 없는 것이었다. 주인성이 북경 분타주이기에 가능한 일이었다.

보통 개방의 분타주는 삼결의 제자가 맡는 것이 일반적이다. 하나, 오직 두 곳의 분타만은 양상이 달랐다.

총타가 있는 개봉과, 북경이 그곳이었다.

개봉은 총타가 있기에 그런 것이라지만, 북경에 당주급인 오결의 분타주가 있는 것은 정치적 이유가 컸다. 명의 황실이 북경에 있기에 당주급인 오결제자가 북경의 분타를 맡고 있는 것이다.

"그리고 찬잔도문도 어떤 곳인지, 지금부터 낱낱이 파헤치도록 하고. 기존에 조사해 놓은 것은 모두 무시하고 처음부터 차근차근 확실하게 조사하도록 지시해 놓게."

"예!"

사령오아에 의문이 든 주인성이었다.

앞으로 천잔도문과 사령오아에 대해 알아내는 것이 무엇보다 중요한 일이 될 것 같기에 내린 명령이었다.

"단주님! 예상대로 미끼를 물었군요."

"그런 것 같다. 우리와 그 아이의 신원은 앞으로 저들이 보증해 줄 것이다. 그리고 그 아이가 이곳에 들어오게 되었을 때 역시 도움을 줄 수 있을 터. 우리들은 완벽을 기했기에, 저들은 우리가 안배한 것 이외에 알아낼 수 있는 것이 아무것도 없을 것이다. 이 정도면 충분하니 이제는 그만 돌아가 보도록 하자."

"예, 단주! 그럼 그놈들은 어떻게 할까요?"

"굳이 쫓을 필요는 없다. 이미 어느 정도 정체를 파악했으니 말이다."

"역시 그곳이겠죠?"

"그렇겠지. 놈들은 분명 그곳에서 나온 놈들이 확실하다. 후후, 예상외로 일이 잘 풀리는 것 같아 기분이 좋구나."

유진성이 얇은 미소를 흘리자 다른 이들도 고개를 끄떡이고 있었다.

　"자, 가자!"

　다시 돌아와 암중에서 개방도들을 감시하고 있었던 장백오호는 자신들의 의도대로 일이 진행되자 북경을 향해 다시금 경신법을 발휘해 달리기 시작했다.

　그들이 시전 한 것은 산세를 넘는 데 탁월한 장천산행이었다. 장백파에서 오직 다섯 사람만이 알고 있는 경신법인 장천산행으로 빠르게 북경으로 향할 수 있었다.

〈『혈왕전서』 제2권에서 계속〉

혈
왕
전
서

1판 1쇄 찍음 2014년 2월 25일
1판 1쇄 펴냄 2014년 2월 28일

지은이 | 미르영
펴낸이 | 정 필
펴낸곳 | 도서출판 **뿔미디어**

편집장 | 이재권
기획 · 편집 | 윤영상
편집디자인 | 이진선

출판등록 | 2002년 9월 11일 (제081-1-132호)
주소 | 경기도 부천시 원미구 상동로 117번길 49(상동) 503호 (우)420-861
전화 | 032)651-6513 / 팩스 032)651-6094
E-mail | bbulmedia@hanmail.net
홈페이지 | http://bbulmedia.com

값 8,000원

ISBN 979-11-7003-273-1 04810
ISBN 979-11-7003-272-4 04810 (세트)

※파본은 구입하신 서점에서 교환하여 드립니다.

※이 책은 (도)뿔미디어를 통해 독점 계약되었습니다.
저작권법에 의해 보호를 받는 저작물이므로 무단 전재와 무단 복제를 엄금합니다.

http://www.bbulmedia.com

http://www.bbulmedia.com

ㄷ
항

사랑, 그 설렘에 취하고 향기에 물들다.

ㄷ
향

사랑, 그 설렘에 취하고 향기에 물들다.

닳아, 닳아

초판 1쇄 찍음 2012년 7월 18일
초판 1쇄 펴냄 2012년 7월 24일

지은이 | 지 윤
펴낸이 | 정 필
펴낸곳 | 도서출판 **뽈미디어**

편집장 | 이재권
기획 · 편집 | 박수정
편집디자인 | 이진선
관리 · 영업 | 김기환, 임순옥

출판등록 | 2002년 9월 11일 (제1081-1-132호)
주소 | 부천시 원미구 상3동 533-3 아트프라자 503호 (우)420-861
전화 | 032)651-6513 / 팩스 | 032)651-6094
E-mail | dahyangs@naver.com
카페 | http://cafe.daum.net/dahyangs

값 9,000원
ISBN 978-89-6639-785-3 03810

※파본은 구입하신 서점에서 교환하여 드립니다.
※이 책은 (도)뽈미디어를 통해 독점 계약되었습니다.
저작권법에 의해 보호를 받는 저작물이므로 무단 전재와 무단 복제를 엄금합니다.

지윤 장편 소설

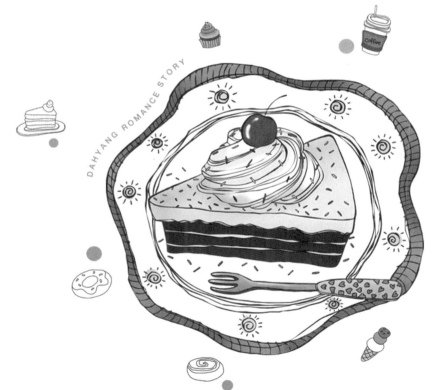

DAHYANG ROMANCE STORY

contents

프롤로그

삐비빅!

오븐에서 기다리던 소리가 울렸다. 드디어 비스코티 쿠키가 완성됐다. 레몬 껍질을 잘게 썰어서 살짝 건조해 넣었더니 상큼한 향미가 일품이었다.

달아는 주방용 장갑을 낀 손을 가슴께에 모으고 숨을 크게 들이마셨다. 그럴 때마다 달달한 밀가루와 버터, 달걀 냄새, 상큼한 레몬 향기와 어우러진 아몬드, 피스타치오, 호두, 잣 같은 곡물의 고소한 냄새도 함께 폐부를 부풀리고 있었다. 입안에 침이 가득 고인다. 침이 주체할 수 없을 만큼 고이고 있어 그녀는 꼴깍! 소리가 나게 목구멍으로 넘겼다.

그리고 한껏 기대한 표정을 지었다.

"어디 시식을 해 볼까?"

팬을 오븐에서 꺼낸 달아는 시식용으로 만든 동그란 모양의 비스코티 쿠키를 집어 후후 소리가 나게 입바람을 불어 식히기 시작했다. 그런 다음에 입에 쏙 집어넣고 오물오물 씹었다. 오독오독 소리가 나는 입. 좌우로 분주하게 움직이는 입술과 눈동자. 파도처럼 꿈틀거리는 눈썹. 맛을 감별해서 성공 여부를 파악하느라고 기민하게 뜨인 눈매가 커졌다가 작아졌다가 요란하다.

"맛을 모르겠네."

달아는 봉긋하게 굳어가는 비스코티 쿠키를 빵 칼로 자르기 시작했다. 바나나 모양으로 썰린 비스코티 쿠키의 단면에는 레몬 채와 곡물의 모양이 가는 실과 콩처럼 박혀 있었다. 언뜻 보면 콩을 넣어 구운 쿠키로 오해할 정도였다. 나름 웰빙이요, 자양(滋養) 쿠키를 만들어 보겠다고 곡물을 왕창 넣었는데 실수한 것 같았다. 고소한 맛이 좋긴 하고 식감도 뛰어났지만 보기만 해도 부담스럽다는 느낌을 줄 것 같았다.

"실패인가?"

달아는 비스코티 쿠키를 접시에 담았다. 그리고 아래층에서 새로운 떡을 만들고 있는 아버지 장우에게 맛보이기 위해 작업실을 나섰다. 노란색 페인트칠이 인상적인 목조 건물 2층. 1층은 아버지 남장우의 작업실이 있었고 2층에는 달아의 작업실이 있었다.

'달콤한 케이크가 있는 카페-달'의 성공으로 떡 사업에까지 진출한 아버지 장우는 현재 100개의 프랜차이즈를 소유한 사업가요,

우리나라를 대표하는 파티시였다. '달콤한 케이크가 있는 카페-달'의 모든 매장의 주인은 장우와 달아였다. 프랜차이즈라고 하지만 매장의 위치나 유동인구, 역세권이나 대학가를 조사한 후에 직원으로 채용한 매니저를 통해 매장을 총괄하게 하는 시스템이었다.

장우와 달아가 메뉴 개발을 맡고, 달아의 남동생 성하가 본부장으로 외할머니 박계숙과 함께 사업을 확장하고 있었다. 물론 계숙의 나이도 이제 칠순을 훌쩍 넘긴 터라 성하가 회장과 사장 대리로 경영하고 있었다. 달아의 나이는 서른둘이고 성하는 서른이다. 그리고 이들은 재벌가 못지않은 재산가로 이름이 널리 알려져 있기도 했다.

신제품은 아버지에게 먼저 선보인 다음에 본부장인 성하에게도 시식하도록 해야 했다. 물론 아버지에게 OK 사인을 받은 다음이겠지만.

달아는 아버지의 작업실 문을 열었다. 이곳에서는 아버지에게 떡 찌는 걸 배우려고 전국에서 몰려든 사람들이 있었는데, 오전에는 전국의 매장에 나갈 떡을 찌고 오후에는 떡에 대해 수업을 진행하는 방식으로 제자들을 양성하고 있었다.

100여 평의 작업실에는 30여명의 직원과 10명의 제자가 떡시루 앞에 있었고 아버지 장우는 망개떡을 포장하는 걸 지켜보고 있었다. 장우가 만든 망개떡은 의령 망개떡 못지않게 유명해 하루에도 수만 개씩 생산하고 있지만 그래도 주문이 밀려 요즘은 아예 애제자들에게 망개떡을 만들도록 지시를 내리고 있었다.

달아는 비스코티 쿠키를 들고 아버지를 불렀다.

"아빠."

뒷짐을 지고 하얀색 가운에 모자를 쓰고 있던 장우가 뒤를 돌아보았다.

"아빠, 이거 맛 좀 봐 주세요."

"비스코티 완성한 거야?"

장우는 달아를 데리고 사무실 안으로 들어갔다. 사무실이라고 해도 창문이 있는 벽을 빼면 3면이 유리벽이다. 내부가 훤히 보이지만 방음은 확실해서, 안에서 무슨 소리가 오가는지 큰 소리를 지르지 않는 이상 밖으로 새나가지 않았다.

달아는 소파에 앉으며 비스코티를 티 테이블에 놓았다.

"맛이 좀…… 이상해요."

"어떻게 이상해?"

장우는 시식하기에 앞서 달아의 생각을 물었다.

"입안이 너무 꽉 차서 불쾌해요."

"다른 건?"

"자꾸 씹히는 것도 신경 쓰이고."

"또?"

아버지의 자상한 물음에 달아는 눈동자를 요리조리 좌우로 또르르 굴리며 심각하게 고민했다. 하지만 그 이상은 알아낼 수 없었다. 이상한 점이 있긴 한데 그게 뭔지 미묘했다.

"그럼 내가 맛을 봐야겠구나."

"냉정한 평가를 부탁드려요."

"아빠는 언제나 냉정했어."

"하긴…… 우리 아빠는 빵이나 떡에 있어서는 세계 제일의 얼음 대 마왕이죠."

달아는 혀를 살짝 내밀고 히죽 웃었다.

장우는 피식 웃으며 달아가 만든 비스코티를 맛보았다. 오독오독 소리가 나는 건 곡물을 씹을 때 나는 소리. 쫄깃쫄깃한 건 반죽과 조화를 이룬 레몬 껍질의 식감. 달달한 맛은 설탕과 버터. 비율도 좋았고 풍미도 괜찮았다. 그런데 달아의 말대로다. 씹을 때마다 인상이 쓰인다. 어서 넘기고 싶은데 입안에서 겉도는 곡물이 그 원인 같았다.

"곡물을 가루내서 섞거나 양을 줄이는 게 좋을 거 같구나. 그리고 곡물이 너무 딱딱해. 씹히는 맛도 중요하지만 턱이 아플 정도로 씹는 건 좋지 않아."

"가루로 내면 웰빙이라는 걸 증명할 수 없잖아요. 보이는 게 중요한데."

"봤을 때 별거 없다는 인상을 주고 나중에 홈런을 날리듯이 자꾸 찾게 하는 것도 방법이다."

"성하가 오늘 안으로 신제품 만들어 놓으라고 했는데."

"거, 그 자식은 만날 오늘 안이래. 됐어. 그 자식 말 듣지 말고 신중하게 생각해."

장우는 달아한테는 부드러운 아버지였지만 성하에겐 거칠었다.

"아빠는."

"그 자식은 창작의 고통이 뭔지 모르는 녀석이야. 무시해."

"아빠는."

"에헤, '아빠는' 이 아니라니까?"

장우는 그렇게 말하고는 달아의 얼굴을 한참동안 뜯어보았다.

"우리 딸은 오늘도 여신 같다."

"32살인데?"

"얘는! 나이는 숫자에 불과한 거야."

"엄마는 속 타는 모양이던데?"

달아의 말에 장우는 소리 없이 웃었다.

"아빠가 좀 말려 봐요."

"내가 네 엄마를 어떻게 말려? 난 엄마가 하자는 대로 할 거야."

"아빠!"

"그러니까 괜찮은 사람 나타나면 만나."

"작업실에서 사는데 어떻게 만나요?"

달아의 대답에 장우는 어깨를 으쓱거렸다. 달아의 처지도 이해 못 하는 게 아니기 때문에 뭐라고 거들 수 없었다. 저도 총각 시절에 빵을 만드는데 푹 빠져 지내느라 낮인지 밤인지도 모르고 산 적이 있었다. 그래서 달아가 연애보다 빵을 만드는 걸 즐기는 이유도 잘 알고 있었다. 제빵과 제과에 정신을 집중하면 사랑? 그런 건 눈에 들어오지도 않는다. 모든 정신과 사랑을 밀가루 반죽에 흡수시키고 재료를 선별하는데 쏟아 붓는 탓이었다.

지금은 빵과 연애 중인 딸이다. 빵이 아닌 사람과 연애를 하라고 한들 먹힐 것 같지 않았다.

"곡물이 부드럽게 씹힐 수 있도록 방안을 강구해 볼게요."

"비스코티는 흔하지만 그만큼 많이 찾는 제품이니까 네가 신경을 많이 써야 할 거다."

"응."

달아는 그렇게 말하며 자리에 일어났다. 그리고 비스코티 쿠키를 도로 가지고 가려는데 장우가 말렸다.

"두고 가."

"드시게요?"

"그럼 버려?"

"그건 아니지만…… 맛이……."

말끝을 흐리며 입술을 비죽거리는데 유리문이 톡톡 두드려졌다. 장우와 달아의 시선이 유리문 밖에 있는 성하에게 머물러 있었다.

"너 이 시키, 회사 비우고 웬일이야?"

"아버지는 또 그런다. 외근 겸 보여드릴 게 있으니 왔죠."

성하는 유리문을 열자마자 닦달하는 아버지의 음성에 인상을 구겼다. 아버지보다 키가 더 큰 성하는 187센티미터였다. 그래서 168센티미터인 달아의 고개가 뒤로 확 젖혀졌다. 성하의 손에는 까만 봉투가 있었다. 그는 그것을 테이블에 놓고 달아의 옆에 앉았다. 그리고 코로 숨을 크게 내뱉고는 심각한 표정을 지었다. 뭔가 말하려고 입술을 달싹이던 그가 입맛을 다셨다.

달아나 장우는 성하가 괜히 저러지 않는다는 걸 안다. 그래서 숨을 죽이고 성하의 표정을 살폈다. 회사에서 안 좋은 일이 있었나? 외할머니인 박계숙 회장과 경영상 마찰이라도 있었나? 갖가지 추측을 해가며 눈치를 보았다.

"목이 답답하네."

그렇게 말한 성하는 남색 바탕에 흰색 스트라이프 넥타이 매듭에 손가락을 끼우고 늘렸다. 그와 동시에 성하의 시선이 달아가 만든 비스코티 쿠키에 머물렀다. 비스코티 쿠키를 유심히 보고 있던 그가 물었다.

"누나가 만든 거야?"

"응. 실패했지만."

"맛이 없어?"

"식감의 문제야."

달아는 그렇게 말하고는 비스코티를 먹기 좋게 잘라 성하의 입에 넣어 주었다. 성하가 덥석 물어 오물오물 씹었다. 입술을 비죽 내밀고 무언가 골똘하게 생각하던 그가 중얼거렸다.

"너무 비슷한데."

성하의 말에 달아와 장우의 시선이 쏠렸다.

"뭐가. 뭘 또 태클을 걸려고 그래? 이 자식아, 네 누나가 창작한 건데. 이 자식 이거! 콰학!"

"아버지는 무조건 흥분하지 말고 이것 좀 봐."

성하가 아까 들고 들어온 봉투에서 상자를 꺼냈다. 상자에는 이렇게 쓰여 있었다. '비스코티 쿠키.' 여기까지는 흔한 것이니 그렇다고 치는데 문구와 재료가 이목을 끌었다. 국민의 건강을 지키는 쿠키, 아침 대용으로 좋은 웰빙 비스코티. 달아가 쓴 재료 그대로였다. 아니, 레몬이 오렌지로 바뀌어 있었다. 그 외에는 달아가 제 레시피 노트에 쓴 그대로였다. 문구마저 똑같아 소름이 돋았다. 설마, 설마! 달아는 얼른 상자의 뒷면을 돌려 보았다. 어느 회사에서 개발하고 생산했는지 확인해야 했다.

양화당. 제과업계에서는 굴지의 기업. 그리고 그 양화당의 상품 개발부에는 차해심이 있었다.

"난 몰라……."

달아의 눈물이 그렁그렁 차오르기 시작해 성하가 물었다.

"차해심 또 만났어?"

"응."

"레시피 노트 보였어?"

달아는 고개를 끄덕거렸다. 성하의 입에서 폭풍 같은 한숨이 터져 나왔다.

"만나지 말라니까 왜 만나? 누나는 만날 그렇게 당하고도 차해심을 몰라? 걔 도둑년이야!"

성하는 속이 터지는지 윽박을 질렀다. 가만히 있던 장우가 차해심이 개발한—비록 달아의 레시피를 이용해서 만든 것이겠으나— 쿠키를 맛보았다. 달아의 아이디어를 뺏은 건 지탄 받아 마땅했다. 한데 맛이…… 좀 더 전문적이고 대중적이었다. 카페 납품을 목적으로 만드는 개성 넘치는 맛이 아니었다.

"달아가 이번에도 접어야겠다."

장우의 말에 성하가 자리에서 벌떡 일어났다.

"해심이 그년을 족쳐야지, 뭘 접어요!"

"그 입 다물어, 이 자식아. 족을 쳐도 경쟁이 돼야지. 그리고 레시피 노트를 관리 못한 달아의 책임도 무시할 수 없다."

장우의 대답에 달아는 고개를 팍 숙였다. 성하는 허리에 양손을 얹고 호흡을 가다듬으며 화를 누르고 있었다. 이걸로 세 번째. 해심이 달아의 레시피를 훔쳐 양화당의 상품 개발실에 입사했을 땐 애교로 봐 주었다. '퐁당 쇼콜라에 숨은 딸기'라는 신 메뉴의 레시피를 해심에게 도둑질당했을 때도 역시 가엾게 여겼다. 하지만 세 번째, 같은 일을 세 번이나 반복하니까 달아도 한숨만 나왔다.

"누나, 차해심은 누나를 친구라고 생각하지 않아."

"해심도 이유가 있었겠지."

달아의 대답에 성하는 복장이 터지는 가슴을 두드렸다.

"이유? 무슨 이유? 매번 누나의 창작물을 카피해서 제 출세에 이용하려는 이유?"

"어렵게 살잖아. 걔네 아빠가 진 빚을 아직도 갚는데."

달아의 대답에 성하는 뒷목을 턱! 소리가 나게 잡았다.

"누나는 석가냐, 예수냐? 그렇게 생각하면 친구의 잘못도 눈 감아져?"

"성하야……."

"아버지도 뭐라고 말 좀 해 봐요! 나한테는 만날 이 자식, 저 자식 하면서 왜 누나한테는 암말도 못 해요?"

"가만히 있어, 자식아. 생각 중이잖아. 아, 근데 저 자식…… 되게 까칠하네?"

장우도 난감해서 머리만 긁적거렸다. 해심은 달아와 7살 때부터 친구다. 27살이 될 때까지 해심과 달아는 아무 문제없이 지냈고 사이도 돈독했었다. 해삼은 덜렁거리는 달아와는 반대의 성격이어서 꼼꼼하게 챙기고 따지는 건 모두 해심의 몫이었다. 장우도 달아도 그런 면에서 해심에게 고마움을 느끼고 있었다.

그래서 장우는 해심이 14살 때부터 27살 때까지 제 집에서 지낼 수 있도록 도움을 주었다. 해심의 아버지 때문이었다. 빈번한 사업 실패로 사채꾼들이 해심의 집을 수시로 들이닥쳐 이를 견디다 못한 해심의 부모는 이혼을 했고 아버지는 잠적했다. 해심은 어머니를 따라 외가에서 지냈으나 1년도 채 안 돼 어머니가 재혼하는 바람에 갈 곳이 없어졌다. 외가에서도 눈칫밥을 먹다가 기어이 가출을 했었다. 이를 달아가 알고 장우에게 부탁해 해심이 집에서 지낼 수 있도록 해 주었던 것이다. 학비도 지원해 주었고 용돈도 주며 자식처럼 대했다.

같이 살 땐 천사가 따로 없을 정도로 착했던 해심이 27살 때 잠적했던 아버지를 다시 만나면서 변하기 시작했다. 달아도 친구의 변화가 안타까워 눈감아 주려고 하는지도 몰랐다. 자신의 마음처럼. 하지만 문제는 성하였다. 성하는 해심이 은혜를 배신으로 갚는다며 길길이 날뛰고 있었다. 달아나 장우와 달리 측은한 마음이 들기보다 배신감이 큰 모양이었다.

장우는 달아의 안색을 살폈다. 달아의 마음도 이해가 가고 성하의 마음도 이해가 간다. 장우는 곰곰이 생각하기 시작했다. 해심이 가엾긴 하지만 제 딸의 다친 마음이 더 걱정돼 무겁게 다물고 있던 입술을 뗐다.

"달아는 지금 당장 해심일 만나고 와. 어떻게 된 건지 알아보고 와서 결정해."

"무슨 결정이요?"

"계속해서 친구로 지낼 건지, 아니면 인연은 여기까지라고 생각해야 할지."

"아빠……."

"이만 나가 봐. 성하도."

장우가 먼저 자리에서 일어나는 바람에 달아도 할 수 없이 소파에서 엉덩이를 뗐다. 해심에 대한 실망감에 달아의 표정이 어두웠다. 성하는 누나의 등을 어루만지며 속삭였다.

"내가 가서 혼내 줄까?"

"됐어."

"누나, 내 말 잘 들어. 차해심은 절대로 누나 혼자선 못 당해."

달아는 대답하지 않았다. 성하가 걱정하는 게 뭔지 안다. 해심이 어떻게 나올지, 그 수법이 어떤지 잘 알고 있으니까. 그런데도 화가 나긴 하지만 밉지는 않다. 얼마나 궁지에 몰렸으면 그런 선택을 했을까? 하는 생각이 들어 그런 것 같았다. 어쩌면 그렇게 믿고 싶은 건지 모르겠지만. 해심이 궁지에 몰려서 나쁜 걸 알면서도 그런 선택을 한 거라고 말이다.

달아가 넋을 놓고 있는데 성하가 옆에서 소리를 꽥 질렀다.

"내 말 알아들었어, 못 알아들었어?"

"알아들었어. 소리 좀 지르지 마."

"답답해서 그러지. 중학교 때 일 때문에 해심이가 잘못해도 자꾸 봐주는데 그러는 거 진짜 아니야."

"내가 언제 봐줘? 그냥……."

"가엾냐? 불쌍해 죽겠어?"

달아는 한숨을 쉬며 성하를 쏘아보았다. 오늘 따라 성하가 왜 이리 밉살스러운지. 한 대 콕 쥐어박아 주고 싶을 정도다.

"누가 불쌍하대? 잘못을 저질렀을 땐 그만한 이유가 있었겠지! 뒤돌다가 책상 위에 있던 컵을 떨어뜨리는 거하고는 다른 문제잖아. 반복적으로 그러는 건 이유가 있겠지! 난 그게 마음에 걸린다는 거야!"

달아가 소리를 꽥 지를 때에야 팔짱을 끼고 심각한 표정을 짓고 있던 장우가 겨우 다물고 있던 입술을 뗐다.

"누나가 알아서 할 테니까 너는 잠자코 있어. 그리고 남달아."

"네."

"두 번째까지는 봐줄 수 있다. 하지만 세 번이나 같은 일이 반복된다면 분명히 말해야지. 봐주는 것도 한계가 있으니 말이야."

달아는 고개를 어깨에 파묻고 끄덕거렸다. 달아도 장우처럼 생각했지만 해심이 애교를 부리며 팔짱이라도 낀다면 그땐 어떻게 될지. 무른 생각이겠으나 화를 내기보다 웃고 말 것 같았다.

✳   ✳   ✳

양화당의 사장실은 호탕한 웃음소리로 분위기가 환했다. 사장의 성격을 파악할 수 있을 만큼 정리정돈이 잘되고 깨끗하며 환기를 잘 시켜 청량한 공기가 가득한 방에는 양화당의 100년 역사를 이끌어온 선대 회장과 사장의 사진이 벽면에 걸려 있었다. 그리고 사장 홍재욱의 잘생긴 얼굴이 든 사진도 있었다.

재욱은 손 세정제로 손을 닦고 자리에서 일어나 앞에 서 있는 해심을 격려했다.

"웰빙 비스코티 쿠키, 이번에도 대히트를 쳤습니다. 차해심 팀장."

"감사합니다. 사장님의 기대를 저버리지 않도록 분발할게요."

언제나 자신감이 넘치는 해심을 흐뭇한 미소로 응시하던 재욱이 슈트 안주머니에서 봉투를 꺼냈다. 해심의 눈이 동그랗게 커졌다. 봉투를 보자마자 입에 침이 고여 꿀꺽 넘기는 소리가 달팽이관을 자극했다.

"이건 인센티브 외에 별도로 주는 포상금입니다."

"포상금이라뇨, 인센티브도 받았고…… 이러지 않으셔도 돼요."

해심이 고개를 저으며 사람 좋은 미소를 지었다.

"고마워서 주는 거예요. 그리고 인센티브 부분은 입사 초에 쓴 고용 계약서에 기재가 된 겁니다. 상품 개발실의 직원이면 누구나 인센티브를 받고 있죠. 그러니까 이건 사장인 내가 주는 특별 보너스이자 선물이라고 보면 됩니다."

재욱은 그렇게 말하고 봉투를 해심의 손에 직접 건네주었다. 재욱의 커다란 손이 해심의 손을 따끈따끈하게 덮었다. 그의 온기가 그녀의 입가에 미소를 짓게 했다. 해심이 수줍은 미소를 짓고 뺨을 붉히는데 재욱이 껄껄 웃기 시작했다.

"하하, 해심 씨는 천생 여자군요."

"사장님의 손이 뜨거운 탓이에요."

"내 손이? 하하. 뭐, 내가 정열적이긴 하지요."

재욱은 멋스런 미소를 지은 채 해심의 손을 놓았다.

"그럼 앞으로도 열심히 해 주리라 믿습니다."

"예, 믿어 주시는 만큼 열심히 하겠습니다."

"그럼 이만 나가봐요."

"예, 잘 쓰겠습니다."

해심이 목례를 한 후에 돌아섰다.

재욱의 입가에서 미소가 사라졌다. 해심이 사장실을 나갈 때까지 꼿꼿하게 등을 세우고 책상 앞에 서 있던 재욱은 사장실의 문이 닫히자마자 기다렸다는 듯이 책상을 돌아 서랍을 열었다. 그는 안광을 빛내고 있었다. 경직되었던 입가에도 옅은 미소가 번지기 시작했다. 서랍 안에는 물티슈 수십여 개가 흐트러짐 없이 정렬되어 있었다.

그는 그 중에서 제일 앞에 놓인 물티슈를 꺼냈다. 그리고 또 다른 서랍을 열고 손 세정제를 꺼냈다. 손바닥에 손 세정제를 덜어 비비기 시작했다. 그는 손가락의 마디마디를 정성스럽게 문지르고 나서 물티슈로 닦아냈다. 오물이 손에 닿았던 것처럼 불쾌했던 표정에 곧 미소가 번졌다. 그리고 예의 잘생기고 멋진 그 얼굴로 돌아가 있었다.

"이제야 살 것 같군. 돈 봉투에 묻은 세균을 생각하면 숨이 턱턱 막혀."

그렇다. 이 남자는 결벽증이 있는 완벽주의자였다. 세균이 버글 거리는 물건은 좀처럼 만지려고 들지 않았지만 부하에게 이런 모습을 보이는 건 더 끔찍하게 싫었다. 멋진 상사, 멋진 사장의 이미지를 보여야 했기에 사람들이 많은 장소에서는 대범한 척 행동했지만 아무도 보지 않는 장소에선 결벽증의 모든 증세를 드러내고 있었다.

손을 닦고 난 그가 이번에는 다른 물티슈를 꺼내 책상 위를 닦기 시작했다. 흐트러진 필기도구함도 깨끗하게 정리했다. 명패도 바로 놓고 물티슈로 닦아냈지만 책상 청소는 이제 시작에 불과했다.

재욱은 맨 마지막 서랍장을 열어 소독용 에탄올을 꺼냈다. 그런 다음에 해심의 구두자국이 난 바닥을 닦으려고 자리에서 일어났다. 항균 비닐 팩에 넣어 놓은 마른 걸레를 뜯어 알코올을 묻힌 그가 바닥을 닦기 시작했다. 이렇게 약 20분의 시간을 공들여 바닥 소독을 마친 그가 마지막으로 손 세정제를 손바닥에 덜어서 비비기 시작했다. 바닥을 닦았던 걸레는 당연히 쓰레기통에 내던졌지만 세균 걱정 때문에 위생 팩에 싸서 버렸다.

"완벽하군."

재욱은 자리에 앉아 흡족한 미소를 만면 가득 피우며 두 손을 깍지 끼었다. 그의 시선이 반질반질하게 광이 나는 사무실을 붉은 불빛을 발하는 레이저처럼 훑고 있었다. 미소가 깊어진다. 입술이 활짝 열리더니 새하얗고 고른 치열이 드러났다. 뿌듯했다. 무균실에 들어온 것처럼 몸과 마음이 깨끗하게 정화되는 기분이었다.

"이제 일을 좀 해 볼까?"

재욱이 나른한 미소를 짓고 키보드에 양 손을 올릴 때였다. 갑자기 문이 벌컥 열렸다. 남동생이자 본부장인 현욱이 들어왔다.

"형, 아니 사장님. 이것 좀 빨리 결……."

"스톱, 멈춰!"

소독을 완벽하게 마친 사장실에 막 흙발을 들이려는 현욱에게 소리를 지른 재욱이 자리에서 벌떡 일어났다.

"내, 내가 간다. 들어오지 마."

현욱의 인상이 구겨졌다.

"또 시작이야?"

"방금 치웠어."

재욱은 만년필을 들고 문턱을 넘지 못하고 기다리고 있는 현욱에게 다가갔다. 현욱이 결재할 서류를 돌려 재욱이 읽기 편하게 한 다음에 투덜거렸다.

"이럴 거면 화상으로 회의하고 결재 서류도 팩스로 받아. 스캔

떠서 줄까? 인터넷으로 사인도 하라고."

결벽증이 심한 형을 한심하게 생각하는 현욱이 이죽거렸지만 재욱은 끄떡도 하지 않았다.

"흔들리지 않게 잘 쥐고 있어."

"막걸리 냄새 나."

"소독했잖아. 냄새는 금방 날아가."

"무슨 소리야? 뻑하면 에탄올을 뿌려대는 탓에 아주 냄새가 절었는데."

"그 정도는 아니라니까?"

재욱이 사인을 멋지게 휘갈기고는 씩 웃었다.

"하여튼 형이 어느 여자와 결혼하게 될지. 그 여자가 형을 바꿔놓지 않는 이상 노총각으로 늙어죽을 거야."

"나도 사랑하는 여자가 생기면 바뀌겠지."

"언제 생겨?"

"운명적인 상대가 아니면 힘들 거다."

재욱의 대답에 현욱은 키득 웃었다.

"그렇지, 운명적인 상대가 아니면 형을 누가 사랑하겠어. 결벽증도 톱클래스 수준이지, 단 거 좋아하지, 아침 대용으로 과자 먹지, 술 담배 안 하지, 손 세정제와 소독용 에탄올을 휴대하고 다니지!"

"술 담배 안 하는 건 장점인데 왜 단점에 끼워넣어?"

"요즘 여자들은 적당히 즐길 줄 아는 남자를 좋아하거든."

"난 적당히 즐길 줄 아는 여자보다 순진한 여자가 좋다."

"그러다 술고래하고 결혼하지."

농담 같은 진담을 뱉고 난 현욱이 사장실 내부를 걱정스러운 눈빛으로 훑어보았다. 먼지 하나 없이 깨끗한 공간이 주는 위화감에서 벗어나고 싶어 돌아서는 현욱에게 재욱이 말했다.

"점심 같이 먹자."

"싫어."

"왜 싫어? 내가 살게."

"먹다가 체할 걸. 반찬 흘리면 흘린다고 뭐라고 하고, 다른 반찬의 양념을 묻히면 더럽다고 잔소리하잖아. 동생인 나도 형하고 밥 먹는 거 끔찍하거든."

"자식이……."

재욱은 섭섭한 모양이었다. 입술을 삐쭉거리며 현욱을 노려보았지만 사실인걸 뭐 어쩌란 말인가.

형인 재욱은 어릴 때부터 깔끔한 성격이긴 했다. 그런데 해병대를 제대한 다음부터는 신들린 것처럼 청소를 해댔다. 해병대에서 청소 못하고 죽은 귀신에 빙의된 건 아닐까라는 의구심이 들 정도였다.

그렇지 않아도 깨끗한 성격인 그가 해병대에 지원한 게 문제인 것 같았지만, 그것은 계기에 지나지 않았다. 깨끗하게, 깨끗하게…… 이렇게 주문을 외우다 보니까 결벽증이 생긴 것 같았다. 그리고 형의 결벽증은 해를 거듭할수록 정도가 점점 심해지고 있었다. 결벽증도 하나의 정신병이라는데 치료를 받아야 좋지 않을까? 저러다 달달한 연애 한 번 해 보지 못하고 늙어 죽으면 가여워서 어떻게 봐? 형 걱정 때문에 현욱의 입에서는 한숨이 저절로 쏟아졌다.

"형."

현욱이 진지한 어조로 불렀지만 재욱은 집게손가락만 쳐들고 경고했다.

"병원에 가란 소리 하면 죽어."

"귀신 같이 아네."

"네가 나한테 할 소리가 그것밖에 더 있어?"

재욱은 서류에 사인을 멋지게 하고는 만년필을 든 채 동생의 대답을 기다렸다.

"알았어, 그럼 어머니가 전하라는 말만 하고 갈게. 어머니가 선……."

"나가."

"결혼하라는 말이 아니라 만나만 보라는 거잖아. 형이……."

"너 한마디만 더 해. 극단적인 내 성격 알지? 주먹이 나갈지 몰라."

젠틀맨 사장님의 가면을 벗고 원래의 성질대로 말한 재욱은 익살스럽게 눈썹을 까딱까딱 움직였다. 주먹도 현욱의 얼굴 앞까지 뻗어 있었다.

"저녁에 같이 들어가자."

"난 형 차는 안 타."

"내 차가 어때서?"

"구두 벗고 타야 하잖아!"

"그건 차를 아껴서가 아니라……."

재욱이 설명하려는데 현욱이 몸을 홱 돌렸다.

"인마, 홍재욱! 내가 말하고 있잖아!"

"형의 변명은 집에서 마저 들을게."

"저, 저, 저 자식이!"

재욱은 뒷목을 잡은 채 눈을 까뒤집었다. 남동생이 저를 무시하는 태도를 보이자 혈압이 무섭게 올라갔다. 그는 머리를 긁적거리다가 달콤한 케이크가 생각나 비서실장을 불렀다.

"김 실장, 김 실장!"

김 실장이 문턱 앞에서 걸음을 멈추고 물었다.

"지시하실 일이라도 있으십니까?"

"카페 달에서 케이크 좀 사와."

"어떤 케이크로 사올까요?"

"딸기 타르…… 아냐, 오늘이 수요일이지? 그럼 신제품이 나왔겠군. 저번에 먹었던 블루베리 치즈 케이크도 괜찮았지. 호박 타르트도 좋았고. 가만 있자……."

재욱은 미간까지 구기고 중얼거렸다. 그는 과자보다 빵을 좋아하고 빵도 케이크를 좋아해서 하루에 한 번 아메리카노에 케이크를 먹는 걸 즐겨했다. 사장으로서 매일 같이 목에 힘주고 부하들을 독려하고 히트 상품의 개발을 장려하느라 스트레스를 받은 심신에 휴식을 주는 유일한 시간이기도 해서 케이크를 고를 때는 항상 신중해진다.

입술을 오므린 채 쭉 내밀었다가 쪽 빨아 당기던 그가 입맛을 다셨다. 다녀와야겠다! 두 눈으로 직접 보고 나서 결정해야지. 다른 날도 아니고 오늘은 수요일이 아닌가. 신제품이 나오는 날. 재욱은 빙그레 웃으며 비서실장에게 일렀다.

"카페 달로 직접 갈 테니까 혹시 급한 일이, 정말 급해서 사장이 케이크를 먹겠다고 외출을 했는데도 호출하려는 직원이 있으면 카페 달로 오라고 해. 그곳에 내가 있으니까."

"예, 사장님. 늘 가시는 3호점이죠?"

"응. 신제품은 3호점에서 먼저 나오니까."

본점이 아닌 3호점에서 매주 수요일마다 신제품을 선보이는 게 의아했지만 그게 뭐 중요하겠나. 재욱으로서는 신사동에 있는 본점이 아닌 양화당에서 가까운 서래마을 3호점에서 신제품을 판매하는 것 자체가 고마웠다. 만약 양화당 앞에 카페 달이 없었더라면 열 개를 먹어도 질리지 않는 케이크가 있다는 걸 모르고 살 뻔했다. 군침이 고인다. 케이크를 먹을 생각에 가슴이 부푼다. 누가 보면 사랑에 빠진 사람이라고 착각할 만큼 재욱의 걸음은 가볍고 경쾌했다.

재욱은 콧노래를 부르기 시작했다. 물론 손에는 물티슈와 소독용 에탄올이 든 파우치가 들려있었지만 홍재욱, 그는 누가 뭐래도 양화당의 사장이었다.

달아는 양화당의 사옥 로비에서 해심을 기다리고 있었다. 제과업계에서 100년이라는 역사를 자랑하는 기업인 양화당의 로비에는 1912년 종로에 개업한 양화당의 모습을 재현한 종이모형과 그 당시에 만들어서 팔았던 양과자가 모형으로 진열되어 있었다. 종로에서 시작해 반포의 신사옥으로 옮기기까지의 역사를 그림이나 사진으로 기록해 진열한 한쪽 벽면을 달아는 넋을 놓고 바라보았다.

양화당, 정말 오래됐구나…….

달아는 제가 다니는 회사도 아닌데 괜히 가슴이 설레고 뿌듯해 미소를 머금었다. 이렇게 오랜 역사를 자랑하는 회사의 사장은 어떤 사람일까? 해심은 삼십대 중반의 젊고 시원시원한 성격에 잘생긴 사장이라며 칭찬하던데. 사장도 멋진 사람이고 양화당 신사옥도 멋있고…… 우리 본사도 신사옥을 지었으면 좋겠다.

차해심 대단하네. 문득 달아는 해심이 대단하게 보였다. 100년 전통의 까다로운 기업에 취직한 것도 모자라 상품개발부의 팀장으로 고액 연봉을 받는 해심. 비록 달아의 레시피를 훔쳐 입사도 하고 승진도 한 것이라지만 그 덕분에 해심이 성공했다고 생각하니 얼마든지 용서가 될 것 같았다.

그래, 해심이가 잘 되면 좋지. 다른 사람도 아니고 13년 동안이나 한솥밥 먹은 사이잖아.

"그래, 내가 이해하자."

달아는 혼잣말로 중얼거리다가 또각또각, 대리석 바닥을 울리는 구두굽 소리에 뒤를 돌아보았다. 기다리고 있던 해심이 그녀를 향해 걸어오고 있었다.

"달아야."

해심은 샤넬풍의 원피스를 입고 있었다. 길게 늘어트린 목걸이가 인상적이었다. 살짝 구긴 듯 웨이브 진 머리카락이 등을 덮어 여성스럽게 보였다.

"어, 해심아."

달아는 활짝 웃었다. 달아도 원피스를 가끔 입었지만 해심처럼 도회적인 느낌이 나지는 않았다. 게다가 지금은 티셔츠에 청바지 차림이다. 괜히 머쓱한 기분이 들어 달아는 어깨를 으쓱거렸다. 해심이 턱을 당기고 달아를 위아래로 훑더니 투덜거렸다.

"너는 어떻게 된 애가 일하는 사람을 막 불러내니?"

"미안해, 저녁에 올까 하다가……."

"누가 사과하래? 내 말은 점심시간에 봐도 됐다는 거지. 오랜만에 밥 먹고 좋잖아."

"그런가?"

"그래!"

해심은 달아의 팔에 제 팔을 끼며 활짝 웃었다.

"점심은 이른 것 같고…… 커피 마실래?"

해심은 이렇게 여우다. 수줍음이 많고 무뚝뚝한 성격의 달아는 여우같은 해심의 성격이 부러워 얼굴을 붉혔다. 그렇다고 위축되는 건 아니지만 해심에게선 마그마 같은 기운이 느껴진다. 자신감이 넘쳐서 그런가?

"커피 싫어?"

"어? 아, 그래. 커피 마시는 건 좋은데 좀 조용한 곳으로 가자."

"조용한 곳이라…… 그럼 테이크아웃 커피 사서 회사 앞 공원에 갈래? 5월 날씨엔 그게 더 운치 있더라."

달아는 고개를 끄덕이고는 해심의 안색을 살폈다. 해심은 기분이 좋은지 연신 웃고 있었다.

"기분이 좋아 보여. 뭐 좋은 일 있었어?"

"응, 우리 사장님한테 포상금 탔거든. 우리 사장님이 무서울 땐 가차 없고 인정머리 없기로 소문났지만 인재한테는 아끼지 않는대. 그래서 우리 회사 직원들은 사장한테 찍히지 않은 한 이직 고민을 안 해. 역시 사람은 생긴 대로 노나 봐. 잘생긴 사람이라 그런지 시원시원해."

해심은 사장의 칭찬을 침이 튀도록 하며 공원 앞에 있는 노천 커피숍 앞에서 걸음을 멈췄다. 프라다 지갑에서 만 원짜리를 꺼낸 해심이 커피를 샀다.

"캐러멜 마키아또, 카푸치노 아이스로요."

해심은 달아의 입맛을 귀신같이 알아, 임의로 주문한 후에 물었다.

"그 동안 입맛이 바뀐 건 아니지?"

달아는 고개를 끄덕였다. 해심이 잔돈을 거슬러 받아 지갑에 넣었다. 해심이 돈을 많이 번다는 건 알고 있었지만 명품 시계에 명품 로고가 찍힌 반지, 지갑까지 가지고 있어 괜히 웃음이 났다.

"왜 웃어?"

주문한 커피를 기다리기 무료했는지 해심이 물었다.

"너 정말 성공했구나 싶어서. 아주 화려해."

"연봉이 높은 편이잖아. 입사하고 2년 반 만에 오피스텔 전세금 만들었으면 나도 성공한 거지. 너희 집에서 나올 때 나 무일푼이었어. 아, 정말 성공했다, 차해심."

해심은 씩 웃으며 이제 막 커피를 받아 달아에게 내밀었다.

"응, 그러네."

양화당에 입사하자마자 해심이 집을 나갔다. 양화당에서는 지방에서 거주하다 입사하면서 서울에 올라온 직원에게 숙소를 제공했다. 해심은 원룸을 지원받아 2년 넘게 살았었다.

달아가 빨대를 휘저어 휘핑크림을 섞을 때 해심이 물었다.

"그런데 무슨 일이야? 일하는 시간인 거 뻔히 알면서 찾아온 걸 보면 지나다가 들른 건 아니잖아."

"어…… 그게 말이야. 너 혹시 나한테 할 말 없니?"

달아는 커피 잔을 쥔 손에 힘을 주었다. 빨대를 돌리는 손의 움직임이 뚝 끊겼다. 달아가 해심을 빤히 응시했다.

"할 말?"

해심은 커피를 한 모금 마시고 나서 고개를 갸웃거렸다.

"모르겠는데? 내가 너한테 할 말이 있다고 했어?"

잘못한 게 없다는 듯이 순진한 낯빛과 말투에 달아는 숨이 차는 것 같았다. 그녀는 숨을 푹 내쉬고 조심스럽게 물었다.

"이번에 너희 회사에서 나온 신제품, 웰빙 비스코티……."

"아, 그거!"

해심이 제 이마를 아프지 않게 톡! 소리만 나게 때렸다.

"어머, 얘. 안 그래도 얘기하려고 했는데 내가 요즘 이렇게 깜빡 깜빡해."

해심은 미소를 짓다가 울상을 지었다. 눈꼬리를 내린 눈가에 주름이 생길 만큼 눈살을 구긴 그녀가 주변을 휘둘러보더니 입을 뗐다.

"미안해, 얘. 정말 깜빡했어."

달아도 해심처럼 주변을 살펴보았다. 다행히 주변에는 아무도 없어 달아가 물었다.

"뭘 깜빡했는데?"

"미안해."

"뭐가 미안해?"

달아의 눈빛이 예사롭지 않았다. 양화당의 로비에선 해심을 용서하고 이해할 수 있었지만 지금은 괜히 부아가 끓어 꼬치꼬치 캐묻기 시작했다.

달아가 입매를 비틀고 대답을 기다리고 있는 걸 보고 해심은 당황했다. 사람 좋기로 소문난 남달아, 모든 걸 이해하고 포용할 줄 아는 성격이라 순하게만 봤는데 노려보니까 좀 무섭기도 했다.

"달아야, 너 화난 거 같아. 무섭게 왜 그래."

"해심아."

"아, 알았어. 미안해. 정식으로 사과할게."

눈치 빠른 해심이 먼저 선수를 칠 모양이다. 하긴 늘 그랬으니 달아도 이젠 해심의 고백에 놀라는 표정을 짓거나 동요하는 빛을 띠지 않았다.

"네 레시피 노트를 봤어. 비스코티…… 기본적으로는 네 레시피대로 했는데 내가 곡물의 양을 좀 낮췄더니 맛있더라고. 만들면 잘 팔릴 것 같아서 내가 좀 이용했어. 미안해."

달아는 들고 있던 커피를 바닥에 내동댕이치고 싶은 마음을 참느라 부르르 떨었다.

"미안하다고? 해심아, 지금 상황 말이야. 좀 이상하지 않니? 순서가 바뀐 것 같지 않아?"

달아의 얼굴이 새빨갛게 달아올랐다. 한심할 정도로 틀에 박힌 해심의 변명이 화가 났다. 토씨 하나 바꾸지 않고 세 번 씩이나 반복하니 미안하다는 말에서 진심이 느껴지지 않았다. 그런데도 해심은 미안하다는 말을 하고 있다. 사과하면 모든 걸 용서받을 수 있을 거라고 생각하는 것처럼 앵무새같이 같은 말을 반복하고 있었다.

"미안해, 정말 미안해. 나도 그러지 말아야지, 그렇게 생각했는데도 상황이 날 너무 힘들게 했어. 있잖아, 달아야. 내 말을 좀 들어볼래? 그때 내가 너무 힘들었어. 우리 사장님은 매일 같이 신제품, 히트작, 밀리언셀러의 제품을 만들어야 한다고 압박하시거든. 그리고 실적이 없으면 진급도 안 되고 잘려. 난 아이디어를 낼 수 없었어. 그래서 괴로웠는데…… 네 노트가 보이더라고. 그래서 봤어."

"아깐 찍히지만 않으면 시원시원한 사장님의 지원을 받을 수 있다며? 왜 말이 틀려?"

"개발팀에서 할 일을 제대로 못하면 찍히는 거야."

"좋아, 네 사정이 그렇게 어려웠다고 쳐. 그런데 나한테 왜 한마디 상의도 하지 않았니? 내 노트를 봤고 아이디어를 가져갔으면 양해를 구하는 게 먼저잖아. 내가 언제 네가 부탁했는데 안 들어 준 적 있었어?"

"맞아, 네게 부탁했으면 들어줬을 거야. 맞아."

해심은 눈물을 글썽거렸다.

"정말 섭섭해. 네가 날 친구로 생각했다면 이런 식으로 실망감을 주면 안 되잖아. 다시는 안 볼 작정하지 않은 이상 이러면 안 되는 거잖아!"

달아 역시 눈물을 글썽거리며 대답을 재촉했다.

"지금 내 기분을 너는 모를 거야. 배신당한 것 같아. 무시당한 것 같아. 너한테 나는 뭐니? 친구이기는 하니?"

"친구지. 하나뿐인 친구, 항상 고마운 친구. 네가 아니었으면 내가 양화당에 취직할 수 없었을 거야."

"그래? 그렇게 생각해? 그런데 넌 왜 그래? 이번으로 세 번째야. 한 번은 입사 테스트 때였고, 작년에도! 그리고 올해도! 너는 내 레시피를 훔쳤고, 항상 미안하다고 했어. 다음에도 미안하다는 말로 얼버무릴 거니? 레시피가 필요하면 와서 아양 떨고 돌아설 거냐고!"

말을 섞을 때마다 현기증이 날 정도로 혈압이 오르고 혈관이 꽉 조여 전신이 저릿했다. 미안하다는 말을 들으면 용서가 돼야 하는데 놀림 당하는 기분이 든다. 해심이 눈물을 글썽거리고 있는데도 진심으로 미안해하는 것 같지 않아 기가 막혔다.

"미안해. 정말 미안해……."

"미안하다는 말 좀 그만해. 너 때문에 정말 울고 싶어. 난 네가
이런 일을 벌인 줄도 모르고 방금 전까지 비스코티 쿠키를 굽고 있
었어. 성공하면 오늘 우리 카페에서 팔 생각도 하고 있었다고!"

"달아야, 너도 알지? 나, 아버지가 진 빚 갚아야 해. 이 회사에서
잘릴 수 없었어. 그래서 네 노트에서 본 걸 만들었어. 하지만 네가
그걸 연구한다고 생각하지 않았어. 넌 아이디어가 많잖아. 하루에도
수십 개씩 뽑아내고 있잖아. 하지만 난 아니야. 난 한 달 내내 고민
해도 한 개도 생각이 안 나."

미안하다는 말로 안 되면 아버지 얘기를 꺼내는 것도 식상할 정
도로 뻔해서 달아는 미간을 찌푸렸다.

"네게 미리 말하지 못한 건 미안해. 근데 달아야, 날 싫어하지
마. 날 내치지 마. 응?"

해심이 닭똥 같은 눈물을 뚝뚝 떨어트려 난감했다. 울면서 미안
하다는데 계속 화를 내자니 매몰차고 무정한 것 같았지만 또 쉽게
용서해버리면 다음에도 같은 일이 반복될 것 같았다.

그런데 한편으로는 이런 생각도 들었다. 미안하다는데, 각서를 받
아낼 것도 아닌데 용서하지 못할 게 뭐 있겠는가, 그런 생각 말이다.

"너도 알다시피 나는 혼자잖아. 우리 부모님이 나한테 준 거라고
는 빚밖에 없잖아. 너라도 날 좀 이해해 주면 안 돼?"

이해, 용서…… 지긋지긋하다. 하지만 해심이 아니었으면 지금의

남달아도 없었을 터.

"응."

"울지 마, 울지 말고 들어. 그래, 네 말이 맞아. 난 그 아이디어가 아니어도 괜찮아. 하지만 내가 네게 실망하고 화가 나는 건 내 아이디어로 히트작을 냈다는 게 아니야. 내게 상의하지 않았다는 거지."

"응. 맞아. 네 말이 옳아. 내가 생각이 너무 짧았어. 미안해."

"이걸로 눈물 닦아."

"고마워."

해심은 훌쩍거리며 씩 웃었다. 달아는 해심이 객쩍어 웃는 걸 잘 알고 있었지만 시선을 마주치지 않고 말했다.

"서운하게 들리겠지만 다음엔 이런 일로 얼굴 붉히지 않으면 해."

"응……."

해심은 아이처럼 코를 훌쩍거렸다. 달아는 한숨을 푹 쉬고 친구의 등을 다독였다.

"이만 갈게."

"벌써? 그러지 말고 달아야, 점심 같이 먹자."

"시간이 몇 시인데……. 다음에."

"미안해서 그렇지."

"다음에 먹어. 너도 그렇고 나도 그렇고 자리를 너무 많이 비웠어."

"……달아야, 고마워."

해심은 달아의 손수건으로 눈물을 닦으며 해맑게 웃었다. 달아도 따라 웃었지만 자연스럽지 않고 어색한 웃음이었다.

"나 이만 갈게."

"손수건은 내가 빨아서 줄게."

"응, 다음에 줘. 그럼 먼저 갈게."

손을 흔들며 달아가 돌아섰다. 해심이 쳐다보는 시선이 느껴져 뒤통수가 후끈거렸지만 돌아보지 않았다. 기분 나쁜 시선이었다. 돌아보면 해심이 저를 쏘아보고 있을 것 같아 용기가 나지 않았다. 가슴에 댄 손이 부르르 떨렸다. 주먹을 꾹 쥐고 앞만 보고 걷던 달아의 입에서 한숨이 쏟아졌다. 눈꺼풀이 모래주머니처럼 무겁게 느껴질 정도로 피곤함을 느낀 달아는 이마에 손바닥을 댄 채 중얼거렸다.

"청심환이라도 사먹어야 할까 봐."

쏴아— 쏴아.

바람이 불 때마다 녹음을 품은 나무들이 사납게 쓸리는 소리를 냈고 그늘의 위치도 밀려 해심의 얼굴이 밝았다가 어두워졌다. 달아의 손수건을 꼭 쥐고 있던 해심은 쌀쌀한 봄바람이 코끝을 시리게 하는 것도 모르고 자리에 못 박힌 듯이 서 있었다.

"나쁜 계집애, 그런 건 전화로 따져도 될 걸 굳이 찾아온 것 좀봐. 누굴 망신시키려고 찾아와?"

해심은 달아의 뒷모습을 날카롭게 쏘아보고 있었다. 언제 울었냐는 식으로 표정도 냉정하고 차갑게 식어 있었다. 입술을 비틀고 한쪽 눈썹을 치켜든 해심은 달아가 준 손수건을 한참동안 노려보다가 반도 비우지 않은 커피와 함께 쓰레기통에 던졌다.

"야, 남달아. 너는 많이 가졌잖아. 그럼 좀 나눌 생각은 안 하니? 재능 기부라는 것도 몰라? 넌 부러울 정도로 아이디어가 넘치면서 말이야. 그리고 네가 만든 비스코티보다 내가 만든 게 더 맛있어. 네 것은 너무 개성적이라서 카페에서나 팔아야 해. 내가 그걸 대중적인 입맛에 맞게 바꾼 거라고. 고맙다는 말을 해야지, 어디서 잘잘못을 따져?"

해심은 콧바람을 쌩 불고서 찬바람이 왹 불도록 몸을 돌렸다. 쓰레기통에서는 그녀가 버린 커피가 흘러 송진가루와 함께 섞였다. 연녹색의 송진가루가 커피와 섞여 마블링 그림을 그린 것처럼 바닥에 넓게 퍼지고 있었다. 낮은 지대로 미끄러지듯이 흐르던 그것이 반질반질 광택이 나는 구두 앞에서 소용돌이치며 고이기 시작했다.

"쯧쯧, 음식물 쓰레기 버리는 법도 못 배웠나?"

재욱이 쓰레기통과 바닥에 고인 커피를 번갈아보며 입매를 비틀었다.

바스락, 바스락. 위생장갑을 낀 손이 쓰레기통에 들어가 커피에 젖은 손수건을 집었다. 누군가 버린 담배꽁초에서 날린 재와 커피 얼룩 때문에 더러워진 손수건을 위생 팩에 넣은 재욱은 자신이 방금 듣고 본 장면이 믿기지 않은 양 인상을 찌푸리고 있었다.

"증거물 제 1호 확보, 다음은 증인 확보인가?"

재욱은 기운 없이 터덜터덜 걸어가고 있는 달아의 뒷모습을 가늘게 뜬 시선으로 바라보며 중얼거렸다.

"쓰레기통에 처박힌 우정이라…… 불쌍하군."

1.
달아와 재욱 만나다

　증거물 1호와 증인 1호가 될 여자가 '카페 달' 의 문을 열어 재욱
은 속으로 쾌재를 부르고 있었다. 케이크도 먹을 수 있고 해심의 친
구한테도 제가 들은 이야기가 사실인지 확인할 수 있으니까.

　재욱은 해심의 친구에게 어떻게 다가갈까 고민하며 유리문 밖에
서 잠시 주춤했다. 손으로 턱을 문지르며 고민하는데 유리문 안의
여자가 테이블에 앉는 게 아니라 계산대 앞에 선다. 주문을 하려는
게 아니라 중간 정산을 하는 것처럼 보여 몸이 옆으로 기울어졌다.

　"뭐야, 저 여자…… 직원이었어?"

　문에서 멀찍이 떨어진 재욱이 카페 달의 외관을 살펴보았다. 그
는 몸을 뒤로 젖혀 간판을 확인했다.

　'카페 달, 서래마을 3호점' 이 맞는데? 어제도 왔었지만 저 여자

는 없었다. 그의 시선이 간판에서 떨어져 다시 계산대에 꽂혔다. 어? 여자가 없다. 어디 갔지?

재욱은 팔짱을 끼고 유리문 밖에서 내부의 상황을 훑었다. 그렇게 2, 3분 정도 지났을 때 여자가 하얀색 작업복을 입고 진열장 앞에 모습을 드러냈다. 재욱의 눈이 커졌다. 그녀의 손에 케이크가 있었다. 심지어 재욱이 좋아하는 몽블랑이었다.

신제품인가? 못 보던 건데?

'카페 달'에는 다양한 몽블랑이 있었지만 반짝반짝 빛나는 황금색 몽블랑은 처음 본다. 재욱의 입가에 달콤한 미소가 사르르 번졌다. 34살이나 먹은 남자가 어린애처럼 케이크를 보고 환하게 웃고 있어서 '카페 달'에 들어가려는 사람들이 이상하게 쳐다봤지만 그는 아랑곳하지 않았다. 심지어 상기된 표정으로 이렇게 중얼거리고 있었다.

"아, 케이크다. 아, 몽블랑이다. 아, 황금색이다. 아, 골드 몽블랑인가?"

아! 감탄사가 저절로 연발되었다. 눈가에는 기쁨에 도취된 탓에 물기까지 고였다. 회사에서는 카리스마가 빛나는 사장님 홍재욱이지만, 지금은 깨방정이 빛나는 케이크 마니아 홍재욱이었다.

재욱은 흰색 장갑을 꺼내 끼었다. 이제 케이크를 먹을 시간. 길에서 낭비할 시간이 없다. 그는 힘차게 유리문을 열고 카페 안으로 들어갔다. 유리문이 열리자마자 '어서 오세요, 카페 달입니다!'라는 인사가 우레와 같이 쏟아졌지만 그의 귀엔 그 어떤 소리도 들리지 않았다. 그저 카운터에 서 있는 직원들의 입모양만 보였다.

재욱은 숨을 깊이 들이마셨다.

하, 하, 하! 행복한 시간! 디저트 타임!

냄새, 이 냄새! 달콤한 냄새, 끝내주는 케이크와 빵이 구워지는 냄새!

입에 넣으면 사르르 녹아 없어질 것 같은 시트와 생크림, 버터……. 왜 이런 맛은 항상 '카페 달'에서만 맛볼 수 있는 걸까?

2년 전, 재욱은 '카페 달' 본사를 직접 방문해서 박계숙 회장에게 양화당과 카페 달이 손을 잡고 편의점과 대형 할인 매장에 케이크와 빵류를 공급하는 건 어떠냐고 제안했었다. 백화점과 공항, 서울역 역사에도 입점하여 고급화를 지향하자는 계획이었지만 일언지하에 거절당했다. 이유는 사위와 외손녀가 좋아하지 않을 게 뻔하다는 데 있었다.

사업가 박계숙, 하이에나처럼 달려들어 맹수처럼 집어삼킨다는 비난을 받을 만큼 사업 확장에 있어선 냉철했던 그녀가 사위 남장우를 맞고 나서 달라졌다. 모든 사업을 정리하더니 사위와 함께 '카페 달'의 프랜차이즈 사업만 하고 있었고 요즘은 해외 결식아동을 돕는 바자회를 열거나 국내의 고아원을 후원하는 사업도 병행하고 있어 하이에나가 아닌 기부 천사라는 별명으로 불리고 있었다.

계숙은 그 당시 사위와 외손녀의 핑계를 대면서 또 이런 말을 했었다.

무리한 사업 확장은 화를 부르고 직원들을 불안하게 한다. 기부나 봉사에 관심이 생기면 그때 찾아온다면 얼마든지 기술을 제휴하겠다고 말이다.

봉사? 기부? 재욱도 형식적으로 매년 하고는 있었지만 계숙이 요구하는 봉사라는 게 직접 몸으로 하라는 것 같아서 생각을 접고 이렇게 카페 달에 종종 들러 케이크를 먹는 것으로 만족하고 있었다.

에코 컵을 가지고 오면 커피를 무료로 주는 이벤트를 알리는 포스터가 붙은 카운터에 선 그의 시선이 유리 진열장에 고정됐다. 피칸 파이, 허니 브레드, 생크림 케이크, 컵케이크 등등 30여 가지가 원목 쟁반에 담겨 있었다. 가격은 보통 2~3,000원대였다. 이것도 커피와 함께 먹으면 어떤 걸 선택하든 5,000원 세트로 즐길 수 있었다. 물가 비싼 반포동의 서래마을에선 파격적인 가격대라 손님은 항상 북적거렸다. 고 퀄리티인데도 불구하고 박리다매를 추구하는 카페 달, 게다가 판매 대금의 10%를 칠드런 비전이라는 단체에 기부하고 있다고 해서 방문하는 손님들이 늘고 있었다.

재욱은 진열장을 훑어보다가 황금색 몽블랑에 대해 물었다.

"이 몽블랑은 뭡니까?"

재욱이 가리킨 몽블랑을 확인한 여직원이 친절하게 설명했다.

"예, 오늘 새롭게 출시된 골드 몽블랑이에요. 천연 벌꿀 위에 금가루를 뿌렸어요."

"천연 꿀이라. 그럼 이거 주시고. 이, 이거. 이건 뭡니까?"

공 모양으로 생긴 케이크에 관심을 보인 그가 물었다.

"볼케이크입니다. 안에는 팥과 생크림이 들었는데요. 통팥을 써서 씹을 때 식감이 좋습니다."

"볼케이크도 주세요. 그리고 신제품이 더 나옵니까?"

재욱의 물음에 여직원이 활짝 웃으며 답했다.

"예, 앞으로 세 종류가 더 나오는데요. 20분 정도 소요될 예정입니다."

"그래요? 그럼 그건 나오면 주문하도록 하고."

재욱은 그렇게 말하고는 흰 장갑을 낀 손으로 카드를 꺼냈다.

"아메리카노, 시럽은 빼고."

"볼 케이크와 골드 몽블랑의 가격은 동일하고요, 세트 메뉴에 몽블랑 추가로 하겠습니다."

"예."

"10분 정도 소요됩니다. 앉아 계시면 저희 직원이 갖다 드립니다."

재욱은 고개를 끄덕이다가 제빵실에서 나온 달아를 흘끗 보았다. 달아는 진열장 내부를 보고 있었다. 아마도 더 채워야 하는 케이크 수를 파악하는 것 같았다. 단골이라고 자부할 정도면 출근 도장을 찍었다고 봐야 하는데 달아의 얼굴은 낯설었다. 아니, 봤다 해도 케이크에 정신이 팔려 달아가 코앞에 있어도 몰랐을 터였다. 그는 그녀의 정체가 궁금해 여직원에게 조심스럽게 물었다.

"저기, 저 여자 분은 누굽니까?"

재욱의 물음에 여직원이 달아를 흘끗 보고 대답했다.

"저희 카페 이사님이요."

"이사요?"

"예, 신제품을 직접 만드시는 남달아 이사님이신데요."

여직원의 대답에 재욱은 우주에서 날아온 혜성이라도 맞은 양 입을 쩍 벌렸다.

"진짜 남달아 이사님이 맞아요?"

"예, 맞습니다. 그런데 무슨 일로……."

"아닙니다."

재욱은 카드를 돌려받은 후 카운터에서 가장 가까운 자리에 앉았다. 머릿속이 복잡해졌다. 차해심이 친구의 레시피를 훔쳐 히트작을 냈는데, 그 친구가 박계숙 회장의 외손녀라고? 박계숙이 지금은 다른 사람이 된 것처럼 선행을 하고 있지만 해심의 일을 안다면……생각만으로도 오금이 저린다.

재욱은 지끈거리는 머리를 긁적거리고는 테이블을 훑었다. 초점이 없는 그의 시선은 불안하게 흔들리고 있었다. 습관적으로 위생용품을 꺼내 테이블을 닦기 시작했다. 제일 먼저 소독용 에탄올을 마른 수건에 묻혀 테이블을 닦는다. 테이블을 닦는 손길에도 생각이 많아 보였다. 박계숙의 무시무시한 얼굴이 아이스 아메리카노에 들어간 얼음처럼 뇌를 얼리는 것 같았다. 한숨이 저절로 나와 테이블도 건성으로 닦던 그가 위생장갑을 벗으며 중얼거렸다.

"양화당 최대의 위기가 왔어."

달아의 레시피 노트를 본 친구인 해심이 양해도 구하지 않고 제 아이디어인 양 기획안을 올리고 샘플을 만들어 사장을 비롯한 간부들을 감동시켰다. 일사천리로 출시를 시킨 것이 벌써 두 개. 하나는 출시를 앞두고 개발 중인 상태인데, 만약 박계숙이 이를 알고 소송을 벌이겠다고 한다면 양화당의 이미지에 큰 타격을 입을 것이다. 외손녀인 달아가 해심을 용서했다고 말리겠지만 박계숙 회장은 조용히 넘어갈 사람이 절대 아니었다. 그렇다고 아직 정확하게 밝혀진 정황도 없이 차해심에게 죗값을 물라고 할 수도 없었고 강제로 퇴사시킬 수도 없는 노릇이라 재욱의 잘생긴 얼굴에 그늘이 생겼다.

어떻게 한다……. 차해심, 생각보다 무섭고 뻔뻔한 여자다. 재욱은 심장이 욱신거릴 정도로 혈압이 오르고 있었다. 그동안 차해심을 좋게 봤던 제 눈을 도려내고 싶을 만큼 배신감이 컸다.

"손수건을 보여 주면 실토를 하겠지만…… 석연치 않아."

숯으로 칠해 놓은 듯 새카만 눈썹이 신경질적으로 올라갔다. 눈썹과 눈썹 사이가 한껏 좁아졌다. 미간에는 협곡처럼 골이 깊이 팼다.

"당사자의 입을 통해 확인하는 게 제일 빠르겠지."

이럴 땐 억울한 사람의 편에서 이야기를 먼저 듣는 게 순서일 것이다.

재욱은 결심을 세운 듯이 자리에서 일어나 카운터로 갔다.

"이사님께 양화당에서 왔다고 전해 주십시오."

"양화당이요?"

"예, 양화당이라고 하면 아실 겁니다."

재욱은 정중하게 부탁한 다음에 제자리에 돌아와 앉았다. 카운터에 있던 여직원이 제빵실에 들어가는 게 보였다. 잠시 후 달아가 제빵실에서 나왔다. 여직원도 함께 따라 나와 달아를 찾아온 재욱을 손으로 가리켰다.

재욱은 자리에서 일어났다. 결벽증이 있는 케이크 마니아 홍재욱이 아니라 사업가 홍재욱으로서 달아를 대하고 있었다.

"안녕하십니까, 이사님."

절도 있는 음성, 이국적으로 생긴 이목구비와 훤칠한 키. 187센티미터에 가까운 장신이라 그를 올려다보는 달아의 목이 뒤로 젖혀졌다.

"안녕하세요. 그런데 양화당에서 절 왜……."

"명함은 거의 들고 다니지 않아서 이름만 밝히겠습니다. 홍재욱이라고 합니다."

"네."

네? 고작 네?

이름을 밝히면 두 눈을 휘둥그레 뜨고 놀랄 줄 알았던 달아가 시큰둥한 반응을 보인다. 재욱은 고개를 살짝 숙인 다음에 물었다.

"혹시 절 모르십니까?"

"예, 지금 처음 봤는데요. 혹시 어디서 만났었나요?"

"아닙니다. 양화당에서는 제 이름 석 자만 대도 모르는 사람이 없어서요."

"죄송합니다. 전 양화당 사람이 아니라서요."

무뚝뚝한 대답에 재욱은 어색한 미소를 지었다.

무슨 여자가 이렇게 뚱해? 양화당의 사장 홍재욱도 몰라? 왜 몰라, 왜! 신문에 자주 나오는 이름인데! 30대의 젊은 사장이라면서 뉴스만 틀면 얼굴이 나왔건만 왜 몰라!

머릿속에서 맴도는 말을 모두 퍼부어 주고 싶었지만 달아의 무표정 때문에 재욱은 헛기침을 뱉었다.

"절 왜 보자고 하셨어요?"

"본론부터 말하죠."

재욱이 자리에 앉자, 달아도 마주보고 앉았다.

"제가 여기 온 이유는……."

재욱이 막 운을 떼려는데 여직원이 주문한 커피와 케이크를 들고 왔다. 여직원은 조심스럽게 아메리카노 잔을 재욱의 앞에 놓았다. 길고 넓은 사각 접시에 골드 몽블랑과 볼케이크가 나왔는데 볼케이크에는 태극기가 꽂혀 있었고 느끼함을 달래라는 뜻인 양 상큼한 과일 펀치도 곁들여져 있었다.

"정말 훌륭합니다."

재욱은 눈앞에 놓인 케이크에 감동 받아 얼굴을 붉히고 해맑게 웃고 있었다.

이 사람 왜 이래?

달아는 심각한 얼굴로 저를 불러낸 남자가 케이크를 보고 천진난만한 표정을 짓는 걸 보고 피식 웃었다. 상기된 표정만 봐도 케이크를 정말 좋아하는 사람이구나, 라는 걸 충분히 느낄 수 있어 달아의 표정도 아까보다 조금 밝아졌다.

"감사합니다."

"제가 카페 달의 단골입니다. 아니, 마니아입니다."

"감사합니다."

"한 번은 케이크만 여러 종류로 10개를 먹었죠. 그런데도 느끼하지 않아서 좋았습니다."

달아는 역시 감사하다는 말을 하고는 재욱이 맛을 볼 수 있게 지켜보았다. 그런데 포크를 집으려는 손에서 머뭇거림이 느껴졌다. 그녀는 그의 손에서 시선을 떼지 않았다. 손가락을 구부렸다가 펴며 고민하는 표정이 좋지 않게 보여 물었다.

"무슨 문제라도 있나요?"

달아의 물음에 재욱이 고개를 절레절레 흔들었다.

"어딘지 모르겠지만 불편해 하시는 것 같아서요."

달아가 포근한 미소를 짓고 묻자 그제야 재욱이 포크를 가리켰다.

"이 포크에 손가락…… 그러니까 지문 자국이 있어요."

"지문이요?"

재욱의 말에 포크를 집어 살피던 달아의 표정이 구겨졌다. 아주 살짝 묻은 정도였지만 사람에 따라 불쾌감을 느낄 수 있어 그녀가 양해를 구하며 자리에서 일어났다.

"깨끗한 걸로 가져 오겠습니다."

"아닙니다! 휴지로 닦아서 먹겠습니다."

"저라도 기분이 상했을 거예요."

"유별나게 생각하실 것 같아서…… 하하. 아닙니다. 그냥 제가 닦아 먹어도 됩니다."

재욱은 등골에 땀이 흐를 정도로 긴장하고 있었다. 양화당의 사장, 홍재욱이 마음 졸이는 꼴이라니! 한심하군.

혼자 있었다면, 아니 달아의 앞만 아니었어도 새것으로 달라고 했을 것이다. 뜨거운 물에 팔팔 끓이라며 소리를 질렀을 테지만 카페 달의 이사, 남달아의 앞이 아닌가. 젠틀맨의 이미지를 강하게 심어 주어야 했다.

"그럼 제가 닦아드릴게요."

달아가 손을 내밀어 포크를 들고 있던 재욱이 깜짝 놀랐다.

"아닙니다."

"주세요. 이것도 서비스니까요."

재욱에게서 받은 포크를 달아는 휴지로 닦기 시작했다. 반들반들하게 닦으며 미소까지 짓는데 입이 저절로 벌어지고 눈매가 가늘어졌다. 케이크가 아니라 남달아의 친절함에 애간장이 녹는 기분이었다.

"이제 맛보세요."

"다정하시군요."

"감사합니다."

달아는 재욱이 케이크를 먹는 모습을 물끄러미 보았다. 양화당의 홍재욱이라는 사람이 자길 왜 찾아왔는지 궁금해서 죽을 노릇이었다. 하지만 재욱이 케이크를 먹을 때마다 짓는 표정 때문에 가만히 지켜볼 수밖에 없었다. '카페 달'을 찾는 손님들은 케이크를 좋아한다. 하지만 재욱처럼 좋아서 죽을 것 같이 감탄하며 먹는 사람은 없었다. 그래서 그런지 눈을 감고 맛을 음미하는 재욱 때문에 달아도 함께 미소 짓고 있었다.

"정말 맛있습니다."

"케이크를 정말 좋아하시나 봐요."

"좋아하는 정도가 아닙니다. 사랑합니다."

"풋, 저도 케이크를 사랑하는데. 이 몽블랑을 만들 땐요, 사랑하는 이의 머리카락을 만져 준다고 생각하고 만들었어요."

달아의 설명에 재욱이 눈을 번쩍 떴다.

"그래서 이렇게 부드럽군요. 입에서 녹습니다."

재욱은 그렇게 말하고 나서 마파람에 게 눈 감추듯이 케이크를 먹어치우고 있었다. 아메리카노로 단맛을 상쇄한 그가 하아! 라고 마지막 감탄사를 쏟아낸 후에 슈트 안주머니에서 손수건을 꺼내 입을 닦았다. 이제야 케이크의 마력에서 벗어난 그가 달아를 똑바로 바라보았다. 관상학을 공부한 건 아니지만 하루에도 수천 명을 상대하는 직업이라서 사람 보는 눈에는 자신이 있는 편인데, 달아의 인상이 주는 느낌은 좋은 편이었다.

달아는 고생을 모르고 살았다. 부잣집에서 태어나 돈 걱정해 본 일도 없었다. 그렇다고 공부를 꼭 1등 해야 한다는 강박도 없었을 것이다. 제과제빵계의 전설이라 불리는 남장우 기능장에게 빵 만드는 건 모두 배웠을 테니 유학을 갈 필요도 없었을 것이다. 또 취직을 걱정해 좋은 대학 좋은 과에 진학하지도 않았을 거다. 아니 그런 고민 자체가 남달아에겐 필요 없었을 게다. 아버지의 뒤를 이어 제과 제빵을 해, 카페 달에서 일하면 되니 말이다. 좋아서 하는 일이지만 필사적이지는 않다. 그리고 무언가를 해내야 한다는 목표 의식도 없어 보였다. 그녀는 빵을 만들고 쿠키를 굽는 게 좋을 뿐이다. 그 일을 하는 게 너무 좋아서 만들고 있으니 다른 욕심이나 포부가 없다.

이마가 넓고 둥그렇다. 부모 복이 많은 형상이다. 콧방울이 둥그스름하나 오뚝하다. 콧대는 높은데 콧구멍이 보이지 않으니 돈을 모으는 상이었다. 인중도 적당하고 입술의 끝이 살짝 올라가 있어 웃는 상이었다. 턱도 너무 짧지 않고 길지도 않았고 너무 날카롭게 뾰족하지도 않았다. 후덕한 느낌이 들 정도로 갸름했다.

인상대로라면 달아는 죽을 때까지 돈 걱정은 없어 보인다. 인복도 있는 편이고 부모운이 기가 막히게 좋았다. 남편 운 같은 건 점쟁이가 아닌 고로 알 수 없었지만 인상이 맑아서 말년까지 근심걱정 없이 잘 지낼 것 같았다. 그런데 이게 마냥 좋은 게 아니다. 경쟁 사회에선 달아 같은 사람은 바보 취급을 당하기 일쑤이다. 여유가 있으니 돕고 어려운 게 없으니 남들을 돌보는 것, 자기가 억울한 일을 당해도 조용히 넘기려고 하는 것 자체가 모두 독이었다.

재욱은 달아의 손에 시선을 떨어트렸다. 상처가 많은 손이다. 특히 덴 자국이 많았다. 쓸리고 까진 흉터도 있었다. 귀하디귀하게 자랐으면 제빵이 아닌 제 몸을 치장하는데 더 많은 시간을 보낼 텐데 달아는 멋 부리는 것보다도 빵 만드는 걸 선택한 것 같아 괜히 마음이 쓰라렸다. 마치 죽 쒀서 개준다는 옛말처럼 손목 아프게 빵을 구워가며 쌓은 노하우를 쉽게 빼앗겼으니 얼마나 억울할까?

달아의 얼굴에서 시선을 떼지 못하고 있을 때였다. 달아가 고개를 앞으로 쭉 내밀더니 물었다. 안 그래도 큰 눈을 더 크게 뜨고 쳐다보는데 심장이 철렁 내려앉는 것 같았다.

"하실 말씀이 뭔가요?"

재욱이 저를 유심하게 살펴본 탓에 기분이 이상했던 달아가 물었다.

"차해심 팀장과 친구죠?"

"예."

달아는 재욱을 수상한 눈초리로 보았다.

"차해심 팀장이 개발한 비스코티 쿠키에 대해 알고 있죠?"

"……무슨 일로 그러세요?"

"비스코티 쿠키가 원래 남달아 씨의 레시피였다는 거 알고 왔으니까 바른대로 대답해 주세요."

꼬치꼬치 캐묻는 말투에 달아는 바짝 긴장했다. 시선을 어디에 둬야 할지 몰라 테이블의 모서리를 보고 있는데 재욱이 물었다.

"양해를 구하지 않고 훔친 레시피. 맞죠?"

달아는 대답을 어떻게 해야 좋을지 몰라 눈동자를 좌우로 굴렸지만 날카로운 질문은 계속 날아들었다.

"전부 알고 왔으니 대답해 주세요."

"양화당의 감사팀에서 나오셨나요?"

재욱은 피식 웃었다. 사장한테 감사팀에서 나왔냐고 묻다니 기가 막힌다.

"묻는 말에나 대답해요."

"전 할 말이 없어요. 그러니까 궁금한 게 있으면 해심이한테 물어보세요."

달아가 자리에서 일어나려고 의자를 밀어 재욱이 얼른 말했다.

"아까 공원에서 두 사람이 하는 얘길 들었습니다. 작년에 한 건, 올해도 한 건. 작년에 차해심 팀장이 히트 시킨 제품은 '퐁당 쇼콜라를 품은 딸기'였죠. 그리고 올해는 비스코티 쿠키. 입사 때는 홍차 마들렌이었는데 모두 남달아 이사님의 아이디어였습니다. 맞습니까?"

"누구나 낼 수 있는 아이디어라고 생각합니다."

"그럼 왜 그렇게 열을 내셨습니까? 누구나 낼 수 있는 아이디어라면서요. 차해심 팀장에게 따졌잖아요. 제 말이 틀립니까?"

물음의 강도는 높아졌지만 음성은 부드러워 타이르는 것처럼 들렸다. 이 남자 보통이 아니구나, 사람의 마음을 구슬릴 줄 알아. 입을 잘못 놀리면 해심이한테 오해를 살 거야. 달아는 입술을 깨물었다.

"이건 아주 중요한 문제입니다."

"저는……"

"공원에서 하는 말을 다 듣고 뒤를 밟았다니까요? 만약에 박 회장님께서 차해심 팀장이 개발한 제품에 대해 걸고넘어진다면 우리 양화당은 큰 타격을 입습니다."

"전 할 말이 없습니다. 해심이하고 나눈 말을 들었다고 하시는데 솔직히 믿기 어렵고요."

"차 팀장을 감싸는 게 우정은 아닙니다."

재욱의 일침에도 달아는 자리에서 일어났다.

"일이 많아서요."

"믿고 싶은 마음은 알겠는데 차 팀장은 남달아 씨처럼 생각하지 않아요. 아무리 감싸도 고마워할 줄 모를 겁니다."

의자를 테이블 안으로 밀어 넣던 달아의 동작이 얼어붙었다.

"무슨 말씀인지……."

재욱이 달아의 손수건을 싼 봉투를 꺼내 테이블에 놓았다. 달아의 몸이 앞으로 쏠렸다. 엉망이 된 손수건을 보는 게 고통스러운 듯 인상도 찡그려졌다.

"이게 어떻게……."

"보이죠? 누런 자국. 커피와 함께 쓰레기통에 버렸던 걸 제가 주워온 겁니다."

재욱의 설명에 달아의 얼굴이 새빨갛게 달아올랐다. 누군가에게 뺨을 맞은 것처럼 얼얼하기도 하고 목구멍까지 치미는 욱! 하는 감정에 어금니를 사리물었다. 손수건에서 시선을 뗀 그녀의 눈에서 불기둥이 치솟았다.

"해심이가 이걸 버렸다는 거예요?"

"정확하게는 쓰레기통에 마시던 커피와 함께."

해심도 해심이지만 있는 그대로 전해 주는 재욱이 얄미웠다. 달아는 호흡을 가다듬었다.

"이걸 왜 보여 주시는 거죠?"

"진실을 알아야 하니까. 난 우리 양화당의 명예를 목숨처럼 여기는 사람입니다."

재욱의 눈빛이 서늘해졌다. 양화당이라고 말할 때 그의 표정은 더없이 진지해지고 충성심과 애사심이 느껴졌다. 달아는 그가 하는 말이 진심임을 깨닫고 한숨을 내쉬었다.

달아의 시선이 손수건에 내려앉았다. 망연한 시선에는 슬픔이 진하게 묻어났다. 제빵실로 돌아가려다가 테이블 안으로 밀어 넣던 의자를 빼서 앉았다. 그리고 손수건을 싼 봉투를 조심스럽게 쥐고 말문을 열었다.

"버릴 거라고 생각 못했어요. 돌려받을 생각을 한 것도 아니에요. 하지만 버린 건 너무하네요."

"나 역시 차해심 씨가 그렇게 행동할 줄 몰랐습니다. 회사에선 천사가 따로 없거든요."

"천사…… 그렇게 불리는군요."

달아는 눈을 감았다가 뜨고 재욱의 얼굴을 빤히 바라보았다.

"입사 테스트 때, 제 마들렌 레시피를 들고 갔어요. 물론 허락도 안 받고요. 레시피 노트 자체가 없어져서 덜렁거리는 제 성격 탓을 했죠. 또 어디에 놓고 왔나 보다. 그런데 기억이 안 나네? 이렇게 생각했어요. 해심이가 제 레시피로 입사했다는 걸 6개월이 지나서 알았어요. 해심이가 고백해서 알았죠. 사실 그땐 마들렌에 대한 열정이 식어 있었어요. 또 우리 카페에선 마들렌보다 케이크가 더 많이 팔리기 때문에 대수롭게 생각하지 않았어요."

"그럼 두 번째는요?"

"그때부터 기분이 나빴어요. 퐁당 쇼콜라가 품은 딸기, 제가 만든 이름이었고 아버지한테도 칭찬 받았어요. 이름이 예쁘다고요. 우리 아버지가 그런 이름을 좋아하거든요. 그런데 제가 좀 더 욕심을 부리느라고 바로 내놓지 않고 시간을 끌었어요. 그게 화근이었어요. 해심이가 그걸 맛보고 나서 너무 맛있다면서 이것저것 묻는 거예요."

"말해 줬습니까?"

"아뇨, 그냥 웃고 말았는데 제가 잠깐 자리를 뜬 사이에 레시피 노트를 본 모양이에요."

달아의 대답에 재욱이 진심으로 화를 냈다.

"잘 좀 챙겨요! 달아 씨는 프로입니다. 레시피 노트가 재산인데 그걸 그렇게 소홀히 관리하는 게 어딨어요!"

"안 그래도 아버지한테 만날 혼나요. 그런데 전 레시피 노트라는 게 따로 없어요. 밥을 먹다가도 생각이 나는 레시피가 있으면 휴지에 휘갈겨 쓰고 일하다가 생각이 나면 손에 잡히는 종이에 쓰곤 하거든요."

"따로 정리는 안 합니까?"

"거의……. 그냥 그것들을 모아서 서류철을 하죠."

달아의 대답에 재욱은 몸이 근질거렸다. 갑자기 가려운 건 무슨 이유람? 듣고 있으려니 답답해져서? 어쨌거나 남달아는 정리정돈을 전혀 못하는 성격인 모양이다. 덜렁거리는 정도가 중증 같았다. 재욱이 제일 싫어하는 타입이었다.

"이번에도 그렇게 된 거예요."

어깨를 늘어뜨리며 울상을 짓는 달아를 멀거니 바라보고 있던 재욱이 인중과 턱을 손가락으로 누르고 있다가 말했다.

"달아 씨가 묵인하는 동안 양화당은 피해액만 늘어나고 있습니다."

"무슨……."

"곧 알게 되겠죠. 내일 다시 오겠습니다. 이 시간에."

재욱은 그렇게 말하고 자리에서 일어났다. 달아는 그를 올려다본 채 눈동자를 불안하게 떨었다.

"해심이가 오해할 거예요. 제가 고자질했다고요."

"솔직하게 말하세요. 아니 그 손수건을 보이게 된다면 입을 다물 겁니다."

"제 말은 제가 치사한 사람으로 보일 거라는 거예요."

"그건 내 알 바가 아니라 모르겠군요."

재욱은 그렇게 말하고 의자를 안으로 밀고는 덧붙였다.

"사실 순서가 많이 바뀌었어요. 그런 친구는 감싸는 게 아니라 뺨이라도 후려쳤어야 했습니다."

"그건 제가 알아서 해요."

"내일 봅시다."

"안녕히 가세요."

달아는 독단적으로 내일 보자는 말만 하고 나가는 재욱을 바라보다가 바스락 소리가 나게 쥐고 있던 봉투 안을 들여다보았다. 해심에게 빌려 준 손수건을 이런 식으로 돌려받게 돼 분노가 치밀었다. 당장 쫓아가서 손수건을 왜 버렸느냐고 따지고 싶었지만 미안하다며 해심이 또 울 게 뻔해 괜히 시간 낭비하고 싶지 않았다. 달아도 어릴 땐 잘못하거나 속상할 때마다 울었지만 나이가 들면서 울지 않으려고 했다. 울보라는 별명이 꼭 겁쟁이라는 말로 들려서였다.

그런데 달아가 우는 것을 멈추니까 해심이 울기 시작했다. 꼭 달아를 보고 배운 것처럼. 따지고 묻거나 싫은 소리를 하게 되면 고장이 난 수도꼭지처럼 눈물을 펑펑 쏟아내는데 감당이 안 된다. 우는 모습이 보기 싫어서 적당히 얼버무렸더니 해심은 눈물을 무기로 삼고 있었다. 눈물이 무기가 되는 시대는 끝났음을 해심은 모르는 것 같아 달아는 가슴이 아팠다.

달아는 손수건이 든 봉투를 들고 화장실에 들어갔다. 그리고 커피의 달콤한 향이 빠지도록 흐르는 물에 대고 있었다. 커피 향이 빠진 손수건에 세제를 묻혀 박박 문질렀다. 헹구고 비틀어 짜고 다시 헹구고. 괘씸한 해심을 응징하듯이 몇 번이고 손수건을 비틀어 짜던 달아의 시선이 거울에 머물렀다. 거울 속의 달아는 울상을 짓고 있었다. 일방통행으로 살아왔다는 기분이 들었다. 할머니가 돼서도 친하게 어울릴 수 있을 거라고 기대했던 마음이 허물어지면서 갑자기 얼굴이 확 뜨거워졌다.

"남달아, 주인을 잃은 개처럼 울상 짓지 마. 웅크리지 마. 그냥 끝났다고 생각해."

해심이 아니었으면 창고에 갇혀 죽었을 거라는 생각에서 벗어나자. 잘못을 저지른 친구를 은인을 대하듯이 용서하는 것도 한계에 닿은 것 같았다. 자그마치 25년 동안 다졌던 우정이 쓰레기통에 처박혔다. 해심에게 달아는 이제 친구가 아니라는 걸 증명하듯이 말이다.

"차해심, 내가 널 먼저 찾는 일은 없을 거야. 또 네가 날 찾아와도 만날 수 없을 것 같구나."

※　　※　　※

양화당의 사장실에 돌아온 재욱은 남동생 현욱을 급히 호출하고 이사진을 불렀다. 해심이 내놓은 두 제품의 판매 현황을 확인한 다음에 계산기로 손실 금액을 따지기 시작했다. 계산기의 숫자판을 누를 때마다 재욱의 양 눈썹이 맞닿기 시작한다. 눈동자에도 이글이글 불꽃이 타오르고 있었다. 입매 또한 분기에 짜부라지고 있었다.

"젠장, 이거 엄청나네."

재욱의 입에서 욕설이 서슴없이 쏟아져 나왔다.

"이런 도둑년! 몹쓸…… 그런 게 내 회사에 들어와? 용서 못해!"

젠장, 회수하는 것도 돈이네!

이미 판매 중인 제품을 회수하고 폐기하는데 들어가는 돈만 해도 수억이었다. 중국과 일본에 수출 계약까지 해 놓은 상황이라 손실액을 따지면 눈물이 앞을 가린다.

박 회장한테 가서 사정 얘기를 한 다음에 러닝 개런티를 제안할까? 그것이 손실을 줄이는 최고의 방법이었다. 대신 차해심에 대한 처우는 양화당에 맡기고 조용히 넘어가는 것으로 하는 게 어떻겠느냐고 제안을 해봄직 하나 과연 박 회장이 그걸 받아들일지 미지수였다.

긁어 부스럼을 내는 것일 수도 있었지만 잘못된 일을 바로잡기 위해선 그 방법밖에는 없었다. 하지만 지금은 차해심과 얘기를 하는 게 먼저였다. 그녀의 대답 여하에 따라 상황이 바뀔 테니 말이다.

"김 실장, 차해심 씨 좀 불러주고 이사진과 본부장은 내가 차해심 씨하고 얘기가 끝날 때까지 비서실에서 대기하라고 해."

재욱은 두 손을 맞잡아 턱 밑에 대고 곰곰이 생각에 잠겼다. 잠시 후, 호출을 받은 해심이 사장실에 들어왔다. 해심은 사장이 두 번이나 불러 고무된 양 어깨가 반듯하게 펴져 있었고 표정도 자신감에 차 있었다.

"부르셨어요, 사장님."

"몇 가지 확인해 보려고 불렀습니다."

해심은 재욱의 표정이 좋지 않아 턱을 당기고 물었다.

"무엇을 확인하시려고요?"

"남달아 씨를 알죠? 친구라고 들었는데 말이야."

모른다는 대답이 나올 것 같아서 미리 조사했음을 드러낸 재욱은 씩 웃었다. 예상했던 것처럼 해심의 안색이 하얗게 질리고 당황한 기색이 역력했다. 그는 깍지를 낀 손을 코 밑에 대고 해심의 대답을 기다렸다. 그가 상체를 숙여 테이블에 팔꿈치를 댈 때 분위기가 심상치 않음을 간파한 해심이 침을 꼴깍 삼키며 시간을 끌다가 대답했다.

"예, 맞습니다. 그런데 왜……."

"총 세 개의 아이디어를 제공 받았다고 들었습니다."

"다, 달아가 그렇게 말하던가요?"

"맞습니까, 틀립니까?"

재욱의 추궁에 해심이 입술을 오므렸다. 태연하게 대처하려고 했으나 쉽지 않아 보였다. 예상치 못한 물음에 많이 놀랐는지 입술이 파르르 떨린다. 얼굴도 빨갛게 익었는데 귀와 목도 점점 붉어지고 있어 보기 안쓰러울 정도였다.

"차해심 팀장. 틀립니까, 맞습니까!"

재욱이 강도를 높여 추궁했다. 실망감과 분노에 그의 표정이 우악스럽게 구겨졌다.

"사, 사장님. 흑…… 흑. 흑."

"우는 걸 보니 틀린 건 아닌 것 같군."

"사장님, 죄송합니다. 제가 달아의 아이디어를 훔친 건 아니고요……."

해심은 최고의 무기인 눈물을 줄줄 흘리며 말을 잇지 못했다. 복숭앗빛이 돌기 시작한 뺨 위로 눈물이 흘러내렸다. 보호 본능을 일으키는 속셈 같았다. 재욱은 매처럼 먹이를 노리는 눈빛을 하고 해심을 노려보았다. 어디 실컷 울어 보라지, 눈물이 통하지 않는 사내도 존재한다는 걸 보여 줄 테니 말이야.

"죄송합니다…… 흑, 흑."

해심은 닭똥 같은 눈물을 흘리며 몸을 바르르 떨었다. 재욱에게도 그녀의 눈물이 통할 거라고 확신한 듯 흘끗흘끗 눈을 흡뜨고 재욱의 안색을 살피기도 했다. 하지만 그녀의 예상은 보기 좋게 빗나갔다. 재욱은 눈물을 흘리는 그녀를 가엾게 여기기는커녕 짜증을 부리며 티슈 상자를 던졌다.

해심의 발 앞에 티슈 상자가 떨어졌다. 모서리 부분이 엄지발가락을 찍어 깜짝 놀란 그녀가 뒤로 물러섰다.

"천박하게 눈물이나 질질 짜지 말고 닦아."

재욱의 말에 해심은 제 귀를 의심했다. 젠틀맨의 대명사인 홍재욱이 소리를 지르는 것도 모자라 휴지를 집어 던지고, 거기다 천박하다고까지 말하다니. 꿈을 꾸는 기분이었다.

"고용 계약서에 명시된 조항에 의하면 양화당의 명예와 재산에 손실을 끼친 자에 한해 손해배상 청구를 할 수 있다고 되어 있는데 기억하나?"

해심은 입을 벌린 채 고개를 끄덕거렸다.

"지금 당장 책상 정리하고, 누가 물으면 집에 사정이 생겨서 갑작스럽게 퇴사하게 됐다고 말하는 게 좋을 거야."

"사, 사장님. 다, 달아가 문제 삼지 않을 거예요. 그건 제가 약속 드려요. 그러니까 사장님, 제게 기회를 주세요. 저, 저, 잘할 수 있 어요!"

해심이 무릎을 꿇고 두 손을 모았지만 재욱의 표정은 바뀌지 않 았다. 그저 그녀가 우는 바람에 바닥을 적신 눈물과 발자국을 어떻 게 지워야 하나 그 고민만 하고 있었다.

"사장님, 생각해 보세요. 조용히 지나갈 수 있는 문제인데도 사장 님께서 절 해고한다면 그건 스스로 광고하시는 거예요. 사람들은 수 군거릴 거고, 그럼 누군가가 제 잘못을 알아낼 거예요. 양화당의 이 미지는 당연히 땅에 떨어지죠. 제 말이 틀린가요?"

"지금 뭐하는 거야, 협박하는 거야?"

"협박이 아니라 그렇게 될 수 있다는 거예요. 달아가 문제 삼지 않겠다고 했으면 조용히 넘어갈 수 있어요. 절 위해서라도 달아는 그렇게 해줄 거예요."

결국 친구를 방패로 세우겠다?

재욱은 코웃음을 쳤다. 달아의 앞에서 짓는 표정과 뒤에서 짓는 표정이 다름을 자신의 눈으로 확인했는데 '절 위해서'라는 말을 해?

재욱은 실눈에 가깝게 눈매를 일그러트리며 자리에서 일어났다. 무릎을 꿇고 있던 해심의 눈썹이 밑으로 푹 꺼졌다. 그녀의 시선이 가까이 다가오는 재욱에게 머물러 있었다.

"난 말이야. 더러운 건 죽어도 못 보는 성격이야. 특히 내 회사의 직원이 더러운 수를 써서 히트 작품을 낸들, 그걸로 돈을 많이 벌어도 기쁘지 않아! 오히려 역겨워!"

재욱의 반응에 놀란 해심은 이제 어떻게 해야 하나 고민에 빠지기 시작했다. 나이 많은 이사진들도 재욱이 화를 내면 주눅이 들어 입도 뻥끗 못한다던데 해심이 그러했다. 몸도 제 마음껏 움직일 수 없었다.

"오늘부터 비스코티와 쇼콜라 딸기, 이 두 제품을 회수할 테니 사직서 제출해!"

"사, 사장님."

"그리고 남달아 이사에게 용서를 구한 다음에 박 회장을 찾아서 자초지종을 설명해."

"왜 긁어 부스럼을 만드세요! 제가 만회할게요. 그리고 달아한테 약속도 받아낼게요!"

"네가 뭔데 그딴 소리를 해! 넌 일개 직원이야, 부스럼을 만들든 제 살을 파먹든 내 마음대로 할 테니 그 뻔뻔한 얼굴 당장 치워. 약속을 받아내? 그걸로 해결이 날 것 같아? 100년 동안 스캔들 한 번, 루머 한 번 없었던 우리 양화당을 네가 망치려고 했어!"

재욱의 날선 목소리에 해심은 입술을 깨물었다. 사면초가가 아닐 수 없었다. 달아야 자신이 눈물을 질질 짜면서 용서해달라고 하면 웃으면서 그러겠노라 말하겠지만 박계숙은 달랐다. 꼬장꼬장한 노인네는 해심과 함께 살 때도 마음을 여는 법이 없이 항시 못마땅하게 여겼다.

해심이 있는 앞에서 자선을 하려면 차라리 집을 구해 줄 것이지, 객을 집에 들여 몇 년이나 함께 살게 하는 건 불편하다는 말을 하곤 했다. 그 외에도 계숙은 해심의 본성을 꿰뚫어 보는 것처럼 눈을 흘기기 일쑤였고 달아에게 해가 되는 일이 생기면 가만히 있지 않겠다고 엄포를 놓기도 했었다.

마치 달아를 이용하려는 제 속내를 읽고 있는 것 같아 해심은 계숙의 앞에선 항시 고개를 숙이고 시선을 피했었다. 솔직히 해심은 계숙이 세상에서 제일 무서웠다. 달아에겐 세상에서 제일 친절하고 정이 많은 천사표 외할머니였지만 제 가족이 아닌 사람에겐 호락호락한 양반이 아니었다. 그런데 그런 사람에게 가서 사과를 하라고? 달아의 아이디어를 훔쳤음을 고백하란 말인가?

해심은 죽고 싶을 정도로 창피하고 치욕스러워 눈을 질끈 감았다. 심장이 멎는 것처럼 아프고 숨이 차올라 그쳤던 눈물이 다시 떨어졌다. 세상이 끝난 것처럼 절망스러웠다. 다른 사람도 아니고 사장에게 진실을 들켰으니 회생할 기회조차 없을 것 같았다. 이제 끝이다, 그만하자. 그렇게 생각하고 해심은 자리에서 일어났다.

"포상금은 물론 지금까지 월급 외로 지급했던 인센티브도 반납해야 할 거야. 그건 경리과에서 정산해서 알려줄 테니 그런 줄 알아. 아니지, 퇴직금에서 정산하도록 하지. 그래봤자 얼마 받아내지도 못하겠지만."

재욱이 입매를 비틀어 해심은 고개를 팍 숙였다.

남달아, 이 계집애가 진짜……. 이런 식으로 호박씨를 까?

해심은 사장실을 나오자마자 눈물을 흘려 흉하게 된 눈두덩을 손으로 두드렸다. 흡, 숨도 크게 들이마시고 고개를 들었다. 비서실에는 사장의 호출을 받고 도착한 이사진과 본부장인 현욱이 있었다. 현욱과 해심의 시선이 오랫동안 허공에서 맞붙었다가 떨어졌다. 해심은 다른 사람들의 시선이 부담스러워 그들에게 인사하고는 비서실을 나갔다. 그때 현욱이 해심의 팔을 잡고 물었다.

"무슨 일인데 울었어?"

"아, 아닙니다."

"안에서 큰 소리도 났어."

현욱은 해심이 걱정돼 미치겠는지 새하얀 이로 아랫입술을 뜯고 있었다.

"……제가 잘못해서요."

"혼났나?"

해심은 애써 태연한 척 웃음을 짓고 말하면서도 눈물을 글썽거렸다.

"본부장님, 죄송합니다."

"차 팀장."

현욱의 인상이 구겨졌다.

"기다려. 내가……."

"아닙니다. 절 도와주실 수 없을 거예요. 그러니까…… 들어가세요."

해심은 눈물을 닦으며 환하게 웃었다. 현욱의 손이 힘을 잃은 것처럼 풀렸다. 그녀는 몸을 돌리고 도망치듯이 비서실을 나갔다.

현욱은 잰걸음으로 걷다가 손으로 입을 막고 뛰기 시작하는 해심을 걱정스럽게 바라보다 뒤돌았다. 사장실의 문은 반쯤 열려 있었다. 대기하던 이사들이 들어가면서 현욱을 배려해 열어둔 모양이었다. 열린 문틈으로 재욱이 보였다. 재욱은 서늘한 눈빛을 하고 현욱을 쳐다보다가 눈이 마주치자 소리를 질렀다.

"뭐해, 시간 없으니까 굼뜨게 행동하지 말고 들어 와!"

오후 4시.

달아는 시간을 확인한 후에 제빵실에서 나왔다. 그리고 곧장 직원 전용 여자 화장실에 들어가서 얼굴을 씻기 시작했다. 5월 중반으로 들어서자 제빵실도 찜통이 되어 가고 있었다. 오븐에서 뿜어대는 열기도 만만치 않고 5명의 제빵사들의 체온도 높은 편이라 온몸이 땀에 절어 냄새가 나는 것 같았다.

비누 거품을 내 얼굴을 문지르고 목과 귀 뒤까지 깨끗하게 닦았다. 꼼꼼하게 세안하고 팔꿈치까지 닦았다. 당장 샤워를 하고 싶었지만 그건 작업실에 가서 해도 되니까 지금은 대충 씻고 있었다.

달아는 새벽 3시에 일어나서 4시에 3호점에 출근했다. 그리고 오전 8시까지 시트를 굽는다. 시트가 차게 식을 동안 식빵을 굽고 각종 파이도 굽는다. 이렇게 그녀가 기본적인 걸 해놓으면 6시부터 출근하는 제빵사들이 그녀를 도와 잔업을 해 주었다. 카페 달 3호의 문이 열리기 직전까지 바쁘지만 오후에는 제법 한가했다. 그래서 달아는 보통 그 전에 퇴근했지만 오늘은 해심 때문에 일이 많이 밀려 퇴근을 4시에 하는 것이었다.

세수를 마친 그녀가 휴지로 얼굴의 물기를 꾹꾹 눌러 닦았다. 털 털한 성격답게 휴지로 얼굴을 닦는 건 일상다반사였다. 물기를 말린 그녀가 주머니에서 스킨로션 샘플을 꺼냈다. 손바닥에 소량 덜어 얼 굴 전체에 고루 바르고 아이크림도 발랐다.

나이에 비해 주름 하나 없고 잡티도 없어 피부에 대한 걱정은 없 었지만 아이크림은 꼭 발라야 한다는 외할머니의 성화에 이젠 습관 적으로 챙기고 있다. 아이크림에 이어 선크림을 발라 마무리를 한 후에야 화장실을 나왔다.

달아는 직원 탈의실에 들어가 옷장을 열고 옷을 갈아입었다. 어 깨에 닿을락말락하는 머리카락을 손가락으로 대충 빗어 묶었다. 머 리카락 몇 올을 흩트려 내리고 링 귀걸이를 했다. 무릎까지 흐르는 언밸런스 라인의 검정 치마 원피스가 제법 잘 어울렸다. 그녀는 오 렌지 빛이 도는 틴트로 입술을 물들였다.

해심을 만나러 갔을 땐 작업 중이었기 때문에 청바지에 티셔츠 차림이었지만 지금은 엄연히 퇴근 시간. 카페 달 3호에서 집까지는 걸어서 20분 거리라지만 추레하게 하고 다니지 말라는 외할머니의 성화에 이리 꾸미게 되었다. 꾸민다고 해도 유행하는 옷을 입고 비 싼 구두에 핸드백을 메는 정도지만.

"나 이만 퇴근해."

달아가 손을 흔들고 카페 달 3호를 나왔다. 오후 4시를 넘긴 거리는 한산했다. 그녀는 구두굽 소리가 또각또각 나게 걸었다. 걸어서 20분 거리에 집도 있고 작업실도 있어 매일매일 출퇴근은 도보로 하고 있었다. 집으로 가는 길에는 제법 괜찮은 카페가 많았다. 레스토랑도 많았고 수제 구두 가게도 있었다. 그러던 중 달아는 공갈호떡을 파는 트럭으로 걸음을 옮겼다.

"안녕하세요, 공갈호떡 하나 주세요."

"남 이사, 오늘도 멋지네?"

매일 퇴근길에 들려 공갈호떡을 사먹다 보니까 이젠 강씨 아저씨에겐 특별한 단골손님이 되었다.

"호떡이 정말 맛있어요."

"기름에 지지지 않아서 담백하지?"

"예."

강씨는 푸근한 미소를 지으며 따끈하게 구워진 호떡을 달아에게 건넸다. 달아도 500원 동전 하나를 건네고 호떡을 받았다. 받자마자 한입 크게 물어 오물오물 씹던 그녀가 환하게 미소 지었다.

"달다."

"달아?"

"맛있게 달아요."

"우리나라 최고의 파티시에님한테 맛있게 달다는 말을 들어서 영광입니다."

강씨는 그렇게 말하고 호탕하게 웃었다. 달아도 따라 웃다가 고개를 꾸뻑 숙이고 돌아섰다. 어린 아이처럼 길을 걸어가면서 호떡을 먹던 달아의 입가에 미소가 깊이 팼다. 입술에도 호떡 부스러기가 묻어 있었지만 그녀는 마지막 즐거움으로 남겨두었다. 남들이 보면 추접스러울 수도 있겠지만 호떡을 다 먹고 나서 혀로 입술을 핥을 때의 맛을 좋아해서 남의 시선은 신경 쓰지 않았다.

달아가 신나게 걸어서 작업실로 향하는데 누군가 팔을 잡았다. 깜짝 놀란 달아가 들고 있던 호떡을 바닥에 떨어트렸다. 달아는 떨어진 호떡에서 시선을 떼고 제 팔을 잡은 사람을 쳐다보았다. 해심이었다. 팔을 어찌나 세게 잡고 있는지 손톱이 살에 파고들어 아팠다. 달아가 팔을 뿌리치고 쪼그리고 앉아 호떡을 주웠다.

"갑자기 무슨 짓이야?"

달아의 짜증스러운 말투에 해심은 어이가 없어 한쪽 입매를 비틀며 웃었다.

"호떡 떨어진 게 아깝니?"

"당연하지. 기척도 없이 나타나서……. 그런데 네가 이 시간에 무슨 일이니?"

"너 보러 왔어. 그런데 애도 아니고 이런 거나 사먹고 있으니 기가 찬다."

"내가 뭘 먹든 네가 무슨 상관이야?"

달아가 쏘아붙이자 해심의 눈매가 가늘어졌다. 달아의 목소리나 눈빛이 달라졌다. 화가 난 정도가 아니라 아예 정나미가 떨어진 것처럼 대하고 있어 당황스러웠지만, 달아가 사장에게 고자질한 걸 생각하면 태도가 바뀐 것도 이해가 갔다.

달아와 해심의 눈이 마주쳤다. 달아는 해심이 제 기분을 읽으려
고 하는 걸 알고 선수를 치며 물었다.

"네가 날 왜 보러 왔는데?"

"너 오늘은 말이 좀 많다?"

"언제는 말이 없었니?"

"나한테 화가 많이 났구나?"

"응."

달아는 솔직하게 대답했다. 해심의 눈빛이 거슬리기도 했지만 손
수건을 버리고도 아무렇지 않게 행동하는 게 꼭 무시당하는 것 같
았다.

"왜 화가 났어?"

"본론이 뭐야? 나한테 할 말 있어?"

"왜 화가 났는지 알아야지! 내가 네 레시피 훔친 게 그렇게 억울
했니? 앞에서는 괜찮다고 말해놓고 돌아서니까 아깝고 속상했어?"

"……그건 벌써 얘기 끝났잖아."

달아는 해심이 온 이유를 이제야 알 것 같았다. 감사팀의 홍재욱
이란 남자가 결국 일을 낸 모양이다. 달아는 입매를 굳히고 바닥에
떨어진 호떡에 시선을 고정했다.

"얘기가 끝났는데 우리 사장이 사직서를 쓰라고 하니?"

"그래서 그게 그렇게 억울하니? 내가 말한 것도 아니고, 어떤 남
자가 너하고 내가 하는 얘기를 들었다면서 카페에 찾아왔어. 말하지
않으려고 했지만 다 알고 있더라. 우리가 나눈 얘기를 다 하는데 시

치미를 뗄 수가 있어야지. 그런데 해심아, 이건 좀 이상하지 않니? 왜 내가 비난 받아야 하니?"

달아는 억울한 생각이 들어 핸드백에서 꺼낸 여행용 티슈를 비틀었다.

"네가 먼저 말했더라면 됐었잖아!"

"사직서 쓰래. 지금 우리 사장이 날 해고하는 일로 이사들을 불렀어! 본부장도 불렀다고!"

"안 됐구나."

"그렇게 말하면 안 되지. 내 꿈이 물거품이 되는데!"

예전 같았으면 해심이 악을 바락바락 쓰지 않도록 다독였을 테지만 달아는 눈 하나 깜짝하지 않았다.

"남달아, 너 나한테 왜 이래?"

"네가 날 찾아온 이유가 따지려고 온 것 같아서. 꼭 싸우자고 시비 거는 걸로 보여."

달아의 말에 해심은 아차! 싶어 손으로 입을 가렸다. 해심에겐 천사였던 달아가 돌변한 것도 충격인데 제 마음을 읽고 있어 입에 침이 고였다.

"네 외할머니한테 내 얘기 좀 잘 해 줘. 내가…… 네 아이디어를 훔쳐서 히트작을 냈는데 그거 사실은 네가 준 아이디어라고 해 줘. 그리고 우리 사장님한테 네가 준 건데 깜빡했던 거라고 말해 줘."

"내가 왜 그래야 하는데?"

"왜?"

"내가 왜 그 부탁을 들어줘야 해? 내가 왜 그런 거짓말을 해야해?"

달아가 던진 질문에 해심의 안색이 창백하게 질려갔다. 생각 외의 반응이라 심장이 멎는 것도 같았고 앞이 컴컴했다. 그리고 달아가 처음으로 무섭게 느껴졌다.

"우린 친구니까."

"……그래, 친구."

달아는 씁쓸한 표정을 짓고 있다가 손을 내밀었다.

"저기 해심아. 내가 준 손수건 지금 돌려줄래? 만난 김에 가져가서 빨게."

"그, 그거? 회사에 있어."

"회사에 있어?"

달아는 해심의 거짓말에 눈물이 고여 고개를 숙였다. 제 변명에 가까운 거짓말. 전에는 몰랐다. 해심이 하는 말을 다 믿으려고 했지만 제 성의를 무시하는 태도를 알고 나선 그런 마음이 들지 않았다.

"빨아서 주려고 회사에 뒀지."

"그래, 알았어. 다음에 줘."

"저기 달아야, 나 좀 상황이 안 좋아졌어. 사직서를 쓰래. 그러니까……."

해심이 설명하려는데 달아가 그냥 지나쳤다. 놀란 해심이 달아를 뒤쫓았다.

"내가 말하고 있잖아! 그냥 가면 어떻게 해? 나 무시하니? 나 정말 힘들다고!"

해심이 발작을 일으키듯이 소리를 질러대자 그제야 달아가 걸음을 멈추었다.

"어떤 사람이 찾아와서 너에 대해 물었어. 그래서 대답해줬어. 그 사람이 네 사장님한테 말한 모양이야."

달아의 대답에 해심이 앞을 막고 소리를 질렀다.

"왜? 왜 그랬는데?"

"왜라니?"

"그 사람이 어떻게 찾아왔는지 몰라도 아니라고 해줬어야지. 그게 우정 아니니?"

"우정이 그런 거니? 내 살 깎아먹으면서 이용하려는 친구를 돕는 게 우정이니?"

"그깟 아이디어 좀 빼앗겼다고 너무 하는 거 아니니? 넌 아이디어 많잖아. 나 좀 도와줘도 되잖아. 너 잘 먹고 잘 살잖아!"

해심은 늘 같은 소리를 해댔지만 달아의 표정은 변하지 않았다. 오늘 처음 만난 타인을 대하듯이 그저 바라보고 있었다. 해심은 달아의 눈빛이 서늘해 소름이 돋았지만 제 할 말을 다 쏟아냈다.

"네가 날 돕지 않으면 난 죽을 수밖에 없어!"

"그런 말로 날 움직이려고 하지 마."

"남달아, 너 나한테 왜 이래? 왜 이래! 왜 이러냐고!"

"이것 때문에 그래."

달아가 핸드백에서 손수건을 꺼냈다. 잘 빨려 빳빳하게 마른 손수건이 나와 해심이 숨을 깊이 들이마셨다. 저건 분명히 내가 쓰레기통에 버린 건데 어떻게 달아의 손에 있지? 제 눈으로 보고도 믿기지 않아 눈만 끔뻑거리는데 달아가 입을 뗐다.

"네가 버린 손수건을 너희 회사 사람이 주웠어. 나한테 이걸 돌려주더라. 그런 식으로 돌려받아서 기분이 안 좋아. 그동안 난 뭐였나, 너한테 어떤 사람이었나, 다시 생각했을 만큼 상처 받았어."

"아, 아니야. 얘는. 나 아니야. 그건 오해야. 네가 준 거 가지고 있어."

"그러지 마. 눈에 빤히 보이는 거짓말은 하는 게 아니야. 차라리 미안하다고 해. 그렇게 용서를 구하는 게 맞아."

달아는 진심으로 해심이 걱정돼 한 말이었다.

"그러니까 너는 내 말은 무조건 안 믿는 거네? 내가 그걸 버렸다고 생각하는 거네, 맞지?"

"그건 네 자신이 더 잘 알겠지. 그럼 난 이만 간다."

"가긴 어딜 가. 내 얘기 안 끝났는데!"

해심이 달아의 팔을 잡았지만 소용없었다. 달아가 해심의 손을 억지로 밀치며 무심한 어조로 말했다.

"우린 끝났어."

"끝나다니?"

"나도 우리의 우정이 이렇게 끝난다는 게 믿기지 않아."

"고작 그것 때문에 날 버리겠다고? 야, 너 많이 가졌잖아. 그렇게 많이 가졌으면서 가난하고 찌질하고 가엾게 산 친구를 왜 아껴 주지 못하는 거야?"

해심은 달아를 인정머리 없는 사람으로 몰아붙이며 눈물을 글썽이기 시작했다. 거리의 사람들이 달아와 해심을 번갈아 보았다. 이때를 노린 것처럼 해심이 또 울기 시작했다. 두 손으로 얼굴을 감싸고 헝헝, 소리를 내며 울었다. 달아가 울린 꼴이었다. 남의 일에 나서기 좋아하는 아주머니가 달아를 손가락질하며 일행에게 뭐라고 한다. 순식간에 달아가 나쁜 사람이 되었다. 예전 같았으면 해심의 눈물 앞에서 어쩔 줄 몰라 했을 테지만 달아는 이상하게 웃음이 나왔다.

"차해심 너 또 연기하는구나, 배우가 되었으면 연기 대상은 따 놓은 당상이겠구나. 하지만 이젠 안 속을래. 네 거짓 눈물에 질렸어!"

달아는 한숨을 깊이 내쉰 다음에 돌아섰다. 두 손으로 얼굴을 가리고 울던 해심이 손가락을 벌리고 멀어져가는 달아를 쏘아보았다. 쏘아보던 시선이 흔들리기 시작한다. 달아의 뒷모습이 얼음장처럼 차갑게 느껴져 섣불리 다가갈 수 없었다. 해심은 입매를 비틀었지만 박 회장을 움직일 수 있는 사람은 달아밖에 없었기에 눈물을 지우고 얼른 뒤쫓았다.

"달아야, 야. 너 왜 그래. 그렇게 무서운 말하지 마."

해심이 달아의 팔을 잡고 억지로 팔짱을 끼며 어리광을 부렸다. 달아가 걸음을 멈추었다. 그리고 고개만 옆으로 돌려 해심을 내려다보았다. 어깨에 얼굴을 기대고 있던 해심이 숙였던 허리를 곧게 펴며 억지웃음을 지었다.

"달아야, 화내지 마."

"해심아, 나…… 부자야."

"알아, 네가 부자인 건 같이 살았던 내가 잘 알지."

"그래, 난 많이 가졌어. 인정하지?"

해심은 대답 대신 고개를 끄덕거렸다. 대답할 가치를 못 느꼈는지 피곤한 표정을 짓고 있었다.

"그럼 너 하나 없다고 아쉬울 것 없겠네?"

"달아야……."

"넌 많은 걸 잃겠지만 난 아닌 것 같아. 솔직히 넌 우리 집에서 학비를 대주지 않았더라면 대학교도 못 들어갔을 거야. 우리 집에서 네 학비도 대주고 용돈도 줬어. 내 친구였기 때문에 가능했던 거야. 그건 너도 잘 알고 있지?"

해심은 듣기 싫은지 입매를 굳혔지만 달아는 해심을 다그쳤다.

"그걸 아는 네가 나한테 이러면 돼? 은혜를 원수로 갚는 꼴이잖아. 내가 섭섭하지 않겠어? 화나지 않겠느냐고!"

"그래, 섭섭하겠지만……."

"넌 제대로 사과도 하지 않았어. 그래놓고 지금은 나 때문에 회사에서 잘리게 됐다며 탓하는 거니? 질린다, 너 정말 실망이고 엉망이야!"

달아도 참지 않고 제 할 말을 다 하고 있어 해심이 혀를 찼다.

"너 진짜 대단하다? 착한 척은 다 하면서, 파리 한 마리 제 손으로 못 죽일 것 같은 얼굴 하고 있더니 화가 나니까 무서운데?"

해심은 배를 잡고 웃기 시작했다. 우아한 차림새와 달리 웃음소리나 동작이 천박해 눈살이 찌푸려졌다. 해심의 웃음소리에 얼굴을 붉힌 달아가 양 주먹을 쥐고 소리쳤다.

"네 실력으로 들어간 회사가 아니야. 내 덕으로 갔어. 네 히트작 모두 내 덕이야. 그 회사에 입사할 수 있었던 학력도 우리 집에서 만들어 줬어!"

"그동안 생색내고 싶어서 어떻게 참았니?"

"그런 생각은 아예 없었어. 그런데 네가 한 행동이 날 치사하게 만들어. 그래서 더 화가 나!"

"절교 선언이 무섭긴 무섭네. 네 묵은 감정이 다 드러나는 걸 보니까 말이야."

달아가 세상에서 제일 싫어하는 게 말다툼이었다. 말다툼은 상처를 내기 위해 쏘아댄다. 싸움을 잘 못 하는 사람들의 공통점이 주절주절 떠들면서 옛날 일을 들춘다. 달아처럼. 상대를 굴복시키는 법을 모르는 사람들은 목청을 키운다. 지금의 달아처럼. 미련이 많은 사람은 했던 말을 반복하며 상대의 진을 뺀다. 역시 달아처럼.

"네가 날 왜 찾아왔는지 알겠어. 지금 얘길 들어보니까 네가 내 아이디어를 훔친 걸 우리 외할머니가 알게 되는 게 두렵고 회사에서도 우리 집을 무시할 수 없어 널 보낸 것 같은데, 약속할게. 지나간 일은 절대로 문제 삼지 않을 거야. 그러니까 우리…… 그만하자."

달아는 그렇게 말하며 숨을 크게 들이마셨다가 내뱉었다.

"차해심, 건강하고 행복해."

마지막 인사. 25년의 우정을 청산하는 말로는 밋밋할 수 있겠지만 다른 말은 생각나지 않았다. 달아는 해심의 얼굴 표정이 어떻게 변하건 상관하지 않고 몸을 휙 돌렸다. 작업실로 가려던 걸음을 근처의 포장마차로 돌릴 뿐이었다. 쿨하게 행동하려고 했는데, 드라마나 영화에서 나오는 여자 주인공처럼 훌훌 털고 싶었는데 쉽지 않을 것 같았다. 눈가는 태양을 품은 것처럼 뜨겁게 달구어져 가고 가슴에는 소낙비가 퍼부었지만 달아는 해심에게 제 마음을 들킬 수 없어 어금니를 꽉 깨물었다.

차해심, 너 정말……. 미안하다고 잡을 줄 알았는데. 그런 말은 하지 말라고 매달릴 줄 알았는데…….

오로지 지난 일을 문제 삼지 않겠다는 말만이 필요했다는 걸 증명하듯 해심이 뒤쫓아 오는 소리는 들리지 않았다. 자존심이 상하기도 했고 가슴이 뻥 뚫린 것처럼 쓰라렸다. 뒤를 돌아보면 해심이 있을까? 소리를 죽이고 울고 있는 건 아닐까? 혹시나 하는 마음에서 뒤를 흘끗 돌아보았지만 달아의 기대와 달리 해심의 모습은 그 어디에도 없었다. 그저 한산한 거리에 달아만 덩그러니 남겨져 있다.

마치…… 이미 이전에, 아주 오래 전부터 해심에게 달아는 친구가 아니었음을 확인 받는 기분이 들 정도로 거리는 조용했다.

이사들을 어떻게 구워삶은 거야?

재욱은 달아의 레시피를 훔친 해심을 용서할 수 없다, 해고 시켜야 한다고 목청을 높였지만 이사들은 물론 본부장인 현욱까지 섣부른 판단이라며 말리는 바람에 기가 막혔다.

해심에게 63빌딩만한 빌딩을 뇌물로 받은 것도 아닐 텐데 왜 그렇게 감싸는 거야? 착하고 여린 사람이다? 차해심이? 그래, 여리지. 가면을 쓴 그 얼굴은. 우수에 찬 눈빛을 하고 상대를 대하는 그녀는 여린 사람이었지! 하지만 모두 속고 있는 거야. 그 여자의 이중성을 모르는 사람들이나 착하고 여리다는 말로 감싸는 거라고!

재욱은 서래마을을 설렁설렁 걸으며 쓴 입맛을 다셨다. 기회를 한 번 주고 나서 판단하는 것도 나쁘지 않다고 외치는 인간들까지 쓸어버리고 싶을 정도로 불쾌했던 회의시간. 불편하고 짜증스러웠던 회의를 마치고 퇴근했더니 밤 10시가 훌쩍 넘었다.

배가 고파 서래마을에서 배나 채우고 갈 생각에 돌아다니는데 먹을 만한 게 마땅치 않다. 초밥을 먹을까, 어쩔까 고민하는데 달아로 보이는 여자가 손으로 입을 막고 으슥한 골목으로 뛰어가고 있었다. 남달아? 잘못 본 게 아닐까? 아냐, 남달아 맞아. 옷도 그렇고 외모도 딱이야. 그는 범인을 쫓는 형사처럼 그녀의 뒤를 따라갔다.

숨을 격하게 내쉬며 가슴을 두드리던 그녀가 고개를 뒤로 젖혔다. 다행히 구토한 것 같지는 않아 그가 조심스레 물었다.

"남달아 씨?"

제 이름이 들리자 달아가 뒤를 돌아보았다. 울었는지 눈이 퉁퉁 부어 있어 흠칫 놀랐지만 술냄새가 확 끼쳐 만취 상태임을 굳이 묻지 않아도 알 수 있었다.

"이렇게 인사불성이 되게 마시면 위험해요."

재욱은 달아가 고개를 삐딱하게 숙이고 눈을 깜빡거리며 누구인지 확인하는 것 같아서 제 소개를 했다.

"양화당의 홍재욱입니다. 모르겠어요?"

"아……."

달아는 입맛을 쩝쩝대며 고개를 끄덕거렸다.

"혼자 마셨어요?"

"아빠하구으 동새하구으."

혀가 완전히 풀려서 동생이라는 발음이 제대로 안 되는 그녀가 눈을 깜빡거렸다.

"왜요? 눈이 아파요?"

"빙글빙글 돌아요…… 아저씨이 얼구리 막……."

아, 아저씨?

홍재욱임을 알려주었는데도 달아가 아저씨라고 말해서 재욱은 허탈했다. 사람도 제대로 알아보지 못할 정도로 취한 그녀가 한심하고 걱정됐지만 아버지와 남동생이 찾아다닐 것 같으니 일단 으슥한 골목을 벗어나야 했다.

"아버지가 어디 계십니까?"

"포오차하아……."

아이고 술 냄새야. 안주로 뭘 먹은 거야?

"포오파파파!"

뭐라는 거야? 포오파파파?

재욱은 달아가 헤실헤실 웃으며 알아들을 수 없는 말을 해 한쪽 입매만 씰룩거렸다. 참 못 났다. 취기 올라 빨간 얼굴, 울어서 퉁퉁 부은 눈, 흐트러져 엉켜 붙은 머리카락이 흉해 깨끗하게 씻기고 싶었다. 그런 충동이 손가락을 꼼지락거리게 하고 있어 주먹을 쥐는데 달아가 흐느끼기 시작했다.

응? 이번에는 울어?

재욱은 휴, 하고 한숨을 쉬었다. 주정의 마지막은 눈물이라더니. 가지가지, 고루고루 하고 있어 달아에 대한 이미지가 슬슬 나쁜 쪽으로 향하고 있었다.

"절교 해는데…… 히잉……."

뭐라는 거야? 절교했다는 거야?

"자, 잡을주 알고 저교 하자고 마랜는데 갔어요. 해시미하테 나느으……."

이제야 무슨 말인지 알겠다. 차해심에게 절교하자고 했는데 미안하다는 말 한마디 하지 않고 돌아서서 상처 받았다. 그런 말을 하려는 것 같았다.

몸을 파르르 떨며 우는 달아가 가여워 한숨을 폭 쉬는데 눈이 게게 풀린 달아가 재욱의 얼굴을 빤히 바라보았다. 달아와 눈이 마주친 재욱의 심장이 우지끈 소리를 내며 거세게 뛰기 시작했다. 왜 그렇게 보는 거지? 몸을 뒤로 젖히고 경계하는데 달아가 씩 웃었다.

울다가 웃어? 왜 웃는 거야? 고개를 뒤로 빼고 한껏 겁먹은 표정을 짓는데 달아가 입맛을 쩝쩝거렸다. 그의 시선이 그녀의 입술에 머물렀다. 오동통하게 부어오른 입술을 혀로 핥으며 씩 웃는데 믿을 수 없게 섹시하게 보였다. 젠장, 술 냄새를 풀풀 풍기는 달아 때문에 자신도 취한 모양이다.

달아의 입술에서 시선을 뗄 수 없다. 술주정하는 여자는 질색인 재욱인데 저도 모르게 입술을 빼앗고 싶다는 생각이 들어 미칠 것 같았다. 서른넷, 철없이 날뛰는 나이도 아니고 양화당에서 제일 이성적이라는 소리를 듣는 사장 홍재욱이 술에 취한 여자를 보고 얼굴을 붉히고 가슴을 두근거리고 있다니. 머리가 핑핑 도는 것 같았다.

두근두근. 두근두근. 두근두근!

공포 영화를 봐도 뛰지 않았던 심장이 정신 줄을 놓은 것처럼 뛰고 긴장이라는 걸 모를 정도로 대범한 그의 손바닥이 땀에 흠뻑 젖어 끈적거렸다. 아찔한 순간 귀에서는 심장이 뛰는 소리가 점점 커지고 있어 몸의 중심을 잡는 것조차 힘겨웠다. 그래서 한 발을 뒤로 살짝 빼고 몸을 돌리려는데 달아가 배시시 웃으며 재욱의 양 어깨에 손을 올렸다.

"똥집이다……."

응? 똥집?

"닭똥집이다."

닭, 닭똥집? 고개를 옆으로 갸웃거리며 무슨 소리를 하나 싶어 눈을 끔뻑거리는데 돌발 상황이 벌어졌다. 달아가 재욱의 입을 덥석 물었다. 입술이 아닌 이로! 깜짝 놀란 그가 뒤로 물러섰지만 어느새 입술을 잘근잘근 씹히고 있었다.

아닌 밤중에 홍두깨라고 기습 공격에 놀란 그가 달아의 어깨를 잡아 밀쳤다.

"뭐하는 겁니까!"

"어? 순대다!"

"이봐요, 남달아 씨!"

"흐엉, 흐엉."

이번에는 운다. 울고 싶은 사람은 따로 있는데!

재욱은 기가 차 달아한테 물린 입술을 손등으로 닦고는 불쾌한 기색이 팍팍 드러나는 어조로 쏘아붙였다.

"내일 봅시다. 지금 한 행동에 대한 책임을 물을 테니까, 그런 줄 알아요! 진짜, 내가!"

재욱이 호통 쳐도 달아는 배시시 웃기만 했다. 제 손으로 입술을 누르며 애교까지 떠는데 혼자 보기 아까운 장면이었다. 동영상으로 찍어? 서래마을 만취녀의 오버 애교! 라는 제목으로 인터넷 세상을 한 번 뜨겁게 달궈 봐? 별의별 생각을 다 하며 씩씩거리는데 저 멀리서 달아를 부르는 소리가 들렸다. 달아의 아버지와 남동생 같았다.

재욱은 달아가 여기 있다고 알리기 위해 손을 들었지만 입술이 쓰라리고 붓는 느낌이라 뒤를 돌아보았다. 이상한 오해를 살 수 있으니 일단 여기서 후퇴하자. 달아도 제 아버지의 목소리를 들었는지 갑자기 신호를 보내기 시작했다.

"아아아아빠아, 여기다!"

달아가 비틀거리며 아버지와 남동생이 있는 대로로 향하기 시작했다. 그때야 재욱도 안심할 수 있어 급히 반대쪽 골목으로 걸어가기 시작했다. 달아의 목소리가 들렸다. 아버지를 발견하고 깔깔 웃는 소리였다. 남동생이 잔소리를 해대는 소리도 들렸다. 기차 화통을 삶아먹었는지 제법 거리가 떨어져 있는데도 달아와 아버지, 남동생 목소리가 들렸다.

"남달아도 그렇고 차해심도 그렇고 둘 다 이중적이군. 하나는 사기꾼이고 하나는 술꾼! 꾼끼리 잘 만났어. 아, 입술이야."

재욱은 따끔거리는 입술을 손으로 가리며 인상을 찌푸렸다.

"닭똥집…… 순대? 죽을 때까지 잊을 수 없을 만큼 최악의 키스야."

2.
재욱, 제안하다

"카하아, 어우 좋다."

초저녁부터 늦은 밤까지 푼 술 때문에 숙취로 고생하던 달아는 뜨끈한 콩나물국을 후룩후룩 마시며 감탄했다.

"크, 엄마는 정말…… 해장국을 잘 만드는 것 같아. 그치 아빠."

달아의 물음에 장우도 콩나물을 우적우적 씹으며 엄지손가락만 들었다. 그 역시 숙취가 덜 가셔 토끼 눈처럼 눈의 흰자위가 빨갛게 출혈이 되어 있었다. 얼마나 마셔댔는지 대리석 식탁 위에 올린 손이 덜덜 떨려 윤아가 걱정스럽게 보았다. 남편은 수전증이 생긴 것처럼 손을 떨어대지, 말만한 딸은 눈두덩이 밤송이처럼 부풀어 제 딸이 맞는지 의심스러울 정도로 알아보기 어렵지. 한심하고 짜증스러워 잔소리를 퍼부을 의욕도 안 생겼다. 그런데도 눈치없는 부녀는 윤아의 속도 모르고 연방 감탄사만 내뱉고 있었다.

"크 좋다. 아우, 속이 확 풀리네. 역시 콩나물국이 최고야. 네 엄마가 없었으면 우린 어쩔 뻔했니?"

"맞아, 맞아. 크! 청양고추 팍팍 넣어 주는 센스는 그 누구도 못 따라올 거야."

"크! 맞아, 맞아. 크! 좋다."

"크! 나도 좋아. 엄마, 한 그릇 더 주세요."

달아가 깨끗하게 비운 국그릇을 내밀 때 장우도 제 국그릇을 내밀었다.

"나도 한 그릇 더 부탁해."

"누가 부녀 아니랄까 봐 먹는 모습, 말투, 충혈 된 눈까지 똑같아. 어제 두 사람 왜 그렇게 마신 거야?"

윤아는 장우에게 업혀 들어올 정도로 인사불성인 된 딸이 걱정스러워 물었다. 그나마 잔소리를 안 했던 건 함께 술을 마신 사람이 아빠였기 때문이다. 정말 다행이라면 다행인 게, 달아는 장우나 성하 외엔 함께 술을 마시려 들지 않았다. 말술이기도 하거니와 필름도 자주 끊긴 탓이라는데, 아빠나 남동생을 불러 마시지 말고 이참에 아예 달아가 술을 좀 끊었으면 하고 바랐으나 그건 기대하기 어려울 성싶다.

"왜 대답이 없어? 왜 그렇게 마셨냐니까?"

"엄마는 참. 사회생활을 하다 보면 마시는 거지. 뭘 그런 걸 가지고."

"달아, 너 울던데? 어제 막 펑펑 울었어."

"원래 술을 마시면 감정이 격해지잖아."

달아는 대수롭지 않다는 듯이 말했지만 윤아는 곧이곧대로 믿을 수 없어 남편을 응시했다. 장우가 손을 휘저었다.

"내가 안 울렸어!"

"누가 당신이 울렸대? 이유를 묻는 거지."

"감수성이 예민한 나이잖아."

"서른둘인데? 사춘기도 아니고."

윤아는 딸의 부은 눈이 걱정되는지 울상을 짓고 있었다.

"저 눈 좀 봐. 속상해. 부은 거 가라앉으려면 시간 좀 걸리겠네."

"괜찮아, 누가 물어보면…… 아, 모기. 모기에 물렸다고 하면 돼."

달아는 해맑게 웃으며 능청을 떨었지만 윤아는 여전히 걱정스러웠다.

"아직 5월인데 모기가 어디 있어?"

"성격 급한 모기도 있을 거야. 그 모기한테 물렸다고 하지 뭐."

"하아, 넌 좋겠다. 긍정적이라."

윤아는 혀를 차며 냉동고에서 얼린 숟가락을 꺼내 달아의 눈에 붙였다.

"이거라도 대고 있어."

"앗, 차거!"

"가라앉히고 나가. 부하들이 뭐라고 생각하겠어? 이사라는 사람이."

"이사는 그냥 형식일 뿐이잖아."

"어쨌든."

윤아는 달아를 걱정스럽게 보다가 해심에 대해 물었다.

"해심이는 요즘 우리한테 전화도 없네, 둘이 싸웠어?"

"응?"

"이상해서. 입사하기 전에는 하루에 한 번씩 꼭 하더니 안 하네?"

"어, 바빠서 그럴 거야."

장우의 눈치를 흘끗 본 달아가 얼린 숟가락으로 눈을 가렸다.

"당신한테는 전화해요?"

"뭐, 어쩌다가."

어제의 일을 달아에게 들어 둘 사이를 알았던 장우는 씁쓸한 표정을 지었다.

"제 잇속만 차리고 연락을 끊은 것 같아서 속상해. 이따금 엄마도 해심이한테 정 주지 말라고 하고."

"당신도 앞으로는 해심……."

"어제 누나가 운 게 해심이 누나 때문이잖아."

"성하야!"

불쑥 나타난 성하 때문에 달아는 얼른 눈에서 숟가락을 뗐다.

"너 입 다물어."

"내가 왜 입을 다물어? 해심이 때문에 펑펑 울어놓고는."

"무슨 소리야? 해심이하고 싸웠어?"

요즘 해심에게서 전화도 없고 달아하고 소원해진 것 같아 신경 쓰였는데 성하가 싸웠다고 말하자 윤아의 눈매가 매섭게 찌푸려졌다. 윤아가 성하를 쳐다보며 대답을 재촉했다.

"성하야, 네가 말해 봐. 누나가 해심이하고 싸운 거니?"

"응. 두 사람이 완전 찢어졌어. 이유는 해심이가 누나를 너무 무시해서."

"왜 무시해? 달아 너 무시당할 짓을 했어?"

윤아는 공주처럼 키운 딸을 해심이 무시했다는 말에 흥분하기 시작했다.

"해심이가 왜 달아를 무시해? 우리가 저한테 어떻게 했는데 무시해? 바른대로 설명해!"

"여보. 친구끼리 싸울 수도 있지."

윤아의 얼굴이 새빨개져 걱정이 된 장우가 달랬지만 소용없었다. 윤아는 국자를 든 채 해심에게 쫓아갈 기세로 성하를 추궁하고 있었다.

"난 성하한테 물었어요. 달아도 당신도 나한테 비밀 만들고 그러는데 그러지 마. 정말 속상해."

"성하가 실수한 거야. 아빠 말대로 해심이하고 싸우긴 했는……."

"싸워서 술까지 마셔? 너 어제 울고불고 난리도 아니었어!"

"누나가 울긴 했는데, 엄마 참아. 이제 해심이하고는 끝난 사이니까."

"무슨 소리야?"

"절교했대. 누나가 먼저 말한 거래."

윤아를 진정시킨 성하는 자리에 앉으며 눈이 퉁퉁 부어올라 보기 안쓰러운 달아를 걱정했다.

"그 눈 어쩌냐, 너무 못 났다."

"이 시키는 입이 왜 이렇게 가벼워? 엄마한테 홀랑 고자질이나 하고 말이야. 그 얘기는 끝난 거잖아. 괜히 할머니 앞에서 입 잘못 놀려서 일 키우지 말고 신경 꺼."

"어이고, 아버지만 정리한 거지 난 아냐. 할머니 오시면 이를 거야. 그래서 그 계집애 혼쭐 내달라고 할 거야. 우리 집에서 해심이 혼낼 사람이 할머니밖에 더 있어? 복수해야지."

성하는 달아를 울리고 기만한 해심을 용서할 수 없는지 부르르 떨었다. 조용히 넘어가자는 달아의 부탁이 있었지만 덮어 놓고 용서할 수는 없었다.

"복수는…… 인마, 우리가 걸고넘어지면 양화당이 깨져. 그렇게 되면 괜히 우리하고도 사이가 안 좋아지는 거야. 괜한 짓 말고 네 일이나 해."

장우 역시 성하처럼 화가 치밀었지만 달아가 조용히 넘어가기로 한 이상 왈가왈부 할 수 없어 경고했다.

"남성하, 네 누나 우습게 만들지 마. 알겠어?"

"몰라. 엄마, 내가 가만히 있어야 해?"

"달아가 절교하자고 했다며? 그럼 됐지. 아빠가 일 키우지 말라는 말만 잘 기억해."

"천사표 부모님에 누나를 둔 난 너무 피곤하다."

성하는 달아를 걱정스럽게 보다가 자리를 박차고 일어났다. 냉장고에서 식빵을 꺼내려는데 달아가 자리에서 일어났다. 성하는 식빵을 도로 냉장고에 넣고 달아의 뒤를 따라붙었다.

"왜?"

그림자처럼 딱 달라붙은 성하의 행동이 이상해 달아가 물었다.

"작업실 갈 거잖아. 데려다 줄게."

"아빠하고 같이 갈 거야."

"아버지 얼굴 좀 봐. 푸석푸석하잖아. 느긋하게 출근하시게 오늘은 내가 데려다 줄게."

성하의 말에 달아가 장우를 응시했다. 나이는 못 속이는지 눈 밑이 거무스름하고 피곤한 기색이 역력해 달아는 고개를 끄덕거렸다.

"그럼 업어 줘."

"알았어. 업어 모셔야지. 우리 누님의 가슴에 구멍이 났을 텐데 내가 땜질을 해 줘야지."

성하는 씩 웃고는 달아의 앞에 등을 대고 오토바이에 시동을 거는 시늉을 했다.

"부릉부릉, 야. 타!"

"까불어!"

"우리 누님의 영원한 오토바이가 되어 드리지, 빠라빠라빠라밤!"

성하는 달아가 축 처져 있어 기분을 좀 살려주고자 유치한 장난을 하며 억지로 등에 태웠다. 그리고 2층으로 후다닥 올라가는 중에도 빠라빠라빠라밤을 열심히 외친다.

장우는 사이가 좋은 남매를 사랑스러운 시선으로 보다가 피식 웃었지만 윤아가 손을 힘주어 잡는 바람에 울상을 지었다.

"왜요?"

온순한 아이처럼 아내에게 존댓말을 한 장우의 얼굴 가까이에 제 얼굴을 들이민 윤아가 물었다.

"해심이가 달아 속상하게 했어요?"

"둘이 싸워서 친구 안 하기로 했대."

"그건 성하한테 들었잖아요, 둘이 무슨 일로 싸우는 거예요?"

"해심이가 달아의 레시피를 자주 훔쳤어. 그 일로 다퉜는데 해심이 태도가 달아를 화나게 한 것 같아."

장우의 대답에 윤아가 주먹을 꾹 쥐었다.

"레시피를 훔쳐요? 양화당에서도 알아요?"

"그런 모양이에요. 잘리게 됐다면서 달아한테 따지더래."

"무슨 염치로 따져요? 해심이 걔 그렇게 안 봤는데. 그래서요?"

"당신도 알다시피 달아가 평소엔 희희낙락해도 화가 나면 가차없잖아. 절교하자고 한 거지."

윤아는 입매를 비틀었다. 중학교 때 거둬 27살이 될 때까지 먹이고 입히고 공부까지 시킨 보람 없이 배신당해 뱃속이 텅 비고 가슴 한 가운데에 구멍이 난 것 마냥 허탈했다.

"내가 해심일 만나야겠어요."

"만나지 마. 얘기 들어 보니까 우리가 나서면 일만 키우겠어."

"해심이가 우릴 생각해서라도 그러면 안 되죠. 미안하다고 매달 려야지!"

윤아가 입술을 깨물고 불편해진 심기를 다스리지 못해 씩씩거려 장우가 그녀의 손을 꼭 잡았다.

"해심인 이제 우리 가족이 아니야. 가족처럼 생각해선 안 되는 거야."

"여보……."

"그걸 확인하는 데 시간이 좀 걸렸다고 생각하고 미련 두고 그러지 마."

장우가 자리에서 일어나 차게 식힌 보리차를 유리잔에 따랐다. 윤아도 윤아지만 장우도 해심을 아꼈던지라 충격이 크고 분노도 달아 못지않을 텐데 의연한 표정을 짓고 있다. 그래서 윤아가 눈치를 살피며 물었다.

"당신은 괜찮아요?"

"속은 쓰린데 괜찮아. 내 딸은 달아니까. 그리고 해심이한텐 우리가 해줄 만큼 해줬고…… 난 후회하지 않아."

"당신 쿨하네?"

"쿨해? 그럼 당신도 처형, 처제한테 달아 얘기 하지 마. 시끄러워지면 서로 피곤해."

장우는 처가 식구들의 단결력에 혀를 내두르고 있어 몇 번이고 당부했다. 장우가 윤아와 결혼하기 전에는 원수같이 지내던 자매들이 지금은 죽이 척척 맞아 몰려다니면서 사고를 내기 일쑤였다. 윤아야 원래 나서는 걸 좋아하지 않지만 윤아의 언니와 여동생들은 달랐다. 만약에 해심이가 달아의 아이디어를 훔쳐 히트작을 두 개나

냈다는 걸 알게 된다면 양화당은 물론 대한민국의 제과업계까지 흔들려고 할 것이다.

어우! 생각만으로도 골치가 아프다.

"우리 달아가 성장하는 과도기야. 그러니까 우리는……."

"그놈의 과도기. 무슨 과도기를 서른둘에 치러?"

윤아는 그렇게 말하고 새침한 표정을 지었다. 장우는 윤아가 입술을 비죽거리고 있어 크크크, 음흉하게 웃으며 팔로 아내의 옆구리를 찔렀다.

"왜요?"

"우리 윤아, 참 귀엽네?"

"늙은 마누라가 뭐가 귀여워요."

"늙다니! 넌 여전히 여신이야. 처음 봤을 때부터 지금까지 변함없이 아름답다고."

장우는 그렇게 말하며 다시 옆구리를 찔렀다.

"들어가서 모닝 키스할까? 장모님도 출장 중이시고 하니까 나도 모처럼 좀 늦게 나가고…… 응?"

❋   ❋   ❋

재욱은 출근하기 전에 달아가 있는 '카페 달 3호'에 도착해 케이크에 커피를 먹고 있었다. 다른 회사의 사장들은 아침 일찍, 거의 새벽에 출근한다지만 재욱은 살인적인 스케줄을 버틸 자신도 없고 왜 그렇게 살아야 하는지 이해를 못했다. 아마도 밤낮 없이 일하느라고 가정을 돌보지 않은 아버지의 영향 때문인 것 같았다. 아버지는 새벽에 출근해 저녁 늦게 집에 들어오곤 했지만, 지금 재욱이 아침 9시에 출근해 저녁 6시에 퇴근해도 아버지가 재임했던 시절보다 성장세가 감소되지 않았다.

오히려 재욱이 사장으로 취임하고 1년 후부터 양화당의 성장세는 눈에 띄게 빨라지고 있었다. 그것은 재욱의 완벽한 성격 탓이었는데, 사람 좋기로 소문난 아버지는 직원들에게 싫은 소리를 하지 않았다. 하지만 재욱은 달랐다. 매일 호통 치고 닦달하며 피를 말리는 경향이 있었다.

사장이란 그런 자리라고 생각했고 실제로 재욱이 친 고함소리가 클수록 판매량이 올라갔다. 그 누구도 사장의 호통에 대해 맞서질 못했다. 괜히 맞섰다가 월급에 비해 하는 일이 없다는 소리를 들은 공 이사처럼 명예퇴직이나 당하게 될 게 뻔했기 때문이었다.

그래서 홍재욱을 양화당 내에서는 독재자라고 불렀다. 머리가 좋은 만큼 눈치도 빠르고 이따금 쥐도 새도 모르게 사무실을 훑으며 직접 근태를 살피는 등 감시인지 감찰인지 분간이 잘 안 가는 행동을 보여 빈축을 사기는 했지만 그 누구도 퇴사할 생각을 하지 않았다. 업계 최고의 연봉과 성과급이 그 이유였다.

입사 후 3년 만에 서울에 아파트를 샀다는 직원도 나올 만큼 월급도 자주 오르고 성과급 외에 보너스까지 팍팍 안기는 게 바로 재욱의 경영 전략이었다. 물론 이런 전략에는 준만큼 뽑아 먹자! 라는 무자비한 계산이 숨어 있었지만 사회란 약육강식의 세계가 아니겠는가. 억울하면 강자가 되어 울분을 터트려 보든가.

약육강식의 세계에서 제왕으로 군림하려면 매사 철두철미해야 할 필요성이 있었다. 예를 들면 재욱은 모든 약속을 문서화시켰고 오늘도 그 작업을 하기 위해 달아를 찾아왔다. 해심의 말로는 달아가 지난 일을 들추지 않겠다고 약속했다고 하지만 마음이 놓이지 않았다. 해심이 거짓말을 했을 수도 있었다.

다른 사람이라면 해심이 순진한 얼굴을 하고 눈물을 질질 짜며 하는 말을 믿을지 모른다. 얼굴도 예쁘고 애교도 많아 사내에서 인기투표를 하면 항상 1등이라고 하지 않나. 여직원들 사이에서도 인기가 좋아서 저녁마다 불려 나간다고 했다. 질투의 대상이 아닌 선망의 대상으로 급부상한 차해심. 정치를 했어도 잘하지 않았을까.

재욱은 입안에 남아 있던 치즈 케이크의 맛을 커피로 씻고 일어났다. 곧장 카운터로 걸음을 옮긴 그가 어제도 주문을 받았던 여직원에게 부탁했다.

"남 이사님을 뵙고 싶어서 그러는데, 양화당에서 온 홍재욱이라고 하면 아실 겁니다."

"예, 잠시만요."

여직원은 대외적인 미소를 보인 다음에 제빵실로 들어갔다. 잠시 후 작업복 차림의 달아가 나왔다. 그녀는 눈이 퉁퉁 부어 있었고 안색이 하얗게 질려 있었다.

"안녕하세요."

기운 빠진 목소리로 인사한 달아는 희미하게 미소를 지었지만 재
욱은 무표정이었다.

"예, 안녕하세요. 어제 잘 들어갔죠?"

"네?"

달아가 고개를 옆으로 숙이고 눈을 크게 떴다.

"무슨······."

"어제 밤에 나하고 마주쳤는데 기억 안 나요?"

재욱의 물음에 달아는 고개를 옆으로 더 숙인 채 한쪽 눈을 찡그
렸다. 떠올리려고 해도 재욱을 만난 기억이 없다.

"안 나요."

"지나가다가 마주쳐서 몰랐나 봅니다."

재욱은 한숨을 푹 쉬며 이마를 쓸었다. 이 순간만큼은 기억 못한
다는 말이 너무 반가워서 춤을 추고 싶었다.

"그건 그렇고. 얘기 좀 했으면 합니다."

"얘기요?"

"네, 그러니까 우리 양화당에서 내놓은 조건 같은 건데······ 차해
심 씨가 히트시킨 그 제품에 대한 보상이랄까요?"

재욱의 대답에 달아는 숨을 크게 들이마셨다가 내쉬며 고개를 끄
덕거렸다.

"그럼 저희 카페 말고 다른 곳으로 가요. 좋은 얘기도 아니고, 일
터에서 듣고 싶지 않아요."

"밖에서 기다리고 있겠습니다."

재욱은 그렇게 말하고 나서 카페 달을 나왔다. 유리문 너머로 비치는 카페 내부를 보며 어제 물린 입술을 손가락으로 두드리던 그가 피식 웃었다.

기억을 못한다? 그래, 뭐 그렇게 취한 상태에서 기억한다는 게 기적에 가깝겠지만 화가 치밀었다. 입술에 상처가 나서 딱지가 생겼는데 기억을 못해? 장난으로 던진 돌에 맞은 개구리가 된 기분이었지만 따지고 물을 수도 없으니 그냥 악몽을 꾼 걸로 생각하는 게 편할 것 같았다.

재욱이 씁쓸한 미소를 짓고 있는데 십여 분 후에 달아가 카페에서 나왔다. 작업복을 벗고 평상복으로 갈아입었는데 레이스가 달린 미색 치마에 하늘색 티셔츠를 입고 있었다. 묶고 있었던 머리카락도 풀었다. 자연스럽게 안으로 말리고 밖으로 뻗힌 머리카락이 걸을 때마다 가볍게 날렸다. 서른둘 여자의 외모가 아니었다. 옷을 어리게 입기도 했지만 동안이어서 제 나이보다 서너 살은 낮게 보였다. 그녀의 옆모습을 위아래로 조심스럽게 훑던 그의 눈매가 반달 모양으로 바뀌었다. 달아가 꼭 아기 같아서 저도 모르게 웃음이 터졌다. 손으로 얼른 입을 가렸지만 웃음이 자꾸 새어나와 난감할 정도다. 실실대는 재욱이 이상했는지 달아가 고개를 갸웃거리며 물었다.

"제 눈 때문에 웃는 건 아니죠?"

달아는 눈이 신경 쓰여 죽겠는지 손가락으로 눈두덩을 꾹꾹 눌렀다.

"눈이요?"

"퉁퉁 부었잖아요."

"아……."

"울어서 부은 거 아니에요. 모기한테 물렸어요."

달아의 변명에 재욱의 입매 끝이 부드럽게 올라갔다. 해심이 때문에 운 걸 아는데 모기한테 물렸다고 말하는 게 귀엽게 느껴졌다.

"어느 정신 나간 모기가 철도 안 됐는데 나와서 눈두덩을 무나 몰라. 나쁜 모기네. 그래서 그 모기한테 응징은 했습니까?"

"아, 아뇨."

"그걸 가만히 둬? 잡아서 으깨야지."

"잔인하게……."

"잔인합니까?"

달아는 어깨만 으쓱거렸다. 그런데 달아가 재욱의 입술을 유심히 보더니 물었다.

"입술이 부었어요. 특히 아랫입술이요. 소시지 같아요."

"그렇죠? 저도 모기에 물렸거든요. 순대, 닭똥집이라면서 덥석!"

"와우. 정열적인 모기네요?"

달아의 대답에 재욱은 기가 차 헛웃음을 쳤다.

"정열적인 것보다 술에 취했다는 게 맞죠."

"만취 모기구나."

만취는 맞지, 그런데 모기가 아니라 당신이라는 것! 남달아가 물었다는 게 다른 점이겠지.

재욱은 허탈해 한숨을 짓다가 물었다.

"어제 차해심 씨 만났죠?"

"예."

"옛날 일은 들추지 않을 테니 걱정하지 말라고 했고?"

"예."

"달아 씨는 그 약속을 지킬 생각이고?"

달아는 고개를 끄덕거렸다. 그녀의 반응에 재욱이 씁쓸한 표정을 지으며 양 허리에 손을 얹었다. 쩝, 소리가 나게 입맛을 다시고 그녀의 얼굴을 똑바로 쳐다보며 말했다.

"훌륭한 우정이네요. 나도 달아 씨처럼 착한 친구 있었으면 정말 좋았겠다. 무슨 잘못이든 다 용서해 주는 친구는 만나기 어렵거든요."

"……이제 친구 아니에요. 그러니까 앞으론 해심이 일로 절 찾아오지 마세요."

재욱은 '절교해서요?'라는 물음을 던질 뻔해 입매를 굳혔다. 그가 말없이 그녀를 바라보고 있을 때 허탈한 대답이 들렸다.

"해심이한테 절교하자고 했어요. 홧김에 한 말이었는데…… 그렇게 됐네요."

달아는 대답하는 대신 숨을 들이마셨다.

"친구한테…… 차인 거네요?"

"네?"

"차해심한테 절교 선언이라는 강수를 두었는데 아픈 건 남달아 씨잖아요. 어제 저녁에 이사진들을 불러 차해심 씨에 대한 회의를 했는데, 어떻게 구워삶았는지 본부장까지 나서서 기회를 주라더군요."

"해심이는 어딜 가나 인기가 많았어요."

달아는 기운 빠진 음성으로 대답하고 하늘을 응시했다. 소라 빵처럼 생긴 구름이 푸른 하늘에 떠 있었는데 구름이 해를 가릴 때마다 그녀의 얼굴색이 어두워졌다. 구름이 해를 완전히 지나자 다시 내리쬔 햇빛에 얼굴색이 밝아졌지만 음성은 가라앉아 있었다.

"해심이는 항상 주목 받았었죠."

"남달아 씨는?"

"전 원래 튀는 걸 좋아하지도 않았고 조용하게 지내는 걸 원해서 항상 혼자 놀았어요. 집에서 노는 걸 더 좋아해서 친구도 없었어요."

성격에 문제가 있어서가 아니라 빵을 만드는 걸 좋아했고 학교나 밖에서 노는 것보다 엄마나 남동생하고 영화를 보거나 책을 읽는 걸 좋아해 친구가 없었다. 또 외할머니가 보낸 기사가 학교 수업이 끝나는 시간에 맞춰 대기하고 있어 친구들과 어울려 놀지도 못했다. 그래서 쉬는 시간이나 점심시간에만 친하게 지내는 친구들은 있어도 제 고민이나 속사정을 털어놓을 만한 친구는 없었다. 그런 친구는 해심이 전부였다. 그런데 이제 그 해심마저도 없다고 생각하니 다시 눈물이 차올라서 달아는 연신 코를 훌쩍거렸다.

"주책이죠? 감상에 젖었나 봐요. 눈물이 나네요."

"그만 울어요. 서른둘이나 된 여자가 길거리에서 질질 짜면 내가 울린 줄 알 거 아닙니까?"

"죄송합니다."

"사과할 일은 아니고…… 내가 남달아 씨를 찾아온 건 다른 게 아니라 어제의 약속을 구두가 아닌 문서로 남기려고요."

"문서요?"

달아의 목소리가 갈라졌다.

"이게 말로 해결 볼 만큼 소소한 일이 아닙니다. 계약서도 써야
하고 말이죠."

재욱의 말에 달아의 눈매가 가늘어졌다.

"무슨 말씀을 하시는지 모르겠어요."

"차해심 씨가 입사 테스트 때 만들었던 마들렌을 출시해야 하는
데 그것도 남달아 씨의 아이디어 아닙니까. 그 레시피의 주인이 남
달아 씨고 또 문제의 두 상품도 마찬가지여서 지금까지 판매한 금
액에서 10%를 정산해서 지급하겠다는 게 우리 양화당의 입장입니
다. 그리고 지금까지는 판매량에 따라 러닝개런티를 차해심 씨에게
지급했지만 그것도 이젠 남달아 씨에게 입금이 될 겁니다."

"그렇게 하지 않아도 돼요. 그러니까……."

"달아 씨는 제 몫을 돌려받는 거고, 우리 양화당은 잘못을 바로
잡는 겁니다. 차해심 씨의 건은 우리 회사의 이미지를 고려해 일을
키우지 않기로 했습니다. 차해심 씨가 스스로 사직서를 제출하는 게
모양새도 덜 빠진다는 의견이 나왔거든요."

재욱은 그렇게 말하고는 서류 가방에서 누런 봉투를 꺼냈다. 달
아의 시선이 봉투에 머물렀다.

"그럼 해심이는 이제 어떻게 되나요?"

"기회를 주자고 해서 신제품을 제 능력으로 만들어 보라고 할 겁
니다. 실패하면 알아서 퇴사하겠죠."

"물렁한 처사 같은데요?"

"달아 씨의 입에서 그런 말이 나올 줄은 몰랐습니다."

"허탈해서 그래요. 어제 하루는 제게 지옥이었거든요. 아침부터 밤까지 정신없었고 상심하고…… 그 난리가 났는데 양화당에서는 솜방망이 대처를 하는 것 같아요."

"그럼 어떻게 해야 합니까? 확 잘라요?"

재욱의 물음에 달아는 고개를 저었다.

"답을 모르겠어요. 어떤 답을 내려야 할지 계속 고민해 봤지만…… 어렵네요."

"오너는 오죽하겠습니까? 1분마다 쌓이는 고민을 해결하느라고 뇌에 과부하가 걸리죠."

"그 오너는 정말 머리가 아프겠어요."

"고민도 즐길 줄 안다면 머리가 덜 아프겠죠."

재욱의 대답에 달아는 한숨을 내쉬었다. 모은 두 손의 엄지손가락을 교차해 굴리던 그녀를 유심히 응시하고 있던 그가 어깨를 으쓱거리며 물었다.

"어디 조용한 곳에 가서 얘기할까요, 아니면 여기 계속 서 있을까요?"

"그럼 저기…… 커피는 아까 마셨다고 하니까, 아이스크림 먹으면서 얘기 할까요?"

"그럼 갑시다."

재욱은 눈앞에 바로 보이는 아이스크림 가게에 들어갔다. 숟가락

모양의 손잡이를 힘껏 잡아당겨 안으로 들어갔다. 시원한 에어컨 바람이 달아의 머리카락을 날렸다. 5월 중순밖에 안 됐는데 실내온도가 25도를 넘어선 탓에 때 이른 에어컨 바람이 그들을 맞이했다. 상쾌하다. 재욱의 입이 저도 모르게 벌어졌다. 그는 창가 테이블에 앉았다. 그런데 테이블이 끈적거리고 더러워 속이 메슥거리기 시작했다. 소독하고 싶을 만큼 짜증이 치밀어 입매가 비틀어졌다. 난감할 정도로 속이 메슥거리고 팔이 근질거려 현기증이 나 입술을 깨무는데 달아가 자리에서 일어났다.

"테이블이 많이 더러운데요, 물티슈 좀 주세요."

"걸레를 드릴……."

"테이블을 어떻게 걸레로 닦아요. 물티슈 주세요."

달아가 물티슈를 받아와 테이블을 닦기 시작했다. 세심한 손길로 테이블을 구석구석 닦는 달아는 여신이었다. 재욱은 홀린 듯 달아를 바라보며 씩 웃었다.

"달아 씨는 참 착하네요."

"테이블이 더러워서 닦는 것뿐인데 착한 거예요?"

"털털한 여자들은 이런 거 안 닦아요."

재욱이 입매를 비틀어 달아는 피식 웃었다.

"깨끗한 걸 좋아하시나 봐요?"

"아, 아닙니다. 내가 아주 조금…… 그렇게 심한 건 아닌데 깨끗한 걸 좋아하거든요. 고마워요. 덕분에 현기증이 가셨어요."

재욱은 푸근한 미소를 지으며 물었다.

"아이스크림은 어떤 걸로 먹을래요?"

"녹차, 요거트."

"우리 둘이 좀 통하는데요? 저도 그 두 개가 좋은데."

"단 거 좋아해요?"

달아는 단 걸 잘 먹는 남자가 낯설어 물었다.

"단 건 다 좋아, 달아도 좋아. 아주 많이 달아도…… 좋아요."

달아도 좋다…… 어감이 아주 좋군.

재욱은 말장난을 하듯이 중얼거리다가 자리에서 일어났다.

"아이스크림 사올게요."

달아는 아이스크림을 주문하는 재욱을 멀거니 바라보았다. 키도 크고 얼굴도 잘생긴 남자가 아이스크림을 좋아한다고 말해 귀엽다는 생각이 들었다. 성격이 급한 것도 같고 괴팍한 면도 있는 것 같은데 이상하게 편했다. 어제 처음 만났는데도 오래 전부터 알고 지낸 것처럼 자연스럽게 대화가 오가고 있어 신기할 정도다.

"혹시 아이스크림도 만들 줄 압니까?"

점원이 아이스크림을 푸는 동안 심심했던 재욱이 달아를 바라보며 물었다.

"네."

"맛은 어때요?"

"맛있대요. 아빠가."

"아빠라면 남장우 기능장님이겠군요."

"네."

재욱은 고개를 끄덕거린 다음에 주문한 아이스크림을 들고 자리에 돌아와 앉았다.

"카페에 있는 그 젤라또, 혹시 달아 씨가 만든 겁니까?"

"네."

"유자 젤라또도?"

"네."

"아우, 정말 반하겠네. 내가 그거 진짜 좋아하거든요. 우리 집 냉동고에 카페 달에서 사온 아이스크림이 꽉꽉 찼어요. 냉동고 문을 딱 열면 세계 최고의 부자가 된 기분이에요. 오늘은 뭘 먹을까? 딸기, 녹차, 바닐라? 혼자 고민하느라고 행복해요."

　재욱은 달아가 아이스크림을 스푼으로 떠 입에 넣는 모습을 흐뭇하게 바라보았다. 두 눈은 퉁퉁 붓고 머리카락은 중구난방으로 뻗쳐 있었지만 어린아이 같아서 들떠버렸다.

"양화당에서 아이스크림을 만날 실패했거든요. 그래서 그러는데 아이스크림 좀 만들어 주면 안 됩니까?"

"네?"

"달아 씨의 유자 젤라또를 내가 팔고 싶어서 그래요."

　재욱의 제안에 달아는 쿡, 하고 웃었다.

"왜 웃어요?"

"재욱 씨가 좋아하는 거라고 만들어져요? 사장님의 승인도 있어야 하고 이사진의 의견도 수렴해야 하고……."

　달아는 숟가락을 입에 문 채 눈동자를 굴렸다. 아직까지 재욱이 양화당의 사장임을 모르고 있어 현실 가능성이 없다고 생각하고 있었다.

"사장이 오케이 하면 할래요?"

"제가 임의로 할 수 없어요. 외할머니, 아버지, 남동생의 의견을 들어야 하고 만장일치가 돼야 해요."

"만장일치가 되면 만들래요?"

"하라고 하면요."

달아의 대답에 재욱이 기다렸다는 듯이 서류 봉투를 내밀었다.

"여기 내 제안서가 있어요. 이걸 좀 박 회장님께 드릴 수 있겠습니까?"

"이게 뭔데요?"

"달아 씨의 마들렌을 우리가 제품화해서 출시하려고 합니다. 차해심 씨의 아이디어인 줄 알고 반 이상 진행한 프로젝트라서 여기서 멈출 수 없었어요. 지금 우리에게 달아 씨가 무척 필요하게 됐습니다."

달아는 마른침을 꼴깍 삼켰다.

"내가 말입니다, 만드는 재주는 없는데 맛은 기가 막히게 봐요. 내가 달아 씨의 젤라또, 케이크, 빵을 먹고 느꼈던 그 행복감을 더 많은 사람들도 알았으면 하거든요."

"제가 만든 게 그렇게 맛있어요?"

"100호라는 건 맛이 좋아야지 가능한 겁니다."

"양화당도 100년이나 됐잖아요."

"맛이 좋으니까."

"흐흐흐, 훗!"

달아는 이상한 웃음소리로 웃다가 입술을 깨물었다.

"미안해요, 내가 웃는 게 이상하대요. 그런데 웃긴다. 흐흐흐흐, 흐흐흐."

흐흐흐, 흐흐흐……

웃음소리가 이상하다. 무슨 여자가 엉큼하게 웃어? 변태도 아니고. 레이스 치마에 어울리지 않는 웃음이라 재욱은 울상 섞인 미소를 지었다. 그런데 고른 치열을 드러내고 아이스크림을 뜬 스푼을 입에 넣을 때마다 터트리는 웃음소리가 듣기 좋아 재욱의 입매 끝도 씰룩거렸다.

흐흐흐, 흐흐흐, 흐흐흐……

두근두근, 두근두근, 두근두근.

심장이 빨리 뛰기 시작한다. 그녀의 웃음소리에 고무된 심장이 불규칙하게 부풀어 올랐다가 쪼그라들어 또 다시 현기증이 나려고 했다. 그런데 더러운 것에 대한 현기증과 달리 아이스크림이 흔들리더니 강렬한 빛이 달아를 감싸기 시작했다. 이는 유자 젤라또를 입에 넣었을 때 받았던 행복감 이상의 것이었다. 재욱은 두근두근 뛰는 가슴을 손으로 지그시 누르며 속으로 중얼거렸다.

젠장, 왜 이렇게 기분이 좋지?

3.

폴링 인 달아!

뭐라고?

종이컵이 옆으로 기울어 커피가 쏟아질 뻔했지만 해심은 순발력 좋게 재빨리 입에 댔다. 어제 저녁 사장과 이사진, 본부장만이 회의실에 들어 해심의 처벌을 놓고 설전을 벌였었다. 물론 해심에겐 정시에 퇴근해도 좋다는 말을 했고 통보는 내일, 그러니까 오늘 오전 중으로 하겠다고 했었다. 그리고 그 통보를 지금 홍현욱 본부장이 하고 있었다. 해심에겐 대학교 선배이자 사수인 남자를 통해서 말이다.

"사장님은 당장 사직서를 받아야 한다고 하셨지만, 양화당의 대표 브레인이 퇴직했다고 하면 없던 호기심도 생길 거야. 우리는 양화당의 이미지가 차 팀장 한 명 때문에 안 좋아지는 걸 바라지 않

아. 사장님도 구설에 오르는 걸 싫어하시는 분이라 일단 다시 한 번 기회를 주고 일을 마무리하려고 한다."

"감사합니다."

해심은 창피한 생각이 들어 얼굴을 붉혔다. 다른 사람도 아니고 현욱에게 이런 식의 통보를 받아야 한다는 게 자존심도 상하고 부끄러워 죽고 싶었다.

"차 팀장을 위해서 내린 결정이 아니야. 솔직히 너처럼 자존심이 강한 사람이 그런 일을 했다는 게 믿기지 않아."

"그 점에 대해선 할 말이 없어요. 제 잘못이니까요."

"나나 이사진은 차 팀장이 보이는 노력 여하에 따라 한 번의 실수로 생각할 수 있어. 하지만 사장님은 다를 거야. 형제지만 나도 형을 대하는 게 편하지 않아. 아니 무서워. 대쪽 같은 성격도 그렇고 결벽한 성격도 그렇고…… 자세하게 말하지 않아도 차 팀장도 잘 알겠지."

해심은 고개를 끄덕거렸다. 현욱이 말하지 않아도 충분히 알 수 있었다. 저를 벌레 보듯이 보던 사장의 눈빛과 말투가 아직도 생생했다. 무정한 시선엔 자애로움이나 자비심은 손톱만치도 없었다.

"앞으로 많이 힘들어질 거야."

"믿음을 잃었으니까요."

"그리고 마들렌 말이야."

"네."

"남달아 이사가 맡아서 진행할 것 같다. 차 팀장도 알다시피 홍차 마들렌에 대한 기대가 남달랐잖아. 사장님은 말할 것도 없지. 나도 남달아 이사가 하는 게 맞다고 생각해."

현욱의 입을 통해 달아의 이름을 듣게 된 해심은 동요하기 시작했다. 달아가 양화당과 손을 잡아? 그녀는 평정심을 잃고 들고 있던 종이컵을 떨어트렸다. 그 바람에 커피가 쏟아져 바닥을 적셨다.

현욱의 시선이 해심의 얼굴에 고정됐다. 그녀의 동요와 불안을 읽은 듯 입매가 굳어졌다.

"마들렌은 사장님이 제일 좋아하는 쿠키야. 기대가 컸기 때문에 포기도 쉽지 않지. 더구나 아이디어의 진짜 주인이 남달아 이사라면 더욱 욕심 내지 않겠나?"

"달아는 특별한 사람이라 이거네요."

"제빵과 제과업계에선 남장우 기능장과 남달아 파티시에의 위치가 높아. 나도 카페 달의 카스텔라는 즐겨 먹잖아."

"알죠. 얼마나 좋아하는지. 먹으면서 만날 비교했잖아요. 너도 좀 이렇게 만들어 봐, 네가 만든 건 왜 그렇게 뻑뻑해? 하고 핀잔을 주면서요."

울음 섞인 대답에 현욱이 팔짱을 꼈다. 나쁜 마음을 먹고 비교한 건 아니었는데 해심에겐 상처가 된 모양이다. 그의 시선이 쏟아진 커피에 머물러 있었다.

"서운해 하지 마. 기회가 있겠지."

현욱의 대답에 해심은 눈물을 주룩 흘렸다.

"넌 눈물이 너무 많아."

"그러게요. 전 왜 이렇게 눈물이 많을까요."

해심은 쪼그리고 앉아 종이컵을 주웠다. 고개를 숙인 채 어깨를 파르르 떠는데 현욱이 손수건을 건넸다.

"열심히 해. 네 실력을 보여."

"본부장님……."

"남달아 이사가 만든 마들렌보다 더 많이 팔리는 걸 만들어 봐. 그게 차해심이 살아남을 방법이니까."

현욱은 그렇게 말하고는 돌아섰다. 여자가 울면 어떻게 대해야 할지 모르겠다. 특히 해심의 눈물에는 한 맺힌 응어리 같은 게 느껴져서 보고 있으면 마음이 짠했다. 보호해 주고 싶을 정도라 이따금 저도 모르게 손이 어깨를 덮고 다독거리곤 했다.

동정하면 안 되는데 해심에겐 자꾸 그런 마음이 들어 난감하다. 현욱도 사실 해심에게 많이 실망했다. 자존심 빼면 시체인 차해심이 사실은 친구의 아이디어를 훔쳐 입사를 했고, 그것도 모자라 두 번씩이나 같은 짓을 더 반복했다는 게 믿기지 않았다.

대학교 때부터 봐온 해심인데…… 어떻게 이런 일이, 다른 사람도 아니고 해심이 어떻게!

마음이 무거운 만큼 현욱의 발길은 무거웠다. 마치 대리석 바닥에 발이 푹푹 빠지는 것만 같았다.

***

"외할머니는 일주일 정도 후에나 만날 수 있어요."

아이스크림 가게를 나온 달아가 재욱과 헤어지기 직전에 말했다. 그리고 일순 머쓱해졌다. 헤어지는 방법에 서툴러서, 저도 모르게 묻지도 않은 말을 대답처럼 꺼내 버렸다는 것을 깨달은 것이었다.

그녀는 손으로 머리카락을 쓸어 귀 뒤에 꽂으며 계면쩍게 웃었다.

"궁금해 하실 것 같아서요. 우리 외할머니요."

"궁금하긴 하죠. 그런데 전 달아 씨의 선택을 더 기대하고 있어요."

달아는 얼굴을 붉히며 손가락으로 머리를 다시 쓸어 넘겼다. 그 모습이 재욱의 눈에는 더없이 청순하게 보인다는 걸 까맣게 모르고 있던 그녀는 같은 동작을 몇 번이나 하며 시간을 끌었다.

'이만 헤어져야 하는데 발길이 왜 이렇게 안 떨어지지? 좀 더 함께 있고 싶어. 이러면 정말 곤란한데.'

생각하는 것이 얼굴에 고스란히 드러나는 단점이 있는 달아가 눈동자를 조심스럽게 굴리며 눈치를 보는데, 갑자기 재욱이 물었다.

"점심 같이 안 먹을래요?"

기다리던 말을 듣게 됐는데도 선뜻 예! 라는 대답이 나오지 않았다. 달아는 목구멍이 꽉 막힌 것 같아 손을 목에 대고 재욱의 눈을 빤히 바라보는데 그가 다시 한 번 물었다.

"점심 같이 먹고 싶은데 어때요?"

"아직…… 이른 것 같은데요."

바보! 같이 먹겠다고 해야지!

속마음과는 엇나간 대답을 하고 난 달아가 억지웃음을 지었지만 재욱은 대수롭지 않은 듯 대답했다.

"점심이야 기다렸다가 먹으면 되는 거지. 외근 나온 김에 농땡이나 좀 치고 가려고 그러니까 도와줘요."

"노, 농땡이요?"

눈을 동그랗게 뜨고 순진한 어조로 묻는 달아를 빤히 보던 재욱이 거드름을 피웠다.

"달아 씨하고 있으니까 기분이 좋아서 그래요. 마음이 엄청 편해요. 달아 씨, 인상 좋다는 말 많이 듣지 않아요?"

"인상 좋다는 말은 보통 못생긴 사람들한테 하는 말이라던데요?"

그런 말을 간혹 듣긴 하지만 재욱이 한 말은 100% 작업 멘트 같아서 달아는 쿡! 하고 웃으며 말했다.

"지금 11시도 안 됐어요."

"알아요."

"회사에 안 들어가세요?"

"외근인데 뭐. 그리고 남달아 이사를 만나러 나왔으니까 아무도 터치 안 할 겁니다."

재욱의 대답에 달아는 고개를 끄덕거렸지만 점심시간까지 같이 있는 걸 허락하겠다는 뜻은 아니었다.

"죄송해요. 전 힘들 것 같아요."

"카페에 가야 해서?"

"아뇨, 오늘은 컨디션이 안 좋아서 조퇴해요."

"그럼 시간도 여유 있고 좋네. 같이 먹읍시다."

재욱은 이대로 물러날 수 없어 고집을 부렸다.

"난 달아 씨하고 같이 먹고 싶어요."

"혼자 있고 싶어서 그래요."

"아, 거 되게 안 좋은 버릇인데. 안 좋은 일이 있으면 혼자 있으려고 하는 거 진짜 청승맞은 거예요."

"혼자 있는 게 편해요. 작업실에서 작업하면서……."

달아의 대답에 재욱의 눈빛이 확 변했다. 그의 눈이 반짝반짝 빛나기 시작하더니 곧이어 환한 미소까지 지었다.

"작업실에 가게요?"

"네."

"그럼 나도 데리고 가요."

"예?"

"거기서 빵 구울 거죠? 케이크 만들 거 아닙니까?"

달아는 고개를 끄덕거렸다.

재욱의 눈이 더 커졌다. 그는 어린 아이처럼 손바닥을 비볐다. 상기된 표정만 봐도 그가 얼마나 기대를 하고 있는지 알 수 있었다.

"빵이 그렇게 좋아요?"

"내가 말입니다. 단 걸 좋아하는데 그 중에서도 빵류를 완전 좋아하죠. 특히 케이크를 더 좋아합니다. 카페 달의 남달아 이사가 케이크 만드는 걸 직접 보고 싶은데 구경시켜 줄 수 있겠어요?"

"저야 괜찮지만…… 홍재욱 씨는 회사에 안 들어가도 돼요?"

"그런 건 내가 알아서 하니까 걱정 말아요. 내가 정말로 케이크를 좋아하는데 달아 씨가 만드는 거면 더 좋을 것 같아."

재욱의 말에 달아는 빙그레 미소 지었다. 다 큰 남자가 케이크를 좋아하니 신기하면서도 반가웠다. 케이크는 보통 여자들이 더 즐겨 하는 디저트가 아닌가.

"오늘은 와플을 구울까 해요."

"와플! 아이스크림 얹어 먹는 그 와플?"

"네."

"벨기에 식입니까?"

달아는 눈을 깜빡거려 대답을 대신했다. 재욱은 그녀의 눈짓에 입을 크게 벌리고 입맛을 다셨다.

"갑시다. 얼른 갑시다!"

"……정말 괜찮아요? 혼나지 않아요?"

"누가 감히 날 혼내! 그런 거 걱정 말고 달아 씨의 작업실을 좀 보여 줘요."

"그럼 가요. 여기서 걸어가도 되는 거리니까요."

달아는 좀 걷고 싶은 마음에 말끝을 흐렸다. 레이스 치마가 바람결에 흔들리는 모습이 보고 싶었다. 그리고 걸으면서 시원한 공기도 마시고 싶었다.

남자와 어깨를 나란히 하고 걷는 건 처음이다. 달아는 곁눈을 떠 재욱의 옆모습을 흘긋흘긋 훔쳐보았다. 키도 크고 어깨도 넓은데다 몸매의 비율도 좋은 그는 잘생긴 외모까지 더해 마치 영화배우 같았다.

얼굴 좀 봐, 나만해. 8등신 정도 되는 것 같아. 8등신이면 황금비율이라고 했던가? 손 봐. 손도 크다. 손가락에 반지가 없네? 안심해도 되는 걸까? 응? 내가 왜 안심해? 어머, 나 몰라. 남달아, 너 김칫국을 너무 걸쭉하게 마시는 거 아니니?

혼자서 그렇게 생각하다 달아는 문득 창피한 기분이 들어 두 손으로 얼굴을 감쌌다. 얼굴이 화끈거려 손부채질을 하는데 재욱이 고개를 옆으로 돌리더니 물었다.

"혹시 가는 길에 꽃집 있어요?"

"네? 네!"

"어, 갑자기 얼굴이 빨갛네요."

"가, 갑자기 열이 나서 그래요. 오늘 엄청 덥네요."

"그렇게 덥진 않은데…… 바람도 선선하게 불고."

별은 뜨거웠지만 걷고 있는 길에는 그늘이 드리워져 있었다. 그래서 달아가 덥다고 얼굴을 붉히고 있는 게 의아했지만 재욱은 모른 척하고 물었다.

"무슨 꽃을 좋아해요?"

"예쁜 꽃? 헤헤. 사실은 꽃에 대해선 잘 몰라요."

"꽃 선물 안 좋아해요?"

"좋긴 해도 금방 시들어서요. 화분이 더 실용적인 것 같아요."

"분위기보다 실용성이라…… 이제야 좀 제 나이로 보이는군요."

"네?"

"아닙니다. 꽃집부터 들러요."

달아는 고개를 끄덕거리고 앞장 서 걸었다. 재욱은 조용히 달아와 보폭을 맞춰 걸었다. 그는 입을 딱 다물고 슬픔에 잠긴 달아의 옆얼굴을 감상했다. 아까 혼자 있고 싶다고 말했던 그녀에 대한 배려였다. 유일한 친구였던 차해심을 잃었으니 공허하기도 하고 많이 외롭기도 하겠지. 그래서 재욱은 달아의 곁에 있어 주고 싶었다. 이제 친구가 없을 그녀에게 친구가 되어 주고 싶었다. 그는 속으로 생각했다.

친구라…… 남녀 사이엔 친구란 존재할 수 없다고 철석같이 믿는 내가, 그녀의 친구가 되고 싶다고? 홍재욱, 이왕이면 솔직해져 봐. 남자친구가 되고 싶은 거잖아. 착해 빠진 여자를 보호해 주고 싶어 안달이 난 남자친구 말이야.

흐흐흐, 하고 웃는 여자. 레이스 치마가 잘 어울리는 소녀 같은 여자. 어깨가 좁아서 한 팔에 감으면 완전히 가둘 수 있을 거 같은 여자. 그리고 케이크를 잘 만드는 여자. 그리고 요즘 시대엔 찾아보기 어려울 만큼 나이에 안 맞게 순진하고 여린 것 같고. 그래서 이렇게 말 한마디 섞지 않아도 함께 걷는 게 좋아 헤실헤실 웃을 수 있나보다.

재욱은 서류가방을 든 손의 위치를 바꾸다 달아의 손등을 스치고 말았다. 심장이 쩍! 하고 갈라지는 소리를 내더니 미친 듯이 뛰기 시작했다. 세탁기 돌아가는 소리가 바로 귓가에서 들리는 것만 같아 얼굴을 붉히는데 달아는 아무렇지도 않은 표정이었다. 그녀는 바닥만 보고 걸어가고 있었다. 실수라지만 본의 아니게 어엿한 숙녀의 손을 스쳤으니 이상한 시선으로 볼 법도 한데 둔한 건지, 재욱을 남자로 보지 않는 건지 그녀는 그저 앞만 보고 걸어간다. 그래서 결국 재욱이 침묵을 깼다.

"방금 그거 실수였어요. 오해하지 말라고 말하는 겁니다."

"네?"

달아가 화들짝 놀랐다. 그녀는 재욱이 무슨 말을 하는 건지 이해를 못하는 것 같았다. 그래서 그가 그녀의 손을 가리키며 말했다.

"내 손이 달아 씨의 손을 스쳤잖아요."

"그랬어요?"

"몰랐어요? 생각보다 많이 둔하네?"

"둔하긴 해요. 그래서 엄마가 많이 걱정하죠. 빵 만들 땐 예민한데 다른 건 덜렁거리고 자주 깜빡하고 그래요."

달아의 대답에 재욱의 입가에 사악한 미소가 번졌다. 호시탐탐 어린 양을 노리는 늑대처럼 눈빛이 반짝반짝 빛났다. 그리고 그 흑심 가득한 눈빛보다도 더 빠르게 손이 움직였다.

"둔한 것 같아서 재현하는데 방금 전에 내가 이렇게 했습니다."

아까는 손등을 스친 정도였지만 이번에는 아예 손을 잡아 버렸다. 놀란 달아가 손을 빼려고 비틀었지만 소용없었다.

"어어, 어머, 왜 이러세요. 누가 봐요."

달아의 얼굴이 더 빨개졌다. 그녀는 불에 덴 것처럼 손을 홱 잡아 빼며 주변을 살폈지만 재욱은 남자의 박력을 몸소 보여 주려는 듯

당당하게 말했다.

"달아 씨 애인 있어요?"

"예?"

"애인 있어요? 없죠?"

"예, 네…… 네."

"나도 없어요. 걸릴 것도 없는데 왜 그렇게 창피해 해요? 혹시 내가 손 잡아서 불쾌합니까?"

"아, 아뇨! 불쾌하지 않아요. 손이 따뜻해요. 좋아요!"

달아는 제가 무슨 말을 했는지 모를 정도로 혼이 빠져 있었다. 얼굴은 물론 귀까지 빨갛게 익어 있었는데 머리에 물수건을 얹어 놓으면 지지직거리는 소리를 내며 금방 마를 것 같았다. 그 정도로 긴장해 심장이 팔딱팔딱 뛰는데 재욱은 여유로워 보였다. 그는 달아의 손을 꽉 잡은 채 손등을 바라보며 감탄하듯 말했다.

"손이 엄청 작네."

"저, 좀 놓아주세요. 부끄러워요."

"왜요?"

"손에 상처가 많아요. 덴 자국."

"노력을 많이 하는 사람의 손인데? 덴 자국은 흠이 아니라 훈장이에요. 남달아 파티시에를 빛나게 하는 훈장."

달아가 뭘 하는 사람인지 모르는 사람들은 여자 손에 그렇게 상처가 많아서 어쩌냐며 혀를 찼다. 이모들도 달아의 손을 보면 너도나도 걱정이라는 말을 했다. 검붉고 갈색빛이 도는 흉터는 달아의

122

콤플렉스였다. 그래서 가급적 손을 잘 보이지 않으려고 부산스럽게 움직였는데 재욱이 훈장이라고 말해주니 가슴이 뭉클했다.

"흉하지 않아요?"

"노력하고 있다는 증거인데 왜 흉해요?"

"고, 고마워요. 손에 대한 콤플렉스가 있었는데."

"그럼 오늘부로 콤플렉스에서 벗어난 겁니다. 내가 훈장이라고 명명했으니까 이건 더 이상 상처가 아닌 거예요."

재욱의 넉살에 달아는 풋, 하고 웃었다.

"그렇게 웃어야 예쁘죠."

"친절하시네요."

"아닌데."

"친절하세요. 넘어질 거 같다고 손잡아 주고. 고마워요."

이 여자 왜 이렇게 순진해? 곰이네, 곰이야. 뻔한 거짓말인데 너무 무른 거 아니야?

재욱은 세상 물정도 잘 모르지만 남자에 대해서도 쑥맥인 달아가 걱정스러워 아예 내놓고 말했다.

"친절한 게 아니라…… 작업 거는 건데. 모르겠어요?"

"작업이요? 저한테요?"

"응, 내가 남달아 씨한테 작업 거는 겁니다."

"왜요?"

달아는 그의 말이 믿기지도 않거니와 어제 보고 이제 겨우 두 번째 보는 남자가 대놓고 작업을 걸고 있다고 털어 놓는 것이 당황스

러웠다. 달아는 부기가 가라앉지 않아 묵직한 눈을 깜빡거리며 대답
을 기다렸다.

　재욱이 달아의 손을 잡고 가볍게 흔들며 곰곰이 생각하다가 대답
했다.

　"느껴지지 않습니까?"

　"뭐가요?"

　"내 심장이 미친 듯이 뛰느라고 손이 떨리고 있잖습니까."

　"왜요? 왜 뛰어요? 그럼 빨리 멎으라고 해요."

　달아의 대답에 재욱이 인상을 찌푸렸다. 뒤통수를 얻어맞은 것처
럼 어이가 없어 헛웃음을 치는데 이때를 기다렸다는 듯이 달아가
웃기 시작했다.

　"히, 히흐흐흐. 흐흐. 히히."

　"이상하게 웃지 말지…… 거……."

　"미안해요. 농담인데 표정이 너무 리얼해서요. 웃음이 터졌어요."

　달아는 재욱에게 잡히지 않은 손으로 입을 가리고 시원하게 웃었
지만 아무 소리도 않고 저를 바라보는 재욱의 시선을 느끼고 입술
을 깨물었다.

　"기분 상했다면 미안해요."

　"웃으니까 보기 좋네요."

　"네?"

　"나쁜 모기한테 물려서 퉁퉁 부은 눈이지만 웃을 땐 예뻤다고요."

　"정말요?"

"그럼 내가 왜 농담을 합니까? 내 나이가 서른넷입니다. 체통 없이 헛소리나 할 나이는 절대 아니죠."

재욱은 빙그레 웃으며 달아의 손을 꼭 잡아 주었다. 커다란 손이 주는 느낌이 좋다. 아버지나 남동생의 손과 또 다른 느낌이라 달아의 뺨이 붉어지고 있었다.

"처음이에요."

"뭐가요?"

"남자 손 잡는 거요. 가족 말고…… 남자가 잡아 주는 손이요."

"만날 잡아 줄 수도 있어요."

달아의 눈이 커졌다. 재욱은 기다렸다는 듯이 제안했다.

"우리 회사의 일을 하는 겁니다. 마들렌, 유자 젤라또를 함께 만드는 거예요. 물론 나하고 같이."

"풋! 그런 식으로 계약을 유도하네요?"

"친구 필요하지 않아요? 이제 혼자인데, 술도 같이 먹고 영화도 같이 보고 수다도 떠는 거지."

유혹적인 제안에 달아의 눈매가 깊어졌다.

"생각해 봐요."

"바람둥이죠?"

"나요?"

"네. 선수, 어장관리…… 뭐 그런 단어가 잘 어울리는 분이죠?"

달아의 물음에 재욱은 어깨를 으쓱거렸다.

"맞아요?"

"그건 차차 알아보면 될 거 아닙니까?"

"만난 지 이틀 만에 너무 급작스럽잖아요. 혹시 내가 부자라서 작업 거시는 거면요……."

"돈은 나도 많아요. 돈이라면 아주 질리게 많아."

"자랑하는 거예요?"

"당연하지."

"유치하다."

달아는 입술을 비죽거렸다. 잠시 멈추었던 걸음을 다시 떼며 앞서 걸었지만 재욱이 꼼짝하지 않는 바람에 겨우 두 발자국을 걷는 게 고작이었다. 재욱은 여전히 달아의 손을 잡고 있었다.

"손에 땀 차기 시작했어요."

"그럼 손 바꿉시다."

재욱이 다른 손을 내밀었다. 이런 일은 있을 수 없는데, 물티슈로 손을 깨끗하게 닦아야 직성이 풀리는데 끈적거리는 이 손을 놓고 싶지 않아 다른 손을 내밀고 있다. 그만큼 지금 느끼고 있는 떨림을 놓고 싶지 않았다.

맹한 표정을 짓고 있는 이 여자의 손을.

"얼른 바꿉시다! 손!"

재욱은 기르는 개에게 손을 달라고 명령하는 주인처럼 손바닥을 폈다. 그랬더니 달아가 신기하게도 명령에 반응하는 강아지처럼 손을 내밀었다.

"이렇게 하는 겁니다."

"뭘요?"

"뭐긴, 사귀는 거지."

"사귀어요?"

달아의 음성이 커졌다. 지나가던 사람들이 깜짝 놀라 쳐다볼 정도였다.

"저, 저한테 지금 사귀자고 하시는 거죠?"

"서로 알아가는 과정, 이걸 사귄다고 하지요."

"자, 작업도 걸고요?"

"거는 게 아니라, 작업은 같이 해야죠."

너무 몰아붙이는 것도 부작용이 나는 법.

재욱은 아리송하게 말하며 달아에게 궁금증만 잔뜩 심어 주었다.

"인간관계의 기본은 타인과의 만남과 사귀는 과정에서 얻어지는 희로애락입니다. 그리고 마들렌이나 이런저런 것도 같이 작업해야지. 혼자 하면 됩니까?"

듣고 보니 그렇다.

달아는 말 주변이 좋은 재욱에게 홀랑 넘어가 고개를 끄덕거렸다.

재욱은 달아의 어수룩한 면에 흡족한 미소를 지었다. 사회생활을 오래 한 여자들은 계산적이고 제 생각을 적당히 숨길 줄도 알고, 영악할 때는 꼬리가 백 개 달린 여우도 울고 갈 정도로 지능적이었다. 그런데 달아에겐 계산적인 면이나 남을 밟고 올라서서라도 꼭 성공하겠다는 의지 같은 게 보이지 않아서 마음 편히 대할 수 있었다.

또 제일 마음에 드는 부분은 그 어떤 것도 묻지 않는다는 것이었다. 자칫 무관심하다고 오해를 살 수도 있겠지만, 그것은 그녀가 남을 의심할 줄 모르는 성격임을 방증하고 있었다. 질문이 많고 호기심을 주체하지 못하는 사람들은 대부분 의심이 많다. 그래서 자꾸 질문을 던지고 사실 유무를 파악하려고 하는데 달아는 달랐다. 달아와 함께 있으면 마음이 편해지는 이유는 바로 수다스럽지 않고 질문하지 않으며, 말하는 대로 믿는 순진함에 있었다.

그것이 달아의 장점이기도 하고 단점이기도 한 것 같지만.

"달아 씨."

"네?"

"내 이름은 홍재욱이고 나이는 서른넷입니다. 부모님은 실버타운에 계시고 동생하고 같이 살고 있습니다."

"그런 걸 왜……."

달아는 이해가 안 가는지 고개를 갸웃거렸다.

"미리 말해두고 싶어서요."

"풋, 이상하셔."

"이상해진 김에 한 가지 더 말하죠."

재욱은 달아의 손등을 다른 손으로 감싸며 덧붙였다.

"애인을 구하고 있습니다."

❋　　　❋　　　❋

애인을 구하고 있습니다.

달아는 재욱의 고백을 수도 없이 떠올리며 방글방글 웃고 있었다. 생각하지 않으려고 해도 귓가에서 자꾸 맴돌고 가슴이 두근두근 뛰어 야단이 났다. 나이는 서른넷, 이름은 홍재욱. 양화당에서 근무하며 훤칠한 키에 자상하면서도 다소 급한 성격의 소유자. 직선적인 것 같으나 세심하게 배려를 할 줄 알고 아이스크림, 케이크 같이 단 음식을 아주 좋아한다. 특히 케이크에 대해서 말할 때 표정을 보고 있으면 눈이 반짝반짝 빛이 나 귀엽다는 생각이 저절로 들게 했다.

달아는 화장대에 턱을 괴고 거울에 비친 제 얼굴을 보고 헤실헤실 웃고 있었다. 재욱을 생각하면 가슴이 콩콩 뛰고 얼굴이 붉어진다. 그리고 기분이 좋아서 자꾸 웃음이 비어져 나와 큰일이었다.

저녁에도 밥을 먹다가 갑자기 웃어 아버지와 어머니가 이상한 눈길로 보지 않았나. 달아는 두 손으로 감싼 뺨을 앞으로 밀었다. 입술이 앞으로 밀리면서 못난이 인형처럼 눈도 몰렸다. 달아는 그런 표정을 지은 채 '내일 점심도 같이 먹읍시다!' 하고 말한 재욱의 얼굴을 되새겼다.

사내답게 생긴 눈매와 높이 솟은 콧날을 보고 있으면 일단 보통 내기가 아니라는 생각이 든다. 화를 내면 많이 무서울 것 같은 인상. 그런데 화를 잘 낼 것 같지 않았다. 달아에게 하는 걸 보면 자상하고 웃음도 많고, 꼭 화를 내야 할 일이 생기면 헐크가 될지도 모르지만 그리 쉽게 얼굴색을 바꿀 것 같지는 않았다.

아까, 그러니까 점심시간에 달아가 루꼴라 피자를 만들어 주었더니 재욱은 엄청 맛있다며 극찬을 아끼지 않았다. 피자도 잘 만든다며 여신이라는 칭찬까지 하는 바람에 달아는 기분이 너무 좋아서 표정 관리가 잘 되지 않았다.

매일매일 달아가 만들어 준 음식을 먹고 싶다는 말까지 하는 그에게, 달아는 저도 모르게 그래도 돼요? 라고 말해버렸다. 물론 말을 뱉자마자 얼른 농담한 거라고 둘러댔지만 재욱은 매일매일 평생 만들어 준다면 홍재욱을 죽을 때까지 노예로 부릴 수 있는 특권을 주겠다고 너스레를 떨었다. 엄마나 외할머니가 서른둘이나 돼서 연애도 못해 보고 선 봐서 결혼하는 거 아니냐고 걱정할 때마다 달아는 왜 그렇게 연애에 대해 집착하나 싶었다. 결혼을 꼭 하고 싶다는 생각도 없었고, 남자를 만나 데이트 하는 게 재미있을지도 미지수라 연애에 대해 그다지 생각해 보지 않았었다.

그런 달아가 재욱 때문에 변하기 시작했다.

재욱이 맛있다, 좋다, 같이하자! 라고 말할 때마다 기분이 너무 좋아서 어쩔 줄 모르겠다. 거짓말처럼 빠져들고 있어 믿기지 않았지만 이게 바로 드라마에서 보는 연애의 시작이 아닐까? 눈이 마주칠 때마다 큐피드가 쏜 화살에 맞은 것처럼 가슴이 따끔! 하면서 뛰었다. 찌르르, 짜르르……. 전기에 감전된 것처럼 짜릿했다.

달아는 자리에서 일어나 옷장 문을 열었다. 치마와 원피스를 손가락으로 훑으며 내일은 뭘 입을까 고민하는데 노크 소리가 들렸다.

"들어오세요."

방문이 열렸다. 열린 문틈으로 성하가 얼굴을 불쑥 내밀었다.

"누나야, 과일 드셔."

"응."

달아는 대답만 하고 옷장에서 시선을 떼지 않았다.

"뭐해? 안 내려가?"

"응……."

"누나!"

성하가 재촉해도 달아의 시선은 옷장에서 떨어지지 않았다.

"옷 좀 고르고."

"안 하던 옷 걱정을 왜 하는데? 내일 중요한 약속이라도 있어?"

"그게 아니라…… 예쁘게 보이고 싶어서."

달아의 대답에 성하가 음흉한 눈초리를 하고 방에 들어왔다.

"예쁘게 보이고 싶어?"

"응."

"누나…… 남자 생겼어?"

달아는 대답 대신 빙그레 웃었다.

"뭐야, 진짜야? 농담한 건데 진짜로 생긴 거야?"

"내일 점심 같이 먹기로 했어."

"누군데? 어느 회사 다니고 몇 살인데? 아무 남자나 막 만나는 건 아니지?"

성하는 연애 경험이 전혀 없는 달아가 걱정돼 안절부절못했다.

"양화당에 다니고 나이는 서른넷이야. 이름은 홍재욱이래."

"홍, 홍재욱? 점심을 같이 먹기로 한 남자가 홍재욱이란 말이야?"

너무도 놀란 나머지 성하의 목소리가 갈라졌다.

"아는 사람이야?"

"알지!"

"진짜 유명하구나…… 어쩐지, 처음에 만났을 때 양화당에선 자기 이름을 모르는 사람이 없다고 했어."

순진해도 너무 순진하다. 성하는 달아의 대답에 허탈한 웃음만 나왔다. 그런데 홍재욱이 왜 누나를 만났지?

"근데 두 사람은 어떻게 만나게 된 거야?"

"해심이 때문에. 그건 아래 내려가서 말할게. 너나 아빠한테도 상의할 문제가 있어."

달아는 재욱에게서 받은 서류를 가방에서 꺼냈다.

"이게 뭔데?"

"해심이에 관련된 일."

성하는 굳이 그 안에 뭐가 들었느냐고 묻지 않아도 내용을 알 것 같아 고개를 끄덕거렸다.

"아버지한테 보여야지. 그게 순서잖아."

"응, 내려가자."

달아는 서류를 가슴에 품고 성하와 함께 방을 나섰다. 통통 튀는 듯한 걸음으로 아래층으로 내려간 그녀는 마침 거실에서 과일을 먹고 있는 부모님에게 다가갔다. 청포도와 스위티 자몽, 방울토마토, 딸기가 커다란 접시에 담겨 있었고 윤아가 그걸 작은 접시에 덜어 장우의 앞에 놓고 있었다.

"앉아, 과일 먹자."

달아가 좋아하는 딸기를 접시에 덜던 윤아가 생긋 웃었다.

"고마워, 엄마."

"고맙기는. 엄마는 이 시간이 제일 좋아. 가족이 모여서 밥 먹고 과일 먹는 시간, 얼마나 기다린다고."

윤아의 말이 끝나자마자 성하가 끼어들었다.

"엄마가 기다리는 게 또 있지 않아?"

"내가 기다리는 거? 뭐더라?"

"누나가 연애하는 거."

"그거야 기다리고 있지만 당장 생기겠니."

"생긴 모양이던데? 양화당의 홍재욱."

성하의 말에 청포도를 씹고 있던 장우가 기침을 토하기 시작했다.

"컥, 컥. 컥!"

"여보 괜찮아요?"

윤아가 장우의 등을 두드리며 물었다.

"잘 드시지. 턱 빠질 나이도 아닌데."

"괘, 괜찮아. 그런데 방금 누구라고 했어? 홍재욱?"

"네. 홍재욱이 누나한테 데이트 신청을 한 모양이던데요."

성하의 대답에 장우의 시선이 달아의 얼굴에 고정됐다.

"달아야, 성하 말이 사실이니?"

장우가 흰자위를 모두 드러낼 정도로 놀랐다. 달아의 시선이 성하에게 꽂혔다. 성하 역시 아버지와 같이 눈을 휘둥그레 뜬 채 대답을 기다리고 있었다.

"홍재욱 씨가 그렇게 대단해요? 왜 그렇게 놀라요?"

"누나는 아직 홍재욱이 누구인지 몰라요."

성하의 대답에 윤아도 모르겠다는 표정으로 장우를 바라보았다. 장우가 말했다.

"양화당의 젊은 사장, 홍재욱. 달아는 정말 몰랐니?"

"사, 사장이라고? 말도 안 돼. 사장이라고 보기엔…… 아니, 그 렇게 안 보이던데요."

달아는 믿기지 않아 벌린 입을 다물지 못했다. 재욱이 제 입으로 사장이라고 말하지 않은 이유가 궁금해졌다.

"누나를 이용하려는 걸 거야."

"정말?"

"누나를 탐냈으니까. 정확하게는 누나가 만든 쿠키를 말이야."

"그 사람, 내가 만든 건 다 맛있다고 말하긴 했지만……."

좋았던 기분이 성하 때문에 다 뭉개졌다. 달아는 재욱이 준 서류 봉투를 장우의 앞에 놓았다.

"해심이가 내 레시피로 만든 히트작에 대한 보상금을 지급하겠대 요. 러닝 개런티가 어쩌고 하는데 솔직히 난 그런 거 모르잖아. 아 빠하고 성하가 보고 결정해요. 아, 그리고 마들렌을 만들어 달라고 했어. 해심이가 입사 테스트 때 맛을 보여준 건데 너무 좋았대요. 그래서 그걸 진행 중이었는데 어그러졌으니 나한테 해달라고……."

달아가 말끝을 흐렸다. 장우는 턱을 당기고 딸의 표정을 유심히 보았다.

"넌 어떻게 할래?"

"아빠하고 성하 결정에 따라야죠."

"그럼 네 좋을 대로 해."

장우의 대답에 성하가 펄쩍 뛰었다.

"누나보고 마들렌을 만들라는 거예요? 누나는 지금 홍재욱한테 속고 있는 거예요!"

"성하는 입 다물고 들어. 네 누나의 일이다. 결정은 스스로 하는 거야. 그리고 달아, 이건 네가 알아서 판단하고 계약해."

장우는 달아가 내민 봉투를 열어 보지도 않고 그대로 돌려주었다.

"이 일은 해심이와 네 일이기도 해. 양화당에서 양심적으로 나왔으니 이것으로 지난 일은 마무리를 짓자."

"아버지는 내용도 안 보고 그렇게 결정하면 어떻게 해요? 이건 우리 회사에서도 중요하게 다루어야 할 사안이라고요!"

흥분하는 성하에게, 장우가 약간 엄하게 말했다.

"이건 달아의 일이야, 개인적인 일! 회사와는 별개다."

"어떻게 별개인데? 누나는 우리 회사의 간판인데!"

성하가 흥분을 가라앉히지 않고 소리를 질러댔지만 장우의 생각은 바뀔 것 같지 않았다.

"아버지!"

"인마! 소리 좀 그만 질러. 이 녀석은 누굴 닮아서 이렇게 지랄맞아? 누나 일이라고 했지? 회사의 간판? 너 이 자식아! 누가 누나를 간판으로 세우래? 네 누나도 회사와 별개로 자기 인생이 있는 거야! 그걸 왜 네 멋대로 되니, 안 되니 훈수를 놓고 난리야?"

천장이 들썩거릴 만큼 버럭 소리를 지른 장우는 눈을 부라리다가 한숨을 푹 쉬었다.

"네 일은 회사를 운영하는 거고 달아의 일은 맛있는 빵을 만드는 거다. 달아가 하고 싶은 대로 하라고 해."

하지만 성하는 꺾이지 않았다.

"그러다 양화당에서 나쁜 마음이라도 먹으면 어떻게 하죠? 아버지가 사업을 몰라서 하는 말인 것 같은데요?"

"양화당은 양화당이고 우린 우리야. 네 외할머니가 어떤 분인데 양화당의 수에 놀아나? 그리고 달아를 이용할 것 같으면 내가 가만히 안 있지. 양화당인지, 양가당인지 아주 그냥 박살을 내지!"

장우도 한다면 하는 성격이라 성하도 더는 말꼬리를 잡듯이 토를 달지 않았다. 그저 달아의 안색을 살피는 게 고작이었다.

달아는 눈만 깜빡거리며 멍하니 앉아 있었다. 대체 무슨 생각을 하고 있는 건지, 보는 사람이 궁금해질 정도였다.

"달아도 서른둘이야. 자꾸 나이 얘기해서 미안한데 그만큼 알아서 할 문제라는 거야. 그러니까 성하 너는 누나 일에 너무 나서지 마."

윤아도 장우와 같은 생각이라 타이르는 투로 성하에게 경고했다.

"앞으로 누나한테 찬물 끼얹는 것 같은 말은 하지 마. 그땐 엄마도 화낼 거야."

"네."

"그럼 이제 달아 얘기 들어보자. 우리 딸은 홍재욱이란 사람이 어떤 사람 같아?"

윤아의 물음에 달아가 방긋 웃었다.

"왜 웃어?"

"그 사람 생각하니까 웃음부터 나."

"웃음이 왜 날까?"

"날 아이 취급하거든. 그게 좋아. 보호해 주려고 해. 그리고······ 적극적이야."

"거봐, 누나를 이용하려는······ 아!"

초를 치는 성하의 뒤통수를 장우가 아프게 때렸다.

"하지 말랬지! 이 자식이 아주 매를 벌어."

"그렇다고 머리를 때리면 어떡해요! 아버지 때문에 눈알이 튀어나올 뻔했잖아요!"

"끼어들지 말라고. 지금 누나가 중요한 말을 하고 있잖아. 자식이······ 너 어디 두고 보자, 너 이 자식 너 연애할 때 아빠가 기를 쓰고 딴죽 걸 거다."

장우의 말에 성하가 기겁을 했다. 생각만 해도 끔찍했다.

"아버지!"

"시끄러워."

"왜 아버지는 나만 미워해?"

"미운 짓을 하니까 그렇지?"

장우와 성하가 티격태격 얼굴을 붉히는 통에 달아의 얘기를 제대로 들을 수 없었던 윤아가 일어나자고 손짓했다. 달아가 윤아를 따라 일어났다. 윤아가 안방에 들어가 지갑을 들고 나왔다. 그리고 이젠 서로의 목에 팔을 걸고 레슬링을 하듯이 붙어 있는 부자를 불렀다.

"여보, 성하야. 우리 외출해."

성하의 목에 팔을 걸고 있던 장우가 충격 받은 양 자리에서 벌떡 일어났다.

"어디 가?"

"달아하고 상그리아 마시러 가요."

"그럼 우리도 가야지."

"시끄러워서 싫어. 우리는 나가서 분위기 잡고 놀다가 올게."

"여보, 우리도 데리고 가!"

장우는 아내에게 칭얼거렸지만 소용없었다. 윤아는 달아만 데리고 집을 나갔다.

"이게 다 너 때문이잖아!"

장우가 성하에게 신경질을 냈다.

"왜 아버진 만날 내 탓만 해요?"

"됐고, 우리도 나가서 소주나 마시자. 일단 양화당에 대해서 전략을 짜야지."

장우의 말에 성하가 이마에 손을 붙였다.

"옛썰!"

❈   ❈   ❈

현관에 막 들어선 재욱은 신발장 옆 선반에 손가락을 대고 옆으로 밀었다. 하이그로시 상판에 내려앉은 먼지가 반달 모양으로 손가락에 묻어나자, 재욱의 괴성에 가까운 포효가 집을 흔들었다.

　"아줌마아!"

　그가 목청을 키우자 막 퇴근 준비를 마친 가정부가 깜짝 놀라 현관까지 달려왔다.

　"예, 사장님. 부르셨어요?"

　"이 먼지 보이십니까?"

　"어, 아까 닦았는데요."

　"아까 닦았는데 이 모양이라는 거예요? 대체 청소를 어떻게 하는 겁니까? 그리고 저 액자, 왜 옆으로 삐뚤어져 있습니까!"

　재욱이 가리킨 거실 중앙 벽의 액자는 언뜻 보기엔 삐뚤어져 있는지 모를 정도로 반듯하게 걸려 있었다. 하나 재욱은 매의 눈. 그는 좌측으로 0.2센티미터 기운 액자가 눈에 거슬려 오만상을 찌푸리고 있었다.

　재욱이 아주머니를 데리고 액자 앞에 섰다. 그리고 손가락으로 액자의 균형을 맞추고 나서 집안을 둘러보았다. 창문이 열려 있는 것을 본 그가 인상을 구겼다.

　"환기는 하루에 세 번! 오전, 오후, 저녁! 1시간씩 하라고요. 먼지 들어온다고!"

　"오늘은 제가 환기를 늦게까지 했어요. 실수했네요."

"이러니 먼지가 쌓이는 겁니다!"

"산 밑이잖아요. 도로가도 아니고 해서……."

"서울에서 사는데 먼지를 피할 수 있습니까? 그리고 공기 청정기는 왜 안 켰습니까? 공기가 너무 탁하잖아요!"

재욱이 소리를 고래고래 지르며 아주머니를 혼내기 시작하자 주방에서 커피를 내리던 현욱이 나섰다.

"내가 환기 좀 하자고 했어. 공기 청정기도 내가 나중에 틀겠다고 했어."

"왜?"

"집에서 담배 좀 폈어. 그래서 공기……."

"너 집에서 담배 피우지 말랬지!"

재욱은 담배 냄새를 질색하는지라 목에 핏대를 세웠다. 현욱은 손짓으로 도우미 아주머니에게 이만 퇴근하라고 신호를 보내고 다시 주방으로 들어갔다.

재욱이 현욱을 따라 주방에 들어와 물었다.

"담배 피우지 말라고 했어, 안 했어?"

"답답해서 한 대 피웠어."

"뭐가 답답해? 뭐가!"

"형이 그렇게 나올 줄 몰랐다, 정말."

현욱이 원두커피를 잔에 따르며 따지고 들어 재욱은 눈썹을 구겼다.

"무슨 말이지?"

"형이 차해심을 싫어하는 거 잘 알아. 그런데 기회를 주기로 해

놓고 실패하도록 지시를 내렸잖아."

"그래야 내보낼 수 있지. 친구의 레시피를 훔쳤으니 퇴사 시키자고 해도 언론이 어쩌고, 소비자가 어쩌고, 이미지가 어쩌고 했던 게 누구야? 그러니 나도 내 방식대로 할 수밖에."

"그 방식이 지나치게 졸렬하다는 생각은 안 들어?"

현욱의 물음에 재욱은 주방 서랍을 열어 물티슈를 꺼냈다. 그리고 손을 닦고 커피 잔을 들어 커피를 따랐다.

"난 분명히 말했다. 차해심을 퇴사시키겠다고 말이야. 방법이 달라졌을 뿐, 내 의지나 생각은 확고해."

"방해 공작을 해야 할 만큼 싫어? 난 이렇게까지 무자비하게 행동하는 형을 이해할 수가 없어."

"너 때문에 그래."

"무슨 소리야?"

현욱의 표정이 굳어졌다.

"내가 남동생한테 달라붙은 거머리를 제거하는 거잖아."

"형!"

"처음에는 대학교. 선후배, 입사 후에는 상사와 부하…… 잠자리 실수까지 한 사이."

재욱의 말에 현욱은 마른침을 삼켰다. 대체 그걸 어떻게 알았느냐는 표정으로 쳐다보자 재욱이 그의 기억을 되짚어 주듯이 설명하기 시작했다.

"술을 진탕 먹은 네가 아침에 일어나니까 차해심이 있었다. 하지만 차해심은 네게 그 일에 대해서 묻지 않았다. 아무렇지 않게 대하니까 자꾸 신경이 쓰인다…… 언제부터인가 두 사람은 섹스 파트너가 됐다. 그 어떤 조건도 달지 않은 자유연애. 결혼은 요구하지 않으며 아이가 생기지 않게 피임도 철저히 한다. 내 말이 틀려?"

"어, 언제부터 알고 있었어?"

"너희 둘이 서로 눈빛을 주고받는 걸 봤을 때부터."

재욱은 커피를 홀짝 마셨다. 고개를 숙인 현욱이 어쩔 줄 몰라 당황하기 시작해 재욱이 물었다.

"차해심을 사랑해?"

"섹스 파트너야."

"섹스 파트너라…… 아버지가 아시면 차해심은 어떻게 될 것 같아?"

"아버지가 알게 될 일은 없어."

"너, 우주제약의 장녀와 혼담이 오가고 있는 거 알지?"

현욱이 입술을 질끈 깨물었다.

"알아. 혼담이 오가는 건 사실이지만 혼담을 깨트릴 정도로 해심이 위험한 건 아니야!"

"넌 양화당의 본부장이야. 네 섹스파트너로 4년을 살아온 여자가 뭘 원할 것 같아?"

"글쎄. 결혼?"

재욱은 고개를 끄덕거렸다.

"아니, 해심인 날 그런 식으로 옭아매지 않아. 쿨하거든."

현욱의 대답에 재욱이 배꼽을 잡고 웃기 시작했다. 쿨하다? 인간 관계에서 쿨하다는 말이 통할까? 더욱이 남녀 사이에? 재욱은 고민 없이 부정했다. 그런 일은 절대로 존재할 수 없다. 세상에서 제일 쿨하지 못한 관계가 바로 남녀 사이다. 공식적인 연애면 또 모를까, 비공식적인 연애일수록 잡음이 많기 마련이었다.

재욱은 현욱이 순진하게 보여 쓴웃음을 지었다.

"네가 차해심의 어떤 면을 보고 그렇게까지 감싸는지 모르겠는데 그 여자는 결국 널 피곤하게 만들 거다."

"나쁘게 보지 마!"

"내가 좋게 볼 구석이 어디 있어야지? 나쁘게 볼 빌미를 제공한 건 그 여자다. 파렴치해서 구역질이 나!"

"나 역시 형이 내 사생활을 감시한다는 게 불쾌해!"

현욱의 입에서 기어이 불쾌하다는 말까지 나왔지만 재욱은 무표정했다. 그게 또 약이 오른 현욱이 마시던 커피 잔을 식탁에 탁! 소리가 나게 내려놓고 윽박질렀다.

"언제부터 날 감시했어? 난 형의 결벽증에 대해 불만이 많지만 존중하려고 했어. 하지만 날 의심하고 감시한 이상 참고 넘길 수 없다고. 왜 날 감시했는데?"

"외박을 그렇게 자주 하는데 의심을 안 할 수가 있나. 주말마다 여행을 간다며 나가는 놈이 슈트차림을 하고 나가지를 않나, 어디 갔다 온 흔적도 없질 않나. 그러니 의심하는 게 당연하지. 안 그래?"

"그게 정당한 이유가 될 것 같아?"

"아버지가 안 계신 지금, 넌 내 책임 하에 있어."

재욱의 대답에 현욱이 피식 웃었다.

"내게 책임감을 느낀다면 감시할 게 아니라 해심과 날 찢어놨어야 하는 거 아냐?"

"난 네가 차해심을 단순히 섹스파트너로 생각하는 걸 알고 있었어. 게다가 네 사생활을 존중하고 싶었기 때문에 여태 말하지 않았던 거야. 사실 결벽증이 있는 나로선 남녀가 그런 식으로 엉키는 거 불결하게만 보인다. 하지만 난 널 믿었고, 차해심이 보여 준 일에 대한 열정 때문에 문제 삼지 않았던 거야. 널 무시했다면 처음부터 말렸겠지."

"그런데 지금은 아니잖아?"

현욱은 상처받은 얼굴을 했지만 재욱은 눈썹 하나 까딱하지 않았다.

"난 차해심을 쫓아낼 거야. 우리 회사에서도, 네게서도."

"해심에게 기회를 줘."

"안 돼."

"형!"

"난 차해심을 반드시 내쫓을 거다. 두고 봐."

"무섭다, 형 진짜 무서운 사람이야."

현욱은 재욱이 얼음처럼 차갑고 무자비하게 느껴져 곧장 현관으로 향했지만 중문을 열지 못했다. 재욱이 뒷덜미를 잡아채듯 그에게 명령한 탓이었다.

"차해심의 오피스텔에 발을 들이는 순간, 내 힘을 총동원해서 그녀가 이 바닥에 다시는 발을 못 붙이게 할 거다."

재욱의 경고에 중문의 손잡이를 잡고 있던 현욱이 소리를 와 질 렀다.

"담배 피우러 가는 거야!"

재욱은 현욱이 소리를 빽 지르고 옥상과 이어진 테라스로 올라가 는 모습을 베란다 창문으로 내다보고 있었다. 현욱은 정말 화가 많 이 난 것 같았다.

해심 때문에 이성은 물론 판단력까지 흐려진 탓일 테지만 시간이 지나면 뭐가 옳고 그른지 정도는 구별할 수 있겠지.

재욱은 열어놓은 베란다 창문을 닫고 난 다음에 슈트 상의를 벗 어 소파에 걸쳤다. 넥타이도 풀어 옆에 놓고 소매단의 단추도 풀었 다. 다용도실에 들어간 그는 걸레와 소독용 에탄올을 챙겨 나왔다. 그런 다음 아까부터 거슬렸던 거실 중앙 벽에 걸린 액자 앞에 섰다. 액자 유리에 지문 자국이 선명하게 찍혀 있었는데 아주머니가 남긴 것 같았다.

"청소의 기본이 안 됐군. 이런 걸 남기면 어쩌자는 거야!"

4.
순대 먹던 입술에 키스를

점심은 회사 근처에 있는 퓨전 한정식 가게였다. 이름은 '연담'.
깊은 못이라는 뜻으로 한옥을 개조한 레스토랑의 중정에는 커다란
연못이 있었다. 연못에서 가까울수록 자릿세를 더 내야 할 만큼 분
위기나 경치가 좋아 주로 부자들만이 연못가 근처에서 식사를 할
수 있었다.

재욱은 그 중에서도 비단 잉어가 훤히 보일 만큼 연못에서 가까
운 자리를 예약했었다. 달아를 데리고 연담에 들어서자 그를 알아본
지배인이 예약석으로 안내했다. 재욱이 달아를 먼저 앉히고 자리에
앉았다. 놋으로 만들어진 세숫대야와 깨끗한 물, 잘 마른 손수건을
들고 온 여직원이 인사를 건넸다.

"안녕하세요, 홍 사장님."

"예, 안녕하세요."

"손부터 씻으시고 식사하세요."

재욱이 연담을 좋아하는 이유 중에는 식사를 하기 전에 이렇게 항상 손을 씻을 수 있다는 점도 있었다. 이때는 진짜 왕 대접을 받는 기분이라 저절로 인상이 부드럽게 펴졌다.

재욱과 달아가 손을 다 씻기를 기다린 지배인이 물었다.

"준비가 되신 것 같으니 주문하신 음식을 내오겠습니다. 맛있게 드십시오."

"감사합니다."

재욱은 부드럽게 눈인사를 하고는 달아를 응시했다.

"여기 와 봤어요?"

"처음이에요."

"내 단골이에요. 음식도 맛있고 분위기도 좋아요."

달아는 고개를 끄덕거렸다.

"난 이 집의 죽이 너무 좋아요. 고소하거든요."

"……네."

"그런데 달아 씨, 표정이 어둡군요. 무슨 일이 있었습니까?"

"양화당 사장님이라면서요?"

"나요?"

달아는 또 고개를 끄덕거렸다.

"누가 말해줬어요?"

"아빠하고 동생이요."

"거봐요, 내가 좀 유명하다고 했잖아요."

"양화당에서만 유명한 줄 알았어요. 사장이라니…… 속은 느낌이에요."

달아는 입술을 쌜쭉거렸다.

"내 입으로 사장이라고 말하는 것도 지겹고…… 속일 생각도 없었습니다. 그런데 너무 늦게 안 거 아닙니까? 보통 '양화당의 홍재욱이라고 합니다!'라고 말하면 호기심 때문이라도 홍재욱이라는 남자가 실제로 있나? 직급은 어떨까? 궁금해 하지 않나요?"

"별로 궁금하지 않아요. 그리고 그런 걸 왜 알아봐요?"

달아의 대답에 재욱이 키득 웃었다.

"정말 무관심하네요."

"전 제가 좋아하는 일에만 관심이 있대요. 엄마가."

"좋은 거죠, 쓸데없이 기운 빼지 않아도 되고."

"좋게 생각하면 그렇겠죠. 근데요."

재욱은 고개를 앞으로 쭉 내밀고 달아의 입술을 주시했다. 딸기 물을 들인 것처럼 진분홍색이었다. 보고 있으려니까 입에 침이 고였다.

"나한테 일부러 접근한 거예요? 날 이용할 생각이라든가요."

"내가 왜 그런 짓을 합니까?"

"난 남달아니까요. 사실 난 내가 특별하다는 생각은 안 했어요. 그냥 난 빵을 만드는 게 좋아요. 쿠키를 구울 때 행복해요. 그게 전부인데 우리 집에선, 아니 우리 회사에선 날 좀 특별하게 생각해요. 그러니까……."

"달아 씨는 특별해요. 이용할 가치도 충분하고요."

"역시……."

달아의 표정이 순간적으로 어두워졌다. 하지만 재욱은 미소를 지으며 말을 이었다.

"근데 난 이용 같은 거 안 합니다. 어떤 대상이 특별한 걸 가지고 있으면 대놓고 거래를 하자고 말해요. 제안을 하거나 부탁을 하면서 그 특별한 걸 얻습니다. 그게 바로 홍재욱이 사는 방법이지요."

"자신감이 넘치시네요?"

"나 만큼 잘나면 자신감이 에베레스트 정도는 돼야 하지 않겠습니까?"

보통 저렇게 자만심이 하늘을 찌르면 얄미워서 호감이 반감되기도 하는데, 재욱은 그렇지 않았다. 아, 그럴 수도 있구나! 라는 생각이 들면서 그를 당연하게 받아들이게 된다.

"해, 해도 될 것 같아요."

"뭘요?"

"마들렌이요. 아빠가 제 일이니까 알아서 하래요. 그리고 우리 회사에서는 해심에 관련된 건 진짜 조용하게 지나갈 것 같아요. 그래서 이거요……."

달아는 식사가 나오기 전에 계약서가 든 봉투를 내밀었다.

"도장 다 찍었어요. 러닝 개런티를 입금해 주세요. 오늘 안으로."

"오늘 안으로? 급하게 쓸 일이라도 있습니까?"

달아는 고개를 끄덕거렸다.

재욱의 입가에 미소가 번졌다. 달아가 고개를 끄덕일 때마다 너무 귀여워서 깨물어 주고 싶다.

"어디에 쓰려고요?"

"어제 밤새 고민했는데요. 기부를 할까 해요."

"기부라……. 어디에 어떻게 기부하고 싶은데요? 가령 환경, 기아, 노인 등등 종류가 다양하잖아요."

재욱은 좀 더 구체적인 걸 물었다. 달아가 어디까지 고민했는지 궁금했다. 해심의 일 때문에 골치가 아파서, 가볍게 돈을 기부하는 걸로 무거운 마음을 털어내려는 것일 수도 있다. 만약에 달아가 그런 식으로 도망치려고 한다면 실망스러울 것 같아서 재욱의 눈매가 저도 모르게 서늘해졌다.

"칠드런비전이라는 곳에 기부를 조금씩 하고 있었는데요, 이번에도 도움이 됐으면 해서요."

"칠드런비전이라니…… 거기 해외에 사는 아동들을 후원하는 게 아닙니까? 우리나라에도 어렵게 사는 아동이 많은데 왜 굳이 해외에 사는 아이들에게?"

"국내 아이들도 후원하고 있어요."

"그렇습니까?"

머쓱한 나머지 억지웃음을 짓는 재욱에게, 이번에는 달아가 되물었다.

"근데 기부는 좀 하세요?"

"예?"

이번에는 당황스러워 억지웃음이 짙어졌다.

"안 하세요?"

"하, 합니다! 하죠."

사실 재욱은 기부에 대해선 전혀 생각을 못했던지라 달아의 물음에 저도 모르게 거짓말이 불쑥 튀어나왔다.

"하세요? 어디요?"

"저, 저도 칠드런비전에……."

"칠드런비전이요?"

달아의 표정이 안 좋다. 거짓말이 들통났다는 사실을 깨닫고 재욱은 솔직히 말했다.

"사실은 안 해요. 기부를 해야 한다는 생각 자체가 없었습니다. 내가 좀 이렇게 팍팍하게 삽니다! 실망했어요?"

달아는 고개를 저었다. 자신이 기부를 한다고 해서 남에게 강요하는 건 좋지 않았다.

달아가 사람 좋은 미소를 짓고 있어 재욱은 새삼 감동을 느끼고 있었다.

달기만 한 줄 알았더니 기부도 할 줄 아는 천사였네.

"봉사도 합니까?"

"예."

"해외에 나가서?"

"그럼요, 한번씩 해외에 나가서 봉사를 하고 와요. 작년에는 기아 체험을 했어요. 1박 2일 동안 했는데요, 제가 구운 포춘 쿠키를 판매도 했었어요."

달아는 환하게 웃으며 칠드런비전에 대해 설명하고 있었다. 재욱은 그녀의 설명을 귀 기울여 듣고 있다가 비서실장에게 문자를 보냈다.

김 비서, 칠드런비전이라는 곳을 알아보고 홍재욱으로 기부해. 금약은 일단 1억으로 하지.

사실 기아나 난민이 어떻게 되든 재욱에겐 관심 밖이었지만 달아가 칠드런비전을 통해 즐거움을 찾는 것 같아 가만히 있을 수 없었다. 달아의 세계에 홍재욱이 들어가려면 먼저 발을 담그는 수밖에 더 있겠는가.

"저도 기회가 된다면 봉사에 참여하고 싶군요. 달아 씨와 함께."

"정말요? 그럼 시간만 되시면 저하고 같이 봉사하러 안 가실래요? 해외까지는 무리니까 고아원에 방문은 어떠세요?"

"고아원이요?"

"네. 안 그래도 주말에 빵 만들어서 가려고 했어요."

"달아 씨의 작업실에서 만드는 겁니까?"

달아는 고개를 끄덕거렸다.

"혼자 만듭니까?"

"네."

"팔 안 아파요?"

"많이 아프지만 제가 할 수 있는 일이니까요. 아니 제일 잘 하는 일이니까 아프지 않아요. 또…… 제가 만든 빵을 먹을 아이들의 표정을 생각하면 힘이 나요."

달아는 아이들의 얼굴이 떠올라 방글 웃었다.

"좋아요. 그럼 데리고 가줘요. 달아 씨가 빵을 만들면 난 우리 회사의 과자를 들고 가면 되니까. 그런데 아이들이 무슨 과자를 좋아하려나?"

재욱이 테이블에 올려뒀던 손을 턱 밑에 괴려고 들 때였다. 달아가 그의 손을 덥석 잡고 방긋 웃었다.

"고마워요."

그녀가 손을 잡는 바람에 재욱은 당황했지만 곧 능글맞을 정도로 기분 좋은 미소를 지었다.

"고맙긴요. 오히려 내가 고맙지. 내 생각이 좀 편협했었다고 할까? 기부나 봉사는 형식적인 거라고 생각했어요. 아니 솔직히 내 주변의 사람들이 돈 몇 푼만 쥐어주고 기부라고 하는 사람들이 많아요. 달아 씨를 만나지 않았더라면 죽을 때까지 입금 버튼이나 누르고 살았겠지."

"그런 생각조차 안 먹는 사람들이 태반인 걸요."

"달아 씨 덕입니다. 그거 알아요? 요즘 달아 씨는 나한테 영향력 있는 유일한 사람이라는 거요."

달아는 얼굴을 붉혔다. 두 사람은 한동안 서로를 바라보았다. 주문한 음식이 나올 때까지 시간이 멈춘 것 같았다.

후식으로 나온 수정과까지 먹고 나서 재욱과 달아는 연담을 나왔다. 각자 일터로 향해야 할 시간이었지만 헤어지기 싫어 미적거리는데 재욱이 불쑥 물었다.

"우리 회사에 출근은 언제 할 예정입니까?"

"그게……."

"투잡 하다가 몸이 상하는 건 내가 싫으니까 이렇게 합시다."

"어떻게요?"

달아는 고개를 갸웃거렸다.

"오전에는 카페 달에서 근무하고 오후에는 우리 회사에 와서 나하고 점심 같이 먹고 일하다가 퇴근하는 걸로. 내가 집까지 데려다줄 테니까 그렇게 피곤하지 않을 겁니다."

"그러면 저도 좋지만…… 조건이 너무 파격적인데요?"

"마들렌만 성공해 줘요. 그런 다음에는 유자 젤라또도 만들어 주고."

재욱은 달아의 손을 잡아 옆구리에 끼고 고개를 옆으로 숙였다.

"이렇게 있으니까 좋죠? 난 기분이 너무 좋은데 달아 씨는 어때요?"

"좋아요."

"내가 좋아요?"

"……그런 것 같아요."

달아의 대답에 오히려 물어봤던 재욱이 화들짝 놀랐다.

"진짜로 내가 좋아요?"

"어젯밤에 잠을 못 자고 계속 뒤척거렸어요. 재욱 씨 생각하니까 기분이 너무 좋아져서요. 엄마하고 얘기해 봤는데 이런 감정이 중요한 거래요. 피하지 말고 숨기지 말고, 나도 나이가 꽉 찬 여자니까 자신 있게 제 감정을 드러내라고 했어요."

달아는 그렇게 말하고 재욱과 눈을 마주쳤다.

"처음으로 느끼는 감정이었어요. 빵이나 케이크를 구울 때, 나는 기분이 엄청 좋아요. 그런데 그런 감정을 훨씬 넘어서서 내내 웃음이 나고 가슴이 뿌듯했어요."

"그래서요?"

"어제 애인 구한다고 했잖아요. 그 애인이요…… 제가 했으면 해요. 애인이 되고 싶어요."

수줍음이 많아서 고생 좀 하겠구나, 싶었는데 의외였다. 어리숙한 것 같은데도 제 할 일을 알아서 하고 남을 위해 봉사도 할 줄 알고 또 제 감정을 투명하게 드러낼 줄도 아는 달아가, 재욱은 그저 놀라웠다. 그런 그녀가 어찌 사랑스럽지 않겠는가.

재욱은 달아의 손을 놓고 과감하게 안아버렸다. 그녀의 고개가 뒤로 꺾일 정도로 힘차게. 달아는 잠시 움찔했지만 처음으로 느껴보는 남자의 품이 포근하고 탄탄해 저항하지 않았다. 남성 전용 향수일까? 그에게서는 은은하게 향기가 났다. 남자라면 담배 냄새가 날 법도 한데 그에겐 기분 좋은 향기만 난다. 깔끔한 성격임에 틀림없었다. 재욱의 품은 아늑했다. 따뜻한 품에서 벗어나고 싶지 않을 정도라 달아도 용기를 내 그를 마주 안았다. 두 팔에 힘을 주어서 꽉 안으며 눈을 꼭 감았더니 재욱이 쿡 웃었다.

"팔에 힘을 좀 빼는 게 어때요? 숨을 못 쉬겠어."

"어머, 미안해요!"

"미안하긴. 좋아서 앙탈부린 건데."

"좋아요?"

재욱은 고개를 끄덕인 다음에 달아의 얼굴을 두 손으로 감쌌다.

"서른둘이나 먹은 여자가 말이야, 애 같아서 좋아. 어쩜 이렇게 귀여운지 몰라."

"애 취급하지 마요."

"싫어."

"왜요?"

"내 애기니까. 아, 드라마에서 왜 자기 연인을 애기라고 하는지, 전에는 몰랐는데 지금은 알겠다. 애기가 맞아. 애기라서 보호해 줘야 하고 사랑도 듬뿍 주어야 하지."

애기니까 사랑하지 않을 수 없다.

재욱은 달아의 이마에 입을 맞추었다. 쪽! 소리가 났다. 이마 한 가운데에 불똥이 튄 것처럼 화끈거렸다. 가슴이 따끔거렸다. 그리고 미친 듯이 뛰기 시작했다. 또 심장이 뛸 때마다 웃음이 비어져 나와 목울대가 울렸다.

"웃네?"

"이런 느낌이요, 생소하지만 엄청 좋네요. 그래서 사람들이 연애하려는 건가 봐요."

"이제 알았어요?"

"응. 너무 늦었죠?"

달아의 물음에 재욱이 능글맞은 표정을 지었다.

"늦어서 고마운 건 나지."

때 묻지 않은 순수함을 꿈꿨던 내게 이리 와주었으니.

재욱은 달아를 다시 안았다. 참 이상하다. 달아하고 있으면 결벽
증이 사라지는 것 같다. 서른넷이나 먹은 남자가 그동안 연애 한 번
해 보지 않았다고 하면 거짓말일 것이다. 그런데 달아하고 있으면
이제 막 첫사랑에 빠진 순진한 남자가 된다. 또 달아는 무공해 여인
처럼 느껴졌다. 그래서 그녀는 마음껏 만져도 될 것 같았다. 다른
여자들과 달아를 비교하는 건 아니지만 짙은 화장품 냄새가 나지
않아서 좋았다.

달아에겐 향긋한 꽃내음이 났다. 아주 옅어서 코를 가까이 대야
지만 알 수 있었다. 화장품으로 제 본판을 가린 여자들과 달랐다.
선크림 정도만 바른 듯 맑은 피부톤, 순두부처럼 매끈한 살결을 밤
새 느끼고 싶을 정도로 욕심이 난다.

밤새 안고 쪽쪽 빨고, 품에 가두며…… 그렇게 밤새 사랑을 나누
고 싶었다.

이 팔을 놓고 싶지 않다.

아, 큰일이다…… 왜 이렇게 귀여운 거야.

❋　　❋　　❋

해심은 여자 화장실에 들어와 담배를 입에 물었다. 화장실은 금연구역이라는 건 물론 알고 있지만 달아가 오늘 오후부터 출근한다는 소식을 접한 그녀는 입이 바싹바싹 말랐다. 사장의 성격이 급해서 추진력 하나는 타의 추종을 불허한다지만, 해심이 달아의 아이디어를 훔친 지 일주일도 지나지 않아서 남달아와 기술 제휴를 한다는 소식은 굉장히 당황스러웠다.

말이 기술 제휴이지 제과제빵계에서 이미 이름을 날리고 있는 남달아가 만든 수제 쿠키라며 열을 올려 광고할 게 아닌가. 방송 출연도 할 테고, 잡지사에서도 달아에게 인터뷰를 요청할 게 뻔했다. 양화당은 그런 식으로 차해심도 일약 스타로 만들어 놓지 않았나.

가짜 스타가 아닌 진짜 스타에게 스포트라이트를 비추는 영업 방식, 역시 홍재욱답다. 해심이 뻐끔뻐끔 담배를 피우며 한숨을 쉬는데 누군가 여자 화장실에 들어왔다.

"어머, 누가 여기에서 담배 피우나 봐. 몰상식하게."

"가끔 피우는 사람이 있나 보더라."

한 사람이 아니라 두 사람이었다. 해심은 담뱃불을 껐다. 다리를 'X' 자로 꼬고 화장실 칸막이에 등을 기대고 두 여자가 화장실을 나가길 기다렸다.

"아참 그런데 그 얘기 들었어요? 카페 달이라고 알죠? 거기 이사가 우리 회사에 입사했대."

"입사가 아니라 마들렌하고 유자 젤라또 때문이래. 사장님하고 이미 계약도 한 모양이더라. 나도 카페 달에서 유자 젤라또 먹어 봤는데 너무 맛있더라고. 달콤하면서 상큼한 맛이 일품이었어."

"사장님이 직접 계약한 거면 무조건 성공한 거네요. 우리 사장님이 사업적인 면에서는 킬러잖아요. 마음먹은 건 반드시 성공시켜서 라이벌 회사를 초토화시키는 걸로 유명하잖아요."

"그렇게 잘생긴 분한테 킬러라고 하는 게 미안하지만 찍히면 그걸로 끝이잖아. 말이 나와서 하는 말인데, 차해심 사장님한테 찍혔다며?"

해심은 제 이름이 여자의 입에서 나와 숨을 훅 들이마셨다.

"원래 마들렌도 차해심이 하기로 한 거였잖아요. 그런데 갑자기 개발자가 바뀌고…… 뭘까요?"

"차해심이 만드는 것보다 낫다고 생각했나 보지. 남달아가 누구니? 남장우 기능장의 후계자잖아. 남장우 기능장이 요즘은 떡을 만들고 있지만 예전에 그분이 빵을 만들 때 우리 집에선 줄을 서서 빵을 사 먹었어. 그 정도로 유명했어."

"그런데 이상하지 않아요? 사장님이 차해심을 자르라고 했대요. 그래서 지금 말이 많아요."

"여우 짓 하다가 걸렸나? 아니면 혹시 본부장님하고 그렇고 그런 사이인 거 걸렸나? 사실 항상 웃고 착한 척하는데 난 좀 싫더라."

"선배는……. 차해심이 우리 회사에서 인기가 얼마나 많은데요."

"그런데 넌 왜 자꾸 차해심이라고 하니? 네 선배인데."

"별로 마음에 안 드니까요. 행동하는 거 보면 진심이 안 느껴져요. 아, 암튼 남달아 씨가 만든다는 마들렌이 정말 궁금하네요. 기대돼요."

기대해? 남달아가 만든 게 뭐 그렇게 특별하다고? 이해할 수 없어. 정말 이해할 수 없어…… 나도 달아처럼 남장우 기능장에게 제과제빵을 배웠어. 그런데 왜 항상 달아만 칭찬 받는 건데? 남장우 기능장을 아버지로 둬서? 그런 거라면 편견 속에서 사는 너희들, 너무 불쌍해!

손이 얼음장처럼 차가워지면서 부르르 떨렸다. 당장 문을 박차고 나가서 한마디 해 주고 싶었지만 천사표 차해심이 아니던가, 지금 나가서 소리를 꽥꽥 질러봤자 남의 말 하기 좋아하는 호사가들의 주린 배를 채워 주는 꼴밖에 되지 않았다.

해심은 여자들이 화장실을 나갈 때까지 기다렸다. 주변이 잠잠해질 때까지 숨을 골랐다. 입이 마르고 있었다. 그녀의 손이 다시 담배 케이스의 뚜껑을 열었다. 담배 한 개비를 꺼내 입에 물고 다시 라이터 불을 붙인 그녀가 천장에 대고 담배 연기를 흩뿌렸다. 아까보다 훨씬 더 깊이 담배 연기를 빨아마셨다가 내뱉으며 달아를 어떻게 몰아내나, 고민할 때였다.

"어느 몰상식한 직원이 화장실에서 담배를 피우나! 당장 나와!"

갑자기 화장실 내에 고함 소리가 울려 퍼졌다. 사내의 성난 목소리에 그만 입에 물고 있던 담배가 바닥에 떨어졌다. 추락한 담배에서 맥없이 피어오르는 연기에 숨이 막힐 것 같았다.

목소리의 주인공은 하필이면 홍재욱이었다!

고등학교 학생부장 선생님이 여자 화장실 앞을 지키고 소리를 지르는 것처럼 재욱은 마구 윽박질렀다.

"당장 안 나와! 당신 나오기만 해, 5초 안에 안 나오면 문짝을 뜯고 들어가서 그 얼굴을 볼 거요!"

재욱이라면 얼마든지 가능한 일이라 해심은 조심스럽게 문을 열었다. 울상을 짓고 재욱 앞에 선 그녀가 손으로 얼굴을 쓸며 기어들어가는 음성으로 사과했다.

"죄송합니다, 사장님."

"차해심 씨. 회사 내에선 금연인 거 몰라요?"

"깜빡했습니다."

"그럴 변명이라고 하나? 문짝마다 금연 표시가 있는데 뭘 깜빡해! 내가 제일 싫어하는 인간들이 공공장소에서 담배 피우는 거요. 전세 냈나? 여자들은 비흡연자가 많아서 차해심 씨처럼 담배 피우는 거 아주 싫어하던데, 왜 그렇게 이기적이야!"

재욱이 여자 화장실에서 소리를 지르는 통에 각 사무실에서 사람들이 나와서 복도를 채우기 시작했다. 재욱은 아예 해심이 여자 화장실에서 담배를 피운 몰상식한 여직원이라며 망신을 주고 있었다. 사람들이 조심스럽게 수군거리는 소리가 들렸다.

물론 본부장인 현욱도 재욱의 고성에 제 방에서 나와 있었다.

"내가 차해심 씨를 너무 좋게 봤어. 그래서 실망이 아주 크군!"

"죄송합니다."

"시말서 쓰고 감봉 3개월로 끝나는 걸 고맙게 여겨야 할 거요.

같은 실수를 두 번 했다간 그땐 사직서를 받아낼 테니 말이야."

"예, 명심하겠습니다."

해심은 고개를 푹 숙였다. 몇몇 사람들은 해심이 잘못했다고 하고 또 몇몇은 사장이 심했다며 수군거렸지만 해심의 귀에는 아무 말도 들리지 않았다. 그저 현욱이 저를 바라보는 시선만이 신경 쓰일 뿐이었다.

재욱이 현욱을 흘끗 보고 지나쳤다. 현욱은 형이 지나갈 수 있도록 옆으로 비켜섰다. 직원들이 슬슬 제자리로 돌아갔다. 복도에는 현욱과 해심이 있었다. 숨 막히게 조용한 복도가 주는 중압감이 정수리를 누르는 것 같았다.

"저…… 저는……."

해심이 눈물을 글썽거리며 입술을 뗐다가 현욱이 고개를 저어서 도로 입을 다물었다.

"저녁에 보자."

"본부장님……."

"울지 마, 속상하니까."

"죄송해요."

해심의 눈에서 눈물이 뚝 떨어졌다. 현욱은 해심과 거리를 둔 채 오랫동안 바라보다가 한숨을 푹 쉰 다음에 돌아섰다. 해심은 고개를 숙이고 제 방으로 들어가는 현욱의 뒷모습을 지그시 바라보다가 한쪽 입매를 올렸다.

그래, 당신이 있어. 나한테는 홍현욱, 당신이 있어…… 홍재욱이 아무리 날 내쫓으려고 해도 당신이 있기 때문에 불가능할 거야. 착한 우리 현욱 씨가 날 보호할 테니 말이야. 밥 먹으면서 든 정이 무섭다고 하지만 잠자리에서 든 정은 더 무서운 거거든.

❀ ❀ ❀

열어놓았던 창문을 통해 들어온 바람이 애플 블라썸의 꽃잎을 부드럽게 흔들었다. 달아는 밀가루 반죽을 하다가 애플 블라썸이 흔들리자 잠시 휴식을 취했다. 재욱이 사준 제라늄, 그 중에서도 인스파이어 애플 블라썸이라는 흰색에 가까운 분홍색 꽃잎은 보기만 해도 미소 짓게 하는 매력이 있었다.

작업실에 들렀으니 당연히 꽃 선물을 해야 한다면서 제라늄을 고르는데 어찌나 섬세하던지. 그가 꽃을 고를 때 보여 준 그 섬세함이 달아의 가슴을 콩닥콩닥 뛰게 했었다. 조용하게 꽃을 바라보는 눈빛에서 달아는 따뜻한 그의 심성을 느꼈다. 올곧은 눈빛으로 상처가 없는 꽃잎을 찾던 세심한 배려는 아버지를 떠올리게 해서 더 좋았다.

아버지 장우는 달아에게 무엇이든 깨끗하고 보기 예쁘고 튼튼한 걸 주려고 했다. 꽃이든, 장난감이든, 장래에 대한 꿈이든. 불순물이 전혀 섞이지 않은, 예쁘기만 한 환경을 만들어 주었다. 아버지가 주었던 사랑이 재욱에게도 보이고 또 느껴져 마음이 편한 건지도 모르겠다. 단순히 예뻐해 주기 때문에 느끼는 감정은 절대 아니었다.

달아는 애플 블라썸을 기분 좋게 바라보다가 빵을 발효 중이던 오븐에서 타이머가 울려 시선을 돌렸다. 내일부터 양화당에도 출근해야 해서 바빠졌다. 그동안 제과제빵에서 손을 떼고 있었던 장우가 내일부터 달아를 대신해서 제빵실에 출근한다. 떡은 주로 오전에 쪄내야 하는 작업인지라, 오후엔 대부분 한가하게 지내며 제자들을 양성했지만 이제는 달아를 위해 시간을 쪼개기로 한 것이다.

달아는 발효를 끝낸 반죽을 꺼낸 후에 동글동글하게 뭉치기 시작했다. 그리고 내일 구울 빵을 굽기 전에 손가락 운동을 하는데 작업실의 문이 열렸다. 아래층에서 일을 마친 장우가 달아의 작업실에 들어왔다.

"뭐해?"

"빵 만들죠, 아빠는 일 다 마쳤어요?"

"응."

"그럼 퇴근하시지 왜 오셨어요?"

"우리 딸 도와주려고 왔지."

장우는 그렇게 말하고 달아의 옆에 섰다.

"뭐부터 도울까?"

"제가 달라는 재료를 주세요."

"그런데 이 빵은 소보로 하려고?"

달아는 고개를 끄덕거렸다.

"소보로를 만드는 거 보니까 고아원에 갈 생각이구나?"

"재욱 씨도 과자 가지고 온다고 했어요."

"재욱 씨? 하하하, 녀석두. 이젠 재욱 씨라고 부르는 게야?"

"응, 그게 그 사람의 이름이니까요."

달아의 뺨이 붉어졌다.

"재욱…… 아빠도 알죠? 그 사람 이름이요. 헤헤헤."

"너 그렇게 웃는 거 알아? 재욱 씨가?"

"응, 알아요. 따라 웃던데?"

"어딘가 모자란 놈인가? 그걸 왜 따라해?"

"아빠는!"

"질투하는 거야. 자식이 여태 남자는 몰라요, 관심도 없어요, 라는 얼굴로 지내다가 갑자기 남자가 생겨서 재욱 씨라고 부르다니. 아빠는 너무 슬프다. 딸을 잃었어."

장우가 우는 소리를 하며 앞치마를 묶으려고 손을 허리 뒤로 돌렸다. 달아가 아빠 대신 끈을 묶으며 말했다.

"아빠는 참. 아들이 하나 더 생긴다고 생각하면 되잖아."

"어이쿠? 결혼까지 생각해?"

"아, 아니. 아니 그런 뜻이 아니라…… 요즘 그렇게 생각하는 게 트레, 트렌드라고 하니까. 그게 생각이 났어."

달아는 변명하는 게 익숙하지 않아 말을 더듬고 머리카락을 긁적거렸다. 장우는 달아가 수줍어하는 걸 뿌듯하게 바라보다가 머리를 쓰다듬어 주었다.

"달아야, 양화당에 가면 해심이가 있다. 해심이 때문에 힘들어질 거야."

"절교했는데 힘들어질까?"

"만약에 해심이 때문에 화가 나면 참지 마. 너도 싸워. 싸워서 이 겨라. 대신 네가 망가질 것 같은 싸움이라면 아빠나 성하에게 말해. 알지?"

"나 어린애 아니에요. 해심이 일은 내 선에서 해결할게요. 물론 문제가 생기지 않았으면 하지만."

해심이 나쁜 마음을 먹지 않았으면 좋겠는데…… 왜 이렇게 불안한 걸까? 달아는 장우 몰래 작게 한숨을 쉬었다.

"차해심을 잘 감시해."

재욱은 조리실 안을 들여다보며 감사팀장인 권영철에게 일렀다.

"차해심처럼 평판이 좋은 직원일수록 의심스럽지. 안 그런가?"

"글쎄요, 자기 관리가 철저하다는 거 아닐까요?"

"자기 관리가 철저한 것과 숨기는 게 많은 건 의미가 다르지."

감사팀장은 재욱이 해심을 못 잡아먹어서 안달하는 게 이해가 안 가는지 조심히 물었다.

"차해심 씨를 어떻게 감시해야 할까요?"

"방법은 나도 모르지. 그저 사람을 붙여서 감시하라는 거야. 오피스텔 주변에도 사람을 심어놓고 만나는 사람들에 대해서 다 조사를 해야겠지."

"그렇게 하겠습니다."

사장이 사람까지 붙여 감시하라는 걸 보면 차해심이 그만한 잘못을 했다는 말일 터였다. 감사팀장은 사람이든 일이든 결벽증이 심한 사장에게 찍힌 해심이 가여워 조심스럽게 한숨을 쉬었다. 양화당에서 천사라 불리며 승승장구하던 차해심이 어쩌다 사장의 눈 밖에 났을까? 모두가 의아해 하고 있었다.

현욱이야 그렇다 치더라도 어떻게 된 일인지 남자들 대부분이 해심을 안쓰럽게 생각했다. 특히 이사진들은 해심이 그 누구보다 열심히 일해서 양화당에 기여한 부분을 높이 사야 한다며 대놓고 감쌌다. 아까도 여자 화장실에서 담배 피운 해심을 질타한 일로 이사들은 재욱을 매정하다고 힐난했다. 좋은 말로 타일러도 되지 않았느냐고 하는 말에 재욱은 정말로 기가 막혔다. 기독교, 불교처럼 차해심교도 있나? 도대체 남직원들을 어떻게 구워삶았기에 이렇게까지 인기가 좋을까?

재욱은 조리실 문을 열고 안으로 들어갔다. 레시피를 보면서 반죽하던 해심이 깜짝 놀라 인사를 꾸뻑했다.

"뭘 만들고 있었지?"

"……아이들이 좋아하는 계란 과자를 만들어 보려고요."

"흔하군."

"네?"

"우리 회사에 꼬꼬 과자가 있다는 걸 모르나?"

재욱의 지적에 해심의 안색이 어두워졌다.

"우리 회사 제품에 어떤 게 있는지 좀 파악하는 게 어떤가?"

"저도 꼬꼬 과자가 있다는 건 알고 있었습니다. 그런데 그건 과자고…… 제가 만드는 건 계란을 베이스로 한……."

"모든 과자든, 쿠키든 계란을 베이스로 쓰지 않나?"

"맞는 말씀이지만……."

"개발비 축내지 말고 다른 걸 만들어요, 차 팀장. 난 쓸데없이 돈 축내는 걸 못 보는 성격이니까."

해심은 억지웃음을 지었지만 재욱이 코웃음을 쳐 당황했다.

"내일부터 이 조리실을 남달아 씨도 사용할 예정이니까, 눈치껏 행동하세요."

"네……."

"정정당당한 조리실이 되었으면 합니다."

재욱은 멋진 미소를 짓고 돌아섰다. 그리고 막 조리실의 문을 열고 나가려다 돌아서 해심에게 뼈가 있는 말을 남겼다.

"그리고 주변 정리도 좀 잘 했으면 합니다. 나는 지저분한 게 너무 싫거든. 사람이든, 사물이든. 환경이라면 더욱 그렇고."

❋　　　❋　　　❋

오전 11시 50분에 맞춰 재욱에게서 문자 메시지가 도착했다. 카페 앞에서 기다리고 있다는 내용이었지만 달아는 손이 엉망이라 바로 문자를 보낼 수 없었다. 직원용 여자 화장실에 들어가 손을 씻은 다음에야 재욱에게 문자 답장 대신에 전화를 건 달아의 표정은 상기되어 있었다.

─어디예요?

"아직 제빵실이요, 20분 정도 후에나 밥 먹을 것 같아요. 오늘은 일이 많았어요."

—나 신경 쓰지 말고 일 해요.

"근데 더 늦을 수도 있어요. 땀을 너무 많이 흘려서요. 샤워도 해야 해서 그러는데……. 그럼 한 40분 이상 기다리셔야 하니까, 우리 점심은 내일로 미뤄도 될까요? 죄송해요."

달아는 재욱을 너무 오래 기다리게 하는 것보다 차라리 약속을 미루는 게 낫겠다 싶어 조심스레 제안했다. 사실 마음속으로는 기다릴 테니까 만나자는 말을 듣고 싶었지만 재욱이 싫어할 것 같아 한숨을 푹 쉬었다. 재욱은 금세 대답하지 않고 잠시 머뭇거렸다. 점심 약속이 미뤄지는구나, 하고 달아가 낙심할 때였다.

—그럼 약속을 미룹시다.

"미, 미뤄요?"

—어쩔 수 없지.

"……네."

땀 냄새가 나도 좋으니까 만나자고 해 주면 좋을 텐데…… 그럼 더 좋아질 것 같은데…… 무리겠지?

"그럼 회사에서 봐요."

—아쉽지만 그래야겠군요. 회사에서 봅시다.

달아는 대답 대신 고개를 끄덕거렸다. 습관적으로 나온 행동이었다. 아쉬운 마음에 휴대폰을 귀에 대고 있는데 재욱이 먼저 끊었다. 재욱이 전화를 끊은 걸 아는데도 귀에 붙은 휴대폰이 떨어지지 않앉다. 달아는 아랫입술을 비죽 내밀고 숨을 혹! 내쉬었다.

"나는 만나고 싶었는데…… 나만큼 보고 싶지 않나 봐."

달아는 휴대폰을 귀에서 미끄러트린 후 제빵실로 향했다.

안 씻고 만나면 땀 냄새가 난다. 달아의 땀 냄새인데 역겨울까? 달아한테는 기분 좋은 향기가 났잖아, 그깟 땀 냄새……. 하지만 땀이야, 땀! 열린 모공으로 노폐물을 흘려보내는 땀! 그 땀 냄새를 맡아야 한다고. 달아라고 해도 그건 무리지. 아마 환상이 깨질 거야. 그런 건 사전에 막아야지. 점심시간에만 못 보는 건데 좀 어때. 회사에서 만날 수 있잖아.

재욱은 카페 달에 들어가지 못하고 서성거리며 휴대폰을 이마에 댔다가 턱으로 옮겼다가 하면서 고민하고 있었다. 1시간에서 1시간 30분 정도 기다리다가 만나면 될 일이니까 이리 초조하게 생각하지 않아도 되는데 뱃속이 간질간질하고 머릿속이 욱신거리는 게 기분이 영 좋지 않았다. 불쾌하다, 짜증난다, 속이 탄다. 이대로 혼자 밥을 먹었다가는 소화불량에 걸릴 것 같아 안절부절못하는데 입술에서 피 맛이 느껴졌다. 혀로 입술을 핥았더니 역시나 피가 흐르고 있었다. 입술을 꽉 깨물고 있던 탓이었다.

달아 때문에 피까지 봐야 한다니. 이건 너무 고통스럽다. 1시간에서 1시간 30분만 참으면 될 걸, 왜. 왜. 왜! 홍재욱 너는 왜 땀 냄새까지 감수하려고 하는가! 어째서 환상을 깨면서까지 달아를 만나야 하는가?

재욱은 금단 증상을 보이는 것처럼 손톱을 물어뜯다가 호흡을 가다듬었다. 이렇게 해서 10분이 지났다. 20분 후에 제빵 업무가 끝난다고 했으니 이제 10분만 더 기다리면 된다. 달아가 샤워를 하지 않는다는 조건에서 말이다. 그래, 한 여름도 아니고 땀을 흘려 봤자 얼마나 흘렸겠어! 내가 그녀를 만나야 하는데, 그까짓 땀이 대수겠는가.

재욱은 어금니를 꽉 깨물고 눈에 힘을 바짝 주었다. 그리고 큰 용기를 내서 카페 달에 들어갔다. 유리문을 힘차게 밀치고 들어간 그는 곧장 카운터로 향했다. 그를 알아본 직원들이 수군거렸다.

"남달아 이사님 안에 계십니까?"

"예."

"퇴근할 때 여기 이 문으로 나오죠?"

"네. 그런데 무슨 일이시죠?"

"내가 남달아 이사님을 찾아온 건 비밀로 해 주세요. 저기 앉아 있을 테니까."

직원은 고개를 끄덕거리며 다른 손님의 주문을 받았다.

재욱은 숨어 있기 적당한 자리를 찾아서 앉았다. 테이블에 턱을 괴고 앉아 달아가 나오길 기다리는데 옆 테이블에 앉은 연인들이 닭살 행각을 벌이고 있었다. 이제 막 사귀기 시작한 커플인 듯, 뜨거운 눈길을 주고받으면서 모기가 날아다닐 때 내는 목소리로 앵앵거리는데 예전 같았으면 눈살을 찌푸렸을 터. 하지만 이제 재욱도 연인이 있는 남자였다. 어제부터 정식으로 사귀기 시작했으니 100일이 되려면 이제 98일만 참으면 되었다. 98일 후, 100일에는 달아에게 반지와 꽃다발을 안겨 주고 영화에서나 볼 법한 이벤트를 해주고 싶었다.

어떻게 해 줄까? 대형 전광판으로 영상 편지를 써? 영화 상영 전에 삽입되는 광고를 통해서 프러포즈를 해? 영화를 보려고 앉아 있던 달아가 광고를 보고 눈물을 흘리며 프러포즈를 승낙하면…… 로맨틱하겠어!

큭큭, 큭큭큭.

재욱은 손으로 입을 가렸다. 상상을 하는 것만으로도 이렇게 행복하고 웃음이 얼굴에서 떠나지 않는데 실제 상황이 된다면 그땐 어떻게 될까? 설마, 심장이 터지는 건 아니겠지?

"하하. 이런, 이런. 애처럼…… 홍재욱, 네 나이를 생각해라. 벌써 서른넷이다. 서른넷이나 먹은 남자가 이렇게 가슴 설레도 되는 거야?"

서른넷이나 먹은…… 아니, 그동안 너무 팍팍하게 살았던 건 아닐까.

옆 테이블에 앉은 커플이 빵을 먹던 입으로 키스를 하고 있어 재욱은 깜짝 놀랐다. 물론 짧은 키스였고 그들을 관심 있게 보고 있지 않으면 모를 정도였다. 하지만 재욱은 보고 말았다. 빵부스러기를 입술에 잔뜩 묻힌 남녀가 아무렇지 않게 키스하는 모습을. 소름이 확 끼칠 만큼 더럽게 느껴져 그는 주머니에서 휴대용 구강 청결제를 꺼내 입에 뿌렸다.

그들에게도 뿌려주고 싶었지만 키스했던 그 입에 다시 빵을 넣고 행복한 표정을 짓고 웃는 커플에게 찬물을 뿌리는 격이라 그저 주먹만 쥐고 부르르 떨어야 했다.

달아는 저런 여자와 격이 다르니까, 저런 식의 키스는 바라지 않을 거야!

재욱은 몸서리를 치며 시간을 확인했다. 얼추 달아가 퇴근할 시간이다. 얼마나 더 기다려야 할까? 기다리는 게 꽤 지루하다. 달아, 달아…… 언제 나오니? 심장이 두근두근 뛰고 시계를 자꾸 들여다보는 눈빛에는 초조함이 깃들었다. 입안이 바싹바싹 마르고 있었다. 혀로 입술을 축이며 10분 정도 더 기다리고 있을 때였다. 카운터의 움직임이 바빠졌다. 여직원이 '내일 뵈어요, 이사님.' 이라고 하고 있었다. 드디어 달아가 퇴근한다!

재욱은 자리에서 벌떡 일어났지만 도로 앉았다. 이왕이면 깜짝 놀라게 해 주고 싶었다. 달아가 저를 알아보지 못하게 몸을 숙이고 있던 재욱은 실눈을 뜨고 그녀를 찾았다. 달아는 청반팔 원피스를 입고 있었다. 반을 묶은 단발머리 끝이 안으로 쏙쏙 말려 제 나이보다 10살은 더 어려 보였다. 풋풋한 대학생의 옷차림을 한 달아를 황홀한 시선으로 보고 있던 재욱은 그녀가 카페 밖으로 나가자 자리에서 벌떡 일어났다.

달아는 손가락으로 머리카락을 쓸며 걸어가고 있었다. 배가 고픈지 근처에서 뭐 먹을 만한 곳이 없나 두리번거리고 있었다. 분식집과 밥집 사이에서 손가락으로 입술을 누르며 고민하고 있는 표정이, 아마 혼자서는 밥집에 들어갈 수 없어 주저하는 것 같았다.

그래, 이때다! 내가 등장할 타이밍!

재욱은 뒷짐을 지고 달아에게 다가갔다. 물론 깜짝 놀라게 해 주어야 했기에 발소리를 죽였는데, 응? 달아가 곧장 분식집으로 들어가더니 테이블에 앉았다. 여자 혼자서 밥을 먹어? 재욱은 뒤통수를 맞은 것처럼 눈을 깜빡거렸다. 수줍음을 잘 타는 달아가 혼자서 밥도 먹을 줄 안다고? 믿기지 않아 분식집 앞에 우두커니 서 있는데 벽에 붙은 메뉴판을 보고 있던 달아와 눈이 마주쳤다.

재욱을 본 달아는 깜짝 놀라서 테이블이 흔들릴 정도로 벌떡 일어났다.

"재욱 씨……?"

"기다리고 있었어요."

"절요? 오늘 약속은 미뤄진 거 아니었어요?"

분식집 안으로 들어온 재욱이 내부를 훑었다. 다행히 분식집 치곤 깨끗한 곳이라 인상이 찌푸려지지 않았다.

"보고 싶어서 참을 수가 있어야죠."

"보고 싶어서 기다렸어요?"

"그래요!"

재욱의 대답에 달아가 풋, 하고 웃었다. 기분이 좋은지 뺨을 붉히고 웃는 게 너무 귀여워서 깨물어 주고 싶었다.

"분식 먹으려고 들어왔어요. 분식 좋아하세요?"

"잘 안 먹어요."

"그렇구나. 그럼 나갈래요?"

"분식이 먹고 싶어서 들어왔을 텐데?"

달아는 고개를 끄덕였다.

"분식 먹죠 뭐, 여긴 뭘 잘해요?"

"떡볶이하고 순대가 맛있어요. 튀김도 좋고요."

"그럼 그거 먹어요."

"주먹밥 드실래요?"

이제 보니 달아는 떡볶이, 순대, 튀김, 주먹밥이 먹고 싶었던 모양이다. 세트 메뉴에서 눈을 떼지 못하고 있었다.

"그 세트 마음에 드네요. 시켜요."

"네!"

달아는 자리에서 벌떡 일어나 주문서를 카운터에 제출하고 돌아와 앉았다. 재욱은 테이블의 청결 상태를 확인한 다음에 다리를 꼬았다.

"말도 없이 기다리다가 길이 엇갈리면 어쩔 뻔했어요?"

"깜짝 놀라게 해 주려고…… 그런데 혼자서 밥 먹는 거 잘 해요?"

"네. 포장마차에 가서 소주도 마시는걸요."

"포, 포장마차요?"

재욱은 깜짝 놀라 언성을 높였다. 분식집에 있던 사람들의 시선이 그에게 쏠렸지만 개의치 않았다. 지금은 달아가 그 더러운 포장마차에서, 그것도 혼자서 소주를 마실 줄 안다는 게 놀랍고 기가 막힐 따름이었다. 달아와 소주는 전혀 어울리지 않는데.

"전 소주가 제일 맛있어요."

"이거 좀 놀랍군요. 소주가 맛있다니."

"소주를 싫어하세요?"

"그런 문제가 아니라, 여자 혼자서 포장마차에 가는 것도 놀라운데 소주라니 좀 의외라서요. 난 우리 달아 씨가 이슬만 먹고 산다고, 그렇게……."

"맞아요, 참이슬! 저 그거 먹어요."

달아가 해맑게 웃으며 술은 소주가 제일 맛있고 그 중에서도 참이슬이 좋다며 신나게 떠드는데 재욱은 울고 싶었다. 여신에 대한 환상이 깨지기 시작했다.

"자주 마셔요?"

"자주는 아니고, 아빠가 술 푸고 싶다고 하실 때, 남동생이 술 푸고 싶다고 할 때, 혼자서 마시고 싶을 때…… 그럴 때 마셔요."

"주 몇 회?"

"많을 때는 매일 먹고…… 그냥 기분에 따라 달라요. 재욱 씨는 술 얼마나 마셔요?"

달아의 물음에 재욱은 정색했다.

"술 담배는 절대 안 합니다."

"왜요? 담배는 안 하는 게 좋지만 술은 가끔 마시면 좋은데."

"권장할 정도로 좋은 건 아니죠."

"심심하겠다……."

달아는 그렇게 말하며 티슈를 뽑아 재욱의 앞에 놓고 젓가락과 숟가락을 놓았다.

"전 일이 너무 힘들 때도 마시는데 위로가 되더라고요."

"달아 씨가 뭐 그렇게 힘든 일이 있어 술을 마십니까?"

"내 뜻대로 안 되는 일이라는 게 있잖아요."

해심이 같은…….

달아는 입술을 비죽거렸다. 그러는 동안 주문한 세트 메뉴가 나왔다.

"맛있겠다."

달아는 행복한 미소를 짓고 젓가락으로 떡볶이, 순대를 같이 집어 입에 넣었다.

"아, 정말 맛있어."

입술에 묻는 양념을 혀로 핥으며 환히 웃던 달아가 재욱의 무표정에 그만 울상을 지었다.

"왜요?"

"아뇨, 아닙니다."

"맛있는데…… 드세요."

"저기, 개인 접시에 덜어서 먹는 건 어때요? 떡볶이 양념이 순대에 묻었는데."

떡볶이와 순대를 같이 집은 탓에 빨간 양념이 접시와 순대에 묻어 있었지만 달아는 그게 뭐 어떠냐는 표정을 짓고 있었다.

"좀 지저분하게 먹으니까……."

"그럼 새 순대 시킬게요. 기분 상했으면 미안해요. 보통 이렇게 먹어서 생각을 못했어요."

달아는 그렇게 말하고 자리에서 일어났다. 오늘은 기분이 왜 이렇게 나쁘기만 한 걸까? 재욱이 깔끔한 성격이라는 건 알지만, 땀 냄새가 난다는 말에 주저하던 것이나 떡볶이 양념이 순대에 묻었다며 정색하는 표정이 자꾸 신경 쓰였다.

"난 안 먹어도 되니까 달아 씨 먹어요."

"그럼 튀김 드실래요?"

"내가 알아서 먹을게요."

"네."

달아는 순대를 집에 입에 넣었다. 말없이 떡볶이와 순대를 꾸역꾸역 넣으며 재욱의 눈치를 보는데 괜히 울컥한다. 음식물이 목구멍으로 역류하는 기분이라 달아는 결국 젓가락을 놓고 휴지로 입술을 닦았다.

"나가요."

"왜요?"

"맛이 없어요."

"아깐 맛있다면서요."

"재욱 씨하고 있어서 그런 것 같아요."

달아의 대답에 재욱은 움찔했다.

"왜, 왜요? 내가 뭘 잘못했습니까?"

"불편해요. 저요, 불편한 자리에서 밥 먹으면 체해요. 잘 체하는 체질이라서 안 먹는 게 좋겠어요."

"순대 맛있다면서요! 먹어요, 내가 안 먹어서 그래요?"

달아의 손목을 잡은 재욱이 다급한 어조로 물었다.

"나 때문에 입맛 떨어졌어요?"

"네!"

"왜요?"

"됐어요. 그냥 말래요. 전 순대하고 떡볶이 좋아하는데, 싫어하는 재욱 씨하고 같이 먹으려니 너무 불편해요. 그게 이유예요."

불편하다는 말에 재욱의 안색이 하얗게 질렸다.

"다, 달아 씨."

"저 먼저 일어날까요?"

"먹어요, 나도 먹을 테니까."

"싫어요."

달아가 입술을 비죽 내밀어 재욱이 젓가락을 들었다. 그리고 방금 전 달아가 먹었던 것처럼 떡볶이와 순대를 동시에 집어 먹었다.

"맛있네요."

"전 이제 맛이 없어요."

"달아 씨."

"많이 드시고 오세요."

달아가 나가려고 해서 재욱이 잡은 팔에 힘을 주었다.

"미안해요, 내가 실수했어요."

"전 맛있게 먹고 싶었어요. 그런데 초나 치고. 아까도 땀 냄새 난다니까 약속 미루고, 지금은 양념 묻혔다고 뭐라고 하고……."

"땀 냄새는…… 아하하, 어쨌든 왔잖아요. 내가 기다렸고 양념도…… 아하, 하…….”

웃음으로 얼버무리려던 재욱은 결국 사과하고 말았다.

“내가 실수했어요. 미안해요.”

“혹시 결벽증 있어요?”

재욱이 지나치게 깔끔하게 행동했기 때문에 달아가 그렇게 묻는 것도 당연했다. 하지만 재욱의 안색은 굳어졌다.

“있어요?”

“어, 없어요. 그런 거 없습니다.”

“휴…….”

“그런데 왜요? 만약에 내가 결벽증이 있으면 안 됩니까?”

“네. 전 그런 사람이 싫어요. 못 만날 것 같아요.”

달아의 대답에 재욱이 입맛을 다셨다.

“청결하게 사는 건 좋지만 결벽증은 여러 사람을 피곤하게 하잖아요. 고치기도 쉽지 않을 거예요. 사람, 사물, 동물…… 모든 환경이 다 청결해야 할 텐데, 어떻게 깨끗하게만 살 수 있겠어요?”

“그러니까 달아 씨는 내가 결벽증이 있으면 안 만난다는 거군요?”

“만약에 그렇다면 좋았던 마음을 접어야죠. 스무 살만 됐어도 그런 건 아무래도 좋아! 라고 말하겠지만 지금은 힘드네요. 하지만 재욱 씨가 결벽증 환자가 아니라고 하니까 됐죠 뭐. 다행이에요.”

재욱은 억지웃음을 지었다. 아니라고 하니 다행이다? 솔직하게 결벽증이 있다고 말하면 이대로 끝이라는 말이 왜 이리 섭섭하게 들리는 걸까?

이게 아닌데, 분위기가 안 좋다. 재욱은 달아가 왜 화를 내는지 이해가 안 갔다. 털털한 성격답게 웃어넘길 것 같은 부분에서 화를 내는 게 믿기지 않았다. 분식집을 나와 양화당으로 가는 거리는 불과 10여분 남짓, 그런데 그 시간이 왜 그렇게 길고 지루한지 죽을 맛이었다. 달아가 입을 꾹 다물고 땅만 보고 걸어 재욱이 헛기침을 쏟아내며 말을 붙였다.

"아까 그 순대 맛있던데, 아쉬우면 저녁에 다시 갈까요?"

달아는 대꾸하지 않았다. 여전히 시선은 바닥에 머물러 있었다.

"순대 싫어요? 그럼 뭐 먹을까?"

입을 딱 다물고 있어 답답했던 재욱이 고개를 숙여 달아와 눈을 마주쳤다.

"순대 싫어요? 그럼 다, 닭똥집 먹을까? 좋아하지 않아요?"

닭똥집은 뭐 심심하면 먹나? 달아는 재욱의 시선을 피해 고개를 반대편으로 돌렸다.

"미안해요. 내가 실수했으니까 눈도 마주치고 얘기도 합시다."

재욱이 달아의 손을 잡으며 씨익 웃었다.

"왜 그런 사람들 있잖아요. 내 밥이 좀 많은 것 같아서 덜어가라고 하니까 제 먹던 숟가락으로 푸는 사람들. 푸는 것까지는 좋은데 고춧가루 묻히고 그럼 화나잖아요. 그런 거지. 그런 의미라고 생각하면 돼요. 왠지 그건 좀 용납이 안 되는 거. 아, 그러니까 내 말은……."

"내가 더러워요?"

"응?"

"내가 더러워요? 고춧가루 묻히는 거 당연히 싫죠. 더러우니까요. 지금 더럽다는 말을 돌려서 말한 거잖아요!"

턱을 당긴 그녀가 씩씩거리며 쏘아붙여 재욱이 손을 흔들었다.

"그런 뜻이 아닙니다. 비유, 비유가 그렇다는 거예요."

"무슨 비유를 그렇게 해요?"

"미안해요, 내가 말실수했으니까 화 풀어요."

천하의 홍재욱이 절절 매고 있다. 양화당의 사장으로 수천 명의 직원들 위에 군림하고 있는 그가 달아의 앞에서는 온순한 어린 양이 되어 안절부절못하게 된다. 스스로 생각해도 왜 이렇게까지 망가져야 하지? 라는 의구심이 들었지만 달아가 그를 지나쳐 앞만 보고 걸을 땐 오로지 잘못했다고 싹싹 비는 것 외에는 답이 없을 것 같았다.

"나는 달아 씨를 더럽다고 생각하지 않았습니다. 맹세해요!"

"본심인지도 의심스러워요."

달아가 입술을 비죽거리며 새침하게 굴었다. 재욱은 어금니를 사리물었다가 떼며 의미심장한 말을 내뱉었다.

"내가 진심을 보이면 됩니까? 달아 씨를 볼 때마다 억눌러야 했던 야성을 해방할까요?"

"해, 해방이요?"

달아는 고개를 어깨에 파묻고 물었다.

"내가 달아 씨를 얼마나 생각하고 위하는지 증명할 테니까, 똑똑히 느껴요!"

그렇게 말한 재욱이 기습적으로 키스를 했다. 놀란 달아는 그대로 얼어붙어 그를 뿌리치지 못했고 거리를 지나던 사람들이 깜짝 놀라며 일제히 당혹스러운 시선을 던졌다. 달아는 뻣뻣하게 얼린 동태처럼 두 손을 쫙 펴고 재욱의 혀가 입안 구석구석을 훑는 걸 느끼고 있었다.

생, 생애…… 첫 키스인데…….

달아의 눈이 뜨끈해지더니 눈물이 왈칵 솟구쳤다. 입에서 순대 냄새가 역하게 나는 것 같아 구역질이 날 것 같았다. 달아는 있는 힘껏 재욱을 밀치며 소리를 질렀다.

"순대 먹은 입으로 뭐하는 거예요! 더러워 정말!"

달아의 입에서 더럽다는 말이 나왔다. 재욱은 뺨이라도 얻어맞은 것 같은 기분이 들어 얼른 손으로 제 얼굴을 감쌌다. 얼굴이 화끈거리는 건 물론이고 땀이 삐질삐질 흘렀다. 달아의 화를 풀어 주려고 한 키스가 역효과를 낼 줄이야. 그러나 그보다 더 놀라운 건 남의 입에, 그것도 순대를 먹은 입에 거부감 없이 키스를 했다는 점이었다. 결벽증이 있는 재욱이! 그런데 더 기가 찬 건 더럽다고 손등으로 입술을 문지르는 달아가 이상하게 보인다는 점이었다. 그는 하나도 더럽다는 생각이 들지 않았으니까.

갑자기 재욱은 이런 의문이 들었다.

내 키스가 더럽다는 거야? 그렇다면 완전 충격이었다.

5.

삐걱삐걱

재욱이 안내해 준 조리실은 넓고 깨끗했다. 오븐과 냉장고과 조리대, 제과제빵에 관련된 기계들이 다양하게 구비되어 있었다. 그리고 해심도 있었다. 달아는 해심에게 먼저 인사해야 하나 말아야 하나 고민하다가 손을 내밀었다.

"앞으로 잘 부탁해요."

"……잘, 부탁해요."

달아가 먼저 선을 그어서 해심은 당황스러웠다. 절교 선언을 했다고 처음 보는 사람 취급을 해? 남달아, 네가 그래서 싫은 거야.

"갑자기 일이 이렇게 되는 바람에 남 이사님의 개인 조리실을 준비하지 못했습니다. 조리실이 마련되는 대로……."

재욱이 사정 설명을 하려는데 달아가 고개를 저었다.

"전 신경 쓰지 마세요, 프로젝트 두 개만 하고 나갈 사람인데요."

"그 두 개의 프로젝트에 양화당의 미래가 걸려 있으니 신경을 써야죠."

"부담스러워요."

"하하하, 그래요? 알겠습니다. 그럼 편할 대로 해요."

재욱은 달아와 연인 관계임이 다른 사람들에게 알려지면 자칫 구설에 오르고 오해를 살 것 같아 간단하게 소개만 하고 조리실을 나왔다. 해심 때문에 걱정스러웠지만 분식집에서 제 할 말 다 하고 기분이 상했다는 걸 똑 부러지게 표출하던 달아를 생각하면 그녀를 믿어 보는 것도 나쁘지 않을 것 같았다. 아니 믿고 기다려주는 게 자신이 할 일인 것 같았다. 안의 상황이 어찌 돌아가든.

해심은 재욱이 조리실을 나갈 때까지 입을 다물고 있다가, 앞치마를 매고 손을 닦은 다음 손에 꼭 맞는 라텍스 장갑을 끼는 달아의 표정을 주시했다. 절교 선언을 했으니 말도 걸지 않을 생각인가 보다. 그래서 해심이 먼저 입술을 뗐다.

"무시할 거니?"

달아는 대답하지 않았다.

"남달아, 나 무시하는 거니?"

"아니."

"그럼 왜 그렇게 냉랭하니?"

"우리 절교했잖아."

"너 혼자 절교한 것 같은데?"

해심은 빙그레 웃었다.

"나 혼자 했다고?"

"응, 난 동의한 적 없어."

달아는 허탈한 표정을 지었지만 곧 피식 웃었다.

"나 혼자 절교했으니까 넌 내게 전처럼 대하겠다는 거니?"

"안 될 게 뭐 있어?"

"해심아."

"응?"

"미안해, 난 네게 더는 실망하기 싫어. 그리고 이렇게 대화를 나누는 것도 싫어. 부담스러워."

달아의 말에 해심이 눈썹을 올렸다.

"달아 넌 착한 줄 알았는데 이제 보니까 악마 같아. 온갖 착한 척은 다 하던 네가 돌아설 땐 정말 차갑구나?"

"네가 무슨 말을 해도 내 마음은 이미 정해졌어."

"어떻게 정했는데?"

"네 말대로 난 많이 가졌고 아쉬울 것도 없어. 그런데도 내가 네게 매달릴 필요가 있겠니? 날 친구라고 생각하지 않는 너한테 말이야."

달아는 해심의 시선을 피하지 않고 정면으로 바라보았다.

"난 양화당에 일하러 왔어. 그 일만 하고 돌아갈 거야. 그러니까……."

"왜 왔어? 왜 거절하지 않은 거야?"

"네 말투가 꼭 내가 거절했어야 했다는 것처럼 들리는구나?"

"네 레시피를 훔친 일로 난 벼랑 끝에 내몰렸어. 우리 사장이 날 내쫓지 못해서 안달이야. 이런 상황에서 네가 나타나니까 기분이 진짜 나빠. 내 잘못, 묻어 주기로 한 거 아니었니? 그래놓고 이렇게 뒤통수를 쳐도 돼?"

"그 건은 묻어 두기로 했어."

"그럼 네가 왜 여기에 있는데!"

"만들고 싶으니까. 난 늘 만들고 싶은 게 있으면 만들어. 그게 내가 여기에 있는 이유야."

"네가 버린 레시피였잖아!"

"맞아, 그 레시피는 버렸어. 미완성이었으니까."

"미……완성?"

"응, 네가 가져간 그 레시피는 미완성이었어. 그래서 더는 생각하지 않았던 거고. 그런데 최근에 완성했어."

해심의 입가가 파르르 떨렸다. 달아가 미완성이라고 했던 마들렌도 충분히 맛있었다. 그런데 그 마들렌을 미완성이라고?

"자신감이 보기 좋다?"

"자신감이랑은 상관없어. 그냥 나는 내가 하고 싶은 일을 하고 좋아하는 일을 즐길 뿐이니까. 그러니까 너도 그렇게 했으면 좋겠어. 좋아하는 일을 해. 네가 진짜 만들고 싶은 걸 만들어."

"내가 만들고 싶은 거?"

"응, 네가 만들고 싶은 거. 너도 만들고 싶은 게 있을 게 아니야?"

"물론 있어. 나도 만들고 싶은 거. 그런데 달아야. 내가 만들고 싶은 건 있잖아, 조리실에서는 만들 수 없는 거야."

박계숙처럼 돈이 많은 외할머니, 남장우처럼 우직한 아버지, 그런 아버지에게 사랑받으며 가족을 위해 항상 따뜻한 음식을 만들어 주는 어머니, 박윤아. 누나라면 끔찍하게 생각하는 남동생, 남성하. 말 많고 극성스러운 이모들이 있는 집. 그걸 어떻게 만들어!

해심은 눈에 고이기 시작한 눈물을 참으려 입술을 깨물었지만 그럴 수가 없었다. 해심은 참다 못해 조리실을 뛰쳐나갔다.

애초에 달아의 집에서 사는 게 아니었다. 그렇게 행복한 집이 세상에 있다는 걸 몰랐다면 그냥 부러워하고 말았을 텐데, 달아 때문에 눈물만 더 많아졌다.

손등으로 눈물을 닦으며 여자화장실로 향하는데 누군가 그녀의 팔을 잡았다. 놀란 그녀가 뒤를 돌아보았다. 현욱이 걱정스러운 표정을 짓고 쳐다보고 있었다.

"본부장님……."

"왜 울어?"

"아, 아뇨. 괜히 울컥했어요."

"남달아 씨가 뭐라고 했어? 조리실에 남달아 씨 하고 같이 있었잖아."

"신경 쓰지 마세요."

"신경 쓰여서 묻는 거야. 말해."

"저, 절교하자고 해서요."

해심은 턱이 바르르 떨리도록 눈물을 쏟아냈다.

"절교하자고 해?"

"절교하자고…… 이제 전 혼자예요."

"해심아, 울지 마."

"달아가 저렇게 모질게 나올 줄은 몰랐어요. 사과했는데도 안 받아 줘요. 내가 잘못한 건 알지만…… 흑흑. 앞으로 어떻게 해야 할지 모르겠어요."

해심이 어깨를 떨며 서럽게 울기 시작해서 현욱이 입술을 꽉 깨물었다.

"화장실에 가서 얼굴 씻어. 울지 말고."

해심은 고개를 끄덕이고 돌아섰다. 주먹을 쥐고 있던 현욱은 해심이 여자 화장실에 들어가는 걸 지켜보다가 조리실 쪽으로 걸음을 옮겼다. 그리고 거칠게 문을 열고 조리실에 들어가 반죽 중이던 달아를 노려보았다.

달아는 현욱이 누구인지 몰라 조심스럽게 물었다.

"누구……."

"본부장, 홍현욱입니다."

"아, 안녕하세요. 남달아입니다."

"사장님께서 남달아 씨가 오늘부터 일할 거라고 말씀하시긴 하더군요."

"예."

달아는 현욱의 목소리가 어딘지 모르게 화가 난 것 같아 눈치를 살폈다.

"먼저 찾아뵙지 못해서 죄송해요."

"그런 인사치레는 됐고, 사장님 한 사람만 기대하는 마들렌인 거 아니셨으면 합니다. 사실 우리는 사장님의 독단적인 선택에 어쩔 수 없이 따르고 있을 뿐이에요. 무슨 말인지 알겠죠?"

"반기지 않는다는 말이군요?"

"예, 맞습니다."

"그래서요? 저는 계약한 대로 왔을 뿐이고 이 일을 완성 시키고 갈 생각인데요."

"그냥 안 해도 된다는 말입니다."

달아는 어이가 없었지만 인상을 구기지 않았다.

"그건 본부장님이 제게 하라마라 할 문제가 아닌 것 같아요. 제가 양화당에 발을 들인 게 못마땅하면 사장님하고 얘기하는 게 어떨까요? 뜬금없기도 하고…… 복잡하네요. 제 마음이 말이에요."

달아가 평온한 얼굴로 차분하게 말해 현욱이 입매를 비틀었다.

"이만 나가주실래요? 전 일할 때 누가 기분 나쁘게 하는 거 싫으……."

달아가 말을 채 끝나기도 전에 현욱은 조리실을 나갔다. 당혹스러울 만큼 찬바람이 돌았다. 갑자기 조리실이 거대한 냉동고처럼 느껴졌다. 달아가 멍하게 있는데 잠시 후에 해심이 들어왔다.

"왜 그러고 있어?"

"아, 응……."

달아는 고개를 갸웃거리며 넓은 볼을 꺼냈다. 그리고 막 밀가루를 체에 치려고 했지만 손이 떨려서 볼 밖으로 흘렸다.

"저기…… 홍현욱 본부장님 무섭니?"

"왜?"

"방금 조리실에 오셨거든. 못 만났니? 방금 나갔는데."

"알아, 만났어."

"어……."

"그런데 왜? 본부장님이 네게 뭐라고 하셨어?"

달아는 고개를 끄덕거렸다. 해심의 입가에 회심의 미소가 피어올랐다. 고양이처럼 올라간 눈매 끝이 사악하게 더 치켜 올라갔다.

"뭐라고 하셔?"

"날 반기지 않는다고. 조심하라고."

달아의 시무룩한 대답에 해심은 눈물을 흘린 보람이 있었다는 생각이 들었다. 현욱이 든든한 지원군이 되어 대신 달아의 문제를 해결해 줄 것 같았다. 현욱이 달아를 구박해 프로젝트가 틀어진다 해도, 사장은 친동생인 현욱에게 잘못을 묻지 못할 게 아닌가. 게다가 달아를 이용해서 현욱의 마음을 완전히 묶어둘 수도 있다.

해심은 시무룩하게 있는 달아를 조롱하듯 콧노래를 불렀다.

달아는 해심이 갑자기 기분이 좋아져 콧노래까지 흥얼거리는 게 거슬렸지만 정신을 집중해 마들렌을 굽기 시작했다. 실패 없이 단한 번에 끝내자! 오직 그 생각을 하며 달아는 완전히 외워버린 레시피대로 반죽하기 시작했다. 계란을 풀고 설탕을 넣는다. 거품기로 젓고 박력분과 베이킹파우더를 체에 쳐서 넣고 거품기로 저어 주었다.

강판에 레몬을 갈고, 녹인 버터를 젓는다. 2, 30분 정도 휴지하는 동안 마들렌 틀을 꺼냈다. 오븐을 예열하고 마들렌 틀에 버터를 꼼꼼하게 발랐다. 휴지를 끝낸 반죽을 틀에 짜 넣은 후, 드디어 오븐에 넣었다.

마들렌을 굽는 동안 달아는 오븐 앞에 서서 팔짱을 낀 채 입을 다물고 미동조차 하지 않았다. 해심에게도 눈길 한 번 주지 않았다. 해심도 무언가를 만들고 있었다. 계란 쿠키를 굽는지 계란 향이 났다. 그런데 비릿한 냄새도 함께 나서 달아는 얘기를 할까 말까, 고민스러웠다. 비릿한 냄새를 제거하지 않으면 아무리 공을 들인다 해도 실패작이 된다.

"저기, 비린내 안 나니?"

모른 척하고 싶었지만 결국 달아는 해심에게 알려주어야 할 것 같아서 물었다.

"무슨 비린내?"

"계란에서 비린내 나는데."

"계란에서는 원래 다 나는 거야."

"안 나는데……."

"남달아, 절교하자고 해놓고 왜 간섭이야? 양화당에 대해서 궁금한 건 어쩔 수 없이 가르쳐 주겠는데 내 일에 대해선 아는 척 마.

나중에 나한테 도움을 줬네, 마네 하면서 뒤통수치지 말고."

해심이 쌀쌀맞게 쏘아붙여 달아는 입술을 깨물었다. 옛날부터 남에게 지적 받는 걸 싫어하는 성격이었지만 오늘은 유독 더 날카롭게 굴어서 괜히 말했구나 싶은 후회가 들었다. 역시 받아들일 준비가 되지 않은 사람에게 하는 충고는 잔소리에 불과했다.

"미안해."

"됐어, 마음에도 없는 사과하지 마."

"진심이야."

"안 믿어."

해심의 무심한 대답에 달아가 뒤돌아보았다. 해심은 스테인리스 볼에 계란을 넣고 신경질적으로 거품기를 휘젓고 있었다. 탁탁탁! 소리가 귀에 거슬리기도 했지만 비린내가 더 심해져 역하기까지 했다. 저렇게 휘저으니 비린내가 나지.

달아는 한숨을 푹 쉬고 다 구워진 마들렌을 꺼냈다. 레몬향이 은은하게 나서 식욕을 자극한다. 점심도 부실하게 먹은 터라 달아는 한 개를 꺼내 입으로 후후 불었다. 그런 다음에 맛을 보았다. 무난하지만 너무 달지도 않고 적당하게 촉촉해 먹기 좋았다. 뜨거운 상태에서 틀에서 마들렌을 떼 접시에 담았다.

"맛있니? 먹어 보자."

언제 다가왔는지 해심이 마들렌을 집었다. 달아는 해심이 마들렌을 맛보는 걸 지켜보았다. 입술을 오물거리던 해심이 달아를 빤히 쳐다봤다.

"너무 평범하지 않아? 처음에 네가 만든 그 레시피가 나은 것 같은데?"

"대량으로 생산할 거라고 해서……."

"그래서 평범하게 만들었다? 그게 미완성을 뛰어넘은 완성된 마들렌이니?"

"응, 이게 그 완성본이야. 가장 기본적인 거니까."

"우리 사장님이 네 궤변을 이해할지 의문이다. 그 사람, 성질이 얼마나 더러운데. 결벽증이라도 있는지, 제 성질에 안 맞고 계획에 안 맞으면 돌변해서 막 몰아붙여. 성과물이 나올 때까지 소리를 지르고 윽박지를 거야. 온실 속에서 귀여움 받고 자란 네가 우리 사장의 괴팍한 성격을 받아들일 수 있을지 의문이구나. 걱정스러운데?"

해심은 저처럼 사장에게 눈물이 쏙 빠지게 혼날 달아를 비웃었다.

"사장님의 성격도 아니?"

"알지, 우리 이사들, 젊은 사장 눈치를 엄청 봐. 제 아들 뻘인 사장의 눈치를 보고 뭔가 대응해야 싶으면 사전에 모여서 의견을 모으지. 왜 그런 줄 알아?"

"왜 그러는데?"

"혼자서 한 발언이 사장의 심기를 건드리면 사직서를 제출해야 하거든."

"설마!"

달아는 해심의 말을 믿을 수 없었다.

"우리 사장은 왕이야. 머리가 좋고 사업적인 수단이 뛰어나서 늙은 이사들이 찍 소리도 못하지만…… 항간에는 홍현욱 본부장을 사장의 자리에 앉히자는 말들이 나오고 있어."

"홍현욱 본부장을?"

"형이라서 사장 하고, 동생이라서 본부장을 하는 건 너무 가혹하지 않아? 양화당의 지분도 홍재욱이나 홍현욱이나 얼마 차이 나지 않는다고 하는데. 사실 홍재욱보다는 홍현욱이 사장 자리에 더 잘 어울리긴 해."

"넌 꼭 그렇게 되길 바라는 것 같구나."

달아는 인상을 구겼다.

"바라면 안 되는 거니?"

"그런 생각이 좋게 보이겠어? 두 사람은 형제인데 그러면 의가 상하잖아."

"그게 나하고 무슨 상관인데? 형제의 의? 글쎄, 난 혼자라서 잘 모르겠다. 그 '의'라는 거 말이야."

해심은 반만 깨물어 먹었던 마들렌을 바닥에 내던지듯이 떨어트리며 안타까운 얼굴을 했다.

"어머, 이런. 손이 미끄러져서 떨어졌네."

"해심아."

"미안해, 맛이 없어서 버린 건 아니야."

"차해심 씨."

달아가 정색하고 해심을 노려보았다. 해심은 차해심이라고 성까지 붙여 부르는 달아가 못마땅해 턱을 들었다.

"왜요? 남달아 씨?"

"흘린 건 주워서 쓰레기통에 버리세요."

달아는 그렇게 말하고 나서 마들렌이 든 접시와 제 짐을 챙겨 조리실 밖으로 나갔다.

"뭐, 뭐?"

해심은 달아가 찬바람이 쌩 불도록 돌아서 나간 게 믿기지 않았다. 그래서 눈빛을 사납게 태우다 바닥에 떨어진 마들렌을 밟았다.

"절교했다? 절교했으니 말투도 변하는구나? 나도 너 필요 없어! 부모 잘 만나 고생이라곤 모르고 산 네가 날 어떻게 이해하겠니. 평범한 걸 완성품이라고 말할 수 있는 배짱은 네 부모가 만들어 준 것일 텐데! 내가 널 어떻게 이길 수 있겠어?"

재욱은 표정이 좋지 않았다. 바로 얼마 전에 순대 먹은 입으로 키스를 했다고 소리를 바락바락 지르는 달아와 언성을 높여 싸웠으니까. 물론 달아도 재욱에게 화가 나 있던 터라 마들렌만 테이블에 올려놓은 채 사무적인 표정을 짓고 있었다.

고집쟁이, 남달아.

재욱은 달아가 시선을 내리깔고 새침하게 있어서 한쪽 눈매를 구겼다가 제대로 뜨며 마들렌을 응시했다. 마들렌, 남달아의 마들렌.

달아가 만든 마들렌을 기대감이 가득한 시선으로 보던 재욱이 먼저 냄새를 맡았다. 레몬향이 은은한 게 입안에 침이 가득 고였다.

그는 행복한 미소를 지으며 마들렌을 입에 넣었다. 눈을 감고 맛을 음미하던 그가 고개를 갸웃거렸다.

이게 뭐지? 뭐가 이렇게 평범하지? 홍차 맛이 안 나는데?

"맛이 평범하죠?"

재욱의 표정에서 그의 생각을 읽은 달아가 물었다.

"홍차가 아니군요. 이유가 있습니까?"

"이게 마들렌의 기본형이에요."

"그래요, 맞아요. 이게 기본이죠. 그런데 내 말은 이건 어디서나 먹을 수 있는 건데……."

"제과점이나 커피숍에서 먹을 수 있지, 슈퍼에서는 못 사먹어요."

달아의 대답에 재욱이 빙그레 웃었다.

"그 말도 맞는데 애초에 내가 달아 씨한테 바란 건 차해심 씨가 입사할 때 만들었던 그 마들렌입니다. 홍차 마들렌. 설마 자기가 연구했던 레시피가 기억나지 않아서 이걸 만들지는 않았을 텐데요?"

"홍차 마들렌의 맛을 기억하세요?"

"굉장히 맛있었던 걸로 기억합니다."

"어떤 맛이었는데요? 구체적으로 말씀해 주실 수 있어요?"

달아의 물음에 재욱은 당황스러워 뜸을 들였다.

"기억을 떠올려야겠습니다. 그러니까…… 홍차를 넣은……."

"제가 말을 해야만 기억하시잖아요. 그럼 그걸 맛있었다고 하긴 힘든 거 아닐까요?"

재욱은 고개를 끄덕였다.

"마들렌은 홍차와 잘 어울려요. 그래서 사람들은 홍차를 반죽에 섞죠. 맛있어요. 하지만 그렇게 되면 마들렌 본연의 맛은 충분히 살리지 못하죠. 그래서 전 홍차 마들렌을 실패작이라고 생각해요."

달아의 대답에 재욱이 자리에서 벌떡 일어났다. 그리고 그가 사장실 문을 열고 비서실에 대고 물었다.

"홍차 두 잔 타."

제 할 말만 하고 도로 문을 닫은 그가 달아를 바라보며 물었다.

"평범한 마들렌을 슈퍼에서 만난다. 하지만 홍차와 함께 먹지 못하는 사람도 있을 텐데 그건 어떻게 생각합니까?"

"홍차가 싫으면 우유에 마셔도 되고 커피에 마셔도 돼요. 그런데 사장님. 이건 생각해 보셨어요? 홍차를 싫어하는 사람도 있다는 거 말이에요."

달아의 물음에 재욱이 미간을 찌푸렸다.

"또 불만입니까?"

"또라니요? 사장님이 제멋대로 행동하시잖아요. 아까 키…… 키스. 그것도 그렇고 홍차도 그렇고요. 누구나 홍차를 마시는 건 아니란 말이에요. 왜 제게 묻지도 않고 홍차를 두 잔 타라고 하셨죠?"

"내가 또 실수했군요."

"……왜 제 의사를 묻지 않으시는데요?"

"당연히 마실 줄 알았습니다."

달아가 울상을 짓고 항의해 재욱이 진땀을 빼며 덧붙였다.

"달아 씨는 첫 이미지와 많이 달라요. 까다롭네요."

"사장님도 그래요. 처음에는 상당히 젠틀하다고 생각했는데……."

"지금은 아닙니까?"

"네."

"그런 부분에서 우린 참 잘 통하네요. 나도 달아 씨가 순진해서 보호해 주고 싶었는데 은근히 제 할 말은 다 하네요."

"그럼 제가 숙맥인 줄 아셨어요?"

"난 그런 뜻이 아니었는데 또 제멋대로 해석하고 있잖아요!"

재욱도 마음이 상한 터라 툭 내뱉었다.

달아가 입을 다물고 재욱을 한참 동안 바라보다가 자리에서 일어났다.

"마들렌이 마음에 안 드시면 다시 연구해서 오겠습니다."

"저녁에 조리실에 갈 테니까 그때……."

"아뇨, 제 작업실에서 연구하는 게 좋을 것 같아요."

"뭐요?"

"계약서에는 제가 작업함에 있어 간섭하지 않는다, 라고 명시되어 있어요. 확인해 보셨으면 합니다."

달아는 제 할 말만 하고 사장실을 나왔다. 재욱은 앉은 채 달아가 사장실을 나가는 걸 넋을 놓고 바라보다가 헛기침을 쏟아냈다.

"나 완전 속은 거야? 뭐 저렇게 고집이 세? 성깔 있네?"

역시 여자는 겉과 속이 달라.

오늘은 사과할 만큼 했으니까 전화 안 해! 미안하다고 안 할 거라고! 오냐, 오냐 해 주니까 홍재욱을 뭘로 보는 거야? 나, 홍재욱이야!

그 사람은 대체 날 뭘로 보는 거야? 바보? 천치? 나도 성질이 있고 화가 나면 무서워! 해심이한테 당하고 사니까 만만하게 보는 거야, 뭐야? 나, 박계숙 회장의 외손녀야. 남달아! 나도 성격 있다고! 키스도 백주대낮에 사람들이 다 보는 거리 한복판에서 하고…… 그것도 허락도 안 받고, 순대 먹은 입으로. 아, 진짜 무드 없어!

달아는 씩씩거리며 앞만 보고 걸었다.

사람이 겉과 속이 다르고 한결같기 힘들다지만, 홍재욱 실망이야! 양화당도 실망이야! 홍 씨들도 싫어! 형제가 아주 똑같아!

조리실에는 해심이가 있지를 않나, 난데없이 나타난 홍현욱은 화가 나지 않게 잘 하라는 경고를 해 오지를 않나, 게다가 홍재욱은 처음 생각했던 이미지에서 점점 벗어나는 바람에 달아는 기가 막혔다. 달아가 이 세상에서 가장 싫어하는 사람이 의견을 묻지 않고 마음대로 행동하려는 성격의 소유자였다.

달아는 외할머니 등쌀에 못 이겨 선 자리에 몇 번 불려 나간 적이 있었다. 그때마다 상대 남자들은 달아를 무시하려고 했었다.

달아가 빵 만드는 것밖에 모르는데다, 상대의 안 좋은 면도 좋게 생각하려고 노력하며 웃어 주니까 사람을 바보로 아는지 실망스러운 모습만 보였다. 어떤 사람은 자기가 세상에서 제일 훌륭한 사람인 것처럼 건방지게 굴었다. 또 어떤 사람은 달아보다 많이 배우고 똑똑하다는 걸 자랑하려고 관심도 없는 물리학 얘기를 해댔다.

달아는 제과제빵 외의 일에는 관심이 없어서 사회, 정치, 스포츠 등에 대해서는 전혀 모르는데도 사람들은 막무가내로 자신의 관심사에 대해 이야기했다. 대통령이 어쩌고, 야당과 여당의 문제점이 어쩌고 하면서. 하도 그렇게 당하다 보니 달아는 남자들이 약간만 자신을 무시하려 하면 예민해졌다. 첫인상이 착하고 온순해서 좋다는 남자들? 문제 있다. 그런 남자들은 달아가 조금만 화를 내도 천사인 줄 알았는데 속았다느니 어쨌다느니 하면서 모든 잘못을 달아의 성격 탓으로 돌렸다.

"어리숙한 여자는 이용하기 좋지? 제 멋대로 대하기 좋지? 불만도 불평도 안 할 것 같지?"

달아는 엘리베이터에서 내려 1층 로비를 가로지르며 중얼거렸다.

"내가 바보야? 그리고 홍현욱은 뭐야? 왜 나한테 화를 내고 난리야? 확 가서 따져? 나도 성질이 있다는 걸 보여 줘?"

달아가 두 손을 꽉 쥐고 허공에 방망이질을 하듯이 휘두르는데 누군가 뒤에서 한숨을 푹 쉬었다. 혹시 재욱인가 싶어서 얼른 뒤를 돌아보았는데 현욱이었다. 깜짝 놀란 그녀가 두 손으로 입을 가렸다.

"나한테 따지고 싶어요? 그럼 잘 됐네. 지금 이렇게 만났으니까."

"왜, 왜 따라다녀요?"

"손님이 와서 배웅하던 차에 내 이름이 들려서 한숨을 쉬었을 뿐입니다. 그런데 내가 한 말이 그렇게 기분 상할 소리였군요?"

"네. 초면인데 너무 하시잖아요."

달아가 고개를 빳빳하게 쳐들었다.

"내가 그 이유를 말한 것 같은데요?"

"이유가 어찌됐든 기분 나빠서요. 생각해 보니까 되게 열 받아요. 지금 심정으로는 다 터트릴까 싶기도 하네요."

"뭐, 뭐요?"

"양화당에서 절 반기지 않는다면서요. 양팔을 벌리고 반겨도 할까 말까인데 대놓고 싫다고 말하는 사람까지 나타나서 속을 뒤집잖아요. 괜히 왔어, 정말!"

달아는 성질을 팩 부리고 현욱을 지나쳤다. 현욱은 다 터트리겠다는 말에 깜짝 놀라 뒷목을 두드리며 물었다.

"일 안 하고 어딜 가요?"

"보면 몰라요? 가잖아요."

"일은! 아, 다 터트리려고 가십니까? 책임감도 없지."

현욱이 비꼬아 달아가 어금니를 깨물고 대답했다.

"일을 했는지 안 했는지 사장님께 직접 확인해 보세요."

"이봐요!"

"마들렌은 만들었다고요!"

달아가 소리를 질러서 로비가 쩌렁쩌렁 울렸다. 현욱은 뭔가 잘못됐다는 것을 간파하고 물었다.

"사장님이 마음에 안 든다고 해요?"

"홍차 마들렌이 아니었거든요."

달아의 대답에 현욱이 앞을 막았다.

"그럼 뭘 만든 겁니까?"

"일반, 가장 기본이 되는 마들렌이요."

"우리가 만들라는 걸 왜 안 만들었습니까? 이건 엄연한 계약 위반 아닙니까!"

현욱이 짜증조로 쏘아붙여 달아는 기가 막혔다. 계약 위반이라는 말까지 듣게 될 줄 몰랐다. 그래, 이곳은 양화당이다. 달아의 마음대로 움직이는 작업실도, 카페 달도 아니었다. 제 실수를 인정하기로 한 달아는 고개를 끄덕였다.

"제가 실수했어요. 제가 만들면 다 된다고 생각했어요."

"엄청난 자신감이군요. 하지만 실수를 인정했고 하니 더는 걸고넘어지지 않겠습니다. 이제 남달아 씨가 해야 할 일을 알고 있을 테죠? 홍차 마들렌을 다시 만들어요. 지금 당장!"

고압적인 어투에 달아의 눈매가 일그러졌다.

"양화당은 원래 이래요?"

"원래? 무슨 소립니까? 듣기 거슬리는 말투군요."

"원래 이렇게 무례하냔 말이에요!"

달아가 지지 않고 쏘아붙이는 바람에 현욱이 깜짝 놀랐다.

"사람 초대해 놓고 이런 식으로 대우해도 되는 거예요?"

"이, 이것 봐요."

"본부장님이라고 하셨죠? 나요, 양화당 직원 아니에요. 그러니까 그런 투로 시비 걸지 마세요."

"시비를 걸다니요? 누가 시비를 걸었다는 겁니까?"

현욱도 기가 막혀 소리를 버럭 질렀다. 해심의 말대로 순진한 얼굴을 하고 제 할 말을 다 하는데, 보통내기가 아닌 것 같았다. 이러니 해심이 만날 울기나 하지.

"시비건 게 아니라면 제가 실수했네요. 죄송합니다."

달아는 그렇게 말하고 돌아섰다. 얼른 양화당을 나가고 싶은 마음에 발걸음이 빨라졌다. 그런데 현욱이 달아의 앞을 다시 막았다.

"어디 갑니까?"

"제 작업실이요."

"마들렌은 양화당에서 만들어야 하는 게 원칙입니다!"

"계약서 좀 자세히 읽으실래요? 그리고 자꾸 앞을 가로막고 그러지 마세요."

"하!"

"기가 막히세요? 저만큼은 아니실 거예요. 오늘 양화당에서 최고의 만찬을 먹고 가네요."

달아는 제 할 말만 하고 현욱을 지나쳐 양화당을 나갔다. 현욱은 달아가 단단히 화가 난 것 같아서 차마 잡지 못하고 입맛만 다셨다.

"마들렌 건은 없던 걸로 하는 게 낫겠어!"

현욱은 형과 전쟁을 치를 각오를 하고 사장실로 향했다.

마들렌의 기본. 기본에 충실한 마들렌.

재욱은 달아가 놓고 간 마들렌 중에 반을 먹어 치운 후에도 또한 개 집어 들었다. 처음에는 무슨 맛이 이렇게 평범한가 싶었지만 자꾸 손이 가는 게 중독성이 강했다.

"마약이라도 넣었나? 자꾸 생각나는 맛이잖아."

괜히 뭐라고 했나?

재욱은 달아의 재능에 다시 한 번 놀라고 감탄하며 후회했다. 단 음식을 못 먹는 사람들도 무리 없이 먹을 수 있어 잘만 하면 꾸준히 팔 수 있는 상품이 될 것 같았다. 베스트셀러 보다 스테디셀러가 남는 장사 아니던가.

"그래, 이걸로 결정했다. 내가 원한 게 바로 이런 평범함이었어! 그래, 난 자꾸 손이 가고 자꾸 생각나는 맛을 기다렸……."

재욱이 마들렌을 입에 넣으며 감탄하는데 노크도 없이 현욱이 사장실의 문을 열었다.

"마들렌 건은 없던 걸로 했으면 해!"

들이닥치자마자 성질부터 부리는 동생을 어이없이 바라보던 재욱이 조용히 물었다.

"무슨 일이야?"

"남달아가 마들렌을 만들다 말고 갔어. 갔다고! 출근한지 1시간 정도 지난 것 같은데! 뭐하는 짓이래?"

"마들렌은 성공했다."

"뭐?"

"이걸 먹어 봐."

"난 단 건 질색이야! 형이나 많이 먹어."

"먹어 봐, 달지 않아. 네가 먹어서 기분 나쁠 정도로 달지 않아."

단 거라면 환장하는 재욱과 정반대로 현욱은 단 음식이라면 학을 떼서 눈살부터 찌푸렸다.

"안 먹는다고."

"먹어 봐, 너도 맛을 봐야 할 것 아니야. 양화당의 본부장이 단 걸 안 먹으면 어떻게 해?"

"내가 아니어도 형이 먹잖아. 맛도 잘 판별하고."

"홍현욱, 먹으라고. 내가 억지로 그 입에 처넣기 전에 먹어."

재욱이 입매를 비틀었다. 현욱은 할 수 없이 마들렌을 집었다.

"내가 먹어 봐서 맛이 없다고 하면 마들렌은 포기해."

"먹어, 먹고 나서 얘기해."

"단 한 번만 만들고 성공했다고? 우리가 주문한 마들렌도 아닌데!"

"쫑알쫑알 대지 말고 먹기나 해."

현욱은 맛을 보았다. 입에 마들렌 하나를 입에 다 넣고 우적우적 씹어 먹던 현욱이 구기고 있던 인상을 펴기 시작했다.

"맛있지?"

"이 정도 맛은 흔해."

"한 개 더 먹어 봐."

"됐어!"

"더 먹어 봐."

재욱이 마들렌을 입에 억지로 넣어서 현욱은 할 수 없이 받아먹었다. 또 우적우적 마들렌을 먹던 현욱이 입맛을 다시기 시작했다.

"하나 더 줘."

기어이 현욱의 입에서 더 달라는 말이 나왔다.

재욱은 기다렸다는 듯이 마들렌을 주었다. 현욱이 마저 먹었다. 단 건 질색이라던 동생이 군말 없이 먹는 모습을 보던 그가 빙그레 웃었다.

"맛있어?"

"평범한 맛이야."

"그래서 질려?"

"아니, 그건 아닌 것 같아. 달지 않고 아이들이 먹기에도 좋을 것 같아. 계란 냄새도 덜 나고…… 버터의 느끼한 맛도 그리 강하지 않아. 레몬향이 은은하게 남아 있어서 그런 것 같아."

현욱의 평가에 재욱이 박수를 쳤다. .

"역시 양화당의 본부장답군."

현욱은 이마를 긁적거리며 피곤한 표정을 지었다.

"왜…… 그 여자는, 왜 한 번에 형의 마음을 사로잡은 거지? 까다로운 형에게 왜 한 번에 합격점을 받을 수 있는 거야?"

"나도 처음에 평범하다고 말했다가 혼났다. 이 마들렌을 달아 씨가 가져갔다면 실패작으로만 여겼을 테지만, 놔두고 간 덕분에 다시 먹어보고 알았지. 먹으면 먹을수록 기억에 남는 맛이었어."

"이사진들한테도 맛보게 해야지."

"그래야겠지."

"……남달아 씨는 안 하겠다고 할지 몰라. 내가 화나게 했거든."

현욱의 대답에 재욱이 한숨을 쉬었다.

"무슨 소리야?"

"실수한 거 나도 알아."

"차해심 때문이겠지."

"왜 화를 안 내?"

"괜찮아, 넌 그런 식으로 계속 실수할 테고 난 네가 하는 실수가 늘어날수록 차해심을 몰아붙일 테니까."

"형……."

"걱정하지 마, 내가 설마 차해심을 죽이겠어? 난 단지 사직서만 받아낼 뿐이야."

재욱은 그렇게 말하고는 현욱의 어깨를 두드렸다.

"아! 고아원에 보낼 과자 좀 추려 봐. 인원이 몇인지 모르겠는데 유통기한 긴 걸로 100박스 정도 가져가면 아이들이 언제든지 먹을 수 있겠지? 시리얼, 소시지, 파이 같은 것도 넣어 봐. 그럼 100박스로 부족하려나?"

"무슨 소리야?"

"봉사 하러 갈 거야. 아, 너도 갈래?"

"내가 왜 가?"

"내가 주말에 집 비우면 너 분명히 차해심을 만날 거잖아. 그걸 막아야지."

"형!"

현욱이 소리를 질렀지만 재욱은 들은 척도 하지 않았다.

"난 고아원 봉사 안 가!"

"안 가? 너 말이야, 내가 차해심을 내일이라도 자를 수 있다는 거 명심해."

"언제부터 내 약점이 차해심이 됐지?"

"그건 내 입 아프게 떠들지 않아도 될 것 같은데?"

재욱의 말에 현욱은 그저 기가 차 노려보았다. 해심이 때문에 고아원 봉사라니.

홍재욱! 너 정말 내 형이지만 진짜 얄밉다!

"아줌마, 여기 소주하고 감자탕 주세요!"

달아는 집 근처의 감자탕가게에 들어서자마자 큰 소리로 외쳤다. 대낮부터 웬 술이냐고 하겠지만 배도 고프고 짜증도 나서 한 잔 마시고 싶었다.

"밤새 고민했는데, 어떤 걸 만들어야 기분 좋은 얼굴을 볼 수 있을까 싶어서 정말 생각도 많이 했었는데! 이게 뭐야."

홍재욱, 홍현욱 때문에 기분 나빠졌어. 해심이도 기분 나빠.

달아는 후, 하고 입 바람을 분 후에 소주를 잔에 따랐다. 타들어갈 것 같은 마음을 진정하고자 찬 소주를 쭉 들이켜고 남동생이 어디까지 왔는지 확인하려고 전화를 걸었다.

—이제 막 들어가.

감자탕가게 문이 열리면서 성하가 손을 흔들었다.

"성격 급한 우리 누님 때문에 날아왔다."

"내가 막 불러내서 화 안 났어?"

"양화당에 갔었던 이야기가 듣고 싶어서라도 화를 안 내지."

"성하야."

"응?"

"홍재욱이라는 남자 말이야, 그만 좋아할까 봐."

침울한 표정을 짓고 있는 달아가 걱정스러웠던 성하가 조심스레 물었다.

"아침까진 기분 좋았잖아."

"첫인상만 좋았어. 내가 실수한 것 같아."

"누나. 연애라는 게 실망도 하고 그러는 거지."

"적어도 한 달 정도는 열심히 깨 볶으면서 좋아 죽어야지."

"무슨 일로 그러는데?"

"그 사람이 나한테 잔소리도 하고 좀…… 그래. 기분이 말이야."

달아의 대답에 성하가 소주잔을 하나 더 달라고 종업원에게 말하고 팔짱을 꼈다.

"그럼 만나지 마. 뭐가 아쉬워서 만나?"

"그 사람 남동생도 되게 못됐어."

"사실 홍 씨 형제들이 착하다는 평은 없지. 홍재욱은 결벽증이 있다는 소문도 있어."

"결벽증?"

"소독용 에탄올을 가지고 다닌다는데?"

"정말?"

"소문이야, 내가 본 건 아니고."

소문이라고 해도 달아는 불쾌하고 걱정됐다. 안 그래도 재욱의 행동이 좀 지나친 것 같아서 결벽증이 있냐고 물어본 적이 있었기 때문에 마음에 더 걸렸다.

"진짜 결벽증이 있다면 어떻게 해야 되는 걸까?"

"어떻게 하긴, 멀리해야지. 누나도 알다시피 엄마가 좀 깔끔해? 집에는 먼지 하나 없고 정리정돈도 잘 하는 살림의 여왕인데, 엄마를 보고 있으면 얼마나 피곤하냐? 물론 일하는 아줌마가 있지만 일주일에 한 번씩 대청소하는 바람에 몸살도 자주 오잖아. 그런 걸 남자가 한다고 생각해 봐. 여자가 깔끔한 건 남자를 귀찮게 안 하니까 병이라고 할 수 없는데 남자가 그러면 그 집안은 피가 말라."

달아는 고개를 끄덕거렸다.

좋은 사람이 생겼다고 좋아했는데 그런 것 같지 않아 실망스럽다. 감탄했던 추진력이 알고 보니 독단적인 행동이었고, 밀어붙이는 스타일은 독선이었다.

훌쩍.

달아의 눈에서 눈물이 주룩 흘렀다.

"누나, 누나!"

"흑, 좋은 사람을 만났다고 생각했는데…… 흑흑."

"또 우나!"

"흑, 성하야. 흐엉. 난 요즘 자꾸 차이는 거 같아. 해심도 그렇고

달아 달아 211

재욱 씨도 그렇고…… 아까는 홍현욱이 나한테 경고하고."

달아가 닭똥 같은 눈물을 뚝뚝 떨어트리자 성하는 눈물이 많은 누나가 걱정돼 바로 옆에 앉았다.

"우리 울보, 만날 울지."

"안 울려고 했는데……."

"괜찮아, 내 앞에서는 울어. 동생 앞에선 울어도 돼. 대신 남 앞에선 울지 마. 그게 제일 추하더라."

"알아! 그러니까 널 불렀지!"

달아가 훌쩍거리며 소리를 질러 성하가 피식 웃었다.

"우리 누님, 참 귀엽네. 마셔. 누나를 위한 등짝은 언제나 따끈하니까 마시고 풀어. 저녁에 아버지도 부를까? 아니다. 엄마도 불러야지. 한 잔 땡기고 노래방에 가서 한 곡 뽑아 볼래?"

"엄마한테 혼나겠다. 만날 술 마신다고."

"언제 만날 먹었어? 그리고 속상하니까 마시는 거지. 대신 누나, 내일 또 눈에 얼린 숟가락 붙이게 생겼다는 것만 기억해."

성하의 농담에 달아는 쿡쿡 웃었다.

"나 화장실에 좀 다녀올게."

달아가 자리를 비우고 1, 2분이 지났을 무렵 휴대폰이 울리기 시작했다. 제 휴대폰 벨소리가 아니어서 성하는 달아의 핸드백에서 휴대폰을 꺼냈다. 홍재욱이라는 이름이 액정에 떴다. 성하는 휴대폰을 테이블에 올려놓고 달아가 오길 기다렸다. 벨소리가 끊겼다. 별 생각 없이 휴대폰 액정을 봤는데 부재중 통화 건수가 무려 20여 통이

나 된다. 성하는 여자 화장실 쪽을 흘끗 본 다음에 통화목록을 확인했다. 홍재욱한테 온 게 20여 통이었고 문자도 10개나 와 있었다.

"뭐야, 둘이 싸운 거 같은데?"

왜 전화를 안 받지?

퇴근 시간 무렵에 달아에게 전화를 건 재욱은 애가 타기 시작했다. 달아가 전화를 안 받는다. 기분이 이상하다. 불안해서 안절부절 못하고 다리를 떨던 그가 문자 메시지를 남기기 시작했다.

달아 씨, 연락 좀 해요. 기다리고 있습니다.

휴대폰을 꼭 쥔 채 달아에게서 연락을 기다리던 재욱의 귀에 문자 알림음이 들렸다.

마들렌은 연구 중이에요. 그리고…… 우리 관계는 좀 생각해 봐야 할 것 같아요. 사장님과 전 잘 안 맞을 것 같아요.

이게 무슨 소리야? 생각하다니, 안 맞을 것 같다니?

재욱은 하늘이 무너지는 기분이라 통화 버튼을 눌렀다. 그러나 달아는 전화를 받지 않았다. 그래서 문자를 보냈다.

달아 씨, 전화 받아요! 내 얘길 좀 들어 봐요. 아까 내가 좀 심했습니다.

사과하려고 그러는 거니까…… 만납시다.

애간장이 녹을 것 같았다. 달아를 만나서 해명해야 했다.

그냥 회사에서 봐요.

회사에서 보자고? 내일은 주말이잖아! 마치 내일의 약속도 없었던 것처럼 말하고 있잖아?

지금 집으로 가겠습니다. 아니, 작업실에 있습니까?
아뇨, 남동생하고 술 마시고 있어요. 소주요.

또? 또 술 마셔? 이 여자, 알코올 중독이야, 뭐야. 무슨 놈의 술을 뻑 하면 마셔?
재욱은 달아의 문자를 한참 동안 생각에 잠긴 눈으로 바라보다가 고개를 끄덕거렸다. 나도 실망하긴 마찬가지니까…… 이쯤에서 정리하는 것도 나쁘지 않겠지.

네, 알겠습니다. 술은 적당히 마시세요.

마들렌은 맛있지만, 현실은 쓰고 맛이 없다.
재욱은 휴대폰을 손에서 놓고 자리에서 일어났다.

깐깐한 여자 같으니라고. 순진한 얼굴로 술이나 퍼 마시고. 아유, 나도 됐네요!

대체 홍재욱을 뭘로 보는 거야?

※　　　※　　　※

아침에 일어났더니 눈이 또 퉁퉁 부어 있었다. 오늘은 고아원에 봉사 가는 날인데 미운 얼굴로 가야 하는구나, 라는 생각이 들어 한 숨이 저절로 나왔다. 냉동실에 미리 얼려 놓은 숟가락을 꺼내 양 눈에 대고 있던 달아는 아침밥을 지으려고 주방에 들어온 윤아에게 머쓱하게 인사했다.

"엄마, 안녕."

"울보도 안녕?"

"울보 아니야."

"술만 마시면 울지, 진상."

"엄마!"

윤아는 불린 쌀을 냉장고에서 꺼내 압력밥솥에 부었다.

"넌 무슨 눈물이 그렇게 많니?"

"나는 그냥……."

"울지 마. 마음에 안 맞는 사람도 있지. 그런 일로 울면 돼? 언젠가는 아빠, 엄마가 죽고 네 동생도 가정을 꾸리고 할 텐데. 언제까지 그렇게 살래?"

윤아는 달아가 눈물이 많은 것도 신경 쓰이고 재욱과 마음이 안 맞아 헤어졌다며 우는 것도 못마땅해 평소 잘 하지 않는 잔소리를 퍼부었다.

"울면 다 된다고 생각했던 어린애가 아니잖아. 엄마는 네가 울 때마다 속상해. 그 버릇은 왜 안 고쳐지니?"

달아는 고개를 푹 숙였다. 어렸을 때부터 눈물이 많아 주변 사람들이 달아를 오냐 오냐 대했었다. 제 성질에 안 맞으면 닭똥 같은 눈물을 조용히 뚝뚝 흘리고 있어 주변에서 두 손을 다 들었고 달아가 울 때마다 용돈을 쥐어 주며 공주 대접을 해 주었다. 그래서 저렇게 버릇을 들인 건지, 속상한 일이 있으면 눈물부터 흘렸다. 물론 울 때마다 윤아한테 혼나서 이젠 사람들이 많은 곳에서는 울지 않았지만 시달리는 건 아버지나 남동생이었다. 어제도 장우와 성하한테 안겨 펑펑 우는데 남들이 보면 나라가 망한 줄로 오해할 정도로 대성통곡을 해댔다.

"넌 애가 아니야."

"알아."

"나이도 꽉 찼어."

"알아."

"홍차를 제 멋대로 두 잔 주문할 수도 있는 거고, 떡볶이 국물을 순대에 묻힌 건 네 잘못이야. 혼자 먹니? 그리고 마들렌도 그래, 네가 홍차 마들렌을 만들러 갔으면 그걸 만들어야지. 왜 네 멋대로야? 그래놓고 그 사람의 됨됨이가 이상하다고 폄하하고 안 만나? 그러는 넌 뭐 그렇게 잘났니?"

윤아는 곱게 자란 달아가 현실에서 많이 벗어나 생각하는 게 안타까워 이참에 똑똑히 깨우쳐 주고 싶었다.

"앞으로 무슨 일이 있건 내 남편, 내 아들 불러서 술 마시고 울지 마. 엄마는 그런 거 너무 싫어!"

"엄마……."

"넌 장녀야, 성하는 두 살이나 어리다고. 알겠니? 그리고 아버지는 허리가 안 좋으셔. 지금까지 하루도 안 거르고 빵 만들고 떡 찌는 바람에 안 좋아지셨어. 넌 그런 거 아니? 그저 우리는 다 괜찮지? 너한테 내색하지 않으니까 무쇠로 만든 사람이지? 아빠는 오늘 너 때문에 네 시간 주무셨어. 성하도 마찬가지야, 얼굴이 아주 까칠해!"

눈에 대고 있던 숟가락이 뜨끈해질 만큼 달아의 얼굴이 홧홧하게 달아올랐다.

"엄마도 아빠가 처음부터 좋았던 거 아니야. 만날 소리 지르고 제멋대로인 남자라서 부담스러웠지만 나한테만은 천사니까 만나고 또 좋아지고 하면서 장점을 찾았어. 그게 연애라는 거야. 어떻게 단점만 보니?"

"결벽증이 있다는 소문이 있어서."

"소문이지, 네가 봤어?"

달아는 고개를 저었다.

"앞으로 1년. 네가 내 집에 얹혀사는 것도 1년의 시간밖에 없어."

"무슨 말이야?"

"나이 많은 딸을 평생 끼고 살 생각 없으니까 연애를 완벽하게 하든, 선을 보든 해서 결혼해."

"엄마!"

"1년이라고 했어. 엄마는 허튼 소리 안 하는 거 알지?"

윤아는 그렇게 말한 후에 냉장고에서 콩나물을 꺼냈다.

"그 사람의 성격을 제대로 파악하고 싶으면 싸움을 걸어. 본성을 드러내게 만들어 봐. 소문만 믿고 판단하지 말고."

"싸우라고?"

"네가 확인하고 싶은 게 뭐니? 널 얼마나 좋아해 주는가, 그런 거 아니니?"

달아는 고개를 끄덕거렸다.

"시비를 걸어, 도발해. 그래서 네가 이기면 주도권이 생기는 거고. 지면 헤어지는 거고."

"엄, 엄마 되게…… 지능적이다."

"엄마가 결혼해 보니까 남자한테 무조건 이기고 살아야겠더라. 그런데 엄마가 이기는 게 아니야, 아빠가 져주는 거지. 너도 그런 남자를 만나고 싶지 않아?"

"만나고 싶어."

"그럼 네가 그런 남자를 만들어."

윤아는 그렇게 말한 후에 콩나물을 다듬기 시작했다.

달아는 저한테 시선 한 번 주지 않고 콩나물만 다듬는 엄마의 등을 물끄러미 바라보았다. 좋은 남자가 생겼다는 말에 세상에서 제일 기뻐해 주었던 엄마가 느꼈을 실망감은 말로 다 할 수 없을 것이었다. 달아는 손에 들고 있던 숟가락을 식탁에 놓고는 윤아의 등을 뒤에서 안았다.

"엄마."

"귀찮게 왜 이래. 떨어져."

"엄마아, 미안해."

윤아는 대답하지 않았다. 달아는 윤아에게 찰싹 붙어서 아양을 떨다가 할 수 없이 말했다.

"알았어, 내가 좀 더 생각해 볼게. 나도 감정적으로 굴었다는 거 인정하니까……."

"그 사람이 너 싫어하면 어쩌니?"

"언제는 시비를 걸라며?"

"깜빡하고 이 말을 빠트렸는데 네가 시비를 걸어도 그 사람이 받아 줘야 가능한 거야."

윤아는 냉소적인 표정 그대로 돌아섰다.

"처음 하는 연애라서 기대도 크고 환상도 있을 거라고 생각해. 이해해. 그런데 나이 어린 애들처럼 연애할 수는 없다는 거야. 단점을 봐도 장점으로 생각해. 극복하려고 해 봐, 그게 안 되면 포기해야지. 화가 났다고 금세 그만 만나네, 싫네, 하는 건 실망스러워."

"알았어요. 오늘 봉사 같이 가자고 하지 뭐."

"봉사 간대?"

"응, 아직 시간 약속은 안 잡았는데…… 전화해 볼게요."

윤아는 그때야 안심한 듯 고개를 끄덕거렸다.

"엄마, 나 그럼 나갈 준비할게."

"30분 후에 밥 먹을 거야."

달아는 히죽 웃고는 주방을 나갔다. 윤아는 콩나물을 다듬다가 뒤돌아 2층으로 올라가는 달아를 걱정스럽게 바라보았다.

서른둘에 처음 하는 연애라서 더 쉽지 않을 텐데…….

2.5톤 트럭을 달아의 집 앞에 세운 재욱은 대문 앞에 서서 그녀에게 전화를 걸었다. 아침 7시가 조금 넘은 시간이니 고아원에는 출발하지 않았을 것 같아 여기서 기다릴 참이었다. 밤새 달아 때문에 고민 아닌 고민을 해야 했던 재욱의 얼굴은 많이 까칠했다. 분식집에서 싫은 소리를 했다고 팩 토라지는 것도 그렇고, 마들렌 문제 때문에 화를 내는 달아가 이해되지 않았지만 이대로 헤어지자니 재욱이 못 견딜 것 같았다. 억울한 생각도 들었다. 기분 상하게 하려고 한 말이 아니었는데 결과적으로 달아는 화가 나고 실망한 것 같았다.

재욱은 면바지 주머니에 손을 넣고 트럭에 기댔다. 공장 창고에 가서 물건을 싣고 운전까지 해 온 성의를 봐서라도 달아가 화난 마음을 풀어 주길 바랐다. 달아의 집은 2층 주택이었다. 담이 높은, 전형적인 부잣집이었다. 집을 둘러싼 담의 길이로 보아 마당도 제법 넓을 것 같았다. 하긴 외할머니가 현찰 부자라는 소문이 돌 정도의 거부이니 고생 모르고 자랐을 것이다. 아쉬운 소리는 단 한 번도 해 본 적이 없었을 그녀에게 재욱이 실수했다. 부하직원들을 대하듯이 생각 없이 내뱉었으니 달아가 화를 내는 건 당연했다.

그는 깨끗하게 닦아 놓은 트럭에 올라탔다. 핸들에 두 손을 교차해 얹고 휴대폰의 액정을 노려보았다. 문자를 보낼까? 집 앞에 있으니까 나오라고. 아니면 달아가 나올 때까지 기다렸다가 놀라게 해줄까? 어두워진 낯빛만큼 고민이 많아 까맣게 그늘이 진 눈밑이 그대로 액정에 비쳤다.

"홍재욱 사장이 여자를 두 번이나 기다리다니, 기다리는 걸 끔찍하게 싫어하는 내가, 나 홍재욱이."

재욱은 엄지손가락으로 입술을 부드럽게 쓸었다. 성격 같아서는 당장 대문을 박차고 들어가 달아에게 미안하다고 사과하고 싶었지만 그랬다간 또 혼날 것 같아 참는 중이었다.

"책이라도 가져 올 걸 그랬나?"

재욱은 옆 좌석에 손을 뻗었다. 아침 대용으로 먹고 있던 통곡물 과자 봉투를 집었다. 오독오독 소리가 나게 씹어 먹는데 문자 알림음이 띵똥! 하고 울렸다.

달아다!

어제 내가 심하게 말한 것 같아요. 사과하려고 하는데…… 오늘 시간 있어요?

재욱은 피식 웃었다. 어떻게 대답할까? 바로 답장하지 말고 뜸을 들일까? 아냐, 그랬다가 또 오해를 살 수 있으니 바로 답장하자.

좀 나와요.

재욱이 문자를 보냈다. 그랬더니 바로 전화가 왔다.

—어, 어딘데요?

"나오면 알아요."

—설마 우리 집 앞은 아니죠?

"30분 째 기다리는 중입니다."

달아가 숨을 크게 들이마시는 소리를 냈다.

"화가 나서 나한테 연락도 안 하고 고아원에 갈 거 아닙니까? 회사에서 보자고 했으…… 여, 여보세요?"

달아가 중간에 전화를 끊었다. 재욱은 당황스러워서 끊긴 휴대폰의 액정에서 시선을 놓지 않았다. 통곡물 과자의 부스러기가 달라붙은 입술을 혀로 축이던 그는 지금의 상황을 어떻게 받아들여야 할지 몰라 눈동자를 굴렸다. 독재자처럼 살아온 재욱, 그 누구도 그가 얘기하고 있는데 먼저 전화를 끊는 만행을 저지르지 않았다. 달아가 처음이었다. 자신은 그녀를 기다리고 있었다, 보고 싶었다는 말을 하려고 하는데 뚝 끊어? 혹시, 또 물어보지도 않고 제멋대로 집 앞에서 기다리고 있었다고 화를 내는 건 아니겠지? 아냐, 홍차 사건을 기억해 봐. 충분히 화를 내고도 남지. 이거 또 실수한 건가?

재욱은 어떻게 해야 할지 몰라 덜덜 떨리는 손을 입에 댔다. 화가 났으면 어쩌지? 홍재욱의 독단적인 성격에 질려서 다시는 보고 싶지 않다고 말하면 어떻게 하지? 무릎이라도 꿇어야 하나? 관자놀이 부분이 욱신거렸다.

"어쩌지? 젠장, 여자란 원래 섬세하다지만 달아는 더 섬세한 것 같아."

관자놀이를 긁적거리는데 탁탁탁! 누군가가 유리창을 거칠게 두드렸다. 깜짝 놀란 재욱이 소리가 나는 쪽으로 고개를 돌렸더니 달아가 상기된 표정으로 유리창을 두드리고 있었다.

"달아 씨."

재욱이 차문을 열고 조심스럽게 내렸다.

"갑자기 전화가 끊겨서 상대하기 싫어 그런가 했습니다."

"30분 동안 이 차 안에 있었어요?"

"맞습니다."

"트럭도 운전할 줄 아세요?"

재욱은 고개를 끄덕거렸다. 달아가 턱을 당기고 저를 쳐다보고 있어 등골이 서늘했다.

"결벽증 있죠?"

"……갑자기 그게 무슨 말입니까?"

"있다, 없다만 말해요."

"……있습니다. 인정. 엄청 심합니다."

"그런데 어떻게 저 트럭을 몰고 왔어요?"

달아의 물음에 재욱이 당당하게 외쳤다.

"소독용 에탄올로 밤새 닦고 또 닦았습니다. 결벽증이 심해서 못 만나겠어요?"

"네!"

"그럼 관둬요. 달아 씨는 결벽증이 있는 남자를 못 만난다고 하는데, 괜찮아. 내가 따라다닐 거거든. 진짜 억울해 못살겠네. 좀 드라마틱하게 결벽증을 같이 고쳐 보자고 말해 주면 안 됩니까?"

"드라마틱한 거 바라세요?"

"그럼 여자만 그런 걸 바라겠어요?"

"그런데 어쩌죠? 난 잔소리하고 싶지 않아요. 엄마가 시비 걸어서 싸우라고 했는데 그러고 싶지도 않아요. 그것도 애정이 아주 돈독해야 가능한 거잖아요."

달아의 대답에 재욱은 한숨을 푹 쉬었다.

"그래서 안 된다는 겁니까? 그럼 왜 만나자고 한 거예요? 만나서 선을 긋게요?"

"아뇨."

"그럼요?"

"반지 사 주세요."

달아가 두 손을 모아 내밀었다. 재욱은 제 귀를 의심하며 되물었다.

"뭘 사 줘요? 바, 반지?"

"갑자기 반지가 끼고 싶어졌어요. 그래야지 내가 소속감이 들 것 같아요. 그래야 내가 권한이 있는 것 같기도 하고요. 나이 먹어서 잔소리하면 히스테리 부린다고 할 거 아니에요."

달아의 대답에 재욱이 손을 입을 쓸었다.

"그 말은 그러니까 나하고 계속 사귀겠다, 뭐 그런 뜻입니까?"

"네. 대신 우리 싸우지 마요. 싸우지 말고 대화로 풀어요."

"난 원래 평화주의자입니다."

"아아, 그러셨구나."

달아가 고개를 끄덕거리며 빙그레 웃었다.

"진짜예요."

재욱이 힘주어 말했다.

"오늘 저…… 고아원 가요."

"알아요, 같이 가려고 이렇게 기다리고 있었잖아요."

"9시에 출발할 거예요."

"기다릴 테니까 신경 쓰지 마요."

"식사는 하셨어요?"

"아뇨, 아직."

달아는 한숨을 푹 쉰 다음에 뒤로 물러났다.

"그럼 저 이만 들어가요."

재욱은 고개를 끄덕거렸다.

"들어가요, 기다리고 있을 테니까."

달아도 고개를 끄덕거리고 안으로 들어갔다.

재욱은 달아의 뒷모습을 물끄러미 바라보다가 머리를 긁적거렸다. 트럭의 문을 열고 안으로 들어가 앉은 그는 한숨을 푹 쉬었다.

"같이 있자고 할걸 그랬나?"

재욱은 오른손으로 왼쪽 이마를 긁다가 아까 먹고 있던 통곡물 과자를 도로 집었다.

"밥 얘기 하니까 갑자기 배가 고프네."

집에 들러서 밥 먹고 올까? 배고프다는 생각이 들자마자 배에서 꼬르륵 소리가 났다.

"그러고 보니 어제 저녁도 굶었지."

재욱은 입맛을 다시며 갈등했다. 집에 가서 밥을 먹고 오면 9시에 맞출 수 있으니 그러는 편이 현명할 것 같았다. 그래, 먹고 오자! 지금 못 먹으면 12시까지 굶어야 하는데 어떻게 참아? 그는 결정을 내렸다. 그런데 시동을 걸 수 없었다. 기다리겠다고 했으니까. 그는 다시 마음을 돌렸다. 그래, 두 끼쯤 굶는다고 해서 죽는 것도 아니니까 과자나 먹자. 그렇게 생각하고 과자 봉지를 들어 이제 몇 개 남아 있지 않은 통곡물 과자를 집는데 유리창이 톡톡! 울렸다.

"달아 씨."

달아가 보조석의 문을 열어달라고 말했다. 그가 문을 열자 달아가 도시락을 가볍게 흔들었다. 보온병도 있어 어리둥절 하는데 그녀가 그걸 재욱에게 건넸다.

"받아 줘요."

"아, 네. 그런데 이게 뭡니까?"

"아침밥이요."

"이러지 않아도 되는데."

"간단하게 주먹밥을 만들었어요. 집에 있는 걸로 만든 거라 많이 부실하지만 먹을 만은 할 거예요."

달아는 그렇게 말하고 자리에 앉았다.

"혼자 먹으면 맛이 없으니까 같이 먹어요. 그래서 나도 도시락 싸왔어요."

"내가 걱정됐어요?"

달아는 고개를 끄덕였다.

"주먹밥도 만들 줄 알아요?"

"쉬운 걸요. 손에 식초를 탄 물을 묻혀서 밥을 동그랗게 뭉치면 되니까요. 아, 내 손으로 만들어서 더럽다고 생각해요?"

"시비 거는 겁니까?"

"풋, 아뇨. 근데요. 이거 만들면서 재욱 씨 생각했어요. 맛있게 먹었으면 좋겠다, 라고 생각했으니까 먹어 줬으면 해요."

달아가 수줍은 고백을 하듯이 한 말에 재욱은 가슴이 거세게 뛰어 숨을 쉴 수 없었다. 도시락 뚜껑을 열었더니 앙증맞은 모양의 주먹밥과 유부초밥, 김치볶음과 계란말이가 있었다. 그리고 후식으로 싸온 샐러드와 과일, 장국을 담아온 보온병까지. 생각지도 못한 진수성찬에 재욱은 가슴이 뭉클했다.

"굶어도 되는데."

달아가 곱게 눈을 흘겼다.

"어제는 되게 미웠어요."

"나도 달아 씨가 예쁘지 않았어요."

"어머, 내가 왜요?"

"그냥…… 삐치고 그러니까 어떻게 대해야 할지 몰랐어요. 이상하게 볼지 모르겠지만 달아 씨가 처음이니까요. 어떻게 대해야 할지 모르겠어서 나도 긴장하고 그래요."

재욱이 주먹밥을 원목 포크로 찍어 입에 넣었다.

달아는 재욱이 말없이 주먹밥을 먹는 걸 옆에서 지켜보다가 눈동자를 굴리며 말했다.

"다음엔 재욱 씨를 존중할게요."

"나도 존중할 테니까 이해해 줘요."

달아는 고개를 끄덕거리며 보온병을 열어 장국을 잔에 따랐다.

"마셔요. 엄마가 직접 담근 시골 된장으로 만든 장국인데요. 맛있을 거예요."

"어머니가 된장도 담그세요?"

"엄마 말로는 집에서 할 게 없어서 만드는 거래요. 그런데 사실 우리 엄마도 결벽증이 있어요. 먹거리 결벽증이요."

"먹거리 결벽증?"

"밖에서 사먹는 거 싫어하세요. 집에서 다 만들어 주세요. 그래서 예전에는 밖에서 외식하자고 말하면 안 됐어요. 아빠 말로는 연애하실 때는 그런 거 없었다는데 저 낳고 남동생 낳고 하면서 콩나물도 직접 기르시고 텃밭도 가꾸시면서 유기농 채소를 식탁에 올리셨어요. 그렇게 하다 보니까 다 만드시게 된 거죠."

달아의 대답에 재욱은 공감한다는 뜻으로 고개를 끄덕거렸다.

"재욱 씨도 길거리 음식 잘 안 먹죠?"

"아예 안 먹는다는 게 맞을 걸요."

"어쩌지? 난 좋아하는데."

"먹지 뭐."

무심한 투로 말한 재욱이 눈살을 찌푸린 채 한숨을 쉬었다.

"못할 것도 없어요. 내가 해 볼 테니까 시간을 줘요. 나도 내가 결벽증 심한 거 압니다. 알면서도 못 고쳤다는 건 오죽하면 그랬겠어요?"

"기다릴게요. 기다릴 수 있어요."

"정말요?"

"맞추면서 기다리면 되죠. 못 고치겠으면 내가 도와줄게요."

달아는 제 도시락에 있던 주먹밥을 집어 재욱의 입에 넣어 주며 싱긋 웃었다.

"이렇게 먹여 주다 보면 극복할지 모르잖아요."

"세균 100만 마리."

"뭐라고요?"

"하하하하, 농담, 농담."

재욱은 달아의 손을 덥석 잡아 손가락에 입을 맞추었다. 달아가 깜짝 놀랐다.

쪽!

손가락 다섯 개에 차례대로 입을 맞춘 그는 동경과 감탄의 시선을 하고 그녀를 바라보며 속삭였다.

"남달아 씨, 당신을 더 사랑하게 될 것 같습니다."

❋　　　❋　　　❋

와자지껄한 분위기는 익숙하지 않다. 한데 모여서 와글와글 울어 젖히는 개구리 떼, 재욱의 눈에는 고아원의 원아들이 그렇게 보였 다. 60여명의 고아들이 달아에게 달라붙어 반겼다.

달아는 아이들 한명 한명에게 눈인사를 한 후에 구워 온 빵 박스 를 주었다. 먼저 중, 고등학생으로 보이는 키가 큰 소년과 소녀가 제법 무게가 나가는 상자를 받았다. 그런 다음에 초등학생 꼬맹이들 이 제 할 일을 찾아 움직이기 시작했다.

재욱은 달아처럼 아이들에게 쉽게 다가가지 못해 쭈뼛거렸다. 트 럭에서 과자를 내려야 하는데 어른이라고는 여자들뿐이고 그 외에 는 골격이 덜 자란 남자 애들뿐이라 재욱은 할 수 없이 비닐장갑을 낀 후에 목장갑을 꼈다. 과자만 내려주고 아이들보고 알아서 꺼내 먹으라고 하는 건 건방진 태도 같아서 이왕 봉사하러 온 거 제대로 하고 싶었다.

재욱은 트럭의 뒷문을 열었다. 현욱에게 고아원의 위치를 알려주 고 1시간 내로 오라고 했기 때문에 기다렸다가 같이 내려도 될 테지 만 그동안 쭈뼛거리고 싶지 않았다. 더구나 그것은 어른스럽지 못한 행동이었다.

재욱은 날렵하게 몸을 날려 트럭에 올랐다. 양화당이라는 로고가 선명하게 찍힌 상자를 밀어 내리려는데 아까 달아에게서 빵 상자를 받았던 18살 소년이 환히 웃으며 두 손을 내밀었다.

"도와드릴게요."

"무거워, 이건 내…… 아니, 아저씨가 다 하면 돼."

"괜찮아요, 저 무거운 거 잘 들어요."

소년은 그렇게 말하고 재욱의 손에서 상자를 뺏었다.

"이름이 뭐야?"

재욱이 물었다.

"저요? 유진호요."

"진호, 좋은 이름이구나."

"감사합니다. 그런데 양화당에서 오셨어요?"

"양화당을 알아?"

"당연히 알죠, 양화당에서 나온 과자는 다 맛있잖아요."

진호의 대답에 재욱의 얼굴이 환하게 밝아졌다.

"맛있어?"

"네, 근데 비싸요."

"그건 재료가 좋아서 그래. 양화당은 100년의 전통을 자랑하는 기업이거든. 국산 재료만 써. 그게 양화당의 마인드지."

재욱이 가슴을 부풀리며 자신감 넘치는 표정을 지어서 진호가 키득 웃었다.

"달아 누나처럼 말씀하시네요? 달아 누나도 본인이 만드는 빵이

나 과자는 모두 국산 재료만 쓴대요. 그게 남달아의 마인드라고 했거든요."

"달아 씨가 그렇게 말했어? 역시!"

"달아 누나한테 관심 있어요?"

"엄청 많은데 왜? 혹시 네가 관심 있냐?"

"제가 연상 킬러거든요."

진호의 대답에 재욱은 기가 막혀 호탕하게 웃었다.

"연상도 보통 연상이냐! 그리고 저 여자, 내 여자야. 내가 아무한테도 안 넘겨. 그러니까 꿈 깨."

재욱은 진호에게 상자를 건네며 의기양양한 표정을 지었다. 사실 진호는 단순히 달아가 고아원에 남자를 데리고 왔다는 게 의심스러워서 던진 질문이었기 때문에 그쯤에서 만족하고 그냥 피식 웃고 말았다.

재욱은 진호가 해맑은 표정으로 상자를 옮기는 모습을 흘낏흘낏 쳐다보며 묘한 감동을 받았다. 붙임성이 좋은 성격이 안쓰럽게 느껴지는 건 뭘까? 어두운 아이들 보다 밝은 아이들이 대하기도 편한데 오늘은 좀 이질적인 감정이 가슴을 들썩이게 했다. 아마도 그 애가 언제부터 고아가 됐는지 궁금한 탓이리라. 누구에게나 가족은 있는데, 부모 없이 태어나는 아이들은 없는데. 대체 언제부터 너는 가족을 잃고 혼자가 된 거냐는 질문을 던지고 싶어졌다. 물론 어른이니까 모른 척하는 미덕도 있어야 한다는 걸 알고 있다. 하지만 재욱은 진호의 웃음 뒤에 숨어 있는 외로움과 불안함을 그냥 지나치지 못하고 눈치 없는 어른처럼 물었다.

"넌 언제부터 여기서 지내게 됐어?"

"10년 전이요."

"바로 대답하네? 나처럼 묻는 사람들이 많아?"

"한둘이겠어요?"

진호의 무뚝뚝한 대답에 재욱이 입술을 비죽거렸다.

"너 되게 시크하구나."

"다른 사람들도 그렇게 말해요. 그런데요, 전 여기 얹혀사는 거지 버려진 건 아니에요. 아버지가 매달 일정 금액의 생활비를 보내 주시니까요. 월세 같은 거 내고 사는 거죠."

"네 아버지가 해외에 계시나 보지?"

"재혼했어요. 엄마하고 이혼하면서 절 이곳에 맡겼는데 곧바로 재혼하셨대요. 그런 얘기 말고 다른 얘기 해요. 그리고 아저씨는 왜 그렇게 눈치가 없어요? 우린 그런 질문을 아주 식상해 한다고요."

진호의 꾸지람에 재욱은 피식 웃었다.

"자식 진짜 되게 시크하네. 너 대학교 갈 거야?"

"못 가요. 돈이 있어야 가죠…… 그리고 성적도 안 나오고."

"그럼 뭘 할 건데?"

"달아 누나가 채용해 준다고 했어요. 제 꿈이 제빵사거든요."

진호의 대답에 재욱의 눈빛이 반짝반짝 변했다.

"너도 빵 만들게?"

"과자도 굽고…… 양화당에서 스카우트 제안을 할 만큼 실력자가 될 거예요."

진호가 엄지손가락을 들어 제 가슴에 대고 의기양양하게 씩 웃었다. 그의 자신감에 동화된 재욱이 고개를 끄덕거리며 상자에 손을 얹고 대답했다.

"내가 반하게 된다면 좋겠다."

"어! 어, 어! 반하다니요? 아저씨 취향…… 이상하시네요?"

"하하하, 그런 게 아니야. 내가 바로 양화당의 사장인 홍재욱이거든. 그래서 하는 말이야. 네가 만든 빵이나 과자가 날 기분 좋게 한다면 언제든지 채용하지."

"와, 아저씨! 진짜 사장님이에요? 무슨 사장이 트럭을 끌고 다녀요?"

진호는 믿기지 않는지 입을 쩍 벌리고 다물지 못했다. 재욱은 진호의 순박한 반응에 기분이 좋아져 호탕하게 웃었다.

"나도 내가 트럭을 몰 줄은 몰랐어. 하하하하."

하하하, 하하하.

트럭에서 과자 상자를 내리던 재욱이 웃기 시작했다. 그 웃음소리에 이 고아원, 원림의 원장인 순희와 이야기를 하던 달아가 눈을 번쩍 떴다. 순희도 성인 남자가 아이처럼 해맑게 웃는 것에 내심 놀란 것 같았다.

"처음엔 좀 적응을 못 하시는 것 같던데 지금은 완전 익숙해진 것 같죠?"

순희의 물음에 달아는 손으로 입을 가리고 수줍게 미소 지었다.

"늘 혼자 오시거나 성하 씨 하고 오시더니 오늘은 보기 좋네요."

"저 분, 어떤 것 같아요?"

"제게 평가 받고 싶어요?"

"어제 싸웠어요. 제가 헤어지자고 했는데요, 아침에 저 트럭을 끌고 저희 집 앞에서 기다리고 있더라고요."

달아는 은근히 자랑하려고 입을 뗐다.

"멋지지 않아요?"

"어머, 달아 씨 입에서 멋지다는 말이 나오다니 별일이네요?"

"원장님도……."

"다행이에요. 달아 씨가 작업실을 나오게 돼서요. 일이 끝나면 곧바로 작업실에 가서 콕 박혀 산다고 어머니가 많이 걱정하셨어요."

달아의 가족 전체가 원림을 후원하고 있었다. 특히 윤아는 원림에 고추장이나 된장, 직접 만든 두부를 보내곤 했었다.

"아참, 엄마가 내일 두부 만드실 거래요. 원장님께 내일은 두부 파티 준비를 하시라고 전해 달래요."

"사모님도 그 귀찮은 걸 하시면서 우리까지 살펴 주시고."

"엄마가 좋아하는 일이래요. 그리고 달랑 한 모를 만들겠다고 콩 불리고 끓이고 하는 거 웃기잖아요. 많이 만들어서 나눠 먹는 맛도 무시 못해요."

달아의 대답에 순희는 두 손을 모으고 흐뭇한 미소를 지었다.

"달아 씨도 사모님을 닮아서 잘 할 거예요."

"뭘요?"

"결혼 생활."

"아뇨, 전 덜렁거리잖아요. 그리고 엄마처럼 요리도 못해요. 헌신적이지도 못하고…… 그런데 엄마 닮았다고 하시니까 기분이 좋네요."

제과제빵의 롤 모델은 아빠, 남장우. 여자로서의 롤 모델은 엄마 박윤아인 달아에게는 최고의 칭찬이었다.

"아! 원장님, 오늘은 대청소하신다고 했죠?"

"날도 좋고 해서 오늘은 소독을 하려고요."

"그럼 꼬맹이들은 어떻게 해요?"

"운동장에서 놀라고 해야죠."

"그럼 원장님은 꼬맹이들 돌보세요. 요즘 허리가 다시 안 좋아지셨다면서요."

"어떻게 그래요. 제법 큰일이라 달아 씨한테만 못 맡겨요."

순희는 손사래를 쳤지만 달아는 고집을 꺾지 않았다.

"맡겨 두세요. 청소하는 아주머니 불렀어요. 그리고 청소를 잘할 것 같은 남자도 왔거든요. 저기, 저 사람이요."

달아는 재욱을 가리켰다.

"청소를 잘해요?"

"시켜 보면 아시게 될 거예요."

달아는 피식 웃고는 순희에게 고무장갑과 세제, 락스 같은 걸 꺼내 달라고 말하고 재욱에게 다가갔다. 아직 10시밖에 되지 않았는데 햇살이 강렬해서 눈이 부셨다. 5월의 햇살이 제법 쨍쨍한 게 피부가 따끔거렸다. 달아는 손을 이마에 대고 재욱을 불렀다.

"대청소해야 하는데 도와줄 거죠?"

"안 돕겠다고 하면 안 만나 줄 거 아냐?"

"도와주리라 믿으니까, 그런 말 안 할 건데."

"알았어요, 알았다고. 어디부터 할까요?"

"그 전에…… 좀 편하게 불러 줄 수 없어요? 거리감 들어서 그러
니까."

달아는 손으로 만든 그늘 아래 눈살을 구겼지만 입매 끝은 살짝
올라가 있었다.

"편하게 불러 주길 바라는 거야?"

"네."

"그럼 달아도 나한테 오빠라고 불러."

"오빠요?"

아빠는 익숙해도 오빠는 생소했기에 달아의 얼굴이 붉어졌다.

"오빠라고 하면 나도 말 놓는다니까요?"

"오빠라고 부르면 옆에서 뭐라고 하지 않을까요?"

머쓱한 대답에 재욱이 고개를 저었다.

"무슨 소리, 우리는 연인인데. 그리고 결혼하면 여보라고 불러요."

"겨, 결혼이요?"

"그럼 이 나이에 연애만 하게? 우리 내년이면 서른다섯에 서른셋
인 동차예요."

"……그렇구나."

달아는 머리카락을 긁적거렸다. 그러면서 과자 박스를 원사로 옮기던 진호의 눈치를 슬쩍 보았다. 진호는 두 사람의 대화를 못 들은 척하면서도 실실 웃고 있었다.

달아는 진호의 눈치를 슬쩍 보다가 배시시 웃었다. 어린애가 봐도 웃을 정도로 낯간지러웠지만 달아도 이따금 오빠라고 부르고 싶기도 했다. 드라마나 영화에서처럼 닭살을 떨어 보고 싶어서 달아는 마른침을 꿀꺽 삼키고 난 다음에 말했다.

"알았어요, 오빠가 하라면 할게요."

"쉿!"

"쉿?"

"진호가 듣고 있잖아. 나하고 단둘이 있을 때만 해야지."

가만히 듣고 있던 진호가 불쑥 끼어들었다.

"왜 그래야 해요?"

달아도 물었다.

"맞아, 왜 그래야 하는데요?"

"그래야 특별하게 들리지. 난 흔한 거 안 좋아해."

"누나, 이 아저씨 되게 독재자인 것 같아요."

진호는 기가 막힌 모양인지 고개를 저었다.

"독재자라서 기분 나빠?"

"네!"

"달아는?"

"당연히 기분 나쁘죠. 알잖아요. 어제 우리가 왜 싸웠는지."

달아의 대답에 진호가 또 끼어들었다.

"싸우셨어요? 푸하하."

"진호야. 어른들이 얘기하는데 그렇게 끼어드는 거 아니야. 미안한데 상자 좀 마저 옮길래?"

달아는 진호의 머리카락을 쓰다듬어 주며 부드럽게 타일렀다.

"네, 알았어요."

진호는 달아가 머리를 만져 줘서 기분이 좋은지 헤실헤실 웃으며 상자들을 원사로 옮기기 시작했다. 그 모습을 흐뭇하게 보며 달아가 물었다.

"진호 말이에요, 듬직하죠?"

재욱의 대답이 들리지 않아 달아가 시선을 돌렸다.

"그렇게 생각하지 않아요?"

"나이가 어려도 남자가 될 아이인데 그렇게 만지고 그러면 안 되지."

"예?"

"오빠가 보는 앞에서 이 예쁜 손을 아무 남자에게, 아니 아직은 사내가 아니지. 사내가 될 소년에게 얹고 그러는 거 아니라고. 질투나게."

재욱의 대답에 달아가 조심스럽게 그의 손을 잡았다.

"알았어요, 이제 그런 거 안 할게요. 오빠."

"풋, 오빠?"

"오빠라고 부르라면서요."

"하하하, 그래. 오빠. 하하하."

"으응? 그만 웃고 청소해요. 청소 다 해놓고 밥 먹어요."

달아는 재욱과 깍지 낀 손을 가볍게 흔들며 원사로 들어갔다.

"결벽증이 있는 사람이니까 청소를 잘 하겠다는 생각이 들었어요."

"더러운 건 못 보니까, 잘 하겠지."

"원장님이 아이들하고 같이 청소를 하긴 하는데 그리 깨끗하진 않을 거예요. 청소 도우미 아주머니를 부르긴 했는데 그래도 셋이서 같이 하면 좋죠?"

"셋이 아니라, 넷이야. 동생 놈이 올 거거든."

"도, 동생이요?"

달아의 목소리가 갈라졌다.

"홍현욱 본부장. 그 녀석도 어제 달아한테 실수했으니까 봉사를 하라고 했어."

"그럴 필요 없어요. 그리고 우리가 사귀는 거요, 일이 다 끝날 때까지 비밀로 했으면 해요."

"그게 편해?"

달아는 고개를 끄덕거렸다.

"그럼 그렇게 하자. 네가 편해야 나도 편하지. 내가 어제 깨달은 게 바로 여자 친구의 말을 잘 들어야 하루가 편하다, 라는 진리였어."

"풋."

"만약에 내가 비흡연자가 아니었다면 줄담배를 피웠을 거야."

"난 어제 술 마셨는데."

"앞으로는 나하고 마셔."

240

재욱은 달아와 술을 마시는 게 낫겠다, 싶었다.

"나한테 술 배우게요?"

"아니, 그냥…… 난 무알코올 맥주라도 마시면 되지."

재욱의 대답에 달아가 푸시시 웃었다.

"무알코올 맥주 맛있어요?"

"현욱이가 술 마시고 싶을 땐 나한테는 그거 주고 자기는 진짜 술을 마시는데 괜찮았어."

재욱의 대답에 달아는 생긋 웃고는 원사 안으로 들어갔다. 우선 화장실과 욕실 청소를 하는 게 좋겠다는 생각이 들어서 재욱에게 물었다.

"고무장갑, 세제 줄까요?"

"세제 중에 효과가 굉장히 우수한 제품이 있어. 뱅뱅이라고 하는데, 그거 있을까?"

재욱의 물음에 달아가 세제만 모아놓은 플라스틱 통의 뚜껑을 열었다.

"뱅뱅 있어요."

"혹시 식초나 베이킹 소다도 있는지 확인해 줘."

재욱은 고무장갑을 끼며 말했다.

"식초는 당연히 주방에 있을 테고…… 소다는 없어요. 락스만 있네요."

재욱은 고개를 끄덕거린 후 고무장갑을 도로 벗었다. 바지 뒷주머니에서 휴대폰을 꺼내 현욱에게 전화를 걸었다.

"어디야?"

—고아원 근처야. 10분 안으로 도착할 것 같아.

"그럼 슈퍼에 들러서 소다하고 사과식초 제일 큰 거 10통 사와. 베이킹 소다, 밀가루도 넉넉하게 사오고."

—형, 혹시 고아원에서도 화장실 청소하려고 하는 건 아니지? 제발 그러지 마. 결벽증이 있는 거 다 알려지겠어.

"이미 알려졌어. 아, 그리고 약국에 들러서 소독용 에탄올도 사와. 있는 거 다 사와."

재욱의 말에 현욱은 한숨을 푹 쉬었다. 형이 시키는 일이니 두 말 않고 알았다고 대답하면서도 태도가 석연치 않았다. 재욱은 현욱이 그러거나 말거나 신경 쓰지 않고 전화를 끊었다.

"락스는 애들한테 좋지 않으니까 치우자. 원래 소독은 식초와 소다, 에탄올로 하는 거야."

"식초에 밀가루……?"

"내가 하는 것만 잘 봐."

재욱은 우선 뱅뱅을 물에 희석했다. 그런 다음에 그걸 분무기에 넣고 천장에 뿌렸다. 그러는 동안 달아는 플라스틱 의자를 들고 왔다. 욕실용 수세미로 천장을 쓱쓱 싹싹 소리가 나게 닦는 손놀림이 제법이다. 수세미가 천장을 지날 때마다 비누 거품이 먹색으로 변하고 있었다. 재욱은 콧등을 구긴 채 천장의 묵은 때를 벗기기 시작했다. 그런 다음에 의자에서 내려와 목욕탕의 창문을 모두 떼어내고 분무기로 벽과 창가에 세제를 뿌렸다. 재욱은 청소의 달인이었다.

손도 빠르고 꼼꼼했다. 타일 틈에 낀 물때를 발견하면 마치 적군이라도 발견한 것처럼 무서운 표정을 지었다.

달아는 그저 옆에서 재욱이 청소하는 걸 지켜보다가 씩 웃었다.

"돕지 않아도 돼요?"

"혼자 하는 게 더 빨라. 내가 다른 건 몰라도 욕실 청소는 기가 막히거든."

"결벽증이 있어서?"

"빙고!"

재욱은 장난스럽게 대답하고는 몽글몽글하게 불어나는 비누 거품을 호스를 이용해 시원하게 씻어 내렸다. 결벽증이 있다는 건 가족 외엔 몰랐으면 했다. 특히 달아에겐 더 들키기 싫었지만, 오늘은 좀 다른 기분이 들었다. 그동안 내내 감추려고 했던 단점을 드러냄으로써 마치 마음이 정화되는 것 같았다. 마치 비누 거품에 쓸려 내려가는 물때처럼. 마음이 가벼워진 재욱은 그 어느 때보다 홀가분한 표정을 짓고 있었다.

결벽증이 심한 사람에게 청소를 맡겼더니 고아원이 깨끗해졌다. 묵은 때는 물론이고 하수구에서 올라오던 악취도 소다를 뿌린 후에 식초를 부었더니 감쪽같이 사라졌다. 락스로 청소를 하면 눈이 시리기도 하고 냄새도 강해 눈살을 찌푸리게 되지만 식초와 소다는 그럴 염려가 없었다.

달아는 재욱이 청소하는 모습을 지켜보다가 현욱의 기척이 느껴져 고개를 돌렸다. 현욱에게 고갯짓만 해서 인사한 달아는 다시 재욱에게 시선을 돌렸다. 현욱과 말을 섞고 싶지 않아서였다.

"봉사도 하십니까?"

"네."

"내가 와서 반갑지 않죠?"

"솔직히요."

달아의 대답에 현욱이 미간을 찌푸렸다.

"솔직한 게 좋잖아요. 안 그래요?"

"그렇죠."

"그런데 왜 오셨어요?"

달아의 물음에 현욱이 팔짱을 꼈다.

"형이 부릅디다. 나도 오고 싶어 온 거 아니니까 그런 눈으로 보지 말아요."

"형님의 말씀을 참 잘 따르네요? 그렇게 착한 동생이었다니 놀라워요."

"사람들이 남달아 이사님은 천사표라고 하던데 그거 가면이죠? 종알종알, 또박또박 말대답도 잘 하시는데. 천사표가 아니라 악마표 같아."

현욱의 시비조에 달아는 얼굴을 붉힌 채 쏘아보았다.

"저한테 시비 걸러 오셨어요?"

"봉사하러 왔다니까?"

"그럼 청소해요. 형 하는 거 안 보여요?"

"형이 다 할 건데 뭐."

"마당이라도 청소해요! 물청소할 때가 됐거든요."

달아는 주변을 둘러보다가 고무호스와 빗자루를 들고 와 현욱의 품에 억지로 안겼다.

"쓸고 닦고! 이게 봉사예요. 과자 몇 상자 가지고 와서 생색 내지 말고요."

"악마표 맞네."

"예예! 전 악마표니까 실컷 부려먹을 거랍니다!"

달아가 청소도구를 모두 꺼내 현욱에게 던지기 시작했다. 현욱이 고아원을 나가줬으면 제일 좋겠지만, 안 나갈 바에야 고생 좀 시켜 보고 싶어서 천하장사 같은 힘이 솟구쳤다.

현욱은 달아가 발끈해서 세제를 시멘트 바닥에 푸는 걸 멀거니 지켜보다가 호스를 수도꼭지에 꽂았다. 그런 다음 호스 입구를 손으로 막아 달아에게 조준했다.

"꺄앗!"

"어이쿠, 실수했네요."

"일부러 그런 거잖아요!"

"청소가 서툰 사람도 있고 그런 거죠. 내가 그런 쪽이니까 이해 좀 해 줘요."

현욱은 능청스런 미소를 지었지만 달아는 웃지 않았다. 아랫입술 을 꾹 깨물었다가 놓으며 돌아서서 세제를 마저 풀고 있었다.

"세제 풀었으니까 박박 문질러 닦으세요!"

"화내니까 무섭네요. 역시 악마."

"악마, 악마. 자꾸 짜증나게 그럴 거예요? 진담으로 그렇게 부르는 건지 장난치는 건지 몰라도 정도껏 하지 그래요?"

달아는 들고 있는 걸레를 비틀며 돌아섰다. 차가운 물에 걸레를 빨며 입술을 씰룩거리는데 이대로 참고 있는 건 또 바보 취급당하는 것 같아서 걸레 빤 물을 현욱에게 뿌렸다. 빗자루로 바닥 청소를 하고 있던 현욱의 등에 정확하게 조준해서 실수인 척 뿌렸더니 비명소리가 터졌다. 깜짝 놀란 현욱이 제자리에서 펄쩍 뛰며 소리를 고래고래 지르기 시작했다.

"지금 일부러 그런 거죠, 남달아 씨!"

"실수요!"

"실수? 이것 봐요. 내 등이 홀랑 젖었는데 이거 어쩔 겁니까!"

실크 드레스 셔츠가 젖어 현욱의 맨살이 적나라하게 드러났다. 옆구리도 젖어 셔츠가 몸에 달라붙었다. 젖어서 가슴팍이 다 들여다보여 달아는 얼른 고개를 숙였다.

"어, 어머. 난 몰라."

"다 젖게 해놓고 뭘 몰라요!"

"그렇게 젖을 줄은 몰랐다고요."

"일부러 그랬다는 걸 인정하는 겁니까?"

달아는 대답 대신 피식 웃었다. 미안하기도 했지만 통쾌한 기분이 들어 웃음이 멈추지 않았다. 현욱은 달아가 웃는 게 마음 상했는지 호스를 들었다.

"이런 건 애들이나 하는 유치한 놀이지만 오늘은 내가 못 참겠네요."

현욱은 호스 끝을 엄지손가락으로 누르고 나서 수도꼭지를 돌렸다. 슉! 하는 소리와 함께 강한 물줄기가 달아의 이마에 정확하게 쏘아졌다.

"꺄악!"

달아가 비명을 지르며 도망치기 시작했다. 물줄기가 어찌나 차가운지 머릿속이 깨질 것 같았다. 발을 동동 구르며 질척거리는 마당을 이리저리 뛰어다니는데 현욱의 웃음소리가 들렸다. 재욱은 식당 청소를 하고 있어 달아가 한참 동안이나 비명을 지른 후에야 마당으로 뛰쳐나왔다. 그는 앞치마에 고무장갑을 끼고 있었다.

"무슨 일이야? 달아 씨, 어? 왜 젖어 있어요? 현욱아!"

달아에게 물줄기를 쏘는 현욱을 뒤늦게 발견한 재욱이 벼락 같이 고함쳤다.

"홍현욱, 너 그만두지 못하겠어!"

현욱의 손에서 호스를 뺏은 재욱이 수도꼭지를 잠그며 따져 물었다.

"둘이 왜 싸워?"

"남달아 씨가 걸레 빤 물을 나한테 뿌렸어."

"먼저 물 뿌렸잖아요!"

두 손을 꼭 쥐고 억울해 죽겠다며 소리를 버럭 지르던 달아가 재욱의 뒤에 숨었다.

"홍 본부장님이 악마라고 놀리면서 물 뿌렸잖아요. 유치하게!"

"악마? 홍현욱, 너 정말 그렇게 말했어?"

"장난이야. 내가 솔직한 성격이긴 하지만 진짜 악마한테 악마라고 불러대겠어?"

"본부장님 이제 보니까 엄청 뻔뻔하네요? 천사표는 가면이라면서요! 악마는 내가 아니고 홍 본부장님이면서!"

달아가 목에 핏대를 세우고 파르르 떠는데 현욱이 재욱의 뒤에 숨어 귀엽게 얼굴을 빠끔 내밀었다.

"우리 형인데. 홍재욱은 우리 형이거든요. 그러니까 비키지 그래요?"

달아를 놀리고 싶은 마음에 재욱의 어깨에 팔을 올리며 몸을 뒤로 젖힌 현욱이 거드름을 피웠다.

"나 어릴 적엔 우리 형이 슈퍼맨이었거든. 내가 얻어맞고 다니면 반드시 찾아와서 응징했어요. 그렇지, 형?"

"징그럽게 그런 건 왜 물어?"

재욱은 달아가 몸을 피하듯 현욱의 반대편에 서자 걱정돼 표정을 살폈다. 달아는 진심으로 현욱을 싫어하고 있었다. 이제 겨우 화해를 했는데 현욱 때문에 다시 토라지게 할 수는 없었다. 재욱이 주먹을 쥐고 냅다 현욱의 머리를 아프게 때렸다.

"아! 왜 때려?"

"사과해. 빨리 사과해!"

"형!"

"장난쳐서 미안하다고 사과하라고."

재욱이 고무장갑 낀 손을 들었다. 고무장갑을 껴서 주먹이 꼭 권투 글러브처럼 커 보였다. 현욱은 맞은 머리를 문지르며 달아를 응시했다.

"사과라니……."

"저 사과 같은 건 안 받아요."

새침한 표정을 짓고 있던 달아가 고개를 홱 돌렸다.

"허이고, 나도 사과할 마음 없네요! 이게 뭐야, 다 젖었잖아. 구린내 나는 것 같아."

"봉사하러 와서 싸워? 두 사람 정말 실망이다! 그럴 거면 홍현욱 넌 가! 내가 잘못 판단했지."

"형……."

"달아 씨도 그러는 거 아닙니다. 봉사하러 와서 물장난을 해요? 싸움이든 뭐든, 내가 화장실 청소, 주방 청소, 애들 방 청소까지 깨끗하게 하는 동안 뭐했습니까? 그러면서 빵 몇 개 만들어서 오는 게 봉사입니까?"

달아는 제가 현욱에게 했던 말을 그대로 재욱에게 들어 얼굴이 붉어졌다.

"화났어요?"

"네!"

"미안해요. 제가 철이 없었네요. 뭐 도울 일 없어요?"

달아가 두 손을 모으고 배시시 웃자 재욱이 턱짓으로 고아원 밖에 있는 정육점을 가리켰다.

"철없이 군 거 알면 현욱이하고 가서 고기 좀 사와요. 애들 먹이게 돼지고기, 소고기 할 것 없이 왕창 사와요. 달아 씨 좋아하는 술도 사오고! 현욱이 자식도 술 좀 마실 줄 아니까 마시고 풀어요."

재욱이 현욱을 노려보았다. 현욱은 마지못해 고개를 끄덕거렸다.

"알았어. 근데 대낮인데 술 마셔도 돼?"

"내가 있는데 뭐가 걱정이야? 아, 그리고 내 콜라 잊지 마라."

"콜라 좋아해요?"

달아는 신기한지 물었다.

"고기 먹을 때 느끼하니까."

"보통 맥주나 소주 마시는데. 진짜 술 못 마시는구나."

"우리 형은 술 담배 안 하거든요. 그래서 걱정입니다."

"걱정이요?"

"저러다 술고래하고 결혼할 것 같아서요. 하하하하."

현욱은 분위기를 바꿔 보려고 농담을 던졌지만, 두 사람에겐 재미없는 농담으로 들릴 수밖에 없었다. 그래서 재욱과 달아는 웃지 않았다.

"하하하하, 하…… 재미없어요?"

싸늘한 반응에 무안해진 현욱이 물었지만 재욱과 달아는 등을 홱 돌리며 고아원의 원사 안으로 들어갔다.

6.
열등감

주말에는 항상 작업실에 박혀 있던 달아였지만 어제와 오늘은 달
랐다. 이른 아침부터 달아는 도시락을 싸며 부산을 떨었다. 그리고
한참 후, 달아는 블루 계열의 스키니 바지와 노란색 티셔츠 차림으
로 레이스 단화를 신으며 현관에 나온 가족들에게 손을 흔들고 있
었다. 물론 손에는 아침에 싼 도시락이 들려 있었다.

"다녀올게요."

달아가 현관문을 열자 장우와 윤아가 뒤를 졸졸 따라오며 당부했다.

"놀이기구 많이 타지 마."

"놀이동산에 가는데 왜 놀이기구를 타지 말래요?"

달아의 물음에 윤아가 한숨을 쉬었다.

"네가 애니? 놀이기구는 몇 개만 타고 조용한 곳에 돗자리 깔아

놓고 깨를 볶아야지. 내가 남자라도 그런 걸 원할 거야."

"아! 그런 거구나."

"몰랐어?"

윤아는 달아가 그저 걱정스러웠지만 성하가 끼어들어 불안을 가라앉혔다.

"어차피 누나는 놀이기구 안 타요. 놀이공원에 갔으니까 분위기상 한두 개는 타겠지. 그런데 죄다 빙글빙글 돌고 심장 떨리게 하는 거라면서 돗자리부터 깔걸?"

"빙고, 역시 성하가 잘 아네?"

"누나하고 놀이공원 갔을 때마다 후회하는 일입니다."

"크크크크, 알았어. 이만 다녀올게."

"그렇게 웃지 말라니까? 너도 엄마 말이라면 참 안 들어."

윤아가 새치름하게 뜬 눈으로 달아를 쏘아보았다.

"제발 좀 그렇게 웃지 마. 정나미 떨어진다고 할 거야."

"이미 들어서 안다니까?"

"넌 안 고치니? 어제 화해했다면서. 앞으로 서로 맞추며 지내겠다면서 너는 그 사람이 알고 있으니 된다고 생각하면 돼?"

"아! 그렇구나."

달아는 손뼉을 쳐 고개를 끄덕거린 후 윤아를 와락 안았다.

"엄마, 땡큐! 엄마가 있어서 정말 다행이야. 우리 엄마는 왜 이렇게 현명하실까?"

"잘 다녀와."

윤아는 등을 털어 주고 머리카락을 매만지며 대문까지 배웅했다.

"싸우지 말고."

"알았어요. 알았다고."

"어디서 만나기로 했어?"

"집 앞. 지금 기다리는 중이에요. 아! 엄마, 인사해야지?"

"아냐, 됐어. 부담돼. 나중에 정식으로 인사 받을 테니까, 할머니 귀국하시면 그때 같이 밥 먹으면서 면접 보라고 해."

윤아는 대문을 열어 주며 달아의 얼굴을 다시 살폈다.

"립글로스를 틈틈이 발라. 덜렁거리지 말고. 그런데 운동화를 신지 그랬어?"

"엄마."

"알았어, 엄마가 너무 말이 많았다. 그런데 바지가 너무 쫙 달라붙었네, 편한 걸로 입지."

"엄마, 나 기다리는 사람 있어."

"알았어, 누가 보면 안 보내 주는 줄 알겠네. 그런데 화장이라도 좀 하지, 너 비비크림만 발랐어?"

"엄마아!"

달아는 윤아의 걱정 어린 참견을 다 들어주다간 끝도 없을 것 같아서 서둘러 집을 나왔다.

"엄마, 나 가요."

달아가 후다닥 뛰어 집 앞에 대기하고 있던 세단에 올라탔다.

"품위 없게."

윤아가 대문을 닫으면서 한숨을 쉬자 장우와 성하가 고개를 저으며 말했다.

"달아 걱정하지 말고 우리 나가서 영화나 봅시다."

"그래, 엄마도 아버지하고 데이트하고 와."

"너는?"

"당구나 치러 갈까?"

성하의 대답에 윤아가 안쓰러워 혀를 찼다.

"너도 이제 서른인데 애인 하나 없니? 단거리 경기만 뛰지 말고 장거리 경기도 뛰지 그래?"

"장거리 경기라니, 내가 선수야?"

"선수 아니셨어?"

숙맥인 달아와 달리 바람 선수촌에 들어가도 될 정도로 연애 면에서는 전문가인 성하. 윤아에겐 그런 성하도 걱정거리라 잔소리를 할 수밖에 없었다.

"너도 올해 안으로 괜찮은 아가씨가 있으면 데리고 와! 내년부터 선이나 보고 다니기 싫거든."

"누나가 먼저 결혼을 해야 내 차례가 오는 거지."

"누나 어디 갔는지 몰라? 데이트 갔잖아."

"결혼식을 올리기 전에는 뭐…… 남녀 관계는 알 수 없는 거 아닙니까, 어머님?"

성하가 능글맞게 웃으며 윤아에게 아양을 떨었다. 그러자 장우가 뒤통수를 아프게 때렸다.

"이 자식아, 네 누나가 잘 되길 바라야지 말하는 투가 왜 그래? 그리고 너 인마, 얼마 전에 1호점 점장하고 사귀었잖아. 그거 어떻게 됐어?"

"아, 헤어진 게 언제인데."

"사직서 썼다는데, 사실이야?"

말이 나온 김에 확실하게 짚고 넘어가려는데 성하가 씁쓸한 표정을 지었다.

"너 그렇게 여자들 가슴에 대못 박으면 안 되는 거야!"

"대못은 아버지 아들의 가슴에 박혔어요."

"그럼…… 네가 차였냐?"

"아, 암튼 술이, 술이 원수라니까!"

성하는 알듯 모를 듯한 대답만 남기고 도망치듯이 사라졌다.

잠실 롯데월드에 막 도착한 달아와 재욱은 놀이기구를 타려고 길게 줄을 선 행렬에 혀를 내둘렀다. 이제 막 시작한 연인이라는 걸 광고하듯이 두 손을 꼭 잡고 놀이공원에 오면 꼭 착용해야 하는 미키마우스 머리띠도 했지만 긴 줄에 둘은 저절로 고개를 내저었다.

"우리 차례가 되려면 몇 시간은 기다려야겠어."

"그러게요. 그냥 놀이기구 포기하고 자리 잡고 쉴까요?"

"놀이기구 타고 싶지 않아?"

"뱅글뱅글 돌기만 하는 거…… 한가해지면 하나 타요."

달아는 빙그레 웃으며 재욱을 석촌 호수 쪽으로 이끌었다.

"어리게 좀 놀아 보려니까 걸리는 게 많네."

"그렇게 말하면 우리가 엄청 늙은 것 같아 좀 그래요."

"하하하, 그런가? 하긴 그것도 그렇다."

"저기 괜찮겠다."

달아가 호수 근처의 자리를 가리키자 재욱이 들고 있던 돗자리를 펴 깔았다. 그런 다음에 물티슈로 돗자리를 깔끔하게 닦고 도시락 가방을 받아서 체크무늬의 식탁보를 깔았다. 재욱의 결벽증을 고려해 달아가 직접 가지고 온 식탁보였다.

달아는 향긋한 향기가 폴폴 풍기는 식탁보 위에 찬합을 놓았다. 4단짜리 찬합에는 아보카도를 넣은 김밥과 게살을 찢어 넣은 김밥, 샐러드 김밥, 참치, 치즈 등등의 여러 종류의 김밥과 과일과 푸딩, 샌드위치가 있었다. 그리고 재욱을 위해 만든 수플레 치즈 케이크도 전용 용기에 담겨 있었다.

"수플레 치즈 케이크까지?"

재욱의 얼굴이 환해졌다.

"김밥보다 케이크가 더 좋은 거 아니죠?"

"다 좋아, 다. 어디 맛을 좀 볼까?"

재욱은 게살을 찢어 넣은 김밥을 먼저 집었다. 달아의 눈매가 가늘어졌다. 재욱이 게살을 좋아하는 것 같아 물었다.

"어렸을 때요, 게살 맛이 나는 과자가 있었는데 양화당에서도 그런 과자가 있어요?"

"바다왕궁이라는 과자가 있지. 고래도 있고 꽃게도 있고······."

"꽃게 맛만 나는 건 없어요?"

재욱은 고개를 저었다.

"안 팔려서 접었어."

"그렇구나. 게맛살 좋아하죠?"

"없어서 못 먹지, 말 나온 김에 저녁에 게나 먹으러 갈까? 게 요리 잘하는 곳이 있어."

달아는 어깨를 으쓱거렸다.

"왜?"

"전 비싼 곳에서 먹는 것보다 수산시장에 가서 먹는 게 더 맛있어요."

"수산시장?"

"오빠는 수산시장 모르는구나, 재미있고 신기한 곳인데."

재미있다니? 수산 시장이라고 하면 비린내가 진동하는, 말 그대로 시장이잖아.

재욱은 미심쩍은 표정을 짓고 있었다. 달아는 그의 표정을 유심히 보다가 물었다.

"거기서 먹는 게 얼마나 맛있는데요. 호텔이나 전문점에서는 분명히 분위기 있게 먹을 수 있지만 뭐랄까, 친근한 느낌은 덜 들잖아요. 집에서 먹는 분위기 같은 거요."

"지저분하지 않아?"

"아주 깨끗한 건 아니지만 식중독을 일으킨 적도 없고······ 우리

집은 가끔 수산시장에 가서 매운탕도 먹어요. 외할머니가 좋아하시
거든요."

"박 회장님이 수산시장에 가셔?"

재욱은 놀랐다.

"우리 외할머니가 얼마나 소박하신데요. 그리고 수산시장에 일단
한번 가면 그 매력에 빠져서 헤어나기 힘들어요. 우리 엄마도 밖에
서 뭐 사먹는 거 싫어하는데 수산시장에 갈 때마다 새우도 구워서
먹고 회도 떠먹고 그래요. 그건 반대하지 않으세요."

"부모님 댁으로 오늘 회 좀 보내드릴까? 전복 이런 거. 단골 가
게 있어?"

"수산시장 가자고요?"

달아가 깜짝 놀라 물었다.

"달아네 식구들이 자주 간다면서. 나도 가고 싶다."

"그럼 오후에 수산시장에 가요. 점심 먹고 놀다가 가락동 수산시
장으로 가면 좋을 것 같아요."

"그렇게 하자."

"근데 현욱 씨는 새우 좋아해요?"

"그 녀석은 라면에 새우 넣어서 먹는 걸 제일 좋아해. 타이거새
우라는 거 있지? 마트에 가면 꼭 사오더라고."

달아는 히죽 웃었다. 고아원에서 보여 줬던 현욱의 생뚱맞고 장
난기 많았던 모습이 떠올라 웃음을 멈출 수 없었다.

"현욱 씨 원래 그렇게 냄비 같아요?"

"냄비?"

"잘 끓고 잘 식는 거요. 조리실에 와서 나한테 경고할 땐 뭐 저런 사람이 다 있나, 싶었는데 나한테 장난 걸고 아이들하고도 잘 노는 모습은 꼭 백지 같았어요. 그래서 만나는 사람에 따라서 얼굴색이 바뀐다고나 할까요?"

"단순해서 그래."

재욱은 시큰둥하게 대답했다.

"동생하고 친하던데요?"

"내가 잔소리를 많이 하…… 잠깐만, 이 자식이 어디에 있는지 확인 좀 해야겠어."

재욱은 그렇게 말하고 휴대폰을 들었다. 현욱이 해심과 만나고 있는지 감시하기 위해서였다.

—왜?

"어디야?"

—집이야.

"그럼 집 전화로 걸 테니까 받아."

—형, 너무 그러지 마. 의심병도 정도가 있지……. 나 진짜 집에 있단 말이야.

현욱의 목소리가 짜증스럽게 들렸다.

"밥은?"

—라면 먹어.

"아줌마가 밥해놨을 거 아니야."

─내 입에 맞아야지. 아줌마를 바꿔야겠어. 짜고 달고…… 간을 너무 못 맞춰.

그건 현욱과 같은 생각이라 재욱은 고개를 끄덕거렸다.

─형은 어디야?

"왜?"

─라면 먹기 싫다. 만나서 밥이나 먹자.

"안 돼. 형 바빠."

─어딘데?

"바쁜 곳이야."

─위치 추적한다? 난 집에서 꼼짝도 못하게 해놓고 말이야, 자긴 나가서 맛있는 거 먹을 거 아냐?

괜히 전화했다, 고 재욱은 생각했다.

"너 좋아하는 자장면 시켜 먹어."

─형!

"왜."

─형이 자꾸 그러면 해심이 만나러 가는 수가 있어.

"뭐야!"

─싫으면 책임져, 내 주말을. 형이 책임져야 마땅하지. 어디야?

현욱은 진짜 심심한 모양이었다. 웬만해선 전화 통화를 이렇게 오래 하는 일이 없었는데.

"형 바빠, 심심하면 잠이나 자."

재욱은 그렇게 말하고 전화를 끊었다.

"못 나가게 했더니 이러네."

"왜 못 나가게 했어요, 다 큰 어른을?"

"그냥 뭐, 개인적인 일로."

"라면 먹는대요?"

"그것도 먹기 싫다는데……."

"그럼 같이 수산시장에 갈래요? 이 도시락은 다음에 먹고."

달아는 현욱과 친해질 생각에 물었다.

"그래도 돼? 아니, 우리가 사귀는 건 비밀로 하자며."

"어제 봉사 도와줘서 내가 한 턱 쏘는 거라고 하죠, 뭐."

"그렇게 해도 되겠어?"

혹여 현욱이 해심을 만나러 갈까 걱정되었던 재욱이 물었다.

"당연하죠."

"이 도시락은 저녁에 드세요."

"고마워."

달아는 콧등을 구기고 자리를 정리하기 시작했다. 재욱과 함께 가락동 수산시장에 갈 생각을 하니까 가슴이 설레었다.

"수산시장에 가서 또 에탄올로 소독한다고 하면 안 돼요."

"그 정도 눈치는 있어."

"현욱 씨한테 얼른 전화해요."

"어."

재욱은 현욱에게 전화를 걸었다.

─왜? 만나자고?

"지금 나와, 가락동 수산시장에서 보자."

—어디?

현욱은 잘못 들은 줄 알고 되물었다.

—혹시 가락동 수산시장이라고 한 거야?

"그래, 그곳에서 보자."

재욱은 제 할 말만 하고 전화를 끊었다.

"동생한테 너무 무뚝뚝하네요."

"남자들은 이래."

"난 내 동생하고 안 그러는데…… 우리 성하는 되게 친절한데."

"달아는 예쁜 누나니까."

재욱은 그렇게 말하고 난 다음에 달아의 뺨에 입을 맞추었다.

—형 만나러 가.

"어디로?"

—가락동 수산시장으로 오라고 하네.

"아……."

해심은 현욱의 행동이 낯설게 느껴져 물었다.

"사장님이 우리 관계에 대해서 아신 건 아니죠?"

—무슨 소리야?

"사장님께서 우리 사이를 눈치 채고 못 만나게 하는 건 아닌가 해서요."

—별소리를…… 그런데 무슨 일로 전화했어?

"보고 싶으니까요."

―어제 봤잖아.

"밥만 먹고 갔잖아요."

현욱은 대답하지 않았다.

"현욱 씨, 나 외로워서 어제 울었어요."

―넌 눈물이 너무 많다.

"당신이 없어서 그런 거죠."

―운전 중이니까 나중에 전화할게. 끊는다.

현욱은 제 할 말만 하고 전화를 끊었다. 해심은 끊긴 휴대폰을 살기등등한 시선으로 쏘아보다가 입매를 비틀었다.

"형이라면 벌벌 떠는 등신이니까…… 당연히 눈치를 보겠지."

해심은 피식 웃으며 임신테스트기를 들었다.

"당신은 이제 나한테서 못 벗어나."

제 아이를 임신한 여자를 어떻게 버리겠어?

양화당의 미래도 생각해야 할 텐데.

✽　　✽　　✽

가락동 수산시장은 재욱에겐 아수라장 같은 느낌을 주었다. 현욱은 가락동 수산시장에 종종 왔었는지 거부감을 보이지 않았지만 재욱은 죽을 것 같았다. 바닥에는 물이 흥건했고 물비린내와 생선 비린내가 얼굴에 확 끼쳐 소름이 돋았다. 분명 수산시장 안에 있는 사람들의 얼굴은 활기찼지만 재욱은 괜히 왔다는 후회만 들었다. 울상을 짓는 재욱에게 달아가 물었다.

"새우하고 꽃게, 회 좀 살까요? 아, 그리고 멍게 어때요?"

"마, 마음대로……."

하얗게 질린 얼굴을 손바닥으로 쓸어내리던 재욱이 현욱의 옆구리를 찔렀다.

"네가 좀 알아서 골라."

현욱에게만 들리게 속삭인 재욱이 화장실 핑계를 대고 바람을 쐬러 나갔다.

"전복 어때요?"

"전복 좋죠. 음…… 그런데 홍 사장님은 어떤 거 좋아하세요?"

"회는 다 잘 먹는데 오늘은 어떨지 모르겠네요."

"결벽증이 있어서요?"

달아의 물음에 현욱은 뺨이라도 맞은 듯 눈을 깜빡거렸다.

"남의 상처에 소금 뿌리듯이 말하는 거 나쁜 겁니다."

"소금 안 뿌려요. 치!"

"치? 지금 나한테 치라고 한 거예요?"

"생각해서 불렀더니…… 이거 다 내가 계산하는 거예요! 기껏 불러서 먹이려고 하는데 왜 또 시비예요?"

달아가 빽 소리를 질러 현욱은 뒤로 주춤 물러났다. 그리고 달아를 향해 도끼눈을 떴다.

"왜 소리를 지르고 그래요? 그리고 내가 언제 시비를 걸었다고 하는데? 그리고 계산하지 마, 내가 하지 뭐. 내가 아주 눈칫밥을 왕창 먹을 거야."

"치사해."

"치사? 치사! 누가 더 치사합니까? 형이 남들한테 결벽증 있는 거 알리고 싶어 하지 않으니까 말한 거예요! 형을 아끼는 동생의 마음을 남달아 씨가 알겠습니까마는!"

"대단한 형제애네요."

"와, 진짜……. 뒤끝 작렬하네요. 내가 첫날 뭐라고 했다고 어제는 물을 뿌리질 않나, 밀어서 넘어트리지 않나! 오늘은 소리까지 지르고."

현욱는 순진한 얼굴을 하고서는 저를 밀어트리고, 물을 뿌려 놓고 실수라고 말한 달아에게 괘씸죄를 묻고 싶어 헛웃음을 쳤다.

"본부장님도 저 밀었잖아요. 호스로 물 공격 했고."

"먼저 물 뿌렸잖아요."

"그러게 누가 거기 있으래요?"

"미안하다고 사과는 했냐고!"

"말하려고 하는데 소리 질렀잖아요."

"먼저 웃었잖아요!"

"미안하니까 웃었죠. 풋!"

"또 웃는다!"

현욱은 뒷목을 잡고 몸서리를 쳤지만 달아는 웃음을 멈출 수 없었다.

"웃지 말라니까?"

"알았어요, 그런데 본부장님은 새우, 전복 말고 뭐 좋아해요?"

"해삼 정도."

"그럼 해삼도 사고…… 혹시 개불 먹어요?"

"개……불?"

현욱의 표정이 안 좋아졌다.

"혹시 개불도 먹을 줄 알아요?"

"먹는데 왜요?"

"그거 어떻게 생겼는지 알고 먹는 거예요?"

"네, 저거요. 저거잖아요."

달아가 고무대야에 있는 개불을 가리켰다. 개불을 본 현욱의 표정이 심상치 않았다. 얼굴색이 살짝 붉어지더니 달아의 눈을 못 맞춘다.

"왜요?"

"아니…… 난 개불 먹는 여자들은 좀…… 솔직히 저 개불은 생긴 게 뭐 같지 않아요?"

"못생겼지만 몸에 좋아요."

"다른 거하고 닮았다는 생각은 안 해 봤어요?"

현욱은 콧등을 긁었다.

"닮은 게 있어요?"

"아, 아니에요. 먹고 싶으면 사요. 근데 혼자만 먹게 될 것 같으니까 많이 사지 말고 적당히 사요."

재욱에게 개불의 정체를 보였다간 테이블을 뒤엎을 것 같아 한 말인데 달아는 듣는 둥 마는 둥 신경도 쓰지 않았다. 자기네 집 단골이라는 가게 앞에서 꽃게를 쪄달라고 부탁하며 생글생글 웃는가 하면 집에 보낼 거라면서 따로 몇 가지를 주문하고 있었다. 어리숙한 것 같은데도 제 할 말은 다 하고 고집도 세다. 첫 인상하고는 많이 달랐다.

"사장님은 언제 오실까요?"

"전화해 볼게요."

"가락동 식당이라고 있는데 그쪽으로 오라고 하심 돼요, 우리 집이 단골이라 서비스가 좋거든요."

달아가 계산하며 말했다. 현욱이 재욱에게 식당으로 가는 방향을 가르쳐 주고 회와 매운탕 거리, 꽃게 등등이 든 비닐 봉투를 받았다.

"거기로 가겠답니다."

"네."

"그런데 집에도 개불을 보냈습니까?"

"우리 가족은 좋아하니까요. 그런데 왜 자꾸 그래요? 개불 먹다 안 좋았던 기억 있어요?"

못마땅한 표정만 짓는 현욱을 달아가 갑자기 불렀다.

"있잖아요."

"네, 말해요."

"내가 왜 싫어요?"

"누가 싫다고 했습니까?"

"마음에 안 든다고 말했잖아요, 그 입으로."

달아의 대답에 현욱이 물었다.

"차해심 씨한테 들었는데…… 절교하자고 했다면서요?"

"네."

"친구한테 그러면 됩니까? 고아나 마찬가지인 사람인데. 친구도 달아 씨뿐이라고 하던데."

해심의 편을 들고자 물은 게 아니었다. 그저 두 사람의 관계를 자세하게 알고 싶을 뿐이었다.

"저도 해심이가 유일한 친구였어요."

"그런데도 절교하자고 한 거예요?"

"해심이가 먼저 하자고 한 거나 마찬가지였어요. 전 그렇게 생각해요."

"어째서?"

"어차피 사장님한테 듣게 되실 테니 말할게요. 해심이는 제가 빌려 준 손수건을 쓰레기통에 버렸어요. 그게 이유예요. 다른 건 다 용서할 수 있었지만…… 그 일 만큼은 안 될 것 같았어요."

현욱은 달아의 말이 믿기지 않아 미간을 구겼다.

"무슨 말입니까? 손수건을 버리다니?"

"홍 사장님께서 절 찾아온 계기가 그 일이었어요. 사장님께서 해심에게 실망한 것도 그런 모습을 본 탓일 거예요. 실수는 누구나 하죠. 누구나 잘못을 저지르지만 문제는 태도에 있어요."

"어떤 태도를 말하는 겁니까?"

"이용하려는 태도요. 난 친구가 아니었던 거예요. 그저 이용 대상 이었던 거죠."

"차해심이 레시피 세 건만 훔친 게 아닙니까?"

현욱의 물음에 달아는 자신이 이상한 오해를 사고 있다는 걸 간 파할 수 있었다.

"해심인 저희 집에서 살았어요. 우리 집에서 대학교까지 보내 줬고요. 그런데 내 레시피를 훔친 거잖아요. 이 부분은 어떻게 생 각하세요? 전 이런 거 생색내는 거 싫어하는데요. 해심이가 보이 는 행동이나 본부장님의 경고 때문이라도 알릴 건 알리고 살아야 겠어요."

달아의 대답에 현욱은 뒤통수를 맞은 기분이었다.

"대학교를 졸업할 때까지 달아 씨의 집에서 살았다고요?"

"네."

"청담동에 있는 그 집을 말하는 거죠?"

"어떻게 아세요?"

현욱은 고개를 저었다. 대학교 때 딱 한 번 해심을 집까지 데려다 준 적이 있었다. 그때 해심은 그 집을 마치 제 집처럼 설명했었다. 지금은 아버지가 사업을 부도내서 대학교까지 살았던 그 집을 팔았 다고 말하고 있었다. 그런데 그게 달아의 집이라니?

"이사한 집입니까?"

"아뇨, 그 집은 외할머니 소유예요. 제가 태어나기 전부터 살았어요. 거의 40년 정도 살았다고 보면 돼요. 그런데 그건 왜 물어요?"

현욱은 고개를 저었다.

"암튼 해심이 얘기는 해 봤자 오해만 생기고 제가 좋은 말을 할 것 같지 않으니까 금지어로 설정해요."

달아가 못을 박았다.

"조리실은 어떻게 할 생각입니까? 마들렌은 성공했다고 치고."

"마들렌이 성공하다뇨?"

"얘기 못 들었어요?"

"네."

"형이 맛있다고 난리고 나도 나쁘지 않은 것 같아서 월요일에 간부 회의가 열립니다."

달아의 얼굴에 화색이 돌았다.

"먹어 봤어요? 본부장님도요?"

"네."

"어땠어요?"

"처음에는 평범해서 별로였는데 맛있었습니다."

현욱의 대답에 달아가 크하하하, 크하하하! 하고 웃기 시작했다. 현욱은 달아의 웃음소리가 이상해서 움찔했다.

"왜, 왜 그렇게 웃는 거예요?"

"좋잖아요! 맛있다고 하니까 기분이 완전 좋은 거 있죠. 고마워요. 진짜 고마워요!"

달아가 깡충깡충 뛰며 좋아해 현욱은 헛웃음을 쳤다. 해심의 친구라면서 무슨 여자가 이렇게 철이 없고 애 같아?

"정신 산만하니까 그만 좀 가요. 배고파 죽겠네, 이럴 줄 알았으면 집에서 라면이나 먹을 걸 그랬어. 사람을 이리저리 끌고 다니고 말이야. 지금이 몇 시인 줄 알아요?"

"알았어요, 미안해요. 지금 먹으러 가요."

달아는 현욱을 달래며 덧붙였다.

"매운탕에 칼국수 넣어 먹을래요?"

"맛있죠. 그런데 우리 형은 그런 거 싫어해요. 개밥 같다고."

"개밥이요?"

"섞어 먹는 걸 싫어합니다. 결벽증이 있으니까."

"어! 나한테는 상처에 소금 뿌리지 말라더니?"

"난 동생이라서 가능한 거고."

현욱의 대답에 달아는 입을 쩍 벌렸다. 황당한 표정을 짓고 있는 달아를 흘끗 보던 현욱이 호탕하게 웃기 시작했다.

"하하하하하."

"왜 웃어요!"

"달아 씨."

"왜요!"

"나보다 한 살 어리더라?"

"더, 더라?"

달아는 인상을 찌푸렸다.

"우리 말 좀 편하게 놓는 게 어때요?"

"그래 봤자 일방적인 반말이잖아요."

"어? 어떻게 알았지?"

"싫어요."

"왜요?"

"일방적으로 오빠 시늉 하는 거 싫어요. 그리고…… 나 오빠 있어요."

달아의 대답에 현욱이 깜짝 놀랐다.

"달아 씨, 남동생만 있잖아요!"

"암튼 나 오빠 있으니까 일정 거리를 유지해요, 본부장님. 아! 저기가 가락동 식당이에요."

"슬쩍 빠져나가기는."

"홍 사장님 기다려요. 어서 들어가요."

달아가 현욱의 팔을 잡아끌었다. 현욱은 움찔했다. 무방비인 상태에서 달아에게 팔을 잡힌 현욱의 심장이 두근두근 뛰기 시작했다.

"무, 무슨 여자가 악력이 이렇게 좋아요? 놀랐네!"

"빵 만드는 사람들은 다들 악력이 좋아요. 그런데 그렇게 세요? 이상하다…… 그 정도는 아닌데."

"아, 암튼 먼저 들어가요. 난 담배 한 대 피우고 들어갈 테니까."

현욱은 달아에게 비닐 봉투를 건넸다. 문 앞까지 왔으니 이 정도는 들 수 있을 거라고 생각했다. 달아도 군소리 않고 봉투를 받아 식당으로 들어갔다. 해심이었으면 여우처럼 웃으며 이왕 온 거 식당까지 옮겨 주고 담배를 피우라고 했을 터였다.

"비교하면 한 되는데…… 안 할 수 없구나."

항상 우울하고 눈물 바람인 해심과 달리 아이 같은 면은 있어도 밝은 달아. 두 사람이 친구였다는 게 믿기지 않아 담배를 물고 있는 입 안이 썼다.

7.

해심의 질투

아침 9시.

달아는 양화당 로비에 막 발을 들였다. 손에는 아침에 구워 식힌 마들렌 상자가 있었다. 그녀는 오전에 간부급 회의에서 마들렌 출시를 놓고 회의를 하게 됐다는 말을 현욱에게 듣고 일부러 깜짝 방문을 한 것이다.

재욱에게 전화를 걸어 로비에 있다고 알려야 했으나 깜짝 방문이 목적이었던지라 달아는 설레는 마음으로 계단을 이용해 사장실이 있는 4층으로 향하고 있었다. 막 2층에 올랐을 때 철컹! 하고 계단 쪽 문이 열리는 소리가 나고 남자들이 시시껄렁한 농담을 하면서 2층 테라스로 나가는 것이 보였다.

흡연 가능이라고 쓰인 테라스는 출근하자마자 담배부터 무는 남자 직원들로 만원이었다. 그런데 그곳에 현욱이 있었다. 부하직원들하고 농담을 해가며 웃는데 기분이 좋아 보였다.

달아는 그런 현욱을 흐뭇하게 바라보다 몸을 돌려 3층으로 올라가는 계단을 밟았다. 그런데 그때 누가 뒤에서 팔을 잡았다. 현욱이었다.

"남달아 씨 맞네?"

현욱은 담배를 입에 문 채 웃고 있었다.

"이 계단은 금연 구역 아니에요?"

"아, 이런! 반가워서 깜빡했네."

"은근히 말 놓네요?"

"아닙니다, 안 놨어요. 그런데 무슨 일입니까? 출근은 오후에 하지 않아요?"

"사장님께 이거 드리려고요."

달아가 마들렌 상자를 보였다.

"그게 뭔데요?"

"마들렌이요. 간부들은 맛을 못 봤으니까 먹으면서 얘기하는 게 더 낫지 않겠어요?"

"마음 씀씀이가 예쁘네요."

"얼굴도 예쁘지 않아요?"

"어제 마신 술이 덜 깼어요?"

현욱은 마들렌 상자를 뺏으려고 했지만 달아가 더 빨랐다.

"회의실에서 먹을 테니 나한테 맡겨요."

현욱의 말에 달아가 고개를 저었다.

"아뇨, 사장님께 직접 드릴래요."

"사장님은 외근 나가셨어요."

"외근이요?"

"공장 들렀다가 한 10시 정도에 오신다고 했습니다. 그러니 이건 나한테 맡겨요."

현욱의 대답에 달아는 시무룩한 표정을 짓고 꾸뻑 인사했다.

"그럼 오후에 뵙겠습니다."

"같이 내려갑시다."

"그럴 필요 없어요."

"답례라고 생각해요. 마들렌도 받았는데 그냥 보내면 됩니까?"

현욱은 씩 웃으며 달아와 함께 계단을 내려갔다.

"담배 냄새 나요, 아침부터……. 홍 사장님한테는 담배 냄새 안 나던데요."

"아침부터 시비 거시네?"

"어제도 밥 먹기 전에 담배 피우더니."

"잔소리도 심하시네?"

현욱은 잔소리를 질색하지만 달아가 입술을 비죽 내밀고 투덜거리듯이 하는 말은 듣기 싫지 않아 키득키득 웃었다.

"달아 씨, 커피 마셨어요?"

"당연하죠."

"아, 카페가 직장이지? 그럼 커피는 마음껏 마셨겠네."

달아는 고개를 끄덕거리며 계단을 나와 로비 중앙으로 방향을 돌렸다. 여자들이 왁자지껄 떠드는 소리가 들렸다. 해심이 커피 트레이를 들고 부하 직원들과 함께 웃으며 양화당으로 들어오고 있다. 해심은 달아와 함께 있는 현욱을 보고 당황해서 걸음을 멈추었다. 해심은 부하들이 본부장인 현욱에게 인사하는 걸 지켜보다가 먼저 올라가라고 손짓했다. 그리고 달아에게 물었다.

"네가 이른 아침부터 양화당에는 무슨 일이야?"

"일 때문에 왔어. 그럼."

달아는 현욱에게 고개 숙여 인사하고 해심을 지나쳤다. 해심이 지갑을 옆구리에 끼고 현욱에게 다가가 물었다.

"달아가 무슨 일로 왔는지 아세요?"

"마들렌 가지고 왔어. 오늘 오전에 회의가 있잖아."

"네……."

"마들렌을 맛보라고 하더군. 차 팀장도 입회할 테니 맛보겠지만 바로 출시해도 괜찮을 것 같아."

해심은 고개를 끄덕거렸다.

"그럼 올라 가."

"저기…… 달아를 편하게 대하시는 것 같던데 제 착각인가요?"

해심의 물음에 현욱이 고개를 갸웃거렸다.

"그런 질문은 왜 하는 거지?"

"친하게 보여서요. 그럴 리가 없는데…… 그렇게 보였어요."

"나쁘게 지낼 필요 없잖아. 남달아 씨의 마들렌을 먹고 난 다음부터 생각이 달라졌어."

현욱의 대답에 해심이 억지웃음을 지었다.

"어떻게 달라졌는데요?"

"이 사람은 우리 회사에 필요한 사람이구나, 그런 생각."

"조금 당황스러워요. 아시죠? 제가 왜 당황스러워 하는지 말이에 요."

현욱는 이해를 못 하겠는지 고개를 저었다.

"모르겠는데?"

"저 달아한테 절교 선언 들었어요. 아시면서……."

"올라가지."

해심이 또 눈물을 글썽거렸지만 현욱이 말허리를 잘랐다.

"본부장님……."

"그럼 회의실에서 봐."

현욱은 제 할 말만 하고 돌아섰다. 해심은 기가 막혀 눈살을 찌푸렸다. 달아가 양화당에 나타나면서부터 해심은 나락으로 추락하고 있었다. 레시피를 훔친 일로 달아가 회사까지 찾아오지 않았더라면 아무 일도 없었을 것이다. 양화당의 기대주였던 차해심이 도둑년으로 추락하지 않아도 되었을 것이다.

달아만 없었더라면, 달아만…….

사장이 무슨 얘길 했는지 알 수 없으니 섣불리 임신 사실을 알릴 수 없었다. 홍현욱은 당황해 어쩔 줄 몰라 하겠지. 하지만 사장은 달랐다. 현욱의 아이를 임신했다고 해도 눈 하나 깜짝 하지 않을 성격이다. 오히려 아이를 당장 지우라는 말을 들을 것 같아 신중하게 행동해야 했다.

그런데 달아, 이 계집애가 신경 쓰인단 말이야.

❄   ❄   ❄

오후 2시, 달아가 양화당에 출근했다. 달아가 만든 마들렌을 출시하기로 간부 회의에서 정해졌다는 통보를 받은 것은 오전 11시였다. 지금은 유자를 이용한 아이스크림을 만들어야 했지만 재욱이 유자는 이미 카페 달에서 팔고 있는 상품이니까 다른 제품을 만들어 달라고 부탁했다.

갑작스러운 주문이라 당황스러웠지만 달아는 싫은 내색을 하지 않고 노력해 보겠다고 대답하고 레시피를 연구 중이었다. 본래는 제 작업실에서 만들까도 했지만 말이 많은 곳이라 이왕 하는 거 양화당에서 완성해야 할 것 같았다.

볼펜을 입에 물고 빨간색의 레시피 노트에 무언가를 끄적거리던 달아가 눈을 감았다. 과자, 튀기지 않고 구워 칼로리 걱정 없고, 설탕의 함량을 줄이면서도 짜지 않게, 아이들도 걱정 없이 먹을 수 있는 과자를 만들어 보자. 너무 딱딱해도 안 되고 물었을 때 너무 물렁거리는 식감도 피하는 게 좋다.

끄적끄적.

달아는 볼펜으로 그림을 그리듯이 메모를 적기 시작했다. 만들어서 고아원 아이들에게 테스트해 보면 답을 금방 찾을 수 있을 터였다. 즐거운 마음으로 어른과 아이를 위한 과자를 구상하는데 조리실 문이 열렸다. 달아가 열린 문 쪽을 응시하자 해심이 들어오는 것이 보였다. 달아는 다시 고개를 숙여 레시피 노트에 재료를 적기 시작했다.

"본부장님하고 친해졌더라?"

해심이 팔짱을 끼고 다가와 물었다. 달아는 고개도 들지 않고 대꾸했다.

"네가 생각하는 것처럼 친하지 않아."

"그래? 그런데 내 눈에는 두 사람의 관계가 남다른 것 같던데?"

달아가 고개를 들어 해심을 응시했다. 해심은 입술을 비튼 채 노골적으로 불쾌감을 드러내고 있었다.

"남다르다니?"

"남녀 사이에 남다르다는 거, 뻔한 거 아니니? 네가 양화당에 온 첫날에 본부장님이 분명히 경고까지 했던 걸로 아는데 오늘은 굉장히 호의적이잖아. 두 사람 사이, 주말 동안 갑자기 변했어. 이상하다는 생각 안 하니?"

"난 모르겠는데, 어디가 이상한지. 그리고 왜 그렇게 생각하는 거야?"

달아는 억울한 생각이 들어 물었다. 해심이 제 조리대에 서며 입매를 비틀었다.

"본부장님하고 네가 가까이 지내는 거 싫어서 그래."

"이해는 하겠는데 그건 좀……."

"이해한다고? 어떤 면에서 이해한다는 건데?"

"나도 너 보기 힘들어. 너도 그럴 거고. 그런데 내가 본부장님하고 어울리는 것까지 보려니 더 싫을 거야."

"내가 네 레시피를 훔친 일 때문에? 그것 때문에 내가 고민하고 후회할 거라고 생각하니?"

달아는 고개를 끄덕거렸지만 해심의 비웃음에 표정이 얼어붙었다.

"네가 말했잖아, 지난 일은 거론하지 않을 거라고. 나 역시 마찬가지야. 지난 일에 대해 미련 가지지 않으려고 해. 후회, 반성? 그런 거 해 봤자 내 팔자가 변하니? 후회니 반성이니 하는 거, 여유가 있는 사람들이나 하는 거야. 나한테 그런 거 사치야."

"해심아, 그렇게 생각하면 안 돼. 반성이고 후회고 간에 누가 하라고 해서 하는 건 아니라고 봐. 그저 어느 한 순간에 네가 느끼게 될 테고…… 잘못 생각했던 부분이 있었다면 후회를 통해 바뀔 거라고 생각해. 다만 시기가 문제지. 너무 늦지 않았으면 해."

"넌 꼭 너희 엄마 같은 말만 골라 한다?"

"해심아!"

달아는 윤아를 욕보이려는 해심이 입을 못 떼도록 소리를 질렀다.

"내가 너희 엄마 흉 볼 것 같아서 그래?"

"우리 엄마가 널 얼마나 걱정하는데 그런 소리를 해?"

"아줌마는 친절해, 사람이 참 좋아. 나도 너희 엄마 같은 엄마가 있었으면 했어. 너희 엄마는 사랑이 크셔. 그래서 자식을 엄하게 키우면서도 자주 웃으셔. 자식들이 잘 되길 기도하시지. 난 한때 말이야, 너희 엄마처럼 사는 게 꿈이었어. 아니 솔직히 나…… 결혼해서 너희 엄마처럼 살고 싶어."

해심의 표정이 부드러워졌다. 윤아의 따뜻한 손길이 생각나 저도 모르게 미소가 번졌다. 하지만 해심의 얼굴은 금세 차가워졌다.

"너희 엄마처럼 살고 싶은데 네가 나타나서 본부장님, 아니 현욱 씨 근처를 맴돌아서 신경 쓰여. 내 아이의 아빠인 사람이니까."

"너…… 방금 뭐라고 했어?"

"홍현욱이 내 남자고, 내 아이의 아빠라고 했어."

"너, 본부장님과 사귀고 있었어?"

달아는 저도 모르게 언성을 높였다.

"우리 제법 진해. 사골 국물처럼 진한 사이야."

해심의 대답에 달아는 심장이 거세게 뛰어 어떤 표정을 지어야 할지 몰랐다. 그녀의 시선이 해심의 배에 쏠렸다.

"임신……했다고?"

"그렇게 놀랄 일이니?"

"당연하지!"

"왜? 내 남자한테 마음이라도 있었어?"

"그런 뜻에서 한 말이 아니야. 그냥 난…… 네가 걱정이 돼."

달아는 입술을 깨물었다. 해심이 비웃듯이 말했다.

"네가 걱정할 일은 아니야. 다만 오늘 내가 한 말은 잊었으면 해. 알겠니? 내가 임신했다는 거, 현욱 씨한테 먼저 터트리지 말라는 소리야."

"해심아…… 너……."

"우리는 과거의 친구였어. 같은 조리실을 쓰니까 어쩔 수 없지만 이제 신경 끄고 살자. 너한테 말 붙인 것도 사실은 다 내 남자 관리 차원에서 한 거야. 솔직히 말 섞는 거 싫어."

해심은 차갑게 말하고 돌아섰다.

달아는 해심의 등 뒤에서 한숨을 푹 쉬었다.

레몬 아이스티에 투명 빨대를 꽂아 마시던 달아는 멍한 시선으로 푸른 하늘을 응시했다. 뭉게구름이 소라 빵처럼 둥둥 떠다니고 있는 것을 보며 입을 벌리고 있는데 샌드위치를 먹고 있던 재욱이 손등을 톡톡 두드렸다.

"왜 그러고 있어?"

"응?"

"입에 파리 들어가."

"에이, 파리가 어디 있어요."

달아는 피식 웃으며 샌드위치를 허겁지겁 먹는 재욱을 신기하게 바라보았다. 아침과 점심을 거르고 오후 4시 30분에야 첫 끼니로 먹는 샌드위치다. 재욱의 입술은 마요네즈로 범벅이 되어 있었다. 마요네즈가 들어간 샌드위치가 제일 맛있다며 씩 웃는데 귀여워서 깨물어 주고 싶었다.

"그런데 왜 아침을 못 먹었어요?"

"아침에 과자를 잔뜩 먹었더니 입맛이 달아났어."

"아침부터 과자를 먹었어요?"

"그게 내 일이니까. 오늘 아침에 회의가 있었잖아. 과자의 맛을 평가했거든."

"다른 직원들은 안 먹어요?"

달아의 물음에 재욱은 고개를 끄덕거렸다.

"이사진은 손자, 손녀에게 먹이고 평가한다고 하고, 현욱인 단 거 질색이야. 다른 간부들은 어른 입맛이라 못 믿지."

"홍재욱은 어린애 입맛이에요?"

"뭐 그렇다고 할 수 있지. 문어 모양 소시지를 좋아하니까."

재욱은 샌드위치의 마지막 조각을 집어 들었다.

"오늘 저녁에 영화 볼까?"

달아가 아이스티의 얼음을 빨대로 흔들어 녹일 때 재욱이 물었다.

"영화? 어떤 거요?"

"가서 생각해 봐야지. 표부터 사고 밥 먹으면 되잖아."

"그거 먹었는데 저녁에 밥 생각이 날까요?"

"이거 먹고 생산 공장에 내려가야 해. 위생 상태 검사 차원에서 말이야."

"바쁘네요?"

"내가 사무실에 앉아 있는 시간은 하루에 한 시간도 채 안 될 거야."

재욱은 사장실에 가만히 앉아서 결재서류에 사인이나 하는 사장이 아니었다. 결벽증 때문도 있어서 직접 눈으로 보고 확인한 후에 평가를 내렸다. 생산 공장이나 창고의 청결 상태, 재료의 신선도와 원산지 표시 등을 점검하는 것도 그의 몫이었다. 얼마 전에는 이천에 직접 내려가서 한 농가와 계약을 맺어 쌀을 사들였는데 중개업자를 끼지 않아 농부와 양화당이 합리적인 가격에 계약을 성사시킬 수 있었다. 그렇게 해서 나온 쌀로 만든 뻥튀기와 쌀로 만든 크래커는 없어서 못 팔 만큼 인기가 좋았다.

"내가 아까 말이야, 이런 과자를 먹고 싶더라."

"어떤 거요?"

"희망의 메시지가 들어 있는 과자."

"포춘 쿠키 같은 거?"

재욱이 고개를 끄덕거렸다.

"아이들에겐 우리 회사에서 이벤트 상품을 거는 거고, 어른에겐 희망을 주는 거지."

"좋은 생각이네요?"

"만들어 볼래? 그런데 이번에는 평범해선 안 돼."

달아는 고개를 끄덕거렸다.

"이만 일어날까? 일해야지."

"그럼 저녁에 봐요."

"그래, 같이 있어 줘서 고맙다."

재욱은 달아의 머리를 장난스럽게 흐트러트리며 방글 웃었다.

"고맙긴요. 근데요…… 현욱 씨 사귀는 사람 있어요?"

"없어."

"아……."

"왜?"

"아, 아니……."

달아는 고개를 저었다. 누가 봐도 어색한 미소였다. 재욱이 그녀의 입가를 응시하다가 슬쩍 물었다.

"차해심 팀장이 무슨 말 했구나?"

"네?"

"뭘 그렇게 놀라?"

거짓말을 못하는 달아는 금세 얼굴이 붉어져 손으로 감쌌다.

"차해심이 무슨 말을 하든 믿지 마. 현욱이 자식이 실수한 거야."

"아, 알고 있었어요?"

"두 사람의 관계는 예전부터 알고 있었지. 달아의 레시피를 훔치지 않고 제 실력으로 그 자리에 올라섰다면 두 사람이 결혼하겠다고 해도 반대할 생각이 없었어. 하지만 지금은 사정이 달라."

"알고도 방치했던 거예요?"

"현욱이의 사생활이니까 내가 끼어들 수 없었어. 하지만 이젠 달라. 현욱이한테 정리하라고 했으니까 나는 기다릴 뿐이야."

재욱은 심드렁하게 대답하고는 휴대폰을 꺼냈다.

"현욱이가 전화했다."

"호랑이도 제 말하면 온다더니, 호랑인데요?"

재욱은 씩 웃으며 전화를 받았다.

"무슨 일이야?"

—어디야?

"배가 고파서 회사 근처에서 샌드위치 먹고 있어."

—남달아 씨하고 같이 있지?

"어떻게 알았어?"

—사람이 말이야, 사장이면 다야? 성실하게 일하는 사람을 불러서 샌드위치나 먹이고. 형 그러면 안 돼.

재욱이 현욱을 찾아 창밖을 보다가 쿡 하고 웃었다.

"저 자식이 일 안 하고 땡땡이를 치고 있네?"

"애인이라고 말하기 없어요. 알죠?"

"알았습니다. 남달아 씨."

달아는 희미하게 미소를 짓고 재욱과 함께 카페를 나갔다.

"두 사람 뭐하는 겁니까? 데이트라도 하셨습니까?"

현욱이 팔짱을 끼고 해맑게 장난쳤다.

"데이트는 무슨, 신제품에 대해서 말하고 있었다."

"아, 난 또…… 오해할 뻔했네. 우리 사장님께서 일은 안 하고 남달아 씨한테 흑심이 있나 하고 말이야."

"넌 왜 이 시간에 나와 있어?"

"일화정미소에서 박 사장님이 오셨거든. 이달 말일에 입금 예정인 대금을 당겨 줄 수 없냐고 하셔서 알았다고 했어. 어차피 줄 돈인데 며칠 당겨 준다고 우리 회사가 휘청거릴 것도 아니고 해서."

"휘청거리긴. 필요하다고 말하면 줘야지. 오늘 내로 입금할 수 있도록 지시해놔. 그 양반이 오죽 급하면 직접 찾아왔겠어?"

"나도 그렇게 생각해."

현욱은 그렇게 대답하고 달아에게 시선을 옮기더니 그냥 씩 웃고 만다. 달아도 웃으려고 했지만 표정이 굳어 눈만 깜빡거리고 말았다. 해심이 현욱의 아이를 임신했다고 말한 게 생각나서 그를 똑바로 쳐다볼 수 없었다.

"두 사람 먼저 들어가. 난 생산 공장에 간다."

"공장에? 며칠 전에도 갔었잖아. 너무 자주 가는 거 아니야?"

"자주 가서 눈으로 확인해야 안심이 돼서 그래."

재욱은 싱긋 웃으며 달아에게 가볍게 손을 흔들었다.

달아와 현욱이 주차장으로 향하는 재욱을 바라보다가 시선을 맞췄다.

"갈까요?"

달아가 먼저 걸었다. 현욱은 말없이 뒤따라 걸었다.

"신제품은 언제 출시될 것 같아요?"

"만들어 봐야죠."

"마들렌처럼만 해요. 우리 간부들도 달아 씨한테 거는 기대가 크니까."

"……네."

"그런데 표정이 왜 그렇게 안 좋아요? 형하고 있을 땐 싱글벙글 이더니."

달아는 고개를 숙이고 땅만 보고 걸었다.

"본부장님."

"네."

"애인 있죠?"

"없어요."

"있을 것 같은데?"

달아의 물음에 현욱이 고개를 저었다.

"있을 것 같다? 왜? 왜 그런 생각을 하게 됐어요?"

"느낌이라는 게 있잖아요."

"애인은 무슨. 잠깐 만나던 여자는 있었는데 앞으로 어떻게 될지 모르겠네요."

"만나던 여자예요? 아니면 만나고 있는 여자예요?"

현욱은 달아가 해심의 친구라는 사실 때문에 긴장하고 있었다. 해심이 달아에게 현욱과의 관계를 얘기했을 수도 있으니까. 현욱은 입술을 혀로 핥았다.

"그런데 그런 건 왜 물어요?"

"그냥요."

"차 팀장이 뭐라고 해요?"

"네?"

달아가 당혹해 하자 현욱의 눈썹이 높이 올라갔다.

"왜 그렇게 놀라요?"

"아, 아뇨. 해심이하고 전 이제 그냥 아는 사람으로 지내고 있잖아요. 무슨 말을 하겠어요."

"그런데 표정이 왜 그렇게 안 좋아요?"

달아는 고개를 저었다.

"남달아 씨?"

"아뇨, 아니에요. 어머, 시간이 이렇게나 됐네. 얼른 조리실에 가야겠어요."

양화당의 로비에 막 들어서 조리실로 향하는데 현욱의 달아의 팔을 잡았다.

"뭡니까?"

"아뇨, 아니에요."

"아닌 게 아닌 것 같은데?"

"팔 좀 놔 주실래요? 누가 보면 어쩌려고 그래요."

"누가 보든, 내가 왜 눈치를 봐야 합니까?"

현욱이 달아의 팔을 아프게 잡았다. 달아는 주변을 휘둘러보다가 사정하듯이 말했다.

"조리실에 가야 하니까 이만 놔주세요."

"해심이 뭐라고 했어요?"

현욱의 날선 물음에 달아가 고개를 푹 숙였다.

"뭡니까?"

"해심이한테 들으세요. 그게 맞으니까요."

달아의 대답에 현욱이 입매를 비틀었다.

"들을 만한 얘기가 있다는 거군요."

현욱은 달아의 팔을 놓아주며 한숨을 쉬었다. 이마를 덮은 머리카락을 손으로 쓸어 넘기던 그가 미간을 찌푸렸다. 맞은편에 해심이 서 있었다. 해심의 표정이 심상치 않았다. 담배 생각이 절실할 만큼 입 안이 탔다.

"먼저 올라가요."

달아가 고개를 끄덕이고 돌아섰다. 그녀는 아무런 기척을 못 느끼고 있다가 귀신처럼 나타나 저를 노려보는 해심과 눈이 마주쳐 움찔했다.

"해, 해심아……."

해심은 미간을 구겼다가 억지웃음을 짓고 달아를 지나쳤다. 해심의 눈에는 현욱밖에 보이지 않는 것 같았다. 달아는 해심과 현욱을 번갈아보았다. 두 사람의 표정이 심상치 않았다. 무슨 일이라도 터지는 건 아닐까 싶을 정도로 가라앉은 분위기가 묵직해 달아는 그 자리에서 도망쳐 조리실로 향했다.

현욱은 달아가 조리실로 걸어가는 모습을 해심의 어깨너머로 바라보고 있었다. 그의 시선이 저가 아닌 달아에게 있어 뱃속이 따끔했던 해심이 쏘아붙였다.

"사이가 좋네요?"

"나쁘게 지낼 이유도 없으니까."

"달아가 나한테 한 짓을 생각해서라도 거리를 뒀어야죠. 나 정말 섭섭해요."

"섭섭하다고 말하기 전에 생각해 봐. 내가 왜 거리를 둬야 해?"

"무슨……."

"문득 네가 나한테 한 말이 모두 거짓말일 수도 있다는 생각이 들었어."

현욱의 대답에 해심의 안색이 하얗게 질렸다.

"그게 무슨 말이에요?"

"생각을 정리한 다음에 말해 줄게."

"저녁까지 정리할 수 있어요?"

"저녁까지? 그건 좀 힘들 것 같아. 하지만 우리 저녁에 얘기 좀 하자."

"내 오피스텔에서 봐요."

현욱은 고개를 저었다.

"밖에서 보자."

"저녁 같이 먹어요."

"조용한 레스토랑을 알고 있으니 그곳에 가자."

확실히 날 피하기 시작했다. 태도가 바뀌어도 너무 바뀌었잖아. 돌아선 느낌이 들어.

해심은 고개를 높이 쳐들었다.

"그럼 저녁에 얘기해요. 나도 할 말이 있으니까."

아무래도 오늘은 임신 얘기를 해야 할 것 같았다. 그가 도망치지 못하도록.

❋　　　❋　　　❋

재욱은 회사가 아닌 집에 들러 포춘 쿠키를 만들고 있었다. 포춘 쿠키를 만드는 법을 스마트폰으로 검색해 재료를 사고 반죽을 만들어 오븐에 구운 그는 원형의 반죽에 반지를 넣고 반으로 접었다. 그런 다음에 모서리를 살짝 접어 완성된 포춘 쿠키를 흐뭇하게 바라보았다.

"홍재욱 권리증, 완성!"

반지를 넣은 포춘 쿠키를 예쁜 바구니에 담은 그가 사랑의 메시지를 넣은 쿠키들도 함께 놓기 시작했다. 반지가 들어 있는 포춘 쿠키를 맨 마지막에 놓고 그 위에 메시지를 넣은 것들을 덮는 형식으로 쌓아놓고 나서 재욱은 시간을 확인했다. 이제 슬슬 달아를 만나러 갈 시간이었다. 그는 주방을 깔끔하게 정리한 다음에 샤워를 했다. 깨끗한 옷으로 갈아입고 약속 시간에 늦지 않게 서둘러 집을 나갔다.

달아에게 신제품으로 포춘 쿠키를 굽는 게 어떻겠느냐며 아이디어를 냈었는데 그걸 자기가 활용할 줄이야. 반지를 주고 싶은데 멋진 방법이 떠오르지 않아 포춘 쿠키에 숨기는 방식을 선택했는데 달아가 좋아할지 걱정스럽기도 하면서 기대도 되었다.

누군가를 위해 안 하던 일도 하게 되고 상상만으로도 행복한 미소가 저절로 피어나는 건 사랑하기 때문이리라.

퇴근 시간이 되자 달아와 해심은 분주해졌다. 각자 저녁 약속이 있었던 터라 거울을 한 번 더 보고 머리카락을 빗으며 단장을 시작했다. 그러던 중 해심이 달아를 위아래로 훑으며 물었다.

"달아 너 요즘 남자 생겼니?"

"네가 궁금해 할 일은 아니라고 봐."

"홍현욱한테 잘 보이려고 화장까지 하고 출근하나 싶어서."

"이상한 오해 하지 마. 불쾌하니까."

"불쾌해?"

"그래, 불쾌해. 네가 하는 말마다 거슬려. 네가 날 왜 싫어하는지 이해가 안 갈 정도야. 우리 말이야, 입장이 바뀐 것 같지 않니?"

"난 모르겠는데?"

해심의 대답에 달아는 분기가 치밀어 쏘아보았다.

"모르겠어?"

"몰라. 하지만 네가 싫은 이유에 대해서 말해 줄게."

"어서 말해 봐."

"부러워서 그래. 네가 부러워서 싫어. 처음부터 널 싫어한 건 아니야. 너희 집에서 얹혀사는 게 아니었어. 그랬더라면 널 이 정도로 미워할 일은 없었을 거야."

해심의 대답에 달아는 숨이 멎는 것 같았다.

"가족, 환경, 재능이 다 부러워."

"싫었으면 우리 집에서 나가지 그랬니?"

"내가 바보니? 너희 집에서 나도 부자로 살 수 있는데 그런 혜택을 왜 포기해? 네 부모님 덕분에 대학교도 좋은 곳에 갔고 부잣집 딸처럼 행세할 수 있었어. 학비도 대주고 용돈도 주고 한 번씩 백화점에 가서 비싼 가방이며 옷, 신발도 사 주는데 왜 그런 짓을 해?"

"우리 가족을 이용한 거잖아!"

"이용 좀 하면 어때?"

"야, 차해심. 너 말이 심한 거 아니야? 우리 부모님은 널 딸처럼 생각했어. 그런데 넌 우리 부모님을 이용한 거잖아!"

"봉사했다고 생각해. 장학금을 줬던 거라고 생각하라고. 너희 집은 불우한 이웃 돕는 걸 좋아하잖아."

해심의 대답에 달아는 다리에 힘이 빠지는 것 같았다.

"해심아."

"왜?"

"너 참 불쌍하다."

달아의 대답에 해심이 얼굴을 붉혔다.

"불쌍해서 화도 안 나. 네가 한 말은 안 들은 걸로 할게. 그러니까 우리 부모님한테는 봉사니 불우 이웃이니 그런 소리 하지 마."

"내가 바보니? 네 부모님한테 그런 소리를 하게. 나도 생각이라는 게 있어."

해심은 콧방귀를 낀 다음에 달아를 지나쳤다.

달아는 해심의 뒷모습을 멀거니 바라보다가 손으로 얼굴을 감쌌다.

"해심아……. 네 온기, 난 여전히 기억하는데. 넌……."

달아는 두 팔로 몸을 감싸며 두 눈을 꼭 감았다.

조리실을 나온 달아는 땅만 보고 터덜터덜 걷기 시작했다. 재욱과 만나기로 한 레스토랑의 입구에 들어서는데 뒤에서 누가 콧방귀를 꿔었다.

"대한민국이 좁다고는 하지만 어떻게 널 또 여기서 만나니?"

해심이 팔짱을 낀 채 달아를 쳐다보고 있었다.

달아는 기가 막혀 그냥 무시하고 레스토랑으로 들어가려고 했다. 그런데 해심이 팔을 잡았다.

"여긴 안 돼. 다른 데 가서 밥 먹어."

"내가 왜 그래야 해?"

"안에 현욱 씨가 있어."

달아는 헛웃음을 쳤다.

"웃어?"

"난 룸에서 먹을 거야. 그러니까 신경 쓰지 마."

"나 역시 룸일 걸. 현욱 씨가 여기 단골이거든."

"형제가 단골인 모양이구나."

"뭐? 형제?"

"난 홍 사장님 만나러 온 거야. 그러니까 신경 쓰지 마."

재욱을 만나러 왔다는 말에 해심의 표정이 굳었다.

"홍재욱? 야, 너 이리 와."

해심은 달아를 억지로 끌어당겨 레스토랑 안의 정원에 세웠다.

"왜 만나? 내 얘기 하려고 만나는 거야?"

"아냐."

"내가 현욱 씨 아이를 임신했다는 걸 알리려고 온 거야?"

"아니라고. 내가 왜 그런 짓을 하니?"

"그럼 너 뭐야? 왜 그렇게 자주 사장님을 만나는 건데! 날 얼마나 곤란에 빠트리려고 그러는 거야?"

해심이 소리를 버럭버럭 질러대는 바람에 달아는 깜짝 놀랐다.

"진정해. 내가 네 얘기를 왜 해?"

"너 호박씨 잘 까잖아."

"말조심해! 내가 무슨 호박씨를 깠다고 그러는 건데?"

"착한 척하면서 질질 짜면 사람들이 다 해 줄 거라고 믿잖아. 순진한 얼굴로 억울한 사연을 말하고 다니잖아! 내 앞에서는 용서해 줄 것처럼 행동하다가 사장님한테는 레시피도 훔쳤다고 말하지 않았어?"

"내가 착한 척했다고?"

"그래! 너 보면 내숭이 심해."

"아니야, 나는 네게 항상 고마웠어!"

"뭐가 그렇게 고마워? 넌 천사병이라도 걸린 모양이지? 다 고맙고 다 이해가 되는 걸 보니 말이야."

해심의 비웃음에 달아가 주먹을 말아 쥐었다.

"중학교 때 극기 훈련 갔었던 거 기억나니? 그때 내가 낡은 창고에 너하고 단둘이 갇힌 적이 있었어."

"아, 그 담력 테스트인가 뭔가 하는 거 하기 싫어서 숨어든 창고?"

"그래, 나는 계속 울었고 너는 날 안아 줬어. 우는 나한테 괜찮을 거라고 등을 토닥여 줬어. 섬이었고 숲속이어서 정말 추웠잖아."

"기억나. 추워서 죽을 뻔했지."

"네가 날 안아 줬어. 우리 엄마처럼……."

해심은 달아가 무슨 소리를 하려고 케케묵은 얘기를 꺼내나 싶어서 유심히 들었다.

"그때 네 온기가 너무 고마웠어. 네가 날 먼저 안아 주어서 좋았어. 그 기억 때문에 네가 섭섭한 말을 해도 참을 수 있었어. 성하가 그러더라. 나는 너한테 만날 당하고 살 거라고."

"걔는 날 싫어하잖아."

"해심아."

"왜?"

"이젠 네게 그런 온기를 바랄 수 없을 것 같아. 그래서 나도 이번에는 진짜 그만 두려고."

달아는 그렇게 말하더니 해심에게 잡힌 팔을 비틀어 뺐다.

"네가 우리 가족을 이용했다는 말을 부모님께 전할 거야. 우리 엄마는 여전히 널 걱정하고 계시고 아빠도 그러니까."

"말해. 안 말려."

달아는 고개를 끄덕거린 다음에 돌아섰지만 몇 걸음 걷지 못했다. 해심에게 어깨를 잡혔던 것이다.

"어디 가? 다른 레스토랑에 가라니까?"

"네가 가."

"홍 사장님한테 다른 곳으로 가자고 해."

"내가 그렇게 보기 싫으면 네가 다른 곳에 가. 너 정말 못됐어!"

"가라고, 나 오늘 중요한 얘기해야 해. 신경 쓰여 죽겠단 말이야!"

"임신했다는 말을 하려고?"

달아가 이죽거렸다.

"그래, 나 오늘 그 얘기 할 거야. 그러니까……."

"왜 그렇게 눈치를 보는 건데? 내가 있으면 안 되니? 홍 사장님의 앞에서 하는 얘기도 아닌데, 각자 다른 자리에 앉아 있을 건데 왜 그렇게 신경 쓰는 건데?"

"그냥 신경 쓰여서 그래!"

"숨기는 거 있니? 왜 그렇게 날카로워?"

"없어!"

달아는 입술을 비틀며 초조해 하는 해심을 유심히 바라보다가 시선을 아래로 내렸다. 해심은 찬바람이 쌩 불게 달아를 지나쳐 레스토랑으로 들어갔다. 정원에 홀로 남은 달아는 고개를 숙이고 있었다. 무거운 모래주머니를 이고 있는 것처럼 머리가 무거워 고개를 들지 못하고 있는데 누군가 조용히 다가왔다. 혹시 재욱일까 싶어서 고개를 들었는데 현욱이 충격 받은 얼굴을 하고 그녀를 바라보고 있었다. 일순 달아의 가슴이 철렁 내려앉았다. 심장이 거세게 뛰기 시작했다.

달아와 해심이 하는 말을 모두 들었는지 현욱은 불안하게 떨리는 눈동자를 좌우로 굴리며 물었다.

"괜찮습니까?"

"예?"

"괜찮냐고요."

"……아, 네. 그런데 그 질문은 제가 해야 했던 게 아닐까요?"

"누가 하면 어때요, 둘 다 기가 막힌 상황인 것 같은데."

"어디서부터 들었어요?"

"어디서부터랄 것도 없지. 차 팀장이 달아 씨와 마주쳤을 때부터 니까."

현욱의 대답에 달아가 눈살을 구겼다.

"어떻게 하실 거예요?"

"뭘?"

"아이요, 해심이가 임신했다고 하잖아요."

현욱은 뒷머리를 털며 씩 웃었다. 막막한 모양이었다.

"힘든가요?"

"뭐가요?"

"아이요!"

달아가 짜증조로 쏘아붙일 때야 현욱이 제 본심을 드러냈다.

"안 그래도 스스로에게 묻고 있었습니다. 아이 때문에 결혼해야 할까? 내게 차해심은 어떤 사람일까?"

"무책임한 선택을 하실 건가요?"

"아이를 낳는 게 더 무책임할 수 있어요."

"본부장님의 아이잖아요. 해심이하고 연애하셨잖아요! 책임을 지셔야죠."

"책임질 일을 했으니 져야죠. 하지만 아이가 생겼으니 무작정 낳아서 함께 키우자는 건 세 사람에게 다 좋지 않아요."

현욱은 그렇게 말하며 얼굴을 쓸었다.

"쓰네요. 입이 너무 써요."

"나는 속이 쓰려서 죽겠습니다. 신경성인가? 갑자기 배가 아프네."

"저도 그래요, 마음이 너무 아파요. 본부장님도 해심이도 다……."

달아는 그렇게 말하고는 핸드백에서 휴대폰을 꺼냈다. 그리고 재욱에게 전화를 걸었다.

—어, 근처니까 금방 도착해.

"다른 곳에서 봐요. 갑자기 엄청 매운 음식이 먹고 싶어졌어요. 혹시 매운 음식 잘 하는 곳을 알아요?"

—그럼 그 레스토랑에서 나와서 오른쪽 방향으로 걸어. 탕탕탕이라는 차이니스 레스토랑이 있으니까 그 앞에서 기다려.

"응, 그럼 빨리 와요."

달아는 재욱과 통화를 마치고 나서 현욱을 바라보았다.

"그럼 내일 회사에서 뵙겠습니다."

달아는 꾸뻑 인사한 후에 현욱을 지나쳤다. 현욱은 슈트 안주머니에서 담배 케이스를 꺼내 입에 물고 라이터를 찾았다.

임신…… 임신이 충격적인 건 아니었다. 해심의 본모습 때문에 실망스럽고 놀랐을 뿐이다. 순간적으로 해심이 악마로 보였었다.

포춘 쿠키를 넣은 바구니를 든 재욱이 주인에게 칭찬 받고 싶어 꼬리를 흔드는 개처럼 다가가 속삭이듯이 달아를 불렀다.

"달아야."

"아, 앗!"

"왜 그렇게 놀라?"

"그냥 좀…… 그런데 그 바구니는 뭐예요?"

달아가 바구니를 가리켰다.

"내가 주는 간식. 집에 가서 먹으라고."

"나한테 주는 간식이요?"

"내가 직접 만들었어."

"오빠가 만든 거라니 지금 맛볼래요."

"아, 안 돼! 집에 가서 봐."

재욱은 부끄러운 듯 수줍게 웃으며 달아의 손을 잡았다.

"달아한테 줄 생각을 하고 만들었거든. 너무 행복하더군."

"날 생각하며 만들었으니 행복했죠."

"그래, 그거야. 사랑하는 사람이 생겼고 그 사람을 만나 오늘 종일 받았던 스트레스를 날려 버릴 수 있는 시간을 보내고 있으니 얼마나 좋아. 달아는 어때?"

"있잖아요……."

"응?"

"속상한 일이 있었어요. 나 어떻게 해야 해요?"

달아는 재욱을 빤히 바라보았다. 그가 해심의 정체를 알고 있는 것이 걱정스러웠지만 재욱이라면 이성적인 대답을 할 것 같았다.

"무슨 일이 있었어?"

"해심이요. 나한테 가장 고민은 해심이에요."

재욱의 입가에서 미소가 사라졌다.

"고민이라고 하니 들어줘야지. 일단 어디 들어가자. 매운 거 먹고 싶다며?"

"술 마시고 싶어요."

"또? 무슨 술을 만날 마셔?"

말은 이렇게 했지만 해심의 일이라면 재욱도 골칫거리라서 주변을 두리번거리며 물었다.

"수제 안주 전문점 '와랑와랑'이 있고 '맛있네' 주점도 있는데 어디가 좋을 것 같아?"

"와랑와랑. 거기 분위기가 좋아요."

달아의 대답에 재욱은 피식 웃으며 와랑와랑으로 향했다. 곁눈으로 달아의 안색을 살피며 걷는데 심상치 않아 그 역시 기분이 가라앉았다. 달아를 감동시키려고 포춘 쿠키 이벤트까지 준비했는데 또 차해심 때문에 방해 받는 것 같아 화가 치밀었다.

와랑와랑에 도착한 달아가 창가 자리에 앉았다. 남직원이 물수건과 메뉴판을 가지고 와 주문받을 준비를 하고 있었다. 달아가 테이블에 메뉴판을 펼쳤다. 파스타와 떡볶이, 피자 등등도 파는 곳이라 저녁 식사도 겸할 수 있었다.

"어떤 거 드실래요?"

"소주 마실 거지?"

달아는 고개를 끄덕거렸다.

"안주로 얼큰한 게 좋을 테니 청양고추를 넣은 해물탕을 먹어. 빨간 고추 3개면 많이 매운 것 같은데 괜찮을까?"

"상관없어요."

"밥은? 도시락이라는 것도 있는데."

"전 먹을래요."

재욱은 고개를 끄덕인 다음에 주문을 기다리고 있던 남직원에게 말했다.

"해물탕, 도시락 두 개, 소주 한 병 주세요."

"다른 안주는 더 안 시켜요? 먹고 싶은 거 없어요?"

"맛을 보고."

"여기 맛있어요."

"풋, 알았어. 내가 알아서 먹을게. 그런데 차 팀장이 어쨌다는 거야?"

"불쌍하다는 생각이 들어서요."

재욱은 눈살을 찌푸렸다.

"불쌍하다니?"

"가엾다는 생각도 들었어요."

"달아에게 한 행동들을 좋게 받아들이는 건가?"

"아뇨. 해심이 한 행동이나 말들은 분명히 나빠요. 하지만 불쌍해요. 그렇게밖에 생각할 수 없는 해심이의 마음이 걱정스러워요."

달아의 대답에 재욱이 어금니를 살짝 깨물었다가 뗐다.

"차해심 씨와 달아의 관계가 친구 이상일지도 모른다는 생각이 드는군."

"때론 언니 같고 때로는 동생 같은 친구였어요. 우리 같이 살았거든요. 해심이네 집은 형편이 어려웠어요. 돈도 돈이지만 분위기가 안 좋았어요. 그래서 제가 우리 가족에게 부탁했어요. 해심이하고 같이 살고 싶다고요. 외할머니는 반대가 심하셨지만 아빠와 엄마는 찬성하셨죠. 제가 해심일 많이 좋아하는 걸 알았으니까요. 그런데 해심인 그게 싫었나 봐요. 우리 집에서 얹혀살았던 게 고역이었고 콤플렉스였는지…… 그때부터 제가 싫었대요."

달아가 고개를 팍 숙이자 재욱이 무슨 뜻인지 알겠다는 식으로 말했다.

"물과 기름 같았겠지. 같이 산다고 해도 낄 수 있는 자리와 없는 자리가 있기 마련이니까."

"해심인 항상 웃었어요. 그래서 아무런 문제가 없는 줄 알았어요."

"차해심 씨는 회사에서도 잘 웃는 걸로 유명해."

"맞아요…… 해심인 원래 잘 웃던 애였어요."

"달아."

"네?"

"네가 죄책감이나 책임감을 가질 필요 없어."

재욱은 달아의 잔에 소주를 따라 주었다.

"나는 말이야, 격한 놈이야. 결벽증이 있어서 사람에 대한 신용도도 중요하게 생각하지. 그래서 나한테 찍힌 사람들은 우리 회사에서 퇴출당했어. 난 극단적인 선택을 잘 하니까. 그런데 그게 틀린 방법이라는 생각은 단 한 번도 해 보지 않았어. 성인이 되면 날 꾸짖어 주는 사람이 없어져. 잔소리는 듣겠지만 어릴 때처럼 꾸짖어줄 사람이 없기 때문에 스스로에게 책임감이 강해지지."

"그런 것 같아요. 어릴 때 자주 혼났어요. 뭐 지금도 그런 것 같지만."

"차해심 씨를 가만히 보고 있으면 죄책감을 모르는 것 같더군."

달아는 고개를 팍 숙였다.

"이유를 생각해 봐도 알 수가 없었지. 가정교육에 문제가 있나? 도덕성의 실종을 어떻게 생각해야 하지? 머리가 아플 지경이었어. 그런데 이제야 문제의 답을 알아낸 것 같군."

"무슨 답이요?"

"차해심은 진심으로 외로웠던 거야. 저 혼자밖에 없다고 생각했기 때문에 그렇게 필사적이었던 거지."

"그런 것 같아요."

"친구로서 꾸짖는 건 어때?"

"네?"

달아가 깜짝 놀라 소주를 마시려다 움찔했다.

"걱정하고 있잖아. 불쌍하고 가엾다고 생각한다면 지금까지의 태도를 바꿔. 달아, 생각해 봐. 넌 친구 차해심에게 어떤 친구였지? 잔소리를 했었나? 나쁜 건 나쁘다고 말했었나? 해심을 어떻게 대했는지 생각해 봐."

"해심일 어떻게 생각했는지……?"

"난 차해심의 인격은 궁금하지 않아. 내 회사에 손해만 끼치지 않으면 사생활은 간섭하지 않아. 하지만 내 동생과 관련이 됐고 내가 사랑하는 여자하고는 친구이기도 해. 나 역시 생각을 많이 해 봤는데 오늘에야 결론을 내렸어."

"무슨 결론이요?"

"회사에서는 내가 책임지고 꾸짖을 거야."

"몰아세우게요?"

"모르지."

"저……."

"말해."

"해심이가 본부장님의 아이를 가졌어요."

달아의 말에 재욱의 인상이 굳었다. 그는 제 귀를 의심하는 것 같았다.

"아마 지금쯤이면 본부장님한테 아이를 가졌다고 말하는 중일 거예요."

재욱이 얼굴을 두 손으로 쓸기 시작했다. 머리가 띵할 만큼 화가 치미는 모양인지 숨을 그르렁그르렁 내쉬고 있었다.

달아는 조용히 소주잔을 비웠다.

"현욱이 자식이 많이 놀라겠군."

"그런 것 같았어요."

"만났어?"

"아까…… 여기 오기 전에, 그러니까 원래 우리가 만나기로 했던 레스토랑에서 해심이도 본부장님하고 약속이 있었나 봐요. 마주쳤어요."

재욱은 고개를 끄덕거렸다. 그가 얼음물을 벌컥벌컥 마시기 시작했다. 속이 탈만도 했다. 달아도 침울한 표정을 짓고 있었다.

"집에 가서 현욱이 놈하고 얘기해도 되니까 우린 데이트 하자. 마셔, 나도 한 잔 마셔야겠네. 술이라고는 입에도 안 대던 나였는데 오늘은 정말 화가 나서 미칠 것 같군."

"도수 약한 걸로 마셔요."

"그래, 그렇게 하자."

달아는 벨을 눌러 직원을 불렀다.

"청하 한 병 주세요."

양주가 테이블에 놓였다. 얼음 통에서 얼음을 꺼낸 현욱이 불을 피우지 않고 문 담배 끝을 잘근잘근 씹으며 양주를 따랐다. 독한 술로 타는 듯한 갈증을 해소하고 난 다음에 해심에게서 임신 얘기를 들어야 할 것 같아 자리에 앉아마자 주문한 게 바로 도수가 높은 양주였다.

해심은 현욱이 자리에 앉자마자 술부터 찾아 눈치를 보는 중이었다. 현욱은 얼음이 든 잔을 찰락찰락 소리가 나게 흔들고 나서 다시 술을 비우고 또 양주를 따랐다.

"임신했다고?"

현욱의 입에서 임신 얘기가 먼저 나와 해심은 숨이 막히는 것 같았다.

"어, 어떻게 알았어요?"

"레스토랑 입구에서 다 들었어. 달아 씨한테 퍼붓는 것도 들었고."

"드, 들었다고요?"

"그래, 네가 남달아 씨의 집에서 살았고 그 댁에서 도움도 많이 받았다는 거 들었어."

현욱이 해심을 쳐다보지 않고 술잔에만 시선을 묻은 채다.

"네가 바라는 게 뭐야?"

"네?"

"네가 바라는 게 뭐냐고. 임신 얘기를 하려고 한 건 나하고 결혼했으면 하는 거잖아."

"내 얼굴은 보기 싫어요?"

"내 기분이 지금 많이 복잡해. 아이의 문제와 별개야. 우리가 본격적으로 가까워진 건 4년 전부터지. 대학교 때는 선후배 사이라서 네가 어떤 사람인지 궁금하지 않았어. 물론 며칠 전까지도 그랬어. 네가 한 얘기를 다 믿었지. 네 아버지가 사업가고 어머니는 집에서 살림만 하는 분이라는 걸 말했을 때 평범하게 자랐구나, 라는 생각을 했었다. 사실 네가 살인자의 딸이라고 해도 선입견을 품지 않았을 거야."

현욱은 입이 써 인상을 구겼다. 그가 말을 잇지 못하고 입맛만 다시고 있어 해심이 물었다.

"지금은 선입견이 생겼어요?"

"그래."

"어떤 선입견이요?"

"나도 이용할 생각이었어?"

현욱의 대답에 해심이 움찔했다.

"그 아이도 이용하고 나도 이용해서 신분 상승을 하고 싶지 않았어?"

"내가 달아의 부모님을 이용했다는 말을 해서 그래요?"

"그래! 네가 남달아 씨한테 퍼붓던 말들을 언젠가 내가 듣게 될 것 같았다."

"그럼 지울게요. 이 아이로 당신을 이용할 생각이 아니었다는 걸 증명하려면 낙태하는 수밖에 없겠네요!"

해심이 어깃장을 놓으며 자리를 박차고 일어났을 때 현욱이 팔을 잡았다.

"낳아."

"뭐라고요?"

"낳으라고. 그 애가 무슨 잘못이 있겠어. 대신…… 내 자식이니까 내가 키울게."

"그럼 난?"

"내 소유의 집이 정자동에 있어. 주택이야. 또 상가도 있고 땅도 좀 있다. 내 앞으로 신탁도 있지. 다 줄게. 60억 정도는 될 거야. 그 정도면 아이를 낳고 난 다음에라도 얼마든지 네가 원하는 인생을 살 수 있지. 안 그래?"

해심은 꿈을 꾸는 기분이었다.

"내가 대리모예요?"

"대리모? 차라리 그런 거면 이렇게 화도 안 나겠다."

취기가 오른 현욱이 이죽거렸다.

"네가 한 말은 이제 못 믿겠다. 친구의 레시피를 훔쳤을 때 보인 행동들? 그땐 네가 한 말을 그대로 믿고 달아 씨가 뒤통수치는 성격인 줄 알았어!"

"또 달아, 달아, 달아! 왜 내가 한 말은 믿어 주지 않고 달아가 한 말만 믿는 건데?"

"달아가 한 말이었어? 네가 한 말이지! 네 입으로 네가 모든 진실을 털어놨잖아!"

현욱이 악다구니를 치며 해심을 쏘아보았다.

"어릴 때부터 눈물이 많았다고? 그래서 아버지가 울보라고 놀렸다고? 그거 남달아 씨의 얘기잖아. 청담동의 집도 네 아버지 집이 아니었고 남달아 씨의 집이었어! 대학교 때 들고 다녔던 비싼 가방이며 옷도 모두 달아 씨 어머니가 사 준 거지. 그런데 넌 항상 네 아버지와 어머니가 해 준 것들이라며 자랑했어. 사랑 받고 사는 것처럼 말했지. 안 그래?"

"그럼 내 가족이 거지같다고 광고해야 했어요?"

해심은 억울한지 목에 핏대를 세웠다.

"광고를 하라는 게 아니야. 적어도 거짓말은 하지 말았어야지! 네가 말하는 걸 곧이곧대로 믿었던 사람들을 생각했어야지!"

"그래서 내가 누구한테 피해 줬어요? 내가 내 가족에 대해 거짓말했다고 손해 본 사람이 있어요?"

해심도 지지 않겠다는 듯이 소리를 질러댔다.

"양화당, 남달아, 나, 그리고 홍재욱! 모두 피해를 봤다."

"달아 얘기 하지 말란 말예요!"

"찔리나? 남달아 씨한테는 미안한 게 있나보지?"

"웃기지 마. 내가 걔한테 왜 미안한데? 내가 왜!"

"네가 잘못한 게 없다는 거야?"

"레시피야 달아가 관리를 못한 거죠, 왜 나한테 잘못이 있대?"

해심이 키득키득 웃었다. 현욱이 자리를 박차고 일어났다.

"아까 한 말은 취소해야겠다."

"뭘요?"

"내 재산을 줄 테니 아이를 낳으라고 했던 말, 그 말은 취소야."

"취소? 왜요? 이제 와서 생각하니 너무 많이 주는 것 같아요?"

"아니, 나도 잘못한 게 없어서야."

"뭐라고요?"

"난 잘못이 없어. 그 아이도 그래. 네 실수로 태어나는 아이지 내 실수로 태어나는 아이는 아니잖아. 도덕적인 책임을 지려고 했지만 그럴 필요가 없다. 도덕성을 잃은 네게 도리를 지켜 뭐하겠어? 뱃속의 아이에겐 미안하지만 우린 오늘로 끝이다."

현욱이 해심을 벌레 보듯이 보고 돌아설 때였다. 그녀가 그의 등을 끌어안고 울기 시작했다.

"왜 그래요. 내가 화가 나서 한 말만 믿으면 어떻게 해요. 그렇게 돌아서면 어떻게 해요? 아이…… 정말 지우라고?"

"해심아."

"응."

"너…… 역겨워."

현욱의 말에 해심은 심장이 멎는 것 같았다.

"뭐라고 했어요?"

"못 들었으면 됐어."

현욱은 한 번도 돌아보지 않고 룸의 문을 열었다. 열린 문틈으로 왁자지껄한 소리가 들린다. 행복한 웃음소리, 분주한 사람들, 프러포즈를 하기 위해서 온 연인의 살가운 속삭임, 이제 막 시작하는 연인들의 들뜬 음성. 모두가 생기 넘치는 소리와 동작들로 사부작사부작 움직이는데 해심은 텅 빈 룸에 홀로 남겨져 있었다.

행복한 사람들을 질투하며 그녀는 또 눈물을 흘리고 있었다.

8.

빛과 그림자

얼마 마시지 않았는데 해심이 때문에 속상했던 탓에 취하고 말았다. 재욱의 품에 안겨 펑펑 울었던 것 같은데 사실 기억은 없었다. 아침에 일어났더니 또 눈을 뜰 수 없을 정도로 눈이 부어 있어서 아, 어젯밤에 울었구나, 하고 생각했던 것뿐이다.

달아는 깨질 듯한 머리를 두 손으로 감싸고 방을 나와 주방으로 향했다. 좀비처럼 흐느적거리며 걷는데 주방에서 외할머니 계숙이 달아를 불렀다.

"남달아!"

"어? 하, 할머니!"

"이 놈의 지집애!"

"하, 할머니…… 왔네? 생각보다 일찍 온 것 같은데. 어쩐 일이에요?"

"네가 불러서 왔잖아."

"내가?"

달아는 울상을 지었다.

"해심이가 죽을 것 같다면서 불렀잖아."

"내가? 내가 할머니를?"

달아는 믿기 어려워 계숙을 빤히 응시했다. 그럴 일은 없겠지만 계숙이 거짓말을 할 것 같지도 않았다.

"내가 할머니한테 뭐라고 했는데?"

"해심이가 죽을 것 같다면서? 우리가 도와주지 않으면 죽을지도 모른다고 했잖아? 걔한테 무슨 일이라도 있는 게야?"

계숙이 짜증조로 물어 달아는 입술을 비죽거렸다.

"그 눈은 또 왜 그래? 눈도 못 뜰 정도로 우는 건 어쩜 그렇게 나이를 먹어도 안 변해?"

"할머니도 참……."

달아가 머리를 긁적거릴 때 윤아가 주방에서 나와 얼린 숟가락을 건넸다.

"대고 있어."

"엄마, 고마워."

계숙이 눈을 흘겼다.

"냉동고에 숟가락이 들어가 있는 집은 우리 집뿐일 게다!"

"잘못했어요."

"오늘부터 금주야. 너, 할머니한테 전화 걸어서 울고 그러는 거 좋은 거 아니랬지? 가족도 술 먹고 우는 거 못 봐 주는데 옆에 남자도 있더라? 그 남자 때문에 참는 거야!"

"토, 통화도 했어요?"

"양화당의 홍재욱이라면서."

"어. 어떻게 알았어요?"

"어떻게 알긴? 공손하게 제 소개를 했으니 알았지. 안 그랬으면 너 오늘 혼났어!"

"지금도 혼나고 있잖아요."

"이게 혼나는 게야!"

계숙은 푸른 하늘을 두 동강 낼 정도로 매섭게 소리를 질렀다.

"남 서방은 자식 건사를 어떻게 하는 게야? 이래서 예쁘게만 키우면 안 된다고 몇 번을 말했어? 그때마다 예쁘게 키워야 예쁘게 자란다고 허허 웃더니 잘한다. 응석쟁이로 만들고!"

"죄송합니다."

"숟가락이나 붙여!"

"네."

계숙은 한숨을 푹 내쉬고는 소파에 앉아 다리를 꼬았다. 달아도 그 옆에 조심스레 앉아 눈치를 보았다.

"말해 봐. 해심이가 어떻게 됐다는 게야."

"해심이가 우리 가족을 경멸했었나 봐. 우리는 가족이라고 생각했는데 아니었다고……"

"그럼 걔가 우리 가족이었어?"

"할머니."

"난 그런 손녀 둔 적 없다고 늘 말했다. 머리 검은 짐승은 거두는 게 아니라고 말이야. 그리고 해심이가 우리를 이용하고 있다는 것도 전부터 알고 있었고. 데리고 사는 것보다 아버지가 진 빚을 대신 갚아 주는 게 어떻겠냐고도 제안했어."

달아는 고개를 끄덕거렸다.

"그때 네가 뭐라고 했어? 해심이 하고 같이 살고 싶다고 했지? 학교도 같이 가고 싶고 밥도 같이 먹고 싶다고 했었어."

"해심이도 좋아했으니까."

"하루 이틀 정도야 남의 집에서 자고 먹는 거 괜찮아. 그런데 해심인 몇 년이나 있었니? 27살 때까지 우리 집에 있었다."

"그러니까 더 이상하다는 거예요. 그렇게 싫었으면 우리 집에서 나가겠다고 했으면 됐잖아요!"

"걔가 갈 곳이 어디에 있어?"

계숙의 물음에 달아는 숨이 멎는 것 같았다.

"돌아갈 곳이 있어야 가지. 우리가 걜 맡아 키우겠다고 했을 때 아버지라는 작자가 뭐라고 했어? 자기 찾지 말라고 했지? 그 사이에 해심일 키워 주던 할머니도 죽었다. 걔 엄마는 일찌감치 어디로 사라졌고 살았던 집도 다른 사람이 살고 있는데 어딜 가?"

"해심이가 우릴 미워하는 게 당연하다는 거예요?"

"당연하다는 게 아니야. 해심이의 행동을 이해한다는 게다. 꿔다 놓은 보릿자루처럼 생글생글 웃기만 하면서도 속으로 곪고 있던 게 보였으니까."

하지만 이렇게 망가질 줄은 몰랐다. 영악한 줄 알았는데 이제 보니 해심은 영악한 게 아니라 바보였다.

"이제 어쩌죠?"

"나서지 마."

"나설 수도 없어요. 나서지 말라고 하니까요."

"달아야."

"네?"

"시간이 다 해결해 줄 게다. 나중에 해심이가 연락하면 그때 도 와줘. 지금은 때가 아닌 것 같으니 말이야."

달아는 고개를 끄덕거렸다.

"나 올라갈게요. 머리가 너무 아파."

계숙은 달아가 2층으로 올라가는 걸 지켜보다가 자리에서 일어나 주방에서 아침을 짓는 윤아에게 다가갔다.

"해심이 연락처 알지?"

"만나게요?"

"날 제일 무서워했으니 내 앞에서는 본심을 다 드러내겠지."

"그럴까요?"

"사람 구슬리는 건 내가 잘 하니까 걱정 말고 연락처 줘. 그 계집 애를 내가 아주 혼꾸멍을 낼 거야."

계숙은 해심이 괘씸해 눈에서 불을 뿜어댔다. 윤아는 못 들은 척 눈썹만 들었다가 놓았다. 어제 달아가 집에 들어와 해심이 한 말에 대해 그대로 읊었을 때 모두가 경악했었다. 성하는 해심이 그럴 줄 알았다며 분개했고 장우는 조용히 담배를 피우러 갔었다. 윤아도 쉽게 잠이 오지 않아 뒤척거리기만 했었다.

해심이 괘씸해서가 아니었다. 달아가 가여워서도 아니었다. 진심을 의심받았다는 게 너무 슬퍼서 윤아는 울고 싶었다. 쉰 살이 넘으면 울 일이 없을 거라고 생각했는데 해심이 그녀의 눈물샘을 자극하고 있었다.

숟가락을 눈에 붙이고 있던 달아의 시선이 화장대에 고정됐다. 엄밀히 말하자면 화장대에 놓인 바구니였다. 재욱의 선물. 달아는 침대에 양반다리를 하고 있다가 일어나 바구니를 집었다. 뚜껑을 열었더니 포춘 쿠키가 있었다. 제법 수북하게 있어 저도 모르는 사이에 입가 미소가 피어올랐다.

달아는 포춘 쿠키를 반으로 쪼갰다. 메모지가 있다. 그녀는 메모지의 내용을 읽었다.

『결벽증이 심한 남자인 내가 변하고 있다.』

달아는 빙그레 웃었다. 그녀는 차례로 포춘 쿠키를 쪼개 보았다. 재욱이 손으로 직접 쓴 메모는 꼭 일기처럼 읽히고 있었다.

『나는 홍재욱이고 양화당의 사장이며 재산이 많다.』

『일밖에 모르던 내가 남달아를 만나 사랑에 빠졌다.

『이상형을 만나 홍재욱은 행복하다.』

『다툼도 있었지만 서로 이해하는 단계라고 생각하니 즐거웠다.』

『우린 다른 환경에서 살았어. 서른이 넘도록 말이야. 하지만 그래서 더 잘 지낼 수 있을 거야.』

다른 환경에서 살았다…….

달아는 흐뭇한 미소를 짓고는 포춘 쿠키를 쪼갰다. 남은 건 이제 4개. 4개를 연달아 쪼갰더니 역시 비슷한 내용의 쪽지가 있었는데 내용이 좀 더 특별했다.

『달아야, 네가 힘들 땐 옆을 봐. 내가 있다.』

『우리 달달하게 살아보자. 연애도 달게 하고 인생도 달게 살아보자!』

『내 프러포즈를 허락한다면 반지를 받아 주겠니?』

달아는 마지막으로 하나 남아 있는 포춘 쿠키를 집었다. 다른 것보다 크기가 큰 듯했다. 이번에는 어떤 내용의 메모가 있을까? 기대감으로 한껏 부푼 마음에 저절로 웃음꽃이 피었다. 바삭! 하는 소리와 함께 포춘 쿠키가 반으로 쪼개지자 안에서 반지가 나왔다.

달아의 눈이 휘둥그레졌다.

"바, 반지잖아."

달아는 반지의 안에 무언가 쓰여 있는 것 같아서 자세히 들여다보았다. 깨알 같은 글씨로 '설탕처럼 꿀처럼 달달하게 사랑하자!' 라는 내용이 있었다.

달아는 빙그레 미소를 지었다.

"생크림처럼, 시럽처럼 달달하게……."

한편 반지를 발견하고 행복한 미소를 짓고 있던 달아에 비해 재욱의 기분은 엉망진창이었다. 그는 어제 달아 때문에 늦게 들어오느라고 현욱과 제대로 된 얘기를 할 수 없어 이른 아침부터 식탁에 앉아 있었다. 커피와 바삭하게 구운 식빵, 크림치즈와 베이컨과 샐러드를 접시에 담고 아무 일도 없었다는 듯이 식사 중인 현욱이 마치 괴물처럼 보이고 있었다.

"차해심 씨 임신했다며."

"지우라고 했어."

"피임은 확실히 했다더니?"

"나는 확실히 했는데…… 모르지."

"지우라고 했더니 수긍해?"

현욱은 고개만 끄덕거렸다.

"돈 준다고 했어?"

"처음엔."

"자세하게 말해 봐."

"상황 정리됐는데 설명해서 뭐하게? 내가 형한테 주절주절 떠들

땐 일이 제대로 안 풀릴 때잖아. 잊었어?"

"차해심이 순순히 물러날 것 같아? 아이를 지우고 너한테 안 나타날 것 같냐고."

재욱의 물음에 현욱이 커피를 마시며 대답했다.

"처음엔 60억을 줄 테니 아이를 낳으라고 했어. 그 아이는 내가 키울 테니, 돈이나 먹고 떨어지라고. 그랬더니 반기는 것 같더라. 그러던 중에 남달아 씨의 얘기가 나왔어. 발끈하더니 자긴 잘못한 게 없대. 그래서 나도 잘못한 게 없다고 했지. 아이가 생긴 게 왜 내 잘못이겠냐고 따졌더니 말을 못 하더라."

"너, 인마. 제대로 건드렸잖아!"

"알아. 일부러 그런 거니까."

"무슨 뜻이야? 시한폭탄에 불붙인 게 일부러 그랬다는 거야?"

"내 자식이 아니라면 못 낳아. 내가 유전자 검사를 할 테니까."

"네 자식이면?"

"키워야지."

"돌았구나?"

"돌았을지도 몰라. 하지만 해심인 못 낳을 거야."

현욱은 자리에서 일어났다.

"낳으면 어쩔래?"

"내가 키운다니까?"

"차해심은? 제 자식이라고 너한테 들러붙겠지!"

"형."

"왜!"

"내가 왜 형을 무서워했는지 알아?"

재욱은 눈썹만 치켜 올렸다.

"칼 같아서야. 인정머리 없이 잘라내서 거북했는데 형이 왜 그렇게 했어야 했는지 알겠어."

"네 일에다 날 꿰맞추지 마."

"변명으로 들려?"

재욱은 자리에서 일어난 후 현욱의 어깨에 손을 얹었다.

"며칠 자리 비워, 홍현욱."

"자리를 비우라니?"

"내 방식대로 해야겠지. 넌 사내연애 금지라는 규칙을 어겼다. 이래서 내가 사내연애를 반대하는 거지. 어쨌든 그 책임을 물어 널 중국에 보낼 거다. 한 반년 정도 있다가 와."

"형!"

현욱이 발끈했다.

"반항해 봐, 반년이 일 년으로 늘어날 거야."

"너무 극단적이잖아."

"차해심이 이대로 가만히 있을 거라고 본다면 오산이야. 그러니 오늘 바로 출국해."

"정말 극단적이군. 도망친 거라고 생각할 거야."

"무슨 소리야. 회사 로비에 공고가 붙을 텐데. 네가 도망친 게 아니라 내가 너희를 양화당에서 밀어내는 거다."

재욱은 현욱의 어깨를 아프게 쥐며 으르렁거렸다.

"홍현욱, 실망했어. 내 동생이니까 이 정도에서 끝나는 거야. 생각 같아서는 멍청한 널 아버지 호적에서 빼 버리고 싶지만 참는 거다."

"미안해."

"사과는 내가 아니라 차해심한테 해. 돈을 준다고 할 게 아니었다. 지우라고 했다니…… 무책임한 놈답게 말도 무책임하게 했어."

"형."

"왜."

"형이 나한테 그런 소리를 하니까 신기하다. 착해진 것 같은데…… 기분 탓이야?"

현욱의 농담에 재욱이 입매를 비틀었다. 제 속도 새카맣게 탔을 텐데 가라앉은 분위기를 띄우려고 우스갯소리를 하는 현욱이 안쓰러웠다.

"연애를 하면 천사가 되는 모양이지?"

"여, 연애를 한다고?"

"몰라, 어서 짐이나 싸!"

재욱은 소리를 버럭 지른 다음 제 방으로 도망쳤다.

❋　　　❋　　　❋

공고

본부장 홍현욱 — 중국지사로 발령.

개발팀장 차해심 — 해고.

사유 : 사칙 위반.

웅성거리는 소리가 나서 게시판을 봤더니 해고라는 문구가 해심을 반기듯 크게 쓰여 있었다. 게시판에 달라붙듯이 서서 사칙 위반이 대체 뭘까? 라며 수군거리는 사람들이 해심의 기척에 움찔하기 시작했다.

해심은 숨을 크게 들이마셨다가 내쉬고 돌아섰다. 사람들이 다시 수군거렸지만 해심은 얼굴색 하나 바뀌지 않았다. 사람들이 뭐라고 떠들건 그건 그녀와 상관없었다. 그들에게 죄를 지은 건 아니니까.

해심은 개발팀에 들어섰다. 공고를 본 팀원들이 해심이 들어서자 고개를 푹 파묻고 바쁜 척을 했다. 해심은 제자리에 앉아 묵묵히 책상을 정리하기 시작했다. 부하들의 시선이 느껴졌다. 그런데 그 누구하나 해심에게 와서 괜찮으냐는 말을 건네지 않았다. 갑작스런 해고인데도 위로하는 사람 한 명 없어 그제야 해심은 얼굴이 화끈거렸다. 사장의 기대를 한 몸에 받을 땐 굳이 부르지 않아도 좋알거리며 귀찮을 정도로 치근거리더니 단물이 다 빠지니까 쳐다보지도 않는 것이 괘씸했다.

"권순성 씨, 오늘까지 제출하라고 한 보고서 다 됐어요?"

해심의 물음에 순성이 준비해 놓은 보고서 파일을 들고 일어났다.

"보고서 다 됐긴 한데 아까 사장님께서⋯⋯."

"사장님께서 뭐요?"

"보고서 올릴 일이 있으면 조 대리님한테 제출하라고 했습니다."

"조 대리?"

해심이 머리를 긁적거리는 조현식에게 시선을 돌렸다.

"조 대리 승진해요?"

"그렇게 됐습니다."

"그래요? 그럼 그렇게 하세요. 구질구질하게 내가 상사라고 우길 생각 없으니까. 아! 그럼 조 대리, 여기 앉아요. 인수인계는 따로 없을 것 같으니까 바로 업무 들어가면 되겠네."

해심이 자리에서 일어나자 조 대리가 고개를 저었다.

"아직 정식으로 발령 난 게 아닙니다. 공고가 나면 앉겠습니다."

"네, 그럼 그렇게 하세요."

해심은 떨떠름한 표정을 짓고는 자리에서 일어났다. 사장실에 가서 오늘은 어떻게 해야 할지에 대해 물어야 했다. 또각또각 구두 뒷굽이 바닥을 찍는 소리가 신경질적으로 울리는 복도, 그녀는 그 중앙에 있는 엘리베이터까지 곧장 걸었다. 회의실로 향하던 사람들이 엘리베이터 앞에 모여 인사 공고에 대한 얘기를 하고 있었지만 해심이 엘리베이터 앞에 서자 일제히 입을 다물고 시선을 피했다.

해심은 저를 피하는 동료를 위아래로 훑다가 말했다.

"궁금한 게 있으면 물어봐요. 왜 잘렸는지 그게 궁금해서 죽겠는 거 아니에요?"

해심이 이죽거리자 무리에 있던 한 남성이 헛기침을 했다.

"어딜 가나 수군거리니 억울해서 못살겠네."

"차해심 씨."

"궁금해요? 내가 왜 잘렸는지."

"차해심 씨가 왜 잘렸는지 알고 있어요. 창피한 걸 알면 입이라도 좀 다물고 있어요."

"창피해요? 남녀가 사랑하다 헤어진 게 뭐가 창피하다는 거예요? 우리 사내 연애 하다가 걸린 거예요."

해심의 대답에 사람들은 콧방귀를 뀌었다. 그때야 해심은 뭔가 이상하다는 생각이 들어 물었다.

"그게 아닌 다른 이유가 있다는 건가요?"

"그건 본인이 더 잘 알겠죠. 도둑질이나 하는 사람이라고 내 입으로 어떻게 말합니까?"

사람들이 팔짱을 끼고 해심을 노골적으로 훑어보았다.

"뭐, 뭐라고요?"

"소문 다 났습니다. 친구의 레시피를 훔쳐서 입사했고 지금까지 낸 히트작도 그런 거라면서요?"

이번에는 엘리베이터 문 가까이에 있던 여직원이 입매를 비틀며 벌레 보듯 인상을 구겼다.

"신제품을 만드는 게 뭐 그렇게 힘드냐고 떠들고 다니더니……
틀린 말도 아니었네요. 남의 걸 훔치면 되는데 왜 노력을 하겠어
요?"

"그 얘기 어디에서 들었어요?"

"사장실이죠, 어디긴 어디예요?"

"사, 사장님이 그래요?"

해심은 입술을 질끈 깨물고 비상계단으로 향했다. 건물을 흔들어
놓을 기세로 계단을 올라 사장실에 들이닥친 그녀의 얼굴이 땀범벅
이 되었다. 비서실에서 그녀를 저지하려고 했지만 해심이 미친 사람
처럼 소리를 질러대며 포악하게 굴어서 비서실장도 혀를 내둘렀다.

쾅! 문을 거칠게 연 해심이 책상에 앉아 있는 재욱의 앞에 섰다.

"기회를 주신 게 아니었나요?"

의자 등받이에 등을 깊이 파묻고 있던 재욱이 손을 깍지 끼고 해
심을 응시했다. 그녀와 달리 그는 평온한 표정을 짓고 있었다.

"기회는 내가 준 게 아니야."

"사장님이 주신 게 아니라고요?"

"이사, 본부장이 준 거지. 난 처음부터 반대했어."

"이사님들이 이제 와서 마음을 바꾼 이유가 뭐죠?"

"임신했다며."

재욱의 대답에 해심이 헛웃음을 쳤다.

"임신한 게 해고될 만큼 큰 죄예요?"

"본부장의 아이를 임신한 게 문제겠지. 또 우리 회사는 사내연애

적발 시 한 명이 퇴사해야 하는 거 알잖아. 뭐 안 걸리게 사귀다가 결혼까지 했으면 축의금이라도 주는데 차해심 씨는 그런 것도 아니 잖아?"

"사장님의 조카를 임신한 제게 너무하시는 거 아니에요?"

해심은 어금니를 물었다.

"현욱이가 지우라고 했다지?"

"지우라고 해놓고 도망가네요."

"내가 내쫓은 거야. 차해심 씨도 마찬가지고. 아이를 낳든 말든 잘 선택해. 우리는 그 아이를 인정하지 않아. 그 아이를 앞세워 우 리 가족의 명예를 더럽힌다면 나 역시 내가 가진 모든 것들을 이용 해서 당신을 뭉개 주겠어."

재욱은 그렇게 말하고는 서랍에서 하얀 봉투를 꺼냈다.

"낙태도 출산 못지않게 몸 상하는 일이라고 하더군. 우선 1억을 넣었어. 낙태한 걸 확인한 후에 9억을 입금할 테니 이 정도에서 만 족해."

"돈으로 해결하려는 건 형이나 아우나 같군요."

"돈의 힘을 이용하는 거지."

"이용한다고요?"

해심의 눈빛이 사나워졌다.

"차해심만 이용할 줄 아는 건 아니거든. 그보다 어떻게 할 건가, 아이 말이야."

"입금할 준비나 하세요."

"현명한 선택이군."

재욱의 대답에 해심이 고개를 쳐들었다.

"어제 현욱 씨가 그러더군요. 내 뱃속의 아이가 자기 아이가 맞냐고요. 어리석은 질문이었어요."

"그동안 했던 행동들을 돌이켜 보면 왜 그런 말을 들었는지 알 수 있을 텐데?"

"내가 잘못 살았다고 말하는 것 같군요."

"차해심 씨, 그렇게 사는 게 아니야. 누구나 성공하고 행복하게 살고 싶지! 그러나 성공이라는 건 자기가 노력하지 않으면 안 돼! 행복, 사랑, 인간관계가 모두 그렇다고. 그런데 차해심 씨는 그동안 뭘 했나? 동료를 속이고 날 속였어. 나는 그게 몹시 불쾌해서 못 견디겠다는 거야. 사람이 대체 왜 그래? 인격이 글러먹었다고!"

재욱의 충고에 해심은 콧방귀를 뀌었지만 그것도 잠시, 심장을 조각낼 것 같은 경고가 날아들었다.

"그렇게 살다간 진짜 외로워져. 차해심이 내민 손을 그 누구도 잡아 주려고 하지 않을 거야."

"사장님께서 언제부터 제 걱정을 해 주셨나요?"

"걱정하는 게 아니야, 경고하는 거지."

"전에는 말도 못 붙이게 제 할 말만 하시던데 변했네요."

재욱은 어깨를 으쓱거렸다.

"나는 더 좋게 변할 예정이니까 차해심 씨도 좋게 변했으면 좋겠군."

해심은 재욱이 내민 봉투를 낚아채고 이죽거렸다.

"아뇨, 난 변하지 않아요. 오늘에야 똑똑히 알았어요. 믿을 수 있는 건 돈뿐이라는 걸요. 60억은 날아갔지만 10억은 챙길 수 있게 됐으니 다행이네요. 고마워요."

해심은 그렇게 말하며 봉투를 열어 내용물을 확인했다.

1억짜리 수표가 들어 있는 가벼운 봉투. 해심에게 있어 그 무게가 지금 느끼는 허탈감보다 무겁게 느껴지는 건 기분 탓일까?

"아, 뜨거!"

달아는 오븐 팬에 덴 손가락에 입 바람을 불고 인상을 찌푸렸다. 잠시 정신을 놓고 있었더니 손가락에서 불이 나고 따끔거려 눈물이 저절로 맺혔다.

"이사님, 괜찮아요?"

달아를 돕던 제빵사들이 일제히 달려와 걱정하기 시작했다.

"약 사올게요."

막내는 앞치마를 풀고 약국으로 뛰어나갔고 다른 조리사들은 얼음주머니를 만들며 분주했다.

"괜찮아요. 살짝 덴 거예요. 신경 쓰지 마세요."

"어떻게 그래요? 우리 이사님 손이 어떤 손인데. 얼음주머니에 손가락 대고 계세요."

제빵사 중에서 나이가 제일 많아 중빵─대중소의 중(中)으로, 대빵은 달아─이라고 불리는 형기가 서글서글하게 웃으며 얼음주머니를 건넸다.

"그런데 우리 이사님 손에 못 보던 반지가 있네요?"

"어? 진짜네? 오호!"

"아, 진짜? 우리 이사님 연애하는 거야? 혹시 그 양화당 사장님인가? 우리 카페에 자주 왔었다며. 맞죠, 이사님? 그분하고 알콩달콩한 사랑을 나누시는 거죠?"

"완전 축하! 이사님 만수무강, 이사님 천년 사랑!"

"인마, 천년사랑은 뭐냐. 하하하."

제빵사들이 키득키득 웃으며 열렬한 지지와 응원의 말을 한마디씩 건네 달아의 얼굴이 새빨갛게 달아올랐다.

"아, 아니라고는 말 못하겠지만…… 부끄럽게 왜 그래요."

달아는 텐 손가락을 입에 넣고 몸을 좌우로 흔들었다. 그랬더니 옆에서 더 난리다.

"이사님 완전 귀여워. 애교 만땅!"

"정훈아! 그만해. 너 자꾸 그러면 진급 안 시킬 거야!"

달아가 앙탈을 부리듯이 말해 제빵실에서 한바탕 큰 웃음소리가 터졌다. 홀에서 서빙 중이던 직원들이 제빵실 문을 열고 무슨 일이냐고 물을 정도로 분위기가 좋았다.

"우리 이사님 연애하신대."

형기의 말에 홀 직원이 눈을 휘둥그레 뜨고 아예 제빵실에 들어왔다.

"저번에 왔던 그 양화당 사장님이죠?"

"응."

"어쩐지……. 저번에 숨어서 이사님 기다릴 때부터 이상했어."

"그런 일도 있었어?"

형기는 즐거운 표정을 하고 있었다.

"말도 마요, 두 사람이 하는 거 보면 딱 스무 살 먹은 애들 연애라니까요?"

"강민수! 우리가 무슨 스물이야, 서른도 넘었는데. 그리고 그 말, 꼭 유치하다는 말 같다?"

"귀엽다는 거죠. 큐티해요."

"몰라, 다 이를 거야."

달아의 앙탈에 형기와 제빵사들이 눈을 맞추며 껄껄 웃었다. 달아도 자기가 말해놓고 머쓱했는지 혀를 빠끔히 내밀고 따라 웃었다.

"기분도 좋고 그러니까 이사님이 시원한 냉커피 쏴요."

능구렁이 같은 민수의 말에 다시 한 번 우레와 같은 환호와 박수 소리가 터졌다.

"좋아! 내가 점심도 살게."

달아의 말에 민수와 형기가 달아를 와락 안으며 아양을 떨었다.

"역시 우리 남달아, 역시 남달라!"

"우와, 엄청 썰렁한 농담!"

민수는 얼어붙은 시늉을 했고 달아는 못살겠다는 표정을 지으며 환히 웃었다.

"민수야, 아이스 아메리카노 부탁해! 아, 여기 아메리카노 말고 다른 거 드실 분?"

"난 캐러멜 마키아또!"

스콘을 바구니에 담던 하빵, 중재가 손을 흔들어 달아가 큰 소리로 주문했다.

"아이스 캐러멜 마키아또 추가요!"

사람이 없다.

종이상자에 제가 쓰던 물건들을 넣고 회사 로비를 걷는데 그 누구 하나 뒤쫓아 오지 않는다. 회문 앞에 서 있는 경비원도 시선을 주지 않았다. 27살에 입사해 32살까지의 세월을 바친 양화당, 그동안 동료들과 다툼 한 번 없이 잘 지냈었는데 지금은 혼자다. 내편을 만들기 위해 밥도 잘 샀고 커피도 자주 샀었는데 얻어먹을 땐 똥파리처럼 꼬이던 사람들이 이제는 하나도 없다.

재욱의 말대로 진짜 혼자가 된 것이다. 해심이 돈과 거짓웃음으로 동료를 대한 것처럼 그들 역시 진심을 보이지 않았던 것 같다. 자업자득인가? 폭풍우처럼 몰아치는 슬픔이 눈물샘을 찔러댔지만 여기서 눈물을 보일 수 없었다. 눈물을 흘리는 순간 비웃음만 살 테니 말이다.

해심은 쓸쓸하게 보이고 싶지 않아 등을 꼿꼿이 폈다. 고개를 높이 쳐들고 하늘을 바라보며 회전문을 통과해 밖으로 나왔는데 계숙이 양산을 쓰고 기다리고 있었다.

해심은 제자리에 못 박힌 듯이 서서 계숙을 바라보았다. 인사를 해야 했지만 심장이 터질 것 같고 현기증이 날 만큼 공포를 느껴 옴짝달싹 할 수 없었다.

소위 기가 센 사람이라고 한다. 계숙은 존재 자체만으로도 중압감을 느끼게 했다. 계숙의 기에 눌린 해심은 마른침을 삼킨 후에야 정신이 돌아온 듯 꾸뻑 인사했다.

"아, 안녕하세요. 회장님."

"시간 많지? 얘기 좀 하자."

"죄송하지만 전 회장님과 할 얘기가 없습니다."

해심이 걸음을 떼며 대답했다.

"해고됐다면서?"

해심은 무시하고 지나치려고 했지만 계숙의 말에 더는 앞으로 나갈 수 없었다.

"기분 좋니?"

해심이 뒤돌았다. 계숙은 양산을 쓴 채 해심을 쳐다보고 있었다. 여전히 냉랭한 표정으로.

"기분이 좋냐고요? 그렇게 보이세요?"

"네 선택의 결과인데 당연히 기분이 좋아야지."

"제 선택이라뇨? 모든 게 제 잘못이군요?"

"그럼 남의 잘못이라는 거니? 또 달아 탓을 할 게야?"

"예, 달아가 가만히 있었으면 전 이렇게 추방되지 않았을 거예요. 항상 달아가 문제예요. 걔는 왜 그렇게 사사건건 나타나서 문제를 만드는 거죠?"

해심이 얼굴을 붉히자 계숙이 한숨을 푹 쉰 다음에 턱짓으로 맞은편에 있는 카페를 가리켰다.

"저기 들어가서 얘기 좀 하자."

"싫어요!"

"나도 네 얼굴 보는 거 싫어. 금쪽같은 손녀 딸 욕이나 하는 너하고 상대하고 싶겠니!"

"그러니까 그만……."

"정산하려는 게다!"

"저, 정산이요?"

"네가 그동안 우리 집에서 쓴 돈들, 정산해서 받아야겠다."

계숙의 대답에 해심이 우거지상을 했다.

"너 우리를 이용했다며? 달아한테 그렇게 말했다며!"

"달아가 그래요? 입도 싸지."

"네가 그렇게 말했으니까. 어쨌든 난 너한테 이용당했어. 그러니까 이용당한 값은 받아야지. 그게 인생을 사는 계산법이야. 주기만 하는 것, 받기만 하는 것? 일방적인 건 없어. 우리가 네게 주었다면 이번에는 받아야지."

"돈도 많으시면서 다 잃은 제게 받으시려고요?"

"네 형편은 내 알 바가 아니지. 따라 와!"

계숙은 해심이 도망이라도 칠까 싶어 팔목을 아프게 잡고 끌어당겼다.

"도망 안 갈 테니까 이 손 좀 놔요!"

"시끄럽다."

"놓으라고요! 왜 항상 저를 이렇게 대하는데요! 왜 벌레 보듯이, 거지 보듯이 보는데요!"

해심이 팔을 뿌리치자 계숙이 어금니를 깨물고 뺨을 때렸다. 찰싹! 하는 소리와 함께 해심의 고개가 옆으로 돌아갔다. 들고 있던 상자도 놓쳐 내용물이 와르르 쏟아졌다.

해심은 맞은 뺨을 손으로 감싸고 계숙을 노려보았다.

"뭐하시는 거예요?"

"이용료를 받고 있어."

"폭력으로요?"

"차 기사!"

계숙이 도로가에 주차한 승용차에서 대기하고 있던 차 기사를 불렀다.

"이것 주워서 보관해."

"예, 회장님."

차 기사가 무릎을 구부려 바닥에 흩어진 물건들을 줍는 사이 계숙이 해심의 손목을 잡아끌었다. 아버지와 함께 살 때 이후로 처음 맞아보는 손찌검이라 정신이 얼얼하고 충격적이라 숨이 턱턱 막히는 것 같았다.

"너 언젠가 내 손에 맞을 줄 알았어. 아니 전부터 내가 매를 들어 키웠어야 했다."

"무, 무슨 자격으로요?"

"집안의 큰 어른으로서!"

계숙은 불같이 화를 낸 후 해심을 카페에 끌고 들어갔다.

"뭐 먹을래?"

"이용료에 보태시려고요?"

"그래!"

"그럼 전 물 마시죠."

"잘 생각했구나."

계숙은 해심을 자리에 앉힌 후 생수 두 병을 샀다. 해심의 앞에 생수병을 탁! 소리가 나게 놓고는 제 병의 뚜껑을 돌려 목을 축였다. 꿀꺽꿀꺽, 계숙이 물 넘기는 소리로 보아 어지간히 목이 탔나 보다. 계숙이 물을 달게 마셔 그런지 해심도 갑자기 목이 탔다. 해심은 생수병 뚜껑을 따 입에 대고 홀짝홀짝 삼켰지만 목이 타는 게 아니라 가슴이 타고 있어 쉽게 진정되지 않았다.

—해고시켰어.

재욱의 말에 달아는 다리에 힘이 풀리는 것 같았다.

"해심이가 순순히 받아들여요?"

—사칙을 어긴 건 사실이니까.

"본부장님은요?"

—중국 발령. 오늘 안으로 출국할 거야.

모든 게 급작스럽게 돌아간다.

"이제 어떻게 되는 거예요?"

—회장님께서 타이르든, 혼내시든 한다고…… 나 좀 많이 놀랐어.

"놀라요?"

—아침에 회사로 불쑥 찾아오셔서 날 혼내시더라고. 차해심 팀장이 잘못을 저질렀을 때 바로 내치지 않고 뭐했냐고 말이야.

"할머니답네요."

—많이 걱정하시던데?

"해심이를요?"

달아는 깜짝 놀랐다. 해심을 항상 못마땅하게 여기던 할머니가 걱정한다? 아침까지만 해도 해심을 가만히 두지 않겠다며 으름장을 놓았는데…… 믿기지 않아서 꼭 쥔 휴대폰을 턱으로 미끄러트리는데 재욱이 물었다.

—이제 달아가 나설 차례지?

"내가?"

—응.

"아, 아뇨. 지금은 나도 시간이 필요해요. 나중에…… 해심이가 찾아오면, 먼저 연락하면 그땐 거절하지 않겠지만 내가 먼저 다가가지는 못할 것 같아요. 나도 상처 받았으니까요."

달아의 대답에 재욱은 한숨을 푹 쉬었다.

—그렇다고 마음이 편해지겠어?

"이래도 불편하고 저래도 불편해요."

—그래, 불편하더라도 네 마음 가는 대로 해.

"훗, 그냥 자존심 상해서 이러는 걸요."

달아는 카페 뒤 공터를 서성이다 쓸쓸하게 웃었다. 그러다 손가락에 낀 반지를 햇살에 비추며 물었다.

"아! 근데 어제 그 바구니요. 잃어버렸어요."

—뭐?

"아무리 찾아도 없더라고요."

—그, 그걸 잃어버렸다고?

"미안해요. 내가 어제 술을 마시는 바람에…… 뭐 중요한 거 없었죠?"

대답 대신 콧바람 소리만 씩씩하게 들렸다.

"중요한 거 있었어요?"

—아, 아니야. 다시 만들지 뭐.

"달달하게 만들어요. 이왕이면 결벽증이 있는 내가 달아를 만나 변하고 있다, 달달하게 사랑하자, 뭐 이런 내용을 넣어서. 아! 포춘 쿠키에 반지를 숨기는 것도 좋겠네요."

달아가 손으로 입을 가리고 쿡쿡 웃어대 그때야 장난임을 안 재욱이 빽 소리를 질렀다.

—놀랐잖아! 너어, 남달아. 오빠 놀리면 혼난다!

"크흐크크크 크흐흐흐 놀랐어요?"

—이 아저씨!

"아, 아저씨?"

—웃는 게 완전 아저씨야. 내가 이런 여자한테 정신을 놓다니. 내가 변하긴 엄청 변한 모양이다.

달아는 재욱이 소리를 죽여 웃고 있다는 걸 휴대폰을 통해 느낄 수 있었다. 그녀는 그의 웃음소리를 귀 기울여 듣고자 휴대폰을 귀에 바짝 붙였다. 재욱의 웃음소리는 마치 고양이가 기분 좋을 때 가르릉거리는 소리처럼 들렸다.

달아가 고백했다.

"재욱 씨, 난 당신이 있어 무척 행복해요. 그리고 사랑해요."

또 고마워요, 날 사랑해 줘서.

9.

리턴

5개월 후.

매미 우는 소리가 귀청을 날카롭게 때리고 있었다. 8월 중순의 여름. 이 계절은 사악하다. 대지를 녹일 듯이 내리쬐는 햇살과 고온으로 사람들이 헐벗은 옷차림으로 거리를 돌아다니게 한다. 고아원을 지키는 진돗개, 진도도 오늘은 나무그늘에서 꼼짝도 하지 않고 배를 보이고 늘어져 있었다.

고아원, 원림에도 선풍기 돌아가는 소리만 날 뿐 고요했다. 아이들도 날이 너무 더워 텐트처럼 친 모기장에 들어가 낮잠을 자고 있었다.

그래서 달아와 재욱이 고아원에 도착했을 때 고아원은 사람이 살지 않는 유령 분교처럼 보였다. 물론 연락도 없이 온 탓도 있지만 살인적인 더위가 생기를 다 앗아가고 말았다.

"좀비 나올 것 같아."

달아의 농담에 재욱이 얼른 보호하듯 앞을 막았다.

"내가 있으니까 걱정하지 마. 이 오빠가 귀신 잡는 해병대 출신
이다. 귀신도 잡는데 좀비라고 못 잡겠어?"

날이 더워질수록 이 둘의 유치함도 무르익어 옆에서 보는 사람들
의 시력을 떨어트리거나 닭살이 돋게 했다.

"확 때려잡아 줘요! 알았지?"

"이 오빠만 믿어!"

재욱은 달아의 허리를 와락 안으며 속삭였다.

"오빠만 믿는 거야. 알았지?"

"아잉, 몰라."

"요, 요 귀요미!"

재욱은 달아의 뺨에 입을 맞추며 윙크를 했다. 달아는 그저 좋은
지 재욱의 팔을 손으로 쓸며 키득 웃었다. 이 둘의 눈에는 모든 게
예쁘게 보인다. 둘에게 세상은 온통 핑크빛이었고 구름 위를 건너는
것처럼 행복하기만 했다.

"너무 조용한데?"

"그러게."

달아는 고아원의 총무실 문을 조심히 두드렸다.

"원장님 안에 계세요?"

달아가 안을 들여다보았지만 사람이 아무도 없었다. 그래서 원사

안으로 들어갔다. 대청마루에 친 모기장이 보인다. 미취학 어린이 10명 정도가 낮잠을 자고 있었다. 아이들만 남겨놓고 다들 어디 갔나? 고개를 갸웃거리는데 뒤에서 인기척이 들렸다.

돌아보자 거짓말처럼 해심이 서 있었다. 달아는 물론 재욱도 해심의 등장에 놀라 어떤 말을 해야 할지 몰라 우물쭈물하는데 신경질적인 인사가 침묵을 깼다.

"연락도 없이 왔네?"

"……어. 그런데 네가 여긴 무슨 일로……."

"네 외할머니가 아무 말 안 해?"

"응."

"이런 곳에 가두고도……."

해심은 어이가 없는지 입매를 비틀다 재욱에게 시선을 돌렸다.

"두 사람 사귀어요? 엄청 붙어 다니네?"

"네. 곧 결혼합니다."

재욱의 대답에 해심이 이맛살을 구겼다.

"언제부터 그렇게 됐어?"

"네가 손수건을 쓰레기통에 버린 날부터."

달아의 대답에 해심이 못마땅한 표정을 지으며 고개를 돌렸다.

"해심아, 언제부터 여기 있었어?"

"두 달 됐나? 네 할머니 피해서 도망쳤는데…… 귀신 같이 찾아내서 여기 처넣었어."

"왜?"

"너희 가족을 이용한 이용료를 내래. 정산도 해서 오셨더라? 손해배상도 같이 하래. 그 돈이 자그마치 30억쯤 된다더라."

"하아, 우리 할머니가 또……."

"됐어. 그 편이 더 편했으니까. 네 할머니가 그러더라. 용서가 안 될 거라고."

"아냐, 우리는 용서할 수 있어."

"아니, 나 말이야. 나 스스로를 용서하지 못할 거래. 30억이나 빚을 진 것도 그렇고, 평생 갚아야 하는 것도 그렇고. 말은 정말 잘해서."

해심은 여전했다. 뭐든지 부정하고 남의 탓을 하면서 자존심을 지키기 급급한 성격.

달아는 한숨을 푹 쉬고 재욱의 손을 잡았다.

"우리 다른 곳에 있다가 원장님 오시면 그때……."

"수박화채 있어. 먹으면서 기다려."

"아……."

달아가 거절하려는데 재욱이 끼어들었다.

"수박화채 좀 넉넉하게 가져 와요. 안 그래도 갈증 나던 참이니까."

재욱이 원사 밖 나무그늘 밑 평상으로 달아를 데리고 갔다.

"그냥 가요. 싫어하잖아요."

"수박화채 먹고 가라잖아. 그 말뜻 모르겠어?"

"몰라요."

"그럼 모른 채로 있어."

"치이. 왜 모르겠어요. 무뚝뚝한 계집애."

달아는 괜히 코끝이 찡해 눈을 깜빡거렸다.

"차해심 말이야. 잡는 법을 모르더군."

"네?"

"현욱이…… 안 잡았어. 난 잡을 줄 알고 저 여자가 진상 짓 하면 어떻게 하나, 고민했거든. 그래서 10억을 주겠다는 말을 했는데 경솔했다."

"무슨 소리예요?"

"우리 둔탱이! 못 봤어?"

달아는 고개를 끄덕거렸다.

"배 나왔잖아."

"내 배가? 어? 나 요즘 살 쪘나?"

달아가 제 배를 두 손으로 가려 재욱이 손으로 제 이마를 탁! 소리가 나게 때리고 물었다.

"상황이 심각해질 것 같으니까 농담하는 거지? 장난이지?"

"그냥 넘어가면 안 돼요?"

"우리 귀염둥이, 알고 있었구나?"

"내가 뭐 그렇게 눈치도 없을 것 같아?"

달아는 아랫입술을 깨물며 투정을 부렸다.

"짜증나…… 눈물 나려고 해요."

"모른척해."

"알아요. 괜히 아는 척했다가 무슨 욕을 먹게."

"크크크크."

"앗! 진짜 아저씨 웃음이다."

"이왕이면 젠틀한 아저씨라고 해 줘."

달아의 눈시울이 붉어져 재욱이 농담을 건넸다. 달아가 눈물을 흘렸다간 딱딱거리며 가슴을 후벼 파는 말만 해댈 것 같아서 재욱이 등을 토닥거렸다.

"울지 마. 차해심 성격 알면서."

"안 울어요. 그냥…… 불행하게 보이니까. 행복하게 안 보이니까."

"그런가? 내 눈에는 표정이 바뀐 것 같은데."

재욱은 화채를 가지고 나오는 해심을 멀거니 바라보며 숨을 크게 들이마셨다가 내쉬었다. 현욱의 아이가 맞느냐는 뉘앙스를 풍겼을 때 해심은 긍정도 부정도 하지 않았다. 마치 너희들이 믿고 싶을 대로 믿어라, 라는 식으로 행동했었다. 돈을 주겠다고 했을 때도 마다하지 않았다. 그래서 해심이 아이를 미끼로 돈을 요구한다고 믿었는데 1억 원의 수표를 준 날로부터 일주일 후, 사장실로 빠른 등기 우편물이 왔다. 봉투를 뜯어보았더니 그 1억 원짜리 수표가 들어 있었다.

되돌아온 수표를 보면서 재욱은 크나큰 실수를 저질렀음을 간파할 수 있었다. 자신이 얼마나 어리석었는지 후회하고 언젠가 마주치게 되면 사과를 해야겠다는 생각이 저절로 들었다. 그런데 해심의 부른 배를 보고 나자 입을 떼기 힘들었다.

해심은 나쁜 사람이니까 막말을 해도 된다고 생각했던 자신의 과오를 사과해야 하는데. 미안한 마음이 너무 커서 재욱은 울고 싶었다.

"얼음이 얼마 없더라고. 애들이 하나씩 꺼내먹었나 봐. 배탈 난다고 먹지 말라고 해도 말을 안 들어. 애들이라서 그런가…… 징글징글하지."

해심은 얼음이 든 화채그릇 세 개에 화채를 부었다. 수박의 달콤하고 시원한 향만으로도 더위가 가시는 기분이었다.

해심이 재욱과 달아에게 화채를 퍼 주고 나서 제 그릇에 부었다. 다른 때 같았으면 같이 앉아 있지도 않을 텐데.

이윽고 해심이 말했다.

"네가 만든 마들렌하고 신제품…… 멜론빵, 포춘 쿠키 먹어 봤어. 맛있더라."

"고마워."

"애들이 네 얘길 얼마나 해대는지 듣기 싫어 죽는 줄 알았어."

"그건 미안하네."

"미안하게 생각해야지. 네 얘기만 나오면 나는 조연이 돼."

달아는 입술을 삐죽거리다 짜증이 치솟아 쏘아붙였다.

"차해심, 너도 네 인생에서 주연이잖아. 안하무인의 잘못한 거 하나도 없는 완벽주의자."

"남달아."

"이름 부르지 마. 나도 너한테 화 많이 났어. 그리고 난 사실을 말한 거야."

"그래라. 누가 말리니? 그리고 용서하지 마. 나도 너한테 미안하다는 말 안 해. 어차피 난 삐뚤어진 인간이니까."

해심은 한숨을 푹 쉬고 얼음을 건져 입에 물었다.

"너희 할머니가 나보고 고아래. 그래서 고아원에서 지내야 한대."

"우리…… 할머니가?"

달아는 믿기지 않아 두 눈을 휘둥그레 떴다.

"몰랐니?"

"몰랐어."

"네 할머니 화나면 깡패 저리 가라더라? 뺨 때리는 건 물론이고 협박도 해."

"말조심해. 듣기 싫어."

달아가 인상을 찌푸리자 해심이 이죽거렸다.

"너희 집은 정말 똘똘 뭉쳐서 보기 좋다."

"칭찬인지 욕인지 모르겠어. 그러니까 그런 얘기는……."

"너희 할머니가 무서운 표정을 짓고 그러더라. 여기 처박혀서 날 데려갈 부모를 기다리래. 여기에 있는 아이들처럼. 진짜 고아처럼 살아 보래. 그래야 안다나? 여기 있는 아이들도 나처럼 기다리는 사람이 있다나, 뭐라나……. 노망났나 싶었지. 거지같은 고아원에서 왜 살아야 하냐니까, 아이들을 보고 배우래. 부모에게 버림받은 아이들이지만 나처럼 살지 않는대. 분명 이 안에서도 자격지심이 있는 아이가 있고 다른 집 아이가 부러운 애들도 있을 텐데도 나처럼 살지 않을 거래. 그리고 표본이 되래. 나처럼 살다간 버려진다는."

"우리 할머니가 정말 그랬어?"

"박계숙 회장님은 자기 가족만 챙기는 걸로 유명해. 가족이 아닌 사람에겐 무서워. 가차 없지. 홍 씨 집안 누구처럼."

해심은 재욱을 흘끗 보며 이죽거렸다.

"너희 집에서 살 때 질리도록 들은 잔소리, 핀잔, 요즘 다시 듣고 있어. 심심하면 내려와서 닦달하시거든."

"무슨 닦달?"

"아이들한테 잘 하라고. 내가 애 싫어하는 거 뻔히 아시면서 안으라고 하고 씻겨 주라고 하고 먹이라고 하고, 정말 질색이야."

"그럼 하지 마!"

달아가 소리를 버럭 지르자 해심은 쿡 웃었다.

"하지 마? 네가 그래서 싫어."

"나는 뭐 너 좋니? 얘가 변한 게 없어. 여전히 못되고 이기적이야."

달아가 씩씩거리자 해심이 주머니에서 무언가를 꺼냈다.

"이거 받아."

해심이 손수건을 내밀었다.

"저번에 아이들하고 천에 염색하는 거 했어. 손수건에 물들이는 건데 네 생각이 나더라. 기회가 되면 주려고 했는데 생각보다 빨리 왔네. 가져가. 뭐…… 너도 쓰레기통에 버려도 돼. 나도 그렇게 했으니까."

달아는 해심이 내민 손수건을 빤히 보더니 인상을 찌푸렸다.

"너 그걸 마음에 담고 있었어?"

"네가 그랬잖아. 손수건 버려서 화가 났다고. 바로 잡는 것뿐이야. 그리고 네가 착각 같은 걸 안 했으면 좋겠어. 우린 중학교 때로 돌아갈 수 없어. 나도 순수했던 시절이 있었고 널 좋아했던 시절이 있었어. 하지만 그 시절로 돌아갈 수 없듯이 내 질투심은 여전해. 나, 지금도 네가 많이 부러워. 나는 실패했는데 너는 자꾸 성공하잖아."

"해심아, 그건……."

"내 얘기 들어."

달아는 입을 다물었다.

"난 실패했어. 박 회장님의 말이 맞아, 고아야. 너희 집에 들어갔을 때 아빠가 날 버린 거니까. 엄마도 없어. 이미 난 그때 너희 집에 입양된 거였는데 고마움을 몰랐어. 그냥 낯설고 정을 붙일 수도 없었어. 겉으로는 웃어야 했어. 그래서 내 가정을 갖고 싶었어."

"네 가정을 가질 수 있어."

"알아. 그리고 이미 가졌어. 보다시피 배가 불렀고 곧 출산해."

해심의 대답에 재욱이 물었다.

"현욱이 아입니까?"

"아뇨."

"아니라면서 왜 낳으려고 했습니까?"

"이 아이가 없으면 나야말로 진짜 혼자가 되니까요. 아, 그때 그 수표 안 받은 건 현욱 씨의 아이가 아니어서 그랬던 거예요."

해심의 대답에 재욱은 두 눈을 찌그러뜨렸다.

"정말 확실합니까?"

"그때 난 양다리였어요. 그럼 설명이 됐나요?"

"그 양다리인 남자는 어디에 있습니까?"

"날 버렸어요. 나는 또 버려진 거죠. 그러니까 현욱 씨한테는 날 여기서 본 거 말하지 마세요."

재욱의 눈매가 가늘어졌다.

"음, 난 이만 애들 깨워야 해. 낮잠을 너무 재우면 밤에 안 자더라. 그럼 전 이만."

"해, 해심아. 저기……."

"아 참. 내 부탁 들어줄래?"

해심은 돌아서 환한 미소를 지으며 말했다.

"여긴 내가 돌보니까 다음에는 오지 마. 너 보는 거 괴로워."

"야, 차해심!"

"왜?"

"너 정말 못났어. 미안하다고 말하면 용서해 줄 용의도 있었거든? 네가 안됐다고 생각했으니까! 그런데 이젠 그런 생각 안 할 거야. 하지만 난 고아원에 와야 해. 네가 오란다고 오고 말란다고 마는 건 내가 못할 것 같거든!"

달아가 소리를 버럭 지르자, 해심이 피식 웃었다.

"마음대로 해. 내가 외출하면 되니까."

나쁜 계집애. 끝까지…… 멋없이 굴긴.

❋　　　❋　　　❋

"왜 안 자? 내일 화장 안 먹으면 어쩌려고 그래?"

결혼식 하루 전, 잠들지 못하고 주방 식탁에 앉아 있는 달아에게
계숙이 물었다.

"할머니는 왜 안 자요?"

"늙은이라 잠이 없어."

"늙기는. 소리 지를 때 보면 100년도 더 사시겠던데?"

"호호, 어찌 알았누? 이 할머니는 네가 자식들 낳는 것도 보고
죽으련다."

계숙이 달아의 손을 꼭 잡았다.

"네 엄마가 널 낳았을 때만 해도 이렇게 클 줄 몰랐는데. 쭈글쭈
글해서 이 못난이가 사람 구실이나 할까? 했는데…… 좋은 짝을 만
났구나."

"할머니……."

계숙은 달아의 머리카락을 귀 뒤로 넘겨 주며 미소를 지었다.

"네 아빠가 많이 울겠어."

"엄마가 울지."

"네 엄마는 덤덤해. 아빠가 문제지. 우리 달아의 팬클럽 회장으로
평생 끼고 살겠다고 했는데 허전해서 어쩌누."

달아는 키득 웃으며 어릴 때 장우의 품에 안겨 재롱을 부리던 시
절을 떠올렸다.

"할머니."

"응?"

"해심이…… 원림에 있던데요?"

"갔었어?"

"삼일 전에."

"입도 무겁다. 그동안 궁금해서 어떻게 참았어?"

"할머니가 말하지 않는데 먼저 묻기도 그렇고 해서요. 일부러 보낸 거잖아요."

계숙은 고개를 끄덕거렸다.

"왜 보냈어요?"

"동심으로 돌아가라고. 중학교 때가 제일 행복했대. 우리 집에 오기 전에 말이야."

"해심이가 그래요?"

"응. 못난 아비라도 같이 살았을 때가 좋았대."

"역시 내가 실수한 거였어. 난 해심이가 불행하게 사는 게 가슴 아파서 그런 건데……."

"네 탓을 왜 해? 해심이도 싫었겠지. 아버지가 술만 먹으면 도박하고 때리고 윽박지르는데 어떻게 살고 싶겠어? 그렇지만 남보다는 역시 피가 섞인 가족한테 의지를 하게 되어 있는 거야."

"그래서 그때 반대한 거예요?"

달아의 물음에 계숙이 고개를 끄덕거렸다.

"뭐, 지난 얘기지. 분명히 바뀔 게다. 해심이도 이제 엄마가 되니까."

"아이의 아빠를 알고 있어요? 할머니는 알죠?"

"중국에 간 놈?"

"현욱 씨가 맞아요?"

"해심이가 그러더라."

"할머니한테는 다 말하고. 우리한테는 왜 숨겨?"

"애 아빠란 놈이 버렸는데 너희한테 왜 말해? 나쁘게만 보면 다 나쁜 게다. 대학교 때부터 알아왔다는데 해심이 성격을 그렇게 몰라? 나쁜 마음을 먹긴 했지만 진짜 사랑했나 보더라. 그 사람하고 살고 싶었대. 결혼해서 아이도 낳고 싶었대. 여자라면 누구나 바라는 게 아니겠니."

달이는 침울한 표정을 짓다가 일어나 냉장고 문을 열었다.

"맥주 드실래요?"

"또 술이야?"

"결벽증 남편하고 살려면 이제 술도 못 마셔요. 저번에 나 술 마시고 기절한 거 보더니 학을 뗐어."

"으이그."

"히히. 할머니, 한잔 콜?"

"먹어, 근데 딱 한 캔이야."

"웅!"

달이는 계숙에게 맥주 캔을 놓으며 웃었다. 그런데 그때 거실에서부터 성하의 목소리가 들렸다.

"우리만 쏙 빼고 말이야, 할머니랑 누나랑만 술 파티하고 말이야!"

"한 캔씩 먹는 게 무슨 파티니?"

"내일 결혼하는 신부가 술이나 푸고."

"최후의 만찬이라는 거야."

"하이고, 술 먹고 또 울려고? 그러다 내일 아침에 또 얼린 숟가락을 얼굴에 붙이지."

"악담을 해라, 악담을 해!"

달아가 성하의 엉덩이를 발로 뻥 찰 때 장우가 냉장고에서 소주를 꺼냈다.

"술은 소주지!"

"아빠!"

"달아는 맥주 마셔. 난 성하고 마신다."

"아빠도 내일 숟가락 붙이게?"

"아빠는 너처럼 술 마셨다고 우는 남자 아니야."

장우는 달아의 머리를 쓰다듬으며 계숙에게 물었다.

"어머니, 소주 하실 거죠?"

"그래, 마시자. 마셔."

"안주는 뭐 만들어 줄까?"

윤아가 주방에 들어오며 물었다. 가족 모두 한 목소리로 외쳤다.

"소주엔 매운탕이지!"

❋　　　❋　　　❋

이 여자는…… 결혼식 전날에도 가족과 함께 술을 마시고 울어서 신부대기실에서 얼린 숟가락을 눈에 대고 있다. 이 여자의 어머니도, 외할머니도, 아버지도, 남동생도 모두 얼린 숟가락으로 퉁퉁 부은 눈을 가라앉히고 있다.

"아빠, 눈 어떻게 해? 신부 입장할 때 사람들이 웃겠다. 신부하고 아버지하고 얼굴이 호빵이라고."

그러게, 퍼 마실 때 좀 걱정하지. 너도 너지만 나도 이게 첫 결혼식이야.

"성하야, 너 진짜 못 봐 주겠어. 숟가락 바꿔."

집에 있는 숟가락을 다 꺼내 얼렸는지 아이스박스에서 또 숟가락을 꺼내고 있다.

"달아야, 아빠하고 엄마는 이만 나가서 하객들 맞아야 해. 홍 서방. 왜 그렇게 보고 있나?"

"먼저 나가 계십시오. 전 달아 좀 보고요."

"오늘부터 만날 볼 얼굴인데 뭐."

장우는 윤아를 데리고 서둘러 나갔다. 성하도 알아서 자리를 피해 줘서 신부대기실에는 재욱과 달아만 남았다.

"어제 술 마셨어요."

"안 봐도 알아."

"미안해요."

"미안하긴. 근데 못생긴 신부로 남을 거야. 사진은 거짓말을 하지 않거든."

재욱은 반성을 좀 했으면 하는 뜻에서 말했지만 달아는 쿡쿡 웃고 만다.

358

"어? 웃는다!"

"포토샵 해달라고 했어요. 우리 가족 모두."

달아의 대답에 재욱은 기가 막혀 웃음을 터트렸다. 그녀가 밉지 않아 웃음이 멈추지 않았다. 그는 그녀의 손을 잡으며 물었다.

"오늘이 우리 결혼식이다."

"응! 이제 내 남편이 되는 거예요."

"아침밥만 해 줘. 다른 거 안 바라."

"새벽 4시에 일어나면 해 주지."

제빵사인 달아의 생활에 맞춰 주기로 한 이상 어떻게 못 일어난다고 하겠는가.

"새벽 3시에도 일어날 수 있어."

"칼퇴근해서 들어오면 맛있는 밥 해 줄게요. 케이크도 만들어 놓고."

"행복한데?"

재욱은 달아의 손을 꼭 잡으며 이마를 맞댔다.

"달아야, 떨지 말고…… 좀 있다가 아버지 손 꼭 잡고 와. 기다리고 있을 테니까."

달아는 고개를 끄덕거렸다.

"그럼 난 나갈게. 하객 잘 맞고 틈틈이 숟가락 대고 있어."

"응!"

아이 같은 면이 그녀를 더 사랑스럽게 보이게 했다. 오늘은 웨딩드레스까지 입어 진짜 공주님 같았다.

결혼한다.

등이 훅 파인 드레스에 머리엔 티아라를 쓰고 부케를 든 달아는 4인용 소파에 앉아 주절거리고 있었다.

결혼한다.

신혼여행을 떠나는 걸 시작으로 청담동 집을 나와 재욱이 새로 마련한 주택으로 옮기게 된다. 물론 친정과 10분 거리밖에 되지 않아 걱정은 없었지만 앞으로 눈을 뜬 순간부터 생활하는 장소와 환경이 바뀌는 건 변함이 없다.

두근두근…… 가슴이 뛴다. 설레기도 하고 불안하기도 해서 달아가 호흡을 가다듬고 있는데 사람들이 하나둘씩 신부대기실에 들어오고 있었다. 양화당과 카페 달 관계자, 거래처 사람들, 직원들, 일가친척, 친구, 지인 등등의 사람들이 한꺼번에 몰려와 신부대기실이 분주해졌다. 달아는 여러 사람들에게 축하 인사를 받으며 환히 웃었지만 눈은 누군가를 찾는 듯 입구를 분주히 훑었다.

신부 입장 시간까지 10여 분밖에 안 남았는데 해심이 안 보인다. 양심이 있다면 결혼식에는 와 줄 거라고 생각했는데, 나쁜 계집애. 애증의 관계가 따로 없다. 얼굴을 보는 것만으로도 징글징글하다며 치를 떠는 차해심을 기다리는 제가 한심스러웠다. 해심이 한 짓은 여전히 괘씸한데도, 그래도 제일 먼저 축하를 받고 싶었다.

축하해, 예쁘네? 라고 한 마디만 해 주면 다 용서할 의향도 있었는데. 야, 차해심. 너 진짜 국물도 없다!

속상한 마음에 달아가 한숨을 푹푹 쉬고 있는데 신부 입장 시간이 됐다.

달아는 신부대기실을 나와 예식홀 입구에 섰다. 하객들이 엄청나게 왔다. 청첩장을 1500장을 찍어 보냈다고 했는데 홀을 꽉 채운 걸 보니 더 온 듯싶었다. 플래시가 펑펑 터지고 하객들이 전원 예식홀의 입구를 쳐다보고 있었다. 주례 앞에 선 재욱이 보인다. 달아는 재욱을 반가운 시선으로 보다가 장우의 음성에 고개를 돌렸다.

"남장우 분신, 갈까?"

달아는 고개를 끄덕이고 장우가 내민 손 위에 제 손을 살포시 얹었다. 아버지의 손을 잡는데 전율이 전신을 휘감았다. 갑자기 울컥 눈시울이 붉어졌다. 입술을 깨물고 있어 숨이 코로 훅 소리가 나게 쏟아졌다. 어제 충분히 울었다고 생각했는데 아버지의 손이 너무 따뜻해 또다시 눈물이 그렁그렁하게 고이고 있었다.

"울지 마."

장우가 주의를 줬지만 그의 사정도 그리 여유 있어 보이지 않았다. 콧구멍이 벌름거리고 옆얼굴이 경직된 게 눈물을 참으려고 안간힘을 쓰는 것 같았다.

"아빠…… 고마웠어."

"뭐가."

"예쁘게 키워 준 거. 사랑해 준 거."

"자식인데 당연하지."

장우가 코를 훌쩍거렸다.

"아빠……."

"응?"

"손이 따뜻해."

"인마, 아빠는 전신이 뜨거운 남자야."

"큭!"

달아가 웃음을 터트리자 장우도 긴장이 풀렸는지 속삭였다.

"어릴 땐 우리 달아 손이 내 손이었는데…… 이제 홍 서방 손이 되는구나."

"그렇긴 해도 내가 손잡아 달라고 하면 언제든 잡아 줄 거지?"

"몰라, 엄마한테 물어보고."

"왜?"

"난 엄마 소속이거든. 출가한 딸 손이나 잡고…… 아빠는 보낸 자식 손은 안 잡아. 네 남편 손 꽉 잡을 생각하고 놓지 마. 그게 행복하게 사는 방법이다."

장우는 그렇게 말하고 달아를 빤히 바라보았다. 달아의 시선이 장우의 시선과 엉켰다. 그리고 울컥. 눈물이 솟구쳐 다시 정면을 보고 걷는데 재욱이 달아를 데리러 걸어오고 있었다.

"저 자식은 뭐가 그렇게 급하다고 벌써 와?"

장우는 달아를 보내고 싶지 않아 미적거렸다. 재욱이 장우에게 인사를 하고 달아의 손을 잡았다.

"아빠, 나 갈게."

"분신, 딸!"

"응?"

"고마워."

장우가 엄지손가락을 들고 환히 웃어 달아가 왈칵 눈물을 흘렸다.

"아빠……."

"가, 재욱이 손잡고 가. 주례 선생님 기다리신다."

달아는 고개를 끄덕이고 돌아서다 갑자기 재욱의 손을 놓았다. 그리고 장우를 꼭 안은 다음에 속삭였다.

"아빠…… 사랑해."

장우는 달아의 등을 토닥여 주고 서둘러 윤아가 기다리고 있는 자리로 돌아갔다. 달아가 눈물을 펑펑 울리며 재욱에게 다가가자 기다렸다는 듯이 손수건이 얼굴을 살포시 눌렀다. 재욱이 달아의 눈물을 닦아 주고 장우와 윤아에게 고갯짓을 했다.

장우도 울고 있었다. 오히려 덤덤한 윤아가 꼭 남편 같았지만 보기 좋은 부부였다.

"울지 마요. 딸이 죽으러 가나?"

흐느껴 우는 장우의 허벅지를 토닥이며 윤아가 씩 웃었다.

"갑자기 생각이 나잖아. 막 태어났을 때 쭈글쭈글 해서 이거 사람이 맞나, 내 자식인가 싶었을 때……."

"그때 우리 달아는 정말 못생겼었죠."

"그러니까…… 내 말이. 그때는 이런 날이 올 줄 몰랐는데, 정말 예쁘다."

장우의 말에 윤아의 머릿속에도 달아의 성장 과정이 파노라마처럼 스쳐갔다. 유치원 모자가 너무 커서 눈을 가려 목에 걸고 다니던 모습이나 성하하고 장난치다가 넘어져 울던 모습, 초등학교 입학식, 졸업식에서부터 대학교 입학, 졸업식 등등의 모습은 물론, 만날 술 마시고 다음날 숟가락으로 눈의 부기를 빼던 딸의 모든 게 생생하게 생각나 눈시울이 뜨끈했다.

"이제는 냉동고에 숟가락 안 넣어도 되겠네요."

윤아는 주례사를 듣는 달아를 바라보며 시원섭섭한 표정을 지었다. 그러다 뒤에 앉아 있던 성하가 속삭였다.

"엄마, 다음은 내 차례네?"

"여자나 데리고 와."

"엄마."

"왜."

"손자 보고 싶지 않아?"

이건 또 무슨 소리야?

윤아가 뒤를 돌아보자 성하가 의미심장한 미소를 지으며 대답했다.

"뜨거운 가슴으로…… 안은 여자가 있어."

장우와 윤아의 표정이 싸늘하게 식었지만 성하는 이때가 기회인 양 발표했다.

"한 달 안에 결혼식 올려도 되지?"

성하의 폭탄선언이 달아와 재욱의 귀는 물론 주례에게까지 들린 모양이다. 주변이 고요해지면서 주변의 시선이 일제히 성하에게 쏠렸다.

"에? 왜 날 쳐다보시지?"

정지된 화면을 보는 것처럼 미동도 없이 성하를 보던 사람들이 일제히 수군거리기 시작할 때 달아가 소리를 빽 질렀다.

"남성하, 너 진짜 돌았어!"

장우가 성하의 등을 아프게 때리며 눈을 부라렸지만 윤아는 깔깔대고 웃었다. 분위기는 곧 밝아졌다.

"저 자식이 누나 결혼식인데 초를 쳐! 난 몰라, 창피하게!"

달아가 몸서리를 치며 들고 있던 부케를 성하에게 던졌다. 그러자 성하가 기다렸다는 듯이 부케를 잡으며 외쳤다.

"나이스! 다음 결혼은 나!"

"이 시키, 아놔, 진짜! 너 인마! 아!"

장우는 말을 못 하겠는지 부르르 떨었고 윤아는 그런 남편을 말리며 웃고 만다.

사랑스러운 아내의 집, 처가…… 과연 잘 어울릴 수 있을까?

성스러워야 할 결혼식이 성하의 폭탄선언으로 아수라장이 돼 재욱이 손으로 얼굴을 가렸다. 앞으로 처가 식구들을 감당할 수 있을지 의문스럽기도 하고 겁이 났다.

"여보, 미안해요."

달아의 말에 재욱이 손에서 얼굴을 떼고 고개를 옆으로 돌렸다.

"여보?"

"오빠라고 부르기 싫어요."

"풋, 나도 오빠보다 여보가 듣고 싶었어."

재욱이 수줍은 미소를 지으며 엉덩이로 달아를 밀었다.

"여보."

"여보."

또 시작이다. 유치찬란한 닭살 행각. 하객들을 닭으로 만들려는지 달아와 재욱은 주례를 듣기보다 여보, 여보, 여보라는 단어를 연습하듯 사랑스러운 어조로 부르며 함께 고백했다.

"여보, 사랑해요."

저 닭살들.

현욱은 형 내외가 닭살 행각을 벌이는 걸 예식홀 입구에서 쳐다보다가 한숨을 쉬고는 주변을 둘러보았다. 재욱의 말로는 해심이 현욱의 아이를 임신했고 낳아서 키울 생각을 한 것 같다고 했다. 사실 유무를 확인하고자 혹시 해심이 왔을까 싶어서 둘러보던 현욱의 눈이 갑자기 커졌다. 해심이 어둑한 곳에 앉아 있었다. 달아와 가족들의 눈에 띄지 않게 구석에 앉아 있는 그녀는 임부복을 입고 옅은 미소를 짓고 있었다.

현욱은 가슴이 거세게 뛰었다. 마치 대학교 때의 해심을 보는 것 같았다. 말없이 수더분하고 생글생글 잘 웃던 순진한 여대생. 단발머리를 귀 뒤로 넘기고 달아와 재욱을 멀찍이서 바라보는 옆얼굴이 평온해 보여 현욱이 큰마음을 먹고 걸음을 떼려는데, 누군가 어깨를 잡았다.

현욱이 깜짝 놀라 뒤를 돌아보자 계숙이 꼬장꼬장한 시선으로 쳐다보고 있었다.

"사, 사돈 어르신."

"해심이한테 얼씬도 하지 마요."

"예?"

"사돈총각이 할 수 있는 건 아무것도 없을 텐데 가서 뭐하게? 괜히 마음 헤집지 말고 기다려요."

계숙은 해심이 자신을 사랑할 수 있는 시간이 필요할 것 같다고 생각하고 있었다.

"저 아이는 홍현욱 씨의 아이가 아니고 차해심의 아이니까 나서지 말라는 얘깁니다."

"제 아이라고 하던데요?"

"아이 때문에 다가가는 거라면 내가 막을 생각이야."

"회, 회장님."

"해심이는 이제야 성장하기 시작했어요. 중학교 때 성장을 멈춘 아이가 이제 긍정적으로 살고자 마음을 비우고 있으니 모른 척하는 게 도리라고 봅니다."

계숙은 현욱의 어깨를 두드리며 덧붙였다.

"나이를 먹을수록 사람이 보여. 내 나이쯤 되면 사람의 생각을 읽을 수도 있고 마음을 가늠할 수도 있어요."

"예……."

"해심인 이제 제 자리를 찾아갈 겁니다. 그때 다시 시작해도 늦지 않겠지."

계숙은 현욱에게 푸근한 미소를 짓고는 해심에게 시선을 돌렸다. 해심은 주례사를 듣는 달아와 재욱을 바라보고 있었다. 하지만 해심은 여전히 제 주변에 친 벽을 허물지 못하고 밖으로 나오려 하지 않았으며 달아에 대한 감정도 많이 흐려지긴 했지만 슬퍼 보였다. 계숙이 생각하기에도 미혼모가 된 해심이 행복한 결혼을 하는 달아와 제 모습을 비교하게 되는 건 당연했다.

"인생을 달게 사는 방법…… 그건 스스로 깨우치는 게다, 해심아."

계숙은 혼잣말로 중얼거리며 만세 삼창을 시작하는 재욱을 흐뭇하게 바라보았다.

"만세, 만세, 만세! 남달아, 사랑한다!"

우레와 같은 박수소리가 쏟아지는 가운데 재욱이 달아를 와락 안고 진한 키스를 했다. 달아도 지지 않으려는 듯 그의 목에 팔을 두르고 키스 타임을 갖는 것처럼 오래오래 입 맞추다가 입술을 떼며 시키지도 않은 만세 삼창을 했다.

"만세, 만세, 만세! 홍재욱, 사랑합니다!"

-THE END

향

사랑, 그 설렘에 취하고 향기에 물들다.

디향

사랑, 그 설렘에 취하고 향기에 물들다.